ROBERT LUDLUM

Né à New York dans les années 1920, Robert Ludlum a grandi dans le New Jersey. Se destinant très tôt au théâtre, mais attiré également par une carrière militaire, il s'engage (avant sa majorité) dans les Marines pendant la Seconde Guerre mondiale. Après la victoire, il reprend des études à la Wesleyan University puis devient comédien et metteur en scène. À 40 ans, il se tourne vers l'écriture. *L'Héritage Scarlatti*, publié en 1971, remporte un succès immédiat.
Il publie ensuite une série de romans qui sont autant de succès, parmi lesquels *Le Week-end Osterman* (1972), *L'Échange Rhinemann* (1974), *Le Duel des gémeaux* (1976), *Le Manuscrit Chancellor* (1977), *La Mosaïque Parsifal* (1982) et *La Route d'Omaha* (1992). Entre espionnage et thriller, ses romans, lus dans 40 pays et traduits en 33 langues, nous entraînent au cœur des tensions du pouvoir et des enjeux stratégiques du monde contemporain.
Grand voyageur, Robert Ludlum aimait séjourner dans les capitales de la « vieille Europe » où se situent nombre de ses intrigues. Il est décédé à la suite d'une crise cardiaque en Floride en mars 2001.

LES VEILLEURS DE L'APOCALYPSE

DU MÊME AUTEUR
CHEZ POCKET

LE WEEK-END OSTERMAN
LA CONSPIRATION TREVAYNE
LE SECRET HALIDON
L'AGENDA ICARE
L'ILLUSION SCORPIO
LES VEILLEURS DE L'APOCALYPSE

Série MacKenzie Hawkins et Sam Devereaux

SUR LA ROUTE DE GANDOLFO
LA ROUTE D'OMAHA

LA VENGEANCE DANS LA PEAU
Une aventure de Jason Bourne

ROBERT LUDLUM

LES VEILLEURS DE L'APOCALYPSE

Traduit de l'anglais (États-Unis)
par Patrick Berthon

POCKET

Titre original :
THE APOCALYPSE WATCH

MIXTE
Papier issu de sources responsables
FSC® C003309

Pocket, une marque d'Univers Poche, est un éditeur qui s'engage pour la préservation de son environnement et qui utilise du papier fabriqué à partir de bois provenant de forêts gérées de manière responsable.

Publié avec l'accord de l'auteur c/o Baror International, Inc., New York
Traduction française : Éditions Robert Laffont, S.A., Paris, 1996

ISBN :978-2-266-12241-2

Prologue

Des bourrasques de neige et des rafales de vent du nord, froid et cinglant, balayaient le col du massif de l'Hausruck, dans les Préalpes autrichiennes. Beaucoup plus bas, dans la vallée, pointaient les jonquilles et les premiers crocus. Ce col n'était ni un poste frontière ni un point de passage entre deux sommets de la chaîne de montagnes. Il ne figurait même pas sur les cartes offertes à la curiosité du public.

Un pont trapu, juste assez large pour le passage d'un seul véhicule et long d'une trentaine de mètres, enjambait une gorge au fond de laquelle, cent mètres en contrebas, coulait un affluent de la Salzach, au cours impétueux. De l'autre côté, après un passage entre des arbres clairsemés, s'ouvrait une route tracée dans la forêt, une route pentue, sinueuse, qui dégringolait sur plus de deux mille mètres jusqu'à la vallée enclavée où poussaient les crocus et les jonquilles. Grâce au climat plus doux, elle offrait aux regards des prairies verdoyantes, des arbres feuillus... et un ensemble de petits bâtiments au toit camouflé par des bandes obliques de peinture couleur de terre, invisibles du ciel, qui se fondaient dans le paysage. C'était le quartier général de *Die Brüderschaft des Wacht*, la Fraternité de la veille, les fondateurs du IVe Reich.

Les deux hommes qui traversaient le pont étaient vêtus d'une lourde parka, d'une coiffure de fourrure et de grosses chaussures de montagne ; ils protégeaient leur visage des rafales de vent et de neige qui les fouaillaient. Ils atteignirent en titubant l'extrémité du pont ; celui qui ouvrait la marche se retourna.

– Voilà un pont que je n'aimerais pas traverser trop souvent, dit l'homme, un Américain, en frottant ses vêtements pour chasser la neige, avant de retirer ses gants pour se masser le visage.

– Il vous faudra pourtant le faire au retour, *Herr* Lassiter, répliqua l'autre, un Allemand d'âge mûr, un grand sourire aux lèvres, en frottant, lui aussi, sa parka. Ne vous en faites pas, *mein Herr*, vous allez arriver, sans vous en rendre compte, à un endroit où l'air est doux et où poussent des fleurs. À cette altitude, c'est encore l'hiver, mais dans la vallée, c'est le printemps... Venez, notre véhicule est arrivé. Suivez-moi.

Un ronflement de moteur se fit entendre au loin ; les deux hommes, Lassiter sur les pas de l'Allemand, commencèrent à zigzaguer rapidement entre les arbres et débouchèrent dans une petite clairière où se trouvait une sorte de Jeep, mais beaucoup plus grosse, plus lourde, avec des pneus ballons aux sculptures profondes.

– Quelle voiture ! lança l'Américain.

– Vous pouvez être fier, elle est américaine ! Construite dans le Michigan, conformément aux caractéristiques techniques que nous avons indiquées.

– Pourquoi pas Mercedes ?

– Trop proche, trop risqué, répondit l'Allemand. Quand on décide de construire clandestinement une forteresse dans son propre pays, on n'utilise pas les ressources nationales. Ce que vous allez bientôt découvrir est le fruit des efforts de nombreuses nations... d'hommes d'affaires particulièrement cupides, je vous l'accorde, des fournisseurs disposés, pour des profits excessifs, à garder le silence sur les clients et les marchandises. Quand elles ont été livrées, les profits deviennent évidemment un danger ; les livraisons doivent continuer, avec des marchandises plus sensibles. Ainsi va le monde.

– Je n'en doute pas, dit Lassiter avec un sourire, en ôtant sa toque de fourrure pour éponger la sueur accumulée à la racine des cheveux.

Il mesurait un mètre quatre-vingts et était dans la force de l'âge, comme en témoignaient quelques fils argentés aux tempes et les pattes-d'oie creusées à l'angle des yeux enfoncés, dans un visage allongé, aux traits accusés. Il se dirigea vers le véhicule, quelques pas derrière son compagnon. Mais ni l'Allemand ni le conducteur ne remarquèrent qu'il plongeait la main dans sa poche et laissait discrètement tomber des grains de métal dans l'herbe. Il répétait ce geste depuis une heure, depuis qu'ils étaient descendus d'un camion, sur une petite route de montagne, entre deux villages. Les grains avaient été soumis à une radiation facile à déceler par des détecteurs à main. Quand le camion s'était arrêté, il avait retiré un transpondeur électronique de sa ceinture et, simulant une chute, avait glissé l'appareil entre deux rochers. Sa piste était clairement balisée ; l'aiguille de l'appareil de ceux qui le suivaient s'affolerait sur le cadran à cet endroit, accompagnée de signaux sonores perçants.

Car l'homme qui se faisait appeler Lassiter exerçait une profession à haut risque. De son vrai nom Harry Latham, c'était un agent de renseignement américain en mission secrète. Dans les bureaux de la Central Intelligence Agency, son nom de code était Venin.

Latham fut véritablemnt fasciné par la descente vers la vallée. Il avait escaladé quelques montagnes avec son père et son frère cadet, de modestes sommets de la Nouvelle-Angleterre, rien de bien méchant. Là, au fil de la descente vertigineuse, il fut frappé par les changements : couleurs différentes, odeurs différentes, douceur de l'air. Seul sur le siège arrière du gros véhicule découvert, il vida entièrement ses poches et se prépara à la fouille minutieuse à laquelle il s'attendait ; on ne trouverait rien sur lui. Il était en pleine euphorie et même si ses longues années d'expérience lui permettaient de contenir son excitation, il avait la tête en feu. Il touchait enfin au but ! Il avait trouvé ! Mais, quand ils arrivèrent à destination, ce qu'Harry découvrit le laissa pantois.

Les sept kilomètres carrés de la vallée constituaient une véritable base militaire, admirablement camouflée. Les toits des différentes constructions, toutes d'un seul étage, étaient peints de manière à se fondre dans le paysage et des portions de prairie s'étendaient sous un entrelacs de cordes, à plus de quatre mètres de hauteur ; entre les cordes et les poteaux qui les soutenaient étaient tendus des écrans verts translucides : des couloirs reliant les différentes zones. Des sidecars de couleur grise, conducteurs et passagers en uniforme, sillonnaient ces « allées » à vive allure ; des groupes de jeunes gens des deux sexes recevaient une formation physique, mais aussi théorique, à en juger par les tableaux noirs et les professeurs devant un auditoire attentif. Ceux qui faisaient de la gymnastique et s'exerçaient au combat corps à corps ne portaient qu'un caleçon ou une tenue de lutteur ; ceux qui suivaient les cours étaient en treillis vert olive. Harry Latham fut frappé par une impression de mouvement constant. Il émanait de ce lieu une impression de détermination effrayante, mais elle était propre à la Fraternité, et il se trouvait dans son berceau.

– Spectaculaire, n'est-ce pas, *Herr* Lassiter ? s'écria l'Allemand assis à côté du conducteur, tandis qu'ils s'engageaient dans une des allées protégées par l'écran vert.

– *Unglaublich*, acquiesça l'Américain. *Phantastisch !*

– J'oubliais que vous parlez couramment notre langue.

– Mon cœur est ici. Il l'a toujours été.

– *Natürlich, denn wir sind im Recht.*

– *Mehr als das, wir sind die Wahrheit.* Hitler détenait la vérité absolue.

– Oui, bien sûr, approuva l'Allemand avec un regard neutre, en souriant à Alexander Lassiter, alias Harry Latham, né à Stockbridge, Massachusetts. Nous allons voir directement l'*Oberbefehlshaber*. Le *Kommandant* est impatient de vous accueillir.

Trente-deux mois de travail souterrain opiniâtre étaient sur le point de porter leurs fruits. Près de trois années passées à se construire une vie, à *vivre* une vie qui n'était pas la sienne. Les voyages incessants, épuisants, exaspérants dans toute l'Europe et le Moyen-Orient, parfaitement synchronisés, pour qu'il puisse se trouver à une heure donnée, à un endroit précis, où des témoins pouvaient jurer sur leur vie l'avoir vu. Et le rebut du genre humain, avec lequel il avait traité : marchands d'armes sans conscience, dont les profits inimaginables se mesuraient en rivières de sang ; caïds de la drogue tuant et détruisant des générations d'enfants sur toute la surface du globe ; politiciens compromis, jusqu'aux plus hauts échelons de l'État, qui tournaient et transgressaient les lois au bénéfice des manipulateurs... C'était fini et bien fini. Il n'y aurait plus à blanchir frénétiquement des sommes astronomiques sur des comptes en Suisse, avec numéro secret et signature au spectrographe, tout ce qui relevait des jeux funestes du terrorisme international. Le cauchemar d'Harry Latham, aussi vital fût-il, allait s'achever.

– Nous sommes arrivés, *Herr* Lassiter, annonça son cicérone, quand le véhicule tout terrain s'arrêta devant la porte d'une baraque, à l'abri du camouflage. Il fait bien plus chaud ici, c'est beaucoup plus agréable, *nicht wahr* ?

– On peut le dire, répondit l'officier du renseignement, en descendant du véhicule. Je transpire, avec ces vêtements.

– Nous nous déshabillerons à l'intérieur et nous les ferons sécher pour votre retour.

– Je vous en serais reconnaissant. Je dois être à Munich dans la soirée.

– Oui, nous comprenons. Venez voir le *Kommandant*.

Au moment où les deux hommes s'approchaient de la lourde porte de bois noir, portant une croix gammée écarlate en son centre, il se fit un grand froissement d'air au-dessus de leur tête. À travers l'écran translucide, ils virent les grandes ailes blanches d'un planeur qui descendait en décrivant de larges cercles.

– Encore un sujet d'étonnement, *Herr* Lassiter. Cet appareil est lancé par un avion à une altitude de l'ordre de treize cents pieds. Il va sans dire que le pilote doit être excellemment entraîné, car les vents sont dangereux, très changeants. L'appareil n'est utilisé qu'en cas d'urgence.

– Je vois comment il descend. Mais comment décolle-t-il ?

– Grâce à ces mêmes vents, *mein Herr*, avec l'aide de fusées de lancement. Dans l'Allemagne des années 30, nous avons mis au point les planeurs les plus perfectionnés.

– Pourquoi ne pas utiliser un petit avion conventionnel ?

– Trop facile à repérer. Un planeur peut être lancé d'un champ, d'une prairie. Un avion a besoin de carburant, de révisions, d'un entretien régulier et, le plus souvent, d'un plan de vol.

– *Phantastisch*, répéta l'Américain. Et, bien entendu, un planeur ne comporte que peu ou pas de pièces métalliques, mais du plastique et la toile de la voilure. Difficile à détecter sur un écran radar.

– Difficile, approuva le néonazi. Pas totalement impossible, mais extrêmement difficile.

– Stupéfiant, fit Lassiter, tandis que son compagnon ouvrait la porte du quartier général. Je vous fais tous mes compliments. Les mesures de sécurité sont à la hauteur de votre discrétion. Magnifique !

Feignant la désinvolture, Latham parcourut la vaste pièce du regard. Elle contenait une profusion de matériel informatique sophistiqué, des rangées de consoles le long des murs ; les opérateurs en uniforme étaient raides devant leur clavier, hommes et femmes en nombre à peu près égal... Hommes et femmes : il y avait là quelque chose de curieux, du moins d'anormal. Mais quoi ? Puis il comprit : tous sans exception étaient jeunes, entre vingt et trente ans pour la plupart, les cheveux blonds ou châtains, le teint clair et hâlé. Et incroyablement séduisants, comme un groupe de mannequins réunis par une agence de publicité pour poser devant les ordinateurs d'un client ; nul doute que les acheteurs potentiels leur ressembleraient, s'ils faisaient l'acquisition de ce matériel.

– Ce sont tous des spécialistes, *Herr* Lassiter, lança derrière Latham une voix au timbre monocorde.

L'Américain pivota, tout d'un bloc. Le nouvel arrivant était un homme de son âge, en tenue de camouflage, coiffé d'une casquette d'officier de la Wehrmacht ; la porte ouverte derrière lui, sur la gauche, était celle du bureau d'où il était sorti sans un bruit.

– *General* Ulrich von Schnabe, heureux de vous accueillir, poursuivit l'officier, la main tendue. Rencontrer une légende de son vivant est un grand privilège !

– C'est me faire trop d'honneur, mon général. Je ne suis qu'un homme d'affaires international, avec des convictions idéologiques très affirmées, j'en conviens.

– Assurément le fruit de longues années d'observation.

– On peut dire cela sans être dans l'erreur. On prétend que l'Afrique est le plus ancien des continents, mais, au contraire de ceux qui se sont développés au fil des millénaires, l'Afrique demeure le continent noir. Ses rivages septentrionaux sont aujourd'hui le refuge de peuples pareillement inférieurs.

– Bien dit, *Herr* Lassiter. Et pourtant vous avez gagné des millions de dollars, d'aucuns disent des milliards, en pourvoyant aux besoins en armes de ces peuples au teint foncé.

– Pourquoi pas ? Quelle plus grande satisfaction un homme comme moi peut-il avoir que de les aider à s'entre-tuer ?

– *Wunderbar !* Magnifiquement formulé et avec quelle perspicacité !... Vous étiez en train d'étudier notre groupe, je vous ai observé. Vous pouvez constater par vous-même qu'ils sont tous de sang aryen. De pure race aryenne. Comme tous ceux qui vivent dans notre vallée. Triés sur le volet, leur ascendance a été minutieusement vérifiée et leur dévouement est total.

– Le rêve des *Lebensborn*, murmura l'Américain d'une voix empreinte de respect. Les fermes de reproduction, où les meilleurs officiers SS se sont unis à de robustes Allemandes...

– Eichmann a fait faire des études, d'où il est ressorti que la femme germanique avait non seulement la structure osseuse la plus appropriée d'Europe et une extraordinaire robustesse, mais une soumission marquée au mâle.

– La vraie race supérieure, conclut Lassiter d'un ton admiratif. Si seulement ce rêve avait pu devenir réalité.

– Il l'est devenu, dans une large mesure, répliqua posément von Schnabe. Nous pensons qu'un grand nombre de ceux qui sont ici, peut-être la majorité, sont les enfants de ces enfants. Nous avons dérobé à Genève des listes de la Croix-Rouge et passé des années à rechercher toutes les familles où les nouveau-nés avaient été envoyés. Ceux-là, et il y en aura d'autres, que nous recruterons dans toute l'Europe, sont les *Sonnenkinder*, les Enfants du Soleil. Les héritiers du Reich !

– C'est incroyable...

– Nous sommes partout ; partout ceux que nous avons sélectionnés répondent à notre appel, car les circonstances sont les mêmes. Comme dans les années 20, où les clauses draconiennes du traité de Versailles et des accords de Locarno conduisirent à l'effondrement économique de la République de Weimar et à l'afflux d'étrangers indésirables dans notre patrie, l'effondrement du mur de Berlin a conduit au chaos. Notre nation est en pleine conflagration, les non-Aryens franchissent nos frontières en nombre incalculable pour prendre nos emplois, pervertir nos valeurs morales, faire de nos femmes des prostituées ; d'où ils viennent, c'est parfaitement acceptable. Tout cela est totalement *in*acceptable et doit cesser ! Vous me suivez sur ce terrain, bien entendu ?

– Pour quelle autre raison serais-je ici, *Herr General* ? J'ai fait passer pour satisfaire vos besoins des millions de dollars dans les banques d'Alger, via Marseille. Mon nom de code était *Frère*... Je suppose que je ne vous apprends rien.

– C'est pour cela que je vous étreins sur mon cœur, au nom de toute notre communauté.

– Venons-en maintenant au dernier don que je vous fais, *Herr General*, le dernier, car vous n'aurez plus jamais besoin de moi... Quarante-six missiles de croisière, subtilisés dans l'arsenal de Saddam Hussein et cachés par des officiers persuadés qu'il ne sortirait pas vivant de la guerre. Leur ogive peut transporter une charge massive d'explosifs ou des produits chimiques : des gaz capables de paralyser des quartiers entiers d'une grande ville. Il va sans dire que ces charges sont comprises dans la livraison, ainsi que les lance-missiles. Ils m'ont coûté vingt-cinq millions de dollars, américains. Donnez-moi ce que vous pouvez ; si c'est moins, je me ferai honneur de cette perte.

– Vous êtes, en vérité, un homme d'honneur, *mein Herr*.

La porte d'entrée s'ouvrit brusquement, un homme en combinaison d'un blanc immaculé pénétra dans la pièce. Il lança un coup d'œil circulaire, vit von Schnabe et s'avança vers le général, à qui il tendit une enveloppe de papier kraft.

– Voici ce que vous attendez, dit-il en allemand.

– *Danke*, fit von Schnabe en ouvrant l'enveloppe, d'où il sortit un petit sac en plastique. Vous êtes un excellent *Schauspieler* – un bon comédien –, *Herr* Lassiter, mais je crois que vous avez perdu quelque chose. Notre pilote vient de me l'apporter.

Le général vida le sac en plastique dans le creux de sa main. C'était le transpondeur qu'Harry Latham avait caché entre les rochers, au bord de la route de montagne dominant la vallée. La traque était terminée. Harry porta vivement la main à son oreille gauche.

– Empêchez-le de faire ça ! s'écria von Schnabe au pilote, qui se jeta sur Latham et l'immobilisa d'une clé au bras. Trop tard pour le cyanure, Harry Latham, de Stockbridge, Massachusetts. Nous avons d'autres projets pour vous. Des projets très excitants.

1

Le soleil du petit matin aveuglait le vieillard rampant dans les broussailles, le faisait ciller à intervalles rapprochés et l'obligeait à se frotter les yeux avec le dos de sa main droite agitée de tremblements. Il atteignit le bord du petit promontoire qui faisait saillie au sommet de la colline. La pointe herbeuse dominait une élégante propriété du Val de Loire. À moins de trois cents mètres en contrebas s'étendait une terrasse dallée à laquelle menait une allée en briques bordée de fleurs. Serré dans la main gauche du vieillard, la bretelle tendue sur l'épaule, se trouvait un fusil de gros calibre, réglé à la bonne distance. L'arme était prête à tirer. Sa cible – un homme encore plus âgé que lui – n'allait pas tarder à apparaître dans le viseur télescopique. Comme chaque matin, le monstre allait sortir sur la terrasse, dans son ample peignoir, pour boire son café qu'il accompagnait d'un petit verre d'eau-de-vie, un plaisir qui lui serait refusé ce matin-là. Le monstre allait mourir, il s'effondrerait au milieu des fleurs ; le mal incarné gisant dans un écrin de beauté.

Jean-Pierre Jodelle, soixante-dix-huit ans, ancien chef de la Résistance, avait attendu un demi-siècle pour tenir sa promesse, l'engagement pris envers lui-même et le Seigneur. Il avait échoué avec les gens de justice et devant les tribunaux ; non, pas échoué, il avait subi un affront, il avait été bafoué, on lui avait dit que sa place était dans un asile d'aliénés, où il pouvait emporter ses vils fantasmes ! Le général Monluc était un héros national, un proche collaborateur de Charles de Gaulle, avec qui il était resté en contact sur les fréquences radio clandestines, pendant toute la durée de la guerre, en risquant la torture et le peloton d'exécution.

Foutaises ! Monluc était un renégat et un lâche, Monluc était un *traître* ! Il avait feint de soutenir le général en exil, en lui transmettant des renseignements sans valeur tout en se remplissant les poches avec l'or et les objets d'art saisis par les nazis. Après la guerre, de Gaulle, dans l'euphorie de la victoire, avait fait l'éloge public de son compagnon d'armes et l'avait couvert d'honneurs.

Foutaises ! De Gaulle s'était laissé abuser ! C'est Monluc qui avait ordonné l'exécution de l'épouse de Jodelle et de son fils aîné, âgé de cinq ans. Le cadet, un bébé de six mois, avait été épargné, peut-être grâce à la logique perverse de l'officier de la Wehrmacht, qui avait déclaré : « Il n'est pas juif, il est possible que quelqu'un le trouve. »

Quelqu'un l'avait trouvé. Un autre résistant, un acteur de la Comédie-Française. Il avait découvert le nourrisson vagissant dans les ruines de la maison détruite, à Barbizon, où il s'était rendu pour participer, le lendemain matin, à une réunion secrète. Le comédien avait ramené le bébé à sa femme, une actrice célèbre, dont raffolaient les Allemands, qui n'étaient pas payés de retour, car elle jouait sur ordre, jamais de sa propre initiative. Quand la guerre s'était achevée, Jodelle n'était plus que l'ombre de lui-même, un squelette méconnaissable, un homme irréparablement brisé, et il en était conscient. Les trois années passées dans un camp de concentration, à entasser des cadavres sortis des chambres à gaz – juifs, gitans et autres « indésirables » –, l'avaient réduit à un état proche de l'idiotie, avec des tics nerveux, des clignements d'yeux impossibles à contrôler, des spasmes de la gorge, toutes les manifestations de troubles psychiatriques graves. Jamais il ne s'était fait connaître de son fils survivant ni des « parents » qui l'avaient élevé. Errant dans les bas quartiers de Paris, changeant fréquemment de nom, Jodelle avait observé à distance l'enfant devenu un homme et l'un des comédiens les plus populaires du pays.

Cette distance, cette douleur intolérable étaient dues à Monluc, le monstre qui venait d'apparaître dans le viseur télescopique du fusil. Encore quelques secondes, et son vœu serait exaucé.

Soudain, un claquement terrifiant retentit. Le dos en feu, Jodelle lâcha son arme. Il pivota sur lui-même et découvrit avec stupéfaction deux hommes en bras de chemise, l'un tenant un fouet, qui le regardaient d'un air goguenard.

– Ce serait un plaisir de te tuer, espèce de vieux débris, dit l'homme au fouet, mais ta disparition ne ferait que créer des complications. Tu as une grande gueule d'ivrogne et tu dégoises des conneries. Il vaut mieux que tu repartes à Paris, rejoindre tes compères les clodos. Si tu ne fiches pas le camp tout de suite, tu es mort !

– Comment... ? Comment avez-vous su... ?

– Tu es un malade mental, Jodelle, si c'est le nom que tu utilises en ce moment, lança l'autre garde. Tu crois qu'on ne t'a pas repéré, depuis deux jours, avec toutes les branches que tu brises pour monter ici, avec ton fusil. Tu étais bien meilleur dans ta jeunesse, à ce qu'on dit.

– Alors, tuez-moi, espèces de salopards ! Je préfère mourir en sachant que j'étais tout près du but, plutôt que de continuer à vivre !

– Oh ! non ! reprit l'homme au fouet. Le général n'apprécierait pas. Tu as peut-être parlé à quelqu'un de tes intentions, et on ne veut pas que des fouineurs recherchent ta vieille carcasse. Tu es fou à lier, Jodelle, tout le monde le sait. Les juges ont été clairs.

– Ils sont corrompus !

– Tu es parano !

– Je sais ce que je sais !

– Un vieil ivrogne, bien connu dans tous les bistrots de la rive gauche d'où tu t'es fait jeter ! L'alcool t'enverra en enfer, Jodelle, mais tire-toi d'ici, avant que je ne t'y expédie moi-même. Debout ! Prends tes vieilles cannes à ton cou !

Le rideau se baissa sur la dernière scène de la pièce, une adaptation du *Coriolan* de Shakespeare, reprise par Jean-Pierre Villiers, le roi de la scène et de l'écran, nominé aux Oscars pour son premier film tourné aux États-Unis. Le rideau se leva, se baissa et se releva ; Villiers, cinquante ans, les épaules carrées, s'avança pour saluer son public et applaudit pour le remercier en distribuant des sourires. Tout était sur le point de basculer dans la folie.

Du dernier rang, un vieillard en haillons s'engagea en titubant dans l'allée centrale et se mit à hurler d'une voix cassée. Il sortit un fusil de son ample pantalon retenu par des bretelles, provoquant autour de lui un mouvement de panique qui s'étendit instantanément à toute la salle, tandis que les hommes écartaient les femmes de la ligne de tir et que leurs hurlements se répercutaient sur les murs du théâtre. Villiers réagit rapidement ; il repoussa les quelques acteurs et techniciens qui s'étaient avancés sur la scène.

– Une critique virulente, monsieur, je puis l'accepter ! rugit-il de cette voix bien connue, qui pouvait en imposer à une foule, en faisant face au vieillard qui s'approchait de la scène. Mais ce que vous faites est insensé ! Posez votre arme et nous parlerons !

– Je n'ai plus la force de parler, mon fils ! Mon unique enfant ! Je n'ai pas su m'occuper de ta mère et de toi. Je suis inutile, un rien du tout ! Je veux seulement que tu saches que j'ai essayé... Je t'aime, mon fils ! J'ai essayé... mais j'ai échoué !

Sur ces mots, le vieillard retourna l'arme vers lui et fourra le canon dans sa bouche, cherchant la détente de sa main droite. Son index se crispa sur le levier et il se fit sauter la cervelle, projetant sur ceux qui l'entouraient une pluie couleur de sang.

– Qui était cet homme ? demanda à ses parents Jean-Pierre Villiers, bouleversé, dans sa loge. Il a prononcé des paroles incompréhensibles, avant de se tuer. Pourquoi ?

Les Villiers échangèrent un regard ; ils hochèrent la tête du même mouvement.

– Nous devons te parler, déclara Catherine, en massant la nuque endolorie de celui qu'elle avait élevé comme son fils. À ta femme aussi, peut-être.

– Sa présence n'est pas nécessaire, protesta Julien. Il peut écouter seul ce que nous avons à dire, s'il pense que c'est mieux.

– Tu as raison. La décision lui appartient.

– Mais de quoi parlez-vous ?

– Nous t'avons caché des choses importantes, mon fils. Des choses qui, dans ton enfance, auraient pu te faire du mal...

– Me faire du mal ?

– Tu n'en es aucunement responsable, Jean-Pierre. Notre patrie était occupée, l'ennemi traquait sans relâche ceux qui, dans la clandestinité et par des actions violentes, s'opposaient à lui, n'hésitant pas à torturer et emprisonner les familles des suspects.

– Tu parles de la Résistance, naturellement, coupa Villiers.

– Naturellement, fit son père.

– Vous en faisiez partie tous les deux, je le sais, mais vous ne vous êtes jamais étendus sur votre rôle.

– Il vaut mieux oublier tout cela, glissa la mère. C'était une époque horrible... Nombre de ceux qui ont été stigmatisés pour leur attitude et accusés de collaboration ne faisaient que protéger les êtres qui leur étaient chers.

– Mais l'homme de ce soir, ce vieux clochard ? Il m'a appelé son fils ! J'accepte la dévotion dans une certaine mesure, même jusqu'à l'excès – cela fait partie du métier, aussi insensé que cela puisse paraître – mais de là à se brûler la cervelle sous mes yeux ? C'est de la folie !

– Il était fou, dit Catherine. Ce qu'il a subi lui avait fait perdre la raison.

– Vous le connaissiez ?

– Très bien, répondit Julien Villiers. Il s'appelait Jean-Pierre Jodelle, c'était un jeune baryton prometteur de l'Opéra. Après la guerre, nous avons fait, ta mère et moi, tout ce qui était humainement possible pour le retrouver. Il n'y avait aucune trace de lui et, comme nous savions que les Allemands l'avaient envoyé dans un camp, nous l'avons cru mort, comme les milliers d'autres qui ne figuraient sur aucun registre d'entrée.

– Pourquoi avez-vous essayé de le retrouver? Qu'était-il pour vous?

La seule mère que Jean-Pierre eût jamais connue, l'ancienne vedette sur laquelle les ans semblaient ne pas avoir de prise, s'agenouilla près de son fauteuil et leva lentement vers lui ses yeux bleu-vert.

– Pas seulement pour nous, mon fils, fit-elle d'une voix douce, pour toi aussi. Il était ton père naturel.

– Ça alors!... Mais, vous deux...

– Ta vraie mère, glissa calmement Julien Villiers, était sociétaire de la Comédie-Française...

– Une comédienne de talent, coupa Catherine, partagée entre les rôles d'ingénue et ceux de femme épanouie, en ces temps pénibles de l'Occupation. Elle m'était très chère, un peu comme une sœur cadette.

– Arrête! s'écria Jean-Pierre, en se dressant d'un bond. Tout va si vite, tout est si inattendu... Je n'arrive plus à penser!

– Il est parfois préférable de ne pas penser pendant un temps, fit Julien. De garder l'esprit engourdi jusqu'à ce que le cerveau fasse savoir qu'il est prêt à accepter.

– Tu me disais la même chose, il y a bien longtemps, reprit Jean-Pierre, avec un petit sourire triste et affectueux. Quand j'avais des difficultés avec une scène ou un monologue dont la signification profonde m'échappait. Tu disais: «Contente-toi de lire et de relire le texte, sans chercher à toute force à comprendre. Il se passera quelque chose.»

– Le conseil était judicieux, glissa Catherine.

– J'ai toujours été meilleur professeur que comédien.

– C'est vrai, murmura Jean-Pierre.

– Je te demande pardon? Qu'est-ce que tu viens de dire?

– Je voulais seulement dire que, lorsque tu étais sur scène, tu... tu...

– Une partie de toi était toujours tournée vers les autres, intervint Catherine Villiers en échangeant un regard entendu avec ce fils qui n'était pas son fils.

– Ah! vous conspirez encore contre moi! Comme toujours! Deux vedettes qui ménagent la susceptibilité du comédien de second ordre. Très bien, n'en parlons plus... Cela nous a permis, un court moment, de ne plus penser à ce qui s'est passé ce soir. Peut-être pouvons-nous y revenir.

Il y eut un instant de silence.

– Pour l'amour du ciel, s'écria Jean-Pierre, allez-vous m'expliquer?

Au même moment, on frappa quelques coups rapides à la porte de la loge. Elle s'ouvrit, le vieux gardien de nuit apparut sur le seuil.

– Excusez-moi de vous déranger, mais j'ai pensé qu'il valait mieux vous prévenir. Il y a encore des journalistes qui font le pied de grue devant l'entrée des artistes. Je leur ai dit, la police aussi, que vous étiez sortis par l'entrée principale, mais ils ne veulent pas nous croire.

– Eh bien, nous allons rester un moment ici, toute la nuit, si besoin est... Moi, je reste, en tout cas. Il y a un canapé à côté et j'ai prévenu ma femme. Elle a écouté les informations.

– Très bien, monsieur Jean-Pierre... Je voulais vous dire, madame Villiers, et vous aussi, monsieur, que c'est merveilleux de vous revoir, malgré ces tristes circonstances. Tout le monde se souvient de vous avec beaucoup d'émotion.

– Merci, Charles, dit Catherine. Je trouve que vous avez bonne mine.

– Ce serait encore mieux si vous reveniez sur scène, madame.

Le vieux gardien les salua d'un signe de tête et ressortit.

– Alors, reprit Jean-Pierre, que s'est-il passé ?

– Nous étions tous dans la Résistance, commença Julien, en prenant place sur une causeuse, au fond de la loge. Un groupe d'artistes unis contre un ennemi qui se proposait la destruction de toutes les formes d'art. Nous avions des moyens à notre disposition pour servir notre cause. Les musiciens faisaient passer des messages codés en insérant des phrases mélodiques qui ne figuraient pas dans la partition originale ; les illustrateurs des affiches exigées par les Allemands y glissaient des couleurs et des images cachées qui transmettaient d'autres messages. Nous, les gens de théâtre, nous ne cessions d'altérer les textes, en particulier les pièces célèbres, donnant souvent des instructions directes aux saboteurs...

– C'était parfois assez amusant, lança Catherine en prenant la main de son mari. D'une phrase qui disait : « J'ai rendez-vous avec elle à la station Montparnasse-Bienvenüe », nous faisions « J'ai rendez-vous avec elle gare de l'Est, à onze heures ». Quand le rideau tombait, les boches dans leur bel uniforme applaudissaient à tout rompre pendant que les résistants quittaient rapidement la salle pour aller retrouver un groupe de saboteurs, gare de l'Est, à l'heure indiquée.

– Oui, oui, fit Jean-Pierre avec impatience. J'ai déjà entendu ces histoires, ce n'est pas ce que je demande. Je comprends que c'est aussi difficile pour vous que pour moi, mais, je vous en prie, dites-moi ce que je dois savoir !

Le vieux couple de comédiens échangea un long regard ; Catherine hocha la tête en serrant la main de son mari.

– Jodelle fut dénoncé, commença Julien, par un jeune courrier qui avait parlé sous la torture. La Gestapo investit sa maison, attendit en vain son retour dans la nuit ; il était au Havre, où il nouait avec des agents britanniques et américains les premiers contacts en vue du débarquement. A l'aube, il paraît que le chef de la Gestapo, rendu fou furieux par l'attente, pénétra dans la maison et fit exécuter ta mère et ton frère aîné, âgé de cinq ans. Jodelle fut arrêté quelques heures plus tard ; nous réussîmes à lui faire savoir que tu étais vivant.

– Seigneur !

Pâle comme un linge, Jean-Pierre ferma les yeux et s'enfonça dans son fauteuil.

– Les monstres !... Attends, qu'as-tu dit ? « Il paraît que le chef de la Gestapo... » Pourquoi, « il paraît » ? Ce n'est pas certain ?

– Comme tu as l'esprit vif, Jean-Pierre, observa Catherine. Tu sais écouter, voilà pourquoi tu es un grand comédien.

– Je m'en fiche, maman ! Que voulais-tu dire, papa ?

– Ce n'était pas la politique des Allemands de massacrer les membres de la famille des résistants, réels ou supposés. Ils pouvaient les utiliser plus utilement, les torturer pour leur arracher des renseignements ou se servir d'eux comme appât, sans parler du STO et des femmes mises à la disposition de leurs officiers, le sort qui aurait probablement été réservé à ta mère.

– Alors, pourquoi ont-ils été tués ?... Non, dis-moi d'abord comment j'ai survécu.

– J'avais une réunion à l'aube, dans les bois de Barbizon. En passant devant ta maison, j'ai vu les vitres brisées, la porte défoncée et j'ai entendu les pleurs d'un bébé. C'était toi. J'ai tout de suite compris et il allait sans dire que la réunion serait annulée. Je t'ai ramené à Paris, à bicyclette, en prenant les petites routes.

– Il est un peu tard pour te remercier, mais je répète ma question : pourquoi ma... mère naturelle et mon frère ont-ils été abattus ?

– Tu te trompes de mot, mon fils, glissa Julien.

– Comment ?

– Ton émotion est telle que tu n'écoutes plus avec la même attention que tout à l'heure.

– Arrête, papa ! Explique-toi !

– J'ai dit « exécutés », pas « abattus ».

– Je ne comprends pas...

– Avant que Jodelle n'ait été arrêté par les Allemands, une de ses couvertures était un emploi de coursier au ministère de l'Information... Les nazis ne comprenaient rien à nos arrondissements et se perdaient dans les petites rues. Nous n'avons jamais su les détails, car Jodelle était très discret sur toutes les rumeurs, et elles ne manquaient pas. Mensonges, demi-vérités et vérités se répandaient dans la capitale à la vitesse d'une rafale d'arme automatique tirée à la plus légère provocation. Paris était en proie à la peur et à la suspicion...

– Je comprends, papa, coupa Jean-Pierre, bouillant d'impatience. Explique-moi plutôt ce que je ne comprends *pas*. Ces renseignements que tu n'as jamais eus, de quelle nature étaient-ils et comment ont-ils abouti aux exécutions ?

– Jodelle avait confié à quelques-uns d'entre nous qu'il y avait un homme très haut placé dans la Résistance, une figure légendaire, dont le nom n'était prononcé qu'à voix basse et dont l'identité était un des secrets les mieux gardés. Mais il prétendait savoir qui était cet homme et, si les éléments qu'il avait rassemblés étaient exacts, cette « figure légendaire » n'était pas un héros, mais un traître.

– De qui s'agit-il ? demanda Jean-Pierre d'un ton insistant.

– Il ne l'a jamais dit. Il nous a quand même confié que c'était un militaire, qu'il avait le grade de général. Il a expliqué que, s'il avait vu juste et si nous révélions le nom de cet homme, nous serions abattus par les Allemands. S'il s'était trompé et si nous diffamions ce général, on accuserait notre groupe d'instabilité et on se méfierait de nous.

– Qu'avait-il l'intention de faire ?

– S'il parvenait à établir la preuve de ce qu'il avançait, il démasquerait lui-même le général. Il jura qu'il était en mesure de le faire. Nous supposons – avec juste raison, semble-t-il – que le traître, ayant eu vent des soupçons de Jodelle, donna l'ordre de l'exécuter, lui et sa famille.

– C'est tout ? Il n'y a rien d'autre ?

– Essaie de comprendre ce qu'était notre vie, à l'époque, dit Catherine. Un mot de travers, un regard, un geste hostile, c'était directement la prison et, dans certains cas, la déportation. Les forces d'occupation, surtout les officiers subalternes ambitieux et fanatiques, se méfiaient de tout et de tout le monde. Chaque succès de la Résistance alimentait leur fureur. En un mot, nul n'était à l'abri. Même Kafka n'aurait pu inventer un tel enfer.

– Et vous ne l'aviez jamais revu avant ce soir ?

– Si nous l'avions revu, nous ne l'aurions pas reconnu, répondit Villiers père. J'ai eu de la peine à identifier le corps. Sans parler des outrages du temps, il n'était plus que l'ombre de lui-même, ratatiné, le visage momifié, tout ridé, la peau tannée.

– Ce n'était peut-être pas lui ? Crois-tu que ce soit possible ?

– Si, c'était bien Jodelle. Ses yeux écarquillés dans la mort étaient si bleus, du bleu profond d'un ciel méditerranéen sans nuages... Comme les tiens, Jean-Pierre.

– Jean-Pierre... ? répéta doucement le comédien. Vous m'avez donné son prénom.

– En réalité, rectifia Catherine, c'était celui de ton frère. Le pauvre enfant n'en avait plus besoin, nous avons pensé qu'il serait bien de te le donner, en souvenir de Jodelle.

– Touchante attention...

– Nous savions que nous ne pourrions jamais remplacer tes vrais parents, poursuivit Catherine d'un ton presque implorant, mais nous avons fait de notre mieux. Nous avons énoncé ce qui s'est passé dans notre testament, sans trouver, jusqu'à ce soir, le courage de te dire la vérité. Nous t'aimons tellement.

– Arrête, maman, je vais pleurer comme un enfant ! Qui pourrait souhaiter avoir de meilleurs parents que vous ? Je ne saurai jamais tout, mais, jusqu'à mon dernier souffle, vous serez ma mère et mon père.

La sonnerie du téléphone les fit sursauter.

– Personne n'a donné ce numéro aux journalistes ? demanda Julien.

– Pas à ma connaissance, répondit Jean-Pierre, en tendant la main vers l'appareil. A part vous, Gisèle et mon agent sont les seuls à le connaître ; ni mon avocat ni, je l'espère, les propriétaires du théâtre... Oui ? lança-t-il d'une voix gutturale.

– Jean-Pierre ? fit sa femme.

– C'est moi, chérie.

– Je n'étais pas sûre...

– Moi non plus, c'est pourquoi j'ai contrefait ma voix. Mes parents sont avec moi, je rentrerai dès que les journalistes auront levé le siège.

– Je pense que tu devrais trouver un moyen pour rentrer tout de suite.

– Pourquoi ?

– Il y a un visiteur pour toi...

– A cette heure ? Qui est-ce ?

– Un Américain. Il a à te parler, à propos de ce soir.

– De ce soir... au théâtre ?

– Oui, mon chéri.

– Tu n'aurais peut-être pas dû le faire entrer, Gisèle.

– Je n'ai pas eu le choix, tu sais. Henri Bressard l'accompagne.

– Henri ? Qu'est-ce que le Quai d'Orsay a à voir avec cette histoire ?

– Notre cher Henri est tout sourire, il use de son charme de diplomate et refuse de me dire quoi que ce soit avant ton arrivée... N'est-ce pas, Henri ?

– Tout à fait exact, ma très chère Gisèle, articula une voix lointaine. Je ne sais moi-même pour ainsi dire rien.

– As-tu entendu, mon chéri ?

– Distinctement. Parle-moi de cet Américain. Est-ce un de ces rustres ? Réponds simplement par oui ou par non.

– Tout au contraire. Mais un comédien pourrait dire qu'il a un regard ardent.

– Et mes parents ? Est-il souhaitable qu'ils m'accompagnent ?

Gisèle Villiers répéta la question, s'adressant à l'évidence à ses deux visiteurs.

– Plus tard, lança l'homme du Quai d'Orsay, d'une voix assez forte pour être entendue au téléphone. Nous leur parlerons plus tard, Jean-Pierre, ajouta-t-il en haussant encore la voix. Pas ce soir.

Le comédien et ses parents quittèrent le théâtre par l'entrée principale, le gardien de nuit ayant annoncé aux journalistes que Jean-Pierre Villiers allait sortir par l'entrée des artistes.

– Tiens-nous au courant, veux-tu ? dit Julien en embrassant son fils, avant de se diriger avec son épouse vers le premier des deux taxis appelés de la loge.

Jean-Pierre monta dans la seconde voiture et donna au chauffeur l'adresse de son domicile, au parc Monceau.

Les présentations furent brèves et alarmantes. Henri Bressard, secrétaire aux Affaires étrangères et ami intime de Jean-Pierre Villiers depuis une décennie, parla posément en indiquant son compagnon américain, un homme de haute taille, d'à peu près trente-cinq ans, aux cheveux châtain foncé et aux traits anguleux, dont les yeux gris clair étaient étonnamment vifs, peut-être par contraste avec la douceur de son sourire.

– Je te présente Drew Latham, agent d'un service spécial de renseignement américain, connu sous le nom d'Opérations consulaires, placé sous l'autorité conjointe du Département d'État et de la CIA... Le diplomate que je suis a de la peine à imaginer comment ils peuvent s'entendre !

– Ce n'est pas toujours facile, monsieur le secrétaire, mais nous y arrivons, fit Latham d'un ton affable, dans un français plus qu'hésitant.

– Il serait peut-être préférable de nous exprimer en anglais, suggéra Gisèle Villiers. Nous parlons tous couramment votre langue.

– Merci beaucoup, fit l'Américain. Je ne voudrais pas être mal compris.

– N'ayez crainte, dit Villiers. Mais il faut que vous sachiez que nous... que je tiens à comprendre pourquoi vous êtes venu, dans ces pénibles circonstances. J'ai appris ce soir des choses dont j'ignorais tout. Avez-vous d'autres révélations à faire, monsieur ?

– De quoi parles-tu, Jean-Pierre ? lança Gisèle.

– Laisse-le répondre, fit Villiers, ses grands yeux bleus rivés sur l'Américain.

– Peut-être, répondit l'agent de renseignement. Je sais que vous avez parlé à vos parents, mais j'ignore de quoi.

– Naturellement. Mais il est possible que vous ayez une idée du sujet de cette conversation, n'est-ce pas ?

– Franchement, oui, même si j'ignore ce que l'on vous avait révélé auparavant. Les événements de ce soir donnent à penser que vous n'aviez jamais entendu parler de Jean-Pierre Jodelle.

– Tout à fait exact.

– La police vous a longuement interrogé et croit fermement que vous avez dit la vérité.

– Pourquoi pas, monsieur Latham ? J'ai dit la vérité.

– Y a-t-il une autre vérité maintenant, monsieur Villiers ?

– Oui, il y en a une autre.

– Allez-vous cesser de parler par allusions ? s'écria Gisèle. Quelle est cette vérité ?

– Calme-toi, Gisèle. Nous sommes sur la même longueur d'onde, comme disent les Américains.

– Voulez-vous que nous en restions là ? demanda l'agent des Opérations consulaires. Préférez-vous poursuivre en privé ?

– Non, bien sûr. Ma femme a le droit de tout savoir et Henri, un de nos meilleurs amis, a l'habitude de garder ses opinions pour lui.

– Pouvons-nous nous asseoir ? fit Gisèle avec fermeté. Tout cela est beaucoup trop troublant pour en parler debout. Poursuivez donc, monsieur Latham, reprit-elle, quand ils furent installés. Et soyez plus clair, je vous en prie.

– J'aimerais savoir, intervint Bressard, fonctionnaire jusqu'au bout des ongles, qui est ce Jodelle dont vous parlez et pourquoi Jean-Pierre devrait le connaître.

– Excuse-moi, Henri, coupa le comédien. Cela ne me dérange pas vraiment, mais j'aimerais savoir pourquoi M. Latham a jugé bon de passer par ton canal pour se mettre en rapport avec moi.

– Je savais que vous étiez très liés, répondit l'Américain. Il y a quelques semaines, j'ai mentionné à Henri que je ne parvenais pas à obtenir des billets pour votre pièce et vous avez eu la gentillesse de m'en laisser deux au guichet.

– Ah ! je m'en souviens !... Votre nom me rappelait quelque chose, mais, avec tous ces événements, je n'avais pas fait le rapprochement. Deux billets au nom de Latham... Bien sûr !

– Vous étiez merveilleux...

– Trop aimable, coupa Jean-Pierre, déclinant le compliment et observant l'agent américain, avant de se retourner vers Bressard.

– Je ne puis donc que supposer, poursuivit-il, que vous êtes en relation.

– Sur un plan professionnel plus que personnel, fit Bressard. Je crois que nous n'avons dîné qu'une seule fois ensemble ; c'était en fait le prolongement d'une réunion demeurée infructueuse.

– Entre vos deux gouvernements, fit Gisèle.

– En effet.

– Et sur quoi portent tes conversations avec M. Latham ? insista Gisèle. Si je puis me permettre de poser cette question.

– Bien sûr que tu peux, fit Bressard. En général, sur des situations délicates, des événements présents ou passés qui pourraient nuire à nos gouvernements respectifs ou les embarrasser.

– Ce qui s'est passé ce soir entre dans cette catégorie ?

– C'est à Drew de répondre, Gisèle. Moi, je ne peux pas, et je suis aussi impatient que toi de connaître sa réponse. Il m'a tiré du lit, il y a une heure, en insistant pour que je l'accompagne chez vous sans délai, dans notre intérêt commun. Quand je lui ai demandé pourquoi, il m'a répondu que seul Jean-Pierre pouvait m'autoriser à être informé... de ce qui se rapporte aux événements de ce soir.

– C'est pour cette raison, demanda Villiers, que vous avez proposé de nous entretenir en privé, monsieur Latham ? Est-ce exact ?

– Tout à fait exact.

– C'est donc à titre officiel que vous êtes venu ce soir, n'est-ce pas ?

– Je crains que oui, répondit l'Américain.

– Malgré l'heure tardive et la tragédie à laquelle nous venons de faire allusion ?

– Je réponds encore oui. Chaque heure est vitale pour nous... surtout pour moi, si nous devons être précis.

– Je tiens à être précis, monsieur.

– Très bien, je vais parler avec franchise. Mon frère est un agent de la Central Intelligence Agency. Il a été envoyé en mission secrète en Autriche, dans l'Hausruck, une opération destinée à recueillir des renseignements sur une organisation néonazie en expansion. Mon frère n'a pas donné signe de vie depuis six semaines.

– Je comprends votre inquiétude, Drew, coupa Henri Bressard, mais quel rapport y a-t-il avec ce qui s'est passé ce soir ?

L'Américain considéra Villiers en silence.

– Le vieil homme au cerveau dérangé qui s'est suicidé au théâtre était mon père naturel, expliqua posément le comédien. C'était un ancien résistant. Les nazis l'ont arrêté, brisé et rendu fou.

Gisèle étouffa un petit cri ; elle lança vivement la main gauche vers son mari et lui serra le bras.

– Ils sont de retour, reprit Latham, toujours plus nombreux, plus influents qu'on ne veut le croire ou le dire.

– Admettons qu'il y ait un fond de vérité là-dedans, insista Bressard. Quel rapport avec le Quai d'Orsay ? Et pourquoi avez-vous dit « dans notre intérêt commun » ? Expliquez-vous, cher ami.

– Vous aurez un briefing complet, demain, à notre ambassade. Je l'ai demandé avec insistance, il y a deux heures, et Washington a donné son feu vert. En attendant, tout ce que je puis vous dire – et je n'en sais pas plus –, c'est que l'argent qui transite par la Suisse pour alimenter en Autriche les caisses du mouvement néonazi est expédié en secret de France. Nous ignorons par qui, mais les sommes sont colossales, elles s'élèvent à des millions de dollars. Destinées à des fanatiques qui sont en train de reconstruire un parti – le parti hitlérien en exil, toujours en Allemagne, dans la clandestinité.

– Si vous avez vu juste, cela signifie que cette organisation a des ramifications chez nous ? fit Bressard.

– Le traître de Jodelle, murmura Jean-Pierre Villiers, abasourdi, en se penchant vers le diplomate. Le fameux général !

– Ou ce qu'il a créé, précisa Latham.

– Pour l'amour du ciel, s'écria Gisèle, de quoi parlez-vous ? Un père qui tombe du ciel, la Résistance et les nazis, des millions de dollars versés à des fanatiques ! C'est de la folie, nous sommes en plein délire !

– Pourquoi ne pas commencer par le commencement, monsieur Latham ? fit doucement le comédien. Je pourrai peut-être apporter quelques précisions sur ce dont j'ignorais tout avant ce soir.

2

– D'après les archives en notre possession, commença Latham, un résistant rapatrié, se faisant alternativement appeler Jean Froisant et Jean-Pierre Jodelle, se présenta à maintes reprises à notre ambassade, sous divers déguisements et toujours de nuit. Il prétendait être réduit au silence par la justice française, qui refusait d'écouter ce qu'il savait des activités d'un des chefs de la Résistance. Le traître supposé était un général ayant bénéficié de l'assignation à résidence accordée par le haut commandement allemand aux officiers généraux restés en France. La conclusion négative des enquêteurs de l'OSI établit que Froisant/Jodelle était un déséquilibré, comme des centaines ou des milliers d'autres, traumatisés par les camps de concentration.

– L'OSI est le Bureau des enquêtes spéciales, expliqua Bressard en voyant l'expression étonnée des Villiers. Un service créé par les Américains pour traquer les criminels de guerre.

– Désolé, fit Latham, je croyais que vous connaissiez. Ce service opérait en France sur une grande échelle, conjointement avec les autorités.

– Bien sûr, glissa Gisèle. Cet organisme était officiel, mais il y avait d'autres chasseurs de collabos. Ce n'est pas ce qui manquait.

– Poursuivez, je vous prie, fit Jean-Pierre, le front plissé. On mit donc sur le compte d'un esprit dérangé le témoignage de Jodelle.

– La décision n'eut rien d'arbitraire, si c'est ce que vous voulez dire. On l'interrogea longuement, on recueillit trois dépositions distinctes, afin de relever d'éventuelles contradictions. C'est la procédure habituelle...

– Vous êtes donc en possession de l'information, coupa le comédien. Qui était ce général ?

– Nous ne savons pas...

– Vous ne savez pas ? s'écria Bressard. Ne me dites pas que vous avez égaré ces documents !

– Non, Henri, nous ne les avons pas égarés. Ils ont été dérobés.

– Mais vous avez dit : « d'après les archives », glissa Gisèle.

– J'ai dit : « d'après les archives en notre possession », rectifia Latham. Quand un nom est répertorié dans une période donnée, le répertoire résume, sans donner de détails, les différentes occasions où la procédure réglementaire a été suivie et où une décision a été prise. Les documents tels que les interrogatoires et les dépositions sont réunis dans des dossiers classés secret, afin de protéger de toute malveillance la vie privée des individus. Ce sont ces dossiers qui ont disparu. Pourquoi, nous l'ignorons... disons que nous l'ignorions jusqu'à présent.

– Mais vous connaissiez mon existence, fit Jean-Pierre. Comment est-ce possible ?

– À mesure que de nouveaux renseignements arrivent, les répertoires sont mis à jour par l'OSI. Il y a trois ans, notre ambassadeur à Paris fut accosté par Jodelle, manifestement pris de boisson, devant un théâtre où vous jouiez dans une pièce intitulée *Je m'appelle Aquilon*...

– Tu étais prodigieux ! lança Bressard avec enthousiasme.

– Je t'en prie, Henri... Poursuivez, monsieur Latham.

– Jodelle ne cessait de chanter vos louanges et de répéter que vous étiez son fils ; il demandait pourquoi les Américains refusaient de l'écouter. Les appariteurs du théâtre l'ont chassé sans ménagement, tandis que le concierge escortait l'ambassadeur jusqu'à sa limousine. Il a expliqué que le vieil ivrogne avait perdu la boule, que c'était un admirateur enragé de Jean-Pierre Villiers, qu'il rôdait autour des théâtres où vous jouiez.

– Je ne l'avais jamais vu. Pourquoi ?

– Le concierge a expliqué qu'il filait en vous voyant apparaître à l'entrée des artistes.

– Cela ne tient pas debout ! s'écria Gisèle.

– Je crains que si, ma chérie, rétorqua Jean-Pierre, avec un regard triste. Après ce que j'ai découvert ce soir... Nous disions donc, poursuivit-il vivement, qu'il a suffi de cette rencontre insolite, sans plus, pour que mon nom figure dans – comment dire ? –, dans les dossiers qui n'étaient pas classés secret.

– Dans le cadre de l'analyse du comportement du sujet, rien de sérieux.

– Mais vous avez pris la chose au sérieux, n'est-ce pas ?

– Comprenez-moi bien, je vous en prie, fit Latham, en se penchant vers l'acteur. Il y a cinq semaines et quatre jours, mon frère devait rencontrer son contact, à Munich. C'était un rendez-vous défini avec précision, dans un intervalle de temps de douze heures. Une opération clandestine à haut risque de trois ans allait aboutir, la fin était en vue, les dispositions prises pour le ramener sain et sauf aux États-Unis. Quand une semaine se fut écoulée, sans nouvelles de lui, je me rendis à Washington pour étudier tous les documents, tout ce dont nous disposions sur l'opération d'Harry – mon frère s'appelle Harry. Pour une raison ou une autre, peut-être parce que je l'ai trouvé étrange, l'incident du théâtre retint mon attention. Mais on peut en effet se demander pourquoi il en était fait mention dans ce dossier. Les vedettes sont fréquemment harcelées par des admirateurs trop enthousiastes, les journaux en parlent tous les jours.

– En effet, approuva Villiers. Ce sont les risques du métier, sans conséquence, le plus souvent.

– C'est ce que je me suis dit. Alors, pourquoi cet incident était-il signalé ?

– Avez-vous trouvé une réponse ?

– Pas vraiment, mais ce que j'ai appris m'a convaincu d'essayer de dénicher Jodelle. Depuis mon retour à Paris, il y a quinze jours, j'ai cherché partout, dans les ruelles les plus mal famées, les quartiers les plus louches.

– Pourquoi ? interrogea Gisèle. Quel début de réponse avez-vous trouvé ? Dites-moi d'abord pourquoi le nom de mon mari a été communiqué à Washington ?

– Je me suis posé la même question, madame. J'ai profité de mon séjour à Washington pour aller voir notre ancien ambassadeur – il n'a pas survécu à la défaite électorale de son parti. Comprenez que l'incident n'avait pu être rapporté aux services du renseignement sans son accord.

– Que vous a répondu mon vieil ami l'ambassadeur ? lança Bressard d'un ton où perçait l'ironie.

– C'est sa femme...

– Ah ! fit le fonctionnaire du Quai d'Orsay. J'espère que vous l'avez écoutée attentivement. C'est elle qui aurait dû être diplomate. Infiniment plus intelligente et mieux informée que lui. Elle est médecin, vous savez ?

– Oui, je lui ai parlé. Nous partageons la même passion du théâtre. Elle n'accepte une place qu'à l'un des trois premiers rangs.

– Ce ne sont pas les meilleurs, fit doucement Villiers. On perd en perspective ce que l'on gagne en distance. Pardon, poursuivez. Qu'a-t-elle dit ?

– Elle a parlé de vos yeux, monsieur Villiers. Et de ceux de Jodelle, quand il les a abordés sur le trottoir pour les apostropher d'une voix hystérique. « Ils ont tous deux des yeux d'un bleu intense, mais d'une couleur extraordinairement pâle, très rare chez les gens aux yeux bleus. » Elle pensait donc, à tort ou à raison, que les divagations de

Jodelle n'étaient pas sans fondement, car des yeux d'une couleur aussi insolite ne pouvaient qu'être un caractère héréditaire. Ce n'était certes qu'une supposition, mais il ne fallait pas la négliger. Et elle est médecin, ne l'oublions pas.

– Ce que vous soupçonniez s'est donc vu confirmé, fit Jean-Pierre, en hochant pensivement la tête.

– En apprenant, au cours du journal télévisé, qu'un individu non identifié s'était brûlé la cervelle dans le théâtre, après avoir crié que vous étiez son fils, j'ai compris que j'avais retrouvé Jodelle.

– Mais vous êtes arrivé trop tard, monsieur Latham. Vous avez trouvé le fils, pas le père, ce père qu'il n'a jamais connu. À quoi cela vous avance-t-il? Je n'ai pas grand-chose à ajouter à ce que vous savez, à ce que j'ai appris ce soir, de la bouche des seuls parents que j'aie jamais connus. Ils m'ont dit que Jodelle était un baryton de l'Opéra et un résistant, et qu'après son arrestation il avait été envoyé dans un camp d'où il était censé ne pas être revenu. À l'évidence, il n'en était rien; conscient de sa déchéance, il ne s'est jamais fait reconnaître. C'est cet homme qui m'a permis de mener l'existence d'un privilégié, conclut pensivement le comédien après un silence, et qui a rejeté tout ce que la vie pouvait lui apporter.

– Il devait t'aimer énormément, mon chéri, fit Gisèle. Mais quels chagrins, quels tourments il a endurés.

– Ils ont fait tout ce qui était en leur pouvoir pour le retrouver... Il aurait pu être soigné. Seigneur, quel affreux gâchis! Je ne peux rien pour vous, ajouta-t-il en regardant l'Américain. Pas plus que pour moi.

– Racontez-moi exactement ce qui s'est passé. Je n'ai pas appris grand-chose au théâtre; la police est arrivée après le drame et les témoins que j'ai interrogés – des ouvreuses, pour la plupart – ne m'ont pas été d'un grand secours. Ils ont entendu des cris, qu'ils ont d'abord confondus avec les applaudissements, puis ils ont vu un vieux monsieur remonter l'allée centrale en criant que vous étiez son fils et retourner contre lui-même le fusil qu'il tenait. C'est à peu près tout.

– Non, fit Villiers, en secouant la tête, ce n'est pas tout. Il y eut dans la salle une sorte de pause, un temps d'arrêt, un moment de silence stupéfait avant le tumulte. C'est à cet instant que j'ai entendu distinctement plusieurs phrases. « Je n'ai pas su m'occuper de ta mère et de toi... Je suis inutile, un rien du tout! Je veux seulement que tu saches que j'ai essayé... j'ai essayé, mais j'ai échoué! » C'est tout ce dont je me souviens; après, ce fut la panique. Je n'ai pas compris de quoi il parlait.

– La réponse est dans ses dernières paroles, dit Latham d'un ton grave. Il a dû se passer quelque chose de si important pour lui, de si catastrophique, qu'il a rompu le silence de toute une vie pour se montrer enfin. Ce dernier geste avant de se tuer, quelque chose a dû le déclencher.

– À moins qu'il ne s'agisse du dernier stade de la dégradation d'un esprit déséquilibré, avant de basculer dans la folie, suggéra Gisèle.

– Je ne pense pas, rétorqua poliment l'Américain. Jodelle était trop concentré sur ce qu'il faisait. Il savait précisément ce qu'il allait faire. Il a réussi à pénétrer dans le théâtre en cachant un fusil, ce qui n'est pas une mince affaire, puis il a attendu la fin de la représentation et les rappels – il n'aurait pas voulu en priver votre mari. Un homme en proie à une crise de démence eût été enclin à interrompre la pièce pour attirer sur lui l'attention générale. Jodelle ne l'a pas fait. Une partie de lui restait trop rationnelle et il a eu cette générosité.

– Vous êtes aussi psychologue ? demanda Bressard.

– Pas plus que vous, Henri. L'essentiel, dans notre métier, n'est-il pas d'étudier le comportement humain, de le prévoir, si possible ?

– Votre théorie, coupa Villiers, est donc que mon père naturel a froidement calculé les étapes conduisant à sa mort, car il était poussé par quelque chose qui lui était arrivé.

L'acteur s'enfonça dans son fauteuil, le front plissé par la réflexion.

– Nous devons découvrir ce que c'est, ajouta-t-il.

– Comment faire ? Il est mort.

– Quand un acteur analyse un personnage qu'il va incarner sur scène ou à l'écran, et que ce personnage échappe aux clichés de son imagination, il lui faut étudier la réalité, l'utiliser comme un support.

– Je ne suis pas sûr de comprendre.

– Il y a bien longtemps, on m'a demandé de jouer le rôle d'un bédouin, un cheikh très antipathique, qui tuait sans pitié ses ennemis, croyant fermement qu'ils étaient les ennemis d'Allah. Tous les clichés que l'on peut imaginer me sont venus à l'esprit : sourcils sataniques, barbiche en pointe, lèvres minces et cruelles, regard mystique ; tout cela était d'une affligeante banalité. Je me suis donc rendu à Djedda et je suis parti dans le désert où j'ai rencontré plusieurs chefs de tribu bédouins. Ils ne ressemblaient aucunement à ce que j'attendais. Ardents défenseurs de leur foi, certes, mais pondérés, courtois, ils croyaient fermement que ce que l'Occident appelait les crimes de leurs ancêtres était totalement justifié, car les ennemis d'antan étaient véritablement les ennemis de leur Dieu. Ils ont même expliqué qu'à la mort de ces ennemis, leurs ancêtres priaient Allah pour le salut des morts. Ils éprouvaient une tristesse sincère pour ces morts nécessaires. Comprenez-vous ?

– C'était pour *Le Carnage du voile*, glissa l'homme du Quai d'Orsay. Tu étais éblouissant ; le critique le plus influent du moment a écrit que le mal que tu incarnais était d'une incomparable pureté, car tu l'habillais d'une bienveillance sereine...

– Henri, je t'en prie ! Ça suffit !

– Je ne vois toujours pas où vous voulez en venir, monsieur Villiers.

– Si vous êtes dans le vrai au sujet de Jodelle, il n'était pas aussi atteint par la folie que ses actes ne semblent l'indiquer... C'est bien le fond de votre pensée ?

– En effet, je le crois. C'est pour cette raison que j'ai essayé de le retrouver.

– Même dans son état, il était en mesure de communiquer avec autrui, avec d'autres malheureux de son espèce, n'est-ce pas ?

– Probablement. Certainement, même.

– Il faut donc commencer par son entourage, le milieu dans lequel il vivait. Je m'en charge.

– Jean-Pierre ! s'écria Gisèle. Te rends-tu compte de ce que tu dis ?

– Il n'y a pas de matinées pour notre spectacle. Il faudrait être fou pour jouer *Coriolan* huit fois par semaine. Je dispose donc de mes journées.

– Pour quoi faire ? demanda Bressard, en haussant les sourcils.

– Comme tu l'as si généreusement laissé entendre, Henri, je suis un comédien acceptable et j'ai mes entrées chez tous les costumiers de Paris. Trouver un déguisement ne sera pas un problème et le grimage a toujours été l'un de mes points forts. Je partage l'opinion de sir Laurence Olivier qui parlait d'artifice déloyal – le caméléon, disait-il –, mais c'est un atout précieux. Je vais pénétrer dans le monde de Jodelle et la chance me sourira peut-être. Il a dû se confier à quelqu'un, j'en ai la conviction.

– Ce milieu, reprit Latham, ce monde où il vivait, est assez sordide, parfois violent. Si l'on pense que vous avez quelques billets dans votre poche, on n'hésitera pas à vous assommer pour vous dévaliser. Pendant les quinze jours de mon enquête, il m'a fallu sortir mon arme en cinq occasions. Dans ce milieu, on observe la loi du silence et on n'aime pas les inconnus trop curieux. J'avoue que j'ai fait chou blanc.

– Mais vous n'êtes pas un acteur, monsieur, et, soyons francs, votre français demeure perfectible. J'imagine que vous avez rôdé dans ces quartiers en tenue de ville et que votre apparence générale n'était guère différente de ce qu'elle est ce soir.

– Euh !... En effet.

– Pardonnez mon insistance, mais il est difficile d'inspirer confiance dans ce milieu quand on est bien rasé, correctement vêtu et que l'on pose des questions dans un français hésitant.

– Arrête, Jean-Pierre ! lança Gisèle. Ce que tu as en tête est hors de question ! Sans parler de mon inquiétude et de ta sécurité, ton contrat t'interdit de courir le moindre risque physique. Tu n'as le droit ni de faire du ski, ni de jouer au polo, ni même de piloter ton avion !

– Mais je ne serai ni sur des skis, ni sur un cheval, ni dans un avion. Je vais simplement me promener dans Paris et humer l'atmosphère. C'est moins risqué qu'un voyage en Arabie Saoudite pour préparer un rôle.

– Ridicule ! s'écria Bressard.

– Je ne suis pas venu vous demander de faire cela, reprit Latham. J'espérais seulement que vous sauriez quelque chose qui pourrait m'aider. Il n'en est rien, tant pis. Mon gouvernement peut engager des gens pour ce que vous vous proposez de faire.

– Permettez-moi de vous dire, sans fausse modestie, que vous n'aurez pas ce qu'il y a de mieux. Vous voulez ce qu'il y a de mieux, monsieur Latham. ou avez-vous déjà oublié votre frère ? Votre nervosité semble montrer que non. Ce doit être un homme admirable, ce frère aîné qui, je n'en doute pas, vous a aidé et guidé. Vous vous sentez naturellement tenu de faire pour lui tout ce qui est en votre pouvoir.

– Je suis inquiet, j'en conviens, mais cela ne regarde que moi, répliqua sèchement l'Américain. Je suis un professionnel.

– Moi aussi, monsieur, et cet homme du nom de Jodelle, je lui dois autant que vous à votre frère. Plus encore, peut-être. Il a perdu sa femme et son enfant en combattant pour la liberté, puis il s'est condamné à un enfer impossible à imaginer pour me permettre de réussir. Oui, je lui dois beaucoup, sur tous les plans. À ma mère naturelle, aussi, et à l'enfant dont je porte le prénom, ce frère aîné qui aurait pu me guider. J'ai une lourde dette envers eux, monsieur Latham, et vous ne m'empêcherez pas de commencer à l'acquitter. Personne ne m'en empêchera... Ayez l'obligeance de repasser demain, à midi. Je serai prêt et toutes les dispositions seront prises.

Latham et Bressard sortirent de l'imposante demeure des Villiers, donnant sur le parc Monceau, et se dirigèrent vers la voiture du diplomate.

– Est-il besoin de vous dire que je n'aime pas du tout cela, fit Bressard.

– Moi non plus, je n'aime pas ça. Même s'il est un grand acteur, il risque d'être dépassé.

– Il ne s'agit pas de cela. Ce que je n'aime pas, c'est qu'il aille traîner dans les bas-fonds de Paris où il risque, si on le reconnaît, d'être agressé ou même enlevé. Mais vous pensiez à autre chose ?

– Je ne sais pas très bien, appelons cela l'instinct. Il est arrivé quelque chose de grave à Jodelle, ce n'est pas seulement un vieux fou venu se donner la mort sous les yeux du fils dont il ne s'est jamais occupé.

C'est l'acte d'un homme réduit au désespoir ; il se savait vaincu, irrémédiablement.

– Oui, dit Bressard, en faisant le tour de la voiture tandis que Latham s'arrêtait devant l'autre portière. Il a crié qu'il avait échoué, qu'il avait essayé, mais échoué.

– Qu'a-t-il essayé de faire ? Pourquoi a-t-il échoué ? De quoi s'agit-il ?

– De la fin du voyage, peut-être, répondit Henri en mettant le contact. Il avait peut-être compris que l'ennemi était définitivement hors d'atteinte.

– Pour le savoir, pour en avoir la certitude, il lui avait fallu retrouver cet ennemi, avant de comprendre qu'il n'y avait plus rien à faire. Il savait qu'on le prenait pour un cinglé ; on ne l'avait cru ni à Paris ni à Washington et il avait été repoussé – que dis-je ? – bafoué par la justice. Il s'était donc débrouillé seul pour retrouver son ennemi, et c'est alors qu'il s'est passé quelque chose... Il a été arrêté net.

– Si c'est le cas, pourquoi ne pas s'être débarrassé de lui ?

– Ils ne pouvaient pas. Cela aurait soulevé trop de questions. En attendant sa mort naturelle – à son âge et dans son état, elle ne pouvait tarder – il restait un ivrogne, un vieil illuminé. Si on l'assassinait, ses accusations risquaient de devenir plus crédibles. Des gens comme moi pouvaient se mettre à fouiner, c'était trop dangereux. Vivant, il n'était rien, mort, il en va autrement.

– Je ne vois pas le rapport avec Jean-Pierre, mon cher ami.

– Les ennemis de Jodelle, ce groupe qui, j'en suis convaincu, est lié au mouvement néonazi allemand, vivent dans la clandestinité, mais il ont des yeux et des oreilles. Si Jodelle les a retrouvés, le moins qu'ils puissent faire est de s'intéresser de près à son suicide. Ils seront à l'affût de toute personne posant des questions sur lui. S'il y a du vrai dans ce que Jodelle prétendait, ils ne peuvent faire autrement... Ce qui me ramène aux dossiers dérobés à Washington. Ce n'est pas sans raison qu'ils ont disparu.

– Je vois où vous voulez en venir, fit Bressard, et je suis résolument hostile à ce que Villiers s'en mêle. Je ferai mon possible pour l'en empêcher ; Gisèle m'aidera. Elle est aussi forte que lui, et il l'adore.

– Vous n'avez peut-être pas bien écouté. Il a dit que personne ne l'en empêcherait. Il ne jouait pas la comédie, Henri, il était sérieux.

– D'accord, il faudra en tenir compte. Nous en reparlerons demain ; la nuit porte conseil, comme on dit. Avez-vous toujours votre appartement rue du Bac ?

– Oui, mais je veux d'abord passer à l'ambassade. Je dois téléphoner à Washington, sur une ligne brouillée. Je me ferai raccompagner.

– Comme vous voudrez.

Latham prit l'ascenseur pour descendre au sous-sol de l'ambassade et suivit le couloir aux murs blancs, éclairé au néon, qui menait au centre des communications. Il glissa sa carte magnétique dans la fente; il y eut un bourdonnement bref, la lourde porte s'ouvrit et il entra. Dans la vaste salle climatisée, du même blanc immaculé que le couloir, le matériel électronique aux reflets luisants occupait trois des murs, un fauteuil pivotant devant chaque console, tous les deux mètres. En raison de l'heure tardive, un seul siège était occupé; le volume des communications était réduit entre 2 et 6 heures du matin.

– Je vois que vous tenez la boutique, Bobby, dit Drew à l'unique occupant de la salle. Vous tiendrez le coup?

– En fait, j'aime ça, répondit Robert Durbane, cinquante-trois ans, spécialiste des communications et responsable du centre de l'ambassade. Les gars croient que je leur fais une fleur en prenant la nuit; ils se trompent, mais surtout ne leur dites rien. Regardez ce que j'ai à faire.

Durbane montra un exemplaire plié du *Times*, ouvert à la page des redoutables mots croisés.

– Vous ajoutez le masochisme aux heures supplémentaires, fit Latham en traversant la salle pour prendre place à côté de Durbane. Je suis nul, ce n'est pas la peine de me poser des questions.

– Comme tous les blancs-becs. Je n'ai rien à ajouter, monsieur le spécialiste du renseignement.

– Cette remarque paraît légèrement grinçante.

– Avez-vous une burette d'huile?... Que puis-je faire pour vous?

– Je veux appeler Sorenson sur une ligne brouillée.

– Il a essayé de vous joindre, il y a une heure.

– Je n'étais pas chez moi.

– Vous trouverez son message... C'est drôle, j'ai pourtant eu l'impression que vous veniez de vous parler.

– Nous nous sommes parlé, mais cela remonte à près de trois heures.

– Utilisez le téléphone rouge, dans la cage.

Durbane se retourna pour montrer l'enceinte vitrée dont les quatre panneaux de verre montaient jusqu'au plafond. La «cage», comme on l'appelait, était un espace insonorisé, où des conversations confidentielles pouvaient avoir lieu en toute sécurité. Le personnel des communications se réjouissait de son existence; on ne peut être contraint de révéler ce qu'on n'a pas entendu.

– Vous saurez quand le brouillage commencera, reprit Durbane.

– Je n'en doute pas, répondit Drew, en faisant allusion aux signaux sonores discordants qui précédaient le bourdonnement âpre indiquant que le brouilleur était en service.

Il se leva, se dirigea vers l'épaisse porte vitrée de la cage et entra. Sur la grande table de Formica qui en occupait le centre étaient posés le téléphone rouge, quelques blocs-notes, des stylos et même un cendrier. Dans l'angle de l'enceinte de verre se trouvait une déchiqueteuse, dont le contenu était brûlé trois fois par jour, ou plus, si nécessaire. Latham s'installa dans le fauteuil orienté de telle manière que son occupant tournait le dos au personnel travaillant devant les consoles ; les mesures de sécurité incluaient la crainte de la lecture labiale, dont on avait fait des gorges chaudes jusqu'à ce que l'on découvre, au plus fort de la guerre froide, une taupe soviétique dans le service des communications de l'ambassade. Drew décrocha et attendit ; quatre-vingt-deux secondes plus tard, il perçut les différents signaux sonores, puis il entendit la voix de Wesley T. Sorenson, le directeur des Opérations consulaires.

– Où étiez-vous passé ?

– Après avoir reçu votre feu vert pour contacter Henri Bressard, je suis allé au théâtre, puis je l'ai appelé. Il m'a emmené chez les Villiers, au parc Monceau. Je viens d'arriver.

– Alors, vous aviez vu juste ?

– C'était mathématique.

– Bon sang !... Ce vieil ivrogne était vraiment le père de Villiers.

– Villiers me l'a confirmé. Il le tenait – pour reprendre son expression – des seuls parents qu'il eût jamais connus.

– Dans ces circonstances, quel choc il a dû recevoir !

– C'est de cela que je veux vous parler, Wes. Ce choc a provoqué un terrible sentiment de culpabilité. Il est décidé à se servir secrètement de ses talents de comédien pour essayer d'entrer en contact avec les amis de Jodelle et de découvrir si le pauvre vieux a confié à quelqu'un où il était ces derniers jours, qui il cherchait et ce qu'il comptait faire.

– C'était votre scénario, fit Sorenson. Si vos prévisions se vérifiaient.

– Il ne pouvait en aller autrement... dans le cas où j'avais vu juste. Mais ce scénario prévoyait d'utiliser des hommes à nous, sans faire appel à Villiers.

– Et vous aviez vu juste. Félicitations.

– On m'a aidé, Wes. La femme de l'ex-ambassadeur.

– Personne d'autre que vous n'a réussi à la retrouver.

– Personne d'autre n'a un frère dans une situation aussi délicate, quasi désespérée.

– Je comprends. Alors, quel est le problème ?

– La détermination de Villiers. J'ai essayé de le convaincre de renoncer, j'ai échoué et je ne pense pas que quiconque puisse l'en dissuader.

– Pour quoi faire ? Il apprendra peut-être quelque chose. Pourquoi s'en mêler ?

– Parce que ceux qui ont provoqué le suicide de Jodelle ont dû le mettre devant le fait accompli. Ils lui ont fait comprendre qu'il avait perdu sur toute la ligne, qu'il était fini. Il n'avait plus rien à espérer.

– Psychologiquement, ça se tient. Son idée fixe ne lui laissait pas d'autre issue que de se supprimer. Et alors ?

– Les responsables ne se contenteront certainement pas de son suicide ; comme je l'ai dit à Bressard, ils ne peuvent se le permettre. Si quelqu'un, peu importe qui, commence à poser des questions sur Jodelle... Eh bien, si ses ennemis sont ceux auxquels je pense, ce quelqu'un n'a pas d'avenir.

– L'avez-vous dit à Villiers ?

– Pas de manière explicite, mais je l'ai averti que ce qu'il voulait faire était extrêmement dangereux. Il m'a répondu, en substance, d'aller au diable. Qu'il avait envers Jodelle une dette au moins aussi lourde que celle que j'ai envers Harry. Je dois retourner chez lui demain midi ; il a dit qu'il serait prêt.

– Il faudra mettre les points sur les i, ordonna Sorenson. S'il insiste, laissez-le faire.

– Cherchons-nous à avoir sa fin prématurée sur la conscience ?

– Quand on dit d'une décision qu'elle est délicate, c'est qu'elle n'a rien de facile. Vous tenez à retrouver Harry, moi à mettre au jour le cancer qui prolifère en Allemagne.

– J'aimerais réussir sur les deux tableaux, fit Latham.

– Bien sûr, moi aussi. Si votre acteur tient tellement à interpréter un rôle, ne l'en empêchez pas.

– Je veux qu'il soit protégé.

– C'est souhaitable. Mort, il ne pourra jamais raconter ce qu'il a appris. Arrangez cela avec la DST, ils sont très bons pour ce genre de chose. J'appellerai Claude Moreau tout à l'heure ; c'est le patron de la DST. Nous avons travaillé ensemble à Istanbul ; le meilleur agent que les services secrets français aient jamais eu, un type exceptionnel. Il vous fournira ce dont vous avez besoin.

– Dois-je avertir Villiers ?

– Je suis de la vieille école, Latham, ce qui a des avantages et des inconvénients ; je pense que, si vous devez monter une opération, il faut aller jusqu'au bout. Villiers devrait aussi avoir un micro caché ; c'est un risque supplémentaire, bien entendu, et il ne faut pas le lui cacher. Que sa décision soit prise en connaissance de cause.

– Je suis content que nous soyons sur la même longueur d'onde. Merci.

– Aujourd'hui, je suis à ce bureau, Drew, mais je me suis trouvé à votre place. C'est une saloperie de jeu d'échecs, surtout quand les pions y laissent leur peau. Leur image ne nous quitte jamais, vous pouvez me croire. Elle alimente les cauchemars.

– Tout ce qu'on raconte sur vous est donc vrai ? Y compris votre insistance pour que les agents sur le terrain vous appellent par votre prénom.

– C'est en grande partie exagéré, répondit le directeur des Opérations consulaires. Mais, quand j'étais sur le terrain, je crois que si j'avais pu appeler mon patron par son prénom, j'aurais parlé avec beaucoup plus de franchise. C'est ce que j'attends de vous tous. « Monsieur le directeur » ne fait que compliquer les choses.

– Vous avez entièrement raison.

– Je sais. Allez, faites ce que avez à faire.

Latham sortit de l'ambassade et suivit le trottoir de l'avenue Gabriel jusqu'à la voiture diplomatique blindée qui allait le ramener rue du Bac. C'était une Citroën dont la banquette arrière était si peu spacieuse qu'il préféra s'asseoir à l'avant, à côté du chauffeur, en uniforme des Marines.

– Vous connaissez l'adresse ? fit-il.

– Oui, monsieur. Bien sûr, monsieur, certainement.

Épuisé, Drew lança un coup d'œil en coin au chauffeur ; l'accent était indubitablement américain, mais il y avait quelque chose de bizarre dans l'assemblage des mots. Ou bien était-il si fatigué que son ouïe lui jouait des tours ? Il ferma les yeux – combien de temps, il n'aurait su le dire –, plongeant avec délectation dans le néant, le vide de l'esprit. Il oublia son anxiété plusieurs minutes. Il en avait besoin, il en fut soulagé. Soudain, il prit conscience d'un mouvement, du tressautement de son corps sur le siège. Il ouvrit les yeux ; la voiture traversait un pont à vive allure.

– Hé ! s'écria Latham. Je n'ai pas dit que j'étais en retard pour un rendez-vous ! Lâchez un peu l'accélérateur, mon vieux !

– *Tut mir...* Pardon, monsieur.

– Quoi ?

À l'extrémité du pont, le chauffeur engagea la voiture dans une rue sombre. La lumière se fit dans l'esprit de Drew : ils n'étaient pas du tout dans la direction de la rue du Bac.

– Qu'est-ce que vous faites ? rugit-il.

– C'est un raccourcissement, monsieur.

– Foutaises ! Arrêtez-vous, tout de suite !

– *Nein !* cria l'homme en uniforme des Marines. Vous irez où je vous conduis !

Il sortit un automatique de sa tunique, le pointa vers la poitrine de Latham.

– Ce n'est pas vous qui donnez les ordres, c'est moi qui les donne !

– Bon Dieu ! Vous êtes un de ces salauds !

– Je vais vous en présenter d'autres, et après ce sera fini pour vous.

– Alors, c'est vrai ? Vous êtes partout à Paris...

– *Und England, und die Vereinigten Staaten,überall in Europa !... Sieg Heil !*

– *Sieg* mon cul ! répliqua posément Drew en baissant la main gauche dans l'obscurité de la voiture pour la placer sous l'automatique, tout en avançant insensiblement le pied gauche sur le plancher. Que diriez-vous d'une petite surprise, genre *Blitzkrieg* ?

Sur ces mots, il écrasa le pied sur la pédale de frein et frappa simultanément du tranchant de la main le coude droit de son soi-disant ravisseur. Le pistolet échappa au néonazi. Drew le saisit et tira dans la rotule droite du conducteur au moment où la voiture heurtait l'angle d'un bâtiment.

– C'est raté ! lança Latham en haletant.

Il ouvrit la portière, prit l'homme par le col de sa tunique. Il descendit, le tira sur le siège et le laissa tomber sur le trottoir. La rue était déserte, bordée d'immeubles bas. Outre la clarté indécise des réverbères, le seul éclairage provenait des phares de la Citroën endommagée. C'était suffisant.

– Maintenant, tu vas parler, fit Latham au faux Marine, recroquevillé sur l'asphalte, gémissant doucement, les mains serrées sur son genou en miettes. Sinon, la prochaine balle te transpercera les deux mains. Une main fracassée n'est plus jamais comme avant. Un sale handicap dans la vie.

– *Nein ! Nein !* Ne tirez pas !

– Pourquoi ? Tu allais me tuer, tu l'as dit toi-même. Je vais être beaucoup plus gentil. Je ne te tuerai pas ; je te laisserai la vie sauve, mais tu ne seras plus bon à rien. Après les mains, nous passerons aux pieds... Qui es-tu, comment t'es-tu procuré cet uniforme et cette voiture. Parle !

– Nous avons des uniformes... *amerikanische, französische, englische.*

– Et la voiture de l'ambassade ? Où est l'homme que tu as remplacé ?

– On lui a dit de ne pas venir...

– Qui ?

– Je ne sais pas. On a amené la voiture devant l'ambassade. *Der Schlüssel*... la clé était dessus. On m'a donné l'ordre de vous conduire.

– Qui te l'a donné ?

– Mes supérieurs.

– Ceux auprès de qui tu m'emmenais ?

– *Ja.*

– Qui sont-ils ? Je veux des noms ! Vite !

– Je ne connais pas les noms. On nous contacte avec des codes, des chiffres et des lettres.

– Et toi, quel est ton nom ?

Drew s'accroupit devant le néo et écrasa le canon de l'automatique sur les mains couvertes de sang.

– Erich Hauer. Je le jure !

– Ton nom de code, Erich ? Sinon, tu peux dire adieu à tes mains et à tes pieds.

– C-Zwölf... Douze.

– Ton anglais est bien meilleur quand tu ne fais pas dans ton froc, Erich. Où m'emmenais-tu ?

– Cinq ou six rues plus loin. J'aurais vu les *Scheinwerfer...*

– Les quoi ?

– Les phares... Dans une petite rue, sur la gauche.

– Ne bouge pas, petit Adolf, ordonna Latham.

Il se redressa, fit deux pas de côté vers la portière, l'arme braquée sur l'Allemand. Il se glissa à reculons sur le siège, tâtonnant sous le tableau de bord, jusqu'à ce qu'il trouve le téléphone relié à l'ambassade par une ligne directe. Comme l'émetteur se trouvait dans le coffre, il y avait de fortes chances qu'il fût en service. Il l'était. Drew regarda les touches, appuya quatre fois de suite sur le zéro. Le signal d'urgence.

– Ambassade des États-Unis, fit la voix de Durbane dans l'écouteur. Votre statut est Zéro Quatre. L'appel est enregistré, parlez !

– Bobby, c'est Latham...

– Je sais bien que c'est vous. Je reçois votre fréquence. Pourquoi le signal Zéro Quatre ?

– Nous nous sommes fait avoir. J'ai échappé de justesse à une exécution sommaire organisée par nos amis les nazis. Le chauffeur n'était pas un vrai Marine ; quelqu'un du parc automobile a voulu me piéger. Faites une enquête sur tout le personnel !

– Vous n'avez pas de mal ?

– Un peu secoué, c'est tout ; nous avons eu un accident et le skinhead ne s'en est pas trop bien sorti.

– Bon, je sais où vous êtes. Je vais envoyer une patrouille...

– Vous connaissez notre position exacte ?

– Bien sûr.

– Envoyez deux patrouilles, Bobby. Une armée jusqu'aux dents.

– Vous êtes cinglé ! Nous sommes à Paris, sur le territoire français !

– Je nous couvre ! C'est un ordre des Opérations consulaires... À cinq ou six pâtés de maisons au sud, sur la gauche, une voiture est garée dans une petite rue, les phares allumés. Il faut nous emparer de cette voiture et de ses occupants !

– Qui sont-ils ?

– Ceux qui devaient m'abattre, entre autres. Le temps presse, Bobby. Foncez !

Latham écrasa le combiné sur son support et descendit précipitamment pour rejoindre Erich Hauer, l'homme qui pouvait les mener à une centaine d'autres ennemis à Paris, consciemment ou non. Les produits chimiques ouvriraient les portes de son esprit ; c'était vital. Drew le prit par les jambes, lui arrachant un hurlement de douleur.

– La ferme, tête de veau ! Tu dépends de moi, tu piges ? Si tu te mets tout de suite à table, ce sera plus facile pour toi.

– Je ne sais rien. Mon code est C-Zwölf, que voulez-vous de plus ?

– Ça ne suffit pas ! J'ai un frère qui s'est lancé sur la piste de tes salauds de copains ; il m'a dit qu'il en était à la dernière étape d'un sale voyage. Tu as beaucoup à me dire, beaucoup plus que ça, avant que je n'en aie fini avec toi !

Soudain, une berline noire tourna l'angle de la rue déserte, dans un grand crissement de pneus. Elle ralentit, freina à leur hauteur et des détonations éclatèrent, une fusillade nourrie, fauchant tout ce qui se trouvait alentour. Latham essaya de tirer le néonazi à l'abri de la carrosserie blindée ; impossible de le faire et de sauver sa peau. Quand la berline noire s'éloigna sur les chapeaux de roue, il regarda son prisonnier. Erich Hauer, le corps criblé de balles, le visage en sang, était mort. Le seul homme qui aurait pu lui fournir quelques réponses n'était plus. Où en trouver un autre et combien de temps cela prendrait-il ?

3

La nuit touchait à sa fin, les premières lueurs de l'aube striaient le ciel à l'orient quand Drew, épuisé, entra dans la cabine du petit ascenseur de l'immeuble de la rue du Bac pour regagner son appartement, au cinquième étage. En temps normal, il eût pris l'escalier en se disant qu'un peu d'exercice ne pourrait que lui faire du bien, mais pas ce matin-là ; ses paupières se fermaient malgré lui. Le temps qui s'était écoulé entre 2 heures et 5 h 30, consacré aux formalités diplomatiques, avait permis à Drew de faire la connaissance de Claude Moreau, le directeur de la DST. Il avait appelé Sorenson à Washington pour lui demander d'intervenir et de persuader le patron du service de renseignement de se rendre séance tenante à l'ambassade des États-Unis. La cinquantaine, de taille moyenne, le front dégarni, Moreau paraissait boudiné dans son costume, comme s'il passait le plus clair de ses journées à soulever de la fonte. Il possédait cet humour bien français, mêlé d'insouciance, qui lui permettait de prendre du recul quand les choses menaçaient de lui échapper. La première alerte survint à l'arrivée inopinée du secrétaire aux Affaires étrangères, un Henri Bressard mi-furieux, mi-affolé.

– Qu'est-ce que c'est que cette histoire ? rugit le diplomate en pénétrant dans le bureau de l'ambassadeur.

En voyant le patron de la DST, il marqua une hésitation, puis il se dit que sa présence était naturelle.

– Bonjour, Claude. Je ne suis pas vraiment surpris de te voir ici.

– *En anglais*, Henri... M. Latham nous comprend, mais Son Excellence potasse toujours son français.

– La délicatesse des diplomates américains !

– J'ai compris ça, Bressard, lança l'ambassadeur Daniel Courtland, assis à son bureau, en peignoir et pantoufles. Et je continue d'apprendre votre langue. Pour ne rien vous cacher, je guignais le poste de Stockholm – je parle couramment le suédois –, mais on ne m'a pas soutenu. Vous voilà donc obligés de me supporter, comme je suis obligé de vous supporter.

– Toutes mes excuses, monsieur l'ambassadeur. J'ai eu une nuit difficile... J'ai essayé de vous appeler, Drew, mais j'ai eu votre répondeur ; j'ai donc supposé que vous étiez encore ici.

– Je devrais être chez moi depuis une heure. Mais que faites-vous ici ? Qu'aviez-vous à me dire ?

– Tout est dans le rapport de la police.

– Que s'est-il passé ? demanda Moreau en haussant les sourcils. Ce n'est pas votre ex-femme qui vous en veut ; vous avez divorcé à l'amiable, si je ne me trompe.

– Je préférerais que cela ne vienne pas d'elle. Lucille a beau être sournoise, elle n'est pas stupide, tant s'en faut. Contrairement à ces types.

– Quels types ?

– Après avoir déposé Drew à l'ambassade, j'ai regagné mon appartement, avenue Montaigne. Comme vous le savez, l'un des rares privilèges de ma fonction consiste en une place de stationnement devant l'immeuble. À ma grande surprise, elle était occupée et, pour ajouter à mon irritation, plusieurs places voisines restaient libres. J'ai distingué dans la voiture deux hommes assis à l'avant et le conducteur parlait au téléphone. À 2 heures du matin, tout cela n'était pas normal, d'autant moins qu'ils risquaient d'attraper une contravention pour stationnement à cet emplacement réservé, sans plaque de l'administration ni macaron des Affaires étrangères.

– Comme d'habitude, fit Moreau avec un hochement de tête approbateur, j'apprécie le penchant du diplomate à introduire du suspense dans un récit. Je t'en prie, Henri, laisse ton amour-propre de côté et raconte ce qui s'est passé.

– Ces fumiers ont commencé à me canarder !

– Quoi ? s'écria Latham, en se dressant d'un bond.

– Vous avez bien entendu. Ma voiture de fonction est évidemment protégée contre les projectiles ; j'ai aussitôt passé la marche arrière et foncé sur l'autre véhicule pour l'immobiliser contre le trottoir.

– Et alors ? lança l'ambassadeur en se levant à son tour.

– Les deux hommes sont descendus de l'autre côté et ont pris la fuite. Le cœur battant, j'ai appelé la police de ma voiture et demandé que l'on prévienne la Direction générale de la police nationale.

– Vous avez de l'estomac, souffla Drew, tout interdit. Emboutir leur voiture pendant qu'ils tirent sur vous...

– Les balles ne pouvaient m'atteindre, même à travers les vitres.

– Certaines le peuvent, croyez-moi... Les balles à chemise pleine, par exemple.

– Vraiment ? fit Bressard en blêmissant.

– Tu as entièrement raison, Henri, glissa Moreau, ton ex-femme eût été beaucoup plus efficace. Pouvons-nous maintenant nous calmer un peu et considérer ce que notre héros a courageusement accompli ? Nous disposons d'un véhicule, d'une plaque minéralogique et, selon toute vraisemblance, de plusieurs dizaines d'empreintes digitales que nous allons transmettre sans délai à Interpol. Je vous tire mon chapeau, monsieur Bressard.

– Il existe des balles qui peuvent traverser le blindage d'une voiture...

Le lien avec le suicide de Jodelle et la réunion chez les Villiers sautait aux yeux. Si on y ajoutait la tentative d'enlèvement de Latham, la situation exigeait plusieurs décisions d'importance : Henri et Drew seraient placés vingt-quatre heures sur vingt-quatre sous la protection des agents de la DST, le Français ostensiblement, Latham plus discrètement, à sa demande. Une voiture banalisée resterait toute la nuit en stationnement en face de l'immeuble de Drew, jusqu'à l'arrivée de la relève ou la sortie de l'Américain. Enfin, en aucune manière, Jean-Pierre Villiers, également protégé, ne serait autorisé à effectuer des recherches dans les bas quartiers de Paris.

– Je le lui signifierai en personne, déclara le patron de la DST. Villiers fait partie de notre patrimoine national... S'il lui arrivait quelque chose, ma femme ne me le pardonnerait jamais !

Les questions troublantes sur le parc automobile de l'ambassade furent rapidement levées. Le responsable était un remplaçant que personne ne connaissait, engagé dans l'équipe de nuit avec de solides références. Il avait disparu quelques minutes après le départ de l'avenue Gabriel de la voiture de Latham. Un Américain parlant le français faisait partie du mouvement néonazi à Paris.

Les dernières heures de la nuit avaient été consacrées à d'interminables analyses de la situation – la question de savoir qui allait ou non être inclus dans leur groupe étant primordiale – et à de longues conversations brouillées entre Claude Moreau et Wesley Sorenson. Les deux spécialistes des opérations d'infiltration dialoguaient comme des praticiens de l'ombre élaborant un mystérieux scénario. Drew approuva ce qu'il entendit. C'était un excellent agent, sans la froideur intellectuelle de son frère, mais indiscutablement supérieur quand une décision rapide ou l'utilisation de la force physique s'imposait. Moreau et Sorenson, eux, étaient maîtres en matière de ruses et d'infiltration ; ils avaient survécu à l'hécatombe des espions, tenue secrète, au plus fort de la guerre froide. Drew avait beaucoup à apprendre d'hommes de cette trempe.

À moitié endormi, il sortit de la cabine de l'ascenseur et suivit le couloir jusqu'à la porte de son appartement. Au moment où il s'apprêtait à glisser la clé dans la serrure, ses yeux s'agrandirent. Elle n'était plus là ! À sa place, il y avait un trou circulaire. Tout le dispositif avait été retiré, soit au laser, comme pour une opération de chirurgie, soit à l'aide d'une scie à main miniature. Il poussa la porte ; elle pivota sur ses gonds, s'ouvrit sur l'appartement sens dessus dessous. Drew plongea la main sous son aisselle, sortit l'arme de son étui et entra avec précaution. L'appartement était saccagé ; les tissus étaient lacérés, le rembourrage des coussins éventrés éparpillé dans la pièce, les tiroirs arrachés, leur contenu répandu par terre. Il en était de même dans les deux chambres, les toilettes, la cuisine, la salle de bains et surtout le bureau où même les tapis étaient en lambeaux. Les vandales avaient littéralement mis en pièces son grand bureau, dans l'espoir de trouver une cachette secrète où des papiers auraient été dissimulés. Le spectacle était affligeant ; plus rien n'était intact. Latham se sentait si fatigué qu'il ne voulait pas y penser ; il avait besoin de repos ; il avait besoin de sommeil. Il songea fugitivement à tout le gâchis, le trouva illogique ; les documents confidentiels se trouvaient dans le coffre de son bureau, au deuxième étage de l'ambassade. Les ennemis du vieux Jodelle – ceux qui étaient maintenant *ses* ennemis – auraient dû s'en douter.

Il fouilla dans un placard, sourit en trouvant ce qu'il cherchait et que les vandales auraient emporté ou brisé s'ils avaient su ce que c'était. Une barre d'acier de soixante centimètres de long, munie à chaque extrémité d'un embout en caoutchouc renfermant un mécanisme d'alarme. En voyage, quand il dormait à l'hôtel, il n'oubliait jamais de la caler entre la porte et le sol, après avoir actionné les alarmes en tournant les embouts. L'ouverture de la porte contre laquelle la barre était placée déclenchait des sifflements stridents, propres à mettre l'intrus en fuite. Drew transporta la barre d'acier jusqu'à la porte sans serrure, actionna les alarmes et la cala contre le panneau inférieur. Il se dirigea vers la chambre dévastée, jeta un drap sur le matelas éventré, se déchaussa et s'allongea.

En quelques minutes il s'endormit ; quelques minutes plus tard, le téléphone sonna. Désorienté, Latham bondit sur le bord du matelas, tâtonna sur la table de chevet et décrocha.

– Oui ?... Allô !

– C'est Courtland, Drew. Navré d'appeler à cette heure, mais je ne peux faire autrement.

– Qu'y a-t-il ?

– L'ambassadeur d'Allemagne...

– Il était au courant ?

– Pas le moins du monde. Sorenson l'a appelé de Washington et j'ai cru comprendre qu'il a fait du raffut. Peu après, Claude Moreau l'a appelé à son tour.

– Ce sont des professionnels. Quel résultat ?

– L'ambassadeur Heinrich Kreitz a rendez-vous à 9 heures à notre ambassade. Sorenson et Moreau vous demandent d'être présent. Non seulement pour confirmer les rapports, mais pour protester vigoureusement contre la tentative d'enlèvement dont vous avez été victime.

– On dirait que ces deux vieux renards cherchent à le prendre en tenailles.

– Je n'ai pas la moindre idée de ce dont vous parlez.

– Une tactique chère aux Allemands pendant la Seconde Guerre mondiale. Attaquer l'ennemi des deux côtés, le presser sur ses flancs pour le contraindre à battre en retraite. S'il choisit la mauvaise direction, il est perdu ; ce sera le cas, car les quatre points cardinaux sont couverts.

– Je n'entends rien à l'art militaire, Drew, mais je ne pense sincèrement pas que Kreitz soit un ennemi.

– C'est vrai. En fait, c'est un homme doué d'une conscience historique. Mais il ne peut pas connaître tous les membres de son personnel. Il va secouer son petit monde et c'est précisément ce que Sorenson et Moreau attendent de lui.

– J'ai parfois l'impression que vous parlez une autre langue que la nôtre.

– C'est le cas, monsieur l'ambassadeur. Il s'agit d'embrouiller pour préparer la voie à un démenti. Appelons cela notre sabir, si vous voulez.

– Vous divaguez, Drew.

– Je suis mort de fatigue.

– Combien de temps vous faut-il pour vous rendre de chez vous à l'ambassade ?

– Il faut d'abord que j'aille chercher ma voiture au garage...

– Je vous rappelle que vous disposez d'un véhicule de la DST.

– Pardon, cela m'était sorti de la tête... À peu près un quart d'heure, selon la circulation.

– Il est 6 h 10. Ma secrétaire vous réveillera à 8 h 30 et je vous verrai à 9 heures. Reposez-vous un peu.

– Il faudrait peut-être que je vous raconte ce qui s'est passé...

Trop tard, l'ambassadeur avait raccroché. C'est aussi bien comme ça, se dit Latham. Courtland aurait demandé des détails, la conversation se serait éternisée. Il se traîna sur le lit, reposa dans un dernier effort le combiné sur son support. Le seul avantage des événements de cette nuit était qu'il passerait à l'hôtel tout le temps nécessaire à la remise en état de l'appartement. Un très bon hôtel, aux frais de la princesse.

Dans l'après-midi finissant, le planeur blanc se laissa porter par les courants dans la vallée de la Fraternité. Dès l'atterrissage, l'appareil fut tiré sous un des écrans verts de camouflage. Les verrières de Plexiglas des deux cockpits s'ouvrirent simultanément ; le pilote en combinaison d'un blanc immaculé sortit par l'avant, son passager, beaucoup plus âgé, par l'arrière.

– *Komm*, dit l'aviateur, en indiquant de la tête une moto sur laquelle était monté un side-car. *Zum Krankenhaus*.

– Bien sûr, répondit le civil, en se tournant pour prendre dans le planeur une trousse de cuir noir. Je présume que le docteur Kroeger est là, reprit-il en montant dans le side-car, tandis que le pilote mettait le moteur en marche.

– Je ne sais pas. On m'a simplement demandé de vous conduire à la clinique. Je ne connais pas les noms de ceux qui y travaillent.

– Oubliez celui que je viens de prononcer.

– Je n'ai rien entendu.

La moto s'engagea dans un des passages camouflés et, après plusieurs changements de direction, traversa la vallée à vive allure, jusqu'à l'extrémité nord, où se trouvait un bâtiment à un seul étage aussi, mais différent des autres. Alors qu'il s'agissait, pour la plupart, de solides constructions en bois, celle-ci était encore plus massive et robuste, en parpaings renforcés de ciment. Sur le derrière était accolé un énorme groupe électrogène émettant un bourdonnement sourd et continu.

– Je n'ai pas le droit d'entrer, docteur, fit le pilote en s'arrêtant devant la porte blindée.

– Je sais, jeune homme, on m'a expliqué ce qu'il faut faire. À propos, je repars demain matin, à la première heure. Je présume que vous êtes au courant.

– Oui, docteur. C'est l'heure où les courants sont le plus favorables.

– Ils ne peuvent être pires.

Le médecin descendit de l'habitacle ; le side-car démarra en trombe. Le passager s'avança jusqu'à la porte, leva les yeux vers l'objectif de la caméra et appuya sur un gros bouton noir, sur la droite du chambranle.

– Docteur Hans Traupman, par ordre du général von Schnabe.

Trente seconde plus tard, la porte fut ouverte par un homme d'une quarantaine d'années, en blouse blanche.

– *Herr Doktor !* lança-t-il avec flamme. Quelle joie de vous revoir ! Bien des années se sont écoulées depuis vos cours à Nuremberg. Soyez le bienvenu !

– *Danke*, mais j'aurais préféré un moyen moins ardu pour arriver jusqu'ici.

– L'itinéraire de montagne vous aurait encore plus rebuté, vous pouvez m'en croire. Il faut parcourir des kilomètres à pied et la neige devient de plus en plus lourde. C'est le prix du secret... Venez vous détendre un moment, en bavardant devant un verre de schnaps. Puis vous verrez comme nous progressons. C'est impressionnant, croyez-moi !

– Nous boirons après et nous bavarderons en observant, rétorqua le médecin. Je dois avoir une longue discussion avec von Schnabe – une perspective qui ne m'enchante pas – et je veux en savoir aussi long que possible, aussi vite que possible. Il voudra connaître mon opinion et ma responsabilité sera engagée.

– Pourquoi suis-je exclu de cet entretien ? demanda son jeune confrère avec une pointe d'aigreur.

– Il vous trouve trop enthousiaste, Gerhardt. Votre enthousiasme suscite son admiration, mais aussi de la méfiance.

– Mais qui en sait plus que moi sur ces expériences ? C'est moi qui les ai mises en œuvre ! Avec tout le respect que je vous dois, Traupman, c'est ma spécialité, pas la vôtre !

– Je le sais aussi bien que vous, mais notre général n'est pas de la partie et cela lui échappe. Je suis neurochirurgien et je jouis d'une certaine réputation en matière de chirurgie du crâne ; il se repose donc sur cette réputation plus que sur la véritable compétence. À vous de me convaincre... Si j'ai bien compris, il serait, d'après vous, théoriquement possible de modifier le processus de la pensée, sans drogue ni hypnose... une théorie qui semble relever de la parapsychologie de science-fiction, mais n'en allait-il pas de même, il y a seulement quelques années, des transplantations cardiaque et hépatique ? Comment procédez-vous exactement ?

– Vous venez presque de donner la réponse, répondit Gerhardt Kroeger en riant, les yeux brillants. Il suffit de remplacer le préfixe « trans » par un autre : « im ».

– Implantation ?

– Vous avez déjà implanté des plaques d'acier ?

– Bien sûr. En guise de protection.

– Je l'ai fait aussi... Vous effectuez des lobotomies, n'est-ce pas ?

– Naturellement. Pour réduire les tensions électriques.

– Vous venez de prononcer un autre mot magique, Hans. « Electrique ». Je parle des impulsions électriques du cerveau. Après un micro-étalonnage, j'introduis un objet microscopique, infiniment plus petit qu'une plaque, qui formerait une ombre à peine perceptible sur une radiographie.

– Qu'est-ce que cela peut bien être ?

– Une puce électronique entièrement compatible avec les impulsions électriques d'un cerveau humain.

– Quoi ?

– Dans quelques années, l'action psychologique sera un vestige du passé. Aux oubliettes le lavage de cerveau !

– Expliquez-moi ça.

– Au cours des vingt-neuf derniers mois, j'ai fait des expériences, disons des interventions, sur trente-deux patients...

– C'est ce que l'on m'a donné à entendre, coupa Traupman. Des patients que l'on vous a procurés dans les prisons ou ailleurs.

– Soigneusement sélectionnés, Hans. Tous du sexe masculin et pourvus d'une intelligence et d'une éducation au-dessus de la moyenne. Ceux qui venaient des prisons avaient été condamnés pour détournement de fonds, délit d'initié, faux et usage de faux. Des délits d'une certaine complexité, exigeant de l'habileté. L'esprit enclin à la violence comme celui qui manque d'intelligence sont trop faciles à programmer. Je devais apporter la preuve que ma technique pouvait réussir avec des patients d'un certain niveau.

– L'avez-vous apportée ?

– Le monde ne s'est pas fait en un jour.

– Je perçois une réticence, Gerhardt.

– En effet. À ce jour, l'implant fonctionne pendant un laps de temps compris entre neuf et douze jours.

– Que se passe-t-il après ?

– Le cerveau le rejette. Une hémorragie cérébrale survient et le patient meurt.

– Vous voulez dire que le cerveau éclate ?

– Exactement. J'ai perdu vingt-cinq patients de cette manière, mais les sept derniers sont passés progressivement de neuf à douze jours. Je suis persuadé, avec des techniques de microchirurgie plus perfectionnées, de triompher à la longue du facteur temps. Même s'il faut attendre plusieurs années, l'implant finira par fonctionner de façon permanente. Politiciens, généraux, diplomates pourront disparaître quelques jours et devenir nos disciples.

– Mais, dans l'immédiat, vous estimez que l'agent américain, ce Latham, est prêt à être remis en liberté ?

– Sans aucun doute. Vous verrez par vous-même. Comme il en est au quatrième jour, il lui reste un minimum de cinq jours et un maximum de huit. Nos amis à Paris, Londres et Washington nous ayant informés qu'on n'aura pas besoin de lui plus de quarante-huit à soixante-douze heures, les risques sont minimes. Nous aurons alors appris tout ce que nos ennemis savent sur la Fraternité et, plus important encore, Latham les aura lancés sur des fausses pistes.

– Revenons à notre affaire, si vous voulez bien, fit Traupman en croisant les jambes dans le fauteuil de plastique blanc. Avant d'en venir à la procédure proprement dite, expliquez-moi la fonction précise de votre implant.

– Vous y connaissez-vous en puces électroniques, Hans ?

– Je m'en occupe aussi peu que possible. Je laisse cela à mes assistants, comme l'emploi des anesthésiques. J'ai assez à faire. Mais je suis sûr que vous allez m'éclairer là-dessus.

– Les plus récentes font à peine trois centimètres de long et moins de dix millimètres de large ; elles peuvent contenir l'équivalent de six mégaoctets, soit la totalité des œuvres de Goethe, Kant et Schopenhauer. Les données de base intégrées dans la puce, il reste à activer le ROM, la mémoire morte, qui réagit de la même manière que la fonction recherche d'un ordinateur, qui obéit aux codes entrés dans le processeur par le programmeur. Je reconnais qu'il y a un temps de latence, nécessaire au cerveau pour réagir à l'interception, s'adapter à la nouvelle longueur d'onde, mais cela ne peut que contribuer à convaincre l'interrogateur que le sujet *réfléchit* réellement et s'apprête à répondre avec sincérité.

– Vous êtes en mesure de le prouver ?

– Venez, je vais vous montrer.

Les deux hommes se levèrent et Kroeger appuya sur un bouton rouge, à droite de la lourde porte blindée. Quelques secondes plus tard, une infirmière en blouse blanche apparut, un masque de chirurgie à la main.

– Greta, voici le célèbre docteur Hans Traupman.

– Je sais, fit l'infirmière. C'est un plaisir de vous revoir, docteur. Votre masque, je vous prie.

– Mais, oui, je vous connais ! s'écria chaleureusement Traupman. Greta Frisch, une des meilleures infirmières que j'aie jamais eues en salle d'opération. J'avais entendu dire que vous aviez abandonné la profession et, pour quelqu'un de si jeune, cela m'avait semblé non seulement regrettable, mais tout à fait incompréhensible.

– J'avais choisi la vie matrimoniale, *Herr Doktor*. Je vous présente mon époux, ajouta Greta, en indiquant de la tête Kroeger, tout souriant.

– Je n'étais pas sûr que vous vous souviendriez d'elle, Hans.

– On n'oublie pas une infirmière comme Greta Frisch, qui devance vos moindres demandes. J'avoue, Gerhardt, que sa présence renforce singulièrement la crédibilité de vos travaux... Mais pourquoi ce masque, Greta. Nous n'allons pas opérer.

– Mon mari va vous répondre, docteur. Ces choses me dépassent, malgré toutes ses explications.

– À cause du ROM, Hans. Avec ce patient, nous ne tenons pas à avoir trop d'images de visages reconnaissables, ce qui pourrait être le cas du vôtre.

– Cela me dépasse aussi, Greta. Très bien, allons-y.

Ils entrèrent et suivirent un long et large couloir, aux murs vert pâle, bordé de portes munies d'une grande vitre carrée. Derrière les vitres se trouvaient des chambres agréablement meublées, comportant chacune un lit, un bureau, un canapé, des postes de télévision et de radio ; une porte donnait dans une salle de bains équipée d'une douche. D'autres fenêtres percées dans les murs extérieurs avaient vue sur les prairies couvertes de hautes herbes ondulantes et de fleurs printanières.

– Si ce sont les chambres de vos patients, lança Traupman, j'en ai rarement vu de plus plaisantes.

– Il va sans dire, fit Gerhardt, que les téléviseurs et les radios sont programmés à l'avance. Tout est inoffensif, sauf les radios, pendant la nuit, quand nous diffusons à chacun un programme adapté à son cas.

– Dites-moi à quoi je dois m'attendre, poursuivit le neurochirurgien de Nuremberg.

– Vous allez trouver un homme normal en apparence, encore persuadé de nous avoir bernés. Il répond à son nom d'emprunt, Alexander Lassiter, et nous est très reconnaissant.

– Pourquoi ? demanda Traupman. De quoi vous est-il reconnaissant ?

– Il croit avoir eu un accident qui a failli lui coûter la vie. Nous avons utilisé un de nos gros engins de montagne pour faire une mise en scène très convaincante, en l'immobilisant sous le véhicule renversé et en allumant des feux tout autour... J'ai autorisé, à ce stade, le recours aux drogues et à l'hypnose. Tout de suite, de manière à effacer de sa mémoire les premières minutes passées dans notre vallée.

– Êtes-vous certain qu'elles sont effacées ?

Traupman s'arrêta au milieu du couloir, son regard perçant fixé sur Kroeger.

– Absolument. Le traumatisme résultant de l'accident, les images de violence et la douleur que nous avons provoquée ont remplacé les souvenirs de son arrivée. Ils sont refoulés. Nous avons naturellement déclenché un état d'hypnose pour nous en assurer. Il ne se souvient que des cris, de la douleur atroce et des flammes auxquelles les sauveteurs l'ont arraché.

– Les stimuli psychiques sont cohérents, observa le neurochirurgien en hochant la tête. Et le facteur temps ? Puisqu'il en a conscience, comment avez-vous expliqué l'écoulement du temps ?

– Rien de plus facile. À son réveil, il avait le haut du crâne bandé ; on lui a dit et répété sous sédatif léger qu'il avait été grièvement blessé et avait subi trois interventions dans le courant du coma prolongé pendant lequel il n'avait pas articulé un mot. On lui a expliqué que, si ses fonctions vitales n'étaient pas restées étonnamment stables, je me serais résigné à le perdre.

– Joliment formulé. Je comprends qu'il éprouve de la reconnaissance... Sait-il où il est ?

– Bien sûr, nous ne lui cachons rien.

– Mais comment pourrez-vous le laisser repartir ? Il dévoilera l'emplacement de la vallée ! On enverra des avions pour la bombarder, vous serez anéantis !

– Aucune importance. Comme von Schnabe vous l'expliquera sans doute, nous n'existerons plus.

– Une seule chose à la fois, Gerhardt, je vous en prie ! Je n'irai pas plus loin avant d'avoir eu des explications.

– Plus tard, Hans. Allons d'abord saluer notre patient, vous comprendrez.

– Ma chère Greta, fit Traupman en se tournant vers l'infirmière, votre mari a-t-il conservé l'esprit logique que je lui ai connu ?

– Oui, docteur. Ces explications qu'il vous donnera, je les ai comprises. C'est brillant, vous verrez.

– Voyons d'abord notre patient ; c'est la prochaine porte à droite. N'oubliez pas que son nom est Lassiter, pas Latham.

– Que vais-je lui dire ?

– Ce que vous voulez. Vous pouvez le féliciter pour son rétablissement. Venez.

– J'attendrai au bureau, fit Greta Frisch-Kroeger.

Les deux chirurgiens entrèrent dans la pièce où Harry Latham, un bandage enroulé autour des tempes, se tenait devant la grande fenêtre. Il se retourna, leur sourit ; il portait un pantalon de flanelle gris et une chemise aux manches retroussées.

– Bonjour, Gerhardt. Belle journée, n'est-ce pas ?

– Avez-vous fait votre promenade, Alex ?

– Pas encore. Un homme d'affaires peut avoir la tête abîmée, on ne lui ôtera pas le goût des chiffres. Je m'amusais à faire des calculs ; on peut faire fortune dans la Chine nouvelle. J'ai hâte d'y faire un saut.

– Permettez-moi de vous présenter le docteur... Schmidt, de Berlin.

– Enchanté, docteur, fit Latham en s'avançant, la main tendue. Et je me réjouis de voir un autre homme de l'art dans notre merveilleux établissement, pour le cas où Gerhardt me bousillerait complètement.

– J'ai cru comprendre qu'il avait fait du bon boulot, dit Traupman en lui serrant la main. Mais il paraît que vous étiez un patient exceptionnel.

– Je n'ai pas eu le choix, vous savez.

– Pardonnez-moi de porter ce masque, *Herr*... Lassiter. J'ai un léger rhume et mon confrère est à cheval sur la prévention. En tout état de cause, je vous félicite pour ce prompt rétablissement.

– Le mérite en revient en partie au docteur Kroeger.

– J'aimerais, si cela ne vous est pas trop pénible, satisfaire ma curiosité professionnelle. Pourriez-vous me dire quels souvenirs vous avez gardés de votre arrivée dans cette vallée.

– Euh !...

Latham/Lassiter eut un moment d'hésitation, l'œil fixe, dans le vague.

– Vous parlez de l'accident... C'était horrible. Tout est un peu confus, mais ce qui m'est resté en mémoire, ce sont les hurlements ; des cris hystériques. Puis je me suis rendu compte que j'étais coincé sous l'engin renversé et qu'une grosse pièce de métal pesait sur mon front... Jamais je n'ai éprouvé une telle douleur. Des gens s'agitaient autour de moi, essayaient de soulever ce qui m'écrasait... Ils ont enfin réussi à me dégager, m'ont tiré sur l'herbe où je me suis mis à hurler à cause des flammes, de la chaleur du brasier, et où j'ai cru que j'allais être brûlé vif. Puis je me suis évanoui... et je n'ai repris connaissance que bien longtemps après.

– Une expérience affreuse, monsieur Lassiter. Mais vous êtes en voie de guérison complète, c'est tout ce qui compte.

– Si, dans l'Allemagne nouvelle, vous pouvez trouver une villa sur le Danube pour Gerhardt, je serai heureux de la lui offrir.

Les yeux de Latham avaient retrouvé toute leur vivacité.

– Vous avez déjà fait beaucoup pour nous, Alex, protesta Kroeger, avec un signe de tête à l'adresse de Traupman. Le docteur Schmidt voulait seulement saluer notre généreux bienfaiteur et s'assurer que l'élève était à la hauteur de son maître. Faites votre promenade quand vous en aurez envie... après avoir fini de calculer combien de millions de dollars vous pourrez tirer de l'Asie.

– Ce n'est pas si difficile, croyez-moi. On n'aime pas l'argent en Extrême-Orient, on en a le culte. Quand vous déciderez que je suis en état de partir, Gerhardt, la Fraternité n'aura pas à s'en plaindre.

– Nous ne vous oublierons jamais dans nos prières, Alex.

– Laissez tomber les prières, mais mettez tout en œuvre pour l'avènement du IVe Reich.

– Nous n'y manquerons pas.

– Bonne journée, *Herr* Lassiter.

Traupman et Kroeger se retirèrent et suivirent le couloir jusqu'à l'antichambre.

– Vous aviez raison, fit Traupman en prenant un siège. C'est extraordinaire.

– Alors, votre jugement est favorable ?

– Comment pourrait-il ne pas l'être ? Jusqu'à l'hésitation dans la voix, le regard voilé. C'est merveilleux ! Vous avez réussi !

– N'oubliez pas, Hans, que c'est encore imparfait. Je ne le cache pas. Si son état évolue normalement, je ne peux garantir que cinq à huit jours de plus, c'est tout.

– Mais, d'après vous, Londres, Paris et Washington affirment que ce sera suffisant ?

– Oui.

– Parlez-moi maintenant de la non-existence de cette vallée. Je ne comprends pas, expliquez-moi !

– Nous ne sommes plus indispensables, nous allons nous disperser. En quelques années, nous avons endoctriné – formé – plus de vingt mille disciples.

– Un mot que vous aimez beaucoup, n'est-ce pas ?

– Celui qui convient. Ce ne sont pas seulement des adeptes convaincus, mais des chefs, des petits chefs qui peuvent devenir grands... Ils ont été envoyés partout, aux quatre coins de l'Allemagne, pour la plupart, dans d'autres pays pour ceux qui ont un don pour les langues et des compétences particulières, avec les fonds nécessaires, et ils sont prêts à prendre leur place dans des professions et à des postes soigneusement choisis.

– Nous en sommes déjà là ? Je ne l'aurais jamais cru.

– Dans votre hâte, vous n'avez sans doute pas remarqué que nous sommes beaucoup moins nombreux ici. L'évacuation a commencé il y a plusieurs semaines, nos deux engins fonctionnent jour et nuit pour transporter le personnel et le matériel. Comme une colonie de fourmis abandonnant une fourmilière pour une autre : notre destination et notre destin, la nouvelle Allemagne.

– Revenons à cet Américain, voulez-vous ? Outre le fait de rester en contact avec lui pour savoir ce qu'il apprend, ce qui pourrait probablement être accompli par des informateurs à notre solde, quel sera son rôle ? Se limite-t-il à cela ? Et à la vérification de votre théorie, pour une utilisation future ?

– Ce que nous apprendrons par son entremise sera évidemment d'un grand intérêt et nécessitera l'utilisation d'un ordinateur miniaturisé. Il sera facile à dissimuler dans un petit objet. Mais Harry Latham a une mission beaucoup plus ambitieuse. J'ai mentionné, peut-être vous en souvenez-vous, que, grâce à lui, nos ennemis s'éparpilleront dans toutes les directions. Et ce n'est qu'un aperçu.

– N'avalez pas votre salive, Gerhardt. Je vous écoute.

– Latham a dit qu'il travaillait sur des chiffres, qu'il calculait la fortune que pourrait lui rapporter l'expansion économique de la Chine.

– Il est probablement dans le vrai.

– Pas du tout, Hans. Ces chiffres n'ont rien à voir avec la finance. Ce sont des codes qu'il a imaginés afin de ne rien oublier, après son évasion.

– Son évasion ?

– Naturellement. Il a une mission à accomplir et c'est un professionnel. Il va sans dire que nous le laisserons faire.

– Soyez plus clair, je vous en prie !

– Au long de son séjour parmi nous, au fil des discussions et pendant les repas, nous lui avons fourni des centaines de noms – français, allemands, anglais, américains.

– Quels noms ? coupa Traupman avec impatience.

– Ceux des hommes et des femmes qui, en Allemagne comme à l'étranger, nous soutiennent en silence et financent généreusement notre cause... en un mot, des gens influents et puissants qui œuvrent concrètement pour la Fraternité.

– Vous êtes devenu fou !

– Au sein de cette élite silencieuse, cachée, poursuivit imperturbablement Kroeger, se trouvent des parlementaires américains, des capitaines d'industrie, des journalistes. Il y a aussi des membres de l'« establishment » britannique, à l'image du groupe Cliveden, qui a fourni à Hitler ses partisans en Angleterre, au nombre desquels figuraient plusieurs responsables des services secrets...

– Vous avez perdu la tête...

– Je vous en prie, Hans, laissez-moi terminer... Nous avons à Paris des sympathisants influents au Quai d'Orsay, à l'Assemblée nationale et dans les services de police. Enfin, pour ce qui est de l'Allemagne, certains de nos plus prestigieux dirigeants nous soutiennent. Ils ont la nostalgie du temps où la mère patrie n'était pas polluée par ces pleurnicheurs qui veulent tout avoir sans rien donner, ces races inférieures qui corrompent la nation. Latham dispose de tous ces renseignements, il connaît tous les noms. En bon spécialiste des opérations clandestines, il en communiquera la grande majorité à ses supérieurs.

– Vous êtes fou à lier, Kroeger ! Je ne permettrai pas cela !

– Vous le ferez, docteur. À l'exception d'un petit nombre d'authentiques partisans que nous sacrifierons pour la crédibilité de l'opération, tout ce qu'Harry Latham rapportera de la vallée sera faux. Les noms qu'il a dans la tête et qu'il a mis en code sont, en effet, de la plus haute importance pour nous, mais uniquement parce que ces individus doivent être discrédités, si possible éliminés. Ce sont, en réalité, de farouches opposants ; certains d'entre eux s'expriment beaucoup trop bruyamment. Dès que leurs noms circuleront secrètement dans l'ensemble des services de renseignement, la chasse aux sorcières commencera. Les plus insoupçonnables d'entre eux, en butte à la suspicion des autorités et à des insinuations forgées de toutes pièces, laisseront un vide qui sera comblé par nombre de nos... oui, Hans, de nos *disciples*. Particulièrement aux États-Unis, le plus puissant de nos ennemis, le plus méfiant. Il suffit de se remémorer le maccarthysme, au début des années 50. C'est toute la nation qui fut paralysée par la peur, des milliers d'Américains furent taxés de sympathies communistes, des pans entiers de l'industrie furent victimes du climat de paranoïa. Les communistes ont su s'y prendre ; Moscou, nous l'avons appris, faisait secrètement parvenir des fonds et des informations fabriquées aux fanatiques... Un homme peut déclencher ce processus pour notre compte. Harry Latham, nom de code Venin.

– Bon Dieu ! souffla Traupman d'une voix à peine audible, en se renversant dans son fauteuil. C'est une idée de génie. Il est le seul à avoir infiltré la vallée. Ils seront obligés de le croire, *tous*.

– Son évasion est prévue pour cette nuit.

4

Heinrich Kreitz, ambassadeur d'Allemagne en France, un frêle septuagénaire, avait le visage émacié, de soyeux cheveux de neige et des yeux noisette, toujours plissés, au regard triste. Professeur d'études politiques européennes à l'université de Vienne pendant de longues années, il avait été enlevé à l'Université pour intégrer le corps diplomatique, essentiellement en raison de ses nombreux écrits exposant en détail l'histoire des relations internationales aux XIXe et XXe siècles. Ces articles avaient été réunis dans un volume intitulé, tout naturellement, *Entretiens entre les nations*, un ouvrage de référence en dix-sept langues, à l'usage des diplomates, mais aussi un texte répandu dans les universités du monde civilisé.

Il était 9 h 25 et Kreitz, assis devant le bureau de l'ambassadeur des États-Unis, regardait en silence Drew Latham qui se tenait aux côtés de Courtland. Au fond de la pièce, sur un canapé, était assis Claude Moreau, le directeur de la DST.

– La honte que j'éprouve est la mauvaise conscience de tout un pays, déclara Kreitz, d'une voix aussi triste que ses yeux. Nous sommes coupables d'avoir permis à ces criminels, à ces monstres, de diriger notre patrie. Nous redoublerons nos efforts, si c'est humainement possible, pour les démasquer et détruire le noyau qui subsiste. Soyez assuré, messieurs, que mon gouvernement est résolu à les confondre, à les éliminer, même s'il faut pour cela construire par centaines de nouvelles prisons. Nous ne pouvons, en aucun cas, tolérer leur existence. N'en doutez pas.

– Nous le savons, monsieur l'ambassadeur, fit Claude Moreau, mais il semble que vous utilisiez d'étranges méthodes pour atteindre ce but. L'identité des chefs de ces trublions fanatiques est connue de vos services de police dans une douzaine de grandes villes. Pourquoi ne sont-ils pas incarcérés ?

– Ils le sont, quand des actes de violence peuvent leur être imputés. Nos tribunaux croulent sous les affaires de ce genre. Mais lorsqu'il s'agit de la simple expression d'une opinion politique, nous jouissons, dans notre régime démocratique, des mêmes libertés qui accordent aux Français le droit de grève et aux Américains le droit de réunion, à l'origine des marches de protestation, à Washington, où des manifestants haranguent la foule du haut d'une tribune improvisée. Dans vos deux pays, des textes de loi autorisent de telles manifestations antigouvernementales. Devrions-nous réduire au silence tous ceux qui se trouvent en désaccord avec Bonn, y compris ceux qui manifestent en grand nombre *contre* les néonazis ?

– Certainement pas ! rugit Latham. Et pourtant vous le faites ! Nous ne sommes pas à l'origine des camps de concentration, ni des chambres à gaz, ni du génocide d'un groupe ethnique ! C'est vous qui l'avez fait, pas nous !

– Honte à ceux qui l'ont permis... comme vous avez permis l'asservissement de toute une race et laissé sans réagir pendre les Noirs par milliers, aux branches des arbres de vos États du Sud. Les Français n'ont pas fait mieux dans leurs colonies d'Afrique et du Sud-Est asiatique. L'honneur et l'ignominie coexistent dans l'histoire de chacune de nos nations.

– Non seulement c'est absurde, Heinrich, mais il ne s'agit pas de cela, et vous le savez, protesta Courtland avec une autorité inattendue. Je le sais, parce que j'ai lu votre livre. C'est ce que vous appelez « la perspective des réalités historiques ». Ce qui était perçu comme les vérités de l'époque. On ne peut justifier le IIIe Reich en ces termes.

– Jamais je ne l'ai fait, Daniel, riposta Kreitz. J'ai vigoureusement condamné le Reich pour avoir créé de *fausses* vérités, qui n'étaient que trop acceptables dans un pays dévasté. La mythologie germanique était le stupéfiant qu'un peuple affaibli, désenchanté, affamé, s'injectait dans les veines. Ne l'ai-je pas écrit ?

– Si, reconnut l'ambassadeur des États-Unis. Disons que je voulais simplement vous rafraîchir la mémoire.

– J'en prends acte. Mais, de la même manière que vous protégez les intérêts de Washington, je dois remplir les obligations de ma charge... Quelle conduite allons-nous adopter, sachant que nous poursuivons les mêmes buts ?

– Je propose, monsieur l'ambassadeur, fit Moreau en se levant, de placer sous surveillance, avec votre accord, un certain nombre de vos attachés le plus élevés en grade.

– Sans parler de l'acte d'ingérence d'un gouvernement au niveau diplomatique, à quoi cela servira-t-il ? Je les connais tous. Ce sont des gens honnêtes et travailleurs, compétents et dignes de confiance.

– Vous ne pouvez le tenir pour certain. Nous avons la preuve indiscutable qu'il existe à Paris une organisation appartenant au mouvement néonazi. Tous les signes indiquent qu'il pourrait s'agir de la principale organisation hors des frontières de l'Allemagne ; il est concevable qu'elle soit aussi importante que celle qui opère sur votre territoire, car elle peut agir à l'abri des regards de vos lois. Il nous manque les détails des transferts de capitaux, mais nous savons en outre que des millions de dollars sont acheminés via la France, probablement par cette organisation dont la création peut remonter à un demi-siècle. Vous comprenez, monsieur l'ambassadeur, que nous nous trouvons dans une situation qui sort du cadre étroit des traditions diplomatiques.

– Il va sans dire que je ne pourrai vous donner satisfaction sans l'accord de mon gouvernement.

– Bien entendu, fit Moreau.

– Les informations de nature financière pourraient être relayées sur nos lignes protégées par un membre du personnel de l'ambassade à ceux qui, à Paris, soutiennent ces psychopathes, fit pensivement Kreitz. Je vois où vous voulez en venir, aussi difficile que ce soit à accepter... Très bien, je vous donnerai une réponse dans la journée. Il va de soi, *Herr* Latham, poursuivit-il, en se tournant vers Drew, que mon gouvernement vous indemnisera des dommages que vous avez subis.

– Assurez-nous simplement la coopération qui nous est indispensable ; sinon, votre gouvernement sera responsable de dommages qu'il ne pourra jamais réparer. Pour éviter que l'Histoire ne se répète.

– Il n'est pas là ! lança Gisèle Villiers au téléphone. M. Moreau est venu il y a quatre heures et nous a raconté ce qui vous était arrivé, à Henri Bressard et à vous. Mon mari a fini par accepter, sur ses instances, de ne rien faire. Maintenant, vous connaissez les acteurs ! Ils sont assez persuasifs pour vous faire croire ce qu'ils disent tout en pensant le contraire.

– Savez-vous où je puis le joindre ? demanda Drew.

– Non, monsieur, je ne sais pas où il est. Après le départ de M. Moreau, apparemment résigné, il a dit qu'il allait au théâtre faire répéter une doublure. Il a ajouté, et ce n'est pas la première fois, que sa présence à ces répétitions insuffle de l'enthousiasme aux comédiens. Je n'aurais jamais mis sa parole en doute si Henri n'avait appelé du Quai d'Orsay pour parler à Jean-Pierre. Je lui ai donc demandé de téléphoner au théâtre...

– Mais il n'y était pas, acheva Latham.

– Non seulement il n'y était pas, mais cette fameuse répétition est prévue pour demain !

– Vous croyez donc qu'il a mis à exécution le projet dont il nous a parlé hier soir ?

– J'en suis certaine et je suis morte de peur.

– Il n'y a peut-être pas de quoi. La DST assure sa protection et ne le quittera pas d'une semelle.

– Mon cher ami... J'espère, monsieur Latham, que je puis vous considérer comme un ami...

– Absolument. N'en doutez pas.

– Vous ne savez pas de quoi est capable un comédien de talent. Il peut entrer dans un immeuble sous son aspect habituel et en ressortir complètement transformé. Une chemise roulée sous la veste, un pantalon qui fait des poches aux genoux, une démarche différente, et le tour est joué.

– Vous croyez qu'il aurait pu faire quelque chose de ce genre ?

– C'est pour cela que j'ai si peur. Quand nous en avons parlé hier soir, sa décision était prise, et Jean-Pierre est un homme très déterminé.

– Je l'ai dit à Bressard, quand il m'a accompagné à l'ambassade.

– Je sais. C'est pourquoi Henri tenait tellement à lui parler, pour le dissuader de s'en mêler.

– Je vais appeler Moreau.

– Vous me tenez au courant, bien sûr ?

– Bien sûr.

Dans son bureau de l'ambassade, Drew raccrocha, chercha le numéro de la DST dans son répertoire et demanda à parler au directeur.

– C'est Latham, fit-il, quand on lui passa Moreau.

– J'attendais votre appel. Que voulez-vous que je vous dise ? Nous avons perdu Villiers. Il est entré au Forum des Halles et nos agents l'ont perdu dans la foule.

– Que comptez-vous faire ?

– J'ai envoyé des hommes en patrouille dans les quartiers les plus mal famés. Il faut absolument le retrouver.

– Vous ne le retrouverez pas.

– Pourquoi ?

– Parce qu'il est un comédien hors pair. Mais il sera obligé de revenir au théâtre, ce soir. Soyez-y et faites en sorte qu'il ne quitte pas son domicile demain... S'il est encore en vie.

– Vous ne pensez quand même pas...

– Je connais la rue, Moreau, pas vous. Vous êtes trop distingué pour cela. Vous préférez rester dans votre bureau pour élaborer vos stratégies subtiles que de vous mêler aux plus défavorisés.

– Cette critique est injustifiée ; nous connaissons la ville mieux que n'importe qui.

– Très bien. Alors, au travail !

Drew raccrocha, en se demandant qui d'autre il pourrait appeler et ce qu'il pourrait faire de plus. Il fut interrompu dans ses réflexions par un coup frappé à la porte de son bureau.

– Entrez, fit-il avec agacement.

Une jeune femme d'une trentaine d'années, brune et séduisante, les yeux cachés par de grosses lunettes à monture d'écaille, s'avança vers lui, un classeur à la main.

– Je crois que nous avons trouvé les documents que vous avez demandés, monsieur.

– Excusez-moi, mais qui êtes-vous ?

– Je m'appelle Karin de Vries. Je travaille au service Documentation et recherches.

– Un euphémisme pour tout ce qui va de « sensible » à « ultra-confidentiel ».

– Pas seulement, monsieur Latham. Nous avons aussi des cartes routières, les horaires des trains et des avions.

– Vous êtes française ?

– Flamande, rectifia la jeune femme avec son accent léger mais perceptible. J'ai passé de nombreuses années à Paris, entre autres pour mes études à la Sorbonne.

– Votre anglais est excellent...

– Je parle aussi le français et le hollandais, les dialectes flamand et wallon, bien entendu, ainsi que l'allemand, déclara posément Karin de Vries. Et je lis toutes ces langues.

– Une vraie polyglotte.

– Cela n'a rien d'exceptionnel, sauf, peut-être, pour les abstractions et l'emploi des idiomes.

– Ce qui explique pourquoi vous êtes au service Documentation et recherches.

– C'était une condition nécessaire, bien entendu.

– Bien entendu... Alors, que m'avez-vous apporté ?

– Vous nous avez demandé de chercher une faille dans la législation relative aux investissements à l'étranger et de vous apporter les documents.

– Voyons cela.

Elle fit le tour du bureau, posa le classeur devant Drew et l'ouvrit pour en sortir un épais listing.

– Cela fait beaucoup, mademoiselle de Vries. Il me faudra une semaine pour tout lire et je ne dispose pas d'une semaine. La haute finance n'est pas vraiment mon domaine.

– Non, monsieur, la majeure partie de ces documents est composée d'extraits des textes de lois qui nous intéressent et d'analyses sur ceux qui se sont fait prendre en infraction. La liste des identités et le résumé de leurs manœuvres ne font que six pages.

– C'est bien au-delà de ce que j'avais demandé ! Et vous avez fait tout cela en cinq heures ?

– Nous avons du matériel de pointe, monsieur, et le ministère des Finances s'est montré fort compréhensif, au point d'accepter la connexion de nos modems.

– Ils ne se sont pas opposés à cette ingérence ?

– Je savais à qui m'adresser. À quelqu'un qui a compris ce que vous cherchiez et pour quelle raison.

– Et vous ?

– Je ne suis ni aveugle ni sourde, monsieur. Des fonds considérables transitant par la Suisse pour aboutir en Allemagne sont virés à des particuliers dont l'identité est inconnue ou sur des comptes anonymes, dont les numéros, écrits à la main, sont analysés au spectrographe.

– Et ces numéros ?

– Immédiatement transmis à Zurich, Berne ou Genève, où ils sont inviolables. Ni confirmés ni refusés.

– Vous semblez en savoir long sur ces méthodes.

– Permettez-moi de vous expliquer, monsieur Latham. J'ai travaillé pour l'OTAN. J'ai obtenu des autorités américaines l'accès aux documents les plus confidentiels, car il m'arrivait souvent de voir et d'entendre des choses qui leur échappaient. Pourquoi cette question ? Avez-vous autre chose en tête ?

– Je ne sais pas. Peut-être suis-je simplement impressionné par votre efficacité... C'est vous qui avez constitué ce dossier, n'est-ce pas ? Je veux dire toute seule ? Je peux poser la question dans votre service.

– En effet, répondit Karin de Vries, en faisant lentement le tour du bureau pour se planter devant Latham. J'ai vu votre demande – avec le cachet top secret – sur le bureau de mon chef de service. J'ai ouvert le dossier et je l'ai étudié. Je savais que j'étais habilitée à le traiter et je l'ai emporté.

– En avez-vous informé votre supérieur ?

– Non. J'ai tout de suite compris, poursuivit Karin après un silence, que j'étais en mesure de l'analyser et de l'exploiter plus rapidement que n'importe lequel de mes collègues. Voici le résultat... en cinq heures.

– Vous voulez dire que personne du service Documentation et recherches n'a su que vous travailliez sur cette question, pas même votre chef ?

– Il est à Calais pour la journée. Et je n'ai vu aucune raison d'en référer à son adjoint.

– Pourquoi ? Ne vous fallait-il pas une autorisation ? Cette affaire exigeait des instructions spécifiques, elle portait le cachet top secret.

– Je vous l'ai dit, j'ai reçu le feu vert des autorités américaines de l'OTAN et de vos spécialistes du renseignement à Paris. Je vous ai apporté ce que vous vouliez, mes raisons importent peu.

– Je n'en suis pas si sûr. J'ai, moi aussi, des raisons personnelles, ce qui signifie que je vais étudier avec le plus grand soin le contenu de ce dossier.

– Toutes les pièces sont exactes et vérifiées.

– Je l'espère. Merci, mademoiselle de Vries, ce sera tout.

– Permettez-moi de rectifier, monsieur. Ce n'est pas mademoiselle, mais *madame* de Vries. Je suis veuve. Mon mari a été tué à Berlin-Est, par la Stasi, une semaine avant la chute du Mur. Sous un nom différent, les agents de la Stasi étaient aussi implacables que les unités les plus brutales de la Gestapo et des Waffen SS. Mon mari, Frederik de Vries, travaillait pour les Américains. Vous pouvez vérifier cela aussi.

Sur ces mots, elle tourna les talons et sortit.

Latham regarda avec étonnement la porte se refermer si vivement qu'elle fut presque claquée. Il prit le téléphone et composa aussitôt le numéro du chef de la sécurité de l'ambassade. Après s'être débarrassé d'une secrétaire au français scolaire qui eut le don de l'agacer, il eut le chef de la sécurité en ligne.

– Quelles nouvelles, aux Opérations consulaires ?

– Qui est Karin de Vries, Stanley ?

– Une femme providentielle, envoyée par nos services de l'OTAN, répondit Stanley Witkowski, un vétéran du renseignement militaire, un colonel muté au Département d'État grâce à ses brillants états de service au G-2. Elle est vive, intelligente, imaginative et parle couramment cinq langues. Une bénédiction du ciel.

– Je voudrais savoir qui l'a envoyée ?

– Où voulez-vous en venir ?

– Ses méthodes de travail sont assez particulières. J'ai envoyé une demande top secret au service Documentation et recherches et, sans autorisation ni instructions, elle a sorti le dossier et l'a traité elle-même.

– Curieux, en effet, fit Witkowski. Elle n'aurait pas dû. Une demande top secret doit être visée par le chef de service et son adjoint avant d'être traitée par un employé nommément désigné.

– C'est ce que je pensais et, pour ce qui concerne cette opération, j'ai une crainte paranoïaque des fuites et des fausses informations. Qui nous l'a envoyée ?

– Ne vous prenez pas la tête, Drew. C'est elle qui a demandé son affectation à Paris et, pour tout le monde, jusqu'au commandant suprême, c'est une fille en or.

– Tout ce qui brille n'est pas or, Stan. Elle a dépassé dans cette affaire les limites de ses attributions, je veux savoir comment et pourquoi.

– Pouvez-vous m'éclairer un peu ?

– Je peux seulement vous dire que c'est à propos des nouveaux petits soldats qui défilent au pas de l'oie en Allemagne.

– Je ne suis pas beaucoup plus avancé.

– Elle dit que son mari a été tué par la Stasi, à Berlin-Est. Pouvez-vous le confirmer ?

– Et comment ! Je peux en témoigner personnellement. J'étais en poste dans notre secteur et je me donnais un mal de chien, nuit et jour, pour prendre contact avec nos gars de l'autre côté du Mur. Freddie de Vries était un agent infiltré, jeune et malin comme un singe. Le malheureux s'est fait prendre quelques jours avant la dissolution de la Stasi.

– Elle serait donc fondée à porter aux événements d'Allemagne un intérêt qui pourrait aller jusqu'à l'obsession.

– Naturellement. Savez-vous ce qu'ont fait la plupart des agents de la Stasi, après la chute du Mur ?

– Non.

– Ils se sont jetés dans les bras des skinheads et ont été accueillis avec empressement par ces foutus nazillons... À propos de Freddie, j'ai oublié de dire qu'il travaillait avec votre frère Harry. Je le sais, parce qu'ils étaient tous deux en liaison avec le G-2. La mort de Freddie a bouleversé Harry ; il est devenu fou de rage. Comme s'il avait perdu un petit frère, un peu comme vous, peut-être.

– Merci, Stanley. Je crois que j'ai été inutilement blessant. Mais il reste quand même une ou deux questions sans réponse.

– Que voulez-vous dire ?

– Comment Mme de Vries savait-elle qui j'étais ?

Couvert de haillons, les narines agrandies, les yeux bouffis, méconnaissable, Jean-Pierre Villiers s'engagea en titubant dans l'ombre de la ruelle. De loin en loin, des clochards étaient assis sur les pavés, adossés aux murs ou recroquevillés en chien de fusil. Il se mit à chanter d'une voix éraillée d'alcoolique, articulant avec difficulté.

– *Écoutez-moi bien... les copains ! J'ai des nouvelles... du vieux Jodelle !* Ça intéresse quelqu'un, ou je perds ma salive ?

– Jodelle est barjot ! lança une voix sur la gauche.

– Avec lui, il y a toujours des problèmes ! cria quelqu'un d'autre. Dis-lui d'aller se faire voir !

– Je cherche des amis à lui, il m'a dit que c'était important !

– T'as qu'à remonter les quais de la rive droite, c'est là qu'il dort le plus souvent.

Jean-Pierre suivit les quais de la Seine. À la hauteur du pont de l'Alma, une vieille pocharde apporta une lueur d'espoir.

– Jodelle a le cerveau fêlé, pour sûr, mais il a toujours été gentil avec moi. Il m'offre des fleurs – volées, sans doute – et me dit que je suis une grande actrice. T'en crois pas tes oreilles, hein ?

– Si, et je suis sûr qu'il est sincère.

– Alors, t'es aussi fou que lui !

– Peut-être, mais il sait reconnaître une belle femme.

– Ces yeux que tu as ! Bleus comme des nuages dans le ciel ! Tu es son fantôme !

– Il est mort ?

– Va savoir ! Qui es-tu ?

Enfin, beaucoup plus tard, à l'heure où le soleil s'inclinait derrière le Trocadéro, ses questions éveillèrent un écho dans une allée obscure.

– Qui parle de mon ami Jodelle ?

– Moi, répondit Villiers, en s'enfonçant plus avant dans l'étroit passage. C'est un ami à vous ? reprit-il en s'agenouillant près du clochard débraillé. Il faut que je retrouve Jodelle, j'ai de l'argent pour celui qui m'aidera. Tenez, voilà cent francs !

– Ça fait longtemps que j'avais pas vu un billet de cent balles.

– Il est à vous ! Où est Jodelle, où est-il allé ?

– Il a dit que c'était un secret...

– Mais vous êtes au courant.

– Sûr, on était comme des frères...

– Je suis son fils. Dites-moi la vérité.

– Le Val de Loire, murmura l'épave humaine. Il y a un homme, un salaud, c'est tout ce que je sais.

Une silhouette se profila au bout de la ruelle, sur le fond encore lumineux du ciel. C'était un homme de la taille de Villiers, quand le comédien se tenait droit, et non voûté comme l'exigeait son déguisement.

– Pourquoi posez-vous des questions sur Jodelle ? demanda le nouveau venu.

– Il faut que je le retrouve, répondit Villiers d'une voix chevrotante. Il me doit de l'argent et je le cherche depuis trois jours.

– Vous pouvez en faire votre deuil ! Vous ne lisez pas les journaux ?

– Je ne vais pas dépenser de l'argent pour lire des choses qui ne me concernent pas. Je ne regarde que les bandes dessinées des vieux canards qui traînent.

– Un clochard s'est tué hier soir, dans un théâtre. Il a été identifié : c'est Jodelle.

– Le salaud ! Il me devait cinquante balles !

– Qui êtes-vous ? demanda l'homme en s'avançant vers Jean-Pierre pour le dévisager de très près.

– Je m'appelle Auguste Renoir et je suis peintre. Je peux aussi m'appeler Monet ou bien Rembrandt. Au printemps, j'aime être Georges Seurat ; en hiver, je préfère Toulouse-Lautrec, pour la chaleur des beuglants. Les musées sont des endroits merveilleux, quand il pleut ou qu'il fait froid.

– Vieux fou !

L'homme tourna les talons et s'éloigna d'un pas vif, Villiers clopinant derrière lui.

– Arrêtez ! cria le comédien.

– Qu'est-ce que vous voulez ?

– Comme vous m'avez appris la mauvaise nouvelle, je crois que c'est à vous de me rendre mes cinquante francs.

– Quoi ? Drôle de logique !

– Vous avez détruit mes espérances.

– J'ai détruit quoi... ?

– Mes espérances, monsieur... Je ne vous ai pas parlé de Jodelle, c'est vous qui m'avez abordé. Comment saviez-vous que je le cherchais ?

– Je vous ai entendu crier son nom.

– Sous ce prétexte futile, vous entrez dans ma vie et vous détruisez mes espérances ? Ce serait plutôt à moi de vous demander qui vous êtes. Vous êtes trop bien habillé pour fréquenter mon ami Jodelle... salaud de Jodelle ! Qui est-il pour vous ? Qu'êtes-vous venu faire ici ?

– Vous êtes complètement cinglé, fit l'homme, en plongeant la main dans sa poche. Tenez, voici un billet de cinquante francs ; et pardonnez-moi d'être entré dans votre vie.

– Oh ! merci, mon prince !

Jean-Pierre attendit que l'étrange individu atteigne le trottoir encore ensoleillé, puis il s'élança vers le bout de la ruelle, avança prudemment la tête et le vit s'arrêter devant une voiture garée à une vingtaine de mètres. Reprenant l'attitude du vieux clochard, Villiers s'approcha de son bienfaiteur en sautillant comme un bouffon de cour difforme.

– Que le Bon Dieu vous protège, mon prince ! Que tous les saints du paradis...

– Fous le camp, sac à vin ! rugit l'homme par la vitre ouverte de la voiture.

Jean-Pierre baissa la tête et releva le numéro minéralogique de la Peugeot qui démarrait.

L'après-midi touchait à sa fin quand Latham prit l'ascenseur pour descendre dans le complexe en sous-sol de l'ambassade, pour la seconde fois en dix-huit heures. Il ne se rendit pas cette fois aux Communications, mais au service Documentation et recherches. Un Marine en uniforme, assis à un bureau, sur la droite de la porte blindée, reconnut Drew et lui sourit.

– Quel temps fait-il là-haut, monsieur Latham ?

– L'air n'est pas aussi frais et pur qu'ici, sergent, mais vous avez le nec plus ultra de la climatisation.

– Nous sommes des gens très délicats. Vous voulez entrer dans le temple des secrets et du porno ?

– On passe des films cochons ?

– Cent francs la place, mais je vous fais entrer à l'œil.

– J'ai toujours su que je pouvais compter sur les Marines.

– À ce propos, les copains vous remercient pour votre charmante invitation au restaurant du boulevard de Grenelle.

– De rien. On ne sait jamais quand on aura envie de regarder un film porno... En réalité, les patrons sont de vieux amis et votre présence a eu un effet dissuasif sur quelques clients antipathiques.

– Oui, c'est ce que vous nous avez dit. On est arrivés en grand uniforme, comme pour jouer dans une opérette...

– Sergent, coupa Drew, le regard fixé sur le garde. Connaissez-vous une certaine Karin de Vries, du service Documentation ?

– À peine... « Bonjour, bonsoir », c'est tout. Jolie fille, mais j'ai l'impression qu'elle essaie de le cacher. Avec ses lunettes qui pèsent au moins deux kilos, ses vêtements tristes qui n'ont rien à voir avec la mode de Paris.

– Elle est nouvelle ici ?

– Je dirais à peu près quatre mois, en provenance de l'OTAN. On raconte qu'elle est plutôt du genre tranquille, qu'elle ne cherche pas à se lier, vous voyez ?

– Je crois... Très bien, monsieur le gardien des clés magiques, trouvez-moi une bonne place.

– J'en ai une au premier rang ; troisième bureau sur la droite. Son nom est sur la porte.

– Vous avez regardé par le trou de la serrure ?

– Et comment ! Quand cette porte est verrouillée, nous faisons des patrouilles nocturnes, la main sur l'étui de notre arme, au cas où il resterait des traînards.

– Je vois, le genre mission secrète. Vous devriez faire du cinéma. Un vrai film, pas du porno.

– Vous pouvez parler. Un bon dîner, avec vin à volonté, pour treize Marines ; un patron très nerveux qui raconte à tous ses clients que nous sommes des amis fidèles, prêts à accourir chez lui avec des bazookas, sur un simple coup de fil, si jamais il y avait du grabuge. Drôle de scénario !

– Une simple et anodine invitation de la part d'un fervent admirateur du corps des Marines.

– Votre nez s'allonge, monsieur Pinocchio.

– Vous avez déchiré mon billet. Laissez-moi donc entrer.

Le garde tendit le bras et appuya sur un bouton ; un déclic se fit entendre dans la porte blindée.

– Donnez-vous la peine d'entrer dans le palais du magicien d'Oz.

Dès qu'il eut franchi la porte, Latham perçut le bruit sourd et continu du matériel informatique. Le service Documentation et recherches consistait en une rangée de bureaux, de part et d'autre d'une allée centrale ; à l'instar du complexe des communications, tout était blanc, aseptisé, avec de gros tubes fluorescents courant d'un bout à l'autre du plafond bas. Il se dirigea vers la droite, s'arrêta devant la troisième porte ; au centre du panneau supérieur était apposée une bande de plastique noir portant un nom en lettres blanches : Mme de Vries. Madame, pas mademoiselle. Et la veuve de Vries allait devoir répondre à quelques questions concernant un certain Harry Latham et son frère Drew. Il frappa.

– Entrez, fit une voix.

Drew ouvrit la porte. Assise à son bureau, contre le mur de gauche, Karin de Vries le regarda d'un air surpris.

– Je ne peux pas dire que je vous attendais, fit-elle d'une voix mal assurée. Je vous dois des excuses. Je n'aurais pas dû partir en claquant la porte.

– Pas du tout, chère madame, c'est à moi de m'excuser. J'ai parlé à Witkowski...

– Ah oui ! Le colonel...

– C'est de cela que j'aimerais m'entretenir avec vous.

– J'aurais dû m'en douter. Oui, monsieur Latham, nous allons parler. Mais pas ici.

– Pourquoi ? J'ai parcouru le dossier que vous m'avez remis ; ce n'est pas seulement bon, c'est remarquable. Je distingue à peine un actif d'un passif, mais vous avez su présenter clairement les choses.

– Je vous remercie. Mais ce n'est pas pour cette raison que vous êtes venu.

– Que voulez-vous dire ?

– Il y a un café tout près de l'avenue Gabriel, à cinq ou six rues d'ici, *Le Sabre*. Un petit café, pas très fréquenté. Je vous y retrouve dans trois quarts d'heure. Je serai assise au fond.

– Je ne comprends pas...

– Patience, vous comprendrez.

Précisément quarante-sept minutes plus tard, Drew entra dans le petit bistrot, plissant les yeux pour adapter sa vue à l'éclairage insuffisant, étonné de trouver un cadre si minable dans un quartier si chic. Karin de Vries, comme elle l'avait dit, l'attendait à la table du fond.

– C'est quelque chose, ce bistrot, murmura-t-il, en s'asseyant en face d'elle.

– *L'obstination du Français*, déclara la jeune femme en français. Inutile de parler à voix basse, personne ne peut nous entendre.

– Qui est obstiné ?

– Le patron. On lui a proposé une fortune pour son établissement, mais il refuse de vendre. Il est riche et le café est dans sa famille depuis très longtemps, bien avant qu'il ne soit devenu riche. Il préfère le garder et emploie des parents à lui. En voici un ; ne montrez pas votre étonnement.

Un garçon, d'âge mûr et manifestement éméché, s'approcha de leur table d'un pas incertain.

– Nous ne servons pas à manger, qu'est-ce que vous buvez ? demanda-t-il sans reprendre son souffle.

– Un scotch, s'il vous plaît, fit Latham.

– Pas de scotch aujourd'hui, répliqua le garçon. Nous avons une excellente carte de vins et une saloperie japonaise baptisée whisky.

– Alors, un vin blanc. Un chablis, si vous avez.

– Ce sera un vin blanc.

– Je prendrai la même chose, dit Karin de Vries. Vous comprenez pourquoi il n'y a pas grand monde, reprit-elle, quand le garçon se fut éloigné d'un pas traînant.

– Il faudrait le fermer... Si nous en venions à ce qui nous intéresse ? J'ai appris que votre mari travaillait avec mon frère, à Berlin-Est.

– Oui.

– C'est tout ce que vous avez à dire ? Juste « oui ».

– Le colonel a dû vous mettre au courant. Quand j'ai demandé mon affectation à Paris, je ne savais pas qu'il était là. Dès que je l'ai appris, j'ai compris que cette conversation entre nous serait inévitable.

– Vous avez demandé votre mutation à cause de moi ?

– Vous êtes le frère d'Harry Latham, que Frederik et moi considérions comme un ami très cher.

– Vous le connaissez si bien ?

– Freddie était sous ses ordres, même si cela n'apparaissait nulle part.

– Cela n'apparaît jamais nulle part, dans notre métier.

– Je veux dire que ni les collègues d'Harry ni le G-2 du colonel Witkowski ne savaient qu'Harry était l'officier traitant de mon mari.

Rien ne devait laisser soupçonner leur association, pas la moindre trace.

– Mais Witkowski m'a dit qu'ils travaillaient ensemble.

– Qu'ils étaient du même côté, oui, mais pas qu'ils travaillaient la main dans la main. Je ne crois pas que quelqu'un l'ait jamais soupçonné.

– Il était donc si important de garder le secret, même pour nos responsables ?

– Oui.

– Pourquoi ?

– À cause du genre de travail que Frederik accomplissait pour Harry, de son plein gré, avec dévouement. Si certains événements avaient été imputés aux Américains, les conséquences auraient pu être dramatiques.

– Aucun des deux camps n'avait les mains propres ; il arrivait même qu'elles soient particulièrement sales. On se rendait coup pour coup, et alors ?

– Il y a eu des morts, c'est ce que j'ai été amenée à croire.

– Il y a eu des morts des deux côtés...

– Peut-être parce que de nombreuses victimes étaient des gens en vue, poursuivit Karin de Vries, les yeux agrandis, presque implorants. Des gens soutenus par Moscou, qui occupaient des postes de responsabilité et n'avaient de comptes à rendre qu'au Kremlin. Pour établir un parallèle, imaginons que certains maires de vos plus grandes villes, les gouverneurs de l'État de New York ou de Californie soient tués par des agents soviétiques. Vous me suivez ?

– Jamais cela n'aurait pu se faire, Moscou ne l'aurait pas permis.

– Cela s'est fait et Moscou a imposé le silence. Judicieusement, à mon sens.

– Vous prétendez donc que mon frère, en sa qualité d'officier traitant de votre mari, lui aurait donné l'ordre d'éliminer ces hommes ? C'est absurde ! En comparaison, le fiasco de l'U-2 serait une affaire dérisoire. Je ne vous crois pas, chère madame. Harry est trop intelligent, trop expérimenté pour faire ce genre de chose ; cela aurait pu provoquer des représailles massives sur le sol américain, une escalade conduisant à un conflit nucléaire, ce que personne ne souhaitait.

– Je n'ai pas dit que votre frère avait donné l'ordre à Frederik de commettre ces actes.

– Expliquez-vous !

– Ces actes ont été commis et Harry était l'officier traitant de mon mari.

– Vous voulez dire que c'est votre mari...

– Oui, fit doucement Karin de Vries. Freddie a bien travaillé pour votre frère, il a si bien infiltré la Stasi que l'on donnait des fêtes pour lui, quand il se faisait passer pour un diamantaire d'Amsterdam faisant la fortune des apparatchiks. Puis le même schéma commença à se répéter : les dates et les lieux où étaient assassinés des dirigeants est-allemands inféodés au Kremlin coïncidaient avec les absences de Frederik. Séparément et ensemble, Harry et moi l'avons questionné. Bien entendu, il a nié en bloc ; son charme candide et son bagout – les qualités qui faisaient de lui un agent infiltré hors de pair – nous ont convaincus que c'étaient des coïncidences.

– Il n'y a pas de coïncidences dans ce métier.

– Nous l'avons découvert quand Frederik a été capturé, une semaine avant la chute du Mur. Sous la torture et l'effet des sérums qu'on lui injectait, mon mari a reconnu avoir commis les assassinats. Harry fut parmi les premiers spécialistes du renseignement à passer au peigne fin le quartier général de la Stasi. Rendu fou furieux par la mort de Freddie, il savait exactement quand cela s'était produit et ce qu'il fallait chercher dans les archives. Il mit la main sur une copie du dossier, la cacha sur lui et me la montra un peu plus tard.

– Votre mari agissait donc en franc-tireur, mais ni vous ni mon frère n'avez pu percer son jeu ?

– Vous n'avez pas connu Freddie. Il y avait une raison à cette violence ; il détestait les Allemands doctrinaires, nourrissait envers eux une haine profonde qui ne s'appliquait pas à leurs cousins d'Allemagne de l'Ouest, plus tolérants et même repentants. Ses grands-parents ont été exécutés par un peloton de Waffen SS, sur la place de leur village, devant toute la population. Leur crime : avoir apporté de la nourriture aux juifs affamés détenus derrière des barbelés, près du dépôt de la gare. Le plus terrible est que, outre ses grands-parents, sept innocents, des pères de famille accusés d'insoumission, ont été fusillés pour l'exemple. Victime de l'hypocrisie collective, la famille de Vries fut stigmatisée pendant une génération. Élevé par des parents vivant à Bruxelles, Frederik ne fut autorisé qu'en de rares occasions à voir ses parents qui finirent par se donner la mort ensemble. Je suis certaine que les souvenirs douloureux de cette époque n'ont pas quitté Freddie jusqu'à sa dernière heure.

Le silence s'installa. Le garçon éméché revint avec les verres de vin, en renversa un peu sur le pantalon de Drew et se retira.

– Allons-nous-en, fit Latham. Il y a un petit restaurant, une brasserie, au coin de la rue.

– Je la connais, mais je préférerais terminer notre conversation ici.

– Pourquoi ? Cet endroit est minable.

– Je crois qu'il ne serait pas bien que l'on nous voie ensemble.

– Mais nous travaillons tous deux à l'ambassade ! À propos, pourquoi ne vous ai-je jamais vue à nos petites réunions. Si c'était le cas, je m'en souviendrais.

– Je ne raffole pas de ce genre d'activité, monsieur Latham. Je suis très solitaire et cette vie me convient parfaitement.

– Vous aimez la solitude ?

– Je l'ai choisie.

– À votre guise, fit Harry avec un haussement d'épaules. Vous avez donc vu, à Bruxelles, mon nom sur la liste du personnel de l'ambassade et, découvrant que j'étais le frère d'Harry, vous avez demandé votre mutation. Pourquoi ?

– Je vous l'ai dit, j'avais accès aux documents ultra-confidentiels. Il y a dix mois, j'ai porté au commandant suprême un mémorandum transmis par des canaux protégés. Poussée par la curiosité, comme vous l'avez remarqué aujourd'hui, j'en ai pris connaissance. J'ai appris qu'un certain Drew Latham était muté à Paris, avec l'aval du Quai d'Orsay, pour étudier le « problème allemand ». Pas besoin de beaucoup d'imagination pour comprendre de quoi il s'agissait. C'est ce « problème allemand » qui avait causé la mort de mon mari et je me souvenais parfaitement de ce que votre frère disait affectueusement de vous. Il regrettait de vous voir essayer de marcher sur ses traces, car vous avez la tête près du bonnet et n'êtes pas très doué pour les langues.

– Harry est jaloux, parce que j'ai toujours été le chouchou de notre mère.

– Vous plaisantez ?

– Bien sûr. En réalité, je me demande si elle ne nous trouvait pas déjà tous les deux un peu bizarres.

– À cause de votre profession ?

– Non, elle ne sait pas ce que nous faisons et mon père a eu assez de jugeote pour ne jamais rien dire. Elle est persuadée que nous travaillons pour le Département d'État, que nous sommes envoyés en mission de longue durée, aux quatre coins du monde, et se demande pourquoi nous n'avons ni épouse ni enfants qu'elle pourrait gâter.

– Un souci bien naturel, à mon avis.

– Pas quand on a deux fils dont la profession est si peu naturelle.

– Quoi qu'il en soit, Harry reconnaît que vous êtes très robuste et assez intelligent.

– *Assez* intelligent ?... Encore de la jalousie. Mes résultats au hockey m'ont valu une jolie bourse universitaire, alors qu'il n'est même pas fichu de tenir sur des patins !

– C'est encore une blague ?

– Pas ça, c'est vrai.

– Vous étiez boursiers ?

– Bien obligés. Notre père avait un doctorat en archéologie, mais tout ce que cela lui rapportait, c'était des fouilles d'Arizona en Irak.

La National Geographic Society et l'Explorers'Club payaient les voyages, mais pas un sou pour la femme et les enfants. Quand nous avons vu les films avec Harrison Ford, nous avons bien rigolé, Harry et moi, en nous disant : au diable l'« Arche perdue », où sont les enfants d'Indiana Jones ?

– Le système de références m'échappe, mais je reconnais qu'on peut établir un parallèle.

– Comme notre père était titulaire, nous n'étions pas complètement fauchés. Sans être riches, nous vivions dans une certaine aisance, celle des classes moyennes. Il nous fallait ces bourses... Maintenant que vous savez tout de ma vie et que j'en sais plus long que je ne l'aurais voulu sur votre mari, parlez-moi un peu de vous. D'où venez-vous, vous qui êtes apparue comme par enchantement ?

– Cela n'a rien à voir avec...

– Vous m'avez déjà dit ça, mais je ne suis pas convaincu. Avant de poursuivre votre carrière à l'ambassade, *surtout* dans votre service, vous auriez intérêt à ce que les choses soient claires.

– Vous ne croyez pas un mot de ce que j'ai dit...

– La surface, ce que Witkowski a confirmé, mais après, j'ai des doutes.

– Dans ce cas, allez vous faire voir !

Karin de Vries commença à se lever au moment où le garçon s'approchait de leur table.

– Il y a un M. Latham ici ?

– Oui, c'est moi.

– Un appel téléphonique pour vous. Ne parlez pas trop longtemps, ajouta le garçon avant de faire demi-tour.

– Restez là, fit Drew. J'avais donné le nom du café aux Communications.

– Pourquoi resterais-je ?

– Parce que je vous le demande. Instamment.

Latham se leva et se dirigea rapidement vers l'antique appareil posé au bout du bar. Il prit le combiné, porta l'écouteur à son oreille.

– Latham, fit-il.

– Ici Durbane, répondit-on aussitôt. Je vous branche sur Sorenson, à Washington, sur une ligne brouillée. Vous pouvez parler librement.

– Drew ?

– Oui, monsieur...

– Ça y est ! Nous venons d'avoir des nouvelles d'Harry. Il est vivant !

– Où est-il ?

– D'après ce que nous avons pu déterminer, quelque part dans le massif de l'Hausruck, en Autriche. Nous avons été avertis par des antinazis d'Obernberg, nous informant qu'ils préparaient son évasion et nous demandant de garder libres nos lignes protégées, de Passau à Burghausen. Ils ont refusé de donner leur identité, mais on ne peut douter de leur existence.

– Dieu soit loué ! s'écria Drew avec soulagement.

– Ne vous emballez pas. Ils ont dit qu'il avait à parcourir vingt kilomètres en montagne, dans la neige, avant de pouvoir entrer en contact avec eux.

– Vous ne connaissez pas Harry. Il y arrivera. Je suis peut-être plus robuste, mais il est plus résistant que moi.

– Qu'est-ce que vous racontez ?

– Peu importe. Je file à l'ambassade et j'attends.

Latham raccrocha et regagna sa table.

Karin de Vries n'était plus là.

5

La file de silhouettes avançait lentement dans la neige tandis que les ombres du soir s'allongeaient sur les versants de la montagne. Le seul éclairage était celui des phares des deux gros véhicules et les torches électriques des gardes. Harry Latham sauta du camion. Ses maux de tête s'estompaient à mesure qu'ils s'approchaient du pont enjambant l'affluent de la Salzach. Il pouvait réussir ! Après le pont, il retrouverait sa route ; il se souvenait parfaitement de l'itinéraire et des marques faites en chemin, gravés dans sa mémoire au long de sa prétendue hospitalisation, que l'on pouvait tout aussi bien appeler détention. Mais il n'avait pu rester dans l'engin où il s'était caché, car les véhicules étaient fouillés, tout le matériel vérifié sur facture. Il lui avait fallu se joindre à la colonne des *Sonnenkinder*, qui marchaient aveuglément vers un destin incertain, dans l'Europe où ils se disperseraient, en célébrant par leurs chants la pureté raciale et la vertu aryenne, et en criant leur haine des races inférieures. Harry se joignit aux plus bruyants, avec une ferveur saluée par des sourires et des prunelles brillantes, au moment où ils traversaient le pont. Il attendit le moment propice.

L'occasion se présenta enfin. Quand la colonne tourna à droite dans la nuit pailletée de flocons, Harry se baissa vivement et fila sur la gauche, courbé en deux, en mettant à profit une brève chute de neige. Un garde vigilant le vit et leva son pistolet.

– *Nein !* lança *le Reichsführer* du détachement, en saisissant le bras du soldat pour abaisser l'arme. *Verboten. Ist schon gut !*

L'agent des opérations clandestines connu sous le nom de code Venin avança péniblement dans la neige vierge qui lui arrivait aux genoux, le souffle court, espérant découvrir la première des marques faites à l'aller – quelques semaines qui semblaient avoir duré des années – lorsqu'on l'avait escorté jusqu'à la vallée perdue. Là ! Deux branches brisées d'un petit arbre, qui ne repousseraient pas avant le printemps. L'arbre se trouvait sur la gauche, la marque suivante serait sur la droite, en descendant obliquement... Trois cents mètres plus loin, le visage en feu et les jambes glacées, il la vit. Une branche d'épicéa, dont l'extrémité pendait, toute sèche. La route reliant les deux villages était distante de sept à huit kilomètres, la majeure partie en descente. Il allait réussir. Il le fallait !

Il y parvint, souffrant atrocement de ses pieds gelés, tout le corps endolori. Il se laissa tomber par terre, se massa longuement les jambes, s'abîmant la paume des mains sur le pantalon durci par la neige. En voyant apparaître un camion, il se releva d'un bond, s'avança en titubant sur la chaussée et agita frénétiquement les bras dans la lumière des phares. Le camion s'arrêta.

– *Hilfe !* cria-t-il. Ma voiture a quitté la route !

– Pas besoin d'explications, répondit en anglais le conducteur barbu, avec un fort accent. Je vous attendais. Je fais la route dans les deux sens depuis trois jours.

– Qui êtes-vous ? demanda Harry en grimpant sur le siège avant.

– Votre sauveur, gloussa le barbu.

– Vous saviez que j'allais venir ?

– Nous avons une espionne dans la vallée, mais nous ne savons toujours pas où elle se trouve. On l'y a conduite les yeux bandés, comme tout le monde.

– Comment était-elle au courant ?

– Elle est infirmière dans leur hôpital... quand on ne lui ordonne pas de coucher avec un des *Frères* aryens pour produire un nouveau *Sonnenkind*. Elle vous a observé, elle vous a vu plier des bouts de papier et les coudre dans vos vêtements...

– Mais comment ? insista Latham.

– Les chambres sont surveillées par des caméras.

– Comment vous a-t-elle prévenus ?

– Tous les *Sonnenkinder* reçoivent la permission, disons plutôt l'ordre, de communiquer avec leurs proches pour donner à leur absence des explications fictives et rassurantes. Sans cela, l'*Oberführer* redouterait qu'on ne dévoile leur existence, comme pour ces sectes qui se retranchent aussi chez vous dans des montagnes et des vallées. Elle a donc joint ses « proches » et nous a fait savoir, à l'aide d'un code précis, que l'Américain allait s'échapper ; elle ne pouvait connaître ni le jour ni l'heure, mais votre évasion était imminente.

– L'évacuation – c'est bien de cela qu'il s'agit – m'en a offert l'occasion.

– Quoi qu'il en soit, vous voilà et nous sommes en route pour Burghausen. De notre modeste quartier général, vous pourrez joindre qui bon vous semble. Nous sommes les Antineos.

– Comment ?

– Tout le contraire de celui qui, surnommé Caracalla, fit massacrer vingt mille Romains qui s'opposaient à son gouvernement despotique, d'après l'historien Dion Cassius.

– J'ai entendu parler de Caracalla, de Dion Cassius aussi, mais j'avoue que je ne comprends pas.

– Vous n'êtes pas très calé en histoire romaine ?

– Pas vraiment.

– Imaginons cela dans un autre contexte.

– Comme vous voudrez.

– Qu'est-ce que cela donne ? Anti-néos, *nicht wahr* ? Anti-néonazis. Voilà ce que nous sommes.

– Pourquoi vous cacher sous un nom aussi obscur ?

– Pourquoi se cachent-ils sous le nom mystérieux de leur Fraternité ?

– Quel rapport entre les deux ?

– Le mystère doit répondre au mystère !

– Pourquoi ? Vous avez une existence légale.

– Nous combattons nos ennemis à la fois au grand jour et clandestinement.

– Je connais ça, fit Latham en se rejetant en arrière. Mais je ne comprends toujours pas.

– Pourquoi êtes-vous partie ? demanda Drew à Karin de Vries, dont il avait obtenu le numéro personnel par le service de sécurité.

– Nous n'avions plus rien à nous dire, répondit-elle.

– Nous avions encore des tas de choses à nous dire, vous le savez fort bien.

– Étudiez mon dossier et, si quelque chose vous gêne, vous n'avez qu'à faire un rapport.

– Arrêtez votre cinéma ! Harry est vivant ! Après trois ans dans la clandestinité, il s'est échappé et nous allons bientôt le revoir.

– Mon Dieu ! Si vous saviez comme je suis heureuse, comme je me sens soulagée !

– Vous avez toujours su ce que faisait mon frère, n'est-ce pas ?

– Pas au téléphone, monsieur Latham. Venez chez moi, place de la Madeleine. Numéro onze, cinquième étage.

Drew donna le numéro à Durbane, saisit sa veste et sortit en hâte pour se diriger vers la voiture de la DST, qui ne le quittait plus.

– Place de la Madeleine, lança-t-il au conducteur. Numéro onze.

– Chouette quartier, fit l'agent de la DST en mettant en marche la voiture banalisée.

L'appartement de la place de la Madeleine ajoutait une nouvelle dimension à l'énigme que constituait Karin de Vries. Non seulement il était vaste, mais arrangé avec goût et coûteusement ; le mobilier, les rideaux, les tableaux étaient hors de proportion avec le salaire d'une employée d'ambassade.

– Mon mari n'était pas à plaindre, fit la veuve en remarquant la réaction de Drew devant la décoration. Il ne jouait pas seulement le rôle d'un diamantaire, il prenait activement part aux transactions, avec son allant habituel.

– Ce devait être quelqu'un.

– C'est peu de le dire, approuva Karin d'un ton neutre. Asseyez-vous donc, monsieur Latham. Puis-je vous offrir quelque chose ?

– Après la piquette que nous avons bue dans votre bistrot, ce serait avec grand plaisir.

– J'ai du scotch.

– Non seulement j'accepte, mais je vous le demande humblement.

– Pas besoin, fit Karin avec un petit rire, en se dirigeant vers le bar. Freddie m'a appris à toujours avoir quatre boissons alcoolisées à la maison, poursuivit-elle en sortant des glaçons, une bouteille et un verre. Du vin rouge à la température de la pièce, du blanc frappé de bonne qualité – un liquoreux et un sec – ainsi que du scotch pour les Anglais et du bourbon pour les Américains.

– Et les Allemands ?

– De la bière, quelle qu'elle soit, car, d'après lui, ils boivent n'importe quoi. Mais, je vous l'ai dit, il était intransigeant.

– Il devait en connaître.

– *Natürlich.* Il affirmait qu'ils avaient la manie de copier les Anglais. Ils boivent du whisky – c'est-à-dire du scotch – sans glace et, même s'ils le préfèrent avec de la glace, jamais ils ne l'avoueront.

Elle apporta son verre à Drew et indiqua un fauteuil.

– Asseyez-vous, monsieur Latham. Nous avons à discuter de plusieurs choses.

– C'est bien ce que je me proposais de faire, dit Drew en prenant place dans un moelleux fauteuil de cuir, en face du canapé de velours vert amande que Karin de Vries avait choisi. Vous ne buvez pas ? ajouta-t-il en esquissant le geste de lever son verre.

– Plus tard, peut-être... s'il y a un plus tard.

– Vous êtes un mystère pour moi, chère madame.

– De votre point de vue, je n'en doute pas. Mais, à côté de vous, je suis la transparence même. Le mystère, c'est vous. Vous et la communauté du renseignement américain.

– Je crois que cette remarque appelle une explication, madame de Vries.

– Naturellement, et vous l'aurez. Vous envoyez un homme en mission clandestine, un agent bourré de talent, parlant couramment cinq ou six langues, et vous gardez son existence secrète, tellement secrète qu'il n'a aucune protection, personne à joindre, car personne n'a l'autorité, encore moins la responsabilité de le conseiller.

– Harry a toujours eu la faculté de se retirer, protesta Latham. Il a sillonné l'Europe et le Moyen-Orient. Il aurait pu s'arrêter n'importe où et passer un coup de fil à Washington pour dire : « C'est terminé, je jette l'éponge. » Il n'aurait pas été le premier à le faire.

– Vous ne connaissez donc pas votre propre frère.

– Que voulez-vous dire ? Nous avons tout partagé !

– Professionnellement ?

– Non, pas sur ce plan. Nous ne sommes pas dans la même branche.

– Vous ne soupçonnez pas que c'est un véritable bouledogue.

– Un bouledogue ?

– Il oppose le même fanatisme aux fanatiques qu'il traque et ne lâche jamais sa proie.

– Il n'aime pas les nazis, il n'est pas le seul.

– Ce n'est pas ce que je veux dire. Quand Harry était un agent traitant, il avait des informateurs en Allemagne de l'Est, payés par les Américains, qui lui fournissaient les informations déterminant les directives données à ses courriers, au nombre desquels se trouvait mon mari. Lors de sa dernière mission, votre frère n'a pas eu cet avantage. Il était seul.

– C'était une nécessité. L'isolement absolu était dans la nature même de l'opération. Il ne pouvait y avoir la moindre trace. Même moi, j'ignorais son identité d'emprunt. Où voulez-vous en venir ?

– Cette fois, Harry n'avait pas d'informateurs en Allemagne, mais ses ennemis en avaient à Washington.

– Qu'est-ce que vous racontez ?

– Vous avez raison de supposer que j'étais au courant de la mission de votre frère. À propos, le nom qu'il utilisait était Lassiter. Alexander Lassiter.

– Quoi ?

Stupéfait, Latham fit un bond dans son fauteuil.

– Comment avez-vous appris cela ?

– Puisque vous-même l'ignoriez, comment l'aurais-je su ? Par l'ennemi, naturellement, un membre de la Fraternité... C'est le nom qu'ils ont choisi.

– Cela devient extrêmement délicat. Il me faut une autre explication.

– Elle sera partielle. Pour certaines choses, vous devrez me croire sur parole. Pour ma propre protection.

– Je n'accorde pas si facilement ma confiance, surtout en ce moment. Commençons par votre explication partielle. Je vous dirai ensuite si vous devez songer à chercher du travail.

– Avec l'aide que je vous ai apportée, ce ne serait pas juste...

– Allez-y, j'écoute, coupa sèchement Drew.

– Freddie et moi avions un appartement à Amsterdam, à son nom, naturellement, un appartement en rapport avec sa situation de jeune négociant en diamants. Chaque fois que nos emplois du temps le permettaient, nous y vivions ensemble, mais j'étais une femme très différente de celle que l'on connaissait à l'OTAN... de celle que vous voyez à l'ambassade. Je m'habillais toujours avec une élégance qui frisait l'excentricité, je portais une perruque blonde, j'étais couverte de bijoux...

– Vous meniez donc une double vie, fit Latham avec impatience, sans la laisser achever.

– Inévitablement.

– J'en conviens. Et alors ?

– Nous recevions chez nous – assez rarement et seulement les contacts les plus importants de Freddie. Je dois m'interrompre pour vous expliquer quelque chose, même si je pense ne rien vous apprendre. Quand de puissants services gouvernementaux de sécurité sont infiltrés par des agents de l'extérieur, ils se débarrassent des éléments subversifs en les exécutant ou bien ils les retournent, en font des agents doubles que leur propre camp supprimera. Vous me suivez ?

– J'ai entendu parler de ça ; je n'en dirai pas plus.

– Ce qu'ils ne supportent pas, c'est d'être mis dans l'embarras, de devoir reconnaître qu'ils ont été infiltrés ; la plus grande discrétion est de rigueur, au sein même des services concernés.

– Je l'ai aussi entendu dire.

– C'est arrivé avec la Stasi. Après la mort de Frederik et la chute du Mur, un certain nombre de ses plus importants contacts est-allemands laissèrent quantité de messages sur notre répondeur téléphonique, demandant instamment un rendez-vous à Freddie. J'en acceptai plusieurs, en ma qualité d'épouse. Deux hommes, l'un étant le numéro quatre dans la hiérarchie de la Stasi, l'autre appartenant au chiffre, condamné pour viol et blanchi par ses supérieurs, avaient été recrutés par la Fraternité. Ils sont venus voir Frederik pour convertir leurs diamants en devises. Comme les autres, je les ai invités à dîner et leur ai offert des alcools, auxquels j'ai ajouté une poudre que Freddie m'avait expressément demandé de conserver dans un sucrier. Tout en essayant de me séduire, chacun s'efforçant de prouver son importance, ils m'ont révélé, sous l'empire de l'alcool et de la drogue, *pourquoi* ils étaient si importants.

– Mon frère, fit Drew d'une voix blanche.
– Oui. Sur mes instances, ils m'ont tous deux parlé d'un agent américain du nom de Lassiter, dont la Fraternité connaissait l'existence et qu'elle attendait de pied ferme.
– Comment avez-vous su que c'était Harry ?
– De la manière la plus simple qui soit. Mes questions, anodines pour commencer, sont devenues de plus en plus précises ; Freddie affirmait que c'était la meilleure méthode, surtout avec l'alcool et la poudre. Les deux hommes ont dit la même chose, en des termes très voisins : « Son vrai nom est Harry Latham, CIA, Opérations clandestines, durée de la mission : deux ans ou plus, code Venin, tous renseignements effacés des ordinateurs au niveau AA-Zéro. »
– Bon Dieu ! Cela ne peut venir que du sommet ! Le niveau AA-Zéro ne s'éloigne pratiquement pas du bureau du directeur !... Voilà une affirmation outrageante, madame de Vries.
– Comme j'ignorais, et j'ignore toujours, ce que signifie AA-Zéro, je présume qu'ils ont dit vrai. Ce sont les mots que j'ai entendus et c'est pour cette raison que j'ai demandé mon affectation à Paris... Dois-je chercher du travail, monsieur Latham ?
– Vous garderez le vôtre. Mais avec un petit plus.
– Qu'entendez-vous par là ?
– Vous resterez à la Documentation, mais vous faites maintenant partie des Opérations consulaires.
– Pourquoi ?
– Entre autres choses, il vous faudra signer une déclaration sous serment par laquelle vous vous engagerez à ne pas divulguer ce que vous venez de me révéler, sous peine de passer trente ans derrière les barreaux.
– Et si je refuse de signer ce document ?
– Vous serez considérée comme une ennemie.
– Parfait ! J'aime cela, c'est clair.
– Soyons encore plus clairs, poursuivit Latham en regardant Karin de Vries dans le blanc des yeux. Si vous nous trahissez ou si vous êtes retournée, il n'y aura pas de pitié. Vous acceptez ?
– Sans réserve et de tout cœur.
– À mon tour de vous demander pourquoi ?
– C'est très simple. Pendant plusieurs années, mon mariage fût un présent du ciel. L'homme que j'adorais me rendait mon amour. Puis j'ai vu cet homme rongé par la haine, pas une haine aveugle, une haine vécue lucidement, les yeux grands ouverts, fixés sur l'ennemi qui avait détruit sa famille – ses parents et leurs propres parents. Le jeune homme brillant et exubérant que j'avais épousé méritait un bien meilleur sort que celui qui fut le sien. À mon tour de combattre cet ennemi, notre ennemi à tous.

– Cela me suffit, madame de Vries. Bienvenue parmi nous.
– Je veux bien trinquer avec vous maintenant. Vous voyez, il y a eu un « plus tard ».

Le F-16 américain se posa sur la piste de l'aéroport d'Althein. Le pilote, un colonel ayant le feu vert de la CIA, demanda à décoller aussitôt que son « colis » serait à bord. On conduisit Harry Latham jusqu'à la piste, on l'aida à monter dans l'habitacle et on referma la verrière. Quelques minutes plus tard, l'avion faisait route vers l'Angleterre. Trois heures après son arrivée au Royaume-Uni, l'agent clandestin, épuisé, fut conduit sous bonne garde à l'ambassade des États-Unis, à Grosvenor Square, où l'attendait un comité d'accueil composé de trois représentants haut placés de la CIA, du MI-6 et de la DST.

– Quel plaisir de te revoir, Harry, fit l'Américain.
– Bien joué, murmura l'Anglais.
– Magnifique ! lança le Français.
– Merci, messieurs, mais serait-il possible de prendre un peu de repos avant de rendre compte de ma mission ?
– La vallée ! fit l'Américain. Où est-elle ? Cela ne peut attendre, Harry.
– La vallée n'a plus aucune importance. Il n'y a plus de vallée, on a commencé à effacer les traces il y a deux jours. Tout est détruit, il n'y a plus personne.
– Qu'est-ce que tu nous chantes là ? insista l'agent de la CIA. C'est la clé de tout !
– Mon collègue a raison, cher ami, glissa l'homme du MI-6.
– Absolument, renchérit le Français. Nous devons la détruire.
– Attendez, attendez un peu, répliqua Harry en considérant d'un air las les membres du tribunal du renseignement. C'est peut-être la clé, mais la serrure a disparu. De toute façon, cela n'a plus d'importance.

À l'étonnement général, Latham entreprit de déchirer la doublure de sa veste, puis il se leva, enleva son pantalon et le retourna, fit de même avec la doublure des poches. En veste et caleçon, il sortit des doublures plusieurs dizaines de bouts de papier couverts de notes manuscrites, qu'il entassa sur la table de conférence.

– J'ai tout ce qu'il nous faut. Noms, postes, services, la totale, comme dirait mon frère. À ce propos, j'aimerais...
– C'est fait, lança le chef de station de la CIA, en devançant sa requête. Sorenson lui a dit que tu étais réapparu. Il est à Paris.
– Merci... Si vous pouvez dénicher des secrétaires absolument sûres, faites-leur taper tout ça, en utilisant des relais... Que pas une ne se doute de ce que font les autres. Pour ce qui est des notes codées, je m'en occuperai plus tard.

– Qui sont ces gens ? demanda l'Anglais, les yeux fixés sur les papiers – certains à moitié déchirés – éparpillés sur la table.

– Une armée influente derrière la Fraternité. Des hommes puissants, des femmes aussi, dans chacun de nos pays, qui, soit par cupidité, soit par conviction, soutiennent les néonazis. Je vous préviens, il y aura des surprises, aussi bien au sein de nos gouvernements que dans le secteur privé... Et maintenant, si quelqu'un daignait m'offrir une chambre d'hôtel convenable et quelques vêtements, j'aimerais dormir quarante-huit heures.

– Harry, fit l'homme de la CIA, n'oublie pas de remettre ton pantalon avant de sortir.

– Bien vu, Jack. Tu as toujours été très observateur.

Allongé sur le lit, Harry Latham venait de mettre un terme à la conversation téléphonique avec son frère, au cours de laquelle ils avaient échangé d'affectueuses insultes. Ils se retrouveraient à Paris en fin de semaine, dès qu'Harry aurait fait un rapport complet sur sa mission, ce qui incluait le décryptage des renseignements rapportés d'Allemagne. L'aîné ne s'étendit pas sur ses projets immédiats. Ce n'était pas nécessaire, le cadet le comprenait à demi-mot. Drew lui brossa en quelques mots un tableau de la situation.

– Comme tu es sain et sauf, nous allons pouvoir enclencher la vitesse supérieure. Nous avons les coordonnées d'un véhicule utilisé par deux de ces ordures... Au fait, tu peux me joindre à mon bureau ou à l'hôtel Meurice, rue de Rivoli.

– Et ton appartement ? Le proprio t'a viré pour attentat aux mœurs ?

– Non, mais une autre sorte d'attentat l'a rendu inhabitable.

– Vraiment ? Mais une chambre au Meurice coûte la peau des fesses.

– C'est Bonn qui paie.

– J'ai hâte de connaître les détails. Je t'appellerai pour te dire quand j'arrive. À propos, je suis au Gloucester, sous le nom de Moss. Wendell Moss.

– Très chic... Je suis content que tu sois revenu, vieux frère.

– Moi aussi, petit frère.

Les yeux fermés, Harry sentait le sommeil s'emparer rapidement de lui quand on frappa à la porte de sa chambre, doucement, mais fermement. Secouant la tête avec irritation, il repoussa les couvertures, s'assit sur le bord du lit et tendit la main pour prendre le peignoir de l'hôtel, plié sur le dossier d'une chaise. Il se dirigea vers la porte, les jambes flageolantes.

– Qui est là ? cria-t-il.

– Martin-chasseur, de Langley, répondit calmement une voix. Il faut que je vous parle, Venin.

Surpris, mais sachant que son nom de code n'était connu que de très peu de gens, Harry ouvrit. Dans le couloir se tenait un homme d'assez petite taille, au visage avenant, assez pâle et facile à oublier, portant un complet sombre et des lunettes à monture métallique.

– Je ne connais pas de Martin-chasseur, dit Latham en faisant signe d'entrer à l'émissaire de la CIA.

– Nos codes ont changé, pas le vôtre, répliqua l'inconnu en tendant sur le seuil une main qu'Harry serra, encore perplexe.

– Je ne saurais dire à quel point nous nous réjouissons de vous savoir de retour d'une région particulièrement inhospitalière.

– À quoi jouez-vous, à imiter John le Carré ? Si c'est le cas, ce n'est pas très réussi. Je comprends qu'on ait choisi le nom Venin, mais Martin-chasseur fait un peu ridicule, non ? Pourquoi n'étiez-vous pas à l'ambassade ? Je suis épuisé, monsieur Martin-chasseur. J'ai réellement besoin de dormir.

– Je sais et j'en suis sincèrement navré. Mais il y a un niveau au-dessus de l'ambassade, je ne vous apprends rien.

– Bien sûr. Il y a le directeur de la CIA, le secrétaire d'État et le président. Je répète : pourquoi ce nom de code ?

– Je n'en ai que pour quelques minutes, fit l'homme au visage avenant, sans répondre à la question en sortant d'une poche de son gilet une montre de gousset. Un souvenir de famille, expliqua-t-il, et, comme ma vue baisse, il m'est plus facile de lire l'heure sur ce cadran. Deux minutes, monsieur Latham, et je vous laisse.

– Avant d'aller plus loin, vous feriez mieux de me montrer une pièce d'identité, quelque chose d'authentique.

– Naturellement.

L'homme leva sa montre devant le visage d'Harry et parla d'une voix claire et précise, en appuyant sur le poussoir.

– Bonjour, Alexander *Lassiter*. C'est votre ami, le docteur Gerhardt Kroeger. Nous devons parler.

Le regard d'Harry se perdit brusquement dans le vague, ses pupilles se dilatèrent, sa vue se brouilla.

– Bonjour, Gerhardt, fit-il. Comment va mon chirurgien préféré ?

– Bien, Alex, et vous ? Avez-vous fait votre balade dans les champs, aujourd'hui ?

– Allons, docteur, c'est la nuit ! Vous voulez que je tombe nez à nez avec une meute de dobermanns ? Vous n'avez plus toute votre tête !

– Excusez-moi. J'ai opéré une grande partie de la journée et je dois être aussi fatigué que vous... Mais, dites-moi, Alex, quand vous avez rencontré, *en pensée*, tous ces gens, à l'ambassade des États-Unis, que s'est-il passé ?

– Pas grand-chose. Je leur ai remis tout ce que j'avais sur moi et nous allons l'étudier dans les jours qui viennent.

– Très bien. Autre chose ?

– Mon frère a appelé de Paris. Ils recherchent une voiture suspecte. Mon frère est un chic type, Gerhardt, il vous plairait.

– Je n'en doute pas. C'est bien lui qui travaille pour les Opérations consulaires ?

– Exactement... Pourquoi me posez-vous ces questions ?

L'homme à la face blême leva aussitôt sa montre de gousset et appuya à deux reprises sur le poussoir. Le regard de Latham retrouva sa netteté.

– Vous avez vraiment besoin de sommeil, Harry, dit l'homme qui se faisait appeler Martin-chasseur. Je ne suis pas parvenu à me faire comprendre. Si vous voulez bien, je ferai un nouvel essai demain.

– Comment... ?

– Je vous reverrai demain.

– Pourquoi ?

– Avez-vous oublié ? Vous êtes vraiment à bout de forces. Le directeur, le secrétaire d'État, le président, Harry. Ce sont eux qui m'ont autorisé à vous voir. C'est ce que vous vouliez savoir, non ?

– Oui... D'accord. C'est ce que je voulais.

– Reposez-vous, vous l'avez bien mérité.

L'homme sortit précipitamment. Harry Latham se dirigea comme un somnambule vers son lit et s'écroula comme une masse.

– Qui est Martin-chasseur ? demanda Harry, le lendemain matin, aux trois officiers du renseignement assis, comme la veille, à la table de conférence.

– J'ai reçu ton coup de fil il y a deux heures, répondit le chef de station de la CIA. J'ai tiré le directeur de son lit, mais il n'a jamais entendu ce nom. Il m'a dit qu'il le trouvait particulièrement stupide. Comme toi.

– Mais il était là ! Je l'ai vu, je lui ai parlé ! Il était là !

– De quoi avez-vous parlé ? demanda le représentant des services secrets français.

– Je ne sais plus très bien... En fait, je ne sais pas du tout. Il avait l'air parfaitement normal, il m'a posé quelques questions anodines, et puis... Je ne me souviens plus de rien.

– Si je puis me permettre, monsieur Latham, glissa le général de brigade du MI-6, je pense que vous avez vécu trois années stressantes... disons-le, insupportables. Ne serait-il pas possible, et je le suggère avec tout le respect dû à vos exceptionnelles qualités intellectuelles, que vous soyez sujet à des illusions passagères ? J'en ai vu, des agents contraints de se dépersonnaliser, qui fantasmaient et craquaient, sans avoir été soumis à la moitié de ce que vous avez supporté !

– Je ne craque pas, mon général. Je ne craque pas et je ne fantasme pas.

– Reprenons depuis le commencement, dit le Français. Quand vous êtes arrivé dans la vallée de la Fraternité, que s'est-il passé ?

– Euh !...

Harry baissa les yeux. Pendant un moment, il se sentit désorienté, puis tout redevint clair.

– Si vous parlez de l'accident, c'était affreux. C'est assez confus dans mon esprit, mais je me souviens d'avoir d'abord entendu des cris hystériques. Puis je me suis rendu compte que j'étais coincé sous l'engin, qu'une lourde pièce de métal pesait sur ma tête. Jamais je n'avais ressenti une telle douleur...

Latham débita le mensonge programmé par le docteur Kroeger. Quand il eut terminé, il releva la tête, le regard clair.

– Vous connaissez la suite, messieurs.

Les officiers du renseignement échangèrent un regard trahissant leur perplexité, accompagné d'un petit hochement de tête. Puis l'Américain prit la parole.

– Écoute, Harry, fit-il d'une voix douce, nous allons commencer par examiner ce que tu nous as apporté, après quoi tu auras droit à une longue période de repos. D'accord ?

– J'aimerais aller voir mon frère à Paris...

– Pas de problème, même s'il est aux Opérations consulaires, un service que je ne porte pas dans mon cœur.

– Il paraît qu'il est très bon dans son boulot.

– En tout cas, reprit l'homme de la CIA, il était drôlement bon quand il jouait au hockey dans l'équipe des Islanders, dans le Manitoba. J'étais en poste au Canada, à l'époque, et je te garantis que je l'ai vu envoyer valdinguer plus d'une armoire à glace dans les barrières. Il aurait pu faire une grande carrière à New York.

– Heureusement, fit Harry Latham, que j'ai réussi à le dissuader de pratiquer une activité si violente.

Drew Latham se réveilla dans sa chambre de l'hôtel Meurice. Les paupières lourdes, il prit le téléphone sur la table de chevet et appela le service d'étage. Puisque l'Allemagne payait, il allait commander un chateaubriand, avec deux œufs pochés, et du porridge à la crème. On l'informa qu'il serait servi dans une demi-heure. Il s'étira sur le lit, les mains sous la nuque, le bras gauche gêné par l'automatique sous l'oreiller, et ferma les yeux pour profiter des quelques minutes de repos dont il disposait.

Il perçut un grattement, un raclement de métal venant de la porte. Pas naturel... pas naturel du tout ! Puis le bruit sourd et saccadé d'un marteau-piqueur se fit entendre dans la rue, six étages en contrebas ; des ouvriers commençant leur journée de travail à une heure inhabituelle... Inhabituelle, *anormale* ! Le jour était à peine levé ! Drew saisit son arme, se laissa glisser sur le côté gauche du lit. Il roula sur lui-même jusqu'à ce qu'il atteigne la plinthe de l'angle du mur du fond. La porte s'ouvrit avec fracas, une rafale d'arme automatique déchiqueta le lit, éventrant le matelas et les oreillers, accompagnée du bruit assourdissant qui montait de la rue. Latham leva son pistolet, tira cinq coups successifs en direction de la silhouette vêtue de noir qui se tenait dans l'embrasure. L'homme bascula vers l'avant ; Drew se leva au moment où le marteau-piqueur se taisait et s'élança vers le tueur. Il était mort, mais, en portant la main à sa poitrine, il avait déchiré le maillot noir qui la moulait. Sur son torse étaient tatoués trois petits éclairs, symboles de la guerre éclair. La Fraternité.

6

Jean-Pierre Villiers essuya stoïquement les reproches de Claude Moreau, le patron de la DST.

– C'était un geste tout à fait courageux de votre part, monsieur Villiers, et soyez assuré que nous mettons tout en œuvre pour retrouver cette automobile, mais vous devez comprendre que, s'il vous était arrivé quelque chose, l'opinion publique se serait insurgée contre nos services.

– Cela me paraît quelque peu exagéré, répliqua le comédien. Mais j'avoue que je suis satisfait d'avoir apporté ma contribution, aussi modeste soit-elle.

– Pas si modeste, tant s'en faut, mais je pense que nous nous sommes compris. Votre contribution en restera là, c'est entendu ?

– À votre guise, mais ce n'était pas un rôle très difficile et il me serait possible d'obtenir d'autres renseignements...

– Jean-Pierre ! s'écria Gisèle. Tu n'en feras rien, je ne le permettrai pas !

– Nos services ne le permettront pas, madame, ajouta Claude Moreau. Comme vous l'apprendrez certainement dans le courant de la journée, autant vous informer tout de suite qu'une autre tentative de meurtre a été commise contre Drew Latham.

– Seigneur !...

– Il s'en est sorti ? demanda Villiers en se penchant vers Moreau.

– Il a la chance d'être encore en vie. Le moins que l'on puisse dire est qu'il est très perspicace et qu'il a appris comment on vit à Paris.

– Je vous demande pardon...

– L'opération était parfaitement montée, en mettant à profit le bruit assourdissant d'une équipe d'ouvriers de la voirie, qui commençaient à travailler à une heure où les derniers touristes se couchent.

– On pourrait éviter ce genre de nuisance en été, glissa Gisèle.

– Notre ami Latham a dû le sentir, instinctivement. Il n'y avait pas d'ouvriers de la voirie sous sa fenêtre, mais un seul homme avec un marteau-piqueur. Cela me rappelle le titre de l'un de vos films, monsieur Villiers, *Prélude d'un baiser fatal*, si ma mémoire est bonne. L'un des préférés de ma femme.

– On devrait l'interdire à la télévision, fit sèchement Villiers. La comédienne était une petite évaporée qui s'intéressait beaucoup plus aux angles de prise de vues qu'à son texte, qu'elle n'était pas fichue de dire correctement.

– C'est pour cela qu'elle était parfaite, riposta Gisèle. Son anxiété était si évidente qu'elle rendait ton désir totalement crédible. Le mâle dérouté, rendu fou par son impuissance à pénétrer le mystère de celle qu'il croit aimer. Tu étais vraiment très bon.

– Disons passable, et seulement parce que je m'efforçais de faire *jouer* cette pauvre fille.

– Je ne pense pas que M. Moreau soit venu écouter les jérémiades d'un comédien.

– Je ne me plains pas, je ne fais que dire la vérité.

– Mais je suis fasciné, chère madame. Ma femme sera suspendue à mes lèvres !

– Les interrogatoires de police ne doivent-ils pas demeurer confidentiels ? demanda Gisèle.

– Si, bien sûr... Je me suis mal exprimé.

– Vous pouvez raconter ce que vous voulez, fit Jean-Pierre avec un sourire. Du moins à votre femme. La mienne est une ancienne avocate, comme vous l'avez peut-être deviné, et l'actrice en question a depuis longtemps abandonné le métier, après avoir épousé un magnat du pétrole.

– Pourrions-nous revenir à notre affaire, messieurs ?

– Bien sûr, chère madame.

– Si Drew Latham a échappé à la mort, avez-vous appris quelque chose sur le tueur ?

– Il est mort, abattu par M. Latham.

– Avez-vous pu l'identifier ?

– Non. Nous n'avons rien trouvé d'autre que trois minuscules tatouages en forme d'éclairs. Le symbole de la guerre éclair nazie. Latham en a correctement interprété la signification, mais il ignore ce qu'ils représentent. Nous le savons... Ces signes sont réservés à des individus triés sur le volet, des sujets d'élite à l'intérieur de l'organisation néonazie. D'après nos estimations, leur nombre ne dépasserait pas deux cents pour toute l'Europe, l'Amérique latine et les États-Unis. On les nomme les *Blitzkrieger*. Ce sont des assassins, des tueurs experts en diverses manières de donner la mort, choisis pour leur loyalisme, leurs qualités physiques et, par-dessus tout, leurs pulsions criminelles.

– Des psychopathes, soupira l'ancienne avocate. Des psychopathes recrutés par des psychopathes.

– Précisément.

– Qui auraient pu être recrutés par d'autres organisations de fanatiques ou des sectes leur permettant d'assouvir ce penchant pour la violence.

– Je ne puis qu'approuver, madame.

– Et vous n'avez pas parlé aux Américains, ni aux Anglais, ni à Dieu sait qui de ce, comment dire... de ce bataillon de tueurs ?

– Les responsables ont été informés, bien entendu. Au plus haut niveau seulement.

– Pourquoi ? Pourquoi ne rien dire à quelqu'un comme Drew Latham ?

– Nous avons nos raisons. Il y a des fuites aux échelons inférieurs.

– Alors, pourquoi nous en parler, à nous ?

– Vous êtes français et vous êtes célèbres. La célébrité rend vulnérable. Si des rumeurs se répandaient, nous saurions...

– Et alors ?

– Nous faisons appel à votre patriotisme.

– Ridicule ! À moins qu'il ne s'agisse d'une manœuvre visant à déconsidérer mon mari !

– Gisèle, je t'en prie !

– Tais-toi, Jean-Pierre ! M. Moreau est ici pour une autre raison.

– Quoi ?

– Vous avez dû être une avocate extraordinaire, madame Villiers.

– Je lis dans votre jeu, monsieur. Vous interdisez à mon mari de faire quelque chose qui, même du point de vue d'une épouse et connaissant ses talents, ne met pas réellement sa vie en danger ; dans le même temps, vous révélez un secret, un secret extraordinairement bien gardé, qui, s'il le divulguait, pourrait lui coûter sa carrière et sa vie.

– Une avocate exceptionnelle, fit Claude Moreau.

– Je ne comprends pas un traître mot à ce que vous racontez ! s'écria le comédien.

– Personne ne te le demande, mon chéri, laisse-moi faire. Vous nous avez menés où vous vouliez, ajouta Gisèle, en lançant un regard noir au patron de la DST.

– Je suis obligé d'en convenir.

– Et maintenant qu'il est vulnérable, sachant ce qu'il sait, qu'attendez-vous de nous ? C'est bien de cela qu'il s'agit, n'est-ce pas ?

– J'imagine.

– Dites-nous ce que vous voulez.

– Arrêtez les représentations, arrêtez *Coriolan* et dévoilez une partie de la vérité. Ce que votre mari a appris sur Jodelle l'empêche de poursuivre, il est dévoré de remords et de haine contre ceux qui ont provoqué la mort de son père. Notre protection vous sera assurée vingt-quatre heures sur vingt-quatre.

– Avez-vous songé à mes parents ? s'écria Jean-Pierre. Je ne peux pas leur faire ça !

– Je me suis entretenu avec eux il y a une heure, monsieur Villiers. Je leur ai dit tout ce que je pouvais, en insistant sur la résurgence du mouvement nazi en Allemagne. Ils m'ont dit que la décision vous appartenait, mais qu'ils espéraient que vous feriez honneur à vos parents naturels. Qu'ajouter à cela ?

– Alors, j'arrête les représentations et, à cause de ce que je n'aurai *pas* dit en public, nous nous trouverons, ma femme et moi, dans leur ligne de mire. C'est bien ce que vous nous demandez ?

– Je répète que, pas une seconde, notre protection ne se relâchera. Dans la rue, sur les toits, dans des voitures blindées et au restaurant... de quoi assurer, en toutes circonstances, votre sécurité. Tout ce que nous voulons, c'est un *Blitzkrieger* vivant, pour découvrir sur l'ordre de qui ils agissent. Il existe des drogues et d'autres méthodes pour persuader un tueur de se mettre à table.

– Vous n'en avez jamais capturé un vivant ? demanda Gisèle.

– Si. Il y a quelques mois, nous en avons mis deux sous les verrous, mais ils se sont pendus dans leur cellule, sans nous laisser le temps de les cuisiner. Le fanatisme de ces psychopathes est sans limites. La mort est leur métier et ils ne reculent pas devant la leur.

Dans son bureau de Washington, Wesley Sorenson, directeur des Opérations consulaires, étudia les fax envoyés de Londres.

– Je n'en crois pas mes yeux, fit-il. C'est inouï !

– C'est bien mon avis, acquiesça son jeune assistant qui se tenait sur la gauche du bureau. Mais comment ne pas croire Venin, le seul à avoir infiltré la Fraternité. C'était sa mission, il l'a accomplie.

– Mais, enfin, la plupart de ces gens sont irréprochables et la liste n'est même pas complète – certains noms ont été volontairement tenus secrets ! Deux sénateurs, six membres de la Chambre des représentants, les PDG de quatre grandes compagnies, sans parler de la demi-douzaine de célébrités des médias ; des visages, des voix et des plumes qui font partie de notre vie quotidienne... Regardez ça, deux présentateurs, une journaliste et trois animateurs de débats télévisés...

– Pour le troisième, ce ne serait pas impossible, fit l'assistant. Il mord tout ce qui lui paraît plus libéral que les Huns.

– Pas du tout, il dévoile trop son jeu. Un esprit médiocre, très peu d'instruction, haineux, certes, mais pas un néonazi bon teint. Ce n'est qu'un bouffon prolixe.

– Ces noms proviennent de la vallée de la Fraternité. Ce ne sont pas des inventions.

– Et là, regardez, un membre du cabinet du président !

– Je reconnais que j'en suis resté baba, fit l'assistant. C'est un péquenaud sudiste, absolument pas un politique... Il est vrai que ces gens-là ont l'art de tromper leur monde. Il y a eu des nazis au Congrès à la fin des années 30, et des communistes en quantité, dans les années 50, s'il faut en croire les enquêtes parlementaires.

– L'écrasante majorité était pure invention.

– Je n'en doute pas, monsieur, mais les poursuites judiciaires ont abouti dans plusieurs affaires.

– Combien ? Si j'ai bonne mémoire, et c'est le cas, le total des personnes mises en cause par ce salopard d'Hoover et ce bluffeur de McCarthy s'élevait à dix-neuf mille sept cents. Quand tout le tapage fut terminé, il y eut exactement *quatre* condamnations. Quatre sur près de vingt mille ! Beaucoup de bruit pour rien et un énorme gaspillage des deniers publics. De grâce, ne me rappelez pas ce bon vieux temps-là ! J'avais à peu près votre âge – pas votre intelligence, loin de là – et j'ai perdu de bons amis dans la folie ambiante.

– Désolé, monsieur, je ne voulais pas...

– Je sais, je sais, fit le directeur des Opérations consulaires. Vous ne pouvez imaginer les souffrances endurées pendant cette période. Et c'est ce qui m'inquiète.

– Je ne comprends pas...

– Allons-nous être pris, nous aussi, d'une frénésie de persécution ? Harry Latham est probablement le seul cerveau dont la CIA dispose sur le terrain ; c'est un type à qui on ne la fait pas, mais cette liste est complètement délirante. Enfin, je n'en sais rien... Bon Dieu, c'est dingue !

– Quoi, monsieur Sorenson ?

– Tous ces gens ont à peu près le même âge... Autour de cinquante ans pour la plupart, la soixantaine pour quelques-uns.

– Et alors ?

– Il y a bien longtemps, quand je suis entré à l'Agence, des rumeurs en provenance de Bremerhaven, plus précisément de l'ancienne base de sous-marins d'Helgoland, faisaient état d'une stratégie désespérée, élaborée par des fanatiques du IIIe Reich, qui savaient que la guerre était perdue. Connue sous le nom d'opération *Sonnenkinder*, elle consistait à envoyer des enfants sélectionnés dans toute l'Europe et aux États-Unis, dans des familles qui se chargeraient de leur éducation et leur permettraient d'accéder à des postes de responsabilité dans les domaines financier et politique. L'objectif était de créer un climat favorable à... l'avènement du IVe Reich.

– C'est insensé !

– Deux cents de nos agents, sans compter ceux du renseignement militaire et du MI-6 britannique, ont consacré deux années à suivre toutes les pistes. Cela n'a absolument rien donné. Si jamais cette opération a été envisagée, elle a été étouffée dans l'œuf. Pas le moindre indice n'a confirmé qu'elle avait été lancée.

– Mais vous vous interrogez quand même ?

– Malgré moi, Paul. Je fais mon possible pour brider cette imagination qui m'a permis de survivre sur le terrain. Mais je ne suis *pas* sur le terrain, je ne suis pas dans une position qui m'oblige à prévoir les mouvements d'un ennemi dans une ruelle sombre ou sur une colline, en pleine nuit. Je suis tenu de considérer l'ensemble du paysage à la lumière du jour et il m'est impossible de donner du crédit à l'opération *Sonnenkinder*.

– Dans ce cas, pourquoi ne pas écarter cette hypothèse et jeter la liste au feu ?

– Je ne peux pas. Parce que c'est Harry Latham qui l'a établie... Préparez pour demain une réunion avec le secrétaire d'État et le directeur de la CIA, au ministère ou à Langley. Puisqu'on me traite en parent pauvre, j'irai où ils veulent.

Assis à son bureau, au deuxième étage de l'ambassade des États-Unis, Drew Latham terminait sa troisième tasse de café. Un seul coup fut frappé à la porte qui s'ouvrit pour laisser entrer Karin de Vries, la mine soucieuse.

– J'ai appris ce qui s'était passé ! s'écria-t-elle. Ce ne pouvait être que vous !

– Bonjour, fit Drew. C'est déjà l'heure de l'apéritif, avez-vous apporté quelque chose à boire ?

– Je l'ai lu dans le journal, poursuivit Karin. Un cambrioleur qui voulait dévaliser un client de l'hôtel Meurice a mitraillé la chambre avant d'être abattu par le service de sécurité !

– Je vois qu'ils n'ont pas perdu de temps. Voilà qui donnera un sentiment de sécurité à la clientèle.

– Ça suffit, Drew ! Vous étiez à l'hôtel Meurice, vous me l'avez dit ! Quand j'ai appelé le poste de police du quartier, on m'a répondu, avec un certain embarras, qu'on ne pouvait communiquer aucun renseignement.

– À Paris, personne ne veut mettre en péril l'afflux de devises engendré par le tourisme. Ils ont raison. Ce genre de chose n'arrive qu'à des gens comme moi.

– Alors, c'était bien vous ?

– Oui, c'était moi.

– Vous n'avez pas de mal ?

– Ça va. J'ai failli mourir de peur, mais, comme vous le constatez, mon cœur bat, je respire et je suis capable de marcher... Si nous allions déjeuner, où vous voulez, sauf dans ce bistrot où vous m'avez emmené ?

– Il me reste au moins trois quarts d'heure de travail.

– Je peux attendre. Je viens de quitter Courtland et son pote Kreitz, l'ambassadeur d'Allemagne. Ils doivent encore être en train de discuter, mais mon estomac n'a pas résisté aux conneries que chacun débitait de son côté pour se disculper.

– Par certains aspects, vous ressemblez beaucoup à votre frère. Il ne supporte pas l'autorité.

– Rectification : nous ne la supportons ni l'un ni l'autre quand elle s'exerce à tort et à travers. À propos, il doit venir de Londres demain ou après-demain. Aimeriez-vous le voir ?

– Avec joie. J'adore Harry !

– Un mauvais point pour mon frère.

– Pardon ?

– C'est un ringard.

– Je ne comprends pas.

– Son intellect est à une telle hauteur qu'on ne peut l'atteindre ni communiquer avec lui.

– Oui, j'en ai gardé de merveilleux souvenirs. Nous avions de longues discussions sur l'explosion de la religiosité de l'Égypte à Athènes et à Rome, et jusqu'au Moyen Age.

– Un autre mauvais point pour Harry. Où allons-nous déjeuner ?

– La brasserie que vous avez proposée hier, avenue Gabriel, en face du café.

– On va nous voir ensemble.

– Cela n'a plus d'importance. J'ai parlé au colonel, il a dit : « Pas de problème. »

– Qu'a-t-il dit d'autre ?

– Eh bien..., commença Karin d'une voix hésitante, en baissant la tête. Il a dit que vous n'étiez pas votre frère.

– Qu'entendait-il par là ?

– Ce n'est pas important, Drew.

– Qui sait ? Alors ?

– Disons que vous n'êtes pas aussi cultivé que lui.

– Encore un coup en traître d'Harry. Rendez-vous dans une heure, ça marche ?

– Je m'occupe de la réservation, ils me connaissent.

Karin de Vries sortit du bureau plus calmement qu'elle n'y était entrée. Le téléphone sonna. C'était l'ambassadeur.

– Oui, monsieur, que se passe-t-il ?

– Kreitz vient de partir, Drew, et je regrette que vous ne soyez pas resté pour écouter la suite. Votre frère a mis le feu aux poudres et semé la panique.

– Que voulez-vous dire ?

– Kreitz n'aurait, de toute façon, pu en parler devant vous, pour des raisons de sécurité. La chose est tellement confidentielle que j'ai eu toutes les peines du monde à en avoir confirmation.

– Même vous ?

– Étant donné qu'Heinrich m'avait mis dans le secret et que votre frère arrive demain, je suppose que les gros bonnets du renseignement ont estimé qu'il ne servait à rien de me laisser sur la touche.

– Qu'a donc fait Harry ? Il a retrouvé Hitler et Martin Bormann, dans un bar gay de Buenos Aires ?

– Je préférerais que ce soit aussi banal. Harry a rapporté de sa mission des listes de noms d'adeptes du néonazisme dans les milieux politiques et économiques allemands, mais aussi en France, en Angleterre et aux États-Unis.

– Sacré Harry ! s'écria Latham ! Il ne fait jamais les choses à moitié ! Je suis fier de lui ! Vous pensez, à son âge !

– Vous ne comprenez pas, Drew. Certains – non, un grand nombre – de ces noms sont ceux de personnalités très en vue, qui occupent de hautes positions et jouissent d'une excellente réputation. C'est invraisemblable !

– Si Harry a fourni des noms, ils ne peuvent qu'être authentiques. Jamais personne ne retournerait mon frère.

– C'est ce qu'on m'a dit.

– Alors, où est le problème ? Il faut débusquer ces fumiers ! Pour les agents dormants, le temps ne se mesure pas en semaines, en mois ou en années. Il peut se compter en décennies, le rêve des stratèges de toutes les cellules de réflexion du renseignement.

– C'est si difficile à comprendre...

– N'essayez pas. Mettez-vous au boulot !

– Heinrich Kreitz écarte formellement quatre personnes sur la liste de Bonn. Trois hommes et une femme.

– Qu'est-ce qui lui permet de se montrer si catégorique ?

– Ils ont du sang juif ; ils ont perdu des parents dans les camps, à Auschwitz et à Bergen-Belsen.

– Comment le sait-il ?

– Ils sont âgés maintenant, mais il les a tous eus comme étudiants, quand il était professeur de lycée, au début de sa carrière, et les a protégés, au péril de sa vie.

– Il a pu se faire avoir. Je ne l'ai vu que deux fois, mais il m'a donné l'impression d'un jobard.

– C'est son côté universitaire. Comme tant de ses collègues, il est à la fois indécis et bavard, des faiblesses qui ne sont pas incompatibles avec une intelligence supérieure. C'est un esprit pénétrant, doté d'une énorme expérience.

– Une description qui pourrait aussi s'appliquer à Harry. Il est inconcevable que ses renseignements soient erronés.

– Il paraît que sur la liste de Washington figurent plusieurs noms surprenants. *Incroyables*, d'après Sorenson. Imaginons que votre frère soit dans le vrai. À moitié dans le vrai, ou même beaucoup moins...

– Il a fourni les noms, monsieur l'ambassadeur. Personne d'autre n'a pu le faire et je vous suggère de les prendre au sérieux, jusqu'à preuve du contraire.

– Si je comprends bien, vous voulez dire qu'ils sont tous coupables, en attendant que leur innocence soit établie ?

– Ce n'est pas une question de droit, monsieur l'ambassadeur, nous parlons de la résurgence du pire fléau que la planète ait connu. Nous n'avons pas de temps à perdre en arguties juridiques. Il faut les empêcher de nuire, et sans tarder !

– Nous avons dit, en d'autres temps, la même chose des communistes et des prétendus communistes, mais une écrasante majorité de nos concitoyens s'est révélée totalement étrangère à cette idéologie.

– C'est différent. Les néonazis ne minent pas la société comme leurs modèles des années 30 ; ils ont déjà détenu le pouvoir et n'ont pas oublié comment ils se le sont approprié. Par la *peur*. Des bandes armées qui parcourent les rues en jean, le visage peinturluré, les cheveux ras ; puis viennent les uniformes – les pelles et les bottes des premiers nervis d'Hitler – et tout bascule dans la folie ! Il faut les empêcher de recommencer !

– Rien qu'avec les noms dont nous disposons ? demanda doucement Courtland. Des personnalités tenues en si haute estime qu'il ne viendrait à l'esprit de personne de les soupçonner d'avoir part à une telle folie ? Comment allons-nous nous y prendre ?

– En faisant appel à des gens comme moi, monsieur l'ambassadeur. Des gens entraînés à percer les carapaces pour découvrir la vérité.

– Cette idée ne me séduit pas le moins du monde, Latham. Quelle vérité ?

– *La* vérité, Courtland !

– Je vous demande pardon.

– Excusez-moi, *monsieur* l'ambassadeur. Le temps n'est plus aux raffinements diplomatiques, ni même aux politesses. J'aurais pu mourir dans ma chambre d'hôtel, le corps criblé de balles. Ces salopards ne reculent devant rien, ils n'hésitent pas à tirer des rafales d'arme automatique.

– Je crois comprendre à quoi vous avez échappé...

– Essayez de le vivre, monsieur l'ambassadeur. Essayez de vous représenter votre lit sous la mitraille, tandis que vous vous plaquez contre le mur, en espérant qu'une rafale ne vous transpercera pas le crâne ou la poitrine. C'est la guerre ; une guerre larvée, j'en conviens, mais une guerre !

– Par où commenceriez-vous ?

– J'ai un point de départ, mais je veux la liste d'Harry pour la France, pendant que je m'occupe avec Moreau de suivre la piste que nous avons.

– Il n'est pas envisageable, dans l'état actuel des choses, de demander la collaboration de la DST.

– Comment ?

– Vous avez bien entendu. Je répète, par où voudriez-vous commencer ?

– Par l'identité de celui qui a loué la voiture dont notre célèbre comédien – une tête brûlée – a relevé le numéro d'immatriculation.

– Moreau vous l'a communiqué ?

– Bien sûr. La voiture de l'avenue Montaigne, celle que Bressard a emboutie, ne nous a rien appris. Elle venait de Marseille, mais il faudra un temps fou pour remonter jusqu'à la personne qui l'a louée. L'autre, nous le tenons : il sera à son bureau à 16 heures. Nous le ferons parler, même si nous devons recourir à la torture.

– Vous ne pouvez pas travailler avec Moreau.

– Qu'est-ce que vous racontez ? Pourquoi pas ?

– Son nom figure sur la liste d'Harry.

7

Encore abasourdi par ce qu'il venait d'apprendre, Drew sortit de son bureau, prit l'escalier circulaire qui descendait dans le hall et franchit les portes de bronze donnant dans l'avenue Gabriel. Il tourna à droite, suivit le trottoir en direction de la brasserie où il devait retrouver Karin de Vries pour déjeuner. Il était non seulement abasourdi, mais furieux. Courtland avait refusé de discuter de la stupéfiante révélation, passant outre aux protestations de Latham, et s'était contenté d'ajouter : « Il n'y a rien d'autre à dire. Entrez dans le jeu de Moreau, mais ne lui révélez rien. Appelez-moi demain pour me raconter ce qui s'est passé. » Sur ces instructions précises, l'ambassadeur avait raccroché.

Moreau, un néonazi ? À peu près aussi plausible que d'affirmer que de Gaulle avait été partisan d'une collaboration avec l'Allemagne. Drew n'avait rien d'un naïf ; il comprenait parfaitement et acceptait l'existence de taupes et d'agents doubles, mais ranger sans autre forme de procès un homme comme Moreau dans une de ces catégories relevait du sophisme. Pour arriver à la tête d'un service aussi spécialisé que la DST, aboutissement d'une carrière dans le renseignement, il lui avait fallu s'exposer à d'innombrables regards scrutateurs et échapper aux traquenards tendus par des rivaux usant de tous les moyens en leur pouvoir. Non seulement Moreau avait surmonté ces obstacles, mais Wesley Sorenson lui reconnaissait des qualités exceptionnelles, un compliment qui, dans la bouche d'un homme de cette envergure, prenait tout son sens.

– Monsieur Latham ! cria soudain une voix venant de la voiture de la DST qui roulait à sa hauteur. Montez, s'il vous plaît !

– Je n'ai que deux ou trois cents mètres à faire, répondit Drew dans son français approximatif, en évitant quelques piétons pour se rapprocher du trottoir. Comme hier, vous savez ?

– Je n'étais pas d'accord hier et je ne le suis pas plus aujourd'hui. Montez vite !

La voiture banalisée s'immobilisa ; Drew monta à contrecœur, se glissa sur le siège avant.

– Vous dramatisez les choses, René... non, c'est Marc. Je m'y perds.

– Je m'appelle François et mon boulot consiste justement à ne pas vous perdre.

Soudain, des détonations assourdissantes retentirent, une grêle de balles s'écrasa sur la vitre latérale en verre de sécurité, puis sur le pare-brise, tandis qu'une conduite intérieure noire s'éloignait à vive allure.

– Bon Dieu ! rugit Drew, accroché à son siège, la tête sous le tableau de bord. Vous aviez prévu le coup !

– Seulement l'éventualité, monsieur, répondit le conducteur, haletant, cambré sur son siège.

La voiture s'était arrêtée, le pare-brise criblé d'impacts ne permettant plus de voir quoi que ce fût.

– Une voiture a démarré au moment où vous sortiez de l'ambassade. On ne quitte pas une place de stationnement dans cette avenue sans une bonne raison et les occupants de la voiture ont été furieux quand je leur ai coupé la route pour vous appeler.

– Je vous dois la vie, François, dit Latham en se redressant maladroitement pour s'asseoir, tandis que des passants s'approchaient prudemment du véhicule immobilisé. Et maintenant ?

– La police va arriver d'une minute à l'autre, on a dû les prévenir...

– Je ne veux pas voir la police.

– Je comprends. Où alliez-vous ?

– Dans une brasserie, tout près d'ici, sur l'autre trottoir.

– Je la connais. Allez-y tout de suite. Mêlez-vous à la foule en donnant l'impression d'être pressé, comme tout le monde, et marchez jusqu'à la brasserie sans vous faire remarquer. Restez-y jusqu'à ce que nous arrivions ou que nous téléphonions.

– Quel nom demanderez-vous ?

– Vous êtes américain... Jones, ça ira. Dites au maître d'hôtel que vous attendez un appel. Êtes-vous armé ?

– Bien sûr.

– Soyez prudent. Il vaut mieux être prêt à toute éventualité.

– Inutile de mettre les points sur les i. Et vous, qu'allez-vous faire ?

– Nous savons ce que nous avons à faire. Dépêchez-vous !

Drew descendit, se baissa en refermant la portière et feignit l'affolement dont étaient saisis ceux qui l'entouraient. Quelques instants lui suffirent pour se fondre dans la foule. Tantôt se dressant de toute sa taille, tantôt à demi courbé, il gagna rapidement le trottoir opposé en lançant des regards circulaires et prit la direction de la brasserie où l'attendait Karin de Vries.

Il arriva beaucoup trop tôt, il s'en rendit compte en voyant la salle à moitié vide. Mais il ne pouvait rester dans son bureau, ni à l'ambassade. Cette pensée éveilla aussitôt des images sur lesquelles il n'avait pas envie de revenir, après ce qui venait d'arriver à deux cents mètres de là. Il devait pourtant les repasser dans son esprit, dans les moindres détails.

– Une réservation au nom de De Vries, fit-il en anglais au maître d'hôtel.

– En effet, monsieur... Vous êtes un peu en avance.

– C'est gênant ?

– Pas du tout. Je vais vous conduire à votre table. Mme de Vries préfère être au fond.

– Je m'appelle Jones. Il se peut que l'on me demande au téléphone.

– J'apporterai l'appareil à votre table.

– À la table ?

– Aujourd'hui, tout le monde a un téléphone portable. Je me demande comment les gens peuvent conduire ou traverser la rue en téléphonant ! Pas étonnant qu'il y ait tant d'accidents !

– Dites-moi, fit Latham en réfléchissant rapidement, tandis que le maître d'hôtel le conduisait à la table, pourriez-vous m'apporter un téléphone tout de suite ?

– Certainement. Une communication locale ?

– Internationale, répondit Latham, le front plissé par la réflexion.

– La communication sera facturée directement et le montant inclus dans l'addition.

– Cela doit vous compliquer la vie.

– Vous savez, tous nos clients ne sont pas informés de ce service... Vous travaillez à l'ambassade des États-Unis, n'est-ce pas ? Vous êtes déjà venu plusieurs fois, si je ne me trompe ?

– Oui, oui, mais je n'ai jamais fait de réservation à mon nom.

– Puis-je vous offrir un apéritif, monsieur ?

– Volontiers. Un scotch, s'il vous plaît.

Quand son verre fut servi, Drew s'installa confortablement. Un tremblement incoercible secoua ses mains et le sang lui monta au visage.

Sans l'œil exercé d'un agent de la DST, il se serait fait tuer sur l'avenue Gabriel ! Trois tentatives criminelles avaient été perpétrées contre lui en un jour et demi. La première remontait à la nuit précédente, la deuxième au petit matin et la troisième à quelques minutes ! Les honneurs posthumes rendus à ceux qui périssaient en service commandé n'avaient pour lui aucun attrait. Il était indiscutable que le cancer du nazisme se propageait à l'intérieur et au-delà des frontières de l'Allemagne. Qui pouvait dire jusqu'où ? Comment estimer son degré de virulence ? La liste d'Harry laissait présager le scénario le plus alarmant pour les pays de l'OTAN et la révélation de Karin, selon laquelle la Fraternité aurait pénétré les ordinateurs ultrasecrets de la CIA et pris connaissance des détails de l'opération Venin confirmait la thèse d'une infiltration à Washington. Il avait dit à Villiers que les néonazis se répandaient partout, mais par hyperbole, afin d'accrocher l'intérêt du comédien, car il avait deviné le passé de Villiers, ses liens avec Jodelle et ce que cela représentait, en particulier les dossiers manquants. Quand Villiers avait confirmé ses pressentiments, il s'était senti à la fois transporté de joie et horrifié. Transporté d'avoir mis le doigt sur une vérité, effrayé parce que c'était la vérité.

Et il était devenu une cible prioritaire parce qu'il avait découvert cette vérité. Fidèle à la thèse qu'un agent du renseignement mort n'est plus d'aucune utilité, il allait enfreindre ses instructions et rechercher toute protection que la DST pourrait lui fournir.

La DST... Moreau ! Était-ce possible ? En demandant à Moreau une protection renforcée, allait-il signer son propre arrêt de mort ? Malgré ce que lui soufflait son instinct, malgré l'opinion qu'il avait de l'homme, fallait-il se fier aveuglément à la liste d'Harry ? Il ne pouvait le croire, c'était de la folie ! Mais comment en être sûr ?

Le maître d'hôtel revint avec le téléphone portable. Il était à peine 7 heures du matin à Washington ; avant que le directeur des Opérations consulaires ne commence sa journée de travail, Drew Latham allait lui demander conseil.

– Appuyez sur la touche « Marche » et composez votre numéro, expliqua le maître d'hôtel. Si vous avez d'autres communications, appuyez sur « Arrêt » et recommençez l'opération.

Il tendit l'appareil à Drew et s'éloigna.

Drew composa son numéro et, quelques secondes plus tard, il entendit une voix vibrante.

– Oui ?

– C'est Paris...

– Je me doutais que vous appelleriez, fit Sorenson. Harry est arrivé ? Vous pouvez parler, la ligne est brouillée.

– Pas avant demain, au plus tôt.

– Merde !

– Alors, vous êtes au courant ? De ce qu'il a rapporté, je veux dire.

– Bien sûr que je suis au courant, mais je m'étonne que *vous* le soyez. Frère ou pas, ce n'est pas le genre d'Harry de faire circuler des informations classées secrètes. Disons même ultra-secrètes.

– Harry n'a rien dit. C'est Courtland qui m'en a parlé.

– L'ambassadeur ? Incroyable ! Il fait bien son boulot, mais ce ne sont pas ses oignons.

– Il fallait le mettre au parfum. L'ambassadeur d'Allemagne, furieux, paraît-il, a indiqué quatre suspects possibles, à l'intérieur de son propre gouvernement.

– Mais que se passe-t-il ? rugit Sorenson. Tout cela devait être mis sous le boisseau, en attendant que des décisions soient prises !

– Quelqu'un a agi prématurément. Les sprinters ont pris le départ sans attendre le coup de pistolet du starter.

– Vous rendez-vous compte de ce que vous dites ?

– Et comment !

– Alors, expliquez-vous, bon Dieu ! J'ai une réunion à 10 heures avec le secrétaire d'État et le directeur de la CIA...

– Attention à ce que vous dites, fit vivement Latham.

– De quoi parlez-vous ?

– Les ordinateurs AA-Zéro de la CIA ont été pénétrés. La Fraternité – c'est le nom que se sont donné les néonazis – était au courant de la mission d'Harry. Le nom de code, les objectifs, même la durée estimée : deux ans ou plus. Ils ont appris tout cela à Langley.

– C'est un tissu de conneries ! rugit le directeur des Opérations consulaires. Qui vous a raconté ça ?

– Une femme du nom de De Vries, dont le mari était un ancien courrier d'Harry, à Berlin-Est. Il a été éliminé par la Stasi et elle travaille pour nous. Elle est en poste à Paris, à l'ambassade, et elle m'a dit qu'elle avait encore des comptes à régler. Je la crois.

– Pouvez-vous en être certain ?

– Il n'y a pas de certitudes en béton, mais je crois que oui.

– Qu'en dit Moreau ?

– Moreau ?

– Claude Moreau, de la DST.

– Je croyais que vous aviez la liste d'Harry.

– Quel rapport ?

– Son nom s'y trouve. On m'a donné l'ordre de ne rien lui dire.

Il y eut un petit hoquet de surprise, suivi d'un silence chargé d'électricité. Quand Sorenson reprit la parole, ce fut d'une voix lente, lourde de menaces.

– Qui vous a donné cet ordre ? Courtland ?

– J'imagine que cela venait de plus haut. Un instant... Vous avez vraiment la liste d'Harry ?

– J'ai *une* liste que l'on m'a fait parvenir.

– Le nom de Moreau doit s'y trouver. L'auriez-vous sauté ?

– Non, il n'y est pas.

– Quoi ?

– Il était convenu que, pour des raisons de sécurité, certains noms en seraient sélectivement retirés.

– Pour vous ?

– On me l'a fait savoir en ces termes.

– Absurde !

– Je sais.

– Voyez-vous une raison à cela ?

– J'ai cherché, vous pouvez me croire... Nul n'ignore, en haut lieu, que j'ai travaillé en étroite collaboration avec Moreau.

– Oui, vous avez parlé d'Istanbul...

– C'était notre dernier poste à l'étranger ; il y en a eu d'autres. Nous formions une bonne équipe et, chaque fois que c'était possible, les analystes de Washington et de Paris nous réunissaient.

– Serait-ce une raison suffisante pour faire disparaître son nom de votre liste ?

– Possible, murmura le directeur des Opérations consulaires, d'une voix à peine audible. On peut en tirer argument, mais ce n'est pas très convaincant. Vous savez, il m'a sauvé la vie, à Istanbul.

– Nous essayons tous d'accomplir ce genre de chose, quand nous sommes en mesure de le faire, le plus souvent dans l'espoir d'être payé de retour.

– Voilà pourquoi l'argument n'est pas convaincant. Même si cela crée des liens inaltérables...

– Dans certaines limites et en fonction des circonstances.

– Bien formulé.

– C'est une évidence... Je dois appeler Moreau cet après-midi. Nous avons une piste, une voiture de location repérée par notre vedette de la scène, quand elle jouait à l'agent secret. Que dois-je faire ?

– En temps normal, commença Sorenson, et même dans des circonstances moins normales, la présence de Claude sur cette liste me paraîtrait absurde.

– Tout à fait d'accord.

– Mais elle a été rapportée par Harry. Qu'il soit votre frère ne change rien à l'affaire...

– Encore une évidence.

– Je trouve extrêmement difficile de croire qu'Harry ait pu se laisser bluffer et totalement invraisemble qu'il ait été retourné.

– Je suis encore de votre avis, murmura Latham.

– Alors, où en sommes-nous ? Si votre amie a dit la vérité, la CIA est infiltrée et quelqu'un du renseignement français ou américain a dû remarquer le nom de Moreau et, par voie de conséquence, se méfie de moi.

– Ridicule ! fit Drew en enflant la voix, ce qui fit retourner quelques têtes aux tables voisines.

– Cela fait un drôle de choc, je vous l'accorde.

– Je vais appeler Harry, à Londres, lui faire part de nos réflexions.

– Il est impossible de le joindre.

– Pas pour moi. Un jour, quand il avait quatorze ans et moi huit, il a grimpé sur un arbre pour avoir la paix et lire un de ses fichus bouquins, mais il est resté coincé là-haut. Comme il avait toujours un peu la trouille de redescendre, j'ai dit que je l'aiderais, s'il promettait de ne plus jamais me fuir.

– C'est avec de tels serments que sont violés les secrets du monde. Si vous réussissez à le joindre, surtout, rappelez-moi ! Sinon, croyez bien que cela me fait mal au cœur de le dire, conformez-vous aux instructions de Courtland. Collaborez avec Claude, mais ne lui dites rien.

Drew coupa la communication et composa le numéro de l'hôtel Gloucester. Après plusieurs sonneries, on lui annonça que M. Wendell Moss n'était pas dans sa chambre. Il laissa un message concis. « Appelle Paris. Me joindre absolument. » Sur ces entrefaites, Karin de Vries entra dans la salle et se glissa prestement entre les tables.

– Dieu soit loué ! Vous êtes là ! lança-t-elle en s'asseyant, d'une voix basse, vibrant d'une émotion contenue. Tout le quartier est en émoi, l'ambassade est sens dessus dessous. Une voiture a été mitraillée par des terroristes, dans l'avenue Gabriel !

Elle s'interrompit net en remarquant le regard fixe de Drew. Le front plissé, elle forma silencieusement avec les lèvres le mot *vous*. Il inclina la tête.

– Vous devez quitter Paris, reprit-elle. Quittez la France, rentrez à Washington !

– Croyez-moi, fit-il, cela ne m'empêchera pas de rester une cible. Peut-être encore plus vulnérable.

– On a déjà essayé de vous tuer trois fois en l'espace de deux jours !

– Trente-cinq heures, pour être précis. J'ai fait le compte.

– Vous ne pouvez pas rester ; ils vous connaissent.

– On me connaît encore mieux à Washington. Je risque même d'y trouver un comité d'accueil dont je me dispenserais. Et puis, Harry doit m'appeler, et il faut que je le voie, il faut que je lui parle. C'est impératif.

– C'est pour lui que vous avez demandé ce téléphone ?

– Pour lui et pour quelqu'un à Washington. Quelqu'un en qui j'ai confiance... en qui je suis obligé d'avoir confiance. Mon patron, pour ne rien vous cacher.

Un garçon arriva, Karin commanda un verre de chardonnay. Il s'apprêtait à repartir, quand Latham lui tendit le téléphone portable.

– Pas tout de suite, lança Karin en retenant Drew par le bras. Pardonnez-moi, mais vous avez peut-être négligé un ou deux problèmes.

– C'est fort possible. Comme vous l'avez signalé, j'ai échappé trois fois à la mort en moins de deux jours. Si je laisse de côté les séances d'exercice où on utilisait une charge de colorants, cela représente la moitié des projectiles tirés sur moi dans toute ma carrière. Qu'ai-je donc oublié ? Je me souviens de mon nom, Ralph.

– Ce n'est pas le moment de faire de l'esprit !

– Allez-vous me dire ce que j'ai oublié ? Pour votre gouverne, mon automatique est sur mes genoux et, si je jette des regards furtifs dans la salle, c'est parce que je suis prêt à m'en servir.

– L'avenue Gabriel grouille de policiers ; jamais un terroriste ne risquera le coup, dans ces conditions.

– Je vois que vous connaissez la musique.

– J'étais l'épouse d'un homme qui a souvent été pris pour cible avant d'être abattu.

– La Stasi... Pardon, j'avais oublié. À quoi pensez-vous ?

– Où Harry doit-il vous appeler ?

– Dans mon bureau ou à l'hôtel Meurice.

– À mon avis, ce sont deux endroits où il serait stupide de votre part de retourner.

– Vous n'avez pas entièrement tort.

– Dites plutôt que j'ai raison. Vous le savez fort bien.

– D'accord, reconnut Drew. Il y a un monde fou dans les rues et on pourrait pointer une arme sur moi, à quelques centimètres de ma tête, sans que je m'en rende compte. Et, s'ils ont réussi à infiltrer la CIA, l'ambassade est un jeu d'enfant. Alors ?

– Votre supérieur, à Washington... Comment avez-vous expliqué la fusillade de l'avenue Gabriel ? Quelle protection a-t-il recommandée ?

– Aucune, parce que je ne lui ai rien dit. Cela fait partie des choses dont on parle après coup... Il a un problème plus grave, beaucoup plus grave que les attentats contre ma petite personne.

– Quelle âme charitable vous faites, monsieur Latham.

– Détrompez-vous. Tout va si vite et le problème qui se pose à nous est si grave que je voulais lui épargner ce souci.

– Pouvez-vous me parler de ce problème ?

– Je crains que non.

– Pourquoi ?

– Parce que vous me le demandez.

Karin de Vries s'appuya contre le dossier de la banquette et porta le verre de vin à ses lèvres.

– Vous ne me faites toujours pas confiance ? fit-elle d'une voix douce.

– C'est de ma peau qu'il est question, chère madame. Et d'un cancer qui prolifère d'une manière si terrifiante que tout le monde civilisé devrait trembler.

– Vous voyez ça de loin, Drew. Je vois les choses de plus près, en gros plan.

– C'est la *guerre* ! souffla Latham d'une voix rauque, les yeux étincelants. Je n'ai que faire de vos abstractions !

– J'ai perdu mon mari dans cette guerre ! riposta Karin en se jetant en avant. Que vous faut-il de plus ? Que faut-il de plus pour mériter votre confiance ?

– Pourquoi y tenez-vous tellement ?

– Pour la raison la plus simple qui soit, comme je l'ai expliqué hier. J'ai vu un homme merveilleux détruit par une haine qu'il ne pouvait contenir, une haine qui le consumait. Il m'a fallu des mois, des années pour comprendre. Et j'ai enfin compris qu'il avait raison ! Des miasmes se répandaient sur l'Allemagne, surtout à l'Est. « Un parti monolithique chasse l'autre ; ils sont en quête de chefs hystériques, car ils ne changeront jamais. » Ce sont les termes de Freddie, et il était dans le vrai.

Bouleversée, les larmes aux yeux, Karin poursuivit dans un murmure monocorde.

– On l'a torturé et on l'a tué parce qu'il avait découvert la vérité.

Découvert la vérité. En scrutant le visage de la jeune femme, Drew se souvint de la joie qui l'avait empli quand il avait découvert la vérité sur le vieux Jodelle. Et de la frayeur qu'il avait éprouvée *parce que* c'était la vérité. Le parallèle entre sa réaction et celle de Karin ne pouvait être faussé. Ils n'en étaient plus à se mentir à eux-mêmes, assurément plus à dissimuler la colère qu'ils ressentaient, car elle était trop profonde.

– Bon, bon, fit Latham, en recouvrant fugitivement de la main gauche les deux mains crispées de Karin. Je vais vous dire tout ce que je peux, sans donner de noms, ce qui viendra peut-être plus tard... selon les circonstances.

– J'accepte. C'est dans l'ordre des choses, n'est-ce pas ? Attention aux drogues !

– En effet, fit Drew en lançant un regard circulaire dans la salle, s'attardant sur la porte d'entrée, la main droite sous la table. Le personnage clé est le père de Villiers, son père naturel...

– Le comédien ? J'ai lu cela dans le journal... un vieillard qui s'est suicidé dans le théâtre ?

– Je vous donnerai les détails plus tard, mais attendez-vous au pire. Cet homme était le véritable père de Villiers, un ancien résistant arrêté par les Allemands et envoyé dans un camp, d'où il est revenu à moitié fou.

– Il paraît, poursuivit Karin en saisissant la main libre de Drew, que Villiers a décidé d'arrêter les représentations de *Coriolan*.

– Stupide ! lâcha Latham. Quelles raisons donne-t-on ?

– On évoque le suicide qui a bouleversé Villiers...

– Plus que stupide, c'est absurde ! Il fait de lui une cible aussi primordiale que moi !

– Je ne comprends pas.

– Vous ne pouvez pas comprendre, mais, aussi bizarre que cela paraisse, il y a un rapport avec mon frère.

– Avec Harry ?

– Des dossiers secrets concernant Jodelle – le père de Villiers – ont été subtilisés dans les archives de la CIA...

– Comme les ordinateurs AA-Zéro ? fit Karin, sans le laisser achever sa phrase.

– Aussi difficiles d'accès, vous pouvez me croire. Dans ces dossiers figurait le nom d'un général français qui s'est converti à l'idéologie nazie, est devenu un adepte du culte de la race supérieure.

– Quelle importance, aujourd'hui ? Tout cela est si vieux... Votre général doit être mort.

– Peut-être, là n'est pas la question. Ce qui compte, c'est ce qu'il a mis sur pied, ce qui fonctionne aujourd'hui. Une organisation basée en France, qui rassemble des millions de dollars venant du monde entier pour financer les néonazis allemands. Ce qui vous a amenée à Paris, Karin.

Elle lâcha sa main et s'adossa de nouveau à la banquette, les yeux écarquillés, l'air ahuri.

– Quel rapport avec Harry ?

– Mon frère a rapporté de sa mission une liste de noms – j'ignore combien – de sympathisants néonazis, en France, en Grande-Bretagne et aux États-Unis. Une liste explosive, où figurent des gens influents et des politiciens en vue, qu'il ne viendrait à l'esprit de personne de soupçonner de tels penchants.

– Comment Harry a-t-il obtenu ces noms ?

– Je n'en ai pas la moindre idée ; c'est pourquoi il faut que je lui parle !

– Pourquoi ? Vous paraissez très troublé.

– L'un de ces noms est celui d'un homme avec qui je travaille, un homme entre les mains de qui j'aurais remis ma vie sans hésiter. Aimez-vous les pommes ?

– Je ne comprends pas.

– Je pense à un vieux truc des producteurs de pommes, qui consistait à placer les plus beaux spécimens sur le dessus de la caisse et les fruits pourris au fond.

– La comparaison m'échappe. J'ai l'impression d'entendre votre frère, la clarté en moins.

– C'est justement un peu de clarté qu'il pourrait m'apporter.

– Au sujet de cet homme avec qui vous travaillez, je suppose.

– Oui, je ne peux pas le croire. Je dois le voir dans l'après-midi, mais, si Harry ne s'est pas trompé, ce pourrait être la décision la plus stupide de ma vie. Une erreur fatale.

– Décommandez-vous. Dites qu'il s'est passé quelque chose d'important.

– Il demandera ce que c'est et il est en droit d'avoir une réponse. Entre autres événements que l'on pourrait croire fortuits, un de ses subordonnés m'a sauvé la vie, il y a une demi-heure, à la sortie de l'ambassade.

– Peut-être voulait-on qu'il en soit ainsi.

– C'est une interprétation possible. Décidément, vous connaissez la musique.

– On peut dire ça, reconnut Karin de Vries. C'est de Moreau que vous parlez, le patron de la DST ?

– Qu'est-ce qui vous fait penser à lui ?

– Le service Documentation et recherches reçoit toutes les vingt-quatre heures le relevé des entrées et des sorties. Le nom de Moreau y figure deux fois, la nuit où on a attenté à votre vie pour la première fois et le lendemain matin, quand l'ambassadeur d'Allemagne est venu. Cela attire l'attention. J'ai entendu plusieurs collègues dire qu'ils n'avaient jamais vu à l'ambassade un agent de la DST, à plus forte raison le directeur.

– Vous comprendrez que je ne confirme pas cette hypothèse.

– Ce n'est pas nécessaire, et je partage entièrement votre opinion. L'idée que Moreau soit de mèche avec les néonazis me paraît ridicule.

– C'est précisément le mot que l'on vient d'employer à Washington, il y a quelques minutes. Et pourtant, il y a la liste d'Harry. Vous qui connaissez mon frère, croyez-vous qu'il ait pu se faire avoir ?

– Le mot ridicule me vient encore à l'esprit.

– Qu'on ait pu le retourner ?

– Jamais !

– Mon patron est un homme d'expérience, qui a travaillé avec Moreau à la sale époque, comme il dit. Il partage notre avis et ne comprend pas plus que nous.

– Il doit y avoir une explication.

– Voilà pourquoi il faut que je parle à Harry... Mais je trouve que vous avez une opinion bien tranchée sur Moreau. Le connaissez-vous ?

– Je sais que les services de renseignement est-allemands et, par la suite, les néonazis avaient une peur bleue de lui, car il a été le premier, à l'exception d'Harry, peut-être, à mettre au jour les liens existant entre la Stasi et les nazis. Freddie l'a rencontré une fois, à Munich, au retour d'une mission, et il en est revenu enthousiaste, affirmant que Moreau était un génie.

– Eh bien, pour nous résumer, où en sommes-nous ?

– Dans un dilemme dont il sera difficile de sortir tant que vous n'aurez pas parlé à Harry, ce que, pour votre sécurité, vous ne pouvez faire ni de votre hôtel ni de l'ambassade.

– Il ne peut pas me joindre ailleurs, protesta Drew.

– Je vais encore vous demander de me faire confiance. J'ai ici des amis que j'ai connus à Amsterdam, des amis à qui vous pouvez vous fier. Si vous le souhaitez, je donnerai leur nom au colonel.

– Pour quoi faire ?

– Ils peuvent vous cacher, pour vous permettre de continuer à opérer à Paris. Ils sont établis en banlieue. De mon côté, j'appellerai Moreau pour lui donner l'explication la plus plausible qui soit : la vérité, Drew.

– Alors, vous le connaissez ?

– Pas personnellement, mais deux agents de la DST m'ont interrogée avant ma venue à l'ambassade. Le nom de De Vries me vaudra le privilège de lui parler de vive voix, soyez-en sûr.

– Je vous crois, mais de quelle vérité parlez-vous ? Allez-vous lui dire que des soupçons se portent sur lui ?

– Une autre vérité. Trois tentatives ont été faites contre votre vie et, sans parler de votre inquiétude légitime...

– Appelons les choses par leur nom. C'est de peur qu'il s'agit. À trois reprises, j'ai échappé de justesse à la mort et je suis à bout de nerfs.

– Très bien, cela a un accent de sincérité ; il comprendra... Sans parler de la peur qui vous noue les tripes, vous devez voir votre frère qui viendra de Londres – jour et heure inconnus – et vous ne pouvez mettre sa vie aussi en péril, en restant à découvert. Vous disparaissez quelques jours et vous le contacterez le moment venu. Il va sans dire que j'ignore où vous vous trouvez.

– Il reste un point faible dans ce raisonnement : pourquoi jouez-vous le rôle de l'intermédiaire ?

– Il y a une autre vérité qui recouvre le mensonge et sera cautionnée par le colonel Witkowski, un pilier du renseignement, qui jouit du respect général. Il confirmera que mon mari travaillait avec votre frère. Moreau suppose que vous êtes au courant et il comprendra aisément pourquoi vous m'avez demandé de vous servir d'intermédiaire.

– Deux autres faiblesses, poursuivit Drew à voix basse, en parcourant nerveusement du regard la salle maintenant bien remplie. Primo, je ne le savais pas – c'est Witkowski qui me l'a appris. Secundo, pourquoi ne pas avoir fait appel à lui ?

– Un vieux routier comme Stanley Witkowski, un vétéran de « la sale époque », pour reprendre votre expression, connaît mieux que nous la place de chacun. Pour faire avancer les choses, pour qu'elles aboutissent, il doit opérer ès qualités. Il est maintenant en position d'apporter non plus un élan, mais une caution. Vous comprenez ce que je veux dire ?

– C'est une situation contre laquelle je me suis toujours élevé, mais je comprends. Certains de nos plus brillants cerveaux sont mis au placard, soit parce que l'heure de la retraite approche, soit parce qu'ils ne se sont jamais fait un nom leur permettant d'atteindre l'échelon de retraite suivant. C'est complètement idiot, surtout dans notre profession, car ceux qui agissent dans l'ombre rendent possible la réussite de ceux qui se font un nom. Combien d'agents clandestins sont devenus légendaires parce qu'ils étaient guidés par un homme de l'ombre... Mais voilà que je radote encore ; c'est pour chasser de mon esprit l'idée qu'un client de cette brasserie va se lever et faire un carton sur moi.

– Très peu probable, fit Karin de Vries. Nous sommes tout près de l'ambassade et vous ne soupçonnez pas à quel point les Français ressentent leur impuissance à juguler le terrorisme.

– Les Anglais aussi, mais des gens se font tuer devant chez Harrod's.

– Ce n'est pas fréquent, et les Anglais ont réussi à isoler leur principal ennemi, l'IRA et ses commandos de cinglés. Les Français sont des cibles pour nombre de terroristes étrangers. Dans les pays scandinaves, aussi, les manifestations se font plus violentes ; aux Pays-Bas, le pays le plus paisible qui soit, la droite et la gauche se heurtent continuellement.

– On peut y ajouter l'Italie, où la corruption de la mafia déchire le peuple, où les parlementaires en viennent aux mains et où des bombes explosent. L'Espagne où les Catalans et les Basques en armes se purgent de vieilles rancœurs. Et le Moyen-Orient où juifs et Palestiniens s'entre-tuent en se rejetant mutuellement la responsabilité des massacres, tandis qu'en Bosnie la guerre fait rage entre deux peuples qui vivaient paisiblement ensemble et que tout le monde reste les bras croisés. C'est partout la même chose. Mécontentement, suspicion, injures... violence. Comme si un noir dessein était formé en secret, à grande échelle.

– Où voulez-vous en venir ? demanda Karin, l'air perplexe.

– Vous ne voyez donc pas qu'ils apportent tous de l'eau au moulin des néonazis ?

– Je n'avais pas envisagé les choses sous cet angle. Le tableau que vous brossez est un peu mélodramatique, non ?

– Réfléchissez bien. Si la liste d'Harry est authentique, même partiellement, depuis combien de temps les mécontents de tout poil ont-ils été appâtés et assurés qu'ils pouvaient obtenir réparation ? Que les responsables de leurs malheurs seraient châtiés quand le grand ordre nouveau serait instauré ?

– Ce n'est pas le même « ordre nouveau » que celui que vous avez cherché à mettre en place, Drew.

– Imaginons encore que ce ne soit qu'un code pour autre chose, un « ordre nouveau » qui remonte à cinquante ans. L'ordre nouveau du Reich, destiné à durer mille ans.

– C'est absurde !

– En effet, reconnut Latham, en respirant à fond. J'ai poussé le raisonnement à son point extrême, mais vous avez raison, c'est inconcevable. Cela pourrait quand même se réaliser en partie, en Europe, dans les Balkans ou au Moyen-Orient. Et quelle serait l'étape suivante ? Après les multiples affrontements entre les peuples et les religions, après l'émergence de nouvelles nations issues du démantèlement des anciennes ?

– J'essaie de vous suivre et je ne suis pas trop bête. Mais, comme dirait Harry, cela manque de clarté.

– Les armes nucléaires ! Achetées et revendues sur les marchés internationaux. Certaines pourraient tomber aux mains des responsables de la Fraternité, qui disposent de fonds considérables. La nouvelle religion, la panacée et, en fin de compte, le refuge de tous les mécontents, fascinés par les néonazis, convaincus de leur invincibilité. Cela s'est produit dans les années 30 et les circonstances ne sont guère différentes.

– Vous allez trop loin pour moi, fit Karin de Vries en prenant une gorgée de vin. Je me bats contre la gangrène qui se propage et qui a tué Freddie. Votre vision est celle d'une apocalypse imminente ; je ne peux l'accepter. Nous avons dépassé cette étape de la civilisation.

– Je l'espère, j'espère me tromper et je souhaite de tout cœur voir les choses autrement.

– Vous avez une imagination extraordinaire, très voisine de celle d'Harry, le sang-froid en moins. Pour lui, tout doit être analysé, sans céder à l'émotion.

– C'est drôle d'entendre cela ; voilà en quoi nous différons. Mon frère a toujours été un être froid, j'aurais dit insensible, jusqu'à ce qu'une de nos cousines soit emportée par un cancer, à l'âge de seize ans, quand nous étions encore gamins. Je l'ai découvert, derrière le garage, pleurant toutes les larmes de son corps. J'ai voulu le réconforter, mais il m'a rabroué en disant : « Si jamais tu racontes à quelqu'un que tu m'as vu pleurer, je te jette un sort ! » Une menace d'enfant, naturellement.

– L'avez-vous fait ?

– Bien sûr que non, c'était mon frère.

– Vous me cachez quelque chose.

– Nous ne sommes pas dans un confessionnal !

– Il ne s'agit pas de cela. Je cherche seulement à mieux vous connaître. Ce n'est pas un crime.

– D'accord. J'adorais mon frère. Il était si intelligent, si gentil avec moi ; il me faisait réviser mes leçons, m'aidait à préparer les compositions trimestrielles ; en fac, il choisissait même mes cours et ne cessait de me répéter que j'étais meilleur que je ne le croyais, qu'il suffirait que je me concentre. Notre père était toujours absent, à cause de ses fouilles. Qui venait me voir quand j'étais étudiant ? Qui m'encourageait à tue-tête pendant les matches de hockey ? Encore et toujours Harry.

– Vous l'aimez beaucoup, n'est-ce pas ?

– Sans lui, je ne serais rien. C'est pourquoi j'ai menacé de le dérouiller s'il ne me faisait pas entrer dans ce métier. L'idée ne lui plaisait pas, mais on mettait sur pied, à l'époque, un organisme baptisé Opérations consulaires, qui cherchait apparemment des sportifs sachant faire travailler leur matière grise. J'avais le profil, j'ai été pris.

– Le colonel m'a dit que vous étiez un super joueur de hockey, au Canada, et que vous auriez dû aller à New York.

– C'était un intermède dans une équipe de bouseux ; j'étais bien payé, mais Harry est venu à Manitoba et a dit qu'il fallait que je devienne adulte. Je l'ai suivi ; ce que je suis devenu, vous le voyez. Pas d'autres questions, j'espère ?

– Pourquoi êtes-vous si hostile ?

– Ce n'est pas de l'hostilité. Je fais bien mon boulot, chère madame, mais, comme vous l'avez répété à satiété, je ne suis pas Harry.

– Vous avez des qualités propres.

– Ouais, d'accord ! Des notions élémentaires d'arts martiaux, mais je ne suis pas un maître, croyez-moi. Des tas de cours sur les méthodes d'interrogatoire et de manipulation, psychologiques et chimiques ; les techniques de survie, la connaissance de ce qui est comestible dans la nature... tout cela est bien assimilé.

– Alors, qu'est-ce qui vous tracasse ?

– J'aimerais pouvoir répondre, mais je n'en sais rien moi-même. Je pense que c'est l'absence d'autorité. La hiérarchie est trop rigide, on ne peut la contourner... Je ne suis même pas sûr d'en avoir envie.

Comme je l'ai dit, les « hommes de l'ombre » en savent plus long que moi... et je ne peux même pas leur faire confiance.

– Passez-moi le téléphone, s'il vous plaît.

Karin de Vries appuya sur plusieurs touches et attendit quelques secondes.

– Numéro six. Vérifiez que la ligne est dégagée, je vous prie.

Elle couvrit le micro, tourna la tête vers Drew.

– Juste pour s'assurer qu'il n'y a pas d'interception, une opération de routine.

Le regard de Karin se fixa brusquement sur le sol, sa figure se crispa, elle rentra le menton dans les épaules.

– Sortez ! Tout le monde dehors ! s'écria-t-elle en tirant Latham par le bras pour le forcer à se lever. Quittez vos tables et sortez ! reprit-elle d'une voix vibrante ! Un attentat !

Ce fut aussitôt un sauve-qui-peut ; plusieurs fenêtres furent brisées par les clients en proie à la panique, se bousculant, se ruant en tous sens pour trouver des issues tandis que le personnel de l'établissement s'efforçait vainement de contenir la foule et se résignait à lui emboîter le pas. Dans l'avenue Gabriel, les passants horrifiés virent tout l'arrière de la brasserie éventré par l'expiosion qui fit voler les vitres en éclats, projetant sur le trottoir des fragments de verre qui se fichèrent dans la peau et transpercèrent les vêtements de ceux qui se trouvaient à proximité. Dans la débandade, Drew se laissa tomber au sol, protégeant Karin de Vries de son corps.

– Que vous a-t-on dit ? hurla-t-il en fourrant l'automatique dans sa ceinture. Comment l'avez-vous su ?

– Nous n'avons pas le temps ! Debout. Suivez-moi !

8

Ils s'élancèrent sur le trottoir, coururent jusqu'à une joaillerie ; Karin entraîna Drew dans le renfoncement de la devanture où étaient exposés des bijoux de grande valeur ; ils reprirent leur souffle.

– Bon Dieu ! haleta Latham. Expliquez-moi ce qui s'est passé ! Vous avez dit que votre correspondant allait s'assurer qu'il n'y avait pas d'interception, puis vous vous êtes mise à hurler et tout a sauté ! J'exige une réponse !

– Il n'y a pas eu de vérification, expliqua Karin, le souffle encore court. J'ai entendu quelqu'un crier au téléphone : « Trois hommes en vêtements sombres vont et viennent dans la rue, en cherchant partout. Ils veulent la peau de votre ami ! » Je n'ai pas eu le temps de poser de question, j'ai vu deux baguettes rouler par terre, en direction de notre table.

– Des baguettes ? Comme des pains ?

– En forme de petits pains luisants, Drew. Des pains de plastic, un explosif dix fois plus puissant qu'une grenade.

– Bon Dieu !

– Il y a une station de taxis au prochain carrefour. Vite !

Hors d'haleine, ils prirent place dans un taxi ; Karin donna au chauffeur une adresse dans le Marais.

– Dans une heure, je retournerai à l'ambassade...

– Vous avez perdu la tête ? lança Drew, en se tournant vers elle. On vous a vue avec moi ! Ils voudront vous éliminer !

– Pas si je retourne là-bas au bout d'un certain temps, bouleversée, encore sous le coup d'une vive émotion, mais que je parviens à me contenir.

– Des mots ! lâcha Drew avec dédain.

– Non, le simple bon sens exige que je reprenne aussi vite que possible mes activités normales.

– Je répète que c'est de la folie. Non seulement vous étiez avec moi, mais c'est vous qui avez donné l'alerte. Vous avez déclenché le sauve-qui-peut.

– N'importe qui aurait fait pareil, après avoir vu l'attroupement et les voitures de police dans l'avenue, en sachant que des terroristes avaient mitraillé une automobile. Enfin, Drew, j'ai vu deux pains de plastic – même si c'étaient de vraies baguettes – qui roulaient vers ma table tandis qu'un homme en noir, coiffé d'une casquette noire, prenait la fuite en bousculant un serveur !

– Vous ne m'avez pas parlé d'un homme qui prenait la fuite...

– Avec un gros pull noir, par cette belle journée de printemps, le visage caché, qui a failli faire tomber un serveur portant un plateau.

– De ce serveur non plus.

– Sachez qu'à Paris aucun serveur ne s'amuserait à jeter du pain par terre.

– D'accord, votre explication est convaincante, mais pas pour le fait d'avoir été avec moi.

– Je réglerai ça d'une manière que tout Français, terroriste ou non, comprendra. Je donnerai quelques coups de fil pour que ce soit clair.

– Des coups de fil ? À qui, pour dire quoi ?

– À des gens de l'ambassade. D'abord le service Documentation, bien sûr, puis l'accueil et quelques bavards impénitents, je pense au bras droit de Courtland et à la secrétaire du premier attaché. Je dirai que j'étais avec vous dans le restaurant où a eu lieu l'attentat, que je vous ai perdu de vue en sortant et que je suis folle d'inquiétude.

– Vous vous contentez de souligner que nous étions ensemble !

– Pour une raison qui n'a absolument rien à voir avec vos activités, dont je ne sais rien, car je ne vous connais que depuis peu.

– Quelle raison ?

– Nous nous sommes plu dès notre première rencontre et il semble évident que nous aurons une aventure.

– C'est la chose la plus agréable que j'aie entendue dans votre bouche.

– Ne prenez pas cela au pied de la lettre, monsieur Latham. Ce n'est qu'un prétexte. L'important est que la nouvelle circule rapidement, puisque nous pouvons supposer qu'il y a des taupes dans l'ambassade.

– Croyez-vous que les néonazis de Paris goberont cette histoire ?

– Ils n'ont pas le choix, et ce pour deux raisons. S'il s'agit d'un mensonge, ils me surveilleront, en espérant que vous chercherez à me joindre et qu'ils pourront vous atteindre ; si c'est la vérité, ils n'auront pas de temps à perdre avec moi. Dans les deux cas, je serai en mesure de vous aider.

– Pour venger Freddie, si j'ai bien compris, fit Drew en souriant, tandis que le taxi arrivait dans le Marais. Mais vous ne m'ôterez pas de l'idée que vous prenez d'énormes risques, ma petite dame.

– Me permettez-vous une remarque sur votre vocabulaire ?

– Je vous en prie.

– L'utilisation répétée de l'expression « ma petite dame » a une connotation résolument condescendante.

– Ce n'est pas volontaire.

– Probablement pas. Quoi qu'il en soit, il s'agit d'une contradiction culturelle inconsciente.

– Je vous demande pardon.

– Le mot « dame » prend, dans cet emploi, un sens péjoratif, comme « fille » ou, qui pis est, « nana ».

– Toutes mes excuses, fit Latham avec un sourire chaleureux. Je l'ai très souvent employé avec ma mère et je puis vous assurer que ce n'était pas péjoratif.

– Le mot peut avoir une valeur affective pour une mère. Je ne suis pas votre mère.

– Heureusement ! Elle est beaucoup plus jolie et ce n'est pas une braillarde, elle.

– Une braillarde... ?

Karin scruta le visage de l'Américain, vit une lueur moqueuse dans ses yeux. Elle se mit à rire et posa la main sur son bras.

– Je reconnais que vous aviez raison, dans la brasserie. Il m'arrive de prendre les choses trop au sérieux.

– Il n'y a pas de mal à ça. Je comprends pourquoi vous vous entendiez bien avec Harry. Vous analysez, vous réévaluez, vous analysez de nouveau. Cela doit finir par faire un fouillis de cercles concentriques, non ?

– Non. Quelque part au milieu de ces cercles, se trouve une tangente qui mène à autre chose. Immanquablement la vérité.

– Croyez-le ou non, je comprends ce que vous voulez dire.

– Bien sûr que vous comprenez. Votre frère avait bien raison de vous dire que vous êtes meilleur que vous ne l'imaginez... Mais vous n'avez pas besoin que je vous dise ça.

– En effet. Dans l'immédiat, je voudrais simplement savoir où nous allons, plutôt où vous m'emmenez.

– Dans ce que, dans votre jargon, on appelle une maison sûre, un lieu de transit où l'on vérifie qui vous êtes avant de vous envoyer dans un sanctuaire.

– Ce sont les gens que vous avez appelés de la brasserie ?

– Oui. Dans votre cas, on ne perdra pas de temps à faire ces vérifications. Je réponds de vous.

– Qui sont ces gens ?
– Je dirai simplement qu'ils sont dans notre camp.
– Cela ne me suffit pas, ma petite... pardon, madame de Vries.
– Dans ce cas, vous pouvez descendre du taxi et vous débrouiller seul. Ils vous pourchasseront jusqu'à ce que vous soyez dans leur ligne de mire.
– Pas nécessairement. Même si je ne suis pas Harry, j'ai certaines compétences qui m'ont déjà été utiles pour me tirer d'embarras. Préférez-vous que je demande au chauffeur de s'arrêter ou voulez-vous me dire précisément où nous allons et qui nous devons rencontrer ?
– Ce qu'il vous faut en ce moment, c'est une protection, et vous reconnaissez que vous ne savez à qui faire confiance...
– Et vous me demandez de me fier à des gens que je ne connais pas ? coupa Latham. Vous êtes bonne à enfermer ! S'il vous plaît, monsieur, ajouta-t-il en se penchant vers le chauffeur. Arrêtez le taxi.
– Non ! protesta Karin d'une voix ferme. Ce n'est pas la peine.
Le chauffeur haussa les épaules et lâcha la pédale de frein.
– Très bien, poursuivit-elle en se tournant vers Drew, que voulez-vous faire et où voulez-vous aller ? Préférez-vous que je descende, pour ne plus rien proposer. Vous pourrez toujours me joindre à l'ambassade... d'une cabine téléphonique, cela va sans dire. Vous ne devez pas avoir beaucoup d'argent sur vous et vous ne pouvez aller à votre banque, pas plus qu'à votre bureau, votre appartement ni votre chambre d'hôtel ; tout est surveillé. Je vous donnerai ce que j'ai sur moi et nous prendrons d'autres dispositions par la suite. Mais prenez une décision ! Il faut que je mette en place ma propre stratégie et je ne dispose que de quelques minutes pour qu'elle soit crédible !
– Vous parlez sérieusement, n'est-ce pas ? Vous seriez capable de me donner de l'argent, de descendre et de me laisser disparaître, sans savoir où je suis.
– Naturellement. Ce n'est pas la meilleure solution et je pense que vous vous conduisez comme un idiot, mais vous êtes têtu comme une mule et je ne peux rien y faire. Le plus important est que vous restiez en vie pour voir Harry et poursuivre votre tâche. Chaque jour qui passe permet aux néonazis de s'implanter plus profondément.
– Vous ne tenez donc plus à m'emmener chez vos vieux amis d'Amsterdam, fit Latham.
Ce n'était pas une question, mais une constatation.
– À quoi bon ? Vous ne voulez pas m'écouter.
– Alors, je vous demande de me conduire à eux. Vous avez raison, je ne sais vraiment plus à qui faire confiance.
– Vous êtes impossible ! J'espère que vous vous en rendez compte !
– Pas du tout, je suis seulement très prudent. Vous ai-je signalé qu'on a essayé de m'abattre trois fois en une journée et demie et qu'il

y a dix minutes une explosion a failli m'envoyer au ciel. Oui, je suis très, très prudent.

– C'est la bonne décision, croyez-moi.

– Je n'ai guère le choix. Maintenant, dites-moi qui sont ces gens.

– Des Allemands, pour la plupart. Des hommes et des femmes qui exècrent les néonazis encore plus que nous, qui voient leur patrie souillée par les soi-disant héritiers du IIIe Reich.

– Ils sont à Paris... ?

– Et au Royaume-Uni, aux Pays-Bas, en Scandinavie, dans les Balkans, partout où ils pensent que la Fraternité sévit. Chaque cellule est composée d'un petit nombre de personnes, entre quinze et vingt, mais ils agissent avec la fameuse efficacité allemande ; ils sont financés en sous-main par des compatriotes, chefs d'entreprise et banquiers, qui méprisent les néonazis et redoutent le mal qu'ils pourraient faire à l'image de leur pays et, par voie de conséquence, à son économie.

– L'autre face de la Fraternité, en quelque sorte ?

– Qu'est-ce qui déchire leur pays, à votre avis ? Oui, c'est précisément ce qu'ils sont. La politique, c'est Bonn ; les affaires, c'est le pragmatisme. Le gouvernement recherche les suffrages d'un électorat aussi large que possible ; les milieux financiers doivent se garder d'un boycott des marchés internationaux, effrayés par le spectre du réveil du nazisme.

– Vos amis, les membres de ces « cellules »... ont-ils un nom, un symbole, quelque chose de ce genre ?

– Oui. Ils s'appellent les Antineos.

– Drôle de nom... Très bien, allons voir vos amis.

– Nous sommes presque arrivés.

Wesley Sorenson avait pris sa décision. Il n'avait pas passé toute une vie au service de sa patrie pour être privé de renseignements vitaux par un bureaucrate arrivé à une conclusion erronée et offensante. Bref, Sorenson était furieux et il ne voyait aucune raison de masquer sa colère. Il n'avait pas recherché la direction des Opérations consulaires, il y avait été nommé par un président avisé, qui avait compris la nécessité de coordonner les activités des différents services du renseignement de manière qu'aucun d'eux ne mette en péril les objectifs du Département d'État. Il s'était laissé arracher à une retraite douillette et n'avait même pas besoin de pension, grâce à la fortune familiale. Une pension pourtant bien méritée, comme étaient mérités le respect et la confiance unanimes dont il jouissait dans le milieu du renseignement. Il ferait connaître ses sentiments lors de la réunion à laquelle il s'apprêtait à participer.

Sorenson fut introduit dans une pièce gigantesque où Adam Bollinger, le secrétaire d'État, trônait à son bureau. Devant lui, à demi tourné dans un des deux fauteuils clubs pour saluer le nouvel arrivant, se trouvait un Noir massif d'une soixantaine d'années. Knox Talbot, directeur de la Central Intelligence Agency, était un ancien officier du renseignement ayant servi au Viêt-nam et une intelligence hors pair, qui avait fait fortune dans l'univers impitoyable du commerce des matières premières. Sorenson aimait bien Talbot qui le stupéfiait par la manière qu'il avait de dissimuler son intelligence sous le masque de l'autodérision et une apparence d'ingénuité trompeuse. Bollinger, à l'inverse, posait un problème au directeur des Opérations consulaires. Sorenson reconnaissait que le Secrétaire d'État possédait un sens aigu de la politique et une stature internationale, mais il percevait chez l'homme une sorte de vide qui le dérangeait. Comme si la moindre de ses paroles, le moindre de ses gestes était calculé, dénué de naturel et d'émotion : un homme froid, au sourire éclatant, un charme superficiel, mais bien peu de chaleur.

– Bonjour, Wes, dit Bollinger avec un sourire de pure forme.

La réunion était d'une extrême importance, il n'avait pas de temps à perdre en politesse et tenait à ce que ses subordonnés le sachent.

– Salut, ô prince des espions ! lança Knox Talbot, d'un ton enjoué. Il semble que les néophytes que nous sommes aient besoin d'un apport de sang frais.

– Je ne vois rien d'amusant dans ce qui nous préoccupe, Knox, observa d'un ton neutre le secrétaire d'État, en détachant son regard des documents posés sur son bureau.

– Rien ne sert d'être trop guindé, Adam, répliqua le directeur de la CIA. Aussi graves que soient nos problèmes, il y a des choses risibles dans cette affaire.

– Je trouve cette déclaration d'une grande légèreté.

– À votre guise, mais permettez-moi de dire, en toute franchise, que la majeure partie du matériel de l'opération Venin est d'une légèreté coupable.

– Venez vous joindre à nous, Wes, reprit Bollinger en invitant Sorenson à prendre place dans le second fauteuil. Je ne conteste pas, poursuivit-il, que la liste d'Harry Latham fait froid dans le dos, mais nous devons en considérer la source. Je vous pose la question, Knox : y a-t-il, dans votre personnel, un agent clandestin plus expérimenté que Latham ?

– À ma connaissance, non, répondit le directeur de la CIA, mais cela n'exclut pas la possibilité d'une désinformation.

– Ce qui impliquerait que sa mission ait été connue de la direction du mouvement néonazi.

– Je ne dispose d'aucun élément qui aille dans ce sens.

– C'est le cas, déclara tranquillement Sorenson.

– Quoi ?

– J'ai eu le frère d'Harry au téléphone, poursuivit le chef des Opérations consulaires. C'est un de mes agents, à Paris. Il a appris par une femme, la veuve du courrier de Latham à Berlin-Est, que les néonazis savaient tout de l'opération Venin. Couverture, objectif et même la durée prévue de la mission.

– Impossible ! s'écria Knox Talbot en se tournant pesamment dans son fauteuil, une prunelle d'un noir étincelant braquée sur Sorenson. Ces renseignements sont trop bien protégés, trop difficiles d'accès !

– Et vos ordinateurs AA-Zéro ?

– Inviolables !

– Malheureusement pas, Knox. Un renard a pénétré dans votre poulailler si bien gardé.

– Je ne peux pas croire ça.

– Ce que j'ai dit était assez précis, que vous faut-il de plus ?

– Qui cela peut-il être ?

– Combien sont-ils à travailler sur les AA-Zéro ?

– Cinq, plus trois remplaçants. Le passé de chacun d'eux a été passé au peigne fin depuis le jour de sa naissance. Tous blancs comme neige, même si l'expression ne me paraît pas très heureuse, pour des raisons évidentes. J'en donnerais ma main à couper. Ces gens-là comptent parmi nos plus éminents spécialistes des technologies de pointe.

– L'un d'eux n'est pas tout blanc, Knox. L'un d'eux est passé entre les mailles serrées du filet.

– Je vais tous les placer sous surveillance constante.

– Vous irez plus loin que cela, monsieur le directeur, lança Adam Bollinger. Vous placerez sous surveillance tous ceux qui figurent sur la liste d'Harry Latham. Imaginez qu'il s'agisse d'une conspiration sur une grande échelle !

– Nous n'en sommes pas là, monsieur le secrétaire d'État. Pas encore. Mais j'ai une question à vous poser, Knox : qui a supprimé le nom de Claude Moreau de la liste que l'on m'a fait parvenir ?

Pris au dépourvu, Talbot marqua une hésitation, mais il se reprit rapidement.

– Désolé, Wes, répondit-il posément, je tenais de source sûre, par un agent digne de confiance qui a travaillé avec vous deux, à Istanbul, que vous étiez très liés, que Moreau vous a sauvé la vie dans les Dardanelles, au cours d'une mission dans la mer de Marmara. Cet agent n'était pas certain de votre objectivité, c'est aussi simple que cela. Comment l'avez-vous découvert ?

– Quelqu'un a transmis une liste à l'ambassadeur Courtland...

– Nous n'avons pu faire autrement, expliqua Talbot. Les Allemands avaient vendu la mèche et la position de Courtland devenait intenable... Le nom de Moreau y figurait ?

– Quelle négligence de la part de la CIA !

– Une erreur, une erreur humaine, que dire d'autre ? Il y a trop de ces foutues machines qui crachent trop d'informations... Dans votre cas, cette erreur se justifie. Quand un homme vous sauve la vie, on prend spontanément sa défense. Sans le vouloir, juste en se renseignant, par sympathie, on peut même lui révéler qu'il est sous surveillance.

– Ce n'est pas l'attitude d'un professionnel, Knox, répliqua sèchement le chef des Opérations consulaires. Et je crois avoir mérité ce qualificatif.

– Cela ne fait aucun doute, reprit Talbot en hochant vigoureusement la tête. Vous occuperiez mon fauteuil, si vous l'aviez voulu.

– Jamais je n'en ai voulu.

– Je suis navré, je le répète. Mais puisque nous avons abordé le sujet, que pensez-vous de la présence de Moreau sur cette liste ?

– C'est insensé !

– Comme vingt ou vingt-cinq autres noms, rien que chez nous ; si l'on ajoute ceux qui travaillent pour eux, cela représente plus de deux cents personnes haut placées. Il y en a soixante-dix autres en Grande-Bretagne et en France, un chiffre que l'on peut multiplier par dix. Parmi eux se trouvent des gens que nous tenons pour de vrais patriotes et que nous respectons, quelle que soit leur appartenance politique. Harry Latham, un de nos meilleurs agents, un des plus intelligents, aurait-il perdu la boule ?

– Difficile à imaginer...

– Voilà pourquoi le passé de chaque individu dont le nom figure sur cette liste sera fouillé depuis le jour de ses premiers pas, déclara avec emphase le secrétaire d'État, ses lèvres minces formant une ligne horizontale. Retournez la moindre pierre, apportez-moi des dossiers en béton, à côté desquels ceux du FBI feront figure d'étude de crédit signée par un vendeur aux abois.

– Adam ! protesta Knox Talbot. Nous empiétons sur le territoire du FBI ! C'est écrit en toutes lettres dans la charte de 1947.

– Rien à foutre ! Si des nazis rôdent dans les allées du pouvoir, dans le monde de l'industrie et le prétendu milieu artistique, notre rôle est de les découvrir et de les démasquer.

– Avec quelle autorité ? demanda Sorenson, les yeux rivés sur le secrétaire d'État.

– La mienne, si vous voulez. J'en assume la responsabilité.

– Le Congrès pourrait s'y opposer, insista le directeur des Opérations consulaires.

– J'emmerde le Congrès ! Il suffit d'agir avec discrétion. Vous pouvez quand même faire ça, non ? Vous êtes au service du gouvernement, si je ne me trompe. On appelle cela le pouvoir exécutif, messieurs, et si l'exécutif, la Maison-Blanche, parvient à extirper l'influence nazie à l'intérieur de nos frontières, la nation nous en sera à jamais reconnaissante. Et maintenant, au boulot. Travaillez main dans la main et apportez-moi des résultats. La réunion est terminée. J'ai rendez-vous avec le producteur d'un débat télévisé dans lequel je dois exposer la nouvelle politique du président dans la mer des Caraïbes.

– Je veux mettre la main sur les salauds qui traficotent nos ordinateurs, fit Talbot en se tournant vers Sorenson, dès qu'ils furent sortis du bureau, mais le reste de cette affaire ne me dit rien de bon.

– Je suis prêt à remettre ma démission.

– Ce n'est pas une solution, Wes, poursuivit le directeur de la CIA. Si vous jetez l'éponge et moi aussi, il en trouvera deux autres, plus souples. Il vaut mieux rester à notre poste et « travailler la main dans la main » avec le FBI, aussi discrètement que possible.

– Bollinger l'a formellement exclu.

– Soyons précis, il a foulé aux pieds la charte de 1947, qui nous interdit, à vous comme à moi, d'agir sur le territoire national. En interprétant ses paroles, nous sommes arrivés à la conclusion qu'il ne souhaitait pas réellement nous voir enfreindre la Constitution. Il nous remerciera certainement, plus tard. C'est ce que les acolytes de Reagan ont toujours fait.

– Bollinger mérite-t-il que nous fassions tout cela, Knox ?

– Lui, non, mais nos services, oui. J'ai travaillé avec le patron du FBI. Il n'est pas obsédé par ses prérogatives, comme l'était Hoover. C'est un type bien, un ancien juge qui a une réputation d'équité et ne manque pas de finesse. Je lui ferai comprendre que les recherches seront aussi discrètes que possible, mais qu'elles doivent aboutir. Et regardons les choses en face : la parole d'Harry Latham a du poids.

– Je continue à penser qu'il y a méprise en ce qui concerne Moreau, qu'une grave erreur a été commise.

– Il y en a peut-être d'autres, mais ce n'est sans doute pas le cas de tout le monde. Cela m'ennuie de le dire, mais, sur ce point, Bollinger a raison. Je m'occupe du FBI, faites en sorte que Latham reste en vie.

– Je vois un autre problème, ajouta Sorenson, l'air soucieux. Vous n'avez pas oublié les saloperies des années 50, la terreur du maccarthysme ?

– Je vous en prie ! lança le directeur de la CIA. J'étais un étudiant de première année et mon père, avocat, un ardent défenseur des droits civils. On l'a accusé de sympathies communistes et nous avons dû déménager et nous installer à Chicago, pour que nous puissions aller à l'école à pied, mes sœurs et moi. Comment aurais-je pu oublier !

– Assurez-vous que le FBI prenne conscience du parallèle que l'on peut établir. Nous ne voulons pas ruiner des réputations ni des carrières en portant des accusations à la légère... ou en laissant courir des rumeurs insistantes. Pas question d'utiliser les cow-boys de la police fédérale, il nous faut des professionnels discrets.

– J'ai connu le temps des cow-boys, Wes. Il est essentiel de les laisser sur la touche. Professionnalisme et discrétion absolus, tel sera le mot d'ordre.

– Je nous souhaite bonne chance, conclut le directeur des Opérations consulaires, mais quelque chose me dit que nous nous engageons sur un terrain dangereux.

La maison sûre du Marais, dans la rue du Temple, était occupée par deux femmes et un homme, bien installés dans un confortable appartement, au-dessus d'une boutique chic de prêt-à-porter. Les présentations furent brèves, Karin de Vries prit la parole et expliqua pourquoi ils devaient protéger Drew Latham, en insistant vigoureusement sur l'urgence de la situation. La responsable, une femme grisonnante, se contenta d'échanger quelques mots avec ses collègues.

– Nous allons l'envoyer à la Maison Rouge, à Villejuif, déclara-t-elle. Vous ne manquerez de rien, monsieur. Karin et son défunt mari ont toujours été des nôtres. Bonne chance, monsieur Latham. La Fraternité doit être détruite.

Le vieux bâtiment de pierre baptisé la Maison Rouge était un ancien hôtel bon marché transformé en petit immeuble de bureaux bon marché. S'il fallait en croire la liste des locataires, il abritait un bureau de placement, une entreprise de plomberie, une petite imprimerie, une agence de détectives privés, spécialisée dans les « procédures de divorce » ainsi que des comptables, des dactylos, des services de gardiennage et des bureaux fictifs à louer. En réalité, seuls le bureau de placement et l'imprimerie existaient ; le reste ne se trouvait pas dans l'annuaire, soit pour cause de cessation d'activité, soit en raison d'une fermeture provisoire, dont les dates étaient continuellement modifiées sur les plaques des portes. À la place, il y avait des studios pour une ou deux personnes et quelques deux-pièces, tous équipés d'un téléphone sur liste rouge, d'un fax, d'une machine à écrire, d'un téléviseur et d'un ordinateur de bureau. Deux ruelles bordaient le bâtiment isolé et se rejoignaient sur l'arrière où s'ouvrait une porte dérobée, camouflée en pan de mur rectangulaire, garni de carreaux. Cet accès ne devait jamais être utilisé de jour.

Tous les hôtes recevaient des instructions succinctes sur ce qui était exigé d'eux : tenue correcte (garde-robe fournie, si nécessaire), comportement discret, relations entre résidents rigoureusement interdites (sauf accord de la « direction »), ainsi que l'horaire précis des entrées et sorties (toujours avec l'accord de la direction). Toute infraction au règlement entraînerait l'expulsion immédiate et sans appel. Les règles étaient rigoureuses, mais elles étaient établies dans l'intérêt de tous.

On attribua à Latham un deux-pièces au troisième étage ; il fut impressionné par l'équipement comme par ce que Karin avait appelé « l'efficacité teutonique ». Après s'être fait expliquer en détail le fonctionnement du matériel par un des responsables, il alla s'étendre sur le lit, regarda sa montre et estima qu'il pourrait appeler Karin de Vries dans une bonne heure. Il regretta que ce fût si long. L'attente avant de savoir si sa stratégie avait marché était éprouvante pour les nerfs, même si le mensonge qu'elle avait concocté ne manquait ni d'originalité ni d'humour, eu égard aux circonstances. C'était très simple : ils déjeunaient ensemble, au moment de l'explosion ; il avait disparu et elle était dans tous ses états. Pourquoi ? Parce qu'elle le trouvait séduisant et qu'ils allaient « avoir une aventure ». Une perspective excitante, mais dont il ne saurait être question... Peut-être pas si excitante, à la réflexion. Karin était un être bizarre, en proie à une colère légitime et à des souvenirs douloureux, qui nuisaient à son pouvoir de séduction. Elle était le produit de cette Europe de l'angoisse, de ce continent empoisonné par les crises intérieures et raciales, et Latham n'était pas prêt à partager ses vues. Il se sentait mal à l'aise en regardant le joli visage aux traits anguleux, mais étrangement doux, devenir froid comme le marbre et les grands yeux se muer en deux globes de glace, quand le passé revenait la tourmenter. Mais il avait ses propres problèmes à résoudre.

Alors, pourquoi pensait-il à elle ? Elle lui avait sauvé la vie, certes... mais elle avait aussi sauvé sa propre peau. Quelle phrase avait-elle prononcée ? « Peut-être voulait-on qu'il en soit ainsi. » *Non !* Il en avait assez de ces cercles concentriques où on ne trouvait jamais la tangente menant immanquablement à la vérité. Où était-elle, la vérité ? La liste d'Harry ? L'inquiétude de Karin ? Moreau ? Sorenson ?... Il avait échappé quatre fois à la mort, cela suffisait. Il allait se reposer, puis réfléchir, mais d'abord se reposer. Le repos est une arme souvent plus efficace qu'une arme à feu, lui avait dit un jour un vieil instructeur. Cédant à la fatigue née de la peur et de l'angoisse, Drew ferma les yeux. Il ne fut pas long à succomber à un sommeil agité.

Il en fut tiré par la sonnerie âpre du téléphone ; se dressant sur son séant, il bondit sur l'appareil.

– Oui ?

– C'est moi, dit Karin. J'appelle du bureau du colonel.

– La ligne est protégée, je suppose, fit Latham en se frottant les yeux de la main gauche pour chasser le sommeil. Le colonel est avec vous ?

– J'étais sûre que vous me poseriez cette question. Je vous le passe.

– Salut, Drew.

– Les attentats contre ma personne se multiplient, Stosh.

– C'est ce qu'on m'a dit, fit le vétéran du G-2. Restez planqué jusqu'à ce que les choses deviennent plus claires.

– Que vous faut-il de plus, Stanley ? Ils ont décidé de me supprimer !

– Dans ce cas, il faudra leur faire comprendre que, dans l'immédiat, ce n'est pas dans leur intérêt. Nous devons gagner du temps.

– Comment allons-nous nous y prendre ?

– Il faudrait que j'en sache plus long ; en gros, nous devons les convaincre que vous êtes plus précieux vivant que mort.

– Qu'avez-vous besoin de savoir ?

– Tout. Sorenson est votre patron ; je le connais, pas bien, mais nous nous sommes rencontrés. Appelez-le, obtenez son feu vert pour me mettre au parfum.

– Pas besoin de l'appeler. C'est ma vie qui est en jeu et je prends cela sous mon bonnet. Prenez des notes, puis brûlez-les, colonel.

Latham lui raconta tout, depuis le commencement : la disparition d'Harry dans l'Hausruck, sa capture par la Fraternité et son évasion ; les dossiers manquants à Washington, où était mentionné un général français, le suicide de Jodelle dans le théâtre, son fils, Jean-Pierre Villiers. À ce moment du récit, Stanley Witkowski l'interrompit.

– Le comédien ?

– Lui-même. Cet imbécile s'est amusé à se mêler aux clochards et il a recueilli des renseignements qui peuvent être exploités.

– Alors, ce Jodelle était vraiment son père ?

– Cela ne fait aucun doute. Un ancien résistant, capturé par les Allemands et envoyé dans les camps où il a perdu la raison... presque entièrement.

– Pourquoi presque ? Que voulez-vous dire ? On est fou ou on ne l'est pas.

– Une petite partie de lui-même ne l'était pas. Il savait qui il était... et, pendant près d'un demi-siècle, il n'a jamais essayé d'entrer en contact avec son fils.

– Personne n'a essayé de se mettre en contact avec lui ?

– Comme les milliers d'autres qui ne sont jamais revenus, il était présumé mort.

– Mais il a survécu, fit pensivement Witkowski. Un homme brisé mentalement, une loque humaine.

– À peine reconnaissable, à ce qu'on dit. Ce qui ne l'a pas empêché de traquer un renégat, un général qui avait fait exécuter sa famille, celui dont le nom a disparu avec les dossiers. Villiers l'a confirmé ; il a appris que ce général vit dans le Val de Loire, où plusieurs dizaines de généraux ont pris leur retraite. C'est ce qu'il a découvert, ainsi que le numéro minéralogique de la voiture d'un homme de main intrigué par les questions qu'il posait.

– Sur le général ?

– Il doit y en avoir au moins une quarantaine dans la région. Un officier qui avait le grade de général il y a cinquante ans serait âgé, s'il vit encore, de plus de quatre-vingt-dix ans.

– C'est en effet supérieur à l'espérance de vie, reconnut le colonel. Les vieux soldats, surtout ceux qui ont combattu, vivent rarement au-delà de quatre-vingts ans... Cela a un rapport avec les traumatismes qu'ils ont subis. Le Pentagone a réalisé une étude, il y a quelques années, sous le sceau du secret.

– C'est macabre.

– Mais nécessaire lorsque des renseignements confidentiels sont divulgués, et que l'équilibre mental pâtit d'une santé déclinante. Les vieilles badernes restent seules, la plupart du temps, et s'éteignent doucement. Si elles ne veulent pas qu'on les retrouve, on ne les retrouve pas.

– Vous ne croyez pas que vous allez trop loin ?

– Vous voyez bien que je réfléchis !... Jodelle a découvert quelque chose, puis il s'est suicidé devant le fils qu'il n'avait jamais reconnu, en criant qu'il était son père. Pourquoi ?

– J'imagine que ce qu'il avait découvert était trop gros pour qu'il puisse s'y attaquer seul. Juste avant de fourrer le canon du fusil dans sa bouche, il a aussi crié qu'il avait manqué à ses engagements envers son fils et sa femme. Il avait tout raté.

– J'ai lu dans un journal que Villiers avait cessé les représentations de *Coriolan*, sans autre explication que ce suicide qui l'avait beaucoup affecté. L'article n'était pas très clair ; le journaliste donnait l'impression de savoir certaines choses dont il ne voulait pas parler. Tout le monde se demande, comme moi, si Jodelle a dit la vérité au moment de mourir. Personne ne veut le croire, car la mère de Villiers était une grande vedette et son père appartenait à la Comédie-Française. On ne peut évidemment les joindre ; ils sont censés être dans une île de la Méditerranée. Les échotiers sont sur les dents.

– Tout cela fait de Villiers une cible aussi recherchée que moi, comme je l'ai bien fait comprendre à Mme de Vries.

– C'est insensé ! Il aurait fallu raisonner Villiers, l'empêcher d'agir.

– J'ai réfléchi à ça, Stanley. J'ai dit qu'il s'était conduit comme un imbécile, mais il n'est pas aveugle. Il est prêt, j'en suis sûr, à risquer sa vie, tellement il est confiant en ses déguisements et ses qualités d'acteur. Mais je refuse de croire qu'il mettrait en péril la vie de sa femme ou de ses parents en se plaçant sous le feu des projecteurs... en s'offrant comme cible aux néonazis.

– Seriez-vous en train d'insinuer qu'il est manipulé ?

– Je préfère ne pas y penser ; Claude Moreau est le dernier représentant de l'autorité à s'être entretenu avec Villiers, avant l'annonce de la fin des représentations.

– Je ne comprends pas, fit Witkowski d'un ton hésitant. Moreau est un as. Vraiment, Drew, je ne vous suis pas.

– Attachez votre ceinture, colonel ! Harry a rapporté une liste de noms.

Latham le mit au fait des renseignements profondément troublants glanés par son frère pendant sa détention chez les héritiers du nazisme. De l'inquiétude et de la stupéfaction provoquées par la divulgation de l'identité de si nombreuses personnalités qui, semblait-il, n'approuvaient pas seulement les objectifs des tenants de la race supérieure, mais travaillaient activement pour eux.

– Ce ne serait pas la première fois, depuis le temps des pharaons, que des nations sont infestées de vermine dans les couches supérieures de la société. Ce qu'Harry Latham rapporte, c'est de l'or en barre. Il est de la même trempe que Claude Moreau : une combinaison peu commune d'intelligence, d'instinct, de talent et de ténacité. Il n'y a pas meilleurs qu'eux dans notre métier.

– Le nom de Moreau figure sur la liste d'Harry, fit doucement Drew.

Le silence sur la ligne protégée de l'ambassade fut aussi électrique que lorsqu'il avait fait la même révélation à Sorenson.

– J'espère que vous êtes toujours là, colonel.

– Je préférerais ne pas y être, murmura Witkowski. Je ne sais que dire.

– Pourquoi pas que ce sont des conneries ?

– C'est ma première réaction, mais il y en a une autre, tout aussi forte : Harry Latham.

– Je sais... Pour toutes les raisons que vous avez mentionnées et un tas d'autres dont vous n'avez pas parlé. Même mon frère n'est pas à l'abri d'une erreur et il peut recueillir des renseignements falsifiés, avant d'avoir pris le temps de les analyser. Il faut que je lui parle.

– Karin de Vries a expliqué qu'il devrait arriver à Paris dans les quarante-huit heures et que vous aviez laissé un message pour lui demander de vous rappeler ; il ne pourra évidemment plus le faire maintenant.

– Je ne peux même pas lui donner un numéro de téléphone, il n'y en a pas ici. Mais vous pouvez le découvrir.

– Ce numéro est enfoui dans un central téléphonique et l'adresse doit être fausse.

– Alors, qu'allons-nous faire ?

– Ni Sorenson ni moi ne l'accepterions en temps normal, mais vous n'avez qu'à donner à Mme de Vries les coordonnées d'Harry, à Londres. Nous prendrons les choses en main et organiserons votre rencontre. Je vous la passe.

– Drew ? fit Karin. Tout va bien à la Maison Rouge ?

– Parfait, ma petite dame... Pardon, que diriez-vous de « ma bienveillante amie » ?

– Cessez de faire le malin, cela ne sert à rien. Ceux qui vous hébergent peuvent se montrer franchement hostiles, même avec leurs alliés avérés.

– Je n'ai pas à me plaindre d'eux, avec cette réserve que tout ce qu'ils disent semble se terminer par un point d'exclamation.

– C'est leur manière de s'exprimer, n'y attachez pas d'importance. Vous avez entendu le colonel : comment puis-je joindre Harry ?

– Il est à l'hôtel Gloucester, sous le nom de Wendell Moss.

– Je fais le nécessaire. Restez où vous êtes et essayez de ne pas perdre votre calme.

– Ce ne sera pas très facile. Je suis dans de sales draps, mais, en même temps, je suis à l'abri. Ce qui m'agace, c'est de ne rien pouvoir décider.

– Vous n'êtes pas en mesure de décider quoi que ce soit, mon cher. Contrairement au colonel et à moi-même ; nous agirons au mieux de vos intérêts. De nos intérêts communs. Faites-moi confiance.

– Bien obligé, et merci pour le « mon cher ». Une parole chaleureuse fait le plus grand bien ; elles sont rares par ici.

– C'est de bon cœur. Cela me rappelle votre mère, plus jolie et moins braillarde que moi. Nous formons maintenant une famille, nous aussi, et peu de familles sont plus unies que nous, que cela vous plaise ou non.

– Vous savez, j'ai presque envie que vous soyez là.

– Surtout pas. Ce serait une terrible déception, agent Latham.

Au sous-sol de l'ambassade, dans une des salles d'un blanc immaculé, un membre de l'équipe C, celle de l'après-midi, actionna une commande pour mettre fin à l'enregistrement de la conversation téléphonique. Les brouilleurs ne fonctionnaient pas sur les lignes intérieures, ce que même l'ambassadeur ignorait ; ordres de Washington. L'homme en blouse blanche regarda la pendule murale ; il était 15 h 53, il restait sept minutes avant la fin de son service, sept minutes pour récupérer la bande et la remplacer subrepticement par une bande vierge. Il avait le temps de le faire. Il devait le faire. *Sieg Heil !*

9

Patient n° 28
Harry J. Latham, américain. Agent CIA. Clandestin.
Nom de code : Venin
Fin opération : 14 mai, 17 h 30. « Évasion ».
Situation actuelle : 6e jour procédure.
Terme estimé : 3 jours minimum.
6 jours maximum.

Dans son nouveau bureau, dans les faubourgs de Mettmach, le docteur Gerhardt Kroeger étudia l'écran de sa console. Une clinique flambant neuve était en construction au cœur de la forêt de Vaclabruck ; en attendant la fin des travaux, il pouvait poursuivre ses recherches, malheureusement sans sujet d'expérience humain. Il y avait assez à faire pour l'occuper dans le domaine inexploré de la microchirurgie, assistée par les plus récentes techniques laser, mais, dans l'immédiat, les progrès du patient numéro 28, un certain Harry Latham, étaient de la plus haute importance. Le premier rapport de Londres était exaltant. Le sujet, soumis à des impulsions électroniques, avait subi avec succès un interrogatoire. Excellent !

Harry Latham reposa sur son support le combiné de la chambre de l'hôtel Gloucester. Une douce chaleur se répandit en lui, agréables souvenirs du passé, de périodes de bien-être et de plaisir dans un monde devenu fou. Célibataire endurci, Harry avait conscience qu'il était trop tard pour partager ses goûts et ses dégoûts avec quelqu'un, ou les lui imposer. Mais s'il y avait une seule femme qui pût le faire changer d'avis, c'était Karin, la veuve de Frederik de Vries. Freddie avait été son meilleur courrier, au temps de la guerre froide, mais Harry avait trouvé le défaut de sa cuirasse, qui faisait pourtant de lui un agent hors pair. En un mot, la haine : une haine absolue, implacable. Latham s'était continuellement efforcé de tempérer la violence des émotions de De Vries et l'avait averti à maintes reprises que ses sentiments profonds exploseraient un jour et le trahiraient. Ses appels avaient été vains, car Freddie était un romantique impénitent, grisé par sa propre réussite, préférant l'armure étincelante d'un Siegfried surfant sur la crête de la vague à la force d'un Neptune invisible dans les profondeurs de l'eau.

Son épouse, Karin, avait compris. Combien de conversations avaient-ils eues en tête à tête, à Amsterdam, pendant que Freddie était parti jouer le rôle périlleux d'un diamantaire, abusant les acteurs masqués du grand théâtre obscur de l'espionnage, jusqu'à ce qu'ils lui accordent leur confiance... provisoire. C'est ce qui avait causé sa perte, car la haine l'avait poussé à commettre un meurtre de trop.

Ainsi s'étaient achevés les modestes exploits de Frederik de Vries. Harry avait essayé de réconforter Karin, mais elle était inconsolable. Elle ne savait que trop ce qui avait causé la perte de son mari et s'était juré d'agir différemment.

– N'y pensez plus ! s'était écrié Latham. Vous ne comprenez donc pas que c'est inutile ?

– Je ne peux pas. Ne rien faire serait reconnaître que Freddie est mort pour rien. Ne comprenez-vous pas, mon cher Harry ?

Il n'avait rien trouvé à répondre. Tout ce qu'il aurait voulu, c'était prendre dans ses bras cette femme, cette compagne intellectuelle pour qui il avait tant d'affection, et l'aimer. Mais le moment n'était pas propice, peut-être ne le serait-il jamais. Elle avait vécu dans le souvenir de Freddie, elle avait continué à l'aimer dans la mort. Harry Latham avait été le supérieur de cet homme, mais il ne pouvait rivaliser avec lui.

Près de cinq ans plus tard, Karin venait d'entrer de nouveau dans sa vie. Plus étonnant encore, en qualité d'ange gardien de son frère Drew, dont l'exécution avait été décidée ! Bon Dieu !... Il devait retrouver sa légendaire maîtrise de soi. Cela venait peut-être de cette douleur dans son crâne, qui semblait s'intensifier et laissait remonter à la surface des sentiments qui auraient dû rester enfouis. Quoi qu'il en fût, il se rendrait le lendemain matin à Paris, à bord d'un appareil diplomatique, qui le déposerait sur un terrain privé de l'aéroport Charles-de-Gaulle, où Karin de Vries l'attendrait dans une voiture banalisée de l'ambassade.

Il se demanda ce qu'il lui dirait. Serait-il assez bête, en la voyant, pour avouer certaines choses qu'il valait mieux tenir cachées ? Cela n'avait guère d'importance... La douleur dans sa tête devenait lancinante. Il entra dans la salle de bains, ouvrit le robinet d'eau froide et prit deux autres comprimés d'aspirine. Il se regarda dans le miroir, distraitement d'abord, puis plus attentivement. Une tache blanche grossissait au-dessus de la tempe gauche, à la naissance des cheveux. Son système nerveux laissait une marque visible. Elle disparaîtrait avec un antibiotique ou dans quelques jours, quand la tension nerveuse se serait relâchée ; la vue de Karin de Vries précipiterait peut-être les choses.

Il entendit frapper à la porte de la suite ; sans doute une femme de chambre ou un garçon d'étage, venant s'enquérir de ses besoins. C'était une pratique courante en début de soirée, dans les meilleurs hôtels de Londres. Déjà le début de soirée, songea-t-il en traversant le salon. Toute une journée de perdue. Gâchée était le mot juste, car il avait passé dix heures à répondre aux questions des inquisiteurs qui l'avaient interrogé à n'en plus finir sur les renseignements recueillis dans la vallée de la Fraternité, au lieu de les accepter et de mettre les choses en branle. Pour compliquer la situation, aux trois membres du tribunal s'étaient joints plusieurs hauts responsables du renseignement anglais, américain et français, plus bougons, ergoteurs et arrogants les uns que les autres. N'était-il pas concevable qu'on lui eût fourni des informations volontairement erronées, faciles à démentir, dans l'hypothèse improbable où Alexander Lassiter eût été un agent double ? Bien sûr que c'était concevable ! Désinformation, travestissement de la vérité, erreur humaine ou informatique, aveuglement, invraisemblances... tout était possible ! C'était leur boulot de confirmer ou de démentir, pas le sien ! Il avait fait sa part du travail en fournissant le matériel ; à eux de procéder à l'évaluation.

– Qui est là ? demanda Harry, en s'arrêtant devant la porte.

– Un nouvel ami de longue date, Venin, répondit une voix dans le couloir.

Martin-chasseur ! se dit Latham. Cet homme dont personne n'avait jamais entendu parler à la CIA. Harry se réjouit de cette visite : il était écrasé de fatigue, trop épuisé pour avoir les idées claires, quand il avait reçu l'imposteur, la veille au soir.

– Je vous demande une minute, fit-il d'une voix plus forte. Je sors de la douche, je vais passer un peignoir.

Il se précipita dans la salle de bains, s'aspergea le visage et les cheveux d'eau froide, puis gagna la chambre où il se déshabilla avant de prendre le peignoir de l'hôtel, dans la penderie. Il se retourna vers la table de nuit, ouvrit le tiroir du haut et prit le petit automatique fourni par l'ambassade, qu'il fourra dans la poche de tissu éponge. Puis il alla ouvrir.

– Martin-chasseur, si je ne me trompe, fit-il en s'effaçant pour laisser entrer l'homme à la face blême et aux lunettes à monture métallique.

– Oh ! ce n'était qu'une ruse innocente, fit le visiteur avec un bon sourire.

– Que voulez-vous dire ? Pour quoi faire ?

– Washington m'avait prévenu que vous étiez à bout et probablement hors du coup. J'ai donc décidé de me couvrir, pour le cas où vous auriez flippé et éprouvé le besoin de passer quelques coups de fil. Washington ne souhaite pas, dans l'immédiat, que ma participation soit connue. Cela viendra en temps utile.

– Alors, il n'y a pas de Martin-chasseur...

– Je savais qu'en utilisant le nom de code Venin vous accepteriez de me recevoir. Puis-je m'asseoir ? Je n'en ai que pour quelques minutes.

– Bien sûr, fit Latham, quelque peu déconcerté, en indiquant d'un geste vague le canapé et les deux fauteuils.

Le visiteur choisit le milieu du canapé, Harry prit place en face de lui, de l'autre côté de la table basse.

– Pourquoi ne souhaite-t-on pas à Washington, reprit-il, que votre présence... votre participation soit connue ?

– Vous avez assurément l'esprit beaucoup plus alerte qu'hier soir, observa l'homme aux fines lunettes avec affabilité. Je n'irai pas jusqu'à dire que vous souffriez d'un traumatisme psychique, mais vous n'étiez vraiment pas vous-même.

– J'étais assez fatigué...

– Fatigué ? répéta le visiteur, en haussant la voix et les sourcils. Mais, mon cher ami, vous avez failli perdre connaissance pendant notre conversation ! J'ai même dû vous retenir par le bras pour vous empêcher de tomber. J'ai dit que je reviendrais quand vous vous seriez reposé. Avez-vous oublié ?

– Je m'en souviens vaguement. Mais j'aimerais que vous répondiez à ma question et, pendant que nous y sommes, montrez-moi une pièce d'identité. Pourquoi préfère-t-on à Washington que vous restiez dans l'ombre ? J'aurais plutôt imaginé le contraire.

– Tout simplement parce que nous ne savons pas qui est sûr et qui ne l'est pas.

L'homme posa d'abord sa montre de gousset sur la table, puis il prit dans sa poche un petit étui de plastique noir, qu'il garda fermé et tendit à Latham, par-dessus la table.

– Je vais mesurer le temps pour ne pas trop vous fatiguer. Les ordres, vous savez.

Harry commença de palper le petit étui, mais ne parvint pas à l'ouvrir.

– Où est le fermoir ? demanda-t-il au visiteur qui leva la montre et appuya sur le poussoir. Je ne trouve pas le...

Latham s'interrompit au milieu de sa phrase. Sa vue se brouilla, ses pupilles se dilatèrent ; il cligna des yeux une fois d'abord, puis plusieurs fois de suite, et son visage s'affaissa.

– Bonjour, Alex, fit le visiteur. C'est Gerhardt, votre chirurgien préféré. Comment allez-vous, cher ami ?

– Bien, docteur. Content de vous entendre.

– La liaison téléphonique est meilleure ce soir, n'est-ce pas ?

– Téléphonique ? Euh ! oui, je suppose.

– Tout s'est-il bien passé aujourd'hui, à l'ambassade ?

– Absolument pas ! Ces imbéciles n'ont pas cessé de poser des questions auxquelles il leur appartient de trouver les réponses !

– Je comprends. Les hommes qui sont dans votre autre branche d'activité, celle dont nous ne parlons jamais, doivent se protéger à tout prix, n'est-ce pas ?

– Cela se sent dans chaque question, dans chaque mot qu'ils prononcent. C'est franchement déplorable.

– Je n'en doute pas. Alors, quels sont vos projets ? Que vous permettent de faire ces imbéciles ?

– Je prends l'avion demain matin, pour Paris. Je vais voir mon frère, Gerhardt, et je retrouverai une femme que j'aime beaucoup. La veuve d'un homme avec qui je travaillais, à Berlin-Est. Je suis très excité à l'idée de la revoir. Elle m'attendra à l'aéroport, dans l'espace diplomatique, avec une voiture de l'ambassade.

– Ce n'est pas votre frère qui vous attendra, Alex ?

– Non... Que dites-vous ? Le frère d'Alex ?

– Peu importe, fit vivement l'homme au teint blafard. Où est-il, ce frère ?

– C'est un secret. On a essayé de le tuer.

– Qui a essayé de le tuer ?

– Vous le savez bien. Eux... enfin, nous.

– Demain matin, l'espace diplomatique. Aéroport Charles-de-Gaulle, je suppose ?

– Oui. Heure d'arrivée estimée : 10 heures.

– Parfait, Alex. Je vous souhaite d'excellentes retrouvailles avec votre frère et cette femme que vous trouvez si séduisante.

– Ce n'est pas seulement une question de physique, Gerhardt. Elle est d'une grande intelligence, extrêmement cultivée.

– Je n'en doute pas, car mon ami Lassiter est un esprit profond, aux multiples facettes. Nous en reparlerons, Alex.

– Où allez-vous ? Où êtes-vous ?

– On m'appelle en salle d'opération. J'ai un patient.

– Je comprends. Vous me rappellerez ?

– Je n'y manquerai pas.

L'homme aux lunettes à monture métallique s'avança jusqu'au bord de la table basse.

– N'oubliez pas, cher ami, poursuivit-il d'une voix calme et ferme, en plongeant son regard dans les yeux voilés de Latham, de respecter les désirs de votre visiteur de Washington. Il a des ordres. Oubliez son nom, que vous venez de lire sur sa plaque. C'est sa véritable identité, peu importe le reste.

– Bien sûr. Les ordres sont les ordres, même s'ils sont stupides.

L'homme se pencha et saisit l'étui noir que tenait Harry d'une main molle. Il l'ouvrit, reprit place sur le canapé et souleva la montre de gousset posée sur la table. Il appuya sur le poussoir, qu'il tint enfoncé jusqu'à ce que le regard de Latham accommode, jusqu'à ce qu'il le voie cligner des yeux et prendre conscience de ce qui l'entourait, le visage raffermi, les muscles de la mâchoire contractés.

– Voilà, fit le « visiteur » en refermant le petit étui d'un coup sec. Vous savez maintenant que je suis celui que je prétends être, vous avez vu ma photo et vous pouvez m'appeler Peter.

– Oui... les papiers sont authentiques. Il y a quelque chose que je ne comprends toujours pas... Peter. D'accord, vous agissez dans l'ombre, mais pourquoi ? Qui n'est pas sûr dans ce tribunal ?

– Je n'ai pas à me demander qui ou pourquoi, je ne suis que la présence invisible qui vous parle... Je crois que c'est ce que dit le poème.

– Pas très bon, mais peu importe. Comment savoir lequel mettre en cause ?

– Ce n'est peut-être pas l'un d'eux. Mais vous en avez vu d'autres, n'est-ce pas ?

– Une bande d'imbéciles ! Ils n'ont pas voulu examiner ma liste de noms. Tout ce qui les intéressait, c'était d'en blanchir le maximum, avant qu'on ne les étudie au microscope... Moins de boulot, moins de chances de marcher sur les pieds de célébrités.

– Que pensez-vous de ces noms ?

– Ce que je pense n'a aucune importance, Peter. Il est évident que nombre d'entre eux me paraissent absurdes, mais j'en suis la source, je jouissais de leur confiance, jusqu'à mon évasion. J'étais un de leurs plus gros donateurs, un adepte de leur doctrine... Pourquoi m'auraient-ils refilé des tuyaux crevés ?

– Le bruit court que les nazis, les nouveaux nazis auraient su qui vous êtes, depuis le début.

– Plus qu'un bruit, ce sera leur credo. Que faisions-nous, et combien de fois est-ce arrivé, quand nous démasquions une taupe ou un transfuge qui avait filé vers la mère Russie avec son butin ? Nous ne manquions pas de nous vanter de notre perspicacité et de notre efficacité, de proclamer, même s'il n'en était rien, que les renseignements dérobés étaient de peu de valeur.

– Tout cela est bien compliqué.

– Qu'est-ce qui ne l'est pas, dans ce métier ? Dans l'immédiat, si je veux préserver ma santé mentale, je dois expulser Alexander Lassiter de mon psychisme. Il faut que je redevienne Harry Latham. Ma mission est terminée ; aux autres de faire leur travail.

– Je suis d'accord avec vous, Harry. Je dois vous laisser maintenant. Surtout, n'oubliez pas que j'ai des ordres. Nous ne nous sommes pas vus ce soir... Je n'y suis pour rien, prenez-vous-en à Washington.

Le visiteur suivit le couloir jusqu'aux ascenseurs. Il prit le premier qui s'arrêta, descendit d'un seul étage et gagna sa propre suite, juste au-dessous de celle de Latham. Un matériel sophistiqué était posé sur le bureau du salon. Il appuya sur quelques touches pour rembobiner une bande, s'assura de la qualité de l'enregistrement ; il prit le téléphone et composa un numéro à Mettmach, en Allemagne.

– Tanière du loup, fit une voix posée.

– Ici Martin-chasseur.

– Utilisez votre matériel, je vous prie.

– Tout de suite.

L'homme qui se faisait appeler Peter tira délicatement un petit fil métallique dont l'extrémité était retenue par une pince aux bords tranchants et l'enroula autour du fil du téléphone jusqu'à ce que des grésillements de parasites brouillent temporairement la communication.

– D'après le micromètre, la ligne est sûre. Et pour vous ?

– C'est bon. Allez-y.

– *Martin-chasseur, si je ne me trompe*... Le client de la chambre au-dessous de celle de Latham passa l'enregistrement du début à la fin. *Je suis d'accord avec vous, Harry... Je n'y suis pour rien, prenez-vous-en à Washington.*

– Qu'en pensez-vous ? demanda-t-il.

– C'est dangereux, déclara Gerhardt Kroeger, son correspondant en Allemagne. Comme la plupart des agents clandestins, il passe inconsciemment d'une identité à l'autre. Il l'a dit lui-même : « Je dois expulser Alexander Lassiter de mon psychisme. » Il a été Lassiter trop longtemps et il lutte pour redevenir lui-même. Il n'est pas rare qu'un dédoublement de la personnalité résulte de la perte de l'unité psychique.

– Il a accompli en deux jours ce que vous attendiez de lui. La liste a suffi pour mettre l'ennemi en état de choc. Ils refusent de croire ce qu'ils ont sous les yeux, ils l'expriment bruyamment, mais, en même temps, ils ont peur de le démentir. Je peux l'éliminer d'une balle, dans le couloir de l'hôtel. Voulez-vous que je le fasse ?

– Cela donnerait de la crédibilité à la liste, mais, non... il est trop tôt. Son frère est sur la piste de ce vieux débris de Jodelle ; cela pourrait se révéler catastrophique pour nous. C'est un supplice pour moi de ne pouvoir suivre jusqu'au bout les progrès de mon patient, mais la priorité est à l'action et je ferai ce sacrifice. Alexander Lassiter nous conduira à ce fouineur de Drew Latham. Vous les éliminerez tous les deux.

– Ce ne sera pas difficile. Nous connaissons le programme de Lassiter.

– Suivez-le, suivez-les et ne laissez que des cadavres. Ensuite, ce sera le tour du comédien, le fils ressuscité de Jodelle, et toutes les traces du Val de Loire disparaîtront, comme celles de l'Hausruck ont disparu.

Harry Latham et Karin de Vries s'étreignirent avec force, comme un frère et une sœur très unis, après une longue séparation. Ils n'échangèrent, pour commencer, que des bribes de phrases, chacun répétant à l'autre avec excitation à quel point il était heureux de le revoir. Karin le prit par le bras et l'entraîna vers le salon diplomatique, où Harry fut rapidement contrôlé, puis ils gagnèrent le parking réservé, fourmillant de gardes en uniforme, tenant en laisse des chiens de différentes races, dressés à flairer stupéfiants et explosifs. La voiture était une Renault noire dépourvue de ses signes distinctifs, semblable aux milliers d'autres qui circulaient dans les rues de Paris. Karin s'installa au volant tandis qu'Harry prenait place à côté d'elle.

– Nous ne méritons pas un chauffeur ? demanda-t-il.

– Disons qu'on ne nous permet pas d'en avoir un, répondit Karin. Votre frère est sous la protection des Antineos, dont vous devez vous souvenir.

– Absolument... Depuis la nuit de mon évasion, pour être précis, où ils m'attendaient. J'ai fait semblant de ne pas comprendre un traître mot de ce que disait mon contact dans le camion, de peur que cela ne débouche sur une explication qui les mène à Freddie et, par ricochet, à vous.

– Vous n'aviez rien à craindre. Je travaille avec eux depuis la dernière année que j'ai passée à La Haye.

– C'est si bon de vous revoir et d'entendre votre voix, fit Harry d'une voix voilée par l'émotion.

– J'éprouve la même chose, cher et fidèle ami. Je suis si inquiète depuis que j'ai appris que la Fraternité savait tout sur vous...

– Elle savait tout sur moi ? lança Latham, les yeux écarquillés de surprise. Vous ne parlez pas sérieusement !

– On ne vous a rien dit ?

– Qui ? Ce n'est pas vrai !

– Je vous assure que si, Harry. J'ai expliqué à Drew comment je l'ai découvert.

– *Vous* l'avez découvert ?

– Je croyais que votre frère vous aurait mis au courant.

– Bon Dieu ! Ma tête !

Latham porta les deux mains à ses tempes et pressa fortement, les yeux fermés, creusant les pattes-d'oie.

– Que se passe-t-il, Harry ?

– Je ne sais pas, la douleur est affreuse...

– Vous avez beaucoup enduré, si longtemps. Nous allons trouver un médecin.

– Non. Je suis Alexander Lassiter... Je n'étais personne d'autre, pour eux.

– Je crains que si, fit Karin, alarmée, en découvrant sur la tempe gauche de son vieil ami un cercle d'un rouge sombre qui semblait palpiter. J'ai apporté une bouteille de votre cognac préféré pour fêter nos retrouvailles, poursuivit-elle. Elle est dans la boîte à gants. Prenez-en une gorgée, cela vous calmera.

– Ils ne pouvaient pas le savoir, fit Latham d'une voix étranglée, en ouvrant la boîte à gants d'une main tremblante qu'il referma sur le goulot de la bouteille. Vous ne savez pas ce que vous dites !

– Je me suis peut-être trompée, dit Karin, qui sentait la peur la gagner. Buvez un coup et détendez-vous. Nous avons rendez-vous avec Drew dans une vieille auberge de Villejuif. Les Antineos n'ont pas voulu que nous le retrouvions dans la maison sûre où il est logé. Calmez-vous, Harry !

– Oui, oui, je vais me calmer, parce que, ma chère, ma très chère Karin, vous vous trompez. Mon frère vous le dira, Gerhardt Kroeger vous le dira, je suis Alex Lassiter, j'*étais* Alex Lassiter !

– Gerhardt Kroeger ? demanda Karin de Vries, frappée de stupeur. Qui est-ce ?

– Un de ces foutus nazis... et un chirurgien remarquable.

– Dans quinze ou vingt minutes, nous serons à l'auberge où votre frère nous attend... Si nous parlions un peu du bon vieux temps, à Amsterdam ? Vous souvenez-vous du soir où Freddie est rentré à moitié saoul et où il a voulu à tout prix faire une partie de Monopoly ?

– Et comment ! Il a lancé sur la table une poignée de diamants en disant que ce serait mieux que les billets de banque.

– Et la nuit où nous avons écouté ensemble du Mozart, en buvant du vin, jusqu'au point du jour ?

– Si je m'en souviens ? s'écria Latham en riant et en buvant une gorgée de cognac au goulot, les yeux brillants, mais d'un éclat sombre et ardent. Freddie est sorti de votre chambre et a déclaré hautement qu'il préférait Elvis Presley. Nous lui avons lancé des coussins.

– Et le matin où nous prenions un café en terrasse et où nous avons mis Freddie au défi de sauter dans le canal pour nous convaincre que l'eau n'était pas polluée.

– Il allait le faire, Karin... ma chère Karin. Je vous jure qu'il allait le faire !

Le badinage se poursuivit quelques minutes, jusqu'à ce que la jeune femme engage la voiture sur le parking gravillonné de l'auberge mal entretenue, en bordure de la ville, cernée de terres en friche, fort peu accueillante. Les retrouvailles entre les deux frères furent aussi chaleureuses qu'entre Harry et Karin, avec un peu plus de ferveur de la part du cadet. Une différence fut toutefois perceptible chez l'aîné : exubérance en surface, mais froideur sous-jacente. Inattendue, si peu naturelle.

– Alors, frangin, comment as-tu réussi ton coup ? demanda Drew, tandis qu'ils prenaient place à une table, Karin aux côtés d'Harry. Mon frère est devenu une légende vivante !

– Alexander Lassiter était une vraie personne. Il n'y avait pas d'autre moyen d'y arriver.

– On peut dire que tu t'es bien débrouillé... jusqu'à un certain point, assez pour les dénicher.

– Tu parles de ce que Karin t'a raconté ?

– Euh ! oui...

– Ce n'est pas vrai, c'est totalement faux !

– Harry, j'ai dit que je pouvais m'être trompée.

– Vous vous êtes trompée !

– Ça va, Harry, calme-toi, fit Drew en levant les mains dans un geste d'apaisement. Même si elle se trompe, c'est ce qu'elle a entendu dire.

– De source bidon, sans fondement ni confirmation.

– Nous sommes de ton côté, Harry, tu le sais bien, poursuivit le frère cadet en lançant à Karin un regard à la fois interrogateur et inquiet.

– Alexander Lassiter était *réel*, insista Harry en portant, avec une grimace de douleur, la main gauche à sa tempe, qu'il commença à masser d'un mouvement circulaire. Demande à Gerhardt Kroeger, il te le dira, lui.

– Qui est...

– Peu importe, coupa Karin en secouant la tête. C'est un excellent chirurgien, dont votre frère m'a parlé.

– Et, moi, tu ne m'as rien dit ? Qui est ce Kroeger ?

– Tu aimerais bien le savoir, hein ?

– C'est un secret, Harry ?

– Lassiter peut te le dire, mais je crois qu'il vaut mieux que je n'en parle pas.

– Qu'est-ce que tu racontes ? Tu es Lassiter, Harry Latham est Lassiter ! Arrête ton cinéma, Harry.

– J'ai mal ! Bon Dieu, j'ai mal ! Je ne me sens pas bien.

– Que se passe-t-il, mon cher Harry ?

– « Mon cher Harry » ? Savez-vous ce que cela signifie pour moi ? Savez-vous comme je vous aime, Karin, comme je vous adore ?

– Moi aussi, je vous adore, Harry, fit Karin de Vries tandis que Latham, en larmes, s'abattait sur sa poitrine. Vous le savez bien.

– Je vous aime tellement, *tellement*, bredouilla Harry, en se laissant bercer dans lcs bras de Karin. Mais j'ai si mal...

– Bon Dieu ! souffla Drew, en considérant d'un regard stupéfait le spectacle qui s'offrait à lui.

– Il faut le conduire chez un médecin, murmura Karin de Vries. Tout a commencé dans la voiture.

– Vous avez raison, approuva Drew. Il faut qu'il voie un psy. Il est resté trop longtemps dans la clandestinité. Et merde !

– Appelez l'ambassade, demandez une ambulance. Je reste avec lui.

Le frère cadet se leva au moment où deux hommes, l'arme au poing, le visage masqué par un bas, faisaient irruption dans la salle. La cible était évidente.

– Couchez-vous ! rugit Drew en sortant son arme de l'étui qu'il portait sur la hanche.

Il ouvrit le feu avant que les tueurs aient eu le temps de s'habituer à la pénombre. Il abattit le premier, plongea derrière le bar, tandis que l'autre assaillant fonçait vers eux, son arme automatique réglée sur tir rapide. Drew se releva, pressa la détente, vida le chargeur. Le second tueur s'affaissa, les rares clients se ruèrent vers la porte en poussant des cris hystériques. Latham s'écarta de son abri de fortune. Karin de Vries était étendue par terre, la main gauche encore serrée sur le bras d'Harry, qu'elle avait essayé d'entraîner avec elle. Elle était vivante, l'autre main couverte de sang, mais elle était vivante ! Harry Latham était mort, le crâne fracassé montrait une bouillie sanglante et des lambeaux épars de cerveau. Le visage crispé par l'effroi, Drew ne put soutenir la vue de l'horrible spectacle. Il se força à garder les yeux ouverts, plongea les mains dans les poches du cadavre de son frère pour en retirer le portefeuille et tous les papiers qui auraient pu permettre de l'identifier. Il n'aurait su dire pourquoi, il savait seulement qu'il fallait le faire.

Puis il releva Karin, secouée de sanglots, enveloppa sa main blessée dans une serviette et l'entraîna loin de l'horrible scène. Il cria au personnel, qui s'était réfugié dans la cuisine, d'appeler la police. Il mènerait plus tard sa propre enquête. L'heure n'était pas à pleurer le frère qu'il aimait tant, le moment n'était pas à évoquer des souvenirs devant son corps sans vie. Il fallait d'abord emmener Karin chez un médecin, puis se mettre au travail. La Fraternité devait être détruite, c'était vital, dût-il y consacrer le reste de ses jours, dût-il y perdre la vie. Il en prit l'engagement solennel devant tous les dieux qui pouvaient exister.

– Pas question de retourner à votre bureau, vous ne comprenez pas ça ? lança Karin, assise sur un lit de camp, dans l'annexe chirurgicale du médecin dont l'ambassade leur avait fourni l'adresse. La nouvelle va se répandre, vous êtes un homme mort !

– Eh bien, il faudra que l'on installe mon bureau où je suis, reprit Drew d'une voix rauque. J'ai besoin de toutes les ressources dont nous disposons, c'est impératif. L'homme clé de l'affaire est ce Gerhardt Kroeger et je mettrai la main sur ce salopard ! Il le faut ! Mais que fait-il, où est-il ?

– C'est un chirurgien, nous le savons, et il doit être allemand.

Karin observa le cadet des Latham, sans cesser de soulever et d'abaisser sa main droite bandée, selon les instructions du médecin.

– Je vous en prie, Drew, ouvrez votre cœur.

– Comment ? fit Latham en sursautant et en détachant les yeux de la main bandée.

– Vous essayez de faire comme s'il ne s'était rien passé, mais cela ne rime à rien. Vous êtes dévoré de chagrin, vous souffrez sans doute beaucoup plus que moi, mais vous refoulez tout et cela vous démolira les nerfs. Cessez de simuler la froide efficacité. C'était le personnage d'Harry, pas le vôtre.

– Quand j'ai vu ce qu'ils avaient fait de lui, je me suis dit que le chagrin viendrait plus tard. Je le refoule et je continuerai.

– Je comprends.

– Vraiment ?

– Je crois. La rage vous étouffe. Vous voulez vous venger et cela passe avant tout.

– En parlant d'Harry, de la manière dont il abordait les problèmes, les situations de crise, vous avez parlé de *sang-froid*, ce qui, si je ne me trompe, signifie calme, impassibilité.

– En effet.

– Mes connaissances en français sont limitées, comme je le constate tous les jours, mais ce mot est pris dans une autre acception...

– *De sang-froid*, fit Karin en le regardant au fond des yeux.

– Exactement. C'était la grande force d'Harry. Il abordait toutes les choses de la vie non seulement avec calme et maîtrise de soi, mais avec froideur, une froideur glaciale. J'étais la seule exception : quand il me regardait, je voyais dans ses yeux un éclat chaleureux qui n'y apparaissait que très rarement... Non, il y avait quelqu'un d'autre, notre cousine, celle dont je vous ai parlé, qui est morte d'un cancer. Il tenait beaucoup à elle, aussi, énormément. Elle était un peu son « Bouton de rose », jusqu'à ce qu'il vous connaisse.

– Une référence à *Citizen Kane*, je suppose.

– Bien sûr ; c'est passé dans le vocabulaire courant. Un symbole du passé chargé au présent de plus de sens qu'on ne l'imagine.

– Je n'aurais jamais cru qu'il avait de tels sentiments pour moi.

– Kane non plus. En son for intérieur, il ne voyait que quelqu'un qu'il avait aimé dans son enfance et il n'avait jamais trouvé personne pour la remplacer. Il ne lui restait que ses réussites.

– Harry était comme cela, dans son enfance ?

– L'enfant, le jeune homme et l'adulte. Brillant étudiant au QI hors norme. Licence, maîtrise, doctorat, le tout à vingt-trois ans. Toujours désireux d'être le meilleur ; il a appris cinq, peut-être six langues, qu'il parlait couramment. Un drôle de numéro, mon frère.

– Quelle vie extraordinaire !

– Un disciple de Freud dirait sans doute que c'était la réaction d'un enfant surdoué aux absences d'un père – à la fois sur les plans géographique et affectif – et à une mère douce, pourvue d'une intelligence intuitive, mais pas une cérébrale, formant avec son mari un couple mal assorti, qui avait décidé une fois pour toutes que son rôle dans la vie était d'être séduisante, affectueuse et aimable, et qu'il ne servait à rien de s'embarquer dans des discussions dont elle ne pouvait sortir victorieuse.

– Et vous ?

– Je suppose que je tiens beaucoup plus de ma mère qu'Harry. Elle s'appelle Beth, elle est costaud et fut, dans sa jeunesse, une athlète de haut niveau. Elle était capitaine de l'équipe d'athlétisme de son université et, si elle n'avait pas rencontré mon père, elle aurait essayé de se qualifier pour les Jeux olympiques.

– Vous avez une famille très intéressante, fit Karin en scrutant le visage de Drew, mais ce n'est pas seulement pour satisfaire ma curiosité que vous me racontez tout cela. Il y a une autre raison.

– Vous êtes perspicace, ma petite dame... Pardon, je vais essayer de ne plus vous appeler comme ça.

– Ce n'est pas grave, je commence à m'y faire. Quelle est cette raison ?

– Je veux que vous me connaissiez, que vous sachiez qui je suis, d'où je viens. Pour satisfaire, au moins en partie, votre curiosité.

– Connaissant votre réserve naturelle, je trouve cela assez curieux de votre part.

– Je comprends. J'essaie simplement de mettre de l'ordre dans mes idées... À l'auberge, après la fusillade, quand tout fut terminé, pris de panique, j'ai fouillé dans les poches d'Harry, les yeux à quelques centimètres de son crâne fracassé, de son visage en bouillie, et je me détestais, comme si je commettais quelque chose d'ignoble. Le plus étrange est que je ne savais pas *pourquoi*, mais je savais que je devais le faire. Comme si j'avais reçu un ordre auquel il me fallait obéir, même si cela ne pouvait rien changer, ne pouvait le ramener à la vie.

– Vous protégiez votre frère dans la mort comme vous l'auriez fait dans la vie, dit Karin de Vries. Il n'y a rien d'étrange là-dedans. Vous cherchiez à dissimuler son identité...

– Je crois que j'y ai pensé, fit vivement Latham, mais cela ne tient pas debout. Avec les progrès de la médecine légale, quelques heures suffiraient pour l'identifier... à moins qu'on n'enlève le corps pour le mettre en sûreté.

– Après avoir obtenu de l'ambassade le nom du médecin...

– Du colonel, précisa Drew.

– Vous avez rappelé ; la conversation fut longue.

– Encore avec Witkowski. Il sait à qui s'adresser et comment s'y prendre, pour ce genre de choses.

– Quelles choses ?

– Comment faire disparaître un corps et le tenir à l'abri des regards indiscrets.

– Celui d'Harry ?

– Oui. Aucun des témoins de la fusillade n'aurait pu découvrir qui il était, après notre départ. C'est là que la lumière s'est faite dans mon esprit, entre le moment où nous avons quitté l'auberge et mon second coup de téléphone au colonel. C'est *Harry* qui me donnait des ordres, qui me disait ce qu'il fallait faire.

– Pourriez-vous être un peu plus clair ?

– Je vais être mon frère, je prends sa place. Je suis Harry Latham.

10

Le colonel Stanley Witkowski ne perdit pas de temps et appela d'anciennes relations du temps de la guerre froide, qui avaient une dette envers lui. Il prit contact avec un haut responsable de la DGSE, un ancien officier du renseignement, de la garnison française à Berlin, avec qui Witkowski, à l'époque commandant du G-2, le renseignement militaire américain, avait jugé bon de tourner les règlements et d'échanger des informations. (« Je croyais que nous étions du même bord ! ») Résultat, le colonel avait sous sa seule responsabilité non seulement le cadavre de feu Harry Latham, mais celui des deux tueurs. Les trois corps étaient conservés, sous des noms fictifs, à la morgue de la rue Fontenay. De plus, dans l'intérêt des deux pays, le black-out sur l'attentat terroriste fut décidé, jusqu'à plus ample informé.

Witkowski avait compris ce que Drew Latham n'avait que pressenti sur le moment. L'enlèvement du corps de son frère créerait chez l'ennemi un début de confusion, mais, grâce au black-out, la disparition des deux tueurs la rendrait totale.

Dans une chambre d'hôtel, à Orly, prêt à prendre le vol de 15 h 30 à destination de Munich, l'homme aux lunettes à monture métallique faisait nerveusement les cent pas devant la fenêtre, son attention détournée de loin en loin par le décollage ou l'atterrissage d'un avion. Le fracas assourdi des réacteurs ne faisait qu'aviver son anxiété. Il lançait des regards noirs en direction du téléphone, furieux de ne pas l'entendre sonner, pour lui annoncer la nouvelle qui justifierait son retour à Munich, sa mission accomplie. Il était impensable qu'il pût avoir échoué. Il s'était mis en contact avec l'unité parisienne des *Blitzkrieger*, les tueurs d'élite de la Fraternité, hyper-entraînés, hypercompétents, versés dans l'art de tuer, dont le nombre total s'élevait à moins de deux cents. Des prédateurs d'une grande mobilité, capables d'opérer instantanément en Europe, en Amérique latine et aux États-Unis. Martin-chasseur avait été officiellement informé que, sur la totalité de ces hommes, en poste depuis quatre ans, seulement trois s'étaient fait prendre, deux d'entre eux ayant préféré sacrifier leur vie plutôt que de subir des interrogatoires, le troisième étant mort à Paris, en service commandé. Aucun détail n'avait été divulgué ; pour tout ce qui touchait aux *Blitzkrieger*, le secret était absolu. Martin-chasseur avait dû s'adresser au numéro deux de la Fraternité, le fougueux général von Schnabe, pour pouvoir recruter les tueurs d'élite.

Alors, pourquoi le téléphone ne sonnait-il pas ? Pourquoi ce retard ? La surveillance était en place depuis l'arrivée d'Harry Latham à l'aéroport Charles-de-Gaulle, à 10 h 28, et son départ en voiture, à 11 heures. Il était maintenant plus de 13 h 30 ! Martin-chasseur ne pouvait plus supporter l'absence de nouvelles ; il décrocha et composa le numéro des *Blitzkrieger*.

– Entrepôts d'Avignon, répondit une voix de femme. Qui demandez-vous ?

– Les aliments surgelés, s'il vous plaît. M. Giroux.

– Je crains qu'il ne soit déjà en ligne.

– Je vais attendre exactement trente secondes et, s'il n'est toujours pas libre, j'annulerai ma commande.

– Je vois... Ce ne sera pas nécessaire, monsieur, je vais l'appeler tout de suite.

– Martin-chasseur ? lança une voix d'homme.

– Je ne me suis pas trompé de code, c'est déjà ça. Pouvez-vous me dire ce qui se passe ? Pourquoi n'avez-vous pas appelé ?

– Parce qu'il n'y a rien à signaler.

– Absurde ! Cela fait plus de trois heures !

– Nous sommes aussi inquiets que vous, ce n'est pas la peine de me parler sur ce ton. Notre dernier contact remonte à une heure et douze minutes ; tout se passait comme prévu. Nos deux hommes filaient Latham, dans une Renault noire conduite par une femme. Leurs derniers mots furent : « Tout est en ordre, la mission sera accomplie sous peu. »

– C'est tout ? Il y a plus d'une heure ?

– Oui.

– Rien d'autre ?

– Non, c'est leur dernière transmission.

– Et alors, où sont-ils ?

– Nous aimerions le savoir.

– Dans quelle direction allaient-ils ?

– Ils venaient de sortir de Paris, sans autres précisions.

– Pourquoi ?

– Sur cette fréquence, c'eût été stupide. De plus, c'est une unité de premier ordre, qui n'a jamais connu l'échec.

– Est-il possible qu'ils aient échoué aujourd'hui ?

– Hautement improbable.

– On ne peut pas dire que cette réponse soit sans équivoque. Savez-vous que cette mission est vitale ?

– Toutes nos missions le sont, sinon on ne s'adresserait pas à nous. Je me permets de vous rappeler que nous sommes le dernier recours.

– Que vais-je dire à von Schnabe ?

– Je vous en prie ! Dans l'état actuel des choses, que pouvons-nous lui dire ?

Sur ce, le chef de l'unité parisienne des *Blitzkrieger* raccrocha.

Une autre demi-heure s'écoula. N'y tenant plus, l'homme qui se faisait appeler Martin-chasseur composa un numéro en Allemagne, dans la forêt de Vaclabruck.

– Je n'aime pas ce que j'entends, déclara d'un ton glacial le général Ulrich von Schnabe. Les cibles devaient être éliminées à la première occasion. J'ai donné mon aval aux instructions du docteur Kroeger, car vous lui avez personnellement dit que cela ne présenterait aucune difficulté, que vous connaissiez son programme. C'est en me basant là-dessus que je vous ai autorisé à entrer en contact avec les *Blitzkrieger*.

– Que puis-je dire, *Herr General* ? Il n'y a pas de nouvelles, pas de communications, rien.

– Renseignez-vous auprès de notre agent infiltré, à l'ambassade des États-Unis. Il a peut-être eu vent de quelque chose.

– Je l'ai fait, en appelant d'une cabine, bien entendu. Sa dernière interception confirmait simplement que Latham cadet était sous la protection des Antineos.

– Cette racaille qui adule les nègres et flatte les juifs ! Aucune idée de l'endroit où ils le cachent, bien entendu.

– Bien entendu.

– Restez à Paris. Restez en contact avec notre unité de tueurs et tenez-moi informé de tous les développements.

– C'est vous qui perdez la tête maintenant ! s'écria Karin de Vries. Ils vous ont vu, ils vous connaissent, vous ne pouvez vous faire passer pour Harry !

– Bien sûr que si, s'ils ne me revoient plus, rétorqua Drew. Et ils ne me reverront plus. Je vais devenir invisible, je me déplacerai sans cesse, en restant en contact avec le colonel et vous-même, parce que je n'ose plus me montrer à l'ambassade. En fait, comme nous savons qu'ils ont infiltré l'ambassade – depuis qu'on m'a donné un nazillon comme chauffeur –, cela nous permettra peut-être de le – ou les – démasquer.

– Comment ?

– En leur tendant un piège.

– Quel piège ?

– Imaginons une rame de chemin de fer dont tous les wagons transportent des passagers, sauf un, où sont enfermés des chiens féroces.

– Drew, je vous en prie !

– Je vous appellerai trois ou quatre fois, en me faisant passer pour Harry, pour demander des documents d'un dossier de Drew, mon frère mort, que m'apportera un des coursiers de Witkowski, à une heure donnée, dans un lieu très fréquenté. Vous transmettrez mes demandes et je serai au rendez-vous, mais on ne me verra pas. Si un des coursiers habituels se présente – je les connais tous – et s'il n'est pas suivi, tout ira bien. Je me débarrasserai des documents qui me seront remis. Je rappellerai plus tard pour demander que l'on me fasse parvenir autre chose, en disant que c'est urgent, que je suis sur une piste. Ce sera votre signal pour raccrocher, sans rien dire, sans rien transmettre...

– Et si quelqu'un se présente, acheva Karin, vous saurez que c'est un néonazi et que mon téléphone est sur écoute interne.

– Précisément. Si les circonstances le permettent, je réussirai peut-être à le neutraliser et à le remettre entre les mains de nos chimistes.

– Et s'il n'était pas seul ?

– J'ai dit que cela dépendrait des circonstances. Je n'ai pas l'intention de me colleter avec une bande de crânes rasés.

– Pour reprendre votre vocabulaire, il me semble que votre raisonnement présente une grosse « faille ». Pourquoi Harry Latham resterait-il à Paris ?

– Justement parce qu'il est Harry Latham. Têtu comme une mule, animé d'une volonté implacable. En ajoutant à tout ce qui faisait sa personnalité la motivation due à la perte de son jeune frère assassiné.

– Un mobile extrêmement convaincant, reconnut Karin. Le vôtre, en réalité... Mais comment le ferez-vous savoir ? C'est un problème, non ?

– Délicat, en effet, fit Drew en secouant la tête. Principalement parce que la CIA, avec tous ses moyens, essaiera d'y mettre le holà. Mais trop tard, si nous avons déjà lancé l'opération, et j'ai dans l'idée que le colonel pourrait nous donner un coup de main. J'ai rendez-vous avec lui, à Montmartre, dans un café.

– Vous avez rendez-vous ? Et moi ? Je croyais faire partie intégrante de cette stratégie !

– Vous êtes blessée, je ne peux pas vous demander...

– Vous n'avez rien à demander, coupa Karin, c'est moi qui vais parler. Je suis à vos côtés. La veuve de Frederik de Vries est à vos côtés. Vous avez perdu un frère dans des circonstances horribles, Drew... J'ai perdu un mari dans des circonstances semblables. Vous ne me laisserez pas sur la touche.

La porte de la salle d'opération s'ouvrit, le médecin entra.

– J'ai des nouvelles assez satisfaisantes pour vous, annonça le praticien avec un sourire contraint. J'ai étudié les radiographies postopératoires et, avec un traitement approprié, vous devriez retrouver l'usage de votre main droite, à quatre-vingts pour cent au moins. Mais l'extrémité du majeur est perdue. Vous pouvez évidemment envisager la pose d'une prothèse permanente.

– Merci, docteur. Le prix n'est pas trop élevé et je vous suis reconnaissante. Je reviendrai dans cinq jours, comme vous l'avez demandé.

– Excusez-moi, monsieur... votre nom est bien Latham ?

– Avec la prononciation française, oui.

– Vous devez téléphoner à M.S., à Washington, quand cela vous conviendra. Vous pouvez utiliser mon téléphone. La communication vous sera facturée, bien entendu.

– Bien entendu, mais ce n'est pas le moment. S'il rappelle, veuillez dire que je suis parti avant d'avoir reçu son message.

– Est-ce bien correct ?

– Il vous remerciera de ne pas avoir ajouté à ses problèmes et réglera lui-même vos honoraires.

– Je comprends, fit le médecin avec un sourire beaucoup plus large.

– Pas moi !

Tels furent les premiers mots de Karin, dès qu'ils franchirent la porte pour s'engager dans l'allée cimentée qui menait au parking.

– De quoi parlez-vous ?

– Moi, je ne comprends pas. Pourquoi avez-vous refusé de parler à Sorenson. Je pensais que vous aimeriez avoir son avis, que vous aviez confiance en lui.

– En effet. Je sais aussi qu'il croit fondamentalement au système ; il s'en est accommodé pendant des décennies.

– Et alors ?

– Alors, il aurait du mal à accepter ce que je vais faire. Il dirait que c'est du ressort de la CIA, que c'est à elle de décider de ce qu'il convient de faire, pas à moi. Et il aurait raison.

– S'il a raison, pourquoi le faites-vous ?... Pardon, ne répondez pas, ma question était stupide.

– Merci, fit Latham en regardant sa montre. Il est près de 18 heures. Comment va votre main ?

– Je ne peux pas dire que ce soit très agréable. L'effet de l'anesthésie locale se dissipe et heureusement que je ne l'ai pas vu me charcuter.

– Une heure sur le billard représente pas mal de coups de bistouri. Êtes-vous sûre de vouloir m'accompagner au rendez-vous avec Witkowski ?

– Ma main pourrait tomber, cela ne m'empêcherait pas de vous suivre.

– Pourquoi ? Vous êtes épuisée et vous souffrez. Vous savez bien que je ne vous cacherai rien.

– Je sais.

Ils s'arrêtèrent devant la voiture. Drew ouvrit la portière et leurs regards se croisèrent.

– Je sais que vous ne me cacherez rien, fit-elle, et j'y suis très sensible. Mais je pourrai peut-être apporter quelque chose, quand j'aurai compris ce que vous essayez véritablement de faire. Pourquoi ne m'expliquez-vous pas ?

– Bon, je vais essayer.

Latham ferma la portière, fit le tour de la voiture et s'installa au volant. Il mit le moteur en marche et manœuvra pour quitter le parking, sachant qu'elle ne le quittait pas des yeux.

– Qui est Gerhardt Kroeger et quelle influence avait-il sur Harry ?

– Quelle influence ? C'est à l'évidence un médecin nazi, apparemment très compétent, que votre frère a rencontré dans l'Hausruck. Il a dû traiter Harry pour un traumatisme, sans doute assez grave. On peut apprécier l'ennemi quand il vous aide, surtout dans le domaine médical.

– Il avait pour ce Kroeger une reconnaissance qui dépasse la mesure habituelle, fit Drew, en essayant de trouver sa route dans la forêt de panneaux de signalisation. Quand je lui ai demandé qui était Kroeger, il m'a répondu précisément ceci, et je crois que je ne l'oublierai jamais : « Lassiter pourra te le dire. Je pense que ce n'est pas à moi de le faire. » C'est effrayant.

– Oui, c'est effrayant. Mais c'est en accord avec son comportement. Les manifestations émotionnelles, les larmes, les appels à l'aide. Ce n'était pas l'homme que nous connaissions, à l'esprit froid et analytique, pas cet homme dont nous avons vanté le sang-froid.

– Je ne suis pas d'accord, répliqua posément Drew. Prenez ces mots un par un, répétez-les, vous entendrez parler le Harry que nous connaissions, celui qui pesait longuement les choses, ne prenait une décision qu'après mûre réflexion. « Lassiter pourra te le dire. Je pense que ce n'est pas à moi de le faire. »

Drew ne put retenir un frisson au moment où il prenait la bretelle de l'autoroute menant à la capitale.

– Gerhardt Kroeger était pour lui plus qu'un médecin rencontré dans la vallée de la Fraternité. J'ai dit que c'était un salaud, mais j'ai peut-être eu tort. Il se peut que ce soit lui qui ait aidé mon frère à s'évader. En tout cas, il peut nous dire ce qui est arrivé à Harry et comment il a mis la main sur cette liste de noms.

– Vous imaginez donc que Kroeger pourrait être un allié et qu'Harry a cherché à le protéger ?

– Je l'ignore, mais je sais que Kroeger est plus qu'un médecin qui l'a soigné pour un gros rhume ou l'arthrite dont il commençait à se plaindre. Gerhardt Kroeger était trop important pour mon frère, je le sens ; j'en ai la conviction. C'est pour cela que son rôle est essentiel et que je dois le retrouver.

– Comment ?

– Je n'en sais rien non plus. Witkowski aurait peut-être une idée. Ou bien nous pourrions demander aux Antineos de faire courir le bruit qu'Harry est encore en vie. Je n'en sais absolument rien. Je fais du pilotage sans visibilité, mais, à nous trois, nous parviendrons peut-être à détecter quelque chose. Pardon, madame la linguiste, j'aurais dû dire déceler.

– En effet. Mais je suis intriguée de vous entendre constamment vous excuser de ce que vous dites et pensez, comme si j'étais une sorte de précepteur.

– Je suppose que c'est parce que vous étiez plus proche que moi d'Harry dans ces domaines. Il me reprenait tout le temps, le plus souvent avec gentillesse, mais ne laissait rien passer.

– Il vous aimait...

– Sans doute, fit Drew avec lassitude. Changeons de sujet, voulez-vous ?

– D'accord. Que croyez-vous que le colonel nous sortira de son chapeau ?

– Je n'en ai pas la moindre idée, mais s'il est à la hauteur de sa réputation, ce sera soigné.

The International Herald Tribune
Édition de Paris

ATTENTAT TERRORISTE CONTRE DES MEMBRES
DU PERSONNEL DIPLOMATIQUE AMÉRICAIN

L'ambassade des États-Unis a révélé que des terroristes masqués ont attaqué hier un restaurant de Villejuif où deux Américains déjeunaient. M. Drew Latham, attaché d'ambassade, a péri dans l'attentat. Son frère, M. Harry Latham, agent de liaison à l'ambassade, a survécu et se cache, conformément aux instructions de son gouverne-

ment. Les tueurs ayant réussi à s'enfuir, ni leur identité ni la cause qu'ils soutiennent n'ont pu être établies. Leur signalement est le suivant : sexe masculin, taille moyenne, vêtus d'un complet sombre. M. Harry Latham a déclaré que les assaillants avaient été grièvement blessés, grâce à la vivacité de son frère. M. Drew Latham était armé, il a tiré à plusieurs reprises sur les terroristes avant d'être abattu. Les autorités françaises, sur les instances de l'ambassade des États-Unis, ont ouvert une enquête. On semble privilégier pour l'instant la piste de l'Irak ou de la Syrie...

– Allez-vous m'expliquer ce qui se passe, Bon Dieu ! rugit au téléphone le secrétaire d'État, Adam Bollinger.

– Si je le savais, je vous le dirais ! répliqua Daniel Courtland. Souhaitez-vous me remplacer ? Si c'est le cas, ne vous gênez pas ! Vous m'avez balancé dans un brasier et je ne parle même pas assez bien français pour appeler au secours ! Je suis un diplomate de carrière, monsieur le secrétaire d'État, pas un de vos petits copains politiques... Tout bien réfléchi, aucun de vos bailleurs de fonds ne parle le français mieux que moi... c'est tout juste s'ils parlent l'anglais.

– Ce n'est pas le moment de cracher votre venin, Daniel !

– C'est le moment de faire circuler l'information ! Drew Latham, l'un des très rares espions à l'esprit ouvert que j'aie connus, vient de se faire tuer, après avoir échappé à quatre tentatives de meurtre, et je n'ai pas la moindre explication !

– Son frère est encore vivant, riposta sans conviction le secrétaire d'État.

– La belle affaire ! Et où se cache-t-il, je vous prie ?

– Je suis en contact permanent avec la CIA. Dès que je le saurai, je vous le dirai.

– Vous êtes incroyable ! lança Courtland d'un ton railleur, avec un soupir. Vous imaginez-vous vraiment que les spécialistes des opérations clandestines de l'Agence vous donneront le plus petit os à ronger ? Vous passez la journée dans un fauteuil, eux risquent leur peau. J'ai appris cela quand j'étais en poste en Finlande et que le KGB était à la frontière. Dans ce genre de situation, Adam, nous sommes traités comme quantité négligeable. On ne nous dit que ce que l'on veut bien nous dire.

– Vous exagérez. Nous sommes l'autorité suprême, le sommet de la hiérarchie.

– Allez raconter cela à Drew Latham, qui s'est fait descendre, parce que nous n'avons pas su le protéger. Même l'ambassade est infiltrée.

– Je ne vous comprends vraiment pas.

– Vous avez intérêt à vous y mettre, monsieur le secrétaire d'État. Les nazis sont de retour.

Wesley Sorenson, le directeur des Opérations consulaires, était prostré à son bureau, la tête basse, le menton sur les doigts. Son chagrin était tel que les larmes coulaient lentement sur ses joues, après cette perte tragique, inutile, qui mettait en cause l'essence même de sa vie. Drew Latham avait été abattu – comme lui aurait pu l'être en de si nombreuses occasions – et pour quel résultat ? Quelle importance pouvait bien avoir la pauvre vie d'un agent du renseignement, quand les pontifes des négociations internationales se réunissaient pour banqueter dans des hôtels de luxe et paradaient dans les salles de congrès où régnait une hypocrisie cérémonieuse ?

Sorenson sentit qu'il était au bout de son rouleau. Il n'avait plus rien à donner ; il avait trop souvent vu la mort rôder dans l'ombre de ces assemblées. S'il restait une lueur d'espoir, il ne voyait pas d'où elle pouvait venir.

Soudain, elle lui apparut !

– Salut, Wes, je présume que la ligne est brouillée, fit une voix familière.

– *Drew ?* C'est vous ?

Sorenson se pencha sur son bureau, le sang se retira de son visage.

– Vous êtes vivant ?

– Je présume aussi que vous êtes seul.

– Bien sûr... Laissez-moi reprendre mes esprits. C'est incroyable, je ne sais pas quoi dire... C'est bien vous ?

– La dernière fois que j'ai pris mon pouls, c'était moi.

Un silence se fit. Le silence qui précède la tempête.

– Il me semble que vous avez quelques explications à me donner, non ? J'ai envoyé un message de condoléances à vos parents !

– Ma mère est solide, elle tiendra le coup ; mon père, s'il est dans les environs, essaiera sans doute d'imaginer lequel de nous deux a reçu les balles.

– Quel manque de respect...

– C'est mieux que l'inverse, monsieur le directeur, répliqua Latham. Le temps nous est compté.

– J'espère que vous en garderez un peu pour vos explications. C'est donc Harry qui... qui s'est fait tuer.

– Oui, je prends sa place.

– Qu'est-ce que vous dites ?

– Vous avez bien entendu.

– Pourquoi ça, Bon Dieu ? Jamais je n'ai donné mon feu vert, jamais je ne le donnerai !

– Je le savais. C'est pourquoi je m'en suis passé et j'ai pris la décision seul. Si cela aboutit, les lauriers seront pour vous. Sinon... cela n'aura plus aucune importance.

– Je me fous des lauriers ! J'aimerais simplement savoir si vous vous rendez compte de ce que vous faites. C'est un manquement intolérable à nos règles, et vous le savez parfaitement !

– Je ne suis pas entièrement d'accord, monsieur le directeur. Vous nous avez donné à tous carte blanche pour prendre des décisions à chaud.

– Seulement en situation de crise et lorsqu'il est impossible de passer par la filière hiérarchique. Je suis là, vous pouviez me joindre n'importe où : au bureau, à mon domicile, sur un parcours de golf et même au bordel... si jamais j'y allais ! Pourquoi ne pas l'avoir fait ?

– Je viens de le dire. Vous m'auriez envoyé promener et vous auriez eu tort, parce que vous n'êtes pas sur place et que je ne peux pas vous faire comprendre les choses. Je n'y comprends rien moi-même, mais je sais que c'est ce qu'il faut faire. De plus, monsieur le directeur, connaissant un peu vos états de service, il me semble qu'il vous est aussi arrivé, en d'autres temps, de prendre des décisions unilatérales de ce genre.

– Ça va comme ça, Latham ! fit Sorenson avec un mélange d'agacement et de lassitude. De quels éléments disposez-vous et que comptez-vous faire ? Pourquoi voulez-vous vous mettre dans la peau d'Harry ?

Péniblement, d'une voix brisée, Drew fit le récit des derniers moments de son frère, les flambées d'émotion qui lui ressemblaient si peu, les pleurs, les difficultés apparentes qu'il avait à différencier sa couverture et sa véritable identité, enfin son refus de s'étendre sur un nom, celui d'un médecin, mentionné à plusieurs reprises, d'abord devant Karin de Vries, puis devant Drew.

– Il en parlait, expliqua Latham, comme d'un mystérieux personnage, qu'il convenait soit de démasquer, soit de protéger.

– À la fois un pécheur et un saint ? suggéra Sorenson.

– Oui, je suppose qu'on peut dire ça.

– C'est le syndrome de Stockholm, Drew. Le captif s'identifie au ravisseur. Il éprouve du ressentiment, mais cherche encore à gagner sa faveur, jusqu'à ce qu'enfin il imagine épisodiquement être celui qui détient le pouvoir. En un mot, Harry était usé ; il avait trop longtemps vécu sur la corde raide.

– Je comprends tout ça, Wes, et je connais bien ce syndrome de Stockholm, mais je ne l'appliquerai pas à Harry. Il ne s'était pas départi de son rationalisme froid. Ce médecin, le docteur Gerhardt Kroeger – pécheur ou saint, peu importe –, comptait beaucoup pour mon frère. Il sait ce qui est arrivé à Harry, peut-être même comment il s'est procuré la liste. Il est possible que ce Kroeger soit dans notre camp et qu'il lui ait fourni les noms.

– Tout est possible, j'imagine, mais ces noms risquent de déclencher une catastrophe. Le FBI monte en ce moment, dans le plus grand secret, une douzaine d'opérations visant à examiner à la loupe tous ceux qui figurent sur notre liste.

– Vous en êtes déjà là ?

– Selon notre envahissant secrétaire d'État, qui a l'oreille du président, si le gouvernement « réussit à extirper l'influence nazie dans notre pays, la nation lui en sera éternellement reconnaissante ». En avant toutes et advienne que pourra !

– Ça fait froid dans le dos !

– Je suis d'accord, mais je comprends pourquoi nous en sommes là. Harry Latham était considéré comme le meilleur et le plus expérimenté des agents de la CIA. Il n'est pas facile de jeter à la corbeille ce qu'il a rapporté.

– Il *est* considéré, Wes, rectifia Drew. Harry est vivant, il doit le rester jusqu'à ce que je déniche ce Gerhardt Kroeger.

– S'il est vivant, imbécile, il va appeler Langley !

– Il ne peut pas, puisqu'il sait que l'Agence est infiltrée, que le traître qui a accès aux ordinateurs AA-Zéro se trouve dans l'entourage immédiat du directeur.

– J'ai transmis l'information à Knox Talbot. Il refuse de le croire.

– Il ferait mieux, c'est indiscutable.

– J'ai réussi à le convaincre de faire une enquête, dit Sorenson. Mais vous ne devriez pas agir en solo, ça ne marchera jamais. Si vous le faites, vous deviendrez un agent dissident en qui plus personne n'aura confiance.

– Cela restera dans certaines limites, j'ai un intermédiaire pour Langley.

– Ne comptez pas sur moi. Je ne veux pas compromettre les Opérations consulaires en agissant derrière le dos de l'Agence. Il y a déjà assez de rivalités entre nous et j'admire et respecte Knox Talbot. Ne comptez pas sur ma complicité.

– Je savais que vous refuseriez et j'ai trouvé quelqu'un d'autre. Vous souvenez-vous de Witkowski ? Le colonel Stanley Witkowski ?

– Bien sûr. G-2, Berlin. Je l'ai rencontré plusieurs fois, un type brillant... Mais oui, il est en poste à Paris, à l'ambassade !

– Chef de la sécurité. Son passé plaide pour lui. Harry a travaillé avec Witkowski, à Berlin, et c'est l'homme de la situation, car mon frère avait confiance en lui. Il ne pouvait faire autrement, le colonel lui a fourni assez de tuyaux pour lui permettre de rester plus longtemps en poste et probablement en vie. Stanley trouvera le moyen de joindre discrètement Talbot et lui demandera de mener une enquête en profondeur pour retrouver ce Kroeger.

– Ça se tient. Witkowski est un bon choix. Qu'attendez-vous de moi ?

– Absolument rien ; nous ne pouvons risquer que des échanges d'informations soient interceptés par une taupe néo. Mais j'aimerais savoir que je peux compter sur vous, si je suis dépassé par les événements et que j'ai besoin d'un conseil.

– Je ne suis pas sûr d'en être capable. Cela fait trop longtemps.

– Même si vous n'avez plus que de vagues souvenirs, cela me suffira... C'est parti, monsieur le directeur. Harry Latham est vivant, il va bien et se met à la recherche d'un médecin – saint, pécheur ou les deux à la fois. Je rappellerai.

La communication fut coupée, Wesley Sorenson garda le combiné à la main, comme hébété. Les décisions du cadet des Latham étaient dangereusement peu orthodoxes. Le directeur des Opérations consulaires le savait ; il savait aussi qu'il devrait appeler Knox Talbot et vider son sac, en fournissant toutes les explications possibles pour protéger son agent, mais il ne pouvait s'y résoudre. Drew avait raison : en combien d'occasions l'agent Sorenson avait-il agi sans l'approbation de ses supérieurs, parce qu'il imaginait que ses décisions seraient désavouées et savait que sa ligne de conduite était la seule possible ? Non seulement il le savait, mais il en était passionnément convaincu. En écoutant Drew Latham, il avait entendu la voix de celui qu'il avait été. Il raccrocha lentement ; ses lèvres formèrent une prière silencieuse.

Jean-Pierre et Gisèle Villiers descendirent de la limousine devant l'hôtel L'Hermitage, à Monte-Carlo ; ils étaient venus de Paris en avion privé. Ce voyage, selon la version donnée par la presse, avait été décidé pour permettre à la vedette de la scène de prendre quelques jours de repos, après les six mois de représentations de *Coriolan*, qui s'étaient achevés par le drame que tout le monde connaissait. Les médias devraient se contenter de cette information, il n'y aurait pas d'autre déclaration, toute interview était exclue. Après quelques jours de détente, quelques soirées au casino, le couple devait se rendre dans une île de la Méditerranée dont le nom n'était pas divulgué, peut-être pour rejoindre les parents de l'acteur.

La presse ignorait que deux Mirage avaient escorté le jet privé depuis le décollage jusqu'à l'atterrissage. Elle ignorait aussi que l'un des deux portiers du palace, le chef de la réception et plusieurs membres du personnel étaient des agents de la DST, postés dans l'établissement avec l'accord de la Société des bains de mer, l'organisme très fermé qui gérait les affaires de Monte-Carlo et servait de courroie de transmission avec la famille princière. En outre, quand les Villiers quittaient le palace pour parcourir, à faible vitesse, les quelques centaines de mètres les séparant du casino, leur limousine blindée était accompagnée d'hommes armés, en complet de bonne coupe, jusqu'aux marches du majestueux établissement de jeux, où des collègues prenaient le relais.

Dès son arrivée, le couple reçut dans sa suite le patron de la DST.

– Comme vous pouvez le constater, chers amis, fit Claude Moreau, tout est couvert, jusqu'aux toits où sont postés des tireurs d'élite ; en bas, dans les voitures, d'autres tiennent toutes les fenêtres dans le champ de leur télescope. Vous n'avez rien à craindre.

– Nous ne sommes pas vos « chers amis », monsieur, rétorqua froidement Gisèle Villiers. Pour ce qui est de vos précautions, un seul coup de feu suffira à détruire cette belle façade.

– Seulement si nous laissons tirer ce coup de feu, madame ; ce ne sera pas le cas.

– Et l'intérieur du casino ? demanda Jean-Pierre. Comment, si on me reconnaît, pourrez-vous exercer une surveillance efficace sur la foule ?

– En fait, cela fait partie du dispositif de protection, mais d'une manière accessoire. Nous connaissons les jeux qui ont votre préférence et, à chacune de ces tables, des hommes et des femmes à nous vous suivront, vous entoureront, vous protégeront de leur corps. Jamais un tueur, à plus forte raison un *Blitzkrieger*, n'essaiera de tirer avant d'être sûr de toucher sa cible. Ce serait beaucoup trop risqué.

– Imaginons que le tueur soit un des joueurs, à une table, lança Gisèle. Comment comptez-vous protéger mon mari ?

– La question est judicieuse, répondit Moreau, je n'en attendais pas moins de vous. Je pense que ma réponse vous satisfera. Vous pourrez observer, à chaque table, le manège d'un homme et d'une femme qui circuleront autour des joueurs, s'arrêteront près de chacun d'eux ; des spectateurs curieux, qui ne parviennent pas à se décider à entrer dans une partie. En fait, ils cacheront dans la paume de leur main un scanner capable de déceler la présence de l'acier d'une arme, même du plus petit calibre.

– Vous ne laissez rien au hasard, reconnut Gisèle.

– En effet, fit Moreau. Soyez-en assurée. Et n'oubliez pas que je me contenterai d'un seul *Blitzkrieger* qui essaiera de s'attaquer à vous. Mon but est de le prendre vivant. Si nous ne réussissons pas dans la principauté, avec toute la publicité donnée à votre séjour, vous serez libre de partir rejoindre vos beaux-parents.

– Sur cette île mythique ?

– Non, monsieur, elle est bien réelle. Ils sont en Corse, dans une propriété où ils passent d'agréables vacances.

– Dans ce cas, poursuivit Jean-Pierre, j'espère, d'une certaine manière, que l'attentat aura lieu ici. Je n'avais jamais apprécié à quel point il est bon d'être libre.

L'attentat eut lieu, mais d'aucune des manières prévues par Claude Moreau.

11

Les accords de la musique provenant du salon s'estompaient à mesure que l'on s'éloignait de l'entrée de marbre du Casino de Paris pour s'enfoncer dans la majestueuse maison de jeux. Il était si facile de se projeter dans un passé glorieux, au début du siècle, quand des calèches aux ornements luxueux, puis d'énormes automobiles s'arrêtaient devant les marches luisantes pour déverser les têtes couronnées et les grandes fortunes d'Europe, en tenue de gala. Les temps avaient changé, la clientèle était devenue moins raffinée, mais le fond d'opulence subsistait.

Jean-Pierre et Gisèle Villiers s'avancèrent au milieu des tables, en direction de la salle de baccara privée, dont l'accès était subordonné à un dépôt initial de cinquante mille francs, une formalité dont furent dispensés le célèbre acteur et son épouse. Des têtes commencèrent à se tourner, quelques cris de surprise étouffés se firent entendre et des exclamations percèrent le brouhaha de la foule. Villiers sourit et remercia de la tête, longuement, mais avec une modestie distante qui exprimait clairement le désir de préserver sa vie privée. Jean-Pierre et Gisèle étaient escortés de plusieurs couples en tenue de soirée qui ne permettaient aux joueurs que d'entrevoir les acteurs. La thèse de Moreau selon laquelle un tueur n'oserait jamais tirer sur une cible aussi bien protégée semblait se confirmer.

Quand ils furent entrés dans la grande salle où les tables étaient séparées par de gros cordons de velours rouge, ils commandèrent du champagne. Des rires joyeux éclatèrent dans l'entourage des Villiers quand ils prirent place à une table, devant une grosse pile de plaques, tandis qu'un contrôleur faisait discrètement signer un reçu à l'acteur. La partie commença, la chance souriant plus à Gisèle qu'à son mari, qui simulait le désespoir à chaque coup perdu. Les « amis » qui les accompagnaient firent lentement, discrètement le tour de la table ;

dans le creux de la main qu'ils tenaient cachée se trouvait un détecteur de métal, comme l'avait dit Moreau. Aucun appareil ne décela la présence d'une arme à la table ; la partie se poursuivit, jusqu'à ce que le comédien se redresse dans son siège.

– Fini pour moi ! lança-t-il d'une voix enjouée. Une autre table, s'il vous plaît !

Avant de s'installer à l'autre table, Villiers offrit une coupe de champagne à ses compagnons de jeu. Une autre partie commença, qui tourna à l'avantage de Jean-Pierre Villiers. Le champagne continua à couler, les rires à fuser ; plusieurs membres de l'escorte prirent place dans des sièges laissés vacants. Le comédien tira un double neuf et, fidèle à son personnage théâtral, poussa un rugissement de plaisir.

Soudain, à la table qu'ils avaient quittée, un cri s'éleva, un hurlement prolongé de douleur. Toutes les têtes se tournèrent dans cette direction ; les hommes assis à la table de Jean-Pierre se dressèrent d'un bond, les yeux fixés sur un homme qui basculait de son fauteuil, brisant dans sa chute le cordon de velours rouge.

Un autre son retentit, plus puissant, plus vibrant que le premier. C'était un hurlement sauvage, poussé par une femme vêtue avec élégance, au moment où elle se jetait par-dessus la table sur une autre femme, assise à gauche du comédien, une tueuse armée d'un pic à glace qu'elle s'apprêtait à plonger dans la cage thoracique de son voisin. La pointe de l'arme fit perler quelques gouttes de sang. Un coup frappé à pleine puissance eût pénétré dans le cœur de Villiers, mais l'agent de Moreau saisit le poignet de la tueuse, le tordit en sens inverse des aiguilles d'une montre, avant de refermer l'autre main sur sa gorge et de la plaquer au sol.

– Tout va bien ? s'écria l'agent de la DST, la tête tournée vers Villiers, sans relâcher la prise qui immobilisait la tueuse.

– Juste une piqûre... Mais comment vous remercier ?

– Jean-Pierre... !

– Calme-toi, ma chérie, il n'y a pas de mal, fit l'acteur en s'asseyant, la main sur le flanc. Nous devons une fière chandelle à cette jeune femme. Elle m'a sauvé la vie !

– Êtes-vous blessée, mademoiselle ? demanda Gisèle en se penchant pour prendre l'agent de la DST par le bras.

– Je vais bien, madame Villiers, répondit-elle d'une voix hachée, et c'est gentil à vous de m'appeler mademoiselle... Ça faisait longtemps.

– Nous en sommes toutes là... Il faut que je conduise mon mari à l'hôpital.

– Mes collègues s'en occupent, madame, ne craignez rien.

Claude Moreau apparut comme par magie, contenant difficilement sa jubilation sous un masque d'inquiétude.

– Nous avons réussi ! lança-t-il. Vous avez réussi. Nous tenons notre *Blitzkrieger* !

– Mon mari est blessé, imbécile ! lança Gisèle Villiers.

– Je le déplore, madame, mais ce n'est pas grave et sa contribution a été précieuse.

– Vous aviez promis qu'il ne risquait rien !

– Dans notre métier, les garanties ne sont pas toujours absolues. Permettez-moi pourtant de dire qu'il a fait avancer d'une manière appréciable la quête de son père naturel et accompli un acte de bravoure dont la patrie lui sera éternellement reconnaissante.

– Vous dites des absurdités gratuites !

– Non, madame. Que vous le vouliez ou non, le nazisme sort de la gangue de boue où l'a enfermé l'Histoire, de la fange de sa propre création. Chaque pierre que nous pourrons retourner nous permettra d'écraser les serpents qu'elle abrite. Mais votre rôle est terminé, profitez de vos vacances en Corse. Quand vous aurez vu un médecin, nous mettrons gracieusement un avion à votre disposition, à l'aéroport de Nice.

– Je n'ai pas besoin de vos générosités, monsieur, répliqua Jean-Pierre Villiers. Mais j'aimerais reprendre *Coriolan*.

– Pour quoi faire ? La pièce fut un triomphe et vous n'avez pas besoin du cachet. Pourquoi vous astreindre de nouveau à cette tâche ?

– Parce que, tout comme vous, Moreau, je suis assez bon dans ma partie.

– Nous en reparlerons. Le succès d'un soir ne signifie pas que la bataille soit déjà gagnée.

Dans son bureau de Washington, le sénateur Lawrence Roote, du Colorado, soixante-trois ans, les cheveux poivre et sel, raccrocha, la mine perplexe. Il était à la fois déconcerté et furieux. Pourquoi diable faisait-il l'objet d'une enquête du FBI dont il ne savait rien ? Quel en était le motif et qui l'avait demandée ? Mais surtout *pourquoi* ? Sa fortune, certes considérable, avait été volontairement placée en fidéicommis, afin d'éviter tout soupçon de corruption ; son second mariage était solide, sa première épouse ayant péri tragiquement dans un accident d'avion ; ses deux fils, l'un banquier, l'autre professeur de l'Université, étaient des membres éminents de la communauté, à tel point qu'il arrivait à Roote de les trouver insupportables ; il avait servi en Corée, sans dommage, avait été cité à l'ordre du jour ; pour l'alcool, il se contentait de deux ou trois martinis avant le repas du soir. Où y avait-il matière à enquête ?

Ses opinions conservatrices, bien connues, étaient fréquemment en butte aux attaques de la presse libérale qui prenait un malin plaisir à sortir ses paroles de leur contexte et faisait de lui un prosélyte enragé de l'extrême droite, ce qu'il n'était assurément pas. De l'avis de ses collègues, toutes tendances politiques confondues, c'était un homme juste, qui écoutait l'opposition sans acrimonie. Tout simplement, il croyait en son âme et conscience qu'un gouvernement qui en fait trop pour le peuple l'incite à ne pas se donner assez de mal.

De plus, sa fortune ne provenait pas d'un héritage. Issu d'une famille sans le sou, Roote avait gravi un à un les échelons, souvent glissants, de la réussite, en faisant trois petits boulots en même temps, au long de ses études dans une modeste université, puis à l'Institut de finance Wharton, où il fut chaudement recommandé à des chasseurs de têtes. Il choisit une société jeune et florissante où les perspectives de carrière étaient excellentes. La petite société fut rachetée par une entreprise plus importante, absorbée à son tour par un conglomérat dont le conseil d'administration reconnut les compétences et l'audace de Roote. À trente-cinq ans, la plaque apposée sur la porte de son bureau portait le titre de directeur général. À quarante, elle annonçait président-directeur général. Avant son cinquantième anniversaire, le produit des fusions, ses participations et ses droits de souscription faisaient de lui un multimilliardaire. À ce stade de sa carrière, las de restreindre ses ambitions à l'accroissement de marges bénéficiaires et inquiet de la direction que prenait son pays, il se lança dans la politique.

Assis à son bureau, ruminant le passé, s'efforçant à une froide objectivité, il chercha dans quel domaine ses actes auraient pu mettre en question l'éthique ou la moralité. Au début de sa carrière, surmené et vulnérable, il avait eu quelques aventures, discrètes et uniquement avec des femmes qui étaient ses égales et tenaient par-dessus tout à préserver cette discrétion. Il était par ailleurs un redoutable négociateur, qui savait tourner les choses à son avantage, mais son intégrité n'avait jamais été mise en doute... À quoi pouvait bien jouer le FBI ?

Tout avait commencé quelques minutes plus tôt, quand sa secrétaire avait appelé par l'interphone.

– Oui ?

– Un certain Roger Brooks, de Telluride, Colorado, demande à vous parler.

– Quel nom ?

– Brooks. Il dit qu'il était au lycée avec vous, à Cedaredge.

– Bon sang ! Brooksie ! Je n'ai pas pensé à lui depuis des années ! Il paraît qu'il possède une station de sports d'hiver je ne sais où.

– On fait du ski à Telluride, monsieur le sénateur.

– C'est ça ! Merci à vous, qui savez tout !

– Je vous le passe ?

– Bien sûr... Allô, Roger ! Comment vas-tu ?

– Bien, Larry. Ça fait une paye !

– Au moins trente ans.

– Pas tout à fait, rectifia gentiment Brooks. J'ai dirigé ta campagne dans la région, il y a huit ans. La dernière fois, tu n'as pas eu besoin de moi.

– Excuse-moi. Ça y est, je m'en souviens ! Mille pardons !

– Il n'y a pas de mal, Larry, tu es un homme très occupé.

– Parle-moi de toi.

– J'ai aménagé quatre nouvelles pistes depuis cette époque. On peut dire que je m'en sors plutôt bien. Et le tourisme estival se développe si vite que nous n'avons pas le temps de tracer assez de nouveaux sentiers pour les randonneurs. Et parmi nos clients de la côte Est, il y en a toujours qui s'étonnent de ne pas trouver un hôtel quatre étoiles en pleine forêt.

– Elle est très bonne, Roger ! Je la placerai la prochaine fois que je discuterai avec un de mes distingués collègues de New York. Ils voudraient que tous ceux qui touchent des prestations sociales bénéficient de ce genre de services !

– Larry, coupa Roger Brooks d'un ton beaucoup plus grave. Si je t'appelle, c'est probablement parce que nous avons fait nos études ensemble et que j'ai dirigé ta campagne ici.

– Je ne comprends pas.

– Moi non plus, mais j'ai su que je devais t'appeler, même si j'avais juré de ne pas le faire. Je n'ai franchement pas aimé ce salopard ; il parlait si tranquillement, comme un type qui raconte ses petits secrets à son meilleur ami, tout en répétant que c'était pour ton bien.

– *Qui ?*

– Un gars du FBI. Je lui ai demandé de me montrer sa plaque, c'était une vraie. J'ai failli le jeter dehors avec perte et fracas, puis je me suis dit qu'il valait mieux savoir de quoi il avait à se plaindre, pour pouvoir t'en parler.

– De quoi s'agit-il, Roger ?

– De conneries, on ne peut pas appeler ça autrement. Tu sais comment te dépeint une partie de la presse, à la manière de Barry Goldwater ? Le dingue du nucléaire, prêt à faire sauter la planète, l'oppresseur des opprimés, toutes ces inepties.

– Je connais. Il s'en est sorti avec les honneurs, je ferai de même. Que voulait cet agent du FBI ?

– Il voulait savoir si je t'avais jamais entendu exprimer de la sympathie pour – tiens-toi bien – « la cause fasciste ». Si, à un moment ou à un autre, tu avais donné à entendre que tu estimais que l'Allemagne nazie avait des justifications pour ce qu'elle avait fait, ce qui avait abouti à la guerre... Crois-moi, Larry, mon sang commençait à bouillir, mais je suis resté calme, j'ai simplement dit qu'il était à côté de la plaque. J'ai rappelé que tu t'étais distingué pendant la guerre de Corée, mais sais-tu ce que ce fumier a répondu ?

– Non, Roger. Qu'a-t-il répondu ?

– Il a dit, avec un sourire narquois : « Mais c'était contre les communistes, n'est-ce pas ? » Tu vois, Larry, il essayait de te charger.

– Parce que l'Allemagne nazie avait le communisme en abomination, c'est bien ça ?

– Parfaitement. Il était trop jeune pour savoir où se trouve la Corée, mais mielleux, tu ne peux pas imaginer. Il cachait bien son jeu, avec une douceur angélique et des manières onctueuses. On lui aurait donné le Bon Dieu sans confession.

– Ils ont mis leurs meilleurs agents sur le coup, fit doucement Roote, les yeux baissés sur son bureau.

– Attends, ce n'est pas tout... Il m'a laissé entendre que ses renseignements confidentiels étaient erronés, totalement inexacts, et que l'enquête serait close sur-le-champ.

– Ce qui signifie qu'elle ne fait que commencer, murmura le sénateur, en prenant de la main gauche un crayon qu'il brisa net. Merci, Brooksie. Merci du fond du cœur.

– Que se passe-t-il, Larry ?

– Je n'en sais rien, je ne sais vraiment pas. Quand je saurai quelque chose, je te tiendrai au courant.

Franklyn Wagner, présentateur vedette du journal du soir de MBC News, la meilleure audience de tout le pays, remaniait le texte qu'il allait débiter dans quarante-cinq minutes, devant les caméras, quand on frappa à la porte de la loge.

– Entrez ! fit-il distraitement.

– Salut à toi, monsieur Sincère ! lança Emmanuel Chernov, producteur en chef de l'unité de programme. Tu as encore des problèmes avec ton texte ? Au risque de me répéter, il est trop tard pour modifier les prompteurs.

– Au risque de me répéter, ce ne sera pas nécessaire. D'ailleurs, cela n'arriverait pas si tu engageais des rédacteurs capables d'orthographier le mot *journalisme*, ou qui connaissent seulement les bases du métier.

– Ces journalistes de la presse écrite, ou plutôt ces transfuges de la presse écrite qui peuvent s'offrir une baraque avec piscine à Hamptons ne cessent de se plaindre.

– J'y suis allé une fois, Manny, répliqua le séduisant présentateur aux cheveux argentés, en poursuivant ses corrections. Et je vais te dire pourquoi je n'y retournerai pas. Tu m'écoutes ?

– Bien sûr.

– Les plages sont pleines de gens des deux sexes, soit très maigres, soit très gros, qui déambulent sur le sable, un manuscrit à la main, pour prouver qu'ils sont écrivains. Le soir venu, ils se réunissent dans des cafés éclairés à la bougie pour vanter leur prose impubliable et distiller leur fiel aux dépens des béotiens de l'édition.

– Tu forces un peu la note, Frank.

– Non, le tableau est assez fidèle. J'ai passé mon enfance dans une ferme, à Vancouver. Quand les vents du Paficique apportaient du sable, nous savions que les récoltes ne lèveraient pas.

– Voilà ce que j'appelle un coq-à-l'âne.

– Peut-être, mais je ne supporte pas les plumitifs, qu'ils travaillent pour la télévision ou ailleurs, qui laissent le sable s'entasser entre les mots... Voilà, j'ai terminé. S'il n'y a pas de nouvelle de dernière minute, nous aurons une émission d'une assez bonne tenue.

– Ce n'est pas l'humilité qui t'étouffe.

– Je n'ai jamais caché mon jeu. À propos d'humilité, dont tu as l'apanage, comme chacun sait, qu'es-tu venu faire ici ? Je croyais que tu avais délégué toutes les critiques et les protestations de la chaîne à notre producteur exécutif.

– Ça va plus loin, Frank, fit Chernov, un voile de tristesse sur les yeux aux paupières lourdes. J'ai reçu une visite, cet après-midi, un type du FBI. Je n'ai pu faire autrement que de le recevoir, tu comprends ?

– Jusqu'à présent. Que voulait-il ?

– Ta tête, je pense.

– Qu'est-ce que tu racontes ?

– Tu es bien canadien ?

– Oui, et fier de l'être.

– Quand tu étais à l'université de... euh !...

– L'université de Colombie britannique.

– C'est ça... As-tu manifesté contre la guerre du Viêt-nam ?

– C'était une « action » des Nations unies et, en effet, j'ai crié des slogans à tue-tête.

– Tu as refusé de faire ton service ?

– Nous n'étions pas obligés, Manny.

– Mais tu ne l'as pas fait.

– On ne me l'a pas demandé. Si on me l'avait demandé, j'aurais refusé.

– Tu as fait partie du Mouvement pour la paix universelle, exact ?

– Exact. Nous étions très nombreux dans ce cas. Pas tous, mais la majorité des étudiants.

– Savais-tu que ce mouvement était financé en partie par l'Allemagne ?

– La jeunesse allemande, des organisations d'étudiants, certainement pas le gouvernement. Bonn n'a pas le droit de prendre part à un conflit armé ni même d'engager un débat parlementaire sur le sujet. La reddition de l'Allemagne a déterminé sa neutralité. Bon Dieu, tu ne sais donc rien ?

– Je sais que nombre d'Allemands appartenaient au Mouvement de la paix universelle, dont tu étais un membre en vue. La « paix universelle » aurait pu avoir une autre signification, voisine de la « paix par le pouvoir universel et la force morale » chère à Hitler.

– Tu veux jouer au juif paranoïaque, Manny ? Dans ce cas, je te rappelle que la mère de ma femme était juive, ce qui est apparemment plus important que si cela avait été son père. En conséquence, on ne peut pas dire que mes enfants sont de pure race aryenne. Outre cet argument irréfutable qui m'aurait exclu de la Wehrmacht, le gouvernement allemand n'avait rien à voir avec ce mouvement pacifiste.

– L'influence allemande était pourtant manifeste.

– Un sentiment de culpabilité, Manny. Un profond sentiment de culpabilité, voilà la raison. Où veux-tu en venir, exactement ?

– Cet agent du FBI voulait savoir si tu avais partie liée avec les nouveaux groupements politiques qui voient le jour en Allemagne. Après tout, Wagner est un patronyme germanique.

– C'est du délire !

Clarence « Clarr » Ogilvie, président retraité du conseil d'administration de Global Electronics, au volant de sa Duesenberg, quitta l'autoroute à la sortie Greenwich, Connecticut, la plus proche de son domicile, son « domaine », comme disait une presse sarcastique. Avant la crise de 1929, au temps où sa famille connaissait l'opulence, une propriété de douze mille mètres carrés, agrémentée d'une piscine de dimensions modestes, sans court de tennis ni écuries, n'eût pas véritablement constitué un domaine. Mais, comme il était issu d'une famille fortunée, il suscitait le mépris, comme s'il avait choisi de naître avec une cuiller d'argent dans la bouche, et ses réalisations personnelles étaient déconsidérées, le simple résultat de relations publiques onéreuses, qu'il pouvait à l'évidence s'offrir.

Oubliées, ou, pour être moins charitable, sciemment passées sous silence, les années consacrées, à raison de douze à quinze heures de travail quotidien, à faire d'une entreprise familiale pas vraiment florissante l'une des sociétés d'électronique les plus prospères du pays. Diplômé du Massachusetts Institute of Technology, à la fin des années 1940, farouche partisan des nouvelles technologies, il avait compris, dès son entrée dans l'entreprise familiale, qu'elle avait une décennie de retard sur son temps. Il se débarrassa de la quasi-totalité des cadres, en leur versant des indemnités qu'il espérait être en mesure de payer, et les remplaça par des gens plus jeunes qui partageaient la passion de l'informatique, hommes ou femmes, son seul critère étant la compétence.

Au milieu des années 1950, les progrès technologiques de son équipe d'innovateurs chevelus qui travaillaient en jean et fumaient de la marijuana attirèrent l'attention du Pentagone... avec force grincements de dents. La patience des « uniformes » impeccablement repassés était mise à rude épreuve par ces « barbus » méprisables et ces « mini-jupes » à la tenue négligée, qui posaient les pieds sur les tables cirées ou se polissaient négligemment les ongles pendant les réunions où ils faisaient tranquillement le point sur les nouvelles technologies. Mais leurs produits étaient incomparables et les forces armées en plein développement ; l'entreprise familiale changea de statut.

C'était hier, songea Ogilvie, en suivant les petites routes sinueuses qui menaient à sa propriété. Aujourd'hui était un jour comme il n'aurait jamais cru en vivre, dans ses pires cauchemars. Il savait parfaitement ne jamais avoir été très apprécié dans ce qu'il est convenu d'appeler le complexe militaro-industriel, mais, cette fois, il était franchement mis à l'index.

En un mot, on le cataloguait comme ennemi potentiel de sa patrie, partisan honteux d'un nouveau mouvement fasciste allemand – nazi, plutôt –, dont il aurait soutenu les objectifs !

Il revenait de New York, où il s'était rendu sur les instances de son avocat, John Saxe, un ami de longue date.

– As-tu livré à une entreprise allemande du nom d'Oberfeld du matériel électronique utilisé dans les transmissions par satellite ?

– En effet. Avec l'autorisation de la Federal Trade Commission, pour l'exportation, et celle du Département d'État. Un contrat sur l'identité de l'utilisateur final n'était pas nécessaire

– Sais-tu à qui tu avais affaire, Clarr ?

– Je sais seulement qu'ils réglaient rapidement les factures. Je viens de te dire que la FTC avait donné son accord.

– Tu ne t'es jamais intéressé à leur... disons leur base industrielle, leurs objectifs commerciaux ?

– Nous savions qu'ils souhaitaient se développer dans le secteur de l'électronique, nous connaissions les spécifications techniques. Le reste dépendait de Washington.

– C'est notre excuse, bien entendu...

– Qu'est-ce que tu racontes, John ?

– Ce sont des nazis, Clarr, la nouvelle génération de nazis.

– Comment aurions-nous pu le savoir, si Washington ne le savait pas ?

– Ce sera notre système de défense.
– Défense contre quoi ?
– D'aucuns avanceront peut-être que tu savais ce que Washington ignorait. Que tu as sciemment, délibérément fourni à des révolutionnaires néonazis le dernier cri du matériel de communications.
– C'est démentiel !
– C'est pourtant ce dont il faudra peut-être nous disculper.
– Mais pourquoi, Bon Dieu ?
– Parce que ton nom figure sur une liste, Clarr, du moins c'est ce qu'on m'a dit. Et tu n'as pas que des amis. À ta place, je me débarrasserais de la Duesenberg.
– Comment ? C'est une pièce de collection !
– C'est une voiture allemande.
– N'importe quoi ! Les Duesenberg sont des voitures américaines, assemblées pour la plupart en Virginie !
– À cause du nom, tu comprends ?
– Non, je ne comprends absolument rien !
Clarence Ogilvie tourna dans l'allée de sa propriété, en se demandant ce qu'il allait bien pouvoir raconter à sa femme.

L'homme d'âge mûr, au crâne rasé et aux grosses lunettes à monture d'écaille qui agrandissaient ses yeux, se tenait à une dizaine de mètres de la file de passagers au départ du vol 7000 de la Lufthansa, à destination de Stuttgart. Chacun présentait son passeport et son billet, il y avait une courte attente tandis que l'employé vérifiait la validité du passeport sur un écran d'ordinateur caché sous le comptoir. L'homme au crâne lisse était déjà passé au contrôle, il avait sa carte d'embarquement dans la poche. Il suivit anxieusement des yeux une femme aux cheveux grisonnants qui présentait ses papiers. Quelques secondes plus tard, un soupir audible de soulagement lui échappa ; la femme s'éloigna du comptoir. Ils se rejoignirent trois minutes plus tard devant le kiosque à journaux, se plantèrent devant les présentoirs de revues, sans se regarder, échangeant des murmures.
– C'est fini, fit l'homme en allemand. Nous embarquons dans vingt minutes. Je monterai dans les derniers, toi dans les premiers.
– Tu ne crois pas que ces précautions sont excessives, Rudi ? D'après nos passeports et les photos, nous n'avons plus rien à voir avec ceux que nous étions et rien ne prouve que l'on s'intéresse à nous.
– Je préfère l'excès de prudence à la négligence. On remarquera mon absence au laboratoire ; on l'a peut-être déjà remarquée, si un de mes collègues a essayé de me joindre, dans la matinée. Nous avançons à grands pas vers la mise au point des fibres optiques qui permettront

d'intercepter les transmissions internationales par satellite, quelle que soit la fréquence.

– Tu sais que je ne comprends rien à votre jargon...

– Ce n'est pas un jargon, ma chérie, mais le résultat de recherches extrêmement concrètes. Nous travaillons jour et nuit, en nous relayant, et, à n'importe quel moment, un collègue peut avoir besoin de vérifier l'état des recherches dans nos ordinateurs.

– Laisse-les faire, mon chéri.

– Tu ne comprends rien à rien ! J'ai pris les logiciels et j'ai introduit un virus dans le système.

– Tu sais que ton crâne tout déplumé est loin d'avoir la séduction de ta crinière blanche ? Et si je laisse un jour mes cheveux devenir aussi gris, je ne t'en voudrai pas si tu prends une maîtresse.

– Tu es impossible, ma jeune et adorable femme !

– Alors, pourquoi faire tout ce cinéma ?

– Je t'ai déjà expliqué je ne sais combien de fois. La Fraternité, il n'y a que la Fraternité qui compte !

– Si tu savais comme la politique m'ennuie.

– Nous nous retrouverons à Stuttgart. À propos, je t'ai acheté la rivière de diamants que tu as vue chez Tiffany.

– Tu es un amour ! J'exciterai l'envie de toutes les femmes de Munich !

– Vaclabruck, ma chérie. Munich, ce sera le week-end.

– Quelle barbe !

Arnold Argossy, impresario pour la radio et la télévision de la frange ultraconservatrice de la droite américaine, logea péniblement son énorme carcasse dans le fauteuil trop exigu du studio. Il mit son casque, leva les yeux vers la vitre teintée derrière laquelle se tenaient le metteur en ondes et les techniciens qui allaient permettre à sa voix aiguë et grinçante, si familière, si appréciée dans sa circonscription, d'être entendue d'un bout à l'autre du pays. Les auditeurs, autrefois en quantité considérable, se faisaient de moins en moins nombreux, choqués, peut-être, par ses attaques singulièrement haineuses contre tout ce qu'il qualifiait de *libéral*, sans proposer de solution de remplacement cohérente à ce qu'il démolissait. La baisse progressive de l'audience n'avait en rien dégonflé son ego ; tout au contraire, pour retenir ses auditeurs, il se lançait dans des critiques de plus en plus virulentes contre les suppôts du communisme, les fascistes femelles, les tueurs d'embryons, les gogos de l'exclusion qui, en fin de compte, ne pouvaient que rebuter la vaste « majorité patiente et stable », lassée de ses diatribes.

La lumière rouge s'alluma. Il était à l'antenne.

– Salut à vous, robustes fils et filles des géants qui ont fait d'un pays de sauvages une nation où il fait bon vivre. C'est A.A. qui vous parle et, aujourd'hui, je veux vous entendre ! Vous, les honnêtes travailleurs de ce pays souillé, pourri par les sycophantes obsédés par le sexe, méprisant la religion et la moralité, ceux qui nous gouvernent et ne songent qu'à s'en mettre plein les poches ! Imaginez-vous qu'un projet de loi présenté au Congrès permettra, avec nos impôts, de financer des cours d'éducation sexuelle obligatoires, plus particulièrement destinés aux jeunes des quartiers défavorisés ! Incroyable ! Notre bon argent utilisé pour payer un million de condoms par jour, afin de permettre à la progéniture déracinée des oisifs et des indolents de forniquer... Je n'en dirai pas plus, des enfants nous écoutent. Quelle autre solution, me direz-vous ? Elle est si évidente que je vous entends crier la réponse. La *stérilisation*, mes amis ! L'impossibilité de procréer pour assouvir ses instincts, car la luxure n'est pas l'amour conjugal. La luxure est la pulsion sexuelle indifférenciée des animaux, qu'aucune éducation ne pourra guérir... Vous savez à qui je pense, bien entendu ? J'entends déjà le chœur des libéraux crier au racisme. Je ne le crois pas. Qu'en pensez-vous, mes amis ?

– Bravo ! lança le premier auditeur. Moi, j'ai rien contre personne, mais je parie que, si on donnait vingt-cinq mille dollars à tous les Noirs au chômage pour qu'ils repartent fonder une tribu en Afrique, ils sauteraient sur l'occasion. J'ai même calculé que ça nous reviendrait moins cher.

– La Constitution ne permet pas d'encourager l'émigration avec les deniers publics. Mais, en un mot, je suis pour ! Suivant, s'il vous plaît !

– J'appelle de New York, Lower West Side. Je peux vous dire qu'ici les odeurs de cuisine cubaine et latino empestent tout l'immeuble et que je n'arrive même plus à lire les enseignes des magasins. On ne peut donc pas se débarrasser de Castro et renvoyer tous ces gens chez eux ?

– Il n'est pas permis non plus d'encourager la discrimination raciale, cher monsieur, mais votre suggestion est intéressante. Écrivez à votre sénateur ou à votre député et demandez pourquoi nous n'avons pas encore envoyé une équipe de tueurs assassiner le dictateur coco ! Existe-t-il une autre solution ?

– Bravo et encore bravo, A.A. ! Les sénateurs et les députés, ils doivent nous écouter, non ?

– Certainement, mon ami.

– Super !... Et c'est qui ?

– Vous trouverez tous les renseignements à la poste. Appel suivant pour l'Argonaute Argossy, s'il vous plaît.

– Bonsoir, *mein Herr*. J'appelle de Munich, c'est le soir ici. Nous vous écoutons sur la station Religion du monde et nous louons le Seigneur de vous recevoir. Nous tenons à vous remercier de tout ce que vous avez fait pour nous.

– Qu'est ce que c'est que cette histoire ? demanda Argossy, en couvrant le micro de la main et en se tournant vers le panneau de verre teinté.

– Cette station nous ouvre un marché très fructueux, Arnie. Nous pénétrons en Europe sur ondes courtes. Sois sympa avec ce type et écoute-le. Il y a de l'argent à gagner.

– Alors, mon nouvel ami, tout va bien à Munich ?

– Beaucoup mieux depuis que nous entendons votre voix, *Herr* Argossy.

– Cela fait plaisir à entendre. Je me suis rendu l'an dernier dans votre belle ville et j'ai dégusté les meilleures saucisses et la meilleure choucroute de ma vie. Elles étaient accompagnées de purée et de moutarde. Génial !

– C'est vous qui êtes génial, *mein Herr*. Vous êtes des nôtres, à n'en pas douter. Un partisan de l'Allemagne nouvelle.

– Je crains de ne pas suivre votre raisonnement...

– Mais, si, *natürlich* ! Nous bâtirons le nouveau Reich, le IVe Reich, et vous serez notre ministre de la Propagande. Vous serez beaucoup plus efficace que Goebbels ne l'a jamais été ; vous êtes infiniment plus persuasif !

– Qui est ce con ? rugit Arnold Argossy.

– Coupez les micros, arrêtez les bandes ! s'écria le metteur en ondes. Seigneur ! Combien de stations ont reçu cela en direct ?

– Deux cent douze, répondit un technicien avec indifférence.

– Bordel de Dieu ! lâcha le metteur en ondes en se laissant tomber dans un fauteuil.

The Washington Post

Des investigations discrètes sonnent l'alarme au Capitole

Des agents du FBI posent des questions dans le cadre d'une enquête.

Washington, D.C., *vendredi. Notre quotidien a appris que des agents du FBI parcouraient le pays pour glaner des renseignements sur des membres en vue du Sénat et de la Chambre des représentants, ainsi que sur de hauts fonctionnaires. La nature de ces investigations n'a pu être clairement établie et le ministère de la Justice refuse de donner des précisions et même de confirmer leur réalité. Mais les rumeurs persistent, alimentées par le sénateur Lawrence Roote, du Colorado, dont l'entourage a reconnu qu'il avait demandé à être reçu séance tenante par le ministre. À la suite de cet entretien, le sénateur, pour tout commentaire, a déclaré qu'il s'agissait d'un malentendu.*

La confirmation que ces « malentendus » se multiplient hors de la capitale a été apportée hier soir par Franklyn Wagner, le présentateur aussi populaire que respecté du journal du soir de MBC, qui a pris deux minutes d'antenne pour ce qu'il a nommé un « devoir personnel ». Il y avait dans sa voix bien timbrée une amertume perceptible, une rage rentrée. Il fustigea « les hyènes bien-pensantes qui exploitent des positions politiques remontant à un passé lointain, mais parfaitement légales, jusqu'aux patronymes et à leurs origines pour souiller les objets de leur inimitié ». Il évoqua « l'hystérie collective des années McCarthy, où d'honnêtes citoyens furent ruinés par les insinuations et les amalgames sans fondement », acheva en affirmant qu'il était « reconnaissant à ce magnifique pays de l'accueillir » – Wagner est canadien –, mais qu'il sauterait dans le premier avion pour Toronto, si sa famille et lui-même devaient être « cloués au pilori ».

Bombardé de questions après l'émission, il se refusa à tout commentaire et déclara simplement que les instigateurs de cette campagne se connaissaient et que « cela suffisait ». De son côté, la direction de la chaîne a indiqué que les standards étaient saturés, estimant que plusieurs milliers d'appels avaient été reçus, dont plus de quatre-vingts pour cent exprimaient leur soutien à M. Wagner.

Le seul élément concret dont nous disposons est que les investigations sont, d'une manière ou d'une autre, liées à des événements récents survenus en Allemagne, où des factions extrémistes de droite ont réussi des percées significatives à l'intérieur du gouvernement de Bonn.

Dans l'appartement de son complexe médical inachevé, au cœur de la forêt de Vaclabruck, Gerhardt Kroeger faisait nerveusement les cent pas devant le fauteuil où était assise Greta, son épouse.

– Il est encore vivant, nous le savons ! lança le chirurgien en contenant difficilement son excitation. Il a surmonté la première crise, très bon signe pour mon expérience, mais dangereux pour notre cause.

– Pourquoi, Gerhardt ? demanda l'infirmière.

– Parce que nous l'avons perdu !

– Et alors ? Ses jours sont comptés, non ?

– Bien sûr, mais, s'il succombe chez nos ennemis à une hémorragie cérébrale, ils feront une autopsie. Les médecins découvriront mon implant et nous ne pouvons laisser cela se produire !

– Tu ne peux pas y faire grand-chose, pourquoi te mettre dans cet état ?

– Parce qu'il faut le retrouver. Je dois le retrouver !

– Comment ?

– Le moment viendra, pendant ses derniers jours, ses dernières heures, où il éprouvera le besoin de prendre contact avec moi. Son désarroi sera si grand qu'il demandera des instructions. Il les exigera.

– Tu n'as pas répondu à ma question.

– Je sais. Je n'ai pas de réponse.

Le téléphone sonna sur la table, près du fauteuil. Greta décrocha.

– Allô ! Oui, *Herr Doktor*... C'est Hans Traupman, expliqua-t-elle, en plaçant la main sur le combiné. Il dit que c'est urgent.

– Je m'en doute, il appelle si rarement.

Kroeger s'approcha et prit le combiné.

– Ce doit être vraiment urgent, docteur. Je ne sais plus à quand remonte la dernière fois où vous m'avez appelé.

– Le général von Schnabe a été arrêté il y a une heure, à Munich.

– Bon Dieu ! Pour quelle raison ?

– Activités subversives, incitation à la violence, crimes contre l'État, le jargon judiciaire habituel que nos prédécesseurs avaient affiné.

– Comment est-ce possible ?

– Votre Latham-Lassiter n'était apparemment pas le seul agent infiltré dans notre vallée.

– Inconcevable ! Chacun de nos disciples a été soumis à des examens extrêmement rigoureux, incluant une exploration du cerveau au scanner, qui aurait décelé mensonges, doutes, hésitations. J'ai personnellement conçu les procédures ; elles sont totalement fiables.

– L'un d'eux a peut-être retourné sa veste après avoir quitté la vallée. Quoi qu'il en soit, von Schnabe a été interpellé et identifié par un témoin resté anonyme, dans les locaux de la police. D'après les rares éléments dont nous disposons, il pourrait s'agir d'une femme, car il était apparemment question de violences sexuelles. On a entendu un inspecteur du commissariat central de Munich plaisanter là-dessus avec ses collègues.

– J'en ai maintes fois parlé au général, je l'ai souvent mis en garde contre ses liaisons avec le personnel féminin. Il m'a toujours répondu : « Malgré tout votre savoir, Kroeger, vous ne pouvez pas comprendre. Un général symbolise le pouvoir, et le pouvoir est l'essence du sexe. Elles me *veulent*. »

– Son grade n'est même pas authentique, répliqua Traupman. Sa particule encore moins.

– Vraiment ? Je croyais...

– C'est ce qu'on voulait vous faire croire, Gerhardt, coupa le chirurgien de Nuremberg. Schnabe est un grand connaisseur en opérations militaires, un partisan dévoué de notre cause – rares sont ceux qui auraient pu découvrir, aménager et administrer notre vallée. Telles étaient ses grandes qualités. En réalité, d'un point de vue médical, le général est un être asocial, d'une intelligence exceptionnelle, le genre d'individu dont un mouvement comme le nôtre a le plus grand besoin, surtout dans la phase initiale de son développement. Par la suite, il va sans dire qu'ils sont remplacés. Ce fut l'erreur du IIIe Reich ; ils ont cru à leurs titres fallacieux, ils s'en sont glorifiés, sans s'appuyer sur les vrais généraux, les *Junkers*, qui auraient pu leur faire gagner la guerre, en choisissant le bon moment pour l'invasion de l'Angleterre. Nous ne commettrons pas les mêmes erreurs.

– Alors, qu'allons-nous faire, *Herr Doktor* ?

– Nous avons pris des dispositions pour que Schnabe soit abattu cette nuit, dans sa cellule. L'arme du tueur sera munie d'un silencieux. Il n'a pas été difficile de trouver quelqu'un ; le chômage sévit aussi chez les gens de sac et de corde. Ce doit être fait avant son interrogatoire, avant qu'on ne lui fasse une injection d'Amytal.

– Et Vaclabruck ?

– C'est votre affaire maintenant. Ce qui nous préoccupe, ce qui préoccupe notre chef, à Bonn, c'est votre robot programmé. Me direz-vous quand il doit mourir ?

– Entre un et trois jours. Il ne tiendra pas plus longtemps.

– Parfait.

– Pardonnez-moi, *Herr* Traupman, mais il est très possible qu'il se produise une quasi-explosion dans le lobe occipital de son cerveau.

– Là où vous avez introduit votre implant ?

– Oui.

– Nous devons mettre la main sur lui avant que cela ne se produise. S'ils découvrent un robot, ils imagineront qu'il y en a mille autres.

– C'est ce que j'ai dit à ma femme.

– Qu'en pense Greta ?

– Elle est d'accord avec moi, répondit Kroeger, tandis que sa femme se levait d'un bond en secouant la tête avec véhémence. Je dois aller à Paris voir nos amis. D'abord les *Blitzkrieger* ; ils ont raté leur coup. Ensuite notre taupe à l'ambassade ; il faut approfondir ce qu'elle sait sur les Antineos. Enfin notre agent à la DST ; il est trop indécis.

– Soyez prudent avec Moreau. Il est des nôtres du fond de son cœur, mais il est français. Nous ne savons pas vraiment de quel côté il penche.

12

Drew Latham attendait dans l'ombre de la place du Trocadéro, derrière la statue d'Henri III, des jumelles de nuit collées sur les yeux. De l'autre côté de la terrasse, à une centaine de mètres, s'étendait une autre zone d'ombre, entre les statues de Louis XIV et Napoléon Ier. C'était le lieu de rendez-vous fixé par Drew lors de son dernier appel à Karin de Vries, pour la remise de « papiers confidentiels » qui se trouvaient dans le bureau de son « défunt frère » et dont il avait absolument besoin. Il était près de 23 heures, la pleine lune éclairait le ciel de Paris, une lune de chasseur professionnel, dans le veldt africain. Drew puisa du réconfort dans cette image.

Deux hommes descendirent d'une conduite intérieure noire, le long d'une aile de la façade monumentale. Vêtus d'un complet sombre, portant ostensiblement les mallettes qui devaient contenir les papiers demandés « de toute urgence », ils se dirigèrent vers le lieu du rendez-vous. C'étaient des néonazis, car cette dernière demande, comme convenu avec Karin, n'avait pas été transmise. La preuve que son poste était sur écoute, à l'intérieur de l'ambassade.

Drew se mêla à la foule des promeneurs, en majorité des touristes, appareil photo en bandoulière. Des flashes perçaient l'obscurité de-ci de-là. Drew avait relevé le col de sa veste, une casquette noire dissimulait partiellement son visage. Il avança dans la foule, en passant d'un groupe à l'autre, jusqu'à ce qu'il arrive à une quinzaine de mètres du rendez-vous. Il observa les deux hommes entre les statues imposantes ; ils étaient calmes, presque aussi immobiles que les deux sculptures, leur tête seule tournait lentement. Latham continua de marcher en compagnie des touristes les plus proches, remarqua soudain qu'ils étaient asiatiques, tous beaucoup plus petits que lui. Un autre groupe d'Occidentaux arrivait en sens contraire ; il leur emboîta le pas, comprit en les entendant parler qu'ils étaient allemands. C'est peut-être de bon augure, se dit-il, avant de constater que le sort tournait franchement en sa faveur. Comme un seul homme, le groupe d'Allemands se planta devant la statue de Napoléon, le conquérant des conquérants, et, à en juger par la vivacité des commentaires, un rapprochement s'établit de façon manifeste. *Sieg Napo !* se dit Drew, sans quitter des yeux les néonazis, à trois ou quatre mètres de lui. C'était le moment de faire quelque chose, mais il ne savait pas quoi. Une idée lui vint : un pickpocket !

Il choisit la plus mince, la moins imposante des femmes qui l'entouraient et arracha son sac à main. Elle se mit aussitôt à hurler. Dans la semi-obscurité, Drew lança le sac en direction de l'homme qui se trouvait le plus près du premier faux messager, poussa un couple vers lui, bouscula un premier homme, puis un second tout en poussant des cris inintelligibles dans un ersatz d'allemand. En quelques secondes, un début d'émeute éclata devant la statue de Napoléon, les hurlements allèrent crescendo, tandis que chacun s'efforçait de mettre la main dans la pénombre sur l'escamoteur et l'objet volé. Le premier faux courrier fut pris dans la mêlée ; il s'efforçait maladroitement de repousser les furieux qui l'entouraient quand Latham apparut devant lui.

– *Heil Hitler !* fit posément Drew, en contrepoint des cris hystériques qui retentissaient alentour.

Il frappa l'homme à la gorge, de toutes ses forces. Le néonazi s'affaissa, Drew tira le corps dans l'ombre, derrière la rangée de statues donnant sur la tour Eiffel qui se dressait majestueusement, à la lumière des projecteurs.

Il devait emmener son prisonnier loin du Trocadéro. Il fallait aussi échapper au second messager et aux renforts qui attendaient peut-être dans la voiture noire. Drew était venu équipé à ce rendez-vous, comme il le faisait toujours, avec du matériel fourni par les Antineos. Un atomiseur d'Arcane pour empêcher les cordes vocales de vibrer, un fil métallique destiné à immobiliser les poignets et un téléphone cellulaire dont le numéro était introuvable. Il utilisa les deux premiers, prenant juste un moment pour replonger dans l'inconscience son captif qui commençait à revenir à lui, et prit le téléphone dans la poche intérieure de sa veste. Il composa le numéro personnel du colonel.

– Oui ? fit une voix douce.

– Witkowski, c'est moi ! J'en tiens un.

– Où êtes-vous ?

– Au Trocadéro. Côté nord, dernière statue.

– La situation ?

– Rien n'est sûr. Il y a un autre homme et une voiture, noire, quatre portes, garée juste au-dessus. J'ignore s'il y en a d'autres à l'intérieur.

– Il y a du monde sur l'esplanade ?

– Pas trop.

– Comment avez-vous neutralisé la cible ?

– Avons-nous vraiment le temps de parler de ça ?

– Si vous voulez que j'agisse efficacement, nous prenons le temps. Comment avez-vous fait ?

– Un groupe de touriste s'est arrêté à proximité d'eux. J'ai arraché un sac et déclenché un début d'émeute.

– Bien joué. Nous allons poursuivre l'offensive. Je vais appeler la police pour dire que nous craignons qu'un Américain ait été assassiné par des voleurs.

– Ils étaient allemands.

– Peu importe. Vous entendrez les sirènes dans quelques minutes. Traversez la terrasse et gagnez la rue. J'arrive aussi vite que possible.

– Stanley ! Ce type pèse une tonne !

– Et votre condition physique ?

– Mais que vais-je dire, si on m'arrête ?

– Qu'il est américain et ivre. Les Parisiens adorent entendre ce genre de chose. Voulez-vous que je le dise en français ? Non, ce n'est pas la peine, vous vous débrouillerez mieux tout seul. Au boulot !

Trente secondes plus tard, comme le colonel l'avait annoncé, cinq voitures de police convergèrent vers l'entrée du Trocadéro, dans un concert d'avertisseurs. L'attention de la foule se tourna vers ce nouveau centre d'intérêt, Latham en profita pour traverser l'esplanade, en soutenant le corps inerte de son captif. Quand il atteignit l'ombre des statues, il le chargea sur son épaule, à la manière des pompiers, et remonta à grands pas en direction de la rue. Drew s'agenouilla, le corps du néonazi tassé près de lui, et attendit le signal de Witkowski. Il vint sous la forme d'une voiture de l'ambassade, qui freina brutalement au bord du trottoir, en faisant des appels de phares, le signal de repli conventionnel.

The New York Times

VOL DANS UN LABORATOIRE GOUVERNEMENTAL TOP SECRET

Disparition d'un chercheur, Rudolph Metz,
et destruction de données informatiques

BALTIMORE, *samedi. Niché dans les collines des environs de Rockland, un complexe scientifique où sont menées des expériences ultra-secrètes dans le domaine des microcommunications a fait appel aux autorités dans le courant de la matinée. Il était impossible aux chercheurs de joindre leur collègue, le docteur Rudolph Metz, un spécialiste mondialement connu des fibres optiques. Des visites à son domi-*

cile se révélèrent infructueuses. La police, sur commission rogatoire, a pénétré dans les lieux, sans rien trouver d'anormal, si ce n'est une garde-robe étrangement restreinte pour un couple aussi aisé que le docteur Metz et son épouse. Les techniciens du laboratoire devaient, par la suite, signaler que les résultats des recherches des douze derniers mois avaient été effacés de la mémoire des ordinateurs et qu'ils avaient découvert des traces suggérant la présence d'un virus informatique.

D'après leurs voisins, le docteur Metz, âgé de soixante-treize ans, un ancien petit prodige d'origine allemande, devenu citoyen américain, et sa quatrième épouse étaient des gens bizarres. « Ils ne voyaient jamais personne, sauf en de rares occasions où elle donnait une grande fête et exhibait tous ses bijoux, mais personne ne les connaissait vraiment », confie Mme Bess Thurgold, leur plus proche voisine. « Il était très difficile de se lier avec lui, ajoute Me Ben Marshall, un avocat demeurant en face du couple. Il se refermait comme une huître, chaque fois que j'abordais un sujet de politique. Nous vivions dans le même quartier, tous les gens d'ici ont une certaine aisance sociale, mais je ne l'ai jamais entendu émettre une opinion. Même sur les impôts ! »

Dans l'état actuel de l'enquête, les hypothèses les plus plausibles s'orientent soit vers des troubles psychiques dus au surmenage, vers des problèmes conjugaux résultant de la grande différence d'âge entre la jeune épouse et le docteur Metz qui en est à son quatrième mariage, ou encore vers un enlèvement par une organisation terroriste espérant tirer profit de ses connaissances dans un domaine particulièrement sensible.

Latham et Stanley Witkowski transportèrent directement le faux messager, encore sans connaissance, dans l'appartement du colonel, rue Réaumur. Ils prirent l'entrée de service et utilisèrent le monte-charge pour monter le néonazi à l'étage de Witkowski, puis ils le traînèrent dans l'appartement.

– Comme ça, il n'y a rien d'officiel et c'est *bardzo dobrze*, fit le colonel, tandis qu'ils étendaient le corps inerte sur le canapé.

– Comment ?

– Ça veut dire que c'est bien. Harry aurait compris ; il parlait le polonais.

– Désolé de ne pas être à la hauteur.

– Pas grave. Vous vous êtes bien débrouillé ce soir. Bon, il va falloir réveiller ce lascar et lui flanquer la trouille, jusqu'à ce qu'il se décide à parler.

– Comment allons-nous nous y prendre ?

– Vous fumez ?

– Pour ne rien vous cacher, j'essaie d'arrêter.

– Je ne fais pas partie de la Ligue antitabac, Drew. Dites-moi seulement si vous avez une clope.

– J'en garde quelques-unes sur moi... En cas d'urgence, vous voyez ?

– Allumez-en une et passez-la-moi.

Le colonel commença à frapper du plat de la main sur les joues du tueur qui cligna des yeux.

– Il y a une bouteille d'Évian sur le bar, derrière vous, fit Witkowski, en prenant la cigarette allumée que lui tendait Latham. Passez-la-moi.

– Tenez.

– Alors, *Junge* ! lança Witkowski en versant de l'eau sur la figure du néonazi, qui écarquilla les yeux. Garde tes beaux yeux bleus bien ouverts, mon garçon, je vais te brûler les globes oculaires.

Le colonel plaça l'extrémité incandescente de la cigarette à cinq millimètres de l'œil gauche du prisonnier.

– *Nein !* hurla le néonazi. *Nein, bitte !*

– Voudrais-tu me faire croire que tu n'es pas un vrai dur ? Tu as brûlé des gens, toi aussi, les yeux, les corps entiers. Voudrais-tu me faire croire que tu ne peux pas te passer d'un tout petit œil... en attendant l'autre, bien sûr ?

La cigarette entra en contact avec la cornée de l'œil gauche.

– Aïe ! Aïe ! Aïe !

– Celui-ci retrouvera peut-être la vue, avec un traitement approprié, fit le colonel en écartant la cigarette. Si j'effectue maintenant la même opération sur l'autre, ce sera différent. Je transpercerai la rétine et la douleur sera atroce, sans compter que tu deviendras aveugle.

Witkowski approcha la cigarette de l'œil droit, la cendre tomba.

– Allons-y, courageux fils d'Hitler, voyons si tu as du cran !

– *Nein... nein !* Demandez-moi ce que vous voulez, mais ne faites pas ça !

Deux minutes plus tard, le colonel s'adressa au néonazi qui tenait une poche de glace sur son œil gauche.

– Tu sais maintenant de quoi je suis capable, Hermann. Comme il y a cinquante ans, ceux que tu admires tant. Mes grands-parents ne sont jamais revenus d'Auschwitz, vois-tu. Si cela ne tenait qu'à moi, je te recoucherais sur ce canapé et non seulement je te brûlerais les yeux, mais je te couperais les roustons. Puis je te remettrais en liberté pour voir comment tu joues les terreurs dans la rue !

– Calmez-vous, Stosh, fit Latham en prenant Witkowski par l'épaule.

– Vous n'avez pas à me dire de me calmer, gamin ! Ma famille s'est fait gazer pour avoir caché des juifs !

– D'accord, d'accord, mais, dans l'immédiat, nous voulons des renseignements.

– C'est vrai... c'est vrai, fit le colonel en inspirant profondément. Je n'ai pas su me retenir, reprit-il, plus posément. Vous ne pouvez pas imaginer à quel point j'exècre ces ordures.

– Je crois que si, Stanley. Ils ont assassiné mon frère. Passons à l'interrogatoire.

– Très bien. Qui es-tu, d'où viens-tu, qui t'a envoyé ?

– Je suis un prisonnier de guerre et je ne suis pas obligé...

Du revers de la main, Witkowski frappa le néonazi sur la bouche, un coup porté avec sauvagerie. Sa chevalière fit éclater la lèvre, d'où coula un filet de sang.

– C'est vrai qu'il y a une guerre, nazillon de merde, mais elle n'est pas déclarée et cela ne te donne aucun droit d'échapper au sort que je te réserve. Crois-moi, ce ne sera pas agréable. Il y a une vieille baïonnette sur le bureau, poursuivit le colonel en s'adressant à Latham. Je m'en sers pour ouvrir les enveloppes. Ayez la gentillesse d'aller la chercher. Nous verrons comment elle peut trancher une gorge, ce qui était sa destination première.

Drew s'avança jusqu'au bureau et revint avec l'arme pointue, tandis que Witkowski palpait la chair du cou du nazi terrifié.

– À votre service, docteur.

– C'est drôle que vous disiez cela, fit le vétéran du renseignement militaire. Pas plus tard qu'hier soir, j'ai pensé à ma mère ; elle aurait voulu que je devienne médecin, chirurgien pour être exact. Combien de fois l'ai-je entendue dire : « Tu as de bonnes mains, Stachu, des mains solides. Sois un de ces médecins qui opèrent ; ils gagnent bien leur vie. » Voyons si j'attrape le coup.

Le colonel enfonça l'index dans la chair tendre, juste au-dessus du sternum de l'Allemand. J'ai l'impression que c'est un bon endroit pour commencer, poursuivit-il en baissant la pointe de la lame. On dirait de la gelée, avec cette consistance gélatineuse qu'une cuiller suffit à couper. Avec un couteau, ce sera du gâteau, et ce couteau-là a une belle lame. Bon, nous allons commencer la première incision... Joli mot, « incision », non ?

– *Nein !* hurla le néonazi en se débattant, tandis qu'un filet de sang se formait le long de son cou. Que voulez-vous que je vous dise ? Je ne sais rien, j'ai simplement obéi aux ordres !

– Qui te donne ces ordres ?

– Je ne sais pas ! On me téléphone – un homme, parfois une femme –, on utilise mon numéro de code et je dois obéir.

– Ça ne suffit pas, ordure...

– Il dit la vérité, Stosh, fit vivement Latham, empêchant Witkowski de taillader plus profondément les chairs. Le chauffeur de l'autre soir m'a fait la même réponse, presque mot pour mot.

– Quelles étaient tes instructions pour ce soir ? poursuivit le colonel, sourd aux cris du nazi qui sentait la baïonnette appuyer sur sa peau. Pour ce soir ! répéta-t-il dans un rugissement.

– Le tuer, *ja*, tuer le traître, mais emporter son corps pour aller le brûler ailleurs.

– Le brûler ? répéta Drew.

– *Ja !* Et couper la tête, la brûler aussi, mais loin du corps.

– Loin du corps... ?

Drew considéra longuement l'Allemand au visage horrifié, tremblant comme une feuille.

– Je ne sais rien d'autre, je le jure !

– Tu parles ! ricana le colonel, en enfonçant un peu plus la lame. J'ai interrogé des centaines de petites frappes dans ton genre et on ne me la fait pas ! Je le vois dans tes yeux, tu n'as pas tout dit, tu nous caches encore quelque chose !... Abattre quelqu'un, ce n'est pas la mer à boire, mais la suite est un peu plus difficile, bien plus dangereuse. Transporter un cadavre, couper la tête, brûler le tout ; même pour des psychopathes comme vous, c'est un peu bizarre. Qu'est-ce que tu nous caches ? Parle, ou je te fais un trou dans la gorge !

– *Nein !* Il va mourir bientôt, mais il ne faut pas qu'il meure aux mains de l'ennemi ! Nous devons l'éliminer avant !

– Il va mourir ?

– *Ja !* Il n'y a rien à faire. Trois jours, quatre jours, c'est tout ce qui lui reste, mais je n'en sais pas plus. Nous devions le supprimer ce soir, le tuer avant le lever du jour, loin, pour qu'on ne retrouve pas son corps.

Latham s'éloigna du canapé, tout étourdi, s'efforçant de percer l'énigme posée par le nazi. Cela n'avait aucun sens ; il restait toutefois une hypothèse qui, apparemment, ne pouvait être écartée.

– Je vais remettre cette face de rat aux mains des services de renseignement français, avec une déposition où figurera chaque mot qu'il a prononcé, grâce à ce petit magnétophone, sur mon bureau, qui a tout enregistré.

– J'ai une autre idée, Stosh, fit Drew en se tournant vers le colonel. On pourrait peut-être le mettre dans un appareil diplomatique à destination de Langley, en réservant nos explications aux destinataires de la CIA.

– Quelle idée ! C'est un problème qui relève des autorités françaises.

– Ce n'est peut-être pas si simple, Stanley. Pensez à la liste d'Harry. Nous devrions peut-être chercher à savoir qui, à la CIA, essaiera de protéger cet homme ou, au contraire, de l'éliminer.

– Vous allez trop loin pour moi, jeune homme.

– Pour moi aussi, colonel. Maintenant, je suis Harry, et ma mort est annoncée.

13

À 3 heures du matin, derrière le casino de Monte-Carlo, les petites rues étaient presque désertes ; les derniers joueurs quittaient l'établissement, titubants, transportés de joie ou seulement fatigués. Claude Moreau s'engagea dans une ruelle menant à un muret de pierre qui dominait le port. Il s'arrêta devant le petit mur, son regard s'attarda sur la scène en contrebas. C'était un havre pour les nantis de la planète, matérialisé par les lumières des yachts et des cabin-cruisers au mouillage. Cela ne suscitait en lui aucune envie ; son regard était celui d'un observateur appréciant la beauté superficielle du spectacle. Le fonctionnaire qu'il était n'avait aucun mal à se protéger de toute envie ; il avait été amené, dans l'exercice de ses fonctions, à passer du temps dans la compagnie des propriétaires de ces luxueux bateaux, ce qui lui avait permis d'observer leur mode de vie et même de creuser plus profond. Ce qu'il avait vu lui suffisait. Les riches, pour schématiser, passaient leur temps à rechercher constamment de nouveaux centres d'intérêt, de nouvelles expériences, de nouvelles sensations. Cette poursuite incessante devenait leur réalité, cette quête sans fin ne conduisait qu'à une nouvelle quête. Ils vivaient dans l'opulence ; ils en avaient besoin, le reste n'était qu'ennui et langueur, dans l'attente du prochain stimulant qui leur occuperait l'esprit. Quoi de neuf ? Que faire ?

– Bonsoir, fit une voix dans l'ombre. Vous êtes l'ami de la Fraternité ?

– Votre cause est vaine, répondit Moreau, sans se retourner vers la silhouette qui s'approchait. Je vous l'ai dit cent fois, mais si vous continuez à améliorer ma situation financière, je ferai ce que vous demandez.

– Notre *Blitzkrieger*, la femme du casino, vous l'avez emmenée. Que lui est-il arrivé ?

– Elle a choisi de se donner la mort, comme les deux autres, en prison, il y a quelques mois. Après son arrestation, nous n'avons pas cherché dans les endroits les plus intimes de sa personne, sinon nous aurions trouvé des capsules de cyanure enveloppées dans du plastique.

– *Sehr gut*. Elle n'a rien dit ?

– Comment aurait-elle pu parler ? Elle n'est pas ressortie vivante des toilettes.

– Nous ne risquons donc rien ?

– Dans l'immédiat. Je compte sur le règlement habituel, à Zurich, pour ma précieuse collaboration. Dès demain.

– Ce sera fait.

La silhouette recula dans l'ombre, Moreau glissa la main dans sa poche de poitrine pour couper le petit magnétophone. Un contrat verbal n'avait aucune valeur, sans une trace tangible.

Basil Marchand, membre de la Chambre des lords, abattit le presse-papiers de bronze sur son bureau avec une telle force que le dessus de verre se brisa, projetant des éclats dans la pièce. L'homme qui se tenait devant lui fit un pas en arrière et détourna la tête.

– Comment osez-vous dire cela ? s'écria le vieux pair d'Angleterre, les mains tremblant de fureur. Les hommes de ma famille ont participé à la guerre de Crimée et à tous les conflits qui ont eu lieu depuis, y compris la guerre des Boers, où un jeune correspondant de guerre du nom de Winston Churchill exalta leur bravoure au combat. Comment est-il possible de faire de telles insinuations ?

– Pardonnez-moi, lord Marchand, répliqua posément, d'une voix ferme, l'officier du MI-5, votre famille s'est illustrée depuis le début du siècle sur les champs de bataille et a mérité ses distinctions, mais il y a eu une exception. Je pense, bien entendu, à votre frère aîné, l'un des fondateurs du groupe Cliveden qui, si j'ai bonne mémoire, tenait Adolf Hitler en assez haute estime.

– Chassé de la famille avec perte et fracas ! rugit lord Marchand, en ouvrant violemment un tiroir d'où il sortit un parchemin dans un cadre en argent. Voilà de quoi rabattre votre caquet de blanc-bec ! Une citation de la main du roi pour ma conduite à Dunkerque ! J'avais seize ans, j'ai sauvé dans mon bateau trente-huit de nos soldats qui allaient se faire massacrer ou capturer. C'était avant qu'on ne me décore de la Military Cross, pour mes états de service dans la Royal Navy !

– Nous avons pleinement conscience de vos actes d'héroïsme, lord...

– Alors, ne m'attribuez pas les fantasmes nés dans l'esprit tordu d'un frère que j'ai à peine connu... et dont je n'aimais pas le peu que je connaissais, poursuivit le parlementaire outragé. Si vous avez fait correctement vos recherches, vous devez savoir qu'il a quitté l'Angleterre en 1940, qu'il n'y est jamais revenu et a dû se réfugier dans une île du Pacifique, où il est mort alcoolique.

– Je crains que ce ne soit pas tout à fait exact, rétorqua l'officier du MI-5. Votre frère s'est retrouvé à Berlin, sous une nouvelle identité, et a travaillé pendant toute la guerre au ministère de l'Information du Reich. Il a épousé une Allemande et, comme vous, a eu trois fils...

– Quoi ?...

Le vieux lord se laissa lentement tomber dans son fauteuil, bouche bée, suffoqué d'émotion.

– On ne nous a jamais rien dit, reprit-il d'une voix très faible, à peine audible.

– À quoi bon, lord Marchand ? Il a disparu après la guerre, avec toute sa famille, probablement dans une de ces enclaves allemandes, au Brésil ou en Argentine. Comme il ne figurait pas officiellement sur la liste des criminels de guerre, nous n'avons pas entrepris de recherches et, compte tenu des pertes subies par votre famille...

– Oui, fit doucement lord Marchand, mes deux autres frères et ma sœur : deux pilotes, une infirmière...

– Précisément. Nos services ont décidé d'enterrer cette sale histoire.

– Je vous en sais gré, infiniment. Je regrette de vous avoir traité si indignement.

– Ne vous en faites pas. Comme vous l'avez mentionné, on ne vous a jamais dit la vérité.

– Oui, bien sûr... Mais là, aujourd'hui, vous m'avez pratiquement accusé – moi et, indirectement, ma famille – d'appartenir à je ne sais quel mouvement fasciste. Pourquoi ?

– C'est une technique abrupte, qui ne nous plaît guère, mais a prouvé son efficacité. Je ne vous ai pas accusé explicitement ; je vous rappelle que j'ai présenté l'allusion comme suit : « la couronne serait profondément choquée d'apprendre, etc. » La première réaction est toujours d'intense indignation, mais il y a fausse indignation et indignation sincère. Il n'est pas difficile de les distinguer pour qui a tant soit peu d'expérience. C'est mon cas.

– Qu'ai-je fait pour vous convaincre ?

– Je suis sûr qu'avec quelques années de moins vous auriez sauté sur moi et vous m'auriez jeté dehors.

– Vous pouvez en être sûr.

– Vous avez eu une réaction sincère, qui ne pouvait être feinte.

– Je ne sais toujours pas pourquoi.

– Le nom de deux de vos fils figure sur une liste, éminemment confidentielle, de partisans des révolutionnaires néonazis.

– Comment est-ce possible ?

– Marchand Limited est un conglomérat textile, n'est-ce pas ?

– Bien sûr, tout le monde sait ça. Avec nos usines en Écosse, nous sommes la deuxième entreprise du Royaume-Uni. Deux de mes fils la dirigent ; ils ont pris ma succession. Le troisième, le Seigneur l'ait en Sa sainte garde, est musicien. Je me demande ce qu'ils ont fait pour justifier une telle accusation.

– Ils ont traité avec la société Oberfeld, expédié en Allemagne, dans ses entrepôts de Mannheim, des milliers de rouleaux de tissu destiné à fabriquer des chemises, des vareuses et des pantalons.

– En effet, j'ai étudié les factures, comme je le fais toujours. Oberfeld paie rubis sur l'ongle ; ce sont d'excellents clients. Et alors ?

– Oberfeld n'existe pas, c'est une façade pour le mouvement néonazi. Il y a une semaine, le nom et l'entrepôt de Mannheim ont disparu, se sont volatilisés ; comme votre frère s'est volatilisé, il y a cinquante ans.

– Où voulez-vous en venir ?

– Je vais m'exprimer aussi délicatement que je puis le faire, lord Marchand. Il n'est pas impossible que les fils de votre frère aient refait surface et, par une cruelle ironie, compromis, à leur insu, vos propres enfants en les engageant dans un complot visant à accélérer la résurgence nazie. En fournissant des uniformes.

– Des uniformes ?

– C'est l'étape suivante, lord Marchand. D'un point de vue historique, c'est dans la logique des choses.

Knox Talbot détestait se prendre pour Dieu. Trop d'hommes l'avaient fait avant lui, trop longtemps. Le rôle le mettait mal à l'aise, il se sentait affreusement hypocrite, mais n'avait pas le choix. On avait piraté les ordinateurs top secret de la toute-puissante CIA, pillé des logiciels renfermant les secrets du globe, en particulier les opérations les plus sensibles, montées aux quatre coins de la planète, au nombre desquelles la douloureuse odyssée de trois ans d'Harry Latham. Harry Latham-Alexander Lassiter. Nom de code : Venin.

Sous prétexte de faire tourner le personnel, il avait demandé à étudier plus de trois douzaines de dossiers, dont huit seulement retenaient son attention. Ceux des hommes et des femmes responsables des ordinateurs AA-Zéro, les seuls à détenir les clés et les codes pour pénétrer les secrets qui pouvaient coûter la vie aux agents infiltrés et aux informateurs clandestins ou, à l'inverse, rendre les opérations inutiles. Il fallait être deux pour entrer des codes différents sur les disques protégés, donnant accès au contenu des logiciel et permettant l'affichage sur écran. Mais qui étaient ces deux-là et qu'avaient-ils déjà réussi à faire ? Harry Latham leur avait échappé, au prix très lourd de la vie de son frère, mais il était vivant et se cachait à Paris. Non seulement il était vivant, mais il avait fourni une liste compromettante de noms dont la divulgation alarmait le peuple, du moins les médias qui sautaient sur la moindre occasion d'alarmer le peuple. D'après le pauvre Drew Latham, les nazis avaient eu connaissance de l'opération Venin ; mais à quel moment ? Avant ou après qu'Harry eut découvert les noms de sa liste ? Si c'était avant, toute la liste était sujette à caution, une hypothèse qui ne collait pas avec la disparition de Rudolph Metz, un fanatique de la pire espèce. Les laboratoires Rockland avaient établi que le docteur Metz avait impudemment utilisé ses propres codes pour s'approprier et faire disparaître le résultat des recherches de toute une année. Le FBI avait remonté la piste de Metz et de son épouse jusqu'à Stuttgart, grâce à de faux passeports, sur le vol 7000 de la Lufthansa, via Dulles International Airport. Combien d'autres Metz y avait-il ? Ou, à l'inverse, combien d'autres innocents comme le sénateur Roote ? Tout semblait leur échapper, ou menaçait de le faire, à mesure que les investigations se poursuivaient.

Deux sur huit des spécialistes « sûrs », chargés des opérations informatiques les plus délicates, étaient donc des taupes. Comment était-ce possible ? Était-ce seulement possible ? Rien dans leur dossier personnel n'autorisait le moindre soupçon... Des passages du compte rendu de fin de mission d'Harry Latham remontèrent soudain à la mémoire de Talbot. Il ouvrit un tiroir de son bureau, y prit la transcription. Il feuilleta le document et trouva la page qu'il cherchait.

Q (MI-5) : *Le bruit court que les nazis, les nouveaux nazis, auraient su qui vous êtes, depuis le début.*

HL : Plus qu'un bruit, ce sera leur credo. Combien de fois avons-nous agi de la même manière, en démasquant une taupe qui avait filé vers la mère Russie avec son butin ? Nous ne manquions pas de nous vanter de notre perspicacité, de proclamer, même s'il n'en était rien, que les renseignements dérobés étaient de peu de valeur.

Q (DST) : *N'est-il pas concevable qu'on vous ait fourni des informations volontairement erronées ?*

HL : *Je jouissais de leur confiance, jusqu'à mon évasion, j'étais un gros donateur, un adepte de leur doctrine. Pourquoi m'auraient-ils refilé des tuyaux crevés ? Pour répondre à votre question, bien sûr que c'est concevable. Désinformation, travestissement de la vérité, erreur humaine ou informatique, aveuglement, chimères, tout est possible. C'est votre boulot de confirmer ou de démentir. J'ai fourni le matériel, à vous de procéder à l'évaluation.*

Knox Talbot étudia attentivement les déclarations de Latham. On pouvait en conclure qu'il avait laissé la porte grande ouverte à toutes les interprétations. C'était inimaginable ; tout pouvait être confirmé, tous les démentis étaient possibles, la seule certitude étant l'existence de ce virus qui se répandait en Allemagne. Le directeur de la CIA rangea le document dans son tiroir et considéra les huit dossiers étalés en arc de cercle sur le bureau. Il les relut d'un bout à l'autre, sans rien trouver d'important, rien qui lui mît la puce à l'oreille. Il allait les reprendre un par un, avec la plus grande concentration, en s'efforçant de lire *entre* les lignes, jusqu'à ce que ses yeux soient injectés de sang. Il fut tiré de ses pensées, non sans soulagement, par le bourdonnement de l'interphone. Il enfonça une touche.

– M. Sorenson sur la trois, annonça sa secrétaire.

– Qui est sur les deux premières ?

– Deux producteurs de télévision, monsieur. Ils vous veulent sur leur plateau, pour un débat sur les investigations en cours du FBI.

– Je suis pris pendant un mois.

– C'est ce que je leur ai laissé entendre. Voulez-vous que je dise la même chose à M. Sorenson ?

– Non, passez-le-moi... Bonjour, Wes, n'ajoutez pas à mes problèmes, je vous en prie.

– Si nous mangions un morceau ensemble ? Nous avons à parler. Seul à seul.

– Je passe difficilement inaperçu, au cas où vous ne l'auriez pas remarqué. À moins que vous n'ayez envie de déjeuner dans un restaurant des bas quartiers, où c'est vous qui ne passeriez pas inaperçu.

– Oublions le restaurant. Rendez-vous au zoo du parc de Rock Creek. Devant la volière. Il y a un vendeur de hot-dogs que mes petits-enfants m'ont fait connaître. Pas mauvais du tout ; il y a du chili.

– Quand ?

– C'est très urgent. Pouvez-vous y être dans vingt minutes ?

– Je pense que je n'ai pas le choix.

Oliver Mosedale, cinquante ans, attaché au ministère britannique des Affaires étrangères et l'un des conseillers les plus écoutés du ministre, se servit un verre de brandy tandis que sa jeune gouvernante lui présentait la pipe qu'elle venait de bourrer.

– Merci, mon enfant, fit-il en s'avançant vers le gros fauteuil de cuir placé devant le téléviseur.

La pipe bien calée entre les dents, son verre sur une table basse, à portée de la main, il s'enfonça dans le fauteuil avec un soupir d'aise, fouilla dans sa poche et alluma la pipe avec un briquet Dunhill en or.

– Cette soirée était diablement assommante, reprit Mosedale. Le chef avait dû s'enivrer en cuisine – je suis sûr que la sauce de son canard à l'orange était à base de Gatorade – et ces abrutis du Trésor qui sont prêts à réduire nos frais de représentation, à la hauteur de ceux du Liechtenstein ! Que reste-t-il de l'Empire britannique ? C'est absolument insensé et, je l'avoue, profondément irritant.

– Mon pauvre canard, susurra l'opulente gouvernante, de trente ans sa cadette, avec un accent cockney prononcé.

– Je t'en prie, ne me parle plus de canard !

– Quoi ?

– C'est ce que je suis censé avoir mangé ce soir.

– Ah ! pardon !... Laisse-moi donc te masser la cou, tu sais que ça te détend.

La jeune fille passa derrière le fauteuil, se pencha sur son employeur, sa poitrine généreuse, mise en valeur par un décolleté profond, effleurant l'arrière du crâne de Mosedale, tandis que ses mains allaient et venaient entre la nuque et les épaules.

– Merveilleux ! fit le haut fonctionnaire d'une voix gémissante, en prenant une gorgée de brandy entre deux bouffées de sa pipe. Tu fais ça si bien... mais tu fais tout très bien.

– Je fais de mon mieux, Ollie chéri. J'ai déjà dû te le dire, mais on m'a appris à respecter les hommes de mérite, à les admirer et à leur obéir. Je ne suis pas une de ces souillons qui passent leur temps à ronchonner contre les classes privilégiées, ça, non ! Ma mère me disait toujours : « Si le bon Dieu avait voulu que tu vives dans un château, c'est là que tu serais née. » C'est une vieille finaude, ma mère. Elle disait aussi, que, en bonnes chrétiennes, on devait être fières de servir nos supérieurs, parce qu'on dit dans la Bible qu'il vaut mieux donner que recevoir, ou quelque chose comme ça. Mon père, lui, il travaille sur les docks, il a pas les raffinements de ma mère...

– Tu n'es vraiment pas obligée de parler, ma chère petite, coupa Mosedale, les sourcils en accent circonflexe marquant son irritation contenue. D'ailleurs, ce doit être l'heure des nouvelles à la BBC. Oui, c'est l'heure ! reprit-il en regardant sa montre. Je crois que nous allons arrêter le massage. Tu pourrais allumer la télé et monter prendre un bain. Je te rejoins dans un moment, mon ange. Attends-moi.

– D'accord, Ollie. Je vais mettre ce déshabillé que tu aimes tant. Je sens à peine le tissu... faut dire qu'il n'y en a pas beaucoup.

La gouvernante-maîtresse mit le téléviseur en marche. Elle attendit que l'image apparaisse, envoya un baiser à Mosedale sous la voûte du séjour et s'éloigna vers l'escalier d'une démarche provocante.

Le présentateur de la BBC, la voix et le visage parfaitement neutres, ouvrit le journal sur les événements de l'ex-Yougoslavie, donna quelques nouvelles d'Afrique du Sud, mentionna les récentes réalisations de l'Académie royale des sciences et aborda, après un temps d'arrêt, un nouveau sujet qui fit se dresser Mosedale sur le bord de son siège, les yeux rivés sur l'écran.

Il se produit à Whitehall une véritable levée de boucliers de la part d'un certain nombre de parlementaires et de hauts fonctionnaires qui protestent contre l'atteinte à leur vie privée résultant d'investigations de nos services secrets. Jeffrey Billows, député de Manchester, a demandé la parole en séance pour dénoncer ce qu'il qualifie de « méthodes dignes d'un État policier », affirmant que ses voisins, et même son pasteur, avaient été interrogés à son sujet. Angus Ferguson, un autre membre de la Chambre des communes, a ajouté que ses poubelles avaient été fouillées et qu'on avait interrogé son libraire sur le type d'ouvrages qu'il achetait. Il semble que le personnel du ministère des Affaires étrangères ne soit pas épargné. Plusieurs hauts fonctionnaires ont déclaré qu'ils démissionneraient plutôt que d'être soumis à ces « procédés inacceptables », pour citer l'un d'eux. À la demande du ministre, leurs noms n'ont pas été divulgués.

Ces événements semblent devoir être rapprochés de ce qui se passe aux États-Unis, où des personnages en vue, certains appartenant au monde politique, sont l'objet d'atteintes similaires à leur vie privée. Dans un article, le Chicago Tribune *pose la question comme suit : « Chasse aux sorcières contre un communisme en déliquescence ou un fascisme en résurgence ? » Nous vous tiendrons, bien entendu, informés des développements de cette affaire.*

Passons maintenant au dernier épisode du désolant feuilleton que nous offre la famille royale...

Mosedale bondit de son fauteuil, éteignit le téléviseur, se rua sur le téléphone, posé sur une petite table de style reine Anne, et composa frénétiquement un numéro.

– Que se passe-t-il ? hurla le conseiller aux Affaires étrangères.

– Vous avez le temps, *Herr* Rute, répondit une voix de femme. Nous vous aurions appelé demain matin, pour vous suggérer de ne pas vous rendre à Whitehall. Ils n'en sont pas encore à votre service, mais cela ne saurait tarder. Vous avez une réservation sur British Airways, demain 12 heures, destination Munich. Le billet est à votre nom. Nous avons pris toutes les dispositions.

– C'est trop tard ! Je veux partir ce soir !

– Ne quittez pas, j'interroge l'ordinateur.

Le silence qui suivit fut une torture pour Mosedale.

– Il y a un vol Lufthansa, pour Berlin, à 23 h 20, annonça enfin la voix féminine. Aurez-vous le temps de le prendre ?

– Et comment !

Oliver Mosedale raccrocha, s'avança dans l'entrée et s'arrêta au pied de l'escalier.

– Mon ange, prépare-moi un sac de voyage ! Juste de quoi me changer, comme tu l'as déjà fait. Dépêche-toi !

L'ange apparut en haut de l'escalier, en tenue d'Ève.

– Où tu t'en vas, mon chou ? J'allais mettre ce déshabillé que tu aimes tant enlever. Et après, le septième ciel ! Hein, Ollie ?

– Ferme-la et fais ce que je te dis ! J'ai encore un coup de fil à passer ; quand j'aurai terminé, je veux que mes bagages soient prêts !

Mosedale repartit vers le téléphone, décrocha, composa rageusement un autre numéro.

– Je pars ! lança-t-il en réponse au grognement de son correspondant.

– D'après mon système d'identification des appels, c'est le numéro de *Rute*. C'est bien vous ?

– Vous savez bien que oui ! Vous vous occuperez de mes affaires, à Londres.

– C'est fait. La maison est en vente, l'argent sera viré à Berne, quand la vente se fera, si elle se fait.

– Vous allez certainement en garder la moitié...

– Au moins, *Herr* Rute, fit sèchement son correspondant. Cela me paraît juste. Combien de milliers de livres ai-je fait virer à Zurich, à mes risques et périls ?

– Mais vous êtes un des nôtres !

– Détrompez-vous. Je ne suis qu'un notaire qui s'attache à satisfaire de vils personnages qui sont ou ne sont pas des traîtres à la Couronne. Comment pourrais-je le savoir ?

– Vous n'êtes qu'une pourriture d'agent de change !

– Là encore, vous faites erreur. Je suis un expéditeur, même si cela me navre souvent. Pour vous dire le fond de ma pensée, vous pourrez vous estimer heureux si vous recevez dix livres pour la maison. Je ne vous aime vraiment pas, vous comprenez ?

– Vous travaillez pour moi – pour nous – depuis des années ! Comment pouvez-vous dire cela ?

– Très facilement, croyez-moi. Adieu, *Herr* Rute ; sachez, pour votre gouverne, que ce qui demeurera entre nous est le secret professionnel qui lie le notaire et son client. C'est ma force, voyez-vous.

L'Anglais raccrocha, Mosedale fit du regard le tour du vaste salon, paniqué à l'idée de ne jamais revoir tous les souvenirs de sa vie qui y étaient rassemblés. Puis il se redressa, raide dans son désarroi. Les paroles lancées par son père du haut de l'escalier, quand la guerre avait été déclarée contre l'Allemagne, lui revinrent en mémoire : « Nous nous battrons pour l'Angleterre, mais nous épargnerons

Hitler. Il y a beaucoup de vrai dans ce qu'il dit. Les races inférieures corrompent nos vieilles nations. Nous allons gagner cette guerre en peu de temps, bâtir une Europe unifiée et nous ferons de lui le chancelier de facto du continent ! »

La jeune femme dans son déshabillé affriolant fit glisser un sac de voyage en bas de l'escalier.

– Dis-moi ce qui se passe, mon chou.

– J'enverrai peut-être quelqu'un te chercher plus tard, pour l'instant, il faut que je parte.

– Plus tard ? Qu'est-ce que ça veut dire, Ollie ?

– Pas le temps de te donner des explications. J'ai un avion à prendre.

– Et moi, alors ? Tu reviens quand ?

– Pas avant un bon moment.

– Eh bien, au moins, c'est clair ! Qu'est-ce que je vais devenir ?

– Tu restes ici jusqu'à ce qu'on te mette à la porte.

– À la porte ?

– Tu as bien entendu.

Mosedale prit son sac, ouvrit la porte et demeura pétrifié sur le seuil. Le brouillard londonien avait fait place à une pluie torrentielle ; deux hommes en imperméable se tenaient sur les marches de brique du perron. Derrière eux, au bord du trottoir, se trouvait une camionnette noire, avec une grande antenne sur le toit.

– Sur commission rogatoire, déclara l'homme le plus proche, votre téléphone a été mis sur écoute. Je vous demande de bien vouloir nous suivre.

– Ollie ! s'écria dans l'entrée la gouvernante à demi nue. Tu ne me présentes pas tes amis ?

Les piaillements des groupes d'enfants accompagnés de leurs parents ou encadrés par des moniteurs se mêlaient aux cris de la multitude d'oiseaux qui s'agitaient derrière les enclos grillagés de la volière du zoo du parc de Rock Creek. Cette foule bruyante et désordonnée de vacanciers tranchait avec la discrétion des habitants de Washington venus faire une paisible balade dans le parc, loin de l'agitation frénétique du centre de la capitale. Quand ils se trouvaient encerclés par les hordes de touristes, ils préféraient le plus souvent couper court à leur promenade pour aller s'imprégner du silence des monuments. Un condor à l'aspect effrayant, d'une envergure de deux mètres cinquante, se laissa brusquement tomber du haut d'un perchoir avec un cri rauque, agrippant de ses serres puissantes la clôture de sa cage. Enfants et adultes reculèrent d'un même mouvement ; les yeux haineux du grand rapace exprimèrent une sombre satisfaction.

– Sans doute une femelle, fit Knox Talbot, en s'arrêtant derrière Wesley Sorenson.

– Vous croyez qu'elle a des petits, en captivité ? murmura le directeur des Opérations consulaires, en regardant droit devant lui.

– Je ne sais pas, mais l'agressivité implacable dont faisait montre la femelle pour protéger ses petits nous a permis de survivre au pléistocène.

– Que faisaient les hommes ?

– À peu près la même chose qu'aujourd'hui. Ils partaient à la chasse tandis que les femmes protégeaient les cavernes d'animaux autrement dangereux que nos proies.

– Vous êtes de parti pris.

– Je suis marié et c'est la théorie de ma femme. Comme nous n'avons vécu que trente-six ans ensemble, pourquoi commencer à semer la zizanie ?

– Allons manger un hot-dog. Il y a un vendeur à cinquante mètres, nous pourrons nous asseoir sur un banc. Il y a un monde fou, je doute qu'on nous reconnaisse.

– Le chili me donne des gaz.

– Essayez la choucroute.

– C'est pire.

– Alors, prenez juste de la moutarde.

– Avez-vous déjà vu comment on fabrique les hot-dogs, Wes ?

– Non, et vous ?

– Je crois que je possède une société qui fait ça.

Sept minutes plus tard, Sorenson et Talbot s'installèrent côte à côte sur un banc, tels deux grands-pères prenant un moment de repos bien mérité, pour échapper à la turbulence de leurs petits-enfants.

– Il y a quelque chose que je ne peux vous dire, Knox, commença le directeur des Opérations consulaires, et vous serez fou furieux quand vous le découvrirez.

– Comme vous l'avez été en découvrant que nous avions supprimé le nom de Moreau de la liste d'Harry Latham que vous avez reçue.

– On peut établir un parallèle.

– Eh bien, nous voilà à égalité. Que *pouvez-vous* me dire ?

– Pour commencer, je peux vous révéler que la demande émane d'un ancien officier du G-2, qui a opéré dans les différents secteurs de Berlin, au temps de la guerre froide. Il s'appelle Witkowski. Le colonel Stanley Witkowski est...

– ... chef de la sécurité de notre ambassade à Paris, acheva Talbot.

– Vous le connaissez ?

– Seulement de réputation. Un homme si brillant qu'il aurait pu, après vous, prétendre occuper mon fauteuil, si ses mérites avaient été reconnus. Mais il travaillait dans l'ombre.

– Il semble, en ce moment, qu'il serve d'intermédiaire à Harry Latham, qui ne veut pas courir le risque d'appeler lui-même Langley.

– À cause du piratage de nos ordinateurs ?

– Apparemment... Latham voulait vous joindre par des voies confidentielles, mais il ne vous connaît pas personnellement. C'est le nouveau gouvernement qui vous a nommé à la tête de la CIA, près de deux ans après le début de la mission d'Harry. Comme il connaissait Witkowski depuis Berlin, il a fait appel à lui ; comme je connais le colonel depuis cette même époque, c'est moi qu'il a choisi pour vous parler, sous le sceau du secret.

– Logique, fit Talbot avec un hochement de tête.

– Logique, peut-être, Knox, mais, plus tard, quand je pourrai parler franchement, l'ironie de la situation vous paraîtra telle que vous pourrez peut-être me pardonner.

– Qu'avez-vous à me dire en confidence ?

– Il y a un homme, un chirurgien allemand, dont on peut supposer qu'il jouit d'une énorme influence au sein du mouvement néonazi ou, au contraire, que sa conscience l'a poussé à se dresser contre eux. Nous devons découvrir tout ce qui est possible sur cet homme et, pour cela, vous êtes imbattable.

– C'est ce qu'on dit, fit le directeur de la CIA. Son nom ?

– Kroeger, Gerhardt Kroeger. Mais il y a un hic, et de taille.

– Je vous écoute.

– Vous allez devoir agir avec discrétion, une discrétion absolue. Son nom ne doit pas être prononcé dans vos services.

– Toujours à cause des ordinateurs ?

– La réponse évidente est oui, mais d'autres se cachent peut-être derrière les ordinateurs. Pouvez-vous le faire ?

– Je pense. Quand j'ai accepté ce poste, qui aurait dû être le vôtre, j'ai insisté pour me faire accompagner de ma secrétaire. Elle travaille avec moi depuis vingt ans et a l'esprit si vif que je n'ai jamais besoin de terminer mes phrases. Elle est anglaise, ce qui, apparemment, lui donne une certaine autorité sur les colons que nous sommes. Kroeger Gerhardt, chirurgien, le grand jeu. Elle descendra en personne aux archives et rapportera tout ce qu'il y a.

– Merci.

– De rien. Je vous appelle dès que j'ai quelque chose. Nous irons boire un verre ou deux chez moi.

– Avec grand plaisir.

– Il y a autre chose dont nous n'avons parlé ni l'un ni l'autre, Wesley.

– La chasse aux sorcières, bien entendu. Il commence à y avoir du grabuge à cause de cette liste.

– C'est précisément ce que je me disais, quelques minutes avant votre appel. Connaissez-vous les dernières nouvelles d'Angleterre ?

– Le tollé au Parlement, oui. Et les comparaisons insidieuses avec ce qui se passe chez nous. J'imagine que c'était inévitable. La faute de Bollinger, j'espère qu'il en est conscient.

– Je vois que vous n'êtes pas au courant. Nous devons être informés avant vous.

– À quoi faites-vous allusion ?

– À un certain Mosedale qui occupait un poste important aux Affaires étrangères.

– Et alors ?

– On lui a laissé le choix, il est passé aux aveux. Il travaillait depuis cinq ans pour la Fraternité. Son nom était sur la liste d'Harry et il affirme qu'ils sont des centaines et même des milliers comme lui de par le monde.

– Seigneur ! Tous ces réservoirs d'essence prêts à prendre feu !

14

Gerhardt Kroeger sortit de l'aérogare d'Orly avec une trousse de médecin et un sac en nylon, conservés comme bagages à main. Il tourna à gauche, suivit un long passage cimenté jusqu'à ce qu'il atteigne la zone de fret. Il observa les véhicules qui circulaient, puis concentra son attention sur ceux qui étaient garés au bord du trottoir, devant les énormes vantaux métalliques coulissants, à travers lesquels des caisses et des cartons de marchandises étaient transportés sur des chariots. Il découvrit enfin ce qu'il espérait voir, une camionnette grise portant sur ses flancs une inscription en grosses lettres blanches. ENTREPÔTS D'AVIGNON. C'était un gigantesque centre de dépôt, où plus d'une centaine de grossistes entreposaient les marchandises avant d'approvisionner les détaillants parisiens. Au cœur de ce gigantesque complexe se trouvait le quartier général des *Blitzkrieger*, les tueurs d'élite de la Fraternité. Le chirurgien aborda un homme en polo rouge et blanc, adossé au véhicule. Conformément aux instructions qu'il avait reçues.

– Le Malasol est-il arrivé, monsieur ? demanda-t-il.

– Le meilleur caviar iranien, répondit l'homme en chemise de sport, en jetant sa cigarette d'une chiquenaude pour faire face à Kroeger.

– Est-il vraiment meilleur que le russe ? poursuivit Gerhardt.

– Tout est mieux que ce qui vient de Russie.

– Très bien. Vous savez qui je suis ?

– Non, monsieur, je ne sais pas qui vous êtes et je ne tiens pas à le savoir. Montez à l'arrière, avec la livraison de poisson, je vais vous conduire auprès de quelqu'un qui vous connaît.

Le trajet fut exécrable, à la fois à cause de l'odeur pénétrante du poisson et de l'inconfort du siège de Kroeger, une simple planche faisant office de banquette, tandis que la camionnette aux suspensions très dures filait sur des routes défoncées. Enfin, près d'une demi-heure plus tard, ils s'arrêtèrent et une voix rauque jaillit d'un haut-parleur invisible.

– Descendez, s'il vous plaît. Et n'oubliez pas : vous ne nous avez jamais vus, nous ne vous avons jamais vu ni transporté dans cette camionnette.

Le hayon s'ouvrit automatiquement. Kroeger prit ses bagages, se baissa pour ne pas heurter le plafond de la tête et se plia en deux pour retrouver l'air pur. Un homme assez jeune, en complet sombre, l'observa en silence pendant que le véhicule démarrait précipitamment, en faisant crisser ses pneus.

– Quel moyen de transport ! s'écria Gerhardt. Savez-vous qui je suis ?

– Savez-vous qui nous sommes, *Herr* Kroeger ? Si vous le savez, votre question est stupide. Notre présence en France doit être entourée d'un secret absolu.

– Nous en reparlerons devant vos supérieurs. Conduisez-moi à eux, immédiatement !

– Il n'y a personne au-dessus de moi, *Herr Doktor*. J'ai tenu à vous accueillir en personne.

– Mais, vous... vous êtes...

– Si jeune ?... Il faut être jeune pour ce que nous faisons. Nos réflexes sont à leur maximum d'acuité, notre corps parfaitement exercé. Un homme de votre âge serait déclaré inapte au bout d'une heure.

– C'est entendu, mais, vous, vous auriez dû être déclaré inapte au bout de deux heures, pour ne pas avoir exécuté vos ordres !

– Notre unité est la meilleure. Puis-je vous rappeler que nous avons éliminé l'une des cibles dans des conditions particulièrement hostiles...

– Pas la bonne, imbécile !

– Nous retrouverons l'autre. Ce n'est qu'une question de temps.

– Le temps nous manque, justement ! Nous avons encore des choses à nous dire ; vous n'avez pas tout compris. Allons à votre quartier général.

– Non, personne n'y va. Nous allons parler ici. Nous avons pris des dispositions pour vous ; vous logerez à l'hôtel Lutétia, l'ancien quartier général de la Gestapo. L'hôtel a changé, mais les souvenirs sont toujours présents dans ses murs. Vous y serez très bien, *Herr Doktor*.

– Nous devons parler sans tarder.

– Je vous écoute, *Herr* Kroeger. Vous n'irez pas plus loin.

– C'est de l'insubordination, jeune homme. J'assume aujourd'hui le commandement de Vaclabruck, en attendant que soit nommé le remplaçant de von Schnabe. C'est de moi que vous recevez vos ordres.

– Permettez-moi de ne pas être de cette opinion, *Herr Doktor*. Depuis l'élimination du général von Schnabe, on nous a demandé de prendre nos ordres directement à Bonn. De notre chef à Bonn.

– Qui est-il ?

– Si je le savais, on m'aurait fait jurer de garder le secret ; comme je ne le sais pas, peu importe. On utilise des codes pour transmettre nos instructions. Toutes nos missions doivent être approuvées par lui, et lui seul.

– Il faut retrouver Harry Latham et se débarrasser de lui. Il n'y a pas un moment à perdre !

– Nous savons à quoi nous en tenir. Bonn l'a bien précisé.

– Mais vous restez planté là, en me disant d'un ton désinvolte que ce n'est qu'une « question de temps ».

– Il ne servirait à rien de se mettre à hurler, *mein Herr*. Le temps se mesure en secondes, en minutes, en heures, en jours, en semaines...

– Suffit ! C'est une urgence absolue et j'exige que vous en conveniez !

– J'en conviens, *Herr Doktor*.

– Alors, qu'avez-vous fait, que faites-vous ? Et où sont donc passés vos deux hommes ? Avez-vous des nouvelles ?

Le jeune *Blitzkrieger*, raide comme un piquet, la mobilité de ses yeux trahissant son anxiété, répondit d'une voix lente et posée.

– Il y a plusieurs possibilités. Ils ont réussi à s'enfuir, mais tous deux sont blessés, peut-être grièvement. Si leur situation avait été désespérée, ils auraient choisi la voie de l'honneur, comme nous avons tous juré de le faire, et auraient mis fin à leurs jours, en avalant une capsule de cyanure ou en se tirant une balle dans la tête.

– Vous n'avez donc aucune nouvelle d'eux ?

– En effet. Mais nous savons qu'ils ont pris la fuite en voiture.

– Comment le savez-vous ?

– On en a parlé dans tous les journaux et aux informations télévisées. Nous avons aussi appris qu'une gigantesque chasse à l'homme avait été déclenchée, des recherches auxquelles participaient les forces de police et des agents des services secrets. Ils battent la campagne, les villages et les forêts, interrogent tous les médecins dans un rayon de deux cents kilomètres de Paris.

– Vous penchez donc pour un double suicide. Mais vous avez dit qu'il y avait plusieurs possibilités. Quelles sont les autres ?

– C'est la plus plausible, mais il est concevable qu'ils soient en train de reprendre des forces, de récupérer, sans disposer d'un téléphone. Vous le savez, nous sommes entraînés pour soigner nos blessures à l'abri des regards, comme les animaux, jusqu'à ce que nous soyons en mesure d'établir un contact. La maîtrise des méthodes du secourisme nous permet de soigner une plaie ou de réduire une fracture.

– Merveilleux ! Je vais fermer mon cabinet et vous envoyer mes patients.

– Il n'y a pas de quoi plaisanter. Nous sommes entraînés à survivre.

– Encore d'autres « possibilités » ?

– Vous demandez s'ils ont été capturés, c'est bien cela ?

– Oui.

– Nous le saurions. Nos informateurs à l'ambassade en auraient entendu parler et la réalité de la chasse à l'homme ne saurait être mise en question. Le gouvernement français a lancé plus d'une centaine de policiers sur la piste de nos deux hommes. Nous les avons vus et entendus.

– Vous êtes convaincant. Autre chose ? Où en êtes-vous ? Il faut retrouver Harry Latham !

– Nous nous rapprochons, *mein Herr*. Latham est sous la protection des Antineos...

– Nous le savons ! lança Kroeger avec fureur. Mais cela ne suffit pas, tant que vous ignorez où ils sont et où ils l'ont caché.

– Il se peut que nous apprenions dans les deux heures où se trouve leur quartier général.

– Comment ?... Pourquoi ne l'avez-vous pas dit plus tôt ?

– Parce que je préfère vous présenter un fait avéré plutôt que des hypothèses. J'ai dit « il se peut que ». Ce n'est pas encore sûr.

– Comment ?

– Un contact téléphonique a été établi avec eux par le chef de la sécurité de l'ambassade, dont le téléphone, comme celui de l'ambassadeur, est protégé contre les interceptions. Mais il existe un registre secret sur lequel sont consignés tous les appels de son bureau ; notre informateur pense être en mesure d'y avoir accès et de copier la liste à l'aide d'un photocopieur à main. Quand nous aurons les numéros, il sera facile d'arroser un agent des télécommunications pour dénicher les adresses. À partir de là, nous procéderons par élimination.

– Cela paraît tellement simple... À ma connaissance les numéros figurant sur la liste rouge sont bien protégés. C'est le cas chez nous. Je doute qu'il suffise d'entrer dans une agence et de poser une enveloppe sur le bureau d'un responsable.

– Nous n'irons pas dans une agence. Nous trouverons un technicien. Ils ont les adresses, dans leurs ordinateurs, pour les installations et les réparations.

– Vous semblez connaître votre affaire, Herr... Quel est votre nom ?

– Je n'ai pas de nom, aucun de nous n'en a. Je suis le numéro Zéro Un, Paris. Venez, j'ai prévu une voiture pour vous. Nous resterons en contact permanent. J'appellerai quelques minutes après votre arrivée à l'hôtel.

De son logement de la Maison Rouge, Drew appela l'ambassade. Il demanda à parler à Mme de Vries, service Documentation et recherches.

– C'est Harry Latham, fit-il, quand Karin eut pris la communication. Vous pouvez parler ?

– Oui, je suis seule. J'ai des instructions pour vous ; l'ambassadeur m'a convoquée dans son bureau et m'a demandé de vous les transmettre, dès que vous appelleriez.

– Je vous écoute, fit Latham, les yeux plissés, écoutant attentivement.

Karin allait lui faire passer un message ; il prit un stylo, s'apprêta à prendre des notes.

– Vous devez prendre contact avec notre coursier numéro seize, en haut du funiculaire du Sacré-Cœur, à 21 h 30. Il aura des directives de Washington pour vous... Vous avez compris, *non* ?

– Oui, j'ai compris, fit Drew, sachant instantanément qu'il ne devait tenir aucun compte de ce rendez-vous.

Tenant pour assuré que le poste de Karin était sur écoute, Witkowski tendait un nouveau piège.

– Autre chose ? reprit Latham.

– Oui. Vous deviez rencontrer l'ami de votre frère Drew, l'homme du bureau londonien des Opérations consulaires. À 20 h 45, devant la cascade du bois de Boulogne, exact ?

– Oui. Tout était arrangé.

– Le rendez-vous est annulé. Il y a incompatibilité avec le Sacré-Cœur.

– Pouvez-vous le joindre pour l'en informer.

– C'est fait, *oui*, *oui*. Nous fixerons une autre date.

– Je compte sur vous. Cet homme peut m'apprendre certaines choses sur les activités de Drew, ces dernières semaines, me donner des détails sur l'affaire Jodelle... Ce sera tout ?

– Pour l'instant, oui. Avez-vous des questions ?

– Quand pourrai-je revenir à l'ambassade ?

– Nous vous le ferons savoir. Nous sommes certains qu'elle est surveillée jour et nuit.

– Je n'aime pas être obligé de rester caché. C'est très désagréable.

– Vous pouvez toujours rentrer à Washington, vous le savez bien.

– Pas question ! C'est ici que Drew s'est fait tuer, ici que sont les assassins. Je resterai jusqu'à ce que nous les ayons retrouvés.

– Très bien. Vous rappelez demain ?

– Oui, il me faut d'autres papiers, dans les dossiers de mon frère. Tout ce qu'il y a sur ce comédien.

– Au revoir.

– Salut.

Latham raccrocha et se pencha sur ses notes succinctes. Il ne lui avait pas fallu longtemps pour comprendre la méthode détournée de Karin pour lui donner des instructions. Le Sacré-Cœur était une fausse piste ; le vrai rendez-vous aurait lieu au bois de Boulogne. L'emploi du *non* en français éliminait le premier, le double *oui* confirmait le second. Le reste était essentiellement du remplissage, destiné à souligner la décision d'« Harry » Latham de rester à Paris. Il n'avait pas la moindre idée de l'identité de la personne qu'il devait rencontrer au Bois, mais il la reconnaîtrait facilement. Sinon, on viendrait à lui.

À la fin de son service, aux Communications de l'ambassade, l'informateur de la Fraternité déboucha sur le trottoir de l'avenue Gabriel, attendit un instant et se décida brusquement à traverser, frôlant au passage un motocycliste à qui il glissa une cartouche dans la main. La moto accéléra, s'éloigna en zigzaguant entre les voitures. Vingt-six minutes plus tard, à 16 h 37 précisément, la bande était livrée aux entrepôts d'Avignon, le quartier général clandestin des tueurs de la Fraternité.

Une photo de format 15 × 12 d'Alexander Lassiter/Harry Latham à la main, le *Blitzkrieger* Zéro Un, Paris, écouta pour la troisième fois l'enregistrement de la conversation téléphonique entre Latham et Karin de Vries.

– On dirait que nos recherches ont enfin abouti, dit-il en se penchant sur la table pour arrêter le magnétophone. Qui veut aller au Sacré-Cœur ? poursuivit-il en s'adressant à ses hommes réunis autour de la table.

Ils levèrent la main comme un seul homme.

– Quatre suffiront, reprit le chef des *Blitzkrieger*. Plus nombreux, vous pourriez vous faire remarquer. Séparez-vous, gardez cette photographie sur vous et n'oubliez pas que Latham essaiera certainement de se rendre méconnaissable.

– Comment ferait-il ? glissa son voisin. Se coller une moustache, porter une fausse barbe ? Nous connaissons sa taille, sa morphologie, la forme de son visage. Nous savons qu'il doit rencontrer un coursier, homme ou femme, qui l'attendra et que nous aurons certainement repéré avant le contact.

– Ne soyez pas si optimiste, Zéro Six, répliqua le jeune chef des *Blitzkrieger*. Souvenez-vous qu'Harry Latham est un agent chevronné. Nous avons nos stratagèmes, lui aussi. Et, surtout, n'oubliez pas de viser la tête, de faire exploser le côté gauche du crâne. Ne me demandez pas pourquoi, faites-le.

– Si vous avez de si grands doutes sur nos capacités, lança un *Blitzkrieger* plus âgé, au bout de la table, pourquoi n'y allez-vous pas vous-même ?

– Ordres de Bonn, répondit froidement Zéro Un. Je dois rester ici pour attendre des instructions qui arriveront à 22 heures. L'un de vous aimerait-il être à ma place, si jamais nous n'avons pas trouvé Harry Latham et qu'il faille l'annoncer à Bonn ?

La réponse fut un « non » unanime, accompagné d'un haussement d'épaules ou d'une grimace

– Mais je m'occuperai du bois de Boulogne.

– Pourquoi ? demanda Zéro Sept. Le rendez-vous est annulé, vous avez écouté la bande.

– Je demande encore si l'un de vous négligerait de couvrir le Bois, pour le cas où ils auraient eu un code et où l'annulation du rendez-vous signifierait qu'il aura bien lieu ?

– Il y a du vrai là-dedans, concéda Zéro Sept.

– Ce sera probablement inutile, poursuivit le jeune chef, mais cela ne prendra que quinze à vingt minutes. Je repartirai pour être de retour à 22 heures. Si j'allais au Sacré-Cœur, je ne pourrais jamais être revenu à temps.

Ayant choisi l'unité chargée de la mission, Zéro Un regagna son bureau, profondément soulagé. Les instructions imaginaires de Bonn n'avaient pas été mises en doute et personne n'avait insisté pour qu'il mène en personne l'attaque contre Harry Latham. En vérité, il ne tenait pas à participer à l'opération, car il n'était pas sûr qu'elle réussisse. Toutes sortes d'événements imprévisibles pouvaient survenir et Zéro Un ne se permettrait pas un nouvel échec, après ceux du faux chauffeur dont Drew Latham n'avait fait qu'une bouchée, de l'unité chargée d'éliminer les Américains, qui avait raté le plus important des deux et n'avait plus donné signe de vie, et enfin de leur camarade du casino qui avait mis fin à ses jours. Si Lassiter/Latham était exécuté comme il convenait, le crâne fracassé par une balle, il s'en attribuerait le mérite, car il avait organisé l'attentat. Si le piège ne fonctionnait pas, il ne serait pas sur place ; l'échec serait imputé aux autres.

Zéro Un savait parfaitement ce que ses collègues ignoraient ; en sa qualité de chef, il lui incombait d'exécuter les ordres. Au premier échec, un *Blitzkrieger* était sévèrement réprimandé ; au second, il était abattu et remplacé par un autre, en cours de formation. En cas d'insuccès au Sacré-Cœur, il savait qui serait éliminé : Zéro Cinq, pour commencer. Il avait déjà trente ans, la jalousie qu'il vouait à un chef plus jeune se faisait jour trop fréquemment... et il avait protesté énergiquement contre le choix des deux hommes qui avaient disparu. « Un gamin qui prend son pied en tuant et une tête brûlée qui ne mesure pas les risques. Laissez-moi m'en charger ! » C'est ce que Zéro Cinq avait déclaré, en présence de Zéro Six. Tous deux étaient de l'opération du Sacré-Cœur ; tous deux seraient exécutés si elle échouait. Zéro Un, lui, en sortirait indemne. Il devait absolument être admis dans le premier cercle de la Fraternité, il devait gagner le respect des vrais chefs du mouvement et celui du nouveau Führer, leur jurer foi et hommage. Car il croyait à la cause, du fond du cœur.

Il allait emporter son appareil au bois de Boulogne et prendre des photos pour prouver qu'il y était, chacune portant en impression la date et l'heure. Ce n'était qu'une sécurité, si jamais il en avait besoin, ce dont il doutait.

La sonnerie du téléphone fit sursauter le jeune *Blitzkrieger*. Il décrocha.

– Le mot de passe est exact, fit l'opératrice. C'est le caviar Malasol...

– *Herr Doktor...*

– Vous n'avez pas appelé ! rugit Gerhardt Kroeger. Je suis arrivé depuis plus de trois heures et vous n'avez pas appelé !

– Nous peaufinons notre stratégie. Si mes subordonnés ne commettent pas d'erreur, nous allons atteindre notre objectif. J'ai tout organisé dans le détail.

– Vos subordonnés ? Pourquoi pas vous ?

– Nous avons reçu un nouveau renseignement, *mein Herr*, qui peut se révéler infiniment plus dangereux mais pourrait être aussi fructueux. J'ai décidé de courir ce risque en personne.

– Je ne comprends rien à ce que vous racontez !

– Je ne peux pas parler au téléphone.

– Pourquoi ? L'ennemi n'a pas la moindre idée de mon identité et ignore même que je suis ici. Le standard de l'hôtel n'a certainement pas été mis sur écoute. J'exige de savoir ce qui se passe !

– Deux situations convergentes connaîtront leur dénouement dans l'heure qui vient. Dites à Bonn que Zéro Un, Paris, s'est efforcé de les gérer au mieux, mais il ne peut être partout à la fois. Il a donc choisi la plus risquée des deux. C'est tout ce que je puis vous dire. Si je devais ne pas en revenir, ayez une pensée pour moi. Je dois y aller.

– Oui... oui, bien sûr.

Le jeune néo raccrocha vigoureusement. Quoi qu'il advînt, il était couvert. Il allait dîner tranquillement au restaurant, avant de se rendre au bois de Boulogne, où il prendrait quelques photographies sans intérêt, et regagnerait son quartier général en attendant le résultat de l'opération du Sacré-Cœur. Des félicitations si elle réussissait ou la mort de deux *Blitzkrieger*, exécutés pour incompétence.

Il croyait à la cause, du fond du cœur.

Drew marchait autour de la cascade du bois de Boulogne, illuminée par les projecteurs, se mêlant aux promeneurs du soir, à la recherche d'un visage connu. Il était arrivé au rendez-vous peu avant 20 h 30. Une demi-heure plus tard, il n'avait vu personne qu'il connaissait et personne ne l'avait abordé. Avait-il mal interprété les instructions de Karin ? L'inversion des mots présupposait-elle une inversion semblable de la part de ceux qui enregistraient ses conversations et aurait-il fallu les prendre d'une manière littérale ? Non, c'était absurde. Ils ne se connaissaient pas assez bien pour jouer à ces petits jeux ; ils n'avaient aucune expérience de communication intuitive en période de tension. Latham regarda sa montre : 9 h 03. Il allait faire un dernier tour, puis regagnerait la Maison Rouge.

– Hé ! l'Américain !

Il pivota sur lui-même ; c'était Karin, la tête couronnée d'une perruque blonde, la main droite prise dans un bandage.

– Partez vers la gauche, vite, comme si je venais de vous bousculer. À droite, il y a un homme qui prend des photos. Retrouvez-moi sur le sentier, au nord.

Latham fit ce qu'elle demandait, soulagée de la savoir là, mais inquiet de ce qu'elle avait dit. Il poursuivit son chemin, réglant son pas sur l'allure nonchalante des promeneurs, jusqu'à ce qu'il atteigne le bord de la cascade d'où partait une allée dallée. Il s'y engagea, remonta le tunnel de verdure sur une quinzaine de mètres et attendit. Deux minutes plus tard, Karin apparut... Sans le vouloir, ils tombèrent dans les bras l'un de l'autre et s'étreignirent, pas longtemps, juste assez.

– Je suis désolée, fit Karin, en se dégageant doucement et en écartant nerveusement de sa main bandée les mèches blondes de sa perruque.

– Pas moi, répliqua Drew en souriant. J'avais envie de le faire depuis un moment.

– De faire quoi ?

– Vous serrer dans mes bras.

– J'étais seulement contente de voir que vous alliez bien.

– Je vais bien.

– Ça me fait plaisir.

– Ça m'a fait plaisir aussi de vous serrer dans mes bras, insista Drew avec un petit rire. D'abord, c'est vous qui avez commencé ! Vous avez prétexté à l'ambassade que vous me trouviez séduisant, et tout et tout.

– Ce n'était pas un vœu que je faisais, Drew, mais un vrai prétexte, dans le cadre d'une stratégie.

– Allons, je ne suis pas Quasimodo !

– Non, vous êtes un type assez baraqué, pas mal fait de sa personne, qu'un grand nombre de femmes, je n'en doute pas, trouvent à leur goût.

– Mais pas vous...

– Ce n'est pas ma préoccupation majeure.

– Vous voulez dire que je ne suis pas Freddie... Freddie de Vries, « l'incomparable ».

– Il n'y a pas d'autre Freddie, celui du début comme celui de la fin.

– Puis-je en conclure que je suis encore dans la course ?

– Quelle course ?

– Pour gagner vos faveurs, aussi provisoires et limitées qu'elles puissent être.

– Vous voulez coucher avec moi, c'est ça ?

– Vous n'y êtes pas ! N'oubliez pas que je suis originaire de la Nouvelle-Angleterre. Vous n'y êtes pas du tout, ma petite dame.

– Vous êtes aussi un pharisien.

– Un quoi ?

– Pour ne pas dire un menteur, ce serait trop méchant.

– Comment ?

– Et une brute qui écrasait ses adversaires contre la barrière, pendant les matches de hockey. Je suis au courant, Harry m'a tout raconté.

– Seulement quand ils se trouvaient sur mon chemin. Jamais gratuitement.

– Qui en décidait ?

– Moi, sans doute.

– C'est bien ce que je disais. Vous êtes un individu belliqueux.

– Quel rapport avec ce que nous faisons ici ?

– Je suis simplement rassurée de savoir de quoi vous êtes capable.

– Pourquoi ?

– L'homme à l'appareil photo, de l'autre côté de la cascade.

– Et alors ? Il y a des tas de gens qui photographient Paris la nuit. Toulouse-Lautrec faisait des tableaux, aujourd'hui, on prend des photos.

– C'est un néo... Je le sens, je le sais.

– Comment ?

– Son attitude, l'impression de... d'agressivité qu'il donne.

– Un peu court, non ?

– Alors, que fait-il là ? Combien de gens prennent des photos la nuit, au bois de Boulogne ?

– Vous n'avez pas tort. Où est-il ?

– Juste en face. Je l'ai vu au bord de l'autre allée.

– Restez ici.

– Non, je vous accompagne.

– Faites ce que je dis, bon sang !

– Vous n'avez pas d'ordres à me donner !

– Vous n'êtes pas armée et, même si vous l'étiez, vous ne pourriez pas tirer, avec votre main.

– J'ai une arme et, si vous étiez plus observateur, vous auriez remarqué que je suis gauchère.

– Quoi ?

– En route.

Ils s'élancèrent à travers les arbres et rejoignirent l'allée qui conduisait à la cascade illuminée. L'homme était encore là, raide comme un piquet, et semblait photographier au petit bonheur les promeneurs déambulant autour de la cascade. Latham s'approcha silencieusement de lui, la main serrée sur la crosse de son automatique.

– Alors, fit-il en lui tapant sur l'épaule, on prend son pied à photographier les gens à leur insu ?

Le *Blitzkrieger* pivota tout d'un bloc. Découvrant le visage de Drew dans la lumière indécise, il écarquilla les yeux.

– Vous ! lança-t-il d'une voix gutturale. Non, pas le même visage ! Qui êtes-vous ?

– Moi aussi, j'ai une question ! fit Latham, en le saisissant à la gorge pour le pousser violemment contre un tronc d'arbre. Kroeger ! Qui est Gerhardt Kroeger ?

Le néonazi se ressaisit rapidement ; il lança sa botte dans l'aine de Drew qui bondit en arrière, esquiva le coup et écrasa le canon de son automatique sur le nez du *Blitzkrieger*.

– *Nein !* hurla le nazi, à moitié aveuglé par le sang qui giclait. Vous n'êtes pas l'homme de la photo !

– Mais il me ressemble, hein ? Même forme de visage, hein ?

– Vous êtes cinglé ! rugit le néo, en portant un coup du tranchant de la main à la gorge de Drew.

Latham saisit son poignet, le tordit violemment et projeta l'homme dans les buissons.

– Je prenais des photos, c'est tout !

– Ce fait étant établi, haleta Drew, à califourchon sur le néo, en écrasant brusquement un genou sur sa cage thoracique, dis-moi ce que tu sais sur Kroeger ! Si tu ne parles pas tout de suite, poursuivit-il en appuyant le canon de son arme entre les yeux du nazi, je te fais un gros trou dans la tête !

– Je suis prêt à mourir !

– Ça tombe bien, tu vas mourir. Tu as cinq secondes, Adolf... Une, deux, trois... quatre...

– *Nein !* Il est à Paris. Il recherche Venin !

– Et tu as cru que c'était moi ?
– Vous n'êtes pas le même homme !
– Tu l'as dit, bouffi ! Redresse-toi !
Drew ne vit rien venir. Avant qu'il ait eu le temps de comprendre, un gros pistolet apparut dans la main droite du néo. Dans la seconde qui suivit, une forte détonation dans son dos le fit sursauter ; la tête du nazi fut rejetée en arrière, le sang jaillit de son cou. Karin de Vries venait de sauver la vie de Latham. Elle s'élança vers lui.
– Vous n'avez pas de mal ?
– Où a-t-il pris cette arme ? demanda Drew, encore secoué.
– Au même endroit que la vôtre.
– Quoi ?
– Dans sa ceinture. Quand vous l'avez pris au collet en lui demandant de se redresser, je l'ai vu plonger la main sous sa veste.
– Merci...
– Au lieu de me remercier, faites quelque chose ! Les gens sont en train de filer à toutes jambes, la police ne va pas tarder à arriver.
– Suivez-moi ! ordonna Drew, en fourrant l'automatique dans sa ceinture avant de prendre le téléphone cellulaire dans sa poche intérieure. Enfoncez-vous dans les arbres... assez loin.
Ils parcoururent péniblement une vingtaine de mètres dans la végétation obscure, puis Drew leva la main.
– Ça ira, fit-il, hors d'haleine.
– Qui vous a donné ça ? demanda Karin en indiquant l'appareil, à peine visible dans la main de l'Américain.
– Mes anges gardiens, répondit Drew, plissant les yeux pour distinguer les touches dans la faible lumière de la cascade filtrant à travers le feuillage. Ils sont très high-tech.
– Un téléphone portatif n'est pas à l'abri d'une interception, mais, en cas d'urgence, je suppose que...
– Stanley ? lança Latham, sans la laisser achever. Ça a recommencé, au bois de Boulogne ! Il y avait encore un néo au rendez-vous. Il était là pour me supprimer !
– Et alors ?
– Il est mort, Stosh. Karin l'a abattu au moment où il s'apprêtait à me faire exploser le crâne... Écoutez-moi, Stanley ! Il a dit que Kroeger était à Paris, sur la piste de Venin !
– Quelle est votre situation ?
– Nous sommes dans les bois, près d'une allée, à une vingtaine de mètres du corps.
– À vous de m'écouter, reprit Witkowski d'un ton impérieux. Si vous pouvez le faire avant l'arrivée de la police... et même si vous risquez de vous trouver nez à nez avec des flics, retournez vider les poches de cette petite ordure et décrochez !

– Comme pour Harry...

La phrase de Drew s'acheva en un murmure douloureux.

– Eh bien, faites-le pour Harry ! Si ce qu'on vous a dit sur Kroeger n'est pas un tissu de mensonges, ce cadavre est le seul lien avec lui.

– Il a cru un instant que j'étais Harry ; il a dit qu'il avait une photo.

– Vous perdez du temps !

– Et si la police arrive ?

– Vous n'aurez qu'à les baratiner, comme vous savez le faire. Si ça ne marche pas, je réglerai cela plus tard. Mais je préférerais éviter la filière officielle. Bougez-vous !

– Je vous rappellerai.

– Sans faute et dès que possible.

– Venez, fit Drew, en prenant Karin par le poignet pour l'entraîner vers l'allée.

– On y retourne ? lança-t-elle, l'air incrédule.

– Ordres du colonel. Le temps presse...

– Et la police !

– Le temps presse d'autant plus... J'ai une idée ! Restez dans l'allée ; si la police arrive, faite comme si vous aviez peur, ce qui ne devrait pas être trop difficile, et dites que votre petit ami est allé se soulager dans les arbres.

– Pas impossible, fit Karin, en écartant une branche sur son chemin. Plus américain que français, mais pas impossible.

– Je vais traîner le corps de ce salopard sous les arbres et je lui ferai les poches. J'ai vu que sa montre est plus belle que la mienne ; je la prendrai aussi.

Ils débouchèrent dans l'allée descendant vers la cascade pratiquement déserte, aux abords de laquelle il ne restait plus qu'une poignée d'observateurs retenus par une curiosité morbide. Certains lançaient des coups d'œil nerveux en tous sens, attendant à l'évidence la police. Drew prit le corps par les pieds et le traîna dans le sous-bois ; il fit l'inventaire des poches, prit tout ce qu'il trouvait. Il ne se donna pas la peine de chercher l'arme qui avait failli mettre fin à sa vie ; elle ne leur apprendrait rien. Il rejoignit au pas de course l'allée où l'attendait Karin, au moment où des cris retentissaient autour de la cascade.

– La police !

– Là-bas, de l'autre côté !

– Où ?

Par bonheur, les quelques curieux restants indiquèrent des directions opposées. Énervés, les policiers se séparèrent pour suivre deux allées plongées dans l'ombre. Drew et Karin en profitèrent pour traverser l'espace découvert devant la cascade et remonter l'allée nord, jusqu'à ce qu'ils débouchent dans de splendides jardins entourant un petit bassin où des cygnes évoluaient majestueusement, à la lumière des projecteurs. Ils virent un banc, s'y laissèrent tomber, à bout de souffle, le dos heurtant le dossier de bois. Karin arracha la perruque blonde, la fourra dans son sac et secoua ses cheveux.

– Dès que j'aurai repris mon souffle, dit Drew, j'appellerai Witkowski. Comment va votre main ? Elle vous fait souffrir ?

– Vous pensez à ma main dans un moment comme celui-ci ?

– Je l'ai reprise tout à l'heure, parce que vous teniez encore votre arme dans la gauche, et je me suis dit que le coup risquait de partir, si j'essayais de la prendre... Je parle de votre main.

– Je comprends. Je n'avais pas eu le temps de remettre l'arme dans mon sac... Voulez-vous appeler le colonel ?

– Bien sûr.

Il reprit le téléphone cellulaire, composa son numéro à la lumière des projecteurs du bassin.

– Mission accomplie, Stanley.

– Une autre a échoué, fit le colonel, et nous ne savons meme pas ce qui s'est passé.

– De quoi parlez-vous ?

– Ce nazillon de merde que j'ai expédié à Washington dans un appareil militaire, à 5 heures du matin, dans le plus grand secret.

– Et alors ?

– Il a débarqué à la base d'Andrews, à 3 h 30 heure locale, dans l'obscurité totale, et a été abattu sur la piste, alors qu'il marchait sous bonne escorte.

– Comment ?

– Un fusil à lunette à infrarouge, gros calibre, du haut d'un toit. On n'a rien trouvé, bien entendu.

– Qui a pu faire ça ?

– Aucune idée. Comme convenu, j'avais fait savoir aux principaux collaborateurs de Knox Talbot que nous avions mis la main sur un vrai néo, en indiquant l'heure d'arrivée et tout.

– Qu'en concluez-vous ?

– Que quelqu'un a engagé un tueur.

– Où cela nous mène-t-il ?

– Le champ d'investigation se réduit, c'est tout ce qu'on peut dire. Nous étions au courant du piratage des ordinateurs, nous avons maintenant une liste de suspects comprenant quatre ou cinq adjoints du directeur. C'est comme ça que ça marche, jeune homme. On referme les portes l'une après l'autre, jusqu'à ce qu'il n'en reste plus qu'une ou deux ouvertes.

– Et pour moi, que faisons-nous ?

– C'est un peu le jeu du chat et de la souris, non ? Kroeger tient à retrouver Harry, c'est-à-dire vous, autant que vous tenez à le trouver.

– Apparemment, oui, mais pourquoi ?

– Nous ne le saurons pas avant d'avoir mis la main sur lui.

– Ce n'est pas très encourageant...

– C'est comme ça. Je veux que vous restiez sous leur menace, nuit et jour.

– Merci infiniment, Stosh !

– Apportez ce que vous avez pu...

– J'ai raflé tout ce qu'il y avait ! coupa rageusement Latham. Sauf cette foutue montre, que j'ai oublié de prendre !

– Votre réaction me plaît, fit le colonel. J'aime un mouvement de colère dans ce genre de situation. Rendez-vous chez moi, dans une heure, changez trois fois de véhicule.

15

Les flammes dansantes des torches s'élevaient dans l'obscurité. Dans la grande prairie fauchée, en pente douce, au cœur du gigantesque complexe de Vaclabruck, étaient rassemblés quinze cents disciples choisis de la Fraternité, venus des quatre coins du monde. Dans la nuit sans nuages, les torches éclairaient la vaste arène naturelle, de la périphérie à l'estrade dressée au sommet de la colline, soutenant une table de quinze mètres de long, à laquelle avaient pris place les dirigeants du mouvement. Un micro placé au centre était relié à des haut-parleurs disséminés dans la prairie ; en haut de grands mâts, éclairés par des projecteurs, des drapeaux rouge sang et noir claquaient dans le vent. Mais ils se distinguaient par un détail surprenant de ceux du IIIe Reich. Un éclair blanc coupait en diagonale les branches de la croix gammée. C'était la bannière du IVe Reich.

Une ribambelle d'orateurs, tous en uniforme de l'Allemagne nazie, s'étaient succédé à la tribune, leurs exhortations avaient chauffé à blanc la ferveur de la foule. Enfin, l'avant-dernier s'approcha du centre de l'estrade ; il monta à la tribune, parcourut d'un regard enflammé les rangs des fidèles et sa voix vibrant d'une autorité tranquille se répercuta dans la vaste arène.

– Vous avez entendu ce soir les voix, venant du monde entier, de ceux qui ont besoin de nous, qui nous appellent à grands cris, qui brûlent de nous voir brandir le glaive d'un ordre nouveau, afin de purifier les races et d'éliminer le rebut humain et idéologique qui pollue le monde civilisé. Et nous sommes prêts !

Les acclamations, rythmées par des grondements approbateurs, firent vibrer le sol et se répercutèrent à tous les échos. L'orateur leva les mains pour réclamer le silence ; il l'obtint rapidement.

– Mais, pour nous guider, reprit-il, nous devons avoir un Zeus, un Führer encore plus grand que le premier, non par la puissance de son esprit – nul ne peut surpasser Adolf Hitler en matière de philosophie –, mais par sa force et sa détermination. Un chef qui frappera sans pitié les plus timorés et ne se laissera pas arrêter par les stratégies frileuses des intellectuels ! Un chef qui écrasera les ennemis du progrès racial et passera à l'action quand il estimera le moment opportun ! L'Histoire a prouvé que, si nos prédécesseurs avaient envahi l'Angleterre quand Hitler a ordonné à ses troupes de le faire, le monde dans lequel nous vivons aujourd'hui serait différent et infiniment meilleur. Il en a été dissuadé par la caste des *Junkers*, ces dilettantes. Notre nouveau chef, notre Zeus, ne se soumettra jamais à des pressions aussi lâches... Pourtant, et je sais que ce sera pour vous une déception, le moment n'est pas encore venu de révéler son identité, même aux fidèles disciples que vous êtes. Nous nous contenterons d'un message enregistré à votre intention.

L'orateur en uniforme tendit le bras, fit le salut nazi. Au moment où il le baissait, une voix retentit, amplifiée par les haut-parleurs. C'était une voix étrange, une voix de baryton, sèche et tranchante, chaque consonne résonnant comme un coup de hache sur du bois dur. Elle évoquait d'une certaine manière les diatribes d'Hitler, dans la mesure où les envolées hystériques se succédaient rapidement, mais la ressemblance s'arrêtait là. L'orateur était de son temps ; les vociférations électrisantes étaient précédées de mots froids, articulés lentement, sans passion, entre les élans vibrants qui donnaient du poids à ses affirmations. La harangue ne souffrait pas du débit monocorde et de la voix perçante d'Hitler. Il jouait sur le contraste, comme s'il se confiait à l'assistance qui suivait à l'évidence ses développements et dont la perspicacité était récompensée par l'affirmation des conclusions qu'elle souhaitait. L'ère du Verseau n'était plus qu'un souvenir ; le temps de la manipulation lui avait succédé.

– Nous n'en sommes qu'au commencement et l'avenir nous appartient ! Mais vous le savez, n'est-ce pas ? Vous qui œuvrez inlassablement dans la mère patrie et vous qui travaillez sans relâche dans les autres pays, vous voyez ce qui se passe ! N'est-ce pas magnifique ? Le message dont nous sommes porteurs n'est pas seulement accepté, il est avidement désiré, du plus profond du cœur et de l'esprit ! Cela, vous le voyez, vous l'entendez, vous le savez !... Je ne vous vois pas, mais je vous entends, j'accepte votre gratitude, j'espère en être digne. Je ne suis que votre voix, la voix de tous les mécontents du monde civilisé. Vous le comprenez, n'est-ce pas ? Vous comprenez notre martyre, quand les inférieurs nous font payer leur infériorité ! Quand des hommes et des femmes travailleurs se voient privés d'avantages durement acquis par ceux qui refusent de travailler, qui en sont incapables ou sont même trop détraqués pour essayer. Devons-nous pâtir de leur paresse, de leur incompétence, de leur aliénation ? S'il doit en être ainsi, le monde sera dirigé par les indolents, les incompétents et les faibles d'esprit ! Ils nous dépouilleront de notre position dominante en nous submergeant, en vidant nos coffres au nom de l'humanité... Mais, non, ce n'est pas l'humanité, mes soldats, c'est le rebut du genre humain !... Ils ne le feront pas, ils ne pourront pas le faire, car l'avenir nous appartient ! Partout, la confusion règne chez nos ennemis, qui ne savent plus qui soutient notre cause et, en leur for intérieur, se réjouissent de nos progrès, même s'ils refusent de se l'avouer. Poursuivez votre effort, mes soldats. L'avenir nous appartient !

Un nouveau tonnerre d'applaudissements s'éleva, tandis que les accents martiaux de l'hymne nazi emplissaient le gigantesque stade. À l'un des derniers rangs, deux hommes, applaudissant à tout rompre et criant à pleine gorge, se tournèrent l'un vers l'autre et commencèrent à parler à voix basse. Chacun avait vu sur l'autre le signe de reconnaissance : un sourcil partiellement rasé.

– De la folie ! souffla le Français en anglais.

– Cela me rappelle les actualités montrant les discours d'Hitler, fit le Hollandais.

– Je ne pense pas ; ce nouveau Führer est beaucoup plus crédible. Il n'impose pas ses opinions à la foule par ses exhortations. Il la conduit où il veut en posant des questions raisonnables, en apparence. Puis il hausse le ton et offre à l'assistance les réponses qu'elle veut entendre. Il sait la dynamiser... Très fort, vraiment.

– Qui est-il, à votre avis ?

– Un politicien d'extrême droite en vue, j'imagine. Je l'ai enregistré, pour permettre à nos services de comparer des empreintes vocales... si le minuscule appareil dans ma poche est assez performant.

– Je n'ai eu aucun contact avec eux depuis plus d'un mois.

– Moi, depuis six semaines.

– Ils ont quand même fait du bon boulot. Les satellites ont repéré la clairière, comme les avions, il y a trente ans, avaient détecté à haute altitude la présence de fusées à Cuba. Ils n'ont pas cru à l'implantation d'une nouvelle secte, même si les papiers étaient en règle.

– C'est le recrutement d'ouvriers du bâtiment d'origine étrangère qui nous a mis la puce à l'oreille, poursuivit le Français.

– J'ai travaillé comme charpentier, et vous ?

– Électricien. J'aidais mon père, à Lyon, avant mes études universitaires.

– Maintenant, il va falloir sortir d'ici et ce ne sera pas une partie de plaisir. On a vraiment l'impression d'être dans un camp de concentration, avec barbelés, miradors et tout...

– Un peu de patience, nous trouverons un moyen. Rendez-vous au petit déjeuner, tente six. Nous trouverons quelque chose.

Au moment où les deux hommes se séparaient, ils se trouvèrent face à un demi-cercle de gardes en uniforme, la tunique ornée de l'emblème du IVe Reich.

– En avez-vous entendu assez, *meine Herren* ? demanda un officier, qui se tenait devant ses hommes. Vous vous croyez vraiment malins, *nicht wahr* ? Assez pour vous entretenir en anglais, ajouta-t-il en montrant un petit appareil d'écoute électronique, couramment utilisé dans les services de police et le milieu du renseignement. Une petite merveille qui, dirigée vers deux individus au milieu d'une foule, permet d'entendre tout ce qu'ils disent, en supprimant le bruit ambiant... Vous êtes sous surveillance depuis le moment où vous vous êtes joints à nos invités triés sur le volet. Nous avez-vous vraiment pris pour des enfants de chœur ? Avez-vous réellement cru que nos ordinateurs ne fournissaient pas des listings détaillés du personnel étranger ? Il a suffi de procéder à des recoupements, et devinez ce que nous avons découvert ? Un charpentier hollandais bourru et un électricien français particulièrement maussade... *Kommen sie mit !* Nous allons bavarder un peu, mais votre nouveau logement manquera de confort, je le crains. Ensuite, vous trouverez la paix, une paix éternelle, dans une fosse profonde.

– Vous avez toujours raffolé de ces exécutions, n'est-ce pas ?

– À mon grand regret, je n'étais pas encore de ce monde. Mais mon heure viendra, messieurs. Notre heure viendra.

Witkowski, Drew et Karin étaient assis à la table de cuisine du colonel, dans son appartement de la rue Réaumur. Devant eux étaient disposés les différents articles que Drew avait trouvés dans les poches du tueur du Bois.

– Pas mal, fit le vétéran du G-2, qui prenait les objets l'un après l'autre pour les étudier. Je peux vous dire une chose, ajouta-t-il, cette petite ordure ne s'attendait pas à tomber sur un os au bois de Boulogne.

– Qu'est-ce qui vous fait dire cela ? demanda Latham, en montrant son verre de whisky vide.

– Servez-vous.

Le colonel indiqua d'un mouvement des sourcils le bar recouvert de zinc, près de l'entrée voûtée du living.

– Dans cette maison, je sers le premier verre, les invités se débrouillent pour la suite. Sauf les dames... Demandez donc à madame, crétin.

– C'est insultant, fit Drew en se levant et en interrogeant du regard Karin, qui secoua la tête.

– De quoi ?

– Ne vous occupez pas de lui, colonel, fit la jeune femme, il a des réactions puériles. Mais j'ai une question à poser : pourquoi dire que ce n'est « pas mal », alors qu'il n'y a rien qui permette de l'identifier ?

– En réalité, c'est franchement bien. Il vous le dirait lui-même, s'il s'occupait de son butin au lieu de lever le coude.

– Je n'ai bu qu'un verre, Stosh ! J'ajoute qu'il est bien mérité.

– Je sais, jeune homme, mais vous n'avez pas vraiment regardé.

– Si, en posant les objets sur la table. Il y a une pochette d'allumettes venant d'un restaurant ; le reçu d'un pressing de l'avenue George-V, au nom d'André – aucun intérêt ; un porte-billets doré qui ne contenait que quelques mots, affectueux, je suppose, en allemand ; une facture de carte de crédit dont le nom du titulaire et le numéro ne peuvent être que faux ou si bien cachés qu'il faudrait plusieurs jours pour remonter une piste donnant dans un cul-de-sac. Les banques paient ; c'est tout ce que demandent les commerçants, et ils se font payer... J'avoue que je n'ai pas examiné le reste, mais je n'ai pas passé plus de huit secondes pour ce que je viens d'énumérer. Ce sera tout, mon colonel ?

– Croyez-moi, madame de Vries, ce garçon a des qualités. Je pense qu'il ne lui a même pas fallu huit secondes... Plus près de cinq, à mon avis, tellement il était pressé de boire.

– Je suis impressionnée, reconnut Karin. Mais, vous, avez-vous trouvé autre chose ?

– Encore deux papiers, un provenant d'un bottier pour une réparation, toujours au nom d'André, et un billet d'entrée froissé pour une fête foraine... une entrée gratuite.

– Je n'ai pas vu ça ! protesta Latham, qui se servait un whisky au bar.

– Qu'est-ce que cela vous apprend ?

– Les chaussures, les bottes en particulier, sont des objets très personnels, madame de Vries...

– Ne m'appelez plus comme ça. Dites Karin, tout simplement.

– Très bien, Karin. Nous disions donc que les chaussures sont personnalisées ; un bottier vend des chaussures sur mesure, adaptées à la forme et aux caractéristiques de chaque pied. Celui qui fait faire une réparation dans ce genre de boutique y est en général client, à condition, bien sûr, d'être à Paris depuis un certain temps. Sinon, il s'adresse à son fournisseur habituel. Vous me suivez ?

– Absolument. Et la fête foraine ?

– Pourquoi lui a-t-on donné une entrée gratuite ? interrogea Drew, en revenant vers la table, son verre à la main. Je n'ai vraiment pas vu ces bouts de papier, Stosh.

– Je sais, *chlopak*. Je ne veux pas en rajouter, mais ils étaient là.

– Bon, demain matin, nous allons donc rendre visite à un bottier et à un inconnu qui distribue des entrées gratuites pour une fête foraine. Je suis éreinté. Allons nous coucher... Mais j'avais oublié ! Et le traquenard du Sacré-Cœur ?

– Quel traquenard ? demanda Witkowski.

– Vous savez bien ! Le coursier numéro seize, en haut du funiculaire.

– Ça ne me dit rien du tout !

Les deux hommes se tournèrent vers Karin de Vries.

– J'ai fait ça très souvent pour Freddie, expliqua-t-elle avec un sourire gêné. Il me disait : « Invente quelque chose. Plus ce sera idiot, mieux ça marchera, car nous sommes tous des idiots. »

– Attendez un peu, tous les deux, reprit Witkowski, en secouant la tête. Êtes-vous certains de ne pas avoir été suivis ?

– Je ne relèverai pas l'insulte et ma réponse sera strictement professionnelle. J'en suis certain, parce que je ne me suis pas contenté de changer trois fois de véhicule, ce qui n'aurait pas échappé à une surveillance électronique ; mais c'est trop difficile à comprendre pour un dinosaure comme vous. C'est dans le métro que nous avons effectué ces changements, pas trois, mais cinq ! Ça vous va ?

– J'aime vos bouffées de colère. Ma sainte mère disait toujours que la vérité est dans la colère. Que c'est la seule chose à laquelle on peut se fier.

– Très bien. Et, maintenant, puis-je appeler un taxi pour nous raccompagner ?

– Non, c'est la chose à ne pas faire. Comme personne ne sait où vous êtes, vous allez tous deux passer la nuit ici. J'ai une chambre d'ami et ce canapé est très confortable... J'imagine que vous le prendrez, jeune homme, et je vous saurai gré de ne pas finir le whisky.

L'unité des *Blitzkrieger*, de retour à son quartier général, après le « traquenard » du Sacré-Cœur, y trouva une situation confuse, ce qui ne fit qu'accroître la colère des tueurs d'élite.

– Il n'y avait personne ! lança Zéro Cinq, en se laissant tomber dans un fauteuil. Personne qui ressemblait, de près ou de loin, à un contact ! On nous a monté un bateau... Une ridicule et dangereuse perte de temps.

– Où est donc passé notre chef si brillant ? demanda un autre membre du commando, s'adressant à ses trois collègues restés sur place. C'est lui le patron, mais il aura quelques explications à fournir. Si on nous a monté un bateau, c'est que nous sommes repérés !

– Il n'est pas là, répondit un des néos, les coudes sur la table, d'une voix où perçaient la lassitude et l'ennui.

– Qu'est-ce que tu racontes ? s'écria Zéro Cinq, en se redressant brusquement. Et le coup de téléphone de Bonn ? Il devait être là à 22 heures pour le prendre.

– Il n'était pas là et il n'y a pas eu d'appel.

– A-t-on pu l'appeler sur sa ligne privée ?

– Non, il n'y a rien eu, répondit le *Blitzkrieger* à l'air las, numéro de code Zéro Deux, Paris. Ne le voyant pas arriver, je me suis installé dans son bureau, j'y suis resté de 21 h 30 à 22 h 45. Rien... Zéro Un est sans doute le chouchou de nos supérieurs, mais il devrait prendre un bain plus souvent. La puanteur de ce bureau !

– Un bain l'arrache à son trône et à tous ses gadgets.

– C'est un enfant malade dans une boutique de jouets électroniques...

– Attention, coupa un autre *Blitzkrieger*. Je vous rappelle que les dissensions sont très mal vues.

– Pas les critiques justifiées, rétorqua Zéro Cinq. Où est-il, pourquoi n'est-il pas avec nous ? Je présume qu'il n'a pas donné de nouvelles.

– En effet, mais nous sommes tous au courant des frottements entre vous deux.

– Exact et sans rapport avec la question, riposta Paris Cinq, son corps musclé penché en avant, soutenu par deux mains puissantes étendues sur la table. Quoi qu'il en soit, son comportement de ce soir est inacceptable et j'en référerai à Bonn. Il a mis une équipe en péril en l'envoyant accomplir une mission imaginaire.

– Tout le monde a entendu la bande de l'ambassade, objecta Paris Deux de sa voix lasse. Tout le monde était d'accord pour donner la priorité à cette mission.

– Assurément, moi le premier. Mais, au lieu de prendre le commandement de cette mission prioritaire, Zéro Un a préféré le bois de Boulogne, sous prétexte qu'il n'aurait pas le temps de revenir du Sacré-Cœur pour prendre l'appel de Bonn. Il n'y a pas eu d'appel et Zéro Un n'est pas là. Il nous doit des explications.

– Il n'y en a peut-être pas, fit un *Blitzkrieger*, assis au bout de la table, qui n'avait pas encore pris la parole. Mais il y a eu un autre appel, de notre informateur à l'ambassade des États-Unis.

Les hommes de l'unité du Sacré-Cœur sursautèrent, comme une bande de chats effrayés.

– Il lui est formellement interdit de prendre directement contact avec nous, déclara Paris Cinq, surtout au téléphone.

– Il a estimé que ce qu'il avait à dire justifiait cette infraction aux ordres.

– Qu'avait-il à dire ?

– Le colonel Witkowski, des services spéciaux...

– Le coordinateur, précisa doucement Paris Deux. Ses relations dans les hautes sphères de Washington sont bien connues de nos... représentants aux États-Unis.

– Qu'a-t-il dit ? répéta Zéro Cinq avec agacement.

– Il faisait le guet dans une voiture, devant le domicile du colonel, rue Réaumur. Il suivait son instinct, après les communications téléphoniques de la veuve de Frederik de Vries.

– Et alors ?

– Il y a un peu plus d'une heure, un homme et une femme sont entrés précipitamment dans l'immeuble. Comme ils étaient dans l'ombre, il n'a pas bien vu l'homme, mais a cru le reconnaître. La femme, il la connaissait. C'était la veuve de Vries.

– C'était Latham ! rugit Paris Cinq. Elle est avec Harry Latham ; ce ne peut être que lui. En route !

– Pour faire quoi ? demanda Zéro Deux, l'air sceptique.

– Pour réussir là où Zéro Un s'est fourvoyé.

– Les circonstances sont différentes et, compte tenu de l'expérience du colonel en matière de sécurité, frapper chez lui me semble extrêmement dangereux. En l'absence de Zéro Un, je suggère de demander le feu vert de Bonn.

– Je ne suis pas de cet avis, protesta Paris Six, pas après le fiasco du Sacré-Cœur. Si nous atteignons notre cible, cet échec sera effacé.

– Et si nous la manquons ?

– La réponse va de soi, fit un des membres de l'unité du Sacré-Cœur en glissant la main droite sous sa veste pour effleurer l'étui de son arme, tandis que la gauche se posait sur le col de sa chemise, à l'intérieur duquel étaient cousues trois capsules de cyanure. Il peut y avoir entre nous des divergences, des frottements, si vous voulez, mais nous partageons le même dévouement à la cause de la Fraternité, l'émergence du IVe Reich. Qu'on ne s'y méprenne pas !

– Cela ne viendrait à l'idée de personne, fit Zéro Deux. Vous êtes donc d'accord avec Paris Six pour aller rue Réaumur ?

– Naturellement. Nous serions bêtes de ne pas le faire.

– Nous offrirons à Bonn un triple meurtre auquel nos chefs ne pourront qu'applaudir, ajouta Paris Cinq, contenant mal son impatience. *Sans* Zéro Un, qui s'est assez fichu de nous. À son retour, il aura des comptes à nous rendre, comme il en aura à rendre à Bonn. J'imagine, au mieux, qu'il sera rappelé.

– Et tu veux naturellement prendre le commandement de cette unité ? demanda Paris Deux, levant un regard las vers la silhouette imposante de son collègue.

– Oui. Je suis le plus âgé et le plus expérimenté. Zéro Un est un cinglé immature, qui agit et prend des décisions sans se donner le temps de la réflexion. J'aurais dû être choisi à sa place quand on nous a envoyés ici, il y a trois ans.

– Pourquoi ne l'as-tu pas été ? Après tout, comme nous sommes tous cinglés, cela n'entre pas en ligne de compte.

– Qu'est-ce que tu racontes ? lança un autre *Blitzkrieger*, les yeux rivés sur Zéro Deux.

– Ne le prends pas mal, je n'ai rien contre cette folie. Mon père était diplomate, j'ai passé mon enfance dans cinq pays. J'ai vu de mes yeux ce que vous n'avez appris que par ouï-dire. Nous sommes dans le vrai, totalement dans le vrai. Les faibles, ceux des races inférieures, s'insinuent dans les gouvernements de par le monde ; il faut être aveugle pour ne pas s'en rendre compte. Pas besoin d'être versé dans l'histoire sociale pour comprendre que le niveau intellectuel général est tiré vers le bas, au lieu de s'élever. Voilà pourquoi nous sommes dans le vrai. Mais revenons à ma question : pourquoi a-t-on choisi Zéro Un pour être notre chef ?

– Je n'en sais rien.

– Je vais essayer d'expliquer pourquoi. Chaque mouvement doit avoir ses fanatiques, des troupes de choc qui vivent aux confins de la folie, ce qui les pousse à se jeter tête baissée contre des barrières infranchissables afin se faire entendre du monde. Puis ils s'effacent, sont rejetés dans l'ombre et supplantés – du moins devraient-ils l'être – par des hommes supérieurs. La plus grave erreur du IIIe Reich fut de permettre aux troupes de choc, aux hommes de main de prendre le contrôle du parti, donc de la nation.

– Tu es un intello, toi.

– Les théories philosophiques de Nietzsche m'ont toujours attiré, en particulier sa doctrine de la perfectibilité par l'affirmation de soi et la glorification morale des chefs suprêmes.

– Tu es trop cultivé pour moi, fit Zéro Six, mais ces termes m'évoquent quelque chose.

– Bien sûr, approuva Paris Deux en souriant. On nous en a rabâché toutes les variantes.

– Nous perdons du temps ! coupa Paris Cinq, en se dressant de toute sa taille, les yeux légèrement plissés, rivés sur Zéro Deux. Tu es vraiment un intello, hein ? Je ne t'ai jamais entendu parler si longtemps, surtout sur ces questions. Cela cacherait-il quelque chose ? Aurais-tu dans l'idée que tu devrais être le chef de notre unité ?

– Non, tu te mets le doigt dans l'œil ! Je ne suis pas compétent. Même si j'ai la tête bien pleine, je suis trop jeune, je manque d'expérience.

– Mais il y a quand même quelque chose...

– En effet, reconnut Zéro Deux, en soutenant le regard de son collègue. Quand le Reich verra le jour, je n'ai nullement l'intention de m'effacer et d'être rejeté dans l'ombre. Pas plus que toi.

– Nous nous comprenons... Bon, je vais choisir l'équipe pour la rue Réaumur. Six hommes. Deux resteront ici pour assurer les urgences, en cas de besoin.

Les six élus se levèrent, trois d'entre eux allèrent se changer, les autres se penchèrent sur un plan de Paris, concentrant leur attention sur le quartier de la rue Réaumur. Les trois premiers revinrent, en tricot et pantalon noir ; les tueurs vérifièrent leurs armes et réunirent le matériel indiqué par Zéro Cinq. Le téléphone sonna.

– Cette situation est proprement intolérable ! hurla Gerhardt Kroeger. Je signalerai votre incompétence coupable, votre refus de rester en communication avec un représentant haut placé de la Fraternité !

– C'est un mauvais service que vous vous rendriez, docteur, répondit posément Zéro Cinq. Avant la fin de la nuit, nous aurons éliminé celui que vous désirez tant voir disparaître et abattu deux autres cibles sur la piste desquelles Bonn sera ravi d'apprendre que vous avez contribué à nous mettre.

– J'ai déjà entendu cette chanson il y a près de quatre heures ! Que s'est-il passé ? J'exige de parler à ce freluquet qui prétend être votre chef !

– J'aimerais vous le passer, *mein Herr*, fit Paris Cinq, en choisissant soigneusement ses mots. Malheureusement, Zéro Un n'est pas resté en contact avec nous. Il a choisi de suivre une piste secondaire, une piste pour le moins douteuse, et il n'est pas revenu de sa mission. En fait, il a plus de deux heures de retard.

– Une piste « douteuse », dites-vous ? D'après lui, c'était la plus risquée. Peut-être lui est-il arrivé quelque chose.

– Les tentations du bois de Boulogne ? Très improbable, docteur.

– Allez-vous m'expliquer ce qui s'est passé au premier rendez-vous ?

– C'était un piège, *mein Herr*, mais mon unité, l'unité de Zéro *Cinq*, a su l'éviter. Cela nous a pourtant ouvert une troisième piste, une piste sûre, celle que nous suivons maintenant. Avant le lever du soleil, vous aurez la preuve de la mort de la cible prioritaire, dans le respect de la méthode d'exécution prescrite. Je vous remettrai les photographies en main propre, à votre hôtel.

– Voilà des paroles qui rassurent et sont autrement raisonnables que le discours de ce blanc-bec aux yeux de cobra.

– Il est jeune, certes, mais c'est un maître dans l'aspect physique de notre profession.

– Quand on n'a rien dans la tête, ces qualités ne mènent nulle part !

– J'incline à partager ce jugement, mais je n'oublie pas qu'il est mon supérieur. Je n'ai jamais dit ce que vous venez d'entendre.

– Ce n'est pas vous qui l'avez dit, c'est moi. Vous avez simplement approuvé une généralisation... Rappelez-moi votre numéro ? Cinq ?

– C'est cela.

– Apportez-moi ces photos et Bonn sera informé de votre valeur.

– C'est trop aimable. Il est l'heure de partir.

Assis dans l'obscurité, Stanley Witkowski regardait la rue par la fenêtre. Son visage buriné demeurait immobile, impénétrable, quand il portait à ses yeux les jumelles à infrarouge. L'objet de sa surveillance était une automobile en stationnement, à l'extrémité du pâté de maisons, à une trentaine de mètres de l'entrée de son immeuble. L'attention du vétéran du renseignement avait été éveillée par la vision fugitive d'un visage à l'avant du véhicule, à la lumière d'un réverbère. Ce visage apparaissait épisodiquement, puis reculait dans l'ombre, comme si l'homme attendait quelqu'un ou observait quelque chose. Ce creux dans la poitrine du colonel, une sensation éprouvée des centaines de fois au long de sa carrière, était un signal d'alarme qui serait accepté ou rejeté dans les minutes ou les heures à venir.

Soudain, les choses se précipitèrent. Le visage réapparut, le combiné d'un téléphone de voiture collé sur l'oreille droite. L'air excité, énervé, il leva la tête, dirigeant son regard vers les étages supérieurs de l'immeuble de Witkowski. Puis il éloigna le téléphone de son oreille, d'un geste trahissant la colère ou l'agacement. Cela suffit au colonel. Il se leva, traversa rapidement sa chambre et gagna le living. Il trouva Drew Latham et Karin de Vries assis sur le canapé, mais chacun à un bout, à son grand plaisir ; Witkowski ne supportait pas les relations personnelles dans le travail.

– Salut, Stanley, fit Drew. Vous venez faire le chaperon ? N'ayez aucune crainte, nous parlions de la situation politique qui a suivi la guerre froide et, de toute façon, la jeune femme n'a aucune attirance pour moi.

– Je n'ai jamais dit ça, protesta Karin avec un petit rire. Vous n'avez rien fait pour que je vous trouve antipathique et je vous admire sincèrement.

– Traduction : j'ai été abattu.

– Espérons que ce ne sera qu'une manière de parler, lança le colonel d'une voix si glaciale que Drew s'arrêta net.

– Que voulez-vous dire ?

– Vous avez affirmé que vous n'aviez pas été suivis, jeune homme.

– Absolument. Comment aurait-on pu nous suivre ?

– Je n'en suis pas certain, mais il y a un homme, dans une voiture en stationnement, qui éveille mes soupçons. Il vient de téléphoner et ne cesse de regarder dans notre direction.

Drew se leva d'un bond et se dirigea vers la chambre de Witkowski.

– Éteignez cette lampe avant d'entrer, imbécile ! aboya le colonel. Ne laissez pas la lumière filtrer par la fenêtre !

Karin se pencha, éteignit le lampadaire.

– Merci, fit le colonel. Les jumelles sont sur l'appui de la fenêtre, Drew. Restez baissé, loin de la vitre. C'est la voiture garée de l'autre côté de la rue, avant le carrefour.

– D'accord.

Drew disparut dans la chambre, laissant Karin et Witkowski dans la pénombre de la pièce éclairée par la lumière diffuse des réverbères de la rue.

– Vous êtes réellement inquiet, n'est-ce pas ? demanda Karin.

– J'en ai assez vu dans ce métier pour être inquiet, répondit le colonel en se levant. Vous aussi.

– C'est peut-être un amant jaloux ou un mari trop éméché pour rentrer chez lui.

– Ou bien la petite souris qui cherche sous quel oreiller est la dent de lait.

– Je n'essayais pas d'être drôle et je trouve qu'il n'y a pas de quoi rire.

– Sincèrement désolé. Pour reprendre les paroles de Sorenson, une vieille connaissance – ami serait prétentieux, je ne lui arrive pas à la cheville –, les choses vont trop vite et deviennent beaucoup trop compliquées ». Il est dans le vrai. Nous croyons être préparés, mais nous ne le sommes pas. Les nazis prolifèrent comme des asticots dans un tas d'ordures, certains bien visibles, d'autres n'ont que l'aspect de détritus infimes. Qui l'est, qui ne l'est pas ? Comment le savoir sans accuser tout le monde, obliger l'innocent à prouver qu'il n'est pas coupable ?

– Et il est trop tard, quand les accusations sont lancées.

– On ne saurait être plus précis. J'ai connu cela. Nous avons perdu des agents par dizaines, au temps du maccarthysme. Leur couverture était dévoilée par des gens de chez nous, qui venaient pleurer dans le gilet des politiciens et des soi-disant journalistes d'investigation, qui ne savaient absolument rien.

– Cela a dû être très pénible pour vous...

– Je trouvais dans leurs lettres de démission des phrases du genre : « Je n'ai pas mérité ça, capitaine. » C'était mon grade, à l'époque. Ou bien : « De quel droit voulez-vous ruiner ma vie ? » Et, plus terrible encore : « Vous allez me blanchir, espèce de fumier, ou je fais sauter toute votre foutue opération ! » J'ai bien dû signer cinquante ou soixante « notes confidentielles » dans lesquelles je déclarais que l'individu concerné était un agent du renseignement aux qualités exceptionnelles. J'en ai rédigé, des appréciations flatteuses et imméritées.

– Pas après ce qu'on leur avait fait.

– Peut-être, mais bon nombre d'entre eux sont aujourd'hui dans le secteur privé et gagnent vingt fois plus que moi, grâce à la mystique de leur ancienne profession. Certains des moins bons, incapables de déchiffrer le code à barres d'une boîte de céréales, sont à la tête des services de sécurité de grosses entreprises.

– C'est dingue, non ?

– Bien sûr, mais tout le monde est dingue. Ce qui compte n'est pas ce que nous faisons, mais ce que nous avons fait... sur le papier, j'entends, aussi ridicule que ce soit. Le chantage est à l'ordre du jour, du haut en bas de l'échelle.

– Pourquoi n'avez-vous pas démissionné aussi, colonel ?

– Pourquoi ?

Witkowski se laissa tomber dans le fauteuil le plus proche, sans quitter la porte des yeux.

– Disons, si vous voulez, aussi archaïque que cela puisse paraître, que je suis très bon dans ce que je fais. La roublardise et la suspicion ne sont pas des traits de caractère qui emportent l'admiration, mais, dans le métier qui est le mien, ce peut être de précieuses qualités. Will Rogers, le fantaisiste américain, a dit un jour : « Je n'ai jamais rencontré un homme que je n'aimais pas. » Je pourrais dire que je n'ai jamais rencontré dans mon boulot un homme que je ne soupçonnais pas. Peut-être est-ce dû au sang européen qui coule dans mes veines. Je suis d'ascendance polonaise ; le polonais est ma langue maternelle.

– Et la Pologne, ajouta Karin, qui a donné plus que sa part aux arts et aux sciences, a été trahie plus souvent qu'à son tour.

– J'imagine que cela joue. On peut dire que c'est enraciné en moi.

– Freddie avait confiance en vous.

– J'aimerais pouvoir en dire autant. Je n'ai jamais eu confiance en votre mari. C'était un être ardent dont je n'ai jamais pu maîtriser, jamais pu éteindre le feu intérieur. Sa mort des mains de la Stasi était inévitable.

– Il était dans le vrai, protesta Karin, en haussant le ton. La Stasi et tous les salauds du même acabit sont aujourd'hui au cœur du mouvement nazi.

– Ses méthodes étaient mauvaises, sa rage mal dirigée. Elles l'ont trahi, c'est ce qui l'a perdu. Il n'a pas voulu nous écouter.

– Je sais, je sais. Moi non plus, il ne m'écoutait pas... Mais, à ce moment-là, cela n'avait déjà plus d'importance.

– Je ne suis pas sûr de comprendre.

– Freddie était devenu violent, pas seulement avec moi, avec tous ceux qui se trouvaient en désaccord avec lui. Il était d'une force colossale – il avait suivi l'entraînement de vos commandos, en Belgique – et en était venu à se croire invincible. À la fin, il était aussi fanatique que ses ennemis.

– Vous me comprenez donc quand je dis que je n'ai jamais eu confiance en lui.

– Naturellement. Pour rien au monde, je ne revivrais nos derniers jours à Amsterdam.

La porte de la chambre de Witkowski s'ouvrit brusquement, la silhouette de Drew s'encadra dans le chambranle.

– Bravo, Stanley, vous avez vu juste ! s'écria-t-il. Le salopard qui attend dans la voiture est Reynolds. Alan Reynolds, des Communications !

– Qui ?

– Combien de fois êtes-vous descendu aux Communications, Stosh ?

– Je ne sais pas. Peut-être trois ou quatre fois dans le courant de l'année.

– C'est notre taupe. J'ai vu son visage.

– Dans ce cas, il va se passer quelque chose. Je suggère de prendre sans tarder des mesures défensives.

– Que faisons-nous et par où commencer ?

– Madame de Vries... pardon, Karin, voulez-vous aller à la fenêtre de ma chambre et nous tenir au courant de la situation ?

– C'est parti, fit Karin, en s'élançant vers la chambre.

– Et maintenant ? demanda Drew.

– C'est évident, répondit Witkowski. D'abord, les armes.

– J'ai un automatique avec un chargeur plein, fit Latham en tirant l'arme de sa ceinture.

– Je vais vous en donner un autre, avec un chargeur supplémentaire.

– Vous redoutez le pire ?

– Depuis près de cinq ans. Si vous ne vous y étiez pas préparé, pas étonnant que votre appartement ait été dévasté.

– J'ai un instrument qui empêche que l'on force ma porte.

– Sans commentaire. Mais si ces fumiers envoient plusieurs hommes après vous, j'avoue que cela me ferait plaisir d'en expédier un ou deux à Washington, à titre de compensation pour celui que nous avons perdu à son arrivée.

Le colonel s'avança vers une imposante reproduction de Mondrian et la fit pivoter, découvrant un coffre-fort. Il forma la combinaison, le coffre s'ouvrit. Il en sortit deux pistolets et un Uzi, qu'il fixa à sa ceinture. Il lança un automatique à Drew, qui l'attrapa au vol, et un chargeur, qu'il rata.

– Pourquoi ne pas les avoir lancés en même temps ? demanda Drew d'un ton irrité, en se baissant pour ramasser le chargeur.

– Je voulais observer vos réflexes. Pas mal. Pas très bien, mais pas mal.

– Avez-vous aussi marqué la bouteille ?

– Pas besoin. Avec ce qui reste dans votre verre, vous n'avez pas bu plus de huit à dix centilitres depuis une heure. Vous êtes costaud, il n'y aura pas de problèmes.

– Merci, vous êtes une mère pour moi. Et maintenant ?

– Nous avons fait le plus gros. Il me reste à brancher les sécurités extérieures.

Witkowski s'avança vers l'évier de la cuisine, dévissa le robinet chromé, plongea la main dans l'orifice et en sortit deux fils électriques dont l'extrémité était protégée par un embout isolant ; il les brisa, relia les deux fils ; un puissant signal sonore se fit entendre à cinq reprises dans les autres pièces.

– C'est fait, déclara le colonel, en revissant le robinet, avant de repartir dans le séjour.

– Ensuite ? demanda Drew.

– Commençons par l'échelle d'incendie. Il y en a une dans ces vieux bâtiments. Nous sommes au troisième étage, l'immeuble en a sept. Je vais électrifier les barreaux entre le sommet du deuxième étage et le bas du quatrième. Le voltage est suffisant pour faire perdre connaissance, pas assez pour tuer.

– Imaginons que les méchants montent simplement l'escalier ou prennent l'ascenseur.

– Il convient naturellement de respecter la vie privée et les droits de ses voisins. Il y a trois autres appartements à cet étage. Le mien est en façade, à gauche, la porte à six mètres de celle de mon plus proche voisin. Vous ne l'avez sans doute pas remarqué, mais il y a un épais tapis d'Orient, agréable à l'œil, qui mène à ma porte.

– Quand les sécurités extérieures sont activées, il se passe quelque chose lorsque les méchants posent le pied sur ce tapis. C'est à peu près ça ?

– Tout à fait ça. Des projecteurs de quatre cents watts s'allument et une sirène se déclenche, qui s'entend jusqu'à la Concorde.

– Vous ne mettrez pas la main sur eux comme ça. Ils vont filer à toutes jambes.

– Pas par l'échelle d'incendie ; et, s'ils prennent l'escalier, nous les accueillerons à bras ouverts.

– Comment ?

– À l'étage au-dessous habite un petit truand, un Hongrois dont la spécialité est, disons, les bijoux empruntés. Un fourgue de troisième ordre, qui ne fait pas grand mal et avec qui je me suis lié. Si je lui passe un coup de fil ou si je frappe à sa porte, il nous fera entrer et nous attendrons chez lui. Ceux qui descendront l'escalier quatre à quatre prendront une balle dans la jambe... J'espère que vous êtes bon tireur, je ne veux pas de morts dans mon immeuble.

– Colonel ! lança Karin d'une voix vibrante. Une camionnette vient de s'arrêter devant la voiture ; des hommes en descendent... Quatre, cinq, six ! Ils sont six, en vêtements sombres !

– Ils tiennent vraiment à vous faire la peau, mon garçon, fit Witkowski en rejoignant Karin devant la fenêtre de la chambre.

– Il y en a deux qui portent un sac à dos, dit Latham.

– Et un qui parle au conducteur de la voiture, ajouta Karin. Il doit lui demander de partir... Regardez, il recule.

– Les autres se déploient et examinent l'immeuble, acheva Witkowski en prenant Karin par le bras pour l'obliger à se tourner vers lui. Nous allons vous laisser, ajouta-t-il.

Un éclair de frayeur passa dans les yeux de la jeune femme.

– N'ayez crainte, nous serons à l'étage au-dessous. Fermez la porte de la chambre et poussez le verrou ; elle est blindée et impossible à ouvrir sans l'aide d'un camion ou d'un bélier porté par dix hommes.

– Appelez donc la police ou, au moins, la sécurité de l'ambassade ! protesta Drew d'une voix calme mais ferme.

– Je ne pense pas me tromper en disant que mes voisins auront l'obligeance d'appeler la police, mais nous aurons le temps de mettre la main sur un ou deux de ces salauds et de les planquer.

– Ils vous échapperaient si vous faisiez appel à notre service de sécurité, fit Karin. Les gars seraient obligés de collaborer avec la police qui embarquerait tout le monde.

– Vous avez l'esprit vif, fit le colonel, avec un hochement de tête approbateur. Vous allez entendre une sirène dans le couloir et probablement des grésillements venant de l'échelle d'incendie...

– Elle est électrifiée et vous venez de mettre le courant.

– Vous le saviez ? demanda Latham, sans cacher son étonnement.

– Freddie avait fait la même chose chez nous, à Amsterdam.

– C'est moi qui lui ai montré, déclara le colonel d'un ton détaché. Venez, *chlopak*, le temps presse.

Quatre-vingt-cinq secondes plus tard, le Hongrois bougon s'était laissé persuader d'accepter l'argent offert par son voisin américain, déjà intervenu en sa faveur et qui, un jour, pourrait lui être très utile. Witkowski et Latham se tenaient près de la porte d'entrée, tout juste entrebâillée. L'attente, interminable, se prolongea près de huit minutes.

– Il y a quelque chose qui cloche, murmura le colonel. Ce n'est pas normal.

– Personne n'a pris l'escalier et il n'y a rien du côté des échelles d'incendie. Ils surveillent peut-être encore la maison.

– Ça ne tient pas debout. L'architecture de ces vieilles baraques est très simple et elles sont serrées les unes contre les autres... Bon Dieu ! Les unes contre les autres... Les sacs à dos !

– De quoi parlez-vous ?

– Je ne suis qu'un vieil imbécile, voilà ! Ils ont apporté des grappins et des cordes ! Ils vont passer par l'immeuble voisin et descendre le long du mur. On décroche et on remonte à toute vitesse ! Et ne marchez pas sur le tapis !

Assise dans la pénombre, en retrait de la fenêtre, un pistolet à la main, Karin attendait en vain des bruits venant de l'extérieur ; le colonel et Drew étaient partis depuis près de dix minutes. Elle commençait à se poser des questions. Witkowski, de son propre aveu, soupçonnait tout et tout le monde, à en être parano, et Drew était épuisé. Se pouvait-il qu'ils se soient tous trompés ? Le colonel avait-il pris pour une menace un amant jaloux ou un mari ayant la pétoche ? Drew, sous l'effet de la fatigue, avait-il aperçu un visage qui lui rappelait celui de Reynolds, mais n'était pas le sien ? Les hommes de la camionnette, dont la vivacité était caractéristique de la jeunesse, étaient-ils en réalité un groupe d'étudiants de retour d'une balade à la campagne ou d'une soirée chez des amis ? Elle posa l'arme sur une petite table, près du fauteuil, et s'étira en bâillant, la tête renversée. Elle tombait de sommeil.

Soudain, avec la violence d'un coup de tonnerre et la rapidité de l'éclair, les vitres volèrent en éclats. Un homme fracassa la fenêtre, projetant du verre et des éclats de bois, retomba sur ses pieds et lâcha la corde qu'il tenait. Karin bondit du fauteuil, reculant instinctivement, balayant l'air de sa main bandée pour saisir ce qu'elle pourrait trouver. Un autre casse-cou apparut dans l'encadrement de la fenêtre brisée et se laissa glisser le long de sa corde jusqu'au bord du lit.

– Qui êtes-vous ? hurla Karin en allemand. Que voulez-vous ?

Elle s'efforça de rassembler ses esprits, constata que son pistolet était resté sur la petite table.

– Vous avez parlé allemand, répondit le premier assaillant. Vous savez donc ce que nous voulons. Sinon, pourquoi parleriez-vous notre langue ?

– C'est ma deuxième langue et personne ou presque ne parle le wallon, répondit Karin en s'approchant insensiblement de la table.

– Où est-il, madame de Vries ? demanda d'un ton menaçant le second assaillant, resté près du lit. Vous ne sortirez pas d'ici, soyez-en sûre. Nos camarades vous barreront le chemin ; ils sont en train de monter. Ils n'attendaient que notre signal, le bruit de la fenêtre fracassée.

– Je ne sais pas de quoi vous parlez. Puisque vous savez qui je suis, serez-vous choqués d'apprendre que j'ai une liaison avec le propriétaire de cet appartement ?

– Le lit est vide, il n'a même pas été ouvert...

– Querelle d'amoureux. Il a trop bu, nous nous sommes disputés.

Karin avait maintenant son arme à portée de main, les deux néos ne s'étaient pas donné la peine de dégainer la leur.

– Vous n'avez jamais eu de scène de ménage ? reprit Karin. Vous ne connaissez rien à la vie !

Elle se jeta sur le pistolet et tira sur le premier assaillant tandis que l'autre, surpris, portait la main à l'étui de son arme.

– Un geste et vous êtes un homme mort !

Au même instant, la porte blindée s'ouvrit avec force et tapa violemment contre le mur.

– Bon Dieu ! rugit Witkowski en tendant le bras pour donner de la lumière. Elle en a pris un vivant !

– Je croyais qu'il fallait un camion ou un bélier pour défoncer la porte, fit Karin, visiblement secouée.

– Pas quand on a des petits-enfants qui viennent en vacances à Paris et qui peuvent être très espiègles. Il y a une commande dissimulée dans le chambranle...

Le colonel n'eut pas le temps d'en dire plus. Le hurlement assourdissant d'une sirène dans le couloir couvrit sa voix ; des lumières brillèrent aussitôt aux fenêtres.

– Ils veulent couper votre retraite ! s'écria Karin.

– Venez, jeune homme, nous allons les accueillir comme ils le méritent, fit Witkowski, en entraînant Drew vers la porte d'entrée.

Le colonel ouvrit et resta avec Latham à l'abri du battant. Deux hommes se ruèrent à l'intérieur, leur arme automatique réglée sur tir rapide, faisant voler en éclats tout ce qui se trouvait dans leur ligne de mire. Le colonel et Drew visèrent soigneusement et tirèrent trois coups chacun, brisant les bras et les mains des tueurs. Les néonazis s'effondrèrent en gémissant et se tordirent de douleur.

– Surveillez-les ! cria Witkowski en s'élançant dans la cuisine.

Quelques secondes plus tard, la sirène se tut et les lumières du couloir s'éteignirent. Le colonel revint et donna rapidement ses instructions, tandis que des bruits de pas s'éloignaient dans le couloir et commençaient à descendre les marches.

– Attachez ces salopards et planquez-les dans la salle de bains de la chambre d'amis, avec celui qui est dans la mienne ! Nous laisserons aux gendarmes celui que Karin a expédié au Walhalla.

– La police voudra savoir ce qui s'est passé, Stan.

– Ce sera leur problème jusqu'à demain matin. Je veux auparavant user de mes relations diplomatiques pour charger ces pourris sur un de nos supersoniques, à destination de Washington. Sans prévenir qui que ce soit d'autre que Sorenson.

Un hurlement leur parvint soudain de la chambre ; c'était Karin. Drew s'élança vers la porte et la vit, l'arme à la main, le bras pendant, les yeux rivés sur la silhouette immobile, aux yeux exorbités, étendue en travers du lit.

– Que s'est-il passé ?

– Je n'en sais rien. Il a pris son col entre ses doigts et a mordu le tissu. Il est tombé en quelques secondes.

– Cyanure.

Latham prit la gorge du jeune néo pour chercher le pouls.

– *Deutschland über alles*, murmura-t-il. Je me demande si les parents de ce gosse seront fiers de lui. J'espère bien que non.

16

Les mains et les bras liés, le col de chemise arraché, Zéro Cinq et Zéro Deux étaient serrés l'un contre l'autre dans le jet qui survolait l'Atlantique. Il est peu probable que nous soyons exécutés, songea Zéro Cinq ; les Américains manquent de fermeté dans ce domaine, surtout avec un prisonnier qui paraît irrationnel et repentant. Il poussa du coude Zéro Deux, qui somnolait.

– Réveille-toi !

– *Was ist los ?*

– Qu'allons-nous faire en arrivant là-bas ? As-tu une idée ?

– Une ou deux, répondit Paris Deux en étouffant un bâillement.

– J'écoute.

– Les Américains sont, par nature, enclins à la violence, même si les discours pontifiants de leurs dirigeants indiquent le contraire. Aussi profondément enracinée en eux, il y a une propension à voir des complots partout, même s'il faut faire preuve de beaucoup d'imagination. Nos chefs ont une maîtresse, tout le monde l'accepte. Les leurs voient une prostituée et ils tombent sous la coupe des patrons du crime. Des hommes comme eux ont-ils réellement besoin du milieu pour se procurer ces femmes ? C'est ridicule, mais les Américains l'acceptent ; leur puritanisme hypocrite rejette la loi de la nature. La monogamie n'est tout simplement pas dans la nature du mâle.

– Qu'est-ce que tu racontes ? Tu ne m'as pas répondu.

– Bien sûr que si. En arrivant, nous satisferons à la fois leur hypocrisie et cette obsession du complot.

– Comment ?

– Ils sont convaincus, cela ne fait aucun doute, que nous sommes un corps d'élite de la Fraternité ; d'une certaine façon, c'est vrai, même si ce n'est pas de la manière qu'ils imaginent. Nous allons donc faire comme si nous étions vraiment importants. Leur faire croire que nous sommes liés aux dirigeants de Bonn, qui voient en nous les vrais membres des sections d'assaut, qui nous accordent leur confiance, parce qu'ils ont besoin de nous.

– Ce n'est pas vrai. Nous n'avons pas de nom, seulement des codes qui changent deux fois par semaine. Voilà ce que les Américains apprendront en nous faisant avaler leurs drogues.

– Les sérums de vérité ne sont aujourd'hui pas plus efficaces que l'hypnose dans des milieux plus raffinés ; on peut maintenant être programmé pour y résister. Les services secrets américains le savent.

– Nous n'avons pas été programmés.

– Pour quoi faire ? Tu l'as dit toi-même, nous n'avons pas de nom, rien qu'un code qui nous permet d'exécuter les ordres. Si on nous soumet à une narco-analyse et si nous révélons ces codes sans intérêt, ils seront impressionnés.

– Tu ne m'as toujours pas répondu. Je préférais quand tu parlais moins. Qu'allons-nous faire avec les Américains ?

– Pour commencer, nous établissons notre importance, les liens étroits qui nous unissent aux chefs de notre mouvement, des deux côtés de l'Atlantique. Puis, avec réticence, nous reconnaîtrons que nos motivations ne sont pas dépourvues d'hypocrisie. Notre style de vie est dispendieux... résidences discrètes et luxueuses, fonds illimités, femmes sensuelles à notre disposition. Les fantasmes de tout jeune homme sont notre réalité quotidienne ; la cause qui rend tout cela possible est celle pour laquelle nous travaillons, mais ne sommes pas nécessairement prêts à mourir.

– Très bon. Tout à fait convaincant.

– C'est notre point de départ. À partir de là, nous stimulons leur goût du complot, nous insistons sur notre importance, notre influence, le fait qu'on nous consulte en permanence et que nous restons constamment en contact avec nos homologues du monde entier, à l'âge des transports supersoniques.

– Surtout ceux qui vivent aux États-Unis, approuva Zéro Cinq.

– Surtout ceux-là. Les éléments en notre possession – leur identité ou, faute de noms, leur poste au gouvernement et dans le privé – sont explosifs. Des hommes et des femmes insoupçonnables apportent leur soutien à la Fraternité.

– C'est l'opération en cours.

– Nous allons la porter à son point culminant. N'oublions pas qu'ils n'ont pas d'information de première main. Si nos ordinateurs disent la vérité, comme je l'imagine, nous sommes les premiers de nos troupes d'élite à être pris vivants. Au fond, nous sommes des trophées, des prisonniers de guerre qui n'ont pas de prix. Il se peut, si nous donnons l'impression que nos convictions sont chancelantes, que l'on nous accorde des privilèges. J'attends les prochains jours avec une certaine impatience.

Zéro Quatre et Zéro Sept, les rescapés de la rue Réaumur, firent irruption dans le quartier général des *Blitzkrieger* en s'efforçant, sans grand succès, de dominer leurs émotions. Leurs deux camarades tenant la permanence étaient dans la salle de conférences, l'un assis à la table, l'autre se servant un café.

– Nous sommes cuits ! lança l'impulsif Zéro Quatre, en se laissant tomber, pantelant, dans un fauteuil. Nous revenons de l'enfer !

– Que s'est-il passé ? demanda le *Blitzkrieger* qui se servait un café, en lâchant sa tasse.

– Ce n'est pas notre faute, déclara Paris Sept d'une voix forte, sur la défensive. C'était un piège. Cinq et Deux ont paniqué, ils sont entrés dans l'appartement en tiraillant dans tous les sens...

– Et puis il y a eu d'autres coups de feu, acheva Zéro Quatre, les yeux dans le vague, et nous les avons entendus tomber. Ils doivent être morts.

– Et les autres ? Ceux qui devaient descendre le long de la façade et passer par la fenêtre ?

– Je ne sais pas. Comment veux-tu que je le sache ?

– Qu'allons-nous faire maintenant ? interrogea Paris Sept. Des nouvelles de Zéro Un ?

– Rien.

– L'un de nous doit prendre ses responsabilités et appeler Bonn, déclara le tueur resté devant le percolateur.

Avec un bel ensemble, les trois autres secouèrent vigoureusement la tête.

– Nous serons exécutés, expliqua posément Paris Quatre, comme s'il énonçait une évidence. Nos chefs seront intransigeants et, pour ma part, je ne tiens pas à payer pour les erreurs des autres. Si j'étais responsable, j'accepterais volontiers la capsule de cyanure, mais je ne le suis pas, nous ne le sommes pas !

– Que pouvons-nous faire ? répéta Paris Sept.

Zéro Quatre commença à faire pensivement le tour de la table et s'arrêta devant le percolateur.

– C'est bien toi qui tiens nos comptes ? fit-il à son camarade.

– Oui, c'est moi.

– De quelle somme disposons-nous ?

– Plusieurs millions de francs.

– Peux-tu en avoir plus en peu de temps ?

– On ne pose pas de questions sur nos demandes de fonds. Un coup de téléphone et le virement est effectué. Nous les justifions plus tard et nous acceptons les conséquences, si nous l'avons fait pour de faux motifs.

– Les mêmes conséquences que celles que nous devrons subir ? Je ne me trompe pas ?

– En gros, oui. La mort.

– Passe ton coup de téléphone et demande le maximum que tu puisses obtenir. Tu peux donner à entendre que nous aurons peut-être le président de la République ou celui de l'Assemblée nationale dans notre manche.

– Cela permettrait en effet de demander le maximum. Le virement sera immédiat, mais les fonds ne seront pas disponibles avant l'ouverture de la banque... Il est un peu plus de 4 heures, la banque ouvre à 9 heures.

– Il reste à peine cinq heures, fit Zéro Sept, en se tournant vers Paris Quatre. Qu'en penses-tu ?

– À ton avis ? Si nous restons ici, nous n'échapperons pas à l'exécution... Ce que je vais dire vous révoltera peut-être, mais je pense que nous servirons mieux notre cause vivants que morts. Surtout si cela doit être la conséquence de l'incompétence des autres ; nous avons encore beaucoup à donner... J'ai un vieil oncle qui habite près de Buenos Aires, au sud du Rio de la Plata. Comme tant d'autres, il s'est exilé quand le IIIe Reich s'est effondré, mais l'Allemagne est restée pour lui une terre sacrée. Nous avons des passeports ; sa famille nous offrira un asile.

– C'est mieux qu'une exécution, fit Paris Sept.

– Une exécution injustifiée, ajouta gravement le *Blitzkrieger* assis à la table.

– Mais comment rester injoignables cinq heures ? demanda le responsable des finances du groupe.

– Nous arrachons les fils du téléphone et nous vidons les lieux, répondit Zéro Quatre. Nous allons emporter ce dont nous avons besoin, brûler ce qu'il faut détruire et déguerpir. Une longue nuit et une longue journée nous attendent. Vite ! Déchirez les dossiers, tous les papiers que vous trouvez, remplissez les corbeilles et mettez-y le feu !

– Je m'en réjouis d'avance, fit Zéro Sept avec soulagement.

Les fanatiques de la première heure avaient trouvé une faille commode dans leur pacte sacré ; quand le feu prit dans la première corbeille à papier, le « comptable » ouvrit une fenêtre pour laisser la fumée s'échapper.

Knox Talbot se leva pour aller ouvrir à Wesley Sorenson. C'était le début de la soirée, le soleil se couchait sur les champs de sa propriété.

– Bienvenue dans mon humble demeure, dit le directeur de la CIA.

– Humble, mon œil ! répliqua le chef des Opérations consulaires. La moitié de la Virginie vous appartient ?

– Juste un tout petit bout. Je laisse le reste aux Blancs.

– Cet endroit est vraiment magnifique, Knox.

– Je ne dirai pas le contraire, fit Talbot en entraînant son hôte dans un vaste séjour luxueusement meublé, ouvrant sur une énorme véranda. Si cela vous tente et si vous avez le temps, reprit-il, je vous montrerai la grange et l'écurie. J'ai trois filles qui étaient amoureuses des chevaux avant de découvrir les garçons.

– Vous m'en direz tant, soupira Sorenson en s'asseyant. J'en ai deux qui ont fait exactement la même chose.

– Vous ont-elles abandonné après avoir trouvé l'homme de leur vie ?

– Elles reviennent me voir de temps en temps.

– Mais elles vous ont laissé les chevaux ?

– Eh oui, cher ami ! Par bonheur, ma femme les adore.

– Pas la mienne. Comme elle ne manque pas de me le rappeler régulièrement, une enfance à Harlem ne l'a pas vraiment préparée à vivre dans un domaine, avec des chevaux. Elle m'autorise à les garder, car ils nous permettent de revoir les filles... un peu trop souvent, parfois... Voulez-vous boire quelque chose ?

– Non, merci. Mon cardiologue m'autorise deux verres par jour, j'en ai déjà bu trois. Et j'en prendrai un autre avec ma femme.

– Alors, passons aux choses sérieuses.

Talbot se pencha pour prendre un dossier bordé de noir dans un porte-revues en osier.

– D'abord, les ordinateurs AA, reprit-il. Je n'ai rien trouvé, absolument rien. Je ne doute pas de la sincérité d'Harry Latham et de sa source, mais, s'ils ont dit la vérité, la preuve des manipulations est si bien dissimulée qu'il faudrait un archéologue pour la déterrer.

– Ils ont dit la vérité, Knox.

– Je n'en doute pas. Tout en continuant à chercher, j'ai remplacé toute l'équipe, en prétextant une nouvelle politique de rotation. J'ai expliqué qu'il s'agissait de diversifier les responsabilités du personnel hautement qualifié.

– Comment l'ont-ils reçu ?

– Pas très bien, mais il n'y a pas eu les violentes protestations que je guettais. L'ancienne équipe, bien entendu, est examinée à la loupe.

– Bien entendu, approuva Sorenson. Et ce Gerhardt Kroeger ?

– Beaucoup plus intéressant, répondit Talbot en feuilletant son dossier. Pour commencer, notre homme était une sorte de génie dans sa spécialité, la neurochirurgie, non seulement pour l'ablation des tumeurs les plus dangereuses, mais pour l'élimination des « compressions intracrâniennes », ce qui rendait la santé aux malades mentaux.

– Pourquoi avez-vous dit « était » ? demanda Wesley Sorenson.

– Il a disparu. Il a démissionné, à l'âge de quarante-trois ans, de son poste de chef du service de chirurgie crânienne de l'hôpital de Nuremberg, en prétendant être usé, psychologiquement incapable de continuer à opérer. Il a épousé une infirmière du nom de Greta Frisch avant d'émigrer en Suède et plus personne n'a entendu parler d'eux.

– Que disent les autorités suédoises ?

– C'est ce qui est intéressant. Elles ont gardé la trace de leur entrée en Suède, à Göteborg, en voyage d'agrément. Le registre de l'hôtel indique qu'ils ont passé deux jours et quitté l'établissement. La piste s'arrête là.

– Il est retourné en Allemagne, fit le directeur des Opérations consulaires. Je suppose qu'en réalité il n'en est jamais parti. Il a trouvé une cause plus importante à ses yeux que de rendre la santé aux malades.

– Qu'est-ce que cela pourrait bien être, Wes ?

– Je ne sais pas. Peut-être rendre malades les bien-portants. Je n'en sais vraiment rien.

Drew Latham ouvrit les yeux, d'autant plus dérangé par les bruits de la rue que les vitres de la fenêtre étaient brisées. Witkowski, accompagné de plusieurs Marines de l'ambassade, avait discrètement conduit les prisonniers à l'aéroport ; il avait fallu laisser quelqu'un dans la chambre du colonel. Une fenêtre ouverte était trop tentante. Drew se laissa lentement glisser au bord du lit et posa prudemment les pieds par terre, en évitant les fragments de verre. Il prit son pantalon et sa chemise sur le dossier d'une chaise et s'habilla. Il ouvrit la porte et découvrit le colonel et Karin dans l'alcôve, assis à une petite table, en train de boire un café.

– Vous êtes debout depuis longtemps ? demanda-t-il, sans attacher d'importance à sa question.

– Nous vous avons laissé dormir, mon cher.

– Encore ce « mon cher ». Je crois sincèrement que ce n'est pas un terme d'affection.

– C'est une expression, Drew, répondit Karin. Vous avez été merveilleux hier soir... cette nuit, je veux dire.

– Pas aussi bon que le colonel, naturellement.

– Naturellement, jeune homme, mais j'avoue que vous vous en êtes bien sorti. Beaucoup de sang-froid face à l'ennemi.

– Me croirez-vous, monsieur le surhomme, si je vous dit que ce n'était pas la première fois ? Je n'en tire aucune vanité ; ce n'est qu'une question de survie.

– Venez vous asseoir, fit Karin en se levant, je vais chercher du café. Prenez la troisième chaise, ajouta-t-elle en se dirigeant vers la cuisine.

– Je parie qu'elle ne la proposerait pas si c'était la sienne fit Drew en avançant d'un pas mal assuré. Alors, Stosh, comment cela s'est-il passé ?

– Exactement comme nous le souhaitions, jeune homme. À 5 heures du matin, nos nazillons ont embarqué dans un jet à destination de Washington et personne d'autre que Sorenson ne sera au courant.

– Pourquoi dites-vous ne « sera » ? Vous n'avez pas parlé à Wesley ?

– J'ai eu sa femme. Je l'ai rencontrée une fois et personne ne pourrait imiter son accent mi-américain, mi-britannique. Je lui ai demandé de dire à son mari qu'un colis devait arriver à Andrews à 4 h 10, heure locale. Nom de code Peter Pan Deux. Elle a dit qu'elle le lui transmettrait dès son retour.

– Cela manque de rigueur, Stanley. Vous auriez dû demander une confirmation.

Le téléphonne sonna. Le colonel se leva et traversa rapidement la pièce ; il décrocha.

– Oui ?

Il écouta six secondes et raccrocha aussitôt.

– C'était Sorenson. Ils ont posté une section de Marines au sol et sur les toits. Autre chose, monsieur l'agent secret ?

– Oui, répondit Latham. Allons-nous laisser tomber le bottier et la fête foraine ?

– Je ne pense pas, répondit Karin, en posant un bol de café devant Drew. Deux néos sont morts, deux sont en route vers les États-Unis. Les autres ont pris la fuite, encore deux, à mon avis.

– Ce qui fait un total de six, acquiesça Drew. Nous sommes loin d'une section d'assaut, ajouta-t-il, en se tournant vers Witkowski.

– À peine une escouade. Combien d'autres y en a-t-il ?

– À nous de le découvrir. Je prends la fête foraine...

– Drew ! lança Karin avec véhémence.

– Vous ne prenez rien du tout, fit le colonel. Vous avez la mémoire bien courte, jeune homme. Avez-vous oublié qu'ils veulent voir votre nom – plutôt celui d'Harry – sur une pierre tombale ?

– Que suis-je censé faire ? Me cacher dans les égouts ?

– Non, vous allez rester ici. J'enverrai deux Marines garder l'escalier et un employé de l'entretien réparer la fenêtre.

– Si cela ne vous ennuie pas, j'aimerais me rendre utile.

– Vous le serez. L'appartement sera notre camp de base provisoire et vous assurerez les liaisons.

– Avec qui ?

– Avec ceux que je vous demanderai de contacter. J'appellerai au moins une fois par heure.

– Et moi ? demanda Karin avec une pointe d'appréhension. Je peux être utile à l'ambassade.

– J'y ai pensé, mais dans mon bureau, avec un garde à la porte. Sorenson sait qui vous êtes, Talbot aussi, sans doute. Si l'un des deux appelle sur ma ligne brouillée, vous prendrez les messages, vous les communiquerez à notre amnésique qui me les transmettra. Il me reste à trouver le moyen de vous faire sortir discrètement d'ici, au cas où des éléments hostiles surveilleraient la rue.

– Je crois que je peux faciliter votre aide.

Karin se baissa pour prendre son sac et se dirigea vers la chambre.

– Ce ne sera pas long, mais il va falloir mettre un peu de rouge et de poudre.

– Que va-t-elle faire ? demanda Witkowski en la voyant disparaître dans la chambre.

– Je crois le savoir, mais je lui laisse le plaisir de vous faire la surprise. Après cela, vous ferez peut-être d'elle votre assistante.

– Ce ne serait pas un mauvais choix. Freddie lui a enseigné des tas de trucs.

– Que vous lui aviez vous-même enseignés.

– Seulement l'échelle d'incendie ; le reste, il l'a trouvé tout seul, et il avait souvent une longueur d'avance sur tout le monde... à l'exception d'Harry, sans doute.

– Qu'arrivera-t-il quand elle quittera l'ambassade, Stanley ?

– Elle ne la quittera pas. Ce n'est pas la place qui manque. Je demanderai à quelqu'un de lui laisser sa chambre quelques jours.

– Avec un garde, bien sûr.

Le colonel plongea les yeux dans ceux de Latham.

– Vous tenez à elle, n'est-ce pas ?

– Oui, répondit simplement Drew.

– En temps normal, je verrais cela d'un très mauvais œil, mais, dans les circonstances présentes, je vais rester très mesuré.

– Je n'ai pas dit que cela mènera quelque part.

– Non, mais, si c'est le cas, vous avez plus de chance que moi. Elle est dans la même branche.

– Je ne vous suis pas.

– On n'a pas des petits-enfants par l'opération du Saint-Esprit. J'ai été marié treize ans à une femme formidable qui a fini par avouer qu'elle ne supportait plus mon métier et toutes les complications qu'il entraînait. C'est la seule fois de ma vie où j'ai imploré quelqu'un, mais sans résultat... elle ne s'est pas laissé abuser par mes supplications. Je m'étais trop habitué à ce que je faisais, je m'y préparais trop, jour après jour. Elle fut très généreuse ; elle accepta un droit de visite illimité aux enfants. Mais je n'étais pas assez souvent là pour en profiter pleinement.

– Désolé, Stanley. Je ne savais pas.

– Ce n'est pas le genre de chose que l'on crie sur les toits.

– Je suppose, mais vous semblez bien vous entendre avec vos enfants. Je pense à ces petits-enfants qui viennent vous rendre visite.

– Ils me considèrent comme un rien du tout. Leur mère s'est remariée, un beau mariage, et ils se demandent ce que je vais faire de l'argent que je gagne. J'ai de nombreux à-côtés ; alors, quand ils viennent me voir à Paris, vous imaginez comment cela se passe.

Ils furent interrompus par l'apparition, à la porte de la chambre, d'une créature aux cheveux très blonds, avec des lunettes noires, une jupe retroussée au-dessus du genou et un corsage à moitié déboutonné, qui ondulait lascivement des hanches.

– Et pour vous, qu'est-ce que ce sera ? fit-elle d'une voix rauque, dans une parodie de vamp.

– Extraordinaire ! s'écria Witkowski, stupéfait.

– C'est le moins qu'on puisse dire, ajouta doucement Drew, avec un petit sifflement.

– Cela vous convient, colonel ?

– Parfaitement, mais il va falloir que je sélectionne les gardes, en espérant en trouver quelques-uns avec des tendances homosexuelles.

– N'ayez crainte, glissa Latham. Sous l'apparence volcanique se cache une âme de glace.

– Je vois que monsieur n'est pas dupe, fit Karin en riant.

Elle laissa sa jupe retomber, boutonna son corsage ; elle se dirigeait vers la table quand le téléphone sonna.

– Voulez-vous que je décroche ? demanda-t-elle. Je peux dire que je suis la bonne.

– Ce serait gentil, répondit Witkowski. C'est le jour de la blanchisserie ; ils appellent en général à cette heure-là. Dites-lui qu'il peut monter.

– Allô ! Je suis bien chez le colonel Witkowski ?

Karin écouta quelques secondes, posa la main sur le microphone du combiné et se tourna vers le chef de la sécurité de l'ambassade.

– C'est Courtland. Il dit qu'il doit vous parler sans perdre une minute.

Witkowski se leva prestement et prit le combiné des mains de Karin.

– Mes respects, monsieur l'ambassadeur.

– Écoutez-moi bien, colonel ! Je ne sais pas ce qui s'est passé chez vous cette nuit, ni à l'annexe d'Orly – et je ne suis pas sûr de vouloir le savoir –, mais, si vous avez d'autres projets pour ce matin, oubliez-les ! C'est un ordre !

– Je vois que la police vous a mis au courant.

– Je m'en serais bien passé. Mais c'est d'un autre appel que je veux vous parler. De l'ambassadeur d'Allemagne, avec qui nous travaillons la main dans la main. Kreitz a été averti il y a quelques heures par le Quai d'Orsay qu'un incendie s'est déclaré dans les bureaux des entrepôts d'Avignon. On a trouvé des restes d'objets commémoratifs du IIIe Reich, ainsi que des milliers de feuilles consumées et inexploitables, dans les corbeilles à papier.

– Le papier a mis le feu aux bureaux ?

– Il semble qu'une fenêtre ait été ouverte et que les flammes se soient propagées, déclenchant les détecteurs de fumée et les extincteurs automatiques d'incendie. Allez-y tout de suite !

– Où sont ces entrepôts ?

– Comment voulez-vous que je le sache ? Vous parlez français, renseignez-vous !

– Je vais chercher dans l'annuaire. À propos, monsieur l'ambassadeur, je préférerais ne pas prendre ma voiture personnelle ni un taxi. Auriez-vous l'obligeance d'appeler – ou de demander à votre secrétaire de le faire – les Transports pour leur demander d'envoyer du matériel de sécurité à mon domicile ? Ils ont mon adresse.

– Du « matériel de sécurité » ? Qu'est-ce que c'est encore ?

– Un véhicule blindé, monsieur, avec une escorte de Marines.

– Bon Dieu ! Comme j'aimerais être en Suède ! Essayez de trouver quelque chose, colonel. Et faites vite !

– Dites au service des Transports de faire vite, monsieur l'ambassadeur.

Witkowski raccrocha, non sans avoir fait un bras d'honneur au téléphone. Il se tourna vers Drew et Karin.

– Tout est changé, du moins dans un premier temps. Avec un peu de chance, nous allons gagner le gros lot. Karin, restez habillée comme vous êtes. Vous, jeune homme, allez voir dans ma penderie si vous trouvez un uniforme à votre taille.

– Où allons-nous ? demanda Drew.

– Visiter les bureaux d'un entrepôt incendié par des néos. Le feu mis dans les corbeilles à papier n'a pas eu le résultat escompté. Un imbécile a ouvert une fenêtre.

Le quartier général des *Blitzkrieger* était sens dessus dessous, les murs roussis, les rideaux brûlés jusqu'aux tringles, le tout inondé par le système d'extinction automatique d'incendie. Dans un bureau bourré de matériel électronique, probablement utilisé par le chef de l'unité, se trouvait un gros meuble de rangement métallique fermé à clé. Il contenait un véritable arsenal : fusils de gros calibre avec leur viseur télescopique, cartons de grenades à main, lance-flammes miniaturisés, cordelettes, différentes armes à feu portatives et divers stylets, certains provenant de cannes et de parapluies. Tout cela confirmait les déclarations de Drew Latham sur la présence d'un groupe de tueurs nazis à Paris. C'était leur repaire.

– Utilisez des pinces, ordonna le colonel Witkowski aux policiers, en montrant les feuilles calcinées qui jonchaient le sol. Prenez des plaques de verre et placez entre elles tout ce qui n'est pas entièrement brûlé. On ne sait jamais ce qu'on peut trouver.

– Tous les fils de téléphone ont été arrachés et les prises détruites, dit un inspecteur.

– Pas les lignes ?

– Non. Un technicien est en route. Il rétablira les lignes et nous aurons la liste des numéros qu'ils ont appelés.

– À partir de ces postes, peut-être, mais pas les appels reçus. Et, si je ne me trompe pas sur leur compte, ceux qu'ils passaient d'ici étaient facturés à Marseille, à une vieille femme qui reçoit un mandat et une prime tous les mois.

– Comme pour les trafiquants de drogue ?

– Exactement.

– Mais il doit y avoir des instructions.

– Bien sûr, fit Witkowski, mais elles ne vous fourniront pas de piste. Elles viendront d'une banque suisse ou des îles Caïmans, sur un compte secret et inviolable. Cela se passe comme ça aujourd'hui.

– Je n'enquête que sur Paris et la banlieue, jamais à l'étranger.

– Trouvez-moi quelqu'un qui le fasse.

– Il faut vous adresser aux services spécialisés. Ce n'est pas de mon ressort.

Drew Latham, en uniforme, et Karin de Vries, coiffée de sa perruque blonde, s'approchèrent, en marchant précautionneusement pour éviter les feuilles calcinées, éparpillées par le vent.

– Avez-vous trouvé quelque chose ? demanda Drew.

– Pas grand-chose, mais c'était assurément le centre de leurs opérations, même si nous ignorons qui ils sont.

– Qui d'autre que les hommes qui nous ont attaqués hier soir ? demanda Karin.

– Je veux bien le croire, mais où sont-ils partis ?

– Colonel ! s'écria un autre policier en civil, en accourant vers Witkowski. Regardez ce que j'ai trouvé ! C'était sous un coussin, dans un fauteuil ! Une lettre... le début d'une lettre !

– Passez-moi ça, fit le colonel en prenant la feuille. *Meine Liebste*, commença-t-il à voix haute, les yeux plissés. *Etwas entsetzliches ist geschehen.*

– Donnez-la-moi, fit Karin, agacee par les hésitations du colonel. « Ma chérie, reprit-elle en anglais. Il s'est passé ce soir quelque chose d'épouvantable. Nous devons partir immédiatement, de crainte que notre cause n'en pâtisse et sous la menace d'une exécution collective pour des échecs dont nous ne sommes pas responsables. Personne à Bonn ne doit le savoir, mais nous partons pour l'Amérique du Sud, où nous serons à l'abri, avant de revenir reprendre notre combat. Je t'aime tant... Je terminerai plus tard, j'entends des pas dans le couloir. Je posterai cette lettre à l'aéroport... » C'est tout, le reste est illisible.

– L'aéroport ! s'écria Latham. Lequel ? D'où partent les vols pour l'Amérique du Sud ? Nous pouvons les intercepter !

– N'y comptez pas, fit le colonel. Il est 10 h 15 et il y a au moins une vingtaine de vols entre 7 et 10 heures, à destination d'une vingtaine de villes. Ils ont trop d'avance sur nous. Mais il y a un point positif : nos tueurs ont filé comme des voleurs et leurs salopards de frères d'armes ne se doutent de rien. Nous avons un peu de temps devant nous, avant qu'ils soient remplacés.

Gerhardt Kroeger, chirurgien et bricoleur de cerveaux, était sur le point d'éclater. Il avait appelé les entrepôts d'Avignon plus d'une dizaine de fois en six heures, en utilisant le bon code, et avait dû se contenter d'un enregistrement annonçant que les lignes n'étaient plus en service. La conclusion était évidente : les *Blitzkrieger* avaient fermé boutique. Pourquoi ? Que s'était-il passé ? Zéro Cinq avait paru si sûr de lui : les photos prouvant le succès de l'opération devaient lui être remises dès le matin. Où était passé Paris Cinq ?

Il n'y avait plus qu'une solution ; il devait appeler Hans Traupman, à Nuremberg. Quelqu'un devait bien avoir une explication !

– Il est parfaitement stupide de m'appeler ici, commença Traupman. Mon téléphone n'est pas équipé comme il faudrait.

– Je n'avais pas le choix. Vous ne pouvez pas me faire ça, Bonn ne peut pas me faire ça ! J'ai reçu l'ordre de retrouver ma création, à tout prix, de faire appel, s'il le fallait, aux compétences prétendument incomparables de nos associés de Paris...

– Que pouvez-vous demander de plus ? coupa avec arrogance le chirurgien de Nuremberg.

– Quelque chose qui me permette de comprendre ! On m'a traité comme un chien, on m'a fait promesse sur promesse et je n'ai rien vu venir. Et, à l'heure qu'il est, on ne peut même plus les joindre !

– Il y a des dispositions particulières, comme il convient à des consultants de confiance.

– Je les connais. On m'a annoncé que les lignes étaient hors service. Que vous faut-il de plus, Hans ? Les... nos associés nous ont laissés tomber, voilà tout. Où sont-ils ?

Quelques secondes s'écoulèrent avant que Traupman ne reprenne la parole.

– Si ce que vous dites est exact, fit-il lentement, c'est extrêmement ennuyeux. Je présume que vous êtes à votre hôtel.

– Oui.

– Ne bougez pas. Je rentre chez moi, je donne quelques coups de téléphone et je vous rappelle. Il me faudra peut-être plus d'une heure.

– Peu importe. Rappelez-moi.

Près de deux heures s'écoulèrent avant que la sonnerie du téléphone ne retentisse dans la chambre du Lutétia. Kroeger se jeta sur l'appareil.

– Allô !

– Il s'est produit quelque chose de tout à fait inattendu. Ce que vous m'avez dit est vrai... plus que vrai, et c'est catastrophique. Notre seul agent à Paris qui savait où trouver nos associés s'est rendu sur place et a vu que les lieux grouillaient de policiers.

– Alors, ils ont vraiment disparu !

– Pis que cela ! À 4 h 37, leur « trésorier » a appelé notre service financier en racontant une histoire extravagante mais plausible où il était question de femmes, de jeunes garçons, de drogue et de hauts fonctionnaires français ; il a demandé le virement d'une somme colossale. Pour des dépenses qui, bien entendu, seraient vérifiées ultérieurement.

– Mais il n'y aura pas de vérifications ?

– Naturellement. Ce sont des lâches et des traîtres. Nous les traquerons sur les cinq continents !

– Cela ne m'aide en rien. Ma création a atteint la période critique. Que vais-je faire ? Je dois le retrouver !

– Nous en avons discuté. Ce n'est pas la ligne de conduite que nous aurions souhaitée, mais nous pensons que c'est la seule qui nous reste. Appelez Moreau, à la DST. Il est au courant de tout ce qui se passe dans le milieu du renseignement.

– Comment le joindre ?

– Savez-vous à quoi il ressemble ?

– J'ai vu des photos de lui.

– Le contact doit avoir lieu à l'extérieur, pas de téléphone, pas de message, une simple rencontre dans la rue, ou un café, un endroit où nul ne pourra rien soupçonner. Soyez très très bref, pas plus d'une ou deux phrases, assurez-vous que personne ne puisse entendre. Le plus important sera de prononcer le mot *fraternité*.

– Et après ?

– Il vous repoussera peut-être, mais, ce faisant, il vous indiquera où le rejoindre. Ce sera un endroit connu, probablement très fréquenté, à une heure tardive.

– Vous m'aviez dit de me méfier de lui.

– Nous avons pris cela en considération, mais nous avons un argument de poids, s'il n'était pas le sympathisant qu'il prétend être. Nous avons versé à ce jour plus de vingt millions de francs sur son compte en Suisse et nous en avons la preuve écrite. Si ces documents étaient communiqués anonymement au gouvernement français, sans même parler de la presse, Moreau serait un homme fini, il passerait plusieurs années derrière les barreaux. Il ne pourrait nier l'évidence. Utilisez cet argument, si vous y êtes contraint.

– Je m'y mets tout de suite, fit Kroeger. Demain, peut-être, j'aurai Harry Latham.

17

Assis à son bureau, Claude Moreau étudiait le message décodé envoyé par son agent à Bonn. Le contenu était plus personnel que factuel et guère révélateur, mais le fond pouvait être utile.

Au cours de la séance d'hier, le Bundestag a sérieusement abordé le problème de la résurgence du nazisme en Allemagne, dénoncée d'une seule voix par les divers partis politiques. Toutefois, je tiens de bonne source, d'après des informateurs sûrs qui dînent régulièrement avec les dirigeants de la droite comme de la gauche, que le cynisme est de mise dans les deux camps. Les libéraux ne prennent pas au sérieux les dénonciations de leurs adversaires politiques et un petit noyau de conservateurs semble se moquer de sa propre rhétorique. Les chefs d'industrie sont évidemment consternés et redoutent que le mouvement néonazi ne leur ferme des marchés à l'étranger, mais ils rechignent à soutenir la gauche socialisante et ne savent où placer leur confiance à droite. Ils font circuler l'argent sans savoir dans quelle direction le canaliser.

Moreau s'enfonça dans son fauteuil, en revenant sur la phrase qui avait non seulement retenu son attention, mais enflammé son imagination. *Un petit noyau de conservateurs qui semble se moquer de sa propre rhétorique.* Qui étaient-ils, précisément ? Quelle était leur identité et pourquoi l'homme de Bonn ne les avait-il pas nommés ?

Il prit le combiné de sa console téléphonique, appela sa secrétaire sur la ligne directe.

– Je veux un brouillage maximal, aucune interception possible.

– Je lance la procédure, monsieur. Vous saurez quand c'est prêt en entendant un bourdonnement de cinq secondes, sur la Trois, comme d'habitude.

– Merci, Monique. Ma femme m'attend pour déjeuner à *L'Escargot*. Ne me voyant pas arriver, elle va téléphoner. Ayez la gentillesse de lui dire que j'ai été retardé, mais que j'arrive.

– Pas de problème, monsieur. Régine et moi sommes de bonnes amies.

– Je vous crois. Vous aimez à comploter contre moi. Le brouilleur, s'il vous plaît.

Après avoir attendu le bourdonnement de cinq secondes, Moreau composa le numéro de son agent à Bonn.

– *Hallo !*

– *Ihr Mann in Frankreich.*

– Vous pouvez parler, fit l'homme de Bonn. Aucun risque de mon côté, je suis branché sur l'ambassade d'Arabie Saoudite.

– Quoi ?

– J'utilise les lignes, pas leurs postes. Pensez aux économies que je fais faire à la France. On devrait me verser une prime.

– Vous êtes un salaud.

– Pour quelle autre raison me paieriez-vous ?

– J'ai lu votre rapport. Vous avez omis plusieurs choses.

– Par exemple ?

– De qui est composé ce « petit noyau de conservateurs qui se moque de sa propre rhétorique » ? Vous ne donnez aucun nom, pas la moindre indication de leur appartenance politique.

– Naturellement. Cela fait partie de l'accord que nous avons passé. Tenez-vous réellement à ce que toute la DST soit au courant ? Si c'est le cas, votre banque en Suisse est beaucoup trop généreuse avec le salaud que je suis.

– Suffit ! lança Moreau. Vous faites ce que vous avez à faire, moi aussi, et nous n'avons pas à savoir ce que fait l'autre ! C'est compris ?

– Cela me paraît très clair. Alors, que voulez-vous savoir ?

– Qui sont les hommes qui dirigent, ouvertement ou en coulisse, ce petit noyau dont vous avez parlé ?

– Pour la plupart des opportunistes sans envergure, qui cherchent à prendre le train en marche, pour revivre le bon vieux temps. Et aussi quelques-uns qui prêtent l'oreille aux tambours du passé, car ils n'ont rien à mettre à la place.

– Leurs chefs ? fit sèchement Moreau. Qui sont leurs chefs ?

– Cela vous coûtera cher, Claude.

– C'est à vous que cela coûtera cher, si vous ne vous décidez pas. Financièrement et d'une autre façon.

– Je vous crois. Hélas, mon absence ne suscitera guère de regrets ! Vous êtes un dur, Moreau.

– Dur, mais équitable, répliqua le patron de la DST. Vous êtes bien payé, à la fois à titre officiel et en sous-main. Je n'aurai pas à quitter mon bureau, un seul ordre suffira : « Transmettez discrètement renseignements top secret sélectionnés à nos amis à Bonn. » Il est probable que les journaux ne feront même pas état de votre disparition.

– Et si je vous donne ce que j'ai ?

– Une belle et fructueuse amitié se poursuivra.

– Ce n'est pas grand-chose, Claude.

– J'espère qu'il ne s'agit pas d'un préambule visant à me cacher quelque chose.

– Bien sûr que non. Je ne suis pas fou.

– C'est assez logique. Donnez-moi maintenant ces maigres renseignements confidentiels sur votre « petit noyau ».

– D'après mes informateurs, une réunion se tient tous les mardis soir, tantôt chez l'un, tantôt chez l'autre, au bord du Rhin, en général dans une grande maison ou une propriété. Elles ont toutes un appontement et ceux qui s'y rendent arrivent par le fleuve, jamais par la route.

– Le sillage d'un bateau laisse moins de traces que des marques de pneus, glissa Moreau. Ou un véhicule avec une plaque minéralogique.

– Assurément. Ces réunions sont donc secrètes, l'identité des participants m'est inconnue.

– Mais pas celle des propriétaires des maisons. Cette idée n'est-elle pas venue à l'esprit de vos informateurs ?

– J'y arrivais. Faites-moi un peu confiance.

– Je brûle d'impatience. Le nom des propriétaires, je vous prie.

– Il y a un peu de tout, Claude. Trois sont des aristocrates dont la famille s'est opposée à Hitler et l'a payé cher ; trois, peut-être quatre, d'entre eux font partie de ces nouveaux riches qui veulent protéger leurs biens de l'appétit de l'État ; il y a aussi deux hommes d'Église, un vieux prêtre catholique et un pasteur luthérien qui semble prendre ses vœux à la lettre. Il loue la plus petite des maisons au bord du Rhin.

– Les noms, bon Dieu !

– Je n'en ai que six...

– Et les autres ?

– Les trois qui manquent sont aussi locataires et les agences immobilières suisses refusent de révéler leur identité. C'est une pratique courante chez les gens fortunés, qui cherchent à ne pas être imposés sur des revenus non déclarés.

– Donnez-moi ces six noms.

– Maximilian von Löwenstein, qui possède la plus...

– Son père, le général, fut exécuté par les SS après l'attentat contre Hitler, en 1944. Ensuite ?

– Albert Richter, ancien play-boy reconverti dans la politique.

– Il fait cela par dilettantisme. Il a des biens immobiliers à Monaco, mais sa famille allait lui couper les vivres s'il ne changeait pas de vie. C'est du cinéma. Suivant ?

– Günter Jäger, le pasteur luthérien.

– Je ne sais rien sur lui, du moins rien ne me vient à l'esprit. Après ?

– Heinrich Paltz, le prêtre.

– Un catholique ultraconservateur qui dissimule ses penchants sous des radotages moralisateurs. Et puis ?

– Friedrich von Schell, le troisième des riches que nous avons identifiés. Son domaine s'étend sur plus de...

– Un homme intelligent, coupa Moreau, très dur dans ses rapports avec les syndicats. Un Prussien à la mode du XIXe siècle, en costume Armani. Ensuite ?

– Ansel Schmidt, un électronicien qui n'a pas l'habitude de mâcher ses mots. Il a fait fortune dans l'exportation des technologies de pointe et combat sans relâche le gouvernement.

– Un salopard qui est passé d'une entreprise à l'autre pour piquer leurs secrets jusqu'à ce qu'il ait tout ce qu'il voulait et fonde ses propres sociétés.

– Je ne sais rien de plus, Claude ; il n'y a pas de quoi mettre ma vie en jeu.

– Le nom des agences immobilières suisses ?

– Leur contact est une agence de Bonn. Le locataire en puissance envoie un émissaire avec cent mille marks, en signe de bonne foi, qui sont virés par l'agence sur un compte, à Zurich. Elle y joint le profil du candidat. Si l'argent est restitué, c'est la marque d'un refus. Sinon, quelqu'un se rend à Zurich.

– Factures de téléphone et autres ? J'imagine que vous avez étudié cela de près, pour nos trois inconnus.

– Dans les trois cas, tout passe par un administrateur. Deux sont à Stuttgart, un à Munich. Tout est codé, il n'y a jamais de nom.

– Le Bundestag a certainement la liste des adresses.

– Les adresses des résidences privées sont étroitement protégées, comme partout. Je peux essayer, mais cela pourrait être dangereux si je me fais prendre. Je ne résiste pas à la douleur, l'idée même m'est insupportable.

– Vous n'avez donc pas ces adresses ?

– Là, je crains de ne pouvoir vous satisfaire. Je peux les décrire de loin, et du fleuve, mais les numéros ont été retirés, les portails sont fermés, des sentinelles patrouillent à l'intérieur et à l'extérieur, avec des chiens de garde. Il n'y a évidemment pas de boîtes aux lettres.

– C'est donc l'un des trois, fit doucement Moreau.

– Qui est l'un des trois ? demanda l'homme de Bonn.

– Le chef de notre « petit noyau ». Placez vos hommes sur les routes de ces maisons, demandez-leur de relever le numéro minéralogique des véhicules qui entrent et sortent. Puis comparez-les avec ceux du Bundestag.

– Mon cher Claude, je n'ai peut-être pas été assez clair. Des gardes patrouillent à l'intérieur et à l'extérieur, et il y a des dizaines de caméras de surveillance. Si je pouvais engager les hommes dont vous parlez, ce qui est hautement improbable, et s'ils se faisaient prendre, on remonterait jusqu'à moi. Je répète que la seule perspective de souffrir fait horreur à votre dévoué serviteur.

– Je me suis souvent demandé comment vous avez pu arriver où vous êtes.

– En vivant bien, avec ce qu'il faut d'aisance matérielle pour bien se faire voir des puissants, mais surtout en évitant de me faire prendre. Cette réponse vous satisfait ?

– Que Dieu vous aide, si vous vous faites prendre.

– Non, Claude, que Dieu *vous* aide.

– Restons-en là, voulez-vous ?

– Ma rétribution ?

– Quand la mienne arrivera, la vôtre suivra.

– De quel côté êtes-vous vraiment ?

– Du côté de personne et de tout le monde, mais surtout du mien.

Moreau raccrocha et parcourut les notes qu'il venait de prendre. Il entoura trois noms : Albert Richter, Friedrich von Schell et Ansel Schmidt. L'un d'eux était probablement le chef qu'il cherchait, mais chacun avait une raison de l'être et les moyens nécessaires pour réunir autour de lui un électorat. Cela avait au moins le mérite de fournir à Moreau des matériaux immédiatement utilisables.

Il vérifia que le témoin bleu restait allumé sur la Trois : le brouilleur était encore en service. Il reprit le combiné, composa un numéro à Genève.

– Université de Genève, annonça une standardiste.

– Je voudrais parler au professeur André Benoit.

– Allô ! fit, quelques secondes plus tard, l'expert en sciences politiques.

– C'est votre correspondant à Paris. Pouvons-nous parler ?

– Un instant.

Huit secondes de silence s'écoulèrent.

– C'est bon, reprit André Benoit. J'imagine que vous souhaitez m'entretenir des problèmes que nous avons eus à Paris. Je peux vous dire que je n'y comprends rien. Personne n'y comprend rien. Pouvez-vous nous éclairer ?

– Je ne vois pas de quoi vous parlez.

– Où étiez-vous ?

– À Monte-Carlo. J'accompagnais les Villiers, je suis rentré ce matin.

– Alors vous n'êtes pas au courant ? fit l'universitaire, incrédule.

– Des différentes attaques contre Latham et de son assassinat dans une auberge de banlieue ? Une action stupide qui ne peut qu'être l'œuvre des psychopathes de votre unité K !

– Non ! Zéro Un, Paris, a disparu et, tôt ce matin, la police a fait mention de l'attaque d'un commando, rue Réaumur.

– Chez Witkowski ? lança Moreau. Je n'en ai pas été informé.

– Il y a autre chose. Toute l'unité K a disparu.

– Je n'ai jamais su d'où ils opéraient.

– Personne ne le savait, mais ils ont disparu !

– Je ne sais que dire.

– Ne dites rien, ressaisissez-vous et découvrez ce qui s'est passé !

– Je crains d'avoir d'autres mauvaises nouvelles pour Bonn, poursuivit le patron de la DST d'un ton hésitant.

– Quoi encore ?

– Mes agents en Allemagne m'ont fourni des noms. Un petit groupe qui se réunit le mardi soir, dans différentes maisons, au bord du Rhin.

– Donnez-moi ces noms !

Claude Moreau les épela l'un après l'autre.

– Dites-leur de redoubler de prudence, reprit-il. Ils sont l'objet d'une surveillance très attentive.

– Je ne connais aucun d'eux, sinon de réputation ! lança André Benoit. Jamais je ne me serais douté...

– Personne ne vous a rien demandé, *Herr Professor*. Vous obéissez aux ordres, comme moi.

– Oui, mais... mais...

– Les universitaires ne sont pas bons à grand-chose dès que l'on aborde le domaine pratique. Faites simplement en sorte que ces renseignements soient transmis à Bonn.

– Oui, vous pouvez compter sur moi, Paris.

Moreau raccrocha et se laissa aller en arrière dans son fauteuil. Les choses allaient dans le sens qu'il souhaitait. Tout n'était pas parfait, mais ce n'était pas si mal. Si jamais il échouait, il aurait de quoi vivre confortablement avec sa femme, quelque part à l'étranger. Mais il pouvait aussi finir ses jours en prison.

Le soir tombait, le soleil couchant filtrait à travers les persiennes de l'appartement de Karin de Vries.

– Je suis passé chez moi, cet après-midi, dit Drew, assis dans un fauteuil, en se tournant vers Karin, au bord du canapé. J'avais une escorte, bien sûr, deux Marines, à qui Witkowski avait fait jurer de garder le silence s'ils ne voulaient être expédiés en camp d'instruction. Ils gardaient la main sur la crosse de leur arme, mais c'était quand même bon de marcher dans la rue. Vous me comprenez ?

– Absolument, mais je redoute l'excès de confiance. Imaginons qu'il y en ait d'autres, dont nous ignorons l'identité.

– Nous connaissons déjà Reynolds. Il paraît qu'il a filé comme un rat, probablement pour aller s'installer au bord de la Méditerranée. À moins qu'ils n'aient décidé de se débarrasser de lui.

– S'il est arrivé là-bas, je parie que son corps repose au fond de l'océan.

– Ce n'est pas un océan, mais une mer.

– Je ne pense pas que la distinction soit importante pour lui.

Un silence suivit, que Drew finit par rompre.

– Alors, où en sommes-nous ?

– Que voulez-vous dire ?

– Que dois-je faire maintenant ? Effeuiller la marguerite ?

– Quelle marguerite ?

– Vous m'avez caché chez vous toute une nuit et toute une journée, mais vous conservez vos distances.

– Mais, enfin, Drew, de quoi parlez-vous ?

– J'ai du mal à trouver mes mots... Je n'aurais jamais cru que je penserais cela, pas réellement, et encore moins que je le dirais à quelqu'un qui me permet peut-être de rester en vie et possède un appartement au-dessus de mes moyens.

– Soyez plus clair, Drew.

– Comment être plus clair ? J'ai toujours cru que je marcherais sur les traces de mon frère ; il était si fort, proche de la perfection. Et puis je l'ai entendu, dans cette auberge, juste avant sa mort, avouer en pleurant qu'il vous aimait, qu'il vous adorait...

– Arrêtez, Drew ! fit sèchement Karin. Êtes-vous en train de dire que vous partagez aussi les fantasmes de votre frère ?

– Non, ce n'est pas ça, fit lentement Latham, en plongeant les yeux dans ceux de la jeune femme. Ses fantasmes n'ont rien à voir avec mes sentiments, Karin. Avec le temps, je me suis libéré de ce syndrome qui ne m'a jamais apporté grand-chose de bon. Vous le connaissiez depuis longtemps, vous n'êtes entrée dans ma vie que beaucoup plus tard et, malgré les similitudes, les données sont radicalement différentes. Je ne suis pas Harry, je ne pourrai jamais l'être. Je suis moi, et je n'ai jamais connu quelqu'un comme vous... Que pensez-vous de cette manière de déclaration ?

– Extrêmement touchant, mon cher.

– Encore ce « mon cher ». Dommage qu'il ne signifie rien.

– N'en croyez rien, Drew. Je ne me suis pas encore débarrassée de mes fantômes ; quand ce sera fait, il me sera agréable de penser que vous m'attendez. Je parviendrai peut-être à m'attacher à vous, car vous avez des qualités que j'admire profondément, mais, dans l'état actuel des choses, je suis loin d'avoir la tête à une liaison. Je dois d'abord enterrer le passé. Pouvez-vous comprendre ?

– Que je comprenne ou non, je ferai tout mon possible pour que cela se réalise.

À l'heure du déjeuner, les bureaux se vidaient, la foule des employés se répandait dans les rues pour gagner en hâte le café ou le restaurant où ils avaient pris rendez-vous. Le déjeuner, pour les Parisiens, est élevé à la hauteur d'une institution et tend à se prolonger en période estivale.

De plus en plus nerveux au milieu de la foule qui le bousculait, un journal à moitié ouvert devant le visage, Gerhardt Kroeger ne quittait pas des yeux la porte de l'immeuble de la DST. Il ne pouvait se permettre de manquer Claude Moreau à sa sortie. Le temps était compté, il n'y avait pas une heure à perdre. Sa création, Harry Latham, avait entamé le compte à rebours ; il lui restait, au maximum, quarante-huit heures à vivre. Un détail ajoutait à la nervosité presque insupportable du chirurgien, un détail qu'il avait caché à ses supérieurs. Avant que le cerveau du sujet ne rejette l'implant, en explosant pratiquement, la zone entourant l'incision se décolorait affreusement ; il se produisait une inflammation de la peau, de la taille d'une soucoupe, incitant le médecin légiste pratiquant l'autopsie à étudier de près cette manifestation insolite. Contrairement à l'opinion communément admise, les données mises en mémoire dans un ROM pour un emploi unique peuvent être récupérées par du matériel autre que celui d'origine.

Si l'implant tombait en des mains hostiles, la Fraternité pouvait être abattue, ses secrets mis au jour, ses véritables objectifs dévoilés. Nous sommes victimes de cette technologie que nous avons développée, se dit Kroeger. Puis il songea à la prolifération des armes nucléaires et prit conscience de la vérité de sa conclusion, aussi banale fût-elle.

Moreau venait d'apparaître. Le patron de la DST franchit la porte de l'immeuble, tourna à droite et suivit le trottoir en accélérant l'allure. Moreau était pressé, ce qui obligea Kroeger à s'élancer au pas de course, car il n'était pas du bon côté. Il bouscula les passants, s'excusant tantôt en allemand, tantôt en français, soulevant derrière lui une vague de protestations, et réduisit la distance le séparant de Moreau.

– Monsieur ! Monsieur ! s'écria-t-il, en arrivant sur les talons du policier. Vous avez laissé tomber quelque chose !

– Pardon ?

Le patron de la DST s'arrêta et se retourna.

– Vous devez faire erreur, je n'ai rien laissé tomber.

– Je suis sûr que c'est vous, poursuivit le chirurgien. Un portefeuille ou un carnet. Un homme l'a ramassé et s'est enfui.

Moreau palpa rapidement ses poches, son expression passa de l'inquiétude au soulagement.

– Vous avez fait erreur, reprit-il. Il ne me manque rien, mais je vous remercie quand même. Ce ne sont pas les gens malhonnêtes qui manquent à Paris.

– Comme à Munich, monsieur. Désolé de vous avoir fait perdre du temps, mais la fraternité à laquelle j'appartiens met l'accent sur l'entraide chrétienne.

– Je vois, fit Moreau. Une fraternité et des valeurs chrétiennes.

Il scruta le visage de l'inconnu, au milieu du flot des passants.

– Le Pont-Neuf, 21 heures, ajouta-t-il en baissant la voix. Côté rive droite.

Brouillée par la brume vespérale la lune se mirait dans les eaux de la Seine ; la pluie menaçait. Contrairement à la majorité des piétons qui se hâtaient vers un abri, deux silhouettes marchaient lentement l'une vers l'autre. Elle se rencontrèrent au milieu du pont. C'est Moreau qui parla le premier.

– Vous avez fait allusion à quelque chose qui m'est familier. Auriez-vous l'obligeance de préciser de qui vous parliez ?

– Nous n'avons pas de temps à perdre à ces petits jeux. Nous savons tous deux qui nous sommes et ce que nous faisons. De événements terribles se sont produits.

– C'est ce que j'ai cru comprendre... Des événements dont je n'ai rien su avant ce matin. Le plus alarmant est que mon secrétariat n'en a pas été informé. Cela m'incite à me poser des questions. L'un de vos courriers aurait-il commis une imprudence ?

– Certainement pas ! Notre mission du moment, une mission d'une suprême importance, est de retrouver l'Américain Harry Latham. C'est absolument vital, plus que vous ne pouvez l'imaginer. Nous savons que l'ambassade, avec l'aide des Antineos, le cache quelque part à Paris. Il faut le découvrir ! Les services de renseignement américains doivent vous tenir au courant. Où est-il ?

– Vous venez de mentionner plusieurs choses dont j'ignore tout, monsieur... À propos, quel est votre nom ? Je n'aime pas parler à des inconnus.

– Docteur Gerhardt Kroeger. Bonn vous confirmera mon rang.

– Impressionnant. Et quel est votre « rang », docteur ?

– Je suis le chirurgien qui... qui a sauvé la vie d'Harry Latham. Maintenant, il faut que je le retrouve.

– Vous l'avez déjà dit. Vous avez appris, je présume, que son frère Drew a été abattu par vos incapables de l'unité K ?

– Ils se sont trompés de cible.

– Je vois. C'est digne de ces tueurs à peine sortis de l'école, si jamais ils y sont allés.

– Je ne tolérerai pas vos insultes ! s'écria Kroeger, le visage cramoisi. Pour ne rien vous cacher, on se méfie de vous ; je vous conseille donc de ne rien me cacher. Sinon, vous connaissez les conséquences.

– Si vous dites vrai, je suis un homme riche.

– Trouvez-nous Harry Latham !

– Comptez sur moi, je vais essayer...

– Ne fermez pas l'œil de la nuit s'il le faut, mettez vos informateurs sur le coup, vos sources françaises, américaines, anglaises, tout le monde ! Découvrez où ils cachent Harry Latham ! Je suis au Lutétia, chambre 800.

– Le dernier étage. Vous devez être quelqu'un d'important.

– Je ne dormirai pas avant d'avoir eu des nouvelles.

– C'est idiot, docteur. En votre qualité de médecin, vous devez savoir que le manque de sommeil nuit à la clarté de la pensée. Mais vous êtes si persuasif et vos menaces sont si convaincantes que je ferai de mon mieux pour vous donner satisfaction. Soyez-en assuré.

– *Sehr gut*, fit Kroeger. Je vais vous laisser. Ne me décevez pas ; ne décevez pas la Fraternité, sinon, vous savez ce qui vous attend.

– J'ai compris.

Kroeger s'éloigna rapidement, sa silhouette se fondit dans la brume qui allait s'épaississant. Claude Moreau repartit tranquillement de son côté, vers la rive gauche, à la recherche d'un taxi. Il lui fallait réfléchir, en particulier au matériel de brouillage de la DST. Trop de choses étaient devenues trop floues.

Il était 7 h 42 à Washington quand Wesley Sorenson entra dans son bureau ; une seule autre personne était déjà arrivée : sa secrétaire.

– Tous les rapports de la nuit sont sur votre bureau, monsieur.

– Merci, Ginny. Je répète, encore une fois, qu'on devrait vous payer des heures supplémentaires. Personne d'autre que vous n'arrive avant 8 h 30.

– Vous êtes très compréhensif quand les enfants sont malades, monsieur le directeur. Je ne veux pas trop demander. Et puis, il m'est plus facile de tout vérifier avant l'arrivée des troupes.

Les troupes sont déjà arrivées, comme vous ne pouvez l'imaginer, se dit Sorenson. À 4 heures du matin, il était à la base d'Andrews pour réceptionner les deux néonazis à leur descente d'avion et les escorter jusqu'au véhicule qui devait les conduire, sous bonne garde, dans une maison sûre de Virginie. Malgré sa fatigue, le directeur des Opérations consulaires devait s'y rendre peu après midi pour mener en personne l'interrogatoire des prisonniers ; un art dans lequel il était passé maître.

– Qu'y a-t-il d'urgent ? demanda-t-il à sa secrétaire.
– Tout.
– Comme d'habitude.
Sorenson alla prendre place à son bureau. Les dossiers étaient classés par pays. RÉPUBLIQUE POPULAIRE DE CHINE, TAIWAN, PHILIPPINES, MOYEN-ORIENT, GRÈCE, BALKANS... enfin ALLEMAGNE et FRANCE.
Écartant le reste, il ouvrit le dossier de Paris. Il était explosif. À l'aide des rapports de police, il exposait l'attaque de l'appartement de Witkowski, sans faire mention de l'envoi de deux prisonniers à Washington, à bord d'un appareil militaire. Il parlait aussi de l'incendie, dans les entrepôts d'Avignon, des locaux d'un groupe de néonazis. Soupçonnés d'être des tueurs, ils avaient disparu. Un message codé de Witkowski était joint au dossier. Décodé par les Opérations consulaires, il contenait une véritable bombe. *Gerhardt Kroeger à Paris. Sur la piste d'Harry Latham. La cible est alertée.*
Gerhardt Kroeger, le mystérieux chirurgien, l'homme de l'ombre qui détenait les réponses à tant de questions. Hors les services de renseignement américains, personne n'avait entendu parler de lui. C'est peut-être une erreur, se dit Sorenson. Il faudrait mettre les Français et les Anglais au courant, mais la CIA – Knox Talbot en particulier – ne pouvait se fier totalement à eux.
À 8 heures, le téléphonne sonna.
– Un appel de Paris, annonça sa secrétaire. M. Moreau, de la DST.
Sorenson réprima un hoquet de surprise, il blêmit. Moreau était sur la touche ; on le tenait pour suspect. Le directeur des Opérations consulaires prit une longue inspiration, approcha le combiné de son visage et parla en s'efforçant au calme.
– Bonjour, Claude. Quel plaisir d'entendre un vieil ami !
– Apparemment, Wesley, si je puis m'exprimer en toute franchise, cela ne fonctionne que dans un sens.
– Que voulez-vous dire ?
– Depuis trente-six heures, il s'est produit quantité d'événements qui nous concernent tous deux, mais pas un mot n'est parvenu à mon bureau. C'est votre idée de la coopération ?
– Je... je ne sais pas, Claude.
– Bien sûr que si. On m'a systématiquement tenu à l'écart de l'opération. Pourquoi ?
– Je n'ai pas de réponse. Je ne suis pas en charge de cette opération, vous le savez bien. J'ignorais que...
– Je vous en prie, Wesley ! Vous étiez, sur le terrain, un menteur de premier ordre, mais cela ne marche pas avec celui qui soutenait vos mensonges. Nous savons tous deux comment cela se passe. Quelqu'un a appris quelque chose de quelqu'un d'autre, l'huître malade grossit et

produit une fausse perle. Mais nous aurons le temps d'y revenir. En supposant que vous êtes toujours dans le coup, j'ai peut-être quelque chose de juteux pour vous.

– J'écoute.

– Qui est Gerhardt Kroeger ?

– Comment ?

– Vous avez bien entendu, et il est évident que ce nom ne vous est pas inconnu. C'est un chirurgien.

L'existence de Kroeger avait été cachée à la DST. Moreau en était pourtant informé. Cherchait-il à lui tirer les vers du nez ?

– Cela ne me dit rien, Claude. Gerhardt... Kroeger, c'est ça ?

– Vous devenez positivement insultant. Mais je laisse passer, ce que j'ai à vous apprendre est trop important. Kroeger m'a suivi et abordé hier soir, pendant ma promenade. En un mot, il m'a fait comprendre que, si je ne lui indiquais pas où trouver Harry Latham, j'étais un homme mort.

– C'est incroyable ! Pourquoi se serait-il adressé à vous ?

– Je lui ai posé cette question et sa réponse ne m'a pas étonné. J'ai des agents en Allemagne, comme dans la plupart des pays. L'année dernière, j'ai négocié pour sauver la vie d'un de ces hommes retenu par une bande de skinheads, à Mannheim. Je l'ai fait libérer contre une somme de six mille dollars, une affaire, disons-le. Mais ils savaient qu'il appartenait à la DST et que l'accord n'aurait pu être conclu sans que j'aie donné le feu vert.

– Mais vous n'aviez jamais entendu parler de Gerhardt Kroeger ?

– Pas avant hier soir, je vous l'ai dit. Je suis retourné à mon bureau, j'ai fouillé dans les archives des cinq dernières années. Rien. À propos, il est descendu à l'hôtel Lutétia, chambre 800, et il attend que je l'appelle.

– Bon Dieu ! Arrêtez-le !

– Il ne partira pas, Wesley, je peux vous l'assurer. Mais pourquoi ne pas jouer un peu avec lui ? Il ne travaille certainement pas en solitaire et nous cherchons à prendre de plus gros poissons.

Sorenson sentit une vague de soulagement monter en lui. Moreau était propre ! Jamais il n'aurait offert Kroeger, avec le numéro de sa chambre d'hôtel, s'il avait travaillé pour le compte de la Fraternité.

– Si cela peut vous consoler, reprit le directeur des Opérations consulaires, j'ai aussi été mis sur la touche un moment. Pourquoi ? Je vous le donne en mille ; parce que nous avions travaillé ensemble, surtout à Istanbul, où je n'oublie pas que vous m'avez sauvé la vie.

– Vous auriez fait la même chose, à ma place.

– C'est ce que j'ai dit à mes collègues de la CIA, sans mâcher mes mots. Et je le répéterai, sur le même ton.

– Attendez un peu, Wesley, fit lentement Moreau. À propos d'Istanbul, vous n'avez pas oublié que les apparatchiks du KGB ont cru que vous étiez un agent double, plus exactement un informateur pour leurs supérieurs, à Moscou ?

– Bien sûr que non. Ils menaient une vie de pacha, avec tout le faste oriental. Ils étaient morts de trouille.

– Alors, ils se sont confiés à vous, c'est bien cela ?

– Naturellement. Ils m'ont raconté des tas de choses pour justifier leur train de vie. Des boniments, en majeure partie, mais pas tout.

– Mais ils vous ont réellement fait des confidences ?

– Oui.

– Nous allons donc, pour le moment, laisser les choses en l'état. Je suis sur la touche, on se méfie de moi. Mais je peux jouer avec le docteur Kroeger et lui tirer les vers du nez.

– Ce qui signifie qu'il vous faut au préalable quelque chose.

– N'importe quoi. Pas nécessairement quelque chose de précis, mais qui soit acceptable.

– Par exemple ?

– Où est Harry Latham ?

Il n'y avait plus d'Harry Latham. Les doutes affluèrent de nouveau à l'esprit du chef des Opérations consulaires.

– Je ne le sais pas moi-même, répondit-il.

– Je ne vous demande pas où il se trouve réellement, reprit Moreau. Juste une indication, quelque chose qu'ils puissent croire.

Les doutes s'estompèrent.

– Avez-vous entendu parler d'une organisation nommée les Antineos...

– Ils la connaissent, coupa Moreau. Impossible de remonter jusqu'à eux. Autre chose.

– Ils savent certainement à quoi s'en tenir sur Witkowski et Karin de Vries...

– Certainement. Indiquez-moi un endroit où, en cherchant un peu, ils pourront découvrir comment opèrent vos hommes en France.

– Nous pouvons dire Marseille. Nous suivons les filières de la drogue, pour les détruire ; trop de nos agents ont été achetés ou ont disparu. Notre présence n'est pas très discrète, pour qui garde les yeux ouverts. Cela a une vertu dissuasive.

– Très bien. Je vais utiliser ça.

– Je vais être franc, Claude, je tiens à vous blanchir ici. Il est inadmissible que vous soyez en butte à des soupçons.

– Pas encore, mon vieil ami. Souvenez-vous d'Istanbúl. Nous avons l'habitude de ces jeux.

Claude Moreau raccrocha et se renversa dans son fauteuil, les yeux au plafond, passant et repassant dans son esprit toutes les bribes d'informations qu'il venait de glaner. Il entrait dans la dernière ligne droite. Les risques étaient démesurés, mais il ne pouvait faire machine arrière. La *vengeance*, c'est tout ce qui importait.

18

Comme Drew Latham était censé avoir quitté ce monde, la DST n'affectait plus un véhicule à sa protection. À la place, Witkowski avait demandé aux service des Transports de l'ambassade de prendre des mesures de sécurité : trois gardes se relayant jour et nuit, et une voiture banalisée disponible en permanence pour un officier dont il préférait taire l'identité, accompagné d'une dame. Le colonel précisa aux Marines chargés de la garde que, s'ils reconnaissaient cet officier, son identité devait être tenue secrète. Sinon, ils iraient rejoindre la bleusaille au camp de Parris Island et seraient dégradés.

– Vous n'avez pas besoin de dire ça, mon colonel, protesta un sergent. Si je puis me permettre, je trouve ça humiliant.

– Dans ce cas, je vous présente mes excuses.

– Nous les acceptons, mon colonel, ajouta un caporal. Nous avons assuré la garde de nos ambassades de Pékin à Kuala Lumpur, là où la sécurité veut dire quelque chose.

– Et comment ! souffla un second caporal. On n'est pas des militaires, mon colonel, poursuivit-il d'une voix plus forte. On est des Marines !

– Je réitère mes excuses, les gars. Pardonnez le vieux fossile que je suis.

– Nous savons qui vous êtes, mon colonel, reprit le sergent. Vous n'avez pas à vous inquiéter.

– Merci.

Tandis que les trois hommes s'éloignaient pour descendre au sous-sol, Witkowski saisit au vol une remarque de l'un des caporaux. « Cette vieille baderne aurait dû être un Marine. Je l'aurais suivi sous la mitraille. »

Stanley Witkowski se dit que c'était le plus beau compliment qu'il eût reçu de toute sa carrière. Mais il avait dans l'immédiat d'autres sujets de préoccupation, au premier rang desquels Drew Latham et Karin de Vries. La conjonction des horaires et de la fatigue imposait à Drew de rester chez Karin plutôt que de prendre une voiture pour regagner la planque des Antineos qui, de toute façon, s'y opposaient, pour le cas où le sujet serait encore suivi. Au bout de plusieurs jours, en l'absence de tout événement fâcheux, ils reconsidéreraient la question, mais sans aucun engagement de leur part. « Il est mêlé à des affaires auxquelles on donne trop de publicité pour notre goût, avait déclaré sèchement une femme à la Maison Rouge. Nous avons de l'admiration pour lui, mais nous devons exclure la moindre possibilité d'être découverts. »

Quant à installer Karin à l'ambassade, cela n'eût servi rigoureusement à rien. En sa qualité d'employée du service Documentation et recherches, son adresse personnelle n'était connue que de la Sécurité ; toute personne cherchant à l'obtenir devait passer par le colonel. Plusieurs attachés avaient essayé, en vain. À quoi il fallait ajouter une confidence de la veuve de Vries qui l'avait profondément soulagé.

– Je ne suis pas démunie, colonel. J'ai trois voitures à Paris, dans trois garages différents. Je change d'apparence avec chaque véhicule.

– Cela m'ôte un grand poids de l'esprit, avait répondu Witkowski. Compte tenu de tout ce que vous savez, c'est très astucieux.

– L'idée n'est pas de moi. Elle vient du général Raichert, le commandant suprême de l'OTAN, quand j'étais à La Haye. Les Américains prenaient les frais à leur charge, mais les circonstances étaient différentes. Je ne demande pas la même chose ici.

– Il ne faut pas que vous soyez dans la gêne.

– Je crois à ce que je fais, colonel. L'argent importe peu.

Cette conversation avait eu lieu quatre mois auparavant ; Witkowski n'avait pas soupçonné sur le moment à quel point la nouvelle arrivante croyait à ce qu'elle faisait. Le doute aujourd'hui n'était plus permis. La sonnerie du téléphone de sa ligne privée interrompit le cours de ses réflexions.

– Oui ?

– C'est votre chevalier errant Stanley, fit Drew. Des nouvelles de la Maison Rouge ?

– Il n'y a plus de chambre à l'auberge, du moins pendant quelque temps. Le fait que vous soyez une cible les inquiète.

– Mais je porte un uniforme, Stanley, le vôtre ! À ce propos, vous avez la taille et les fesses un peu plus épaisses que moi. Mais la tunique me va bien.

– Vous m'en voyez soulagé ; elle couvrira les imperfections, quand vous passerez devant les photographes de mode... Même si vous étiez costumé et maquillé par Villiers, ils ne voudraient pas de vous.

– Je ne peux pas leur en vouloir.

– Moi non plus, approuva le colonel. Karin pourra-t-elle vous héberger encore un ou deux jours, en attendant que je trouve quelque chose ?

– Je ne sais pas, demandez-le-lui.

La voix de Latham alla decrescendo, tandis qu'il éloignait le combiné de son visage.

– C'est Witkowski. Il veut savoir si vous congédiez votre locataire.

– Bonjour, colonel, fit Karin. J'imagine que les Antineos se font tirer l'oreille.

– Je le crains.

– C'est compréhensible.

– Certes, mais je n'ai rien d'autre qui convienne. Pouvez-vous le garder encore une journée, peut-être deux ? J'aurai trouvé quelque chose d'ici là.

– Ce n'est pas un problème. Il m'a dit qu'il avait fait son lit, ce matin.

– Et comment ! lança Drew d'une voix assourdie. Je retrouve les plaisirs du camp scout et de la douche froide !

– Ne l'écoutez pas, colonel. J'ai déjà dû vous dire qu'il pouvait être très gamin.

– Il ne l'a pas été au Trocadéro, à l'hôtel Meurice ni au bois de Boulogne. Sachons reconnaître ses qualités.

– D'accord, fit Karin. Si vous avez des difficultés, il me vient à l'esprit une solution qui a déjà marché plusieurs fois, à Amsterdam. Freddie avait plusieurs uniformes, américain, hollandais, anglais. Il en mettait un au hasard et allait prendre une chambre à l'Amstel.

– Une de ses ruses bien connues ? demanda Witkowski avec méfiance.

– Rien de bien méchant, colonel. J'ai entendu Drew dire que votre uniforme lui allait bien ; il me sera facile de coudre un repli à la taille et ailleurs...

– Je sais malheureusement à quel endroit vous faites allusion... Et alors, il sera toujours Latham ?

– Avec une légère modification de son apparence, il le sera beaucoup moins.

– Je vous demande pardon ?

– Un changement de couleur de ses cheveux, répondit doucement Karin, surtout la région des tempes, où ils sont visibles sous la casquette, des lunettes à grosse monture, verres neutres, bien entendu, et de faux papiers militaires. Je fais la teinture, je fournis les lunettes, occupez-vous des papiers. Il peut prendre une chambre dans un grand hôtel, où il y a des allées et venues. Je suis sûre que vous serez en mesure d'arranger ça.

– Ce n'est pas vraiment du ressort de l'ambassade, Karin.

– D'après ce que je sais des Opérations consulaires, j'ai dans l'idée que c'est leur rayon.

– Il n'y a rien à répondre à cela, je suppose. Vous devez vraiment tenir à l'éloigner de vous.

– Ce n'est pas la personne, colonel, mais le fait qu'il s'agit d'un homme, dans un uniforme de l'armée américaine. Je doute que mes voisins sachent que je travaille à l'ambassade, mais si quelqu'un est au courant ou le soupçonne, cela met la vie de Drew et la mienne en péril, et compromet nos objectifs.

– En d'autres termes, votre appartement pourrait aussi devenir une cible.

– Il y a très peu de chances, mais ce n'est pas invraisemblable.

– Rien n'est invraisemblable dans cette guerre. Il me faudra une photo.

– J'ai gardé l'appareil de Freddie. Vous en aurez douze demain matin.

– J'aimerais être là quand vous lui teindrez les cheveux. Ce sera à mourir de rire.

Karin de Vries raccrocha. Elle se dirigea vers l'entrée, ouvrit un placard et en sortit une mallette avec deux serrures à combinaison. Drew l'observa de son fauteuil, un verre à la main.

– J'imagine qu'elle ne contient pas une arme automatique à assembler, dit-il en regardant Karin poser la mallette sur la table basse, devant le canapé.

– Certainement pas, répondit-elle, en formant la combinaison des serrures. En réalité, j'espère que cela vous aidera à éviter de vous trouver face à une arme de ce genre.

– Attendez un peu ! Qu'est-ce qu'il y a là-dedans ? Je n'ai pas entendu grand-chose de ce que vous avez dit à Stanley. Qu'est-ce que vous mijotez dans cette adorable tête ?

– Freddie appelait cela son nécessaire de voyage d'urgence.

– Je préfère ne pas en savoir plus. Freddie était violent avec vous, cela le rend antipathique.

– Il y a eu toutes les années d'avant, Drew.

– Merci de le rappeler. Qu'est-ce qu'il y a dedans ?

– De simples accessoires pour se grimer, rien de spectaculaire ni d'époustouflant. Des moustaches postiches de différentes formes, deux fausses barbiches, un assortiment de lunettes... et des teintures lavables, acheva-t-elle en baissant la voix.

– Pardon ?

– Vous ne pouvez pas rester ici, mon ami, fit Karin, en le regardant par-dessus le couvercle de la mallette. Ne le prenez pas mal et n'en faites pas une question personnelle, mais le quartier est une sorte de village. Les gens jasent dans les cafés et chez les commerçants. Cela pourrait tomber dans des oreilles inamicales.

– J'accepte, je comprends, mais ce n'est pas ce que j'ai demandé.

– Vous allez prendre une chambre dans un hôtel, sous un nom que le colonel vous indiquera, et votre apparence sera légèrement différente.

– Quoi ?

– Je vais teindre vos cheveux et vos sourcils avec une solution lavable. Blond-roux, je pense.

– Qu'est-ce que vous me chantez là ? Je ne suis pas Jean-Pierre Villiers !

– Ce n'est pas réservé aux comédiens. Soyez vous-même ; personne ne vous reconnaîtra à plus de deux mètres et encore, il faudra vous regarder dans les yeux. Ayez l'obligeance de mettre le pantalon du colonel, je vais l'épingler et serrer la taille.

– Vous êtes complètement givrée !

– Avez-vous une meilleure idée ?

– Bordel de bordel ! rugit Latham, en avalant d'un trait le reste de son scotch. En fait, non, je n'en ai pas.

– Tout bien réfléchi, nous allons commencer par les cheveux. Ayez l'amabilité d'enlever votre chemise.

– Et le pantalon ? Je me sentirais plus à mon aise, comme chez moi.

– Vous n'êtes pas chez vous, Drew.

– Je vous ai bien eue, cette fois !

Claude Moreau saisit le combiné de sa console, enfonça la touche d'enregistrement de la conversation et composa un numéro.

– Je voudrais la chambre 800, dit-il au standard de l'hôtel Lutétia.

– Tout de suite, monsieur.

– Oui, fit une voix sourde et gutturale.

– Docteur Kroeger ? demanda le patron de la DST pour s'assurer qu'il était dans la bonne chambre. L'homme du Pont-Neuf à l'appareil. C'est bien vous ?

– Bien sûr que c'est moi. Quelles nouvelles m'apportez-vous ?

– J'ai fait des recherches, docteur, je me suis mouillé pour vous. J'ai forcé quelqu'un de la CIA à reconnaître qu'ils cachent Harry Latham.

– Où ?

– Peut-être pas à Paris, peut-être à Marseille.

– Peut-être, peut-être ! je suis bien avancé avec vos « peut-être » ! Pouvez-vous en être sûr ?

– Moi, non. Vous, c'est possible.

– Moi ?

– Vous avez des hommes à Marseille, non ?

– Évidemment. Il y a beaucoup d'argent qui transite par Marseille.

– Cherchez les « Consulaires ». On les appelle comme ça.

– Nous les connaissons, fit Kroeger, haletant d'impatience. Les salopards des Opérations consulaires. On les repère de loin, au coin des rues, à la terrasse des cafés.

– Trouvez-en un, voyez ce qu'il peut vous apprendre.

– Ce sera fait dans une heure. Où puis-je vous joindre ?

– C'est moi qui rappelle, dans une heure.

Au bout d'une heure, Moreau rappela le Lutétia.

– Alors ? demanda-t-il.

– C'est insensé ! répondit Kroeger, surexcité. Nous avons parlé à un homme à qui nous avons versé une fortune pour mettre la main sur des millions de dollars, par le biais des réseaux de la drogue. Il affirme que nous sommes complètement fous, qu'Harry Latham leur est inconnu et ne se cache pas à Marseille !

– Alors, il est encore à Paris, fit Moreau d'un ton déçu. Je me remets au travail.

– Sans perdre une minute !

– Pas une seconde, fit le patron de la DST, avant de raccrocher avec un sourire énigmatique.

Il attendit exactement quatorze minutes et rappela le Lutétia. Le moment était venu de pousser Kroeger au paroxysme de l'inquiétude.

– Oui ?

– C'est encore moi. Cette fois, il y a du nouveau.

– Allez-vous parler !

– Harry Latham...

– Quoi ?

– Il vient d'appeler un de mes hommes, avec qui il avait travaillé à Berlin-Est et qui a estimé devoir m'en informer. Latham est apparemment très nerveux – cela peut résulter de l'isolement – au point de s'imaginer que sa propre ambassade n'est pas sûre...

– C'est Latham ! lança le chirurgien, sans le laisser achever. Ces symptômes étaient prévisibles.

– Quels symptômes ? De quoi parlez-vous ?

– De rien, rien du tout. Vous avez raison de dire que l'isolement peut provoquer des réactions bizarres... Que voulait-il ?

– Peut-être la protection des autorités locales, du moins c'est ce que mon agent a cru comprendre. Il doit le retrouver à la station George-V, à 14 heures, au bout d'un quai.

– Je dois y aller ! rugit Kroeger.

– Je ne vous le conseille pas. Et ce n'est pas la politique de mon service de mettre en présence le chasseur et le gibier, quand ils ne font pas partie de la maison.

– Vous ne comprenez pas, il *faut* que je vous accompagne !

– Pourquoi ? Cela risque d'être dangereux.

– Pas pour moi ! *Jamais* pour moi !

– Je ne comprends plus.

– Vous n'avez pas à comprendre ! N'oubliez pas que vous devez obéissance à la Fraternité et vos ordres, c'est moi qui les donne !

– Dans ce cas, *Herr Doktor*, je m'incline. Rendez-vous à 13 h 50, sur le quai, direction Étoile. Soyez à l'heure. Compris ?

– Compris.

Claude Moreau ne raccrocha pas ; il coupa simplement la communication et composa le numéro du poste de son plus fidèle lieutenant.

– Jacques, fit-il simplement, nous avons une confrontation très importante à 14 heures. Rien que nous deux. Rendez-vous dans le hall, à 13 h 30, je vous mettrai au courant. Au fait, prenez votre arme de service, mais chargée avec des balles à blanc.

– Voilà des instructions très étranges, Claude.

– Pour une confrontation très étrange, répliqua le patron de la DST, avant de raccrocher.

Drew se regarda dans le miroir, les yeux écarquillés de stupeur.

– Bon Dieu ! gronda-t-il. J'ai l'air d'un personnage de dessin animé !

– Pas vraiment, fit Karin, penchée sur lui, au-dessus de l'évier, en reprenant le miroir. Vous n'avez pas l'habitude, c'est tout.

– C'est ridicule ! Je ressemble à un travelo !

– Cela vous pose un problème ?

– Absolument pas. J'ai des copains dans ce milieu, mais je n'en suis pas !

– Il suffira d'une douche pour vous en débarrasser, alors cessez de geindre ! Maintenant, mettez cet uniforme. Je vais prendre quelques photos pour le colonel, puis je rétrécirai le pantalon.

– Pourquoi cette vieille baderne m'a-t-elle embarqué là-dedans ?

– En gros, pour protéger votre vie. Vous pouvez accepter cela ?

– Êtes-vous toujours aussi logique ?

– La logique et l'illogiquement logique ont sauvé plus d'une fois la vie de Freddie. Soyez gentil, mettez cet uniforme.

Latham céda aux prières de Karin et revint, deux minutes plus tard, en uniforme de colonel de l'armée américaine.

– L'uniforme vous va bien, fit-elle en l'observant de la tête aux pieds, surtout quand vous bombez la poitrine.

– Je n'ai pas vraiment le choix, avec cette veste... pardon, cette tunique. Elle est si serrée que, si je ne cambre pas les reins, je ne peux pas respirer. Je ferais un très mauvais soldat, je n'accepterais de porter qu'un treillis.

– Le règlement ne le permettrait pas.

– Raison de plus pour que je fasse un très mauvais soldat.

– En réalité, vous feriez certainement un excellent militaire, à condition d'avoir le grade de général.

– Peu vraisemblable.

– En effet, approuva Karin en indiquant l'entrée. Suivez-moi, tout est installé. Prenez ça, ajouta-t-elle, en lui tendant des lunettes à grosse monture d'écaille.

D'un regard perplexe, Drew fit le tour de la petite entrée. Il vit un appareil photo sur un trépied, dont l'objectif était dirigé vers un mur blanc cassé.

– Vous êtes photographe aussi ?

– Pas du tout, mais Freddie avait souvent besoin d'une nouvelle photo pour un nouveau passeport. Il m'a expliqué comment m'en servir, rien de plus simple... C'est un appareil à développement instantané, les épreuves sont aux dimensions d'une photo d'identité... Mettez les lunettes et placez-vous devant le mur. Enlevez cette casquette ; je veux voir vos belles mèches blondes.

Quelques minutes plus tard, Karin avait quinze épreuves de polaroïd d'un colonel à lunettes et cheveux blonds, avec la mine sinistre et contrainte qui caractérise les photos d'identité.

– Magnifique, déclara-t-elle. Retournons dans le salon où se trouve le reste du matériel.

– Quel matériel ?

– Pour le pantalon, bien sûr.

– Vous avez gardé le meilleur pour la fin ! Voulez-vous que je l'enlève ?

– Pas si vous voulez qu'il vous aille. Suivez-moi.

Quinze minutes plus tard, après n'avoir subi que deux douloureuses piqûres d'épingle, Latham fut renvoyé dans la chambre d'amis pour reprendre sa tenue normale. En revenant, il trouva Karin assise devant une machine à coudre.

– Le pantalon, s'il vous plaît.

– Vous allez me rendre fou, vous savez ? soupira Drew en lui tendant la pièce d'uniforme. Seriez-vous une sorte de bonne à tout faire ?

– Disons que je suis déjà passée par là, monsieur Latham.

– Ce n'est pas la première fois que vous dites ça.

– Acceptez-le, Drew. Et puis, ce ne sont pas vos oignons.

– Vous avez entièrement raison. Mais, à mesure que je découvre ces couches successives, je ne sais plus très bien à qui j'ai affaire. Il faut bien que j'accepte Freddie, l'OTAN, Harry et le secret qui entoure votre venue à Paris, mais j'ai le sentiment qu'il y a autre chose qui vous pousse.

– C'est le fruit de votre imagination ; vous vivez dans un monde de probable et d'improbable, de possible et d'impossible, où la réalité se dérobe. Je vous ai dit tout ce que vous avez à savoir sur moi ; cela devrait vous suffire.

– Il faudra bien, pour le moment, répondit Latham, en plongeant les yeux dans ceux de la jeune femme. Mais mon instinct me dit que vous me cachez quelque chose... Pourquoi ne riez-vous pas plus souvent ? Vous êtes rayonnante quand vous riez.

– Les occasions de rire n'ont pas été si nombreuses.

– Allons, vous me comprenez. Un petit rire de temps en temps soulage la tension. C'est Harry qui me l'a dit et Harry parlait d'or. Dans quelques années, si nous nous rencontrons par hasard, nous rirons probablement de ce qui s'est passé au bois de Boulogne. Il y a eu des moments drôles.

– Un homme a perdu la vie, Drew. Qu'il ait été bon ou mauvais, je l'ai tué, j'ai pris la vie d'un homme très jeune. Je n'avais jamais tué avant.

– Si vous ne l'aviez pas fait, c'est lui qui m'aurait abattu.

– Je sais, je ne cesse de me le répéter. Mais pourquoi continuer à s'entre-tuer ? C'était la vie de Freddie, pas la mienne.

– Il n'y a pas de raison que ce soit la vôtre. Pour répondre à votre question avec cette logique dont vous êtes si friande, si nous ne tuons pas quand c'est nécessaire, si nous n'arrêtons pas les néos, il y aura dix mille fois plus de morts. Que dis-je, dix mille ; mettons six millions pour commencer. Hier, c'étaient les juifs, les gitans et autres « indésirables ». Demain, ce seront peut-être des Républicains et des Démocrates de mon pays, qui ne supportent pas leurs conneries. Ne vous faites pas d'illusions, Karin, s'ils prennent pied en Europe, le reste du monde tombera comme une rangée de dominos, car ils s'appuient systématiquement sur tous les fanatiques qui ont la nostalgie du « bon vieux temps ». Pas de crimes dans les rues, on tirera à vue sur les témoins ; les exécutions se multiplieront, les jugements seront sans appel ; pas de liberté individuelle, ce ne sera pas nécessaire ; le présumé innocent et le coupable seront mis dans le même sac, il faudra se débarrasser des deux, la prison étant plus coûteuse qu'une balle dans la peau. C'est contre cet avenir que nous nous battons.

– Vous croyez que je ne le sais pas ? fit Karin. Vous êtes stupide, avec vos sermons ! Pourquoi croyez-vous que j'ai vécu comme je l'ai fait toute ma vie d'adulte ?

– Sans parler de l'inégalable Freddie, il y a autre chose, n'est-ce pas ?

– Vous n'avez pas le droit d'être aussi indiscret. Pouvons-nous mettre fin à cette conversation ?

– Pour l'instant, oui. Mais je crois avoir clairement exprimé mes sentiments, qu'ils soient partagés ou non, et elle peut revenir sur le tapis.

– Taisez-vous ! s'écria Karin, des larmes coulant lentement sur ses joues. Ne me faites pas ça !

Drew s'élança vers elle, s'agenouilla près du fauteuil.

– Je vous demande pardon, je suis vraiment désolé... Je ne voulais pas vous blesser. Jamais je ne ferai ça.

– Je sais, fit Karin d'une voix plus ferme, en se prenant la tête dans les mains. Vous êtes bon, Drew, mais ne me posez plus de questions... elles me font trop de mal. Au lieu de cela... faites-moi l'amour, oui, faites-moi l'amour ! J'ai tellement besoin de quelqu'un comme vous.

– J'aimerais que vous supprimiez le « quelqu'un », que vous disiez juste « de vous ».

– Alors, je le dis. Drew Latham, faites-moi l'amour.

Délicatement, Drew l'aida à se lever, puis il la prit dans ses bras et la transporta dans la chambre.

Le reste de la matinée fut une frénésie de sexe. Trop longtemps privée d'un homme, Karin de Vries était insatiable.

– Seigneur ! lança-t-elle à la fin, le bras jeté en travers de la poitrine de Drew. C'était moi ?

– Vous riez, murmura Latham, épuisé. Savez-vous que c'est merveilleux de vous entendre rire ?

– C'est merveilleux de rire !

– Nous ne pouvons revenir en arrière, poursuivit Drew. Nous avons partagé quelque chose, il y a maintenant entre nous quelque chose qui n'existait pas avant. Je ne crois pas que ce soit une simple affaire de sexe.

– Non, mon chéri, et je ne suis pas sûre que ce soit très prudent.

– Pourquoi ?

– Parce que je dois opérer avec sang-froid à l'ambassade et, si tu es concerné, je ne pense pas pouvoir le faire.

– Dis-moi que j'ai bien entendu.

– Oui, tu as bien entendu, mon cher Américain naïf.

– Et cela signifie ?

– Je crois, pour parler clairement, que cela signifie que je pense être amoureuse de toi.

– Ça, c'est plus fort que de jouer au bouchon !

– Comment ?

– Viens par ici, je vais t'expliquer.

Il était 13 h 48 quand Claude Moreau et son bras droit, Jacques Bergeron, arrivèrent à la station George-V. Ils se dirigèrent, séparément, vers le bout du quai, direction Étoile. Chacun était muni d'un poste émetteur réglé sur la même fréquence.

– Il est grand, assez mince, fit le patron de la DST dans sa radio. Il a tendance à se courber, l'habitude de parler à des gens plus petits...

– Je le vois ! s'écria Bergeron. Il est adossé au mur, il attend l'arrivée de la prochaine rame.

– Quand le train sera là, faites ce que je vous ai dit.

La rame de métro arriva et s'immobilisa le long du quai. Les portières s'ouvrirent, quelques dizaines de passagers descendirent.

– Maintenant ! ordonna Moreau. Feu !

Les détonations se répercutèrent dans la station, tandis que les usagers se ruaient en masse vers la sortie. Moreau s'élança vers Gerhardt Kroeger, pétrifié contre le mur, et le saisit par le bras.

– Ils essaient de vous tuer ! Suivez-moi !

– Qui essaie de me tuer ? cria le chirurgien, en suivant Moreau qui entrait dans une réserve dont il avait préalablement fait ouvrir la porte.

– Les survivants des abrutis de votre unité K.

– Ils ont disparu.

– C'est ce qu'ils ont fait croire. Ils ont dû soudoyer une femme de chambre ou un agent de l'entretien pour cacher un micro dans votre chambre.

– Impossible !

– Vous avez entendu les coups de feu. Voulez-vous que nous fassions revenir la rame pour voir d'où venaient les balles ? Vous avez de la chance qu'il y ait eu tant de monde.

– *Ach, mein Gott !*

– Nous devons parler, *Herr Doktor*, si nous ne voulons pas rester tous deux dans leur ligne de mire.

– Et Harry Latham ? Où était-il ?

– Je l'ai vu, mentit Jacques Bergeron, qui les avait rejoints, l'automatique chargé à blanc dans sa poche. En entendant les coups de feu, il est remonté dans le train.

– Nous devons parler, répéta Moreau, en s'arrêtant devant une grande porte métallique à demi ouverte. Sinon, nous serons tous perdants.

Le patron de la DST poussa la porte, chercha l'interrupteur et alluma. Ils se trouvaient dans un local de dimensions modestes, aux murs de parpaings d'un blanc terne, abritant d'antiques aiguillages et des feux, ainsi que des caisses de matériel neuf.

– Attendez dehors, Jacques, ordonna Moreau à son adjoint. Quand la police arrivera, montrez votre carte, dites que vous étiez dans le métro et que vous êtes descendu en entendant les coups de feu. Refermez la porte, s'il vous plaît.

Seul avec l'Allemand, à la clarté diffuse de l'ampoule du plafonnier, Moreau s'assit sur une des caisses.

– Installez-vous confortablement, docteur. Nous allons passer un moment ici, au moins jusqu'au départ de la police.

– Mais, s'ils me trouvent ici...

– Ils ne vous trouveront pas, la porte se referme automatiquement. Nous avons eu de la chance de la trouver ouverte. Il est vrai que personne n'aurait l'idée de voler quelque chose ici, tout est tellement lourd.

– Nous l'avons raté, nous l'avons raté ! s'écria Kroeger en tapant du poing sur une caisse.

Il secoua sa main endolorie, s'assit sur le grand coffre de bois.

– Il rappellera, fit Moreau d'un ton apaisant. Si ce n'est pas aujourd'hui, ce sera demain. Noubliez pas que nous avons affaire à un homme désemparé, qui se sent isolé. Mais il faut que je sache pourquoi il est si important pour vous de retrouver Latham.

– Il est... il est dangereux.

– Pour qui ? Pour vous ? Pour la Fraternité ?

– Oui... pour nous tous.

– Pourquoi ?

– Que savez-vous sur lui ?

– Je sais tout, évidemment. Vous n'ignorez pas qui je suis.

– Que savez-vous précisément ?

– Très bien. Il s'est enfui de votre vallée perdue dans les neiges des Alpes, il a réussi à traverser la montagne et à rejoindre une route où il a été pris par un villageois conduisant un camion.

– Un villageois ? Vous êtes très mal informé, monsieur Moreau ! Ce sont les Antineos qui l'ont pris sur cette route ! Son évasion était préparée de l'intérieur, par un traître vivant dans la vallée. Nous devons le retrouver !

– Je comprends.

Au fil des ans, le patron de la DST avait appris à reconnaître le mensonge dans la bouche d'un amateur trop nerveux. Le regard vide, comme égaré, le débit précipité, souvent accompagnés par de la bave à la commissure des lèvres. En étudiant Kroeger, il vit que tous les signes étaient là.

– Voilà donc pourquoi vous devez le retrouver. Pour l'interroger avant de l'abattre, afin de découvrir l'identité de votre traître.

– C'est une femme et elle doit occuper un poste important dans notre organisation. Il faut l'éliminer.

– Bien sûr, je comprends cela aussi.

Des gouttes de sueur commencèrent à perler sur le front de Kroeger, malgré la fraîcheur ambiante.

– Cela explique donc les attentats de votre unité K, reprit Claude Moreau, et la présence sur notre territoire d'un homme de votre importance : vous devez découvrir l'identité d'un traître haut placé dans les rangs de la Fraternité.

– Précisément.

– Je vois. Et il n'y a pas d'autre raison ?

– Aucune.

Deux filets de sueur qui s'étaient formés sur le front de l'Allemand glissèrent sur ses sourcils et commencèrent à couler sur ses joues.

– Il fait terriblement chaud ici, fit Kroeger, en s'essuyant le visage du dos de la main.

– Cela ne m'avait pas frappé. En fait, je trouve qu'il fait assez frais, mais ce genre de situation ne m'est pas inconnue et la violence ne me rend pas excessivement fébrile. Les coups de feu font depuis longtemps partie de ma vie.

– C'est votre point de vue, pas le mien. Permettez-moi de vous dire que, si je vous emmenais en salle d'opération pour assister à une grosse intervention, vous tomberiez certainement dans les pommes.

– C'est indiscutable. Mais comprenez, docteur, que, pour être aussi efficace que vous le souhaitez, je dois tout savoir, et quelque chose me dit que vous ne m'avez pas tout dévoilé.

– Que pourrais-je encore vous apprendre ? fit Kroeger, qui suait maintenant à grosses gouttes.

– Vous avez peut-être raison ; il m'arrive d'être trop zélé. Voici comment nous allons procéder. Quand Harry Latham rappellera, je ne vous préviendrai pas. Nous nous occuperons de lui nous-mêmes, nous le traiterons avec beaucoup d'égards et je vous téléphonerai au bout de quelques heures.

– Inacceptable ! s'écria le chirurgien, en sautant de sa caisse, les mains tremblantes. Je dois être présent quand vous mettrez la main sur lui, je dois être seul avec lui avant qu'on ne l'interroge, à l'abri des oreilles indiscrètes, car les renseignements qu'il me communiquera doivent rester secrets. C'est vital et ce sont les ordres de la Fraternité !

– Et si, pour ma sécurité personnelle, je ne m'y conforme pas ?

– L'existence d'un compte en Suisse à votre nom et des vingt millions de francs qui y ont été versés pourrait venir aux oreilles du ministère de l'Intérieur et de la presse.

– C'est assurément un argument convaincant.

– Je l'espère.

– Qu'entendez-vous par « à l'abri des oreilles indiscrètes » ?

– Je me suis muni de seringues et de divers narcotiques qui forceront Harry Latham à révéler ce que nous devons savoir. *Natürlich*, personne ne doit se trouver à proximité.

– Vous voulez une pièce pour vous seuls ?

– Absolument pas. Une conversation dans une pièce peut être écoutée. Vous prétendez vous-même qu'il y a des micros dans ma chambre d'hôtel.

– Alors, comment pouvons-nous vous satisfaire ?

– Je veux une voiture de mon choix, pas une des vôtres. Je conduirai Latham quelque part, je lui ferai les injections, j'apprendrai ce que je dois savoir et je vous le ramènerai.

– Pas d'exécution ?

– Seulement si je suis suivi.

– Bien sûr, je comprends. Je n'ai pas le choix, semble-t-il.

– Le temps presse, Moreau ! C'est de la plus haute importance. Il faut le retrouver dans les trente-six heures !

– Comment ? Là, je ne comprends plus. Pourquoi trente-six heures ? La terre s'arrêtera-t-elle de tourner dans trente-six heures ? Ayez la bonté de m'expliquer.

– Très bien. C'est ce que vous avez pressenti, ce que je ne vous ai pas dit. Vous savez qui je suis, le meilleur spécialiste de chirurgie du crâne en Allemagne, à ce qu'on dit, et je ne mets pas ce jugement en doute. Harry Latham est atteint de schizophrénie combinée avec un syndrome maniaco-dépressif. Je lui ai sauvé la vie dans notre vallée des Alpes, une intervention a soulagé la compression intracrânienne dont il souffrait. En relisant mes notes, j'ai découvert quelque chose d'affreux : s'il ne reçoit pas le traitement approprié dans les six jours suivant sa disparition, il mourra ! Quatre jours et demi se sont déjà écoulés. Vous comprenez, maintenant ? Il faut impérativement l'interroger avant qu'il n'emporte dans la tombe le nom du traître.

– Oui, maintenant, je comprends. Mais vous-même, docteur, vous sentez-vous bien ?

– Pardon ?

– Vous êtes devenu tout pâle, vous avez le visage couvert de sueur. Ressentez-vous une douleur dans la poitrine ? Je peux faire venir une ambulance en quelques minutes.

– Je ne veux pas d'ambulance, je veux Harry Latham ! Je n'ai pas d'angine de poitrine, mais je suis allergique aux bureaucrates à l'esprit trop lent.

– Vous n'êtes pas obligé de me croire, mais je comprends cela aussi. Vous êtes un homme intelligent, une sommité de la médecine et, indépendamment de mon dévouement à notre cause, je suis très honoré de vous connaître... Venez, nous allons sortir et je vais m'atteler à ma tâche avec toute mon énergie.

En débouchant sur les Champs-Élysées, Claude Moreau et son adjoint prirent congé de Kroeger, qui monta dans un taxi, et se dirigèrent vers leur véhicule de service.

– Pas de temps à perdre, fit le patron de la DST. Ce salopard mentait comme un arracheur de dents ! Mais je me demande ce qu'il cache.

– Qu'allez-vous faire, Claude ?

– Prendre le temps de réfléchir et passer quelques coups de fil. L'un à l'éminent Heinrich Kreitz, l'ambassadeur d'Allemagne. Que cela lui plaise ou non, il demandera à son gouvernement de faire certaines recherches pour moi.

19

Drew Latham, attaché-case à la main, se présenta à la réception de l'Intercontinental. Il posa sur le comptoir un ordre de réquisition de l'ambassade des États-Unis pour une chambre et une carte d'identité militaire. Les deux documents furent prestement ramassés par un réceptionniste en queue-de-pie, qui les étudia et prit une fiche dans un classeur.

– Colonel Webster, soyez le bienvenu dans notre établissement. L'ambassade a demandé une minisuite et, par bonheur, nous avons réussi à en trouver une. Un couple d'Espagnols est parti de bonne heure.

– Je vous en suis très reconnaissant.

– Je vois aussi, ajouta le réceptionniste en poursuivant sa lecture, que, si l'on demande à vous voir, nous devons vous appeler avant de donner aux visiteurs le numéro de votre chambre.

– C'est exact.

– Vos bagages, monsieur ?

– Je les ai laissés au concierge, en lui donnant mon nom.

– Parfait. Vous voyagez beaucoup, donc ?

– L'armée m'envoie d'un endroit à l'autre, répondit Drew en signant le registre. *Colonel Anthony Webster, US Army. Washington, DC, USA.*

– C'est intéressant, fit le réceptionniste en retournant le registre.

Il leva les yeux, agita sa sonnette.

– Conduisez le colonel Webster dans la suite 703 et demandez au concierge de faire monter ses bagages.

– Bien, répondit le groom en livrée. Veuillez me suivre, mon colonel. Vos bagages arriveront dans quelques minutes.

– Merci.

L'ascenseur monta au septième étage sans autre événement notable que la discussion animée entre deux Américains d'un certain âge.

Cheveux à reflets bleutés, couverte de bijoux, la femme réprimandait son mari, un obèse coiffé d'un Stetson.

– Lucas, tu pourrais au moins être aimable !

– Y a pas de quoi être aimable. J'arrive même pas à trouver une vraie limousine dans ce foutu pays ! Leurs voitures sont si petites que je peux à peine y caser mes fesses et personne parle américain avant d'avoir reçu un pourboire... et avec un accent à couper au couteau !

– C'est parce que tu n'as pas voulu apprendre leur monnaie.

– Et toi ?

– Moi, je fais du shopping. Sais-tu combien tu as donné au dernier chauffeur de taxi ?

– Comment veux-tu que je sache ? Le premier billet qui m'est tombé sous la main.

– La course faisait cinquante-cinq francs, en gros dix dollars. Tu lui en as donné cent, presque le double.

– Ça alors ! C'est peut-être pour ça, quand tu es descendue, qu'il m'a dit, avec un clin d'œil, qu'il restait une partie de la nuit devant l'hôtel, au cas où j'aurais besoin de lui.

– C'est du joli !

Au sixième étage, la porte de la cabine s'ouvrit et le couple sortit.

– Je vous demande d'excuser mes compatriotes, fit Drew, en regardant le groom, les yeux levés au plafond de la cabine.

– Inutile, mon colonel. C'est le Paris de leurs rêves.

– Sans doute.

– Ce n'est pas bien méchant... Vous êtes à votre étage, mon colonel.

La suite, une chambre et un séjour séparés, était petite et charmante, mais le plus agréable était la bouteille de scotch trônant sur le bar. Witkowski devait être tenaillé, avec juste raison, par un sentiment de culpabilité. Latham détestait cette saleté d'uniforme qui lui enserrait la poitrine, la taille et le derrière. Pourquoi n'abandonnait-on pas plus massivement l'armée, à cause de la rigidité de l'habit militaire ?

Drew attendit sa valise qui contenait des vêtements de rechange, de quoi s'habiller en civil. Karin, coiffée de sa perruque blonde, était passée la prendre chez lui. Il se débarrassa de la tunique qui l'étouffait, se servit un verre, alluma le téléviseur, passa distraitement d'une chaîne à l'autre en s'installant dans un fauteuil.

On sonna à la porte ; c'était un jeune groom qui apportait sa valise. Drew le remercia et lui glissa un pourboire.

– Pour vous, mon colonel, ajouta le jeune homme, au lieu de se retirer, en lui tendant un message. C'est, comment dites-vous, *confidentiel*.

– Très bien. Je vous remercie.

Appeler chambre 330. Un ami.

Karin ? Cela ressemblait bien à la jeune femme au comportement imprévisible. Ils étaient amants maintenant... plus qu'amants. Il y avait entre eux quelque chose qu'on ne pourrait jamais leur retirer. Oui, cela lui ressemblait tout à fait !

Il se dirigea vers le téléphone, étudia les instructions d'emploi et composa le numéro de la chambre 330.

– J'ai réussi ! lança-t-il dès que l'on décrocha.

– Alors, c'est bien toi ! fit une voix masculine.

– Pardon ? Qui êtes-vous ?

– Alors, Bronco, on ne reconnaît pas son vieux pote des Manitoba Stars ? C'est Ben Lewis ! Je t'ai vu dans le hall. Au début, j'ai cru que je voyais double, mais j'en étais sûr ! Quand t'as enlevé ta casquette, je me suis dit que j'étais tombé sur la tête, mais j'ai reconnu ta démarche quand tu as pris l'ascenseur.

– Je... je ne sais vraiment pas de quoi vous parlez.

– On ne me la fait pas à moi, Bronco ! Ton pied droit. Tu te rappelles quand tu t'es fait péter la cheville par un mec des Toronto Comets ? Tu t'es rétabli en quelques semaines et tu es revenu sur la glace, mais ton pied droit est resté de traviole, pas beaucoup, un peu sur la gauche. Quelqu'un qui ne te connaît pas n'aurait rien remarqué, moi si. Je savais que c'était toi !

– D'accord, Benny, c'est bien moi, mais tu ne dois en parler à personne. Je suis maintenant au service du gouvernement et il faut que tu gardes bouche cousue.

– Je comprends, mon vieux. Sais-tu que j'ai joué deux saisons chez les Rangers...

– Je sais, Benny, deux super-saisons.

– Tu parles ! Je me suis fait virer avant la troisième.

– Ce sont des choses qui arrivent.

– Ça ne te serait jamais arrivé, à toi. Tu étais tellement au-dessus de nous.

– Tout ça, c'est du passé. Comment as-tu fait pour trouver ma chambre, Benny ?

– Le concierge. J'ai demandé où allait la valise.

– Ils te l'ont dit ?

– Bien sûr, j'ai dit que c'était la mienne !

– Ça me rappelle de bons souvenirs... Quand on nous apportait l'addition dans un restaurant chic, à Montréal, et qu'elle était trop salée, tu disais que c'était celle d'une autre table, et encore d'une autre, jusqu'à ce qu'elle ait assez diminué pour que tu l'acceptes. Mais que fais-tu à Paris ?

– Je travaille dans la restauration rapide, je représente toutes les grosses boîtes ; elles recrutent des types comme nous, parce qu'on a des muscles et une réputation qu'ils gonflent. T'es pas obligé de me croire, mais on m'a présenté comme une *vedette* des Rangers ! Personne n'y connaît rien en Europe. J'étais pas un grand joueur, mais je remplis ma veste.

– Je n'ai jamais eu ta carrure, Benny.

– C'est vrai. Je me souviens de l'article d'un journal de Toronto, où on disait que tu étais « tout en nerfs et en pointe de vitesse ». J'aurais aimé qu'on dise la même chose de moi.

– C'est de l'histoire ancienne, Benny... Mais tu as bien compris, il faut que tu oublies que tu m'as vu. Penses-y, c'est extrêmement important.

– T'inquiète pas, mon vieux, hoqueta Ben Lewis, en étouffant un renvoi.

– Benny, fit Latham d'un ton ferme, tu ne te serais pas remis à picoler ?

– Non, répondit le représentant multicarte en restauration rapide, en enchaînant un autre renvoi et un hoquet. Mais tu sais ce que c'est, mon vieux, on est à Paris.

– Salut, mon vieux, à plus tard, fit Latham en raccrochant.

À peine avait-il reposé le combiné sur son support que la sonnerie retentit.

– Oui ?

– C'est moi, fit Karin de Vries. Tout s'est bien passé ?

– Pas du tout ! Un type que je n'avais pas vu depuis des années m'a reconnu !

– Qui ?

– Un joueur de hockey, un Canadien.

– Peut-il représenter un danger ?

– Je ne crois pas, mais il est alcoolique.

– Alors, il y a un danger. Comment s'appelle-t-il ?

– Benny... Benjamin Lewis. Chambre 330.

– Nous nous en occupons... Comment vas-tu, mon chéri ?

– J'ai envie que tu sois près de moi, c'est tout.

– J'ai pris une décision.

– Bon Dieu ! qu'est-ce que tu as décidé ? Vaut-il mieux que j'entende, ou pas ?

– J'espère. Je t'aime vraiment, Drew ; comme tu l'as dit, le sexe n'est qu'une petite partie de ce qui nous unit.

– Je t'aime tellement que je ne trouve pas de mots assez forts pour le dire... Pas possible ! Je n'aurais jamais cru dire ça un jour...

– Moi non plus. J'espère que nous ne nous trompons pas.

– Nous ne pouvons pas nous tromper sur ce que nous éprouvons. En quelques jours, nous avons traversé plus d'épreuves que la plupart des gens dans toute leur vie. De dures épreuves, ma petite dame, et non seulement nous n'avons craqué ni l'un ni l'autre, mais nous nous sommes trouvés.

– L'Européenne que je suis pourrait trouver cela peu convaincant, mais je sais ce que tu éprouves ; j'éprouve la même chose. Tu me manques énormément.

– Viens donc à l'hôtel, avec ta perruque blonde.

– Pas ce soir, mon chéri. Le colonel nous ferait passer en conseil de guerre. Demain, peut-être.

Moins d'une heure plus tard, juste avant midi, heure de New York, le président de l'association commerciale International Food Services reçut un coup de téléphone de Washington. Trente minutes plus tard, un de ses représentants, une ancienne vedette des New York Rangers, en mission à Paris, reçut l'ordre de se rendre à Oslo pour préparer le terrain en vue d'une nouvelle implantation commerciale. Il y eut toutefois une difficulté mineure. Le représentant en question gisait sur son lit, ivre mort ; il fallut faire appel à deux employés de l'hôtel pour le réveiller, l'aider à faire ses bagages et le mettre dans un taxi, à destination de l'aéroport.

Par malheur, les idées quelque peu embrouillées, Benjamin Lewis prit la mauvaise file, rata l'avion et acheta un billet pour Helsinki, incapable de se souvenir de sa destination, sachant seulement que son employeur avait prononcé le nom d'une ville de Scandinavie et qu'il n'était jamais allé à Helsinki. Tel est le destin de ceux qui se trouvent mêlés à une opération de grande envergure des services de renseignement.

À mi-chemin d'Helsinki, le nom d'Oslo revint brusquement à l'esprit de Benny ; il demanda à l'hôtesse s'il pouvait descendre et appeler un autre avion. La jeune femme, une blonde et pulpeuse Finlandaise, compatit à son désarroi, mais expliqua que ce n'était pas une bonne idée. Benny l'invita donc à dîner à Helsinki. Elle refusa poliment.

Wesley Sorenson quitta son bureau des Opérations consulaires et se fit conduire à Fairfax, Virginie, où les deux néonazis étaient détenus. Quand la voiture franchit le portail de l'ancienne propriété d'un diplomate argentin pour s'engager dans la longue allée circulaire menant à l'imposante demeure, le directeur des Opérations consulaires essaya de se remémorer les ruses employées dans le courant des interrogatoires dont il avait eu la charge. La première était bien entendu de commencer ainsi : « Je préférerais vous savoir vivants que morts, mais la décision ne m'appartient pas, j'espère que vous le comprenez. Nous ne sommes pas là pour jouer ; il y a une salle souterraine insonorisée dont les murs sont criblés d'impacts de balles des précédentes exécutions »... et ainsi de suite. Il n'y avait naturellement ni mur, ni salle insonorisée et seuls les prisonniers les plus récalcitrants étaient conduits dans l'ascenseur aux parois recouvertes de tentures noires vers une mort annoncée. Ceux qui avaient choisi ce voyage à quinze mètres sous terre recevaient une injection de dérivés de la scopolamine et étaient si soulagés en reprenant connaissance qu'ils coopéraient en général sans restriction.

La pièce spacieuse où étaient enfermés les deux hommes n'avait qu'un lointain rapport avec une cellule. D'une surface de plus de vingt mètres carrés, elle contenait deux lits à une place, un lavabo, des toilettes séparées, un petit réfrigérateur et un téléviseur. Elle ressemblait plus à une chambre d'hôtel à prix modique qu'à un cachot d'Alcatraz ou d'Attica. Les prisonniers ignoraient, même s'ils devaient s'en douter, que des caméras dissimulées dans les murs couvraient chaque mètre carré de la pièce.

– Puis-je entrer, messieurs ? demanda Sorenson, sur le pas de la porte. Préférez-vous que je parle allemand pour me faire mieux comprendre ?

– Nous parlons fort bien l'anglais, *mein Herr*, répondit Paris Deux avec décontraction. Nous avons été capturés, qu'avons-nous à dire ?... Que vous ne pouvez pas entrer ?

– Je prends cela comme une réponse affirmative. Merci.

– Votre chien de garde et son arme resteront dehors, fit Paris Cinq, beaucoup moins cordial.

– C'est le règlement, je n'y suis pour rien.

Sorenson suivit le garde qui recula jusqu'au fond de la pièce et sortit son arme de son étui.

– Je pense, messieurs, reprit-il, que le moment est venu de parler. De parler sérieusement.

– Parler de quoi ? demanda Paris Deux.

– Je dirais que la principale question est de savoir si vous allez vivre ou mourir, répondit le directeur des Opérations consulaires. La décision ne m'appartient pas. Savez-vous qu'à six mètres sous terre, il y a une salle...

La description que fit Sorenson de la salle où avaient lieu les exécutions mit Paris Cinq mal à son aise, mais provoqua une réaction plus calme de Zéro Deux, qui ne le quitta pas des yeux, un mince sourire aux lèvres.

– Croyez-vous que notre dévouement ira jusqu'à vous fournir un prétexte pour nous tuer ? demanda-t-il. À moins que vous ne soyez enclin à le faire.

– Dans notre pays, donner la mort est chose très grave. On n'est jamais enclin à le faire, on ne l'accepte jamais de gaieté de cœur.

– Vraiment ? ricana Paris Deux. Alors, pourquoi, à l'exception de certains pays arabes, de la Chine et d'une poignée d'États dissidents de l'ancienne URSS, êtes-vous la seule nation du monde civilisé où la peine de mort n'a pas été abolie ?

– C'est la volonté du peuple, dans certains de nos États seulement. Mais votre situation ne relève pas de la politique intérieure. Vous êtes des tueurs internationaux, des terroristes opérant pour le compte d'un parti politique discrédité, qui n'ose pas se montrer au grand jour, car il serait dénoncé dans le monde entier.

– En êtes-vous certain ? lança Paris Cinq.

– Je l'espère.

– Eh bien, vous vous trompez !

– Ce que mon camarade veut dire, glissa Zéro Deux, c'est que nous avons peut-être plus de partisans que vous ne le pensez. Prenez les ultranationalistes russes, en quoi diffèrent-ils vraiment du IIIe Reich ? Et vos propres fanatiques d'extrême droite ? Et leurs frères, les fondamentalistes sectaires. Leur programme aurait pu être rédigé par Hitler et Goebbels. La purification que nous prônons a beaucoup plus de sympathisants que vous ne l'imaginez.

– J'espère que non.

– « L'espoir est une chose avec des plumes », comme l'a dit un de vos meilleurs écrivains.

– Je ne partage pas cette opinion, mais je reconnais que vous êtes un jeune homme cultivé.

– J'ai vécu dans divers pays et – du moins je l'espère – je me suis imprégné de leur culture.

– Vous avez parlé, reprit Sorenson, du dévouement à votre cause. Vous m'avez demandé si je croyais que votre dévouement irait jusqu'à me fournir un prétexte pour vous faire exécuter.

– J'ai dit pour « nous tuer », rectifia Zéro Deux. Une exécution a une justification légale.

– Dans votre cas, ce ne sont pas les preuves qui manquent. Je pense, pour commencer, à trois tentatives d'homicide ayant précédé l'assassinat de l'agent Latham.

– C'est la guerre ! s'écria Paris Cinq. À la guerre, les soldats tuent les soldats ennemis !

– J'ignorais que les hostilités étaient engagées, je n'ai pas eu vent d'un appel aux armes. Il s'agit donc purement et simplement d'un meurtre... Mais tout cela est théorique et dépasse mes compétences. Je ne puis que transmettre des renseignements ; la décision appartient à mes supérieurs.

– Quel genre de renseignements ? demanda Paris Deux.

– Qu'avez-vous à offrir, en échange de votre vie ?

– Par où voulez-vous commencer... si nous détenons les renseignements auxquels vous faites allusion ?

– Qui sont vos associés à Bonn ?

– Je peux répondre en toute franchise que nous l'ignorons... Commençons par le commencement, *mein Herr*. Nous formons un groupe d'élite qui mène une existence extraordinaire, le rêve de tous les jeunes gens. Nous sommes entraînés à exécuter les ordres ; ces ordres nous parviennent sous la forme de messages codés, selon des codes qui changent constamment.

Paris Deux entreprit de décrire leur vie, comme il l'avait expliqué à son camarade dans l'avion.

– Nous sommes les troupes de choc, les sections d'assaut, si vous préférez, et nous restons en contact permanent avec les unités disséminées dans le monde entier. Aucun nom n'est utilisé, l'appellation de Paris est le Zéro – je suis Paris, Zéro Deux. Pour les États-Unis, c'est le Trois, précédé des différentes appellations locales.

– Comment prenez-vous contact ?

– En appelant des numéros de téléphone sûrs, fournis par Bonn. Là aussi, nous utilisons les codes, aucun nom n'est prononcé.

– Pour les États-Unis, que pouvez-vous me dire qui m'inciterait à recommander la clémence ?

– *Mein Gott !* Par où voulez-vous commencer ?

– Comme vous voulez.

– Très bien. Commençons par le vice-président des États-Unis.

– Quoi ?

– C'est un de nos partisans convaincus. Il y a ensuite le président de la Chambre des représentants, d'ascendance allemande, comme vous le savez ; il a revendiqué l'objection de conscience, pendant la Seconde Guerre mondiale. Il y en a d'autres, naturellement, beaucoup d'autres, mais leur identité, leur fonction seront divulguées selon vos recommandations à vos supérieurs.

– J'ai le sentiment que ce n'est qu'un tissu de mensonges.

– Si c'est ce que vous pensez, faites-nous exécuter.

– Vous êtes des ordures !

– Comme vous l'êtes à nos yeux ! rugit Paris Cinq. Mais le temps joue pour nous. Tôt ou tard, le monde ouvrira les yeux et verra que nous sommes dans le vrai. Les nègres commettent la majorité des crimes ; les Arabes forment le gros des groupes terroristes ; les juifs sont les grands manipulateurs de la planète, ils trichent, corrompent tout ce qu'ils touchent et ne laissent rien aux autres !

– Pardonnez l'impétuosité de mon camarade, fit Zéro Deux, et dites-moi si les renseignements que nous détenons vous intéressent.

J'aimais ma vie de pacha à Paris, mais, si nous devons y renoncer, que ce soit totalement.

– Avez-vous des preuves pour étayer vos accusations infamantes ?

– Nous ne pouvons que répéter ce que l'on nous a dit. Mais n'oubliez pas que nous formons les troupes d'élite de la Fraternité.

– *Die Brüderschaft*, articula le directeur des Opérations consulaires d'une voix chargée de dégoût.

– Exactement. Ce nom se répandra sur la surface du globe et sera révéré.

– Pas si j'ai mon mot à dire.

– L'aurez-vous ? Vous n'êtes qu'un tout petit rouage dans un mécanisme géant, tout comme moi. Franchement, cela commence à m'ennuyer. Laissons l'Histoire suivre son cours inéluctable, sur lequel des hommes comme nous n'ont pas de prise. Et puis, s'il faut choisir, je préfère vivre que mourir.

– Je vais en référer à mes supérieurs, fit Sorenson d'un ton glacial.

Il se dirigea vers la porte, fit signe au garde de le suivre.

Quand les deux hommes furent sortis, Paris Deux prit un carnet et griffonna quelques mots en allemand, qu'il cacha de la main.

« Il ne peut pas se permettre de nous faire exécuter. »

– Monsieur l'ambassadeur, fit Claude Moreau, dès qu'il se trouva seul avec Heinrich Kreitz, dans le bureau du diplomate, j'espère que notre conversation n'est pas enregistrée. Ce ne serait notre intérêt ni à l'un ni à l'autre.

– Elle ne l'est pas, répondit l'ambassadeur dont la frêle stature, le visage pâle, creusé de rides, et les lunettes à fine monture métallique faisaient penser à un gnome plus qu'à une intelligence exceptionnelle.

– J'ai les renseignements que vous avez demandés...

– Sur une ligne sûre, n'est-ce pas ? coupa le patron de la DST.

– Évidemment, vous avez ma parole... Les archives nous ont permis de remonter à l'enfance de Gerhardt Kroeger, en passant par sa scolarité, ses études médicales, son poste hospitalier, jusqu'à sa démission, à Nuremberg. C'est un dossier remarquable, où abondent les triomphes d'une sommité médicale ; à l'exception possible de son brusque départ de Nuremberg, il ne contient aucune indication d'un comportement répréhensible, encore moins de la sympathie pour les thèses néonazies. Il va sans dire que je vous en ai fait faire une copie.

Kreitz se pencha sur son bureau et fit glisser une enveloppe en papier kraft vers Claude Moreau qui fut frappé, en la saisissant, par son poids et son épaisseur.

– Faites-moi gagner du temps, Votre Excellence, si vous en avez un peu à me consacrer.

– Rien n'est plus important que les investigations que nous menons conjointement. Je vous écoute.

– Avez-vous étudié ce dossier dans le détail ?

– Comme une thèse de doctorat sur laquelle on m'a demandé de me prononcer. Avec la plus grande attention.

– Qui étaient ses parents ?

– Sigmund et Elsi Kroeger ; déjà, cela n'incite pas à croire à une éventuelle collaboration avec les néonazis. Sigmund Kroeger fut officiellement porté déserteur de la Luftwaffe, dans les derniers mois de la guerre.

– Comme des milliers d'autres.

– Dans la Wehrmacht, peut-être, pas la Luftwaffe, et très peu d'officiers supérieurs. Kroeger père était commandant, décoré par Goering en personne. Les archives militaires montrent que, si la guerre s'était poursuivie et que Kroeger eût été capturé, il aurait été exécuté pour haute trahison. Par les nazis.

– Qu'est-il devenu, après la guerre ?

– C'est le flou habituel. Après avoir piloté son Messerschmitt derrière les lignes alliées, il a sauté en parachute et a laissé l'appareil s'écraser dans un champ. Des soldats britanniques ont empêché les paysans de le lyncher et on lui a accordé le statut de prisonnier de guerre.

– Après la chute du IIIe Reich, il s'est fait rapatrier ?

– Une grande confusion régnait, que dire d'autre ? Sigmund était le fils d'un industriel qui employait des centaines d'ouvriers. Mais, en dernière analyse, c'était un déserteur, pas un fervent partisan du Führer. Pas de quoi prédisposer son fils à en devenir un.

– Je vois. Et la mère de Gerhardt ?

– Une bourgeoise sans histoires, qui devait détester la guerre. Quoi qu'il en soit, elle n'a jamais adhéré au Parti national-socialiste et probablement jamais assisté à ses nombreuses réunions publiques.

– Elle n'a pas vraiment exercé une influence pronazie.

– C'est ce que je m'efforce de vous dire.

– Dans le courant des études médicales de Kroeger, existait-il des groupuscules hostiles à la démocratisation de l'Allemagne et à son rejet du IIIe Reich, qui auraient pu faire impression sur le jeune homme ?

– Je n'en ai pas trouvé trace. Ses professeurs, généralement parlant, trouvaient réservé ce travailleur acharné, cet interne brillant qui commença très tôt à opérer.

– Une spécialisation ?

– Le cerveau. « Des mains en or et des doigts de vif-argent », pour citer le célèbre Hans Traupman, un autre maître de la spécialité.

– Qui ?

– Hans Traupman, le patron de la chirurgie crânienne à Nuremberg.

– Ils sont amis ?

– Hormis sur le plan professionnel, il n'y a aucune indication de liens d'amitié entre eux.

– Il a pourtant couvert d'éloges son subordonné.

– Tous les chirurgiens ne sont pas dépourvus de générosité, monsieur Moreau.

– Je suppose. Avez-vous eu des explications ou des suggestions sur les raisons qui ont poussé Kroeger à démissionner et à émigrer en Suède ?

– Rien d'autre que ses propres déclarations, teintées d'émotion. Il avait pratiqué pendant près de vingt ans des interventions extrêmement délicates, très éprouvantes pour les nerfs. Il affirmait que le travail l'avait usé, qu'un tremblement était apparu dans ses doigts « de vif-argent » et qu'il ne voulait pas risquer la vie de ses patients. Admirable, non ?

– Fumeux, c'est le moins qu'on puisse dire, répliqua posément Moreau. Quelqu'un a-t-il cherché à savoir où il se trouve maintenant ?

– Rien que des on-dit, comme vous le constaterez à la lecture du dossier. Plusieurs de ses anciens confrères qui ont entendu parler de lui, mais cela remonte à quatre ans, affirment qu'il s'est établi comme médecin généraliste au nord de Göteborg, sous un nom suédois.

– Qui sont ces anciens confrères ?

– Leur identité figure dans le dossier. Vous pouvez prendre contact avec eux, si vous le souhaitez.

– Je le souhaite.

– Et maintenant, monsieur Moreau, reprit le diplomate, en renversant sa frêle carcasse dans son fauteuil, je pense qu'il est temps de jouer franc jeu avec moi. Lors de notre conversation téléphonique – sur une ligne sûre, comme vous l'avez demandé –, vous avez laissé entendre que Gerhardt Kroeger pouvait appartenir au mouvement néonazi, mais vous n'avez fourni aucun indice, a fortiori aucune preuve. Au lieu de cela, d'une manière assez choquante, je l'avoue, vous avez déclaré que si mon gouvernement, par mon intermédiaire, refusait d'accéder à votre demande d'établir un dossier complet sur Kroeger, vous informeriez le Quai d'Orsay qu'il n'était pas interdit de penser que nous dissimulions l'identité d'un membre influent de la direction du mouvement néonazi. Là encore, vous n'apportez aucune preuve et il se peut, dès que vous prendrez connaissance de ce dossier, que la vie d'un praticien innocent, exerçant en Suède, soit en danger, car il ne fait aucun doute que vous retrouverez sa trace. Vous avez vos renseignements, monsieur Moreau ; donnez-moi quelque chose en échange, ne fût-ce que pour soulager ma conscience, car vous le trouverez.

– Nous l'avons trouvé, monsieur l'ambassadeur. Il est à Paris, à quelques centaines de mètres d'ici. Sa mission est de retrouver Harry Latham et de l'éliminer. Mais pourquoi lui, pourquoi un chirurgien ? C'est à cette question que nous devons répondre.

En sortant de l'ambassade, Claude Moreau monta directement dans la voiture de la DST qui l'attendait, fit signe au chauffeur de rouler et prit le téléphone. Il composa un numéro protégé de son service.

– Jacques ?

– Oui, Claude.

– Mettez-vous sur la piste d'un certain Traupman. Hans Traupman, chirurgien à Nuremberg.

La soirée s'écoulait lentement, beaucoup trop au goût de Drew Latham. La suite était une manière de prison ; même l'atmosphère climatisée commençait à devenir oppressante. Il ouvrit une fenêtre, la referma aussitôt ; à cette nuit humide, il préférait la climatisation. Il était resté trop longtemps cloîtré comme le fugitif qu'il était censé être. Il devait sortir de là, comme la veille, quand il s'était rendu dans son appartement de la rue du Bac, escorté par un Marine. Cela n'avait pas pris plus d'une heure, à peine quelques minutes dans la rue, mais cette heure, ces minutes avaient constitué un précieux répit dans une succession de lieux clos, étouffants : la Maison Rouge, l'appartement de Witkowski, celui de Karin... non, pas celui de Karin. Là, il s'était libéré de quelque chose, quelque chose qu'il avait fui pendant des années, et c'était doux, merveilleux, un profond sentiment de bien-être.

Mais maintenant, tout de suite, il devait avoir le sentiment d'être un homme libre, même pour un temps limité ; il avait besoin de marcher dans la rue, au milieu de la foule ; c'était peut-être aussi simple que cela. Deux heures auparavant, il avait téléphoné à Karin, encore à l'ambassade, et ils avaient décidé, pour leur sécurité mutuelle, qu'il ne l'appellerait pas à la Madeleine. Il tenait par-dessus tout à éviter de faire d'elle aussi une fugitive. Elle lui avait fait part d'un message urgent de Washington. Il devait appeler Wesley Sorenson sur sa ligne directe, à un numéro connu de très peu de gens, et insister jusqu'à ce qu'il puisse parler au directeur des Opérations consulaires. Si, à 18 heures, heure de Washington, il n'avait pas réussi à joindre Sorenson, il devait l'appeler à son domicile, quelle que fût l'heure.

Il avait essayé à plusieurs reprises, sachant qu'on ne pourrait remonter jusqu'à ce numéro, et n'avait jeté l'éponge qu'à 23 heures, heure locale ; 18 heures à Washington. Puis il avait téléphoné chez

Wesley. Sa femme avait répondu ; l'épouse du parfait espion avait prononcé les mots convenus :

– Mon mari attend un appel de notre antiquaire parisien. Si c'est vous, sachez que M. Sorenson sera pris jusque vers 19 heures. Si cela vous est possible, essayez à ce moment-là, puisque nous n'avons pas votre numéro personnel. Il est extrêmement intéressé par la tapisserie que nous avons vue le mois dernier.

– Elle n'est pas vendue, madame, avait-il répondu. Je rappellerai peu après 19 heures. C'est le moins que je puisse faire pour des clients comme vous.

Qu'y avait-il de si important pour être qualifié d'« urgent » par Sorenson ? En tout état de cause, il lui restait une heure à tuer, mais s'interroger sur une dizaine de possibilités en tournant en rond dans la chambre d'hôtel était au-dessus de ses forces. Et puis, il portait l'uniforme trop serré, qui lui permettait à peine de respirer, ses cheveux avaient encore cette teinture d'un blond ridicule, il mettrait les lunettes que Karin lui avait données et il faisait nuit. Quoi de plus sûr que la combinaison d'un déguisement et de l'obscurité ? Enfin, il pouvait emporter le téléphone cellulaire. Si Witkowski ou quelqu'un de l'ambassade habilité à l'appeler avait besoin de le joindre d'urgence, il le ferait à ce numéro, si celui de la chambre d'hôtel ne répondait pas.

Il prit l'ascenseur, déboucha dans le hall, passa devant le concierge ; embarrassé par les marques de respect obséquieux du personnel, il atteignit enfin le tambour donnant dans la rue de Castiglione. Ouf ! c'était bon d'être dehors, loin des murs de sa prison. Il tourna à droite, pour rester dans l'ombre, et suivit le trottoir, inspirant profondément, la démarche assurée, presque martiale, songea-t-il en étouffant un petit rire.

Soudain, le téléphone portatif qu'il avait glissé dans la poche de sa tunique émit un son sourd et insistant. Il fut si surpris qu'il se mit à tâtonner, oubliant les boutons de la veste d'uniforme, cherchant seulement à faire cesser la sonnerie lancinante. Il finit par extraire l'appareil de la poche, appuya sur la touche de réception et le porta à son oreille.

– Oui, quoi ?

– Unité de Marines W ! C'est vous, monsieur ? Que faites-vous hors de l'hôtel ?

– Je prends l'air, ça vous dérange ?

– Bien sûr que ça nous dérange, mais il est trop tard. Vous êtes suivi.

– Par qui ?

– Nous n'en sommes pas certains, mais nous pensons que c'est Reynolds. Alan Reynolds, du centre des Communications. Nous le suivons avec nos jumelles, mais l'éclairage n'est pas bon, il porte un chapeau et a relevé son col.

– Comment a-t-il pu me repérer ? Je suis en uniforme et j'ai les cheveux teints en blond !

– On peut louer un uniforme et la couleur des cheveux n'a pas grande importance, quand il fait sombre et qu'on porte une casquette... Continuez à marcher et éclatez de rire en remettant le téléphone dans votre poche. Vous tournerez à droite, dans la première petite rue. Nous avons étudié le quartier ; nous serons juste derrière vous.

– Arrêtez-le, bon Dieu ! Emparez-vous de lui ! S'il m'a retrouvé, il est plus que probable qu'il sait où habite Mme de Vries !

– Je ne connais pas cette dame et elle n'est pas importante pour nous. Notre priorité, c'est vous.

– Eh bien, pour moi, la priorité, c'est elle !

– Commencez à rire, très fort, et rangez votre téléphone.

– C'est parti !

Sous le regard perplexe des promeneurs, Drew remit le téléphone cellulaire dans sa poche en riant comme un bossu. Quelques mètres plus loin, il tourna dans la première rue. Dès qu'il eut dépassé l'angle, il se mit à courir, se jeta sous le premier porche et disparut dans le renfoncement. La rue, très étroite, bordée d'immeubles résidentiels, n'était éclairée que par deux réverbères, un à chaque extrémité ; le reste était noyé dans l'ombre. Drew se débarrassa de sa casquette et avança lentement la tête pour regarder sur le trottoir. Une silhouette avançait vers lui, un pistolet à la main. Drew jura à voix basse. Il n'avait pas pensé à prendre une arme... Plus exactement, il était trop boudiné dans son uniforme pour en porter une !

Voyant le trottoir désert, l'homme s'élança au pas de course vers le bout de la rue ; Latham n'en demandait pas plus. Au moment où son poursuivant passa devant le porche, il lança violemment le pied droit en avant, touchant l'homme à l'aine. Il bondit sur son agresseur déséquilibré, lui arracha son arme.

– Salopard ! rugit Drew en poussant Reynolds contre le mur, plus violemment qu'il n'avait jamais écrasé un adversaire contre la barrière d'une patinoire. D'où venez-vous et que savez-vous ? Que voulez-vous à mon frère ?

– Vous n'êtes pas le bon ! s'écria le néo d'une voix étranglée. Je m'en doutais, mais ils n'ont pas voulu m'écouter !

– Moi, j'écoute, ordure ! reprit Latham, en appuyant l'automatique sur le front de la taupe. Parlez !

– Je n'ai rien à dire, Latham. Ils ont mon rapport sur Karin de Vries et vous, sur le piège que vous nous avez tendu.

Dans l'obscurité, Reynolds porta brusquement la main droite à son col. Il serra de toutes ses forces et mordit le renflement du tissu.

– *Ein Volk, ein Reich, ein Führer* ! lança Alan Reynolds dans un dernier souffle.

Les Marines de l'unité W accoururent, l'arme au poing.

– Tout va bien ? cria le sergent.

– Non, tout ne va pas bien ! répondit Drew, hors de lui. Comment cet enfant de salaud a-t-il pu être engagé à l'ambassade, malgré nos contrôles sophistiqués, les entretiens avec nos psychiatres et nos analystes, tous ces rigolos censés déterminer à la minute près le moment de la conception d'un postulant ? De la merde, oui ! Ce type ne travaillait pas pour de l'argent ou quelques médailles ; c'était un dangereux fanatique qui a crié le slogan nazi en avalant son cyanure. Il aurait dû être démasqué depuis des années !

– Je ne peux pas vous donner tort, reconnut le sergent. Nous avons prévenu le colonel par radio que nous l'avions repéré, ou cru l'avoir repéré. Il nous a dit de faire ce qu'il fallait, tirer dans les jambes ou les bras, mais le ramener vivant.

– À moins que le corps des Marines ne vous ait conféré des pouvoirs qu'il ne possède probablement pas, ce sera passablement difficile, sergent.

– Nous allons transporter le corps à l'ambassade, mais nous devons d'abord vous ramener à l'hôtel.

– Cela vous oblige à faire un détour pour me déposer. J'irai plus vite à pied.

– Le colonel nous arrachera les yeux, si nous vous laissons faire.

– C'est moi qui vous les arracherai, si vous m'en empêchez. Je n'ai pas de comptes à rendre à Witkowski, mais, si cela peut vous soulager, je l'appellerai tout de suite.

De retour dans la chambre d'hôtel, Drew téléphona au colonel, à son domicile.

– C'est moi, dit-il.

– La prochaine fois que vous dites à mes hommes que vous voulez n'en faire qu'à votre tête et que vous n'avez pas de comptes à me rendre, je supprime l'unité de protection et je fais mon possible pour vous jeter dans les pattes d'une équipe de tueurs nazis !

– Vous en seriez capable.

– Vous pouvez en être sûr ! confirma le colonel d'une voix vibrante.

– J'avais mes raisons, Stanley.

– J'aimerais beaucoup les connaître.

– Karin, pour commencer. Reynolds a transmis un rapport aux néos pour leur révéler que je n'étais pas Harry Latham et que Karin avait contribué à tendre le piège.

– Très bien vu. A-t-il précisé en quoi consistait le piège ?

– Le cyanure l'a empêché d'en dire plus...

– Oui, le sergent m'en a parlé, ainsi que de votre opinion tranchée sur nos tests de recrutement.

– J'ai dit, s'il m'en souvient bien, que c'était de la merde, et je le maintiens... Faites sortir Karin de chez elle, Stanley. Si Reynolds m'a retrouvé, la Madeleine suivra de près. Faites-la sortir !

– Des suggestions ?

– Qu'elle vienne à l'Intercontinental, avec perruque et tout le déguisement.

– Votre idée est particulièrement stupide. Si Reynolds vous a retrouvé à l'hôtel, qui a-t-il mis au courant et surtout qui le lui a dit ?

– Je ne saisis pas.

– C'est évident. Il y a un autre Alan Reynolds, une autre taupe à l'ambassade, et elle est haut placée. Je vous envoie à l'hôtel de Normandie, en prétextant que le colonel Webster va être rappelé à Washington pour une évaluation.

– C'est assez négatif, non ?

– Nous donnerons probablement à entendre que vous êtes incompétent. Les Français adorent qu'on dise cela des Américains.

– Le colonel Webster est scandalisé. Mais je vais enfin pouvoir enlever cette teinture blonde et me débarrasser de votre uniforme.

– Pas du tout, répliqua Witkowski. Vous allez garder les deux, encore un peu. Vous ne pouvez reprendre votre véritable identité et vous avez les papiers de Webster. Il y a eu une fuite et, en laissant les choses en l'état, nous avons une chance de démasquer la taupe. Le cercle est restreint, nous surveillons les rares personnes qui savent et, croyez-moi, il y en a très peu. Peut-être seulement les Marines, Reynolds et votre amateur de jus de fruits, ce Lewis qui doit, en ce moment, faire du porte à porte dans la toundra.

– Si Reynolds a vendu la mèche, vous pouvez prendre les mesures de mon cercueil.

– Pas nécessairement. Vous êtes protégé, colonel. À propos, Karin vous a-t-elle dit que Wesley Sorenson a essayé de vous joindre ? Nous ne lui avons pas révélé votre couverture et il ne voulait rien savoir ; mais vous devez l'appeler.

– C'est le prochain sur ma liste. Rappelez-moi quand je serai arrivé au Normandie et mettez Karin à l'abri. Pourquoi pas à l'hôtel ?

– Pour un espion, vous manquez de subtilité, Latham.

Drew raccrocha et regarda sa montre. Il était minuit passé, un peu plus de 19 heures à Washington. Il reprit le combiné, composa l'indicatif des États-Unis.

– Oui ? fit la voix de Sorenson.

– C'est votre antiquaire, à Paris.

– Enfin ! Désolé de n'avoir pu me libérer plus tôt, mais j'ai eu un autre problème. Un problème grave, peut-être une catastrophe.

– Pouvez-vous m'en parler ?

– Pas pour l'instant.

– Alors, qu'y avait-il de si urgent ?

– Moreau. Il est réglo.

– Cela fait plaisir à entendre. Je n'en dirais pas autant de notre ambassade.

– C'est ce que j'ai cru comprendre. La balle est dans votre camp ; si vous êtes trop perturbé et ne savez vers qui vous tourner...

– Je vous arrête, fit Drew. Je n'ai pas de problèmes avec Witkowski.

– Moi non plus, mais nous ignorons qui l'a mis sur écoute.

– C'est vrai. Mais quelqu'un l'a fait.

– Adressez-vous à Moreau. Comme il ne sait pas que vous êtes vivant, prévenez-moi avant de l'appeler, je lui ferai un topo.

– Il est toujours sur la touche ?

– Une de nos graves erreurs.

– À propos, Wes, le nom d'Alan Reynolds, employé aux Communications de l'ambassade, vous dit-il quelque chose ?

– Non, je ne vois pas.

– J'aurais préféré ne pas l'avoir entendu non plus. C'était un néo.

– Pourquoi « était » ?

– Il est mort.

– C'est une bénédiction, j'imagine.

– On ne peut pas dire ça. Nous le voulions vivant.

– On n'a pas toujours ce qu'on veut. Nous restons en contact.

20

Le code dans la main gauche, un stylo dans l'autre, Gerhardt Kroeger déchiffrait péniblement le fax de Bonn. Il reportait soigneusement les lettres convenues au-dessus des mots codés du message. Plus il approchait de la fin de sa tâche, plus l'excitation le gagnait, mais il parvenait à la contenir, le scientifique en lui ayant besoin de toute sa concentration. Quand il eut enfin terminé, l'exultation l'envahit. Leur informateur à l'ambassade des États-Unis avait réussi, là où ces fanfarons de *Blitzkrieger* avaient échoué. Les renseignements de la taupe n'étaient que partiellement vrais, mais il avait retrouvé Latham ! Il ne divulguait pas l'identité de sa source, mais il affirmait qu'elle était à toute épreuve, une relation cultivée au fil des ans, une femme à qui il avait rendu de nombreux services, qui vivait aujourd'hui très au-dessus de ses moyens. Elle ne lui aurait jamais menti, pour deux raisons précises, la première étant son train de vie coûteux, la seconde, infiniment plus forte, la crainte d'être démasquée. Les deux conditions généralement exigées pour garder la haute main sur une source agissant de l'intérieur.

Mais l'informateur était dans l'erreur lorsqu'il exprimait sa conviction que le Latham ayant survécu à la tentative d'assassinat n'était pas Harry, mais son frère Drew, l'agent des Opérations consulaires. Kroeger savait que c'était absurde ; tous les indices contredisaient cette hypothèse ; des indices de provenances si diverses qu'ils ne pouvaient être fabriqués. Outre les rapports de police, la presse et les recherches entreprises par les autorités pour retrouver les tueurs, il y avait Moreau et son bras droit. L'agent de la DST avait *vu* Harry Latham remonter dans la rame de métro, après la fusillade sur le quai. De tous les responsables des services de renseignement français, Moreau était le dernier qui eût osé mentir à la Fraternité. Un mensonge ferait de lui un paria, un homme déshonoré à jamais. Des dizaines d'avis de virement sur son compte à Berne le garantissaient.

D'après ma source, disait le fax de Bonn, *le service Documentation et recherches a établi au nom du colonel Anthony Webster de faux papiers militaires et réquisitionné une chambre à l'hôtel Intercontinental, rue de Castiglione. La même source affirme en outre avoir aperçu la photographie de la carte d'identité militaire. Le visage était familier, mais les cheveux blonds et non châtains, et il portait un uniforme et de grosses lunettes. Elle n'a jamais vu Harry Latham, mais est persuadée que la photographie de la fausse carte est celle de son frère Drew, un agent des Opérations consulaires. D'après les dossiers de l'ambassade, la dépouille de Drew Latham a été rapatriée aux États-Unis et remise à sa famille. Les recherches que j'ai entreprises et l'étude du manifeste des vols diplomatiques à destination des États-Unis ne m'ont pas permis de trouver trace d'un transfert à la date indiquée. J'en conclus donc que le Latham qui occupe une chambre à l'hôtel Intercontinental n'est pas Harry, mais son frère. En accord avec les services de sécurité de l'ambassade et Mme de Vries, ils ont élaboré une stratégie visant à tendre un piège à un ou plusieurs membres de notre Fraternité. J'espère en savoir plus long dès ce soir sur la nature de ce piège, car je vais me poster devant l'hôtel de Latham. Même s'il faut attendre toute la nuit et toute la journée, je mettrai la main sur lui et le ferai parler. Sinon, je l'éliminerai conformément aux instructions.*

Foutaises ! grommela Kroeger. Les traits du visage de deux frères présentent souvent une grande ressemblance. Pourquoi les Américains auraient-ils menti sur l'identité du mort ? Ils n'avaient aucune raison de le faire, toutes les raisons de ne *pas* le faire ! La liste d'Harry Latham était la clé de leurs investigations sur la résurgence du mouvement nazi. Ils avaient besoin de lui ; c'est pourquoi ils se donnaient tant de mal pour le garder en vie et allaient jusqu'à mettre à contribution les ombrageux Antineos, fabriquer une fausse carte d'identité militaire et le faire passer d'hôtel en hôtel. Harry Latham/Alexander Lassiter était comme un blessé ; il avait perdu son frère et voulait à tout prix se venger. Il était loin de se douter que, dans vingt-huit heures, cela n'aurait plus aucune importance pour lui, car il serait mort. Mais cela avait de l'importance pour Gerhardt Kroeger. Il devait le retrouver et lui faire exploser la tête. Il savait maintenant où aller ; il espérait, sans trop y croire, que l'informateur de l'ambassade avait déjà fait le travail, de la manière qui convenait.

Il était 2 h 10. Kroeger mit sa veste et un imperméable léger ; l'imper était indispensable, ne fût-ce que pour dissimuler le pistolet de gros calibre chargé de six cartouches Black Talon. Ces balles pénétraient dans les chairs et éclataient à l'impact comme une chandelle romaine, détruisant tout sur leur passage.

– On passera vous prendre à 3 heures précises, dit Witkowski.

– Pas avant ? demanda Latham.

– Il ne reste que trois quarts d'heure ! Quand vous descendrez, je veux une unité dans le hall et une équipe de soutien dans la rue. Cela demande un minimum d'organisation, ne serait-ce que pour trouver des vêtements civils.

– Je comprends. Et Karin ?

– Elle est à l'abri du danger, soyez rassuré. Avec sa perruque blonde, comme vous l'aviez suggéré.

– Où est-elle ?

– Pas au même endroit que vous.

– Vous êtes un homme de cœur, Stanley.

– Vous me rappelez ma mère. Paix à son âme !

– J'aimerais pouvoir vous souhaiter la même chose, mais je ne peux pas.

– C'est parce que vous recherchez toujours une satisfaction immédiate, que je ne vous accorde pas... Un de mes hommes passera prendre vos bagages un quart d'heure avant que vous ne descendiez. Si on vous demande où vous allez, répondez que vous n'avez pas sommeil, que vous allez faire un tour dehors. Nous nous occuperons de l'hôtel plus tard.

– Croyez-vous vraiment que Reynolds a mis d'autres néos parisiens au courant ?

– Franchement, non. Leur équipe de tueurs s'est évaporée... Qui aurait-il pu contacter ? Personne n'aurait pu arriver d'Allemagne en si peu de temps et Kroeger est un chirurgien, pas un assassin. À mon avis, il est venu pour confirmer qu'il s'agit d'Harry, pas pour appuyer sur la détente, en admettant qu'il en soit capable. Reynolds agissait seul, car il tenait à se racheter, après s'être fait repérer devant chez moi. En vous abattant, il aurait marqué des points.

– Rien ne nous dit qu'il savait avoir été repéré, Stanley.

– Vraiment ? Alors, pourquoi ne s'est-il pas présenté à l'ambassade, le lendemain ? N'oubliez pas, *chlopak*, que deux de ces salauds ont réussi à s'enfuir après l'attaque de mon appartement.

– Je n'oublie pas.

– Votre mémoire n'est pas si mauvaise. Donc, si A égale B et B égale C, il y a gros à parier que A égale C. On peut se baser là-dessus

– Je crois entendre Harry.

– Merci pour le compliment. Commencez à vous préparer.

Latham fit d'autant plus vite ses bagages que sa valise était à peine défaite. Il ne prit qu'un pantalon et un blazer, l'uniforme du parfait attaché d'ambassade. L'attente commença, les minutes s'égrenèrent lentement, entre les quatre murs de la chambre. Quand le téléphone sonna, il crut que c'était Witkowski.

– Oui, lança-t-il, qu'est-ce qu'il y a encore ?

– Quel accueil ! C'est Karin, mon chéri.

– Bon sang ! où es-tu ?

– J'ai juré de ne pas te le dire...

– C'est des conneries !

– Non, Drew, on appelle cela une mesure de protection. Le colonel m'a dit qu'il te faisait déménager... Ne me dis pas où, s'il te plaît.

– Ça devient ridicule.

– Comme si tu ne savais pas à qui nous avons affaire. Je te demande seulement d'être prudent, très prudent.

– Tu as appris ce qui s'est passé cette nuit ?

– Reynolds ? Oui, Witkowski m'a tout raconté, c'est pour cela que j'appelle. Je ne peux pas joindre le colonel ; la ligne est toujours occupée, il doit être en communication permanente avec l'ambassade. Tout à l'heure, j'ai pensé à quelque chose ; je voudrais qu'un autre que moi le sache.

– De quoi parles-tu ?

– Alan Reynolds descendait fréquemment dans mon service, sous un prétexte quelconque, en général pour consulter nos cartes ou se renseigner sur les moyens de transport.

– Personne ne trouvait cela bizarre ?

– Pas vraiment. C'était plus facile que d'appeler une compagnie aérienne, se retrouver dans les horaires des trains ou consulter des cartes routières en français. Les nôtres étaient en bon anglais.

– Mais, toi, tu as trouvé cela bizarre ?

– Pas avant que le colonel ne me raconte ce qui s'est passé cette nuit. Les employés de l'ambassade partent souvent en province pour le week-end, ou en Suisse, en Italie, en Espagne. Surtout ceux qui ne sont pas fréquemment de service à Paris. Non, Drew, il s'agit d'autre chose, et c'est vraiment bizarre.

– Raconte.

– En deux occasions, j'ai vu Reynolds quitter le couloir du fond, juste avant la porte des Transports. Je me rappelle m'être dit : « Tiens, il a un ami dans un de ces bureaux et il prend rendez-vous pour déjeuner ou dîner », quelque chose comme ça.

– Et tu penses maintenant à autre chose ?

– Oui, mais je peux me tromper. Tout le personnel du service Documentation travaille sur des dossiers plus ou moins confidentiels, dont une grande partie ne mérite pas cette appellation. Tout le monde sait que ceux qui ont un bureau dans le couloir du fond, le plus éloigné de la porte, ne traitent que des informations classées secrètes.

– Un ordre hiérarchique ? demanda Latham. Plus on est au fond, plus les informations sont sensibles ?

– Absolument pas, répondit Karin. Les bureaux sont différents, c'est tout. Quand l'un de nous travaille sur un dossier particulièrement sensible, il va s'installer dans le couloir du fond, où les ordinateurs sont beaucoup plus performants et où l'on peut entrer instantanément en communication avec n'importe quel point du globe. J'y suis allée trois fois depuis mon arrivée.

– Combien de bureaux dans ce couloir ?

– Six de chaque côté.

– De quel côté as-tu vu Reynolds ?

– Le côté gauche. Je me rappelle avoir tourné la tête à gauche.

– Les deux fois ?

– Oui.

– Te souviens-tu des jours, des dates ?

– Je n'en sais rien. Cela remonte à plusieurs semaines, peut-être un ou deux mois.

– Essaie de t'en souvenir, Karin.

– Si je pouvais retrouver la date avec précision, je le dirais, Drew. Je n'y ai pas attaché d'importance sur le moment.

– C'est important, Karin.

– Pourquoi ?

– Ton instinct ne te trompe pas. Witkowski pense qu'il y a un second Alan Reynolds à l'ambassade, une autre taupe, quelqu'un de très haut placé, de bien renseigné.

– Je vais prendre un calendrier et reprendre semaine après semaine, jour après jour. Je vais me creuser la cervelle pour me rappeler sur quoi je travaillais.

– Cela t'aiderait-il d'aller dans ton bureau ?

– Il faudrait avoir accès au superordinateur qui se trouve au-dessous de nos archives. Il conserve tout en mémoire pendant cinq ans, car tous nos documents de travail sont détruits.

– On peut arranger ça.

– Même si c'était possible, je n'ai pas la moindre idée de la manière dont il fonctionne.

– Il y en a qui savent.

– Il est 2 heures et demie du matin, mon chéri.

– Je me fous de l'heure qu'il est ! Courtland peut faire venir quelqu'un. Si ça ne marche pas, c'est Wesley Sorenson qui le fera et, si nécessaire, nous nous adresserons au président !

– Il ne sert à rien de se mettre en colère, Drew.

– Combien de fois faudra-t-il que je te répète que je ne suis pas Harry ?

– J'aimais Harry, mais il n'était pas toi. Fais ce que tu as à faire. Avec ta colère, si tu ne peux faire autrement.

Latham coupa la communication, composa aussitôt le numéro de l'ambassade et demanda à parler à Courtland.

– Je me fous de l'heure ! hurla-t-il quand la standardiste protesta. C'est une affaire relevant de la sécurité nationale et j'agis sur l'ordre direct des Opérations consulaires !

– Courtland à l'appareil. Que peut-il y avoir de si urgent à cette heure ?

– Cette ligne est-elle sûre, monsieur l'ambassadeur ? demanda Drew, en réduisant sa voix à un murmure.

– Je vous mets en attente et je passe sur une autre ligne. Elle est protégée en permanence... et ma femme dort.

Vingt secondes plus tard, Courtland reprit la communication sur un autre poste.

– Bon, fit-il, qui êtes-vous et que se passe-t-il ?

– C'est Drew Latham, monsieur l'amb...

– Bon Dieu ! mais vous êtes mort ! Je ne comprends pas...

– Vous n'avez pas à comprendre, monsieur. Je vous demande seulement d'appeler nos as de l'informatique et de les faire descendre devant le grand ordinateur.

– Vous n'y allez pas avec le dos de la cuiller... pour un mort !

– C'est parfois assez compliqué, dans notre métier. Je vous en prie, faites ce que je demande. Et, puisque vous en avez le pouvoir, interrompez la communication de Witkowski et dites-lui de m'appeler.

– Où êtes-vous ?

– Il le sait. Ne perdez pas de temps. Je dois partir dans un quart d'heure, mais je ne le ferai pas avant de lui avoir parlé.

– D'accord, d'accord, comme vous voudrez... Je dois ajouter que je suis content de vous savoir vivant.

– Moi aussi. Le temps presse, monsieur l'ambassadeur.

Trois minutes plus tard, le téléphone sonna dans la minisuite.

– Stanley ?

– Que se passe-t-il encore ?

– Faites-nous conduire à l'ambassade, Karin et moi, aussi vite que possible.

Drew expliqua en quelques phrases ce que la jeune femme lui avait raconté sur Alan Reynolds.

– Deux minutes de plus ou de moins ne changeront rien à l'affaire, jeune homme. Respectons le programme établi ; je vous ferai conduire à l'ambassade, où je vous retrouverai.

Latham attendit ; le Marine de Witkowski, en civil, vint prendre la valise et l'attaché-case.

– Vous descendez dans quatre minutes, monsieur, fit-il courtoisement. Nous sommes prêts.

– Les Marines sont-ils toujours aussi polis dans ce genre de situation ? demanda Drew.

– Il ne sert à rien d'être guindé, monsieur. On risque de perdre de vue l'essentiel.

– J'ai l'impression d'avoir déjà entendu cela quelque part.

– Je ne saurais vous dire, monsieur. Je vous attends en bas.

Trois minutes plus tard, Drew sortit de la chambre et se dirigea vers les ascenseurs. Il ne vit dans le hall presque désert que quelques fêtards attardés, américains ou japonais, et s'engagea d'un pas martial sur le sol de marbre. Brusquement, provenant du balcon de la mezzanine, des détonations assourdissantes retentirent et se répercutèrent sur les murs. Drew plongea entre deux fauteuils, les yeux rivés sur les deux hommes qui se tenaient au bureau du concierge. Il vit l'abdomen de l'un d'eux, frappé par un projectile, littéralement exploser, et les viscères projetés dans le hall ; le second commençait à lever les mains quand son crâne éclata sous un impact monstrueux. D'autres détonations emplirent la vaste salle, puis des cris s'élevèrent, des voix parlant anglais, avec l'accent américain.

– Il est touché ! hurla quelqu'un, du haut de la mezzanine. Aux jambes !

– Il est vivant ! s'écria un autre homme. Nous le tenons, ce fils de pute ! Il gémit en allemand !

– Emmenez-le à l'ambassade, lança dans le hall une voix plus calme. C'est une opération antiterroriste, poursuivit-elle à l'adresse des deux réceptionnistes terrifiés. Tout est terminé ; vous pouvez assurer la direction de l'établissement que les dégâts seront intégralement remboursés et les familles des employés tragiquement disparus généreusement dédommagées. Même si cela vous paraît dérisoire, sachez qu'ils sont morts en héros et seront honorés par la patrie reconnaissante... En route, vite !

Les employés de la réception demeurèrent pétrifiés derrière leur comptoir de marbre. Celui de gauche se mit à sangloter doucement ; son collègue, lentement, dans un état second, tendit le bras vers son téléphone.

Drew et Karin s'étreignirent longuement sous le regard réprobateur du colonel Witkowski et de Daniel Courtland, dans le bureau du diplomate.

– Pouvons-nous passer aux sujets qui nous intéressent ? demanda l'ambassadeur, avec une pointe d'agacement. Le docteur Kroeger n'est pas grièvement blessé et nos deux spécialistes de l'informatique ne vont pas tarder à arriver. L'un d'eux est déjà là, son supérieur dans l'avion qui le ramène des Pyrénées, où il était en vacances. Et maintenant, quelqu'un daignera-t-il m'expliquer ce qui se passe ?

– Certaines opérations de renseignement ne sont pas de votre ressort, monsieur l'ambassadeur. Pour vous laisser la liberté de démentir.

– Vous savez, colonel, je trouve cette remarque parfaitement révoltante. Depuis quand le renseignement, qu'il soit civil, militaire ou qu'il relève d'un service clandestin, prend-il le pas sur le pouvoir de décision du Département d'État ?

– C'est pourquoi les Opérations consulaires ont été créées, monsieur, répondit Drew. Le but était de renforcer la coordination entre le Département d'État, l'administration et les services de renseignement.

– Je n'ai pas l'impression que ce but soit atteint.

– En période de crise, les lenteurs bureaucratiques ne sont pas tolérables, répliqua Latham avec fermeté. Et peu importe si cela me coûte mon boulot. Je veux mettre la main sur celui, sur ceux qui ont tué mon frère. Le mal qu'ils incarnent est si effrayant qu'il faut l'empêcher de se répandre... pas avec des parlotes de bureaucrates, mais par des décisions individuelles.

Courtland se laissa aller en arrière dans son fauteuil et resta un moment silencieux.

– Et vous, colonel ? demanda-t-il enfin.

– Je suis militaire de métier, mais, dans le cas présent, je refuse de suivre la voie hiérarchique. Je ne peux pas attendre que le Congrès déclare la guerre. Nous sommes déjà en guerre.

– Madame de Vries ?

– Je vous ai donné mon mari, que voulez-vous de plus ?

L'ambassadeur des États-Unis se pencha en avant et se prit le front à deux mains, en se massant doucement les tempes.

– J'ai dû accepter des compromis pendant toute ma vie de diplomate, fit-il. Le moment est peut-être venu de les refuser. J'achèverai probablement ma carrière en Patagonie, ajouta-t-il en relevant la tête, mais tant pis. Vous avez raison : il y a dans la vie des moments où l'on ne peut attendre.

On les conduisit dans la salle du superordinateur, dix mètres au-dessous du sous-sol de l'ambassade. La machine était à la fois énorme et effrayante : un pan de mur de trois mètres de long, recouvert d'une épaisse plaque de verre derrière laquelle des dizaines de disques animés d'un mouvement circulaire tournaient et s'arrêtaient brusquement, captant les informations en provenance du ciel.

– Salut, je m'appelle Jack Rowe et je suis un de vos deux génies souterrains, lança à leur arrivée un rouquin d'à peine trente ans, à l'air avenant. Mon collègue, s'il est en état de venir, sera là dans quelques minutes. Son avion est arrivé à Orly, il y a une demi-heure.

– Je ne pensais pas tomber sur des ivrognes ! s'écria Witkowski. L'affaire est trop sérieuse !

– Tout est sérieux ici, mon colonel... Oui, je sais qui vous êtes, cela fait partie de la procédure habituelle. Vous aussi, l'agent des Opérations consulaires, et la petite dame, qui aurait pu occuper un poste clé à l'OTAN, si elle avait été un homme et porté l'uniforme. Il n'y a pas de secrets ici. Ils défilent sur les disques.

– Pouvons-nous commencer ? demanda Drew.

– Pas avant l'arrivée de mon collègue. Il a l'autre code, vous comprenez, celui dont je ne dispose pas.

– Pour gagner du temps, demanda Karin, vous est-il possible de comparer les données de mon bureau avec certaines dates précises ?

– Pas nécessaire, c'est exactement la même chose. Donnez-moi les dates et tout ce que vous avez enregistré ces jours-là apparaîtra sur l'écran. Vous ne pourriez rien changer, rien effacer, même si vous le vouliez.

– Je n'y tiens pas.

– Vous m'en voyez soulagé, fit le rouquin. Pour en revenir à notre gros oiseau, vous seriez surpris de la montagne de connaissances qu'il contient. Un jour, j'ai fait remonter l'origine d'un psaume latin, un chant religieux, à un culte païen, en Corse.

– C'est fort intéressant, jeune homme, coupa Witkowski, mais ce que nous cherchons ici, c'est la rapidité et l'exactitude.

– Nous vous offrirons les deux, mon colonel.

– Veux-tu, je te prie, Karin, reprit Drew, te concentrer sur les jours, ou les périodes que tu a retrouvés ?

– C'est fait, répondit la jeune femme, en ouvrant son sac à main. Tenez, monsieur Rowe.

Elle tendit un bout de papier à l'informaticien, une page de calepin déchirée.

– Il y en a partout, fit le rouquin.

– J'ai fait de mon mieux. Les dates sont classées par ordre chronologique.

– Pas de problème pour le plus gros oiseau qui existe en France.

– Pourquoi appelez-vous ce machin un oiseau ? demanda Latham.

– Parce qu'il s'envole dans l'éther.

– Je retire ma question.

– Cela nous sera utile, madame de Vries. Je vais programmer mon côté ; quand Joel arrivera, il fera sa saisie, et le spectacle pourra commencer.

– Quel spectacle ?

– L'écran, mon colonel, l'écran.

Au moment où Rowe introduisait les codes qui débloquaient son côté de l'énorme machine pour commencer à saisir les données, la porte métallique du complexe souterrain s'ouvrit et un autre technicien, légèrement plus âgé que le premier, entra dans la salle. Il se distinguait de son collègue par une longue queue de cheval soigneusement coiffée, tenue sur la nuque par un petit ruban bleu.

– Salut ! fit-il affablement. Joel Greenberg, le résident général de ce territoire. Ça boume, le Bidouilleur ?

– On n'attendait plus que toi, génie en second.

– Hé ! je suis *Numero Uno*, tu n'as pas oublié ?

– Je viens de te remplacer, répliqua Rowe, en poursuivant sa saisie. Je suis arrivé le premier.

– Vous devez être le fameux colonel Witkowski, poursuivit Greenberg, en tendant la main au chef de la sécurité, dont le regard n'exprimait guère de plaisir à la vue du jeune homme svelte, en jeans et saharienne à col ouvert, sans parler de la queue de cheval. C'est un honneur de vous rencontrer, et je suis sincère.

– Au moins, vous n'avez pas bu, fit le colonel, légèrement embarrassé.

– Vous auriez dû me voir danser le flamenco, hier soir ! Quel pied !... Vous devez être Mme de Vries. La rumeur publique ne déformait pas la réalité ; vous êtes superbe, vraiment canon !

– Je suis aussi attaché d'ambassade, monsieur Greenberg.

– Je parie que j'ai rang avant vous, mais peu importe... Pardonnez-moi, madame, je ne voulais pas vous offenser. Je suis d'un naturel spontané, c'est tout. Sans rancune ?

– Sans rancune, fit Karin, avec un petit rire.

– Et vous, reprit Greenberg en serrant la main de Drew, vous ne pouvez être que l'homme des Opérations consulaires. Je suis de tout cœur avec vous, ajouta-t-il, en devenant subitement grave. Quand on perd un de ses parents, on s'y attend toujours plus ou moins, mais un frère – oui, on nous a mis au parfum – ce n'est pas la même chose. Surtout de cette manière. Je ne sais pas comment exprimer ça.

– Vous l'avez fort bien exprimé, je vous en remercie... Qui d'autre est au courant de ce que vous venez de dire ?

– Personne d'autre que Rowe et moi. Nous avons deux paires de suppléants. Deux sont partis quand le Bidouilleur est arrivé, mais aucun d'eux ne connaît les codes pour s'introduire dans notre gros oiseau. Si l'un de nous avait un accident ou un arrêt du cœur, l'OTAN enverrait un remplaçant.

– Je ne vous ai jamais vus à l'intérieur de l'ambassade, reprit Witkowski. Je suis sûr que je m'en souviendrais.

– Nous ne sommes pas autorisés à frayer avec le personnel, colonel. Nous avons une entrée indépendante et notre propre ascenseur. Petit, vraiment tout petit.

– Cela paraît quelque peu excessif.

– Pas si l'on tient compte de ce que renferme notre gros oiseau. Pour le poste que nous occupons ne sont acceptés que les titulaires d'un doctorat en informatique, du sexe masculin et sans attaches. Cela peut paraître sexiste, mais c'est comme ça.

– Êtes-vous armés ? demanda Latham. Simple curiosité.

– Deux armes. Des Smith & Wesson 9 mm. Un sur la poitrine, l'autre attaché à la jambe. Nous avons appris à nous en servir.

– Si nous nous mettions au travail ? suggéra Karin d'une voix ferme. Je crois que votre collègue a entré les données dont j'ai besoin.

– Cela ne servira à rien tant que je n'aurai pas fait la même chose, expliqua Greenberg, en se dirigeant vers son fauteuil, sur la gauche de l'ordinateur géant.

Il s'assit, entra son code.

– Tu imprimes pour moi, d'accord ? dit-il à son collègue.

Il fit pivoter son siège pour s'adresser aux trois profanes.

– À mesure que je reproduirai ses données, elles sortiront sur l'imprimante, sous l'écran central. De cette manière, vous n'aurez pas à vous remémorer tout le film.

– Le film ?

– L'écran, colonel, expliqua Jack Rowe. L'écran.

À mesure que le listing se déroulait, Karin arrachait les pages et les étudiait attentivement. Vingt minutes s'écoulèrent. Quand l'imprimante se tut, elle relut chaque feuille, l'une après l'autre, entourant des passages d'un coup de crayon rouge.

– J'ai trouvé, déclara-t-elle enfin, d'une voix douce mais résolue. Les deux occasions où je suis allée au services des Transports. Je m'en souviens clairement... Pouvez-vous maintenant afficher les noms des employés du service Documentation qui occupent les bureaux de gauche du couloir ?

Elle tendit à Greenberg les feuilles de listing marquées de cercles rouges.

– Bien sûr, fit l'informaticien à la queue de cheval. Prêt, collègue ?

– Vas-y, *Numero Duo*.

– Connard.

Les noms apparurent sur l'écran, dix secondes avant que l'imprimante ne se mette en marche.

– Vous n'allez pas aimer ça, madame de Vries, fit Rowe. Sur les six jours que vous avez indiqués, vous figurez trois fois.

– C'est absurde... insensé !

– Je vais afficher les données de votre travail, voyez si cela vous rappelle quelque chose.

Les informations apparurent sur l'écran.

– Oui, c'est moi ! s'écria Karin, les yeux fixés sur les caractères verts qui défilaient sur l'écran. Mais je n'y étais pas.

– Le Gros Oiseau ne ment pas, madame. Il ne saurait pas le faire.

– Essayez les autres, *leurs* données, insista Latham.

De nouveaux caractères d'un vert vif défilèrent, représentant les dossiers traités dans différents bureaux. Les données que Karin avait reconnues apparurent à deux autres reprises.

– Que voulez-vous de plus ? lança-t-elle. Je ne pouvais pas être dans trois bureaux à la fois. Quelqu'un a pénétré votre sacro-saint ordinateur.

– Cela nécessiterait une telle quantité de codes et des opérations d'une telle complexité, répliqua Jack Rowe, que seul quelqu'un de plus calé que Joel et moi pourrait y parvenir. Je suis au regret de le rappeler, madame de Vries, mais les informations transmises par Bruxelles précisent que vous êtes experte dans cette science.

– Pourquoi me serais-je impliquée moi-même ? À trois reprises ?

– Vous me posez une colle.

– Passez en revue le personnel de direction, même si cela doit durer jusqu'au matin. Je veux voir tous les CV, en commençant par le grand patron.

L'imprimante commença à cracher ses feuilles de listing, avidement examinées. Les minutes se succédèrent, pour former une heure, puis une heure et demie.

– Bordel ! s'écria Greenberg, les yeux rivés sur l'écran. Il y a une probabilité !

– Qui ? demanda Witkowski, d'un ton glacial.

– Vous n'allez pas aimer ça, pas plus que moi.

– Qui est-ce ?

– Lisez vous-même, répondit Joel, la tête renversée, les yeux clos, comme s'il refusait de croire ce qu'il voyait.

– Bon sang ! s'écria Karin, les yeux fixés sur l'écran central. C'est Janine Clunes !

– Rectification, glissa le colonel. Janine Clunes Courtland, l'épouse de l'ambassadeur, en secondes noces, pour être précis. Elle travaille au service Documentation et recherches, sous son nom de jeune fille, pour des raisons évidentes.

– Quels sont ses diplômes ? demanda Latham, l'air abasourdi.

– Je vous dirai cela dans deux minutes, répondit Rowe.

– Pas la peine, bougonna Witkowski. Je peux en donner une idée assez précise ; ce n'est pas tous les jours qu'on demande à un service de sécurité de donner le feu vert à l'épouse d'un ambassadeur. Études à l'université de Chicago, doctorat d'État, titulaire d'une chaire d'informatique. Épouse Courtland après son divorce, il y a dix-huit mois.

– Un grand cerveau, ajouta Karin. Mais aussi la femme la plus prévenante, la plus gentille de tout le service. Quand elle apprend que quelqu'un a un problème, si elle pense pouvoir être utile, elle s'adresse directement à son mari. Tout le monde l'adore, entre autres raisons, parce qu'elle ne profite jamais de sa situation ; au contraire, elle couvre ceux qui arrivent en retard ou ne peuvent achever leur tâche dans les délais. Elle est toujours prête à donner un coup de main.

– La bonne copine, fit Drew. Courtland serait maintenant sur la liste d'Harry ?

– Je ne peux pas croire ça, répondit le colonel. Il ne m'est pas particulièrement sympathique, mais je n'arrive pas à le croire. Il a été franc avec nous, il a pris des risques. Je vous rappelle que nous ne serions pas là sans lui, parce que nous ne *devrions* pas l'être, sans le feu vert du Département d'État, de la CIA, du Conseil national de sécurité, peut-être même de l'état-major interarmes.

– Vous avez oublié la Maison-Blanche, glissa irrévérencieusement Greenberg. Mais ils n'y connaissent rien et sont trop occupés à récupérer leurs places de stationnement gratuit.

– Je me souviens d'un article du *Washington Post* qui parlait du divorce de Courtland, reprit Drew, en se tournant vers Witkowski. Si ma mémoire est bonne, il a tout laissé à sa première épouse et à ses enfants, en reconnaissant que les déplacement incessants d'un diplomate n'étaient pas de nature à favoriser l'éducation des enfants.

– Je comprends ça, fit le colonel d'un ton morne, en affrontant le regard de Latham. Mais cela ne signifie pas nécessairement que sa seconde épouse est la taupe que nous cherchons.

– Bien sûr, lança Jack Rowe. Mon distingué collègue a seulement parlé d'une possibilité. Hein, Joel ?

– Je suis sûr d'avoir entendu « probabilité », fit Latham. Hein, Joel ?

– C'est vrai, et il se trouve que j'y crois, moi aussi. Le Gros Oiseau nous a fourni beaucoup trop d'éléments. Ne me dites pas que Courtland ignore que notre amie ici présente a été envoyée par l'OTAN et surtout que personne n'a parlé d'elle. Son physique, son attitude distante, le poste qu'elle occupait à l'OTAN... il y a de quoi alimenter les rumeurs. Si les soupçons devaient se porter sur quelqu'un, le choix logique était Mme de Vries. Cela servait, en tout état de cause, à brouiller la piste de la vraie taupe.

– Et les langues étrangères ? reprit Latham, en se tournant vers Karin. Elles ont leur importance.

– Janine parle correctement le français et l'italien, mais couramment l'allemand...

Karin s'interrompit, se rendant compte de ce qu'elle venait de dire.

– C'est bien une « probabilité », fit Drew à mi-voix. Et maintenant, que faisons-nous ?

– C'est déjà fait, répondit Greenberg. Je viens d'envoyer à Chicago une demande de renseignements détaillés sur le professeur Clunes. Ce genre de chose est mémorisé, nous devrions avoir la réponse dans une ou deux minutes.

– En êtes-vous certain ? demanda Karin. Il est près de minuit là-bas.

– Chut ! fit l'informaticien, un doigt sur les lèvres, en feignant de demander le secret. La base de données de Chicago est financée par le gouvernement, comme les instruments de mesure des mouvements sismiques, mais n'en parlez surtout pas. Il y a toujours quelqu'un, parce qu'aucun de ces braves fonctionnaires ne veut se faire taper sur les doigts pour avoir refusé des renseignements à une bécane comme la nôtre.

– Ça y est ! s'écria Jack Rowe, en voyant s'afficher les informations en provenance de Chicago.

Janine Clunes fut professeur d'informatique pendant trois ans, avant son récent mariage avec Daniel Courtland, en poste en Finlande à l'époque. Elle était tenue en haute estime par le corps enseignant comme par ses étudiants, pour sa capacité à démystifier le jargon informatique. Elle ne cachait pas ses opinions politiques, un conservatisme bon teint qui n'était pas au goût du jour sur le campus, mais sa personnalité séduisante atténuait les réactions négatives. Elle aurait eu plusieurs liaisons pendant la durée de son professorat, mais rien d'important ou de nature à lui faire du tort. Il convient toutefois de noter qu'en dehors des réunions politiques elle sortait peu et s'était installée à Evanston, Illinois, à une heure de l'université.

Rien de particulier à signaler dans son passé. Venue de Bavière dans sa petite enfance, à la fin des années 40, après avoir perdu ses parents, elle fut élevée par des proches, M. et Mme Charles Schneider, à Centralia, dans le comté de Marion, Illinois. Après d'excellentes études secondaires, elle décrocha une bourse à l'université de Chicago où, après avoir obtenu successivement une licence, une maîtrise et un doctorat, on lui proposa d'entrer dans l'enseignement. Elle était souvent appelée pour des consultations politiques à Washington, où elle rencontra son futur mari. C'est à peu près tout, Paris. Amicalement, Chicago.

– Ce n'est pas « à peu près tout », fit doucement Witkowski, les yeux fixés sur les caractères verts. C'est une *Sonnenkind*.

– Qu'est-ce que vous racontez, Stanley ?

– Je croyais que la thèse des *Sonnenkinder* était discréditée, fit Karin d'une voix faible, presque inaudible.

– Pour la plupart des gens, répliqua le colonel, pas pour moi. J'y ai toujours cru. Regardez ce qui se passe aujourd'hui.

– Qu'est-ce que c'est que cette histoire ?

– Un concept, Drew. Reposant sur le principe que, avant et après la guerre, les fanatiques du IIIe Reich ont envoyé dans le monde entier des enfants triés sur le volet à des « parents » choisis, qui avaient pour mission de les élever pour leur permettre d'accéder à des postes de responsabilité, afin d'ouvrir la voie à un IVe Reich.

– Fantasmes ! Jamais cela n'aurait marché !

– Allez savoir !... Bon Dieu ! le monde marche sur la tête ! rugit le chef de la sécurité.

– Attendez ! lança Greenberg, devant son écran, sans tenir compte de l'accès de colère de Witkowski. Il y a un complément d'information de Chicago. Ne ratez pas le film !

Toutes les têtes se tournèrent vers l'écran où apparaissaient de nouveaux caractères verts.

Complément d'information sur Janine Clunes. Tout en défendant les thèses conservatrices, elle s'opposa violemment à un rassemblement pronazi à Skokie, Illinois. Elle monta à la tribune, au mépris du danger, et dénonça la manifestation de ceux qu'elle qualifia de barbares.

– Qu'en pensez-vous, Stanley ? demanda Drew.

– Je vais vous dire ce que j'en pense, fit Karin sans laisser à Witkowski le temps de répondre. Quel meilleur moyen de soutenir un programme intolérable que de le rejeter publiquement ? Vous avez peut-être raison, colonel. Il se peut que l'opération *Sonnenkinder* soit en bonne voie.

– Alors, dites-moi comment avertir l'ambassadeur ? Que puis-je lui dire ? Il partage la vie, la couche d'une fille du IIIe Reich !

– Laissez-moi m'en occuper, Stanley, proposa Latham. C'est moi le coordinateur, non ?

– À qui allez-vous refiler le bébé ?

– Je n'ai guère le choix. À quelqu'un que nous apprécions tous deux, Wesley Sorenson.

– Dieu le bénisse !

Le téléphone sonna sur la console de Rowe. Il décrocha.

– S-Deux à l'appareil, que se passe-t-il ?... Très bien, oui, tout de suite. On vous attend au centre médical, colonel, ajouta-t-il en se tournant vers Witkowski. Votre « colis » est réveillé, et il parle.

21

Sanglé dans une camisole de force, Gerhardt Krœger était couché en chien de fusil sur un lit étroit, recroquevillé contre le mur. Il était seul dans une chambre de l'infirmerie de l'ambassade, ses jambes blessées bandées sous la camisole ; ses yeux exorbités, étincelants, roulaient en tous sens, sans pouvoir se fixer sur quoi que ce fût.

– *Mein Vater war ein Verräter,* murmura-t-il d'une voix rauque. *Mein Vater war ein Verräter !... Mein Leben ist vorbei, alles vernichtet !*

Dans un bureau contigu, deux hommes l'observaient à travers une glace sans tain. L'un était le médecin de l'ambassade, l'autre le colonel Witkowski.

– Il est en plein délire, fit le chef de la sécurité.

– Je ne comprends pas l'allemand, que dit-il ? demanda le praticien.

– Il dit que son père était un salaud, un traître, que sa vie est terminée, que tout est foutu.

– Qu'en pensez-vous ?

– Je n'ai entendu que quelques mots. Il est paumé, écrasé par un sentiment de culpabilité qui le rend dingue et dont il ne peut se débarrasser.

– Alors, il est suicidaire, conclut le médecin. Il va garder la camisole.

– Je veux ! fit le colonel. Je vais quand même essayer de l'interroger.

– Allez-y doucement, sa tension artérielle est très basse. C'est naturel, je suppose, compte tenu de ce qu'il était ; quand un homme de sa stature tombe, cela fait du bruit.

– Vous savez qui il était ?

– Bien sûr. Comme la plupart de ceux qui ont fait des études de médecine.

– Éclairez-moi, docteur, fit Witkowski.

– C'était un célèbre chirurgien allemand – je n'ai plus entendu parler de lui depuis plusieurs années –, spécialiste des troubles mentaux. Il avait la réputation de guérir plus de patients souffrant de troubles psychiques que tous ses confrères. Avec un bistouri, au lieu des drogues qui provoquent trop d'effets secondaires.

– Expliquez-moi pourquoi on aurait envoyé ce génie à Paris, pour éliminer quelqu'un, alors qu'il raterait une vache dans un couloir.

– Je n'en sais rien, colonel, et, même s'il répondait à cette question, je ne comprendrais pas.

– Très bien, docteur, mais cela ne me suffit pas. Permettez-moi d'entrer dans cette chambre.

– D'accord, mais n'oubliez pas que je regarde. Si je le vois en difficulté – la camisole enregistre la tension artérielle, le rythme cardiaque, le taux d'oxygène –, vous sortez immédiatement. Compris ?

– Je n'apprécie guère des ordres de ce genre, quand nous sommes face à un tueur.

– Il faudra vous y plier, Witkowski, répliqua sèchement le médecin. Mon boulot consiste à le garder en vie, dans l'intérêt de tous, peut-être même du vôtre. Nous sommes-nous bien compris ?

– Je vois que je n'ai pas vraiment le choix.

– Non. Je vous conseille de parler calmement.

– Je n'ai que faire de vos conseils.

Le colonel avança un fauteuil devant le lit et resta immobile jusqu'à ce que Kroeger se rende compte de sa présence.

– *Guten Abend, Herr Doktor. Sprechen sie Englisch ?*

– Vous savez parfaitement que je parle anglais, répondit Kroeger, en se tortillant dans la camisole qui paralysait ses mouvements. Que signifie cette tenue indigne ? Je suis un chirurgien de renom, pourquoi me traiter comme un animal ?

– Parce que les familles de vos deux victimes de l'hôtel Intercontinental vous considèrent certainement comme un animal enragé. Préférez-vous être libre et affronter leur colère ? Je vous assure que mourir de leurs mains serait infiniment plus douloureux que d'être exécuté par nos soins.

– C'était une regrettable erreur ! Une tragédie que vous avez provoquée en cachant un ennemi de l'humanité !

– Un ennemi de l'humanité... ? Voilà une accusation très grave. Pourquoi Harry Latham est-il un ennemi de l'humanité ?

– C'est un dément, un schizophrène violent qu'il faut soulager de ses tortures, à qui il faut administrer un remède pour pouvoir l'interner. Moreau ne vous a rien dit ?

– Moreau ? De la DST ?

– Bien sûr. Je lui ai tout expliqué ! Il ne vous a pas appelé ? Il est vrai que les Français n'aiment pas partager ce qu'ils savent.

– Je n'y ai peut-être pas prêté attention.

– Vous comprenez, reprit Kroeger, en continuant de se tortiller pour s'asseoir bien droit sur le lit, j'ai soigné Harry Latham, en Allemagne – peu importe où –, et je lui ai sauvé la vie. Vous devez me conduire à lui, me laisser lui injecter les produits qui étaient dans mes vêtements. C'est le seul moyen de le garder en vie, si vous voulez qu'il vous soit utile !

– La proposition est tentante, fit Witkowski. Il a rapporté une liste, vous savez, une liste de plusieurs centaines de noms...

– Qui sait où il les a eus ? coupa le chirurgien. Il a fréquenté des toxicos, le rebut de la société allemande. Certains noms sont peut-être bons, un grand nombre ne le sont pas. C'est pourquoi vous devez me conduire à lui, sur terrain neutre, pour découvrir la vérité.

– Votre situation est si désespérée que vous êtes disposé à jouer sur tous les tableaux.

– *Was ist ?*

– Vous avez fort bien compris, *Doktor*... Si nous parlions un moment d'autre chose ?

– *Was ?*

– Votre père, si vous n'y voyez pas d'inconvénient.

– Je ne parle jamais de mon père, monsieur, répliqua Kroeger, les yeux dans le vague, fixant un regard vide sur le mur.

– Je pense que ce serait une bonne idée, insista le colonel. Vous savez, nous nous sommes renseignés sur vous, sur votre passé, et votre père nous est apparu comme un héros, un défenseur éclairé de votre patrie.

– *Nein ! Ein Verräter !*

– Ce n'est pas notre opinion. Il voulait sauver des vies, des vies allemandes, anglaises, américaines. Quand il a vu clair dans les discours creux d'Hitler et de ses séides, il décidé de prendre position, au péril de sa vie. Il avait l'étoffe d'un vrai héros, docteur.

– *Nein !* Il a trahi sa patrie !

Kroeger se contorsionna dans la camisole et se mit à faire des bonds sur le lit, les larmes aux yeux.

– Tout au long de mes études, commença-t-il en phrases hachées, mes camarades m'ont cherché noise... souvent, ils m'ont frappé. « Ton père était un traître, tout le monde le sait ! » disaient-ils... Et aussi : « Les Américains l'ont nommé *Bürgermeister*, mais personne ne voulait de lui ! » Seigneur ! ces tortures !

– Vous avez donc décidé de réparer ce que votre père n'avait jamais mené à bien. C'est bien cela, Herr Kroeger ?

– Vous n'avez pas le droit de m'interroger de la sorte ! hurla le chirurgien, raide sur le lit, les yeux rougis, embués de larmes. Tout le monde, même un ennemi, a droit au respect de sa vie privée !

– En effet, je la respecte, répliqua Witkowski, en se redressant dans son fauteuil. Mais vous êtes une exception, docteur, car vous êtes trop intelligent, trop cultivé pour croire aux foutaises qu'on vous a inculquées et que vous essayez d'inculquer à votre tour. Dites-moi, croyez-vous au caractère sacré de la vie après la naissance ?

– Naturellement. Tout ce qui respire est vivant.

– Y compris les juifs, les gitans, les infirmes et les faibles d'esprit, sans oublier les homosexuels des deux sexes ?

– Ce sont des décisions politiques, qui ne sont pas du ressort du corps médical.

– Vous êtes un salaud de la pire espèce, docteur. Mais laissez-moi vous dire une chose : il se peut que je vous conduise à ce Latham que vous recherchez, ne serait-ce que pour le regarder vous cracher à la figure... « Des décisions politiques » ! Vous me donnez envie de gerber.

Wesley Sorenson regardait distraitement par la fenêtre d'angle de son bureau l'embouteillage qui s'était formé dans la rue. La scène évoquait une cage vitrée de laboratoire, grouillante d'insectes qui s'efforçaient d'atteindre le tube horizontal suivant ; mais chaque tube ne communiquait qu'avec un autre tube, sans jamais aboutir nulle part. La comparaison s'applique aussi à la situation, conclut le directeur des Opérations consulaires, en faisant pivoter son fauteuil pour faire face aux piles de notes alignées sur son bureau, qui seraient déchiquetées et brûlées avant la fin de sa journée de travail. Le flot d'informations arrivant à un rythme trop soutenu engorgeait son cerveau ; les révélations se succédaient, plus explosives les unes que les autres. Les deux néos détenus à Fairfax avaient mis en cause le vice-président des États-Unis et le président de la Chambre des représentants, en faisant miroiter d'autres révélations ; la CIA était compromise jusqu'en haut de la hiérarchie (combien d'autres agences gouvernementales étaient contaminées ?) ; un laboratoire de communications de la Défense avait perdu les résultats des recherches de toute une année, effacés de ses ordinateurs par un néo qui avait réussi à gagner Munich ; des sénateurs, des députés, des hommes d'affaires, des présentateurs de télévision avaient été souillés par des accusations de pronazisme qu'aucune preuve n'était venue étayer, les allégations ayant été démenties, jusqu'à ce qu'un conseiller influent du Foreign Office se fasse prendre et, aux dernières nouvelles, lâche le nom d'autres hauts fonctionnaires. Pour finir, Claude Moreau était lavé de tout soupçon, mais il n'en allait pas de même à l'ambassade des États-Unis, s'il fallait en croire les dernières informations. La propre femme de l'ambassadeur !

C'était un maelström d'accusations et de contre-accusations, d'insinuations perfides violemment démenties, un champ de bataille où finirait par couler le sang des innocents blessés à mort et d'où les coupables s'évanouiraient. Comme si la folie des années du maccarthysme se mêlait à celle des organisations pronazies de la fin des années 30, sous la houlette de chefs démoniaques dont les exhortations et les discours enflammés faisaient vibrer la populace, offrant un exutoire commode à ses peurs et à ses haines – qui, souvent, se confondaient. La lèpre du fanatisme gagnait de proche en proche, par toute la planète ; cesserait-elle, un jour, de s'étendre ?

Ce qui, dans l'immédiat, préoccupait Sorenson – le bouleversait, plus exactement – c'étaient les renseignements, suivis du fax d'un rapport confidentiel, sur Janine Clunes, l'épouse de Courtland. À première vue, c'était inconcevable ; il ne s'était pas privé de le dire à Drew Latham, quelques minutes auparavant, sur la ligne brouillée de l'ambassade.

– Vous ne me ferez pas avaler ça !

– Witkowski a dit la même chose, avant de prendre connaissance du rapport de Chicago. Puis il a ajouté une phrase, d'une voix basse, presque inaudible, mais les mots étaient clairs. « C'est un *Sonnenkind.* »

– Savez-vous ce que cela signifie, Drew ?

– Karin m'a expliqué. C'est délirant, Wes, ça ne peut pas marcher. Des enfants, des bébés, envoyés aux quatre coins de la planète...

– Vous oubliez deux choses, coupa Sorenson. Des enfants *sélectionnés*, de pure race aryenne, issus de parents dont le quotient intellectuel cumulé s'élevait au moins à deux cent soixante-dix.

– Vous êtes au courant ?

– C'était le programme *Lebensborn*. Le produit de la fécondation par des officiers SS de femmes de type nordique, blondes, aux yeux bleus, originaires du nord de l'Allemagne ou de Scandinavie.

– C'est de la folie !

– C'était l'idée d'Heinrich Himmler.

– Ils l'ont fait ?

– Les investigations menées après la guerre par les services de renseignement n'ont pu l'établir. On en a conclu que le programme *Lebensborn* fut abandonné, en raison des difficultés de transport et du temps nécessaire aux évaluations médicales.

– Witkowski n'a jamais cru qu'il avait été abandonné.

– J'en étais persuadé, fit Sorenson, après un silence. Je n'en suis plus certain.

– Que voulez-vous que je fasse ?

– Gardez votre calme et faites-vous aussi discret que possible. Si les néos apprennent que Kroeger est en vie, ils remueront ciel et terre pour le retrouver. Si vous avez de la veine, personne ne sera tué dans notre camp.

– Quelle froideur, Wes.

– Des choses du passé remontent à ma mémoire... Envoyez un message aux Antineos pour leur faire savoir que vous tenez Kroeger.

– Pourquoi ça ?

– Parce que, dans l'état actuel des choses, je ne fais confiance à personne et que je couvre nos arrières. Faites ce que je dis. Rappelez-moi dans une heure, ou avant, selon l'évolution des événements.

Les événements évoluaient, et rapidement, pour le vétéran du renseignement devenu directeur des Opération consulaires. Jamais personne n'avait trouvé un *Sonnenkind*. Même ceux sur qui s'étaient portés des soupçons avaient été totalement innocentés par les papiers officiels et l'apparence irréprochable des couples parfaitement américanisés qui avaient recueilli les malheureux orphelins. Aujourd'hui pourtant, un *Sonnenkind* avait peut-être été démasqué. Une fille de l'Allemagne nazie devenue une femme désirable et une brillante universitaire, qui avait attiré dans ses filets un diplomate de haut rang. Une réussite digne d'un *Sonnenkind*.

Sorenson prit son téléphone et composa le numéro de la ligne privée du directeur du FBI, un homme de bien, qui jouissait de l'estime de Knox Talbot.

– Oui ?

– Sorenson, des Opérations consulaires. Je vous dérange ?

– Sur cette ligne, certainement pas. Que puis-je faire pour vous ?

– Jouons franc jeu. Je vais empiéter sur votre territoire, mais je n'ai pas le choix.

– Cela arrive à tout le monde, à un moment ou à un autre. Nous ne nous sommes jamais rencontrés, mais Knox Talbot vous considère comme un ami, ce qui me suffit largement. Parlez-moi de cet empiètement.

– Je n'ai pas encore franchi la limite, mais je veux le faire ; je crois que ce sera nécessaire.

– Vous avez dit que vous n'aviez pas le choix.

– En effet, je ne pense pas. Mais cela ne doit pas sortir des Opérations consulaires.

– Alors, pourquoi m'appeler ? Vous n'avez qu'à agir en solo.

– Pas cette fois. Il faut que je prenne un raccourci.

– Je vous écoute, Wes... C'est bien comme cela que Knox vous appelle ? Moi, c'est Steve.

– Je sais. Steven Rosbician, l'incarnation de la loi et de l'ordre.

– Mon entourage me fait beaucoup trop mousser. Je ne suis qu'un ancien juge de Los Angeles qui a eu de la chance ; je suis blanc et les Noirs me trouvaient honnête. Quelle est votre requête ?

– Avez-vous un bureau dans le comté de Marion, Illinois ?

– Bien sûr. L'Illinois est un État où nous sommes bien implantés. Quelle ville ?

– Centralia.

– Pas loin. Que vous faut-il ?

– Tout ce que vous avez sur M. et Mme Charles Schneider. Ils ne sont peut-être plus de ce monde et je n'ai pas d'adresse, mais il se pourrait qu'ils soient venus d'Allemagne, au début des années 30.

– C'est un peu court.

– Je sais, mais, dans le contexte de notre enquête et compte tenu de l'époque, le FBI a peut-être un dossier sur eux.

– S'il y en a un, vous l'aurez. Où est cet empiètement dont vous me parlez ? Je n'occupe pas ce fauteuil depuis longtemps, mais je ne vois pas.

– Bon, je vais mettre les points sur les i, Steve. Je vais agir sur le territoire national qui est votre domaine réservé et je ne peux vous donner aucun détail sur cette enquête. En d'autres temps, cette vieille crapule d'Hoover aurait exigé de tout savoir ou m'aurait raccroché au nez.

– Je ne suis pas J. Edgar Hoover et le FBI a considérablement changé. Si nous ne sommes pas fichus de collaborer, en échangeant ou non des renseignements, où allons-nous ?

– Je voulais dire qu'il est stipulé dans nos chartes respectives...

– Peu importe, coupa Rosbician. Donnez-moi votre numéro de fax personnel. Vous aurez en moins d'une heure tout ce que nous avons.

– Merci beaucoup, fit Sorenson. Comme vous l'avez proposé, ce que je vais faire, je le ferai seul.

– Pourquoi toutes ces complications ?

– Attendez d'être devant une commission parlementaire, en face de six types au visage buté qui ne peuvent pas vous sacquer. Vous comprendrez.

– Dans ce cas, je reprendrai du service dans un cabinet juridique et je vivrai beaucoup mieux.

– J'aime votre manière de voir les choses, Steve.

Sorenson donna son numéro de fax au directeur du FBI et raccrocha.

Trente-huit minutes s'écoulèrent avant que le signal sonore du télécopieur de son bureau ne précède la sortie d'une feuille, en provenance du FBI. Sorenson saisit le document, prit connaissance du contenu.

Karl et Johanna Schneider sont arrivés aux États-Unis le 12 janvier 1940. Les expatriés ont été accueillis à Cicero, Illinois, par des parents qui se sont portés garants d'eux et ont déclaré que le jeune Schneider avait des connaissances qui lui permettraient de trouver aisément du travail dans sa spécialité, l'optométrie. Ils étaient âgés respectivement de vingt et un et dix-neuf ans. La raison invoquée pour quitter l'Allemagne était que Johanna avait un grand-père juif et qu'elle avait été victime de discrimination de la part des autorités, à Stuttgart.

En mars 1946, M. Schneider, déjà Charles bien plus que Karl, qui possédait une petite fabrique de matériel d'optométrie, à Centralia, fit une demande au Service de l'immigration pour recueillir sa nièce, Janine Clunitz, une petite fille dont les parents avaient péri dans un accident de voiture. La réponse fut favorable et les Schneider adoptèrent l'enfant.

En août 1991, Mme Schneider mourut d'un arrêt du cœur. M. Schneider, âgé aujourd'hui de soixante-seize ans, habite encore au 121 Cyprus Street, Centralia, Illinois. Il a pris sa retraite, mais se rend deux fois par semaine dans sa fabrique.

La mise sous surveillance d'immigrés allemands, au début de la Seconde Guerre mondiale, a permis de constituer ce dossier. L'agent qui a établi ce rapport est d'avis qu'il conviendrait de le refermer.

Heureusement que personne n'a pris cette décision, songea Sorenson. Si Charles-Karl Schneider avait vraiment accueilli un *Sonnenkind*, il serait une mine de renseignements, dans l'hypothèse où il existait un réseau. Il serait idiot de supposer que ce n'était pas le cas. Les formalités juridiques et administratives de la procédure d'immigration étaient si complexes qu'il y avait de quoi s'y perdre ; un réseau d'assistance était indispensable. Il était peut-être trop tard, mais, en grattant la croûte formée au fil des ans, il pouvait trouver la fange.

Sorenson appela sa secrétaire par l'interphone.

– Oui, monsieur ?

– Réservez-moi une place sur un vol pour Centralia, Illinois, ou l'aérodrome le plus proche. Sous un nom d'emprunt, bien entendu, que vous me communiquerez en temps voulu.

– Pour quand, monsieur le directeur ?

– En début d'après-midi, si possible. Vous appellerez ma femme pour la prévenir que je ne rentrerai pas dîner.

Claude Moreau étudia la transcription du message en provenance de Nuremberg, un dossier décodé sur le docteur Hans Traupman, chef du service de chirurgie de l'hôpital de Nuremberg.

Hans Traupman, né le 21 avril 1922, à Berlin, fils de deux médecins, Erich et Marlene Traupman, montra, dès le début de sa scolarité, les signes précoces d'une intelligence supérieure...

Le texte s'étendait sur ses résultats universitaires, mentionnait un passage forcé et de courte durée dans les Jeunesses hitlériennes, signalait, à la fin de ses études de médecine, son engagement dans la *Sanitätstruppe*, le service médical de la Wehrmacht.

Après la guerre, Traupman revint à Nuremberg où il se spécialisa en neurochirurgie. Moins de dix ans plus tard, il était considéré comme un des meilleurs spécialistes de son pays, et même du monde libre. On en sait très peu sur sa vie personnelle. Il épousa une certaine Elke Mueller, mais le couple divorça, sans enfant, au bout de cinq ans. Traupman occupe depuis cette date un élégant appartement, dans le quartier le plus chic de Nuremberg. C'est un homme fortuné, qui dîne fréquemment dans les meilleurs restaurants de la ville, où il est connu pour ses largesses avec le personnel. Outre des confrères, il fréquente des personnalités politiques de Bonn et des célébrités du monde du cinéma et de la télévision. En résumé, si la chose est possible, c'est un bon vivant à qui ses compétences professionnelles permettent de vivre sur un grand pied.

Le patron de la DST prit son téléphone et appuya sur la touche qui le mettait directement en communication avec son agent à Nuremberg.

– Allô !

– C'est moi, fit Moreau.

– Je vous ai envoyé tout ce que j'avais.

– Non. Trouvez-moi tout ce que vous pouvez sur Elke Mueller.

– L'ex-femme de Traupman ? Pourquoi ? C'est du passé.

– C'est elle, la clé, imbécile ! Un divorce après un ou deux ans de mariage est compréhensible, au bout de vingt ans parfaitement acceptable, mais pas après cinq ans ! Il y a anguille sous roche. Faites ce que je demande et envoyez-moi tout de suite ce que vous aurez découvert !

– Ce n'est pas si simple, protesta l'agent de Nuremberg. Elle vit aujourd'hui à Munich, sous son nom de jeune fille.

– Mueller, bien sûr. Avez-vous son adresse ?

– Évidemment.

– Oubliez les instructions que je viens de vous donner, fit Claude Moreau, après avoir noté l'adresse. J'ai changé d'avis. Prévenez Munich de mon arrivée. Je veux interroger cette dame moi-même.

– Comme vous voudrez, mais je pense que vous êtes cinglé.

– Tout le monde est cinglé, rétorqua Moreau. C'est l'époque qui veut ça.

L'avion de Sorenson se posa à Mount Vernon, Illinois, à une cinquantaine de kilomètres au sud de Centralia. Il loua une voiture en utilisant le faux permis de conduire et la fausse carte de crédit fournis par les Opérations consulaires et prit la route de Centralia, en suivant les indications données par l'employé de l'agence. Il disposait aussi d'un plan de la ville, où l'adresse était clairement indiquée, ainsi que le trajet à suivre, après la sortie de la N 51. Sorenson s'engagea dans une rue paisible, plantée d'arbres, à la recherche du numéro 121. La rue avait des allures d'Amérique centrale, mais d'un autre temps, d'un passé révolu. Le cadre respirait une aisance bourgeoise, avec de grandes maisons aux vastes porches garnis de treillages et de fauteuils à bascule dans lesquels on imaginait aisément les propriétaires prenant le thé avec leurs voisins.

Il vit la boîte aux lettres portant le numéro 121, devant une maison différente de toutes les autres. Ni par le style, ni par la taille, non, il y avait autre chose, quelque chose de plus subtil. Qu'est-ce que cela pouvait bien être ? Les fenêtres ! Les stores étaient baissés à toutes les fenêtres des deux étages. Même au rez-de-chaussée, la large baie vitrée, encadrée par deux rectangles verticaux de verre coloré, était fermée par des stores vénitiens. Comme si, dans cette maison-là, le visiteur n'était pas bien accueilli. Wesley se demanda s'il serait traité comme les autres ou s'il devait s'attendre au pire. Il gara sa voiture juste devant, descendit, suivit l'allée cimentée, monta les marches et sonna.

La porte s'ouvrit sur un vieillard tout sec, aux cheveux blancs clairsemés, portant lunettes à verres épais.

– Oui, s'il vous plaît ? fit-il d'une voix chevrotante, avec un accent à peine perceptible.

– Bonjour, monsieur Schneider. Je m'appelle Wesley Sorenson et je viens de Washington. Nous devons parler, soit ici, soit dans un cadre beaucoup moins agréable.

Les yeux du vieillard s'agrandirent, le sang se retira de son visage, déjà pâle. Il fit plusieurs tentatives pour parler, mais les mots s'étranglèrent dans sa gorge

– *Ach*, finit-il par articuler, il vous en a fallu, du temps. C'est si loin, tout ça... Entrez, j'attends votre visite depuis près de cinquante ans.

Venez, venez, il fait trop chaud dehors, et la climatisation est si chère... De toute façon, maintenant, plus rien n'a d'importance.

– La différence d'âge entre nous n'est pas si grande, monsieur Schneider, fit Sorenson, en avançant dans la vaste pièce d'entrée au mobilier de style victorien, donnant dans le séjour ombreux, rempli de meubles rembourrés. Cinquante ans, pour des hommes comme nous, ce n'est pas si long.

– Puis-je vous offrir du schnaps ? J'avoue que j'en prendrais bien un verre, même deux.

– Je préférerais un petit whisky, si vous en avez. Un bourbon serait parfait, mais je crains d'abuser.

– Pas du tout, d'ailleurs il y en a. Ma seconde fille a épousé un homme de Caroline, du Nord ou du Sud, je ne sais plus, et c'est ce qu'il boit... Prenez donc un siège. Je vais m'absenter une minute pour préparer nos boissons.

– Merci.

Le directeur des Opérations consulaires se posa brusquement la question de savoir s'il aurait dû prendre une arme. Il n'était plus sur le terrain depuis si longtemps ! Le vieux était peut-être parti en chercher une. Mais, quand Schneider revint avec des verres et deux bouteilles sur un plateau d'argent, rien ne déformait ses vêtements.

– Cela rendra les choses plus faciles, *nicht wahr* ?

– Je m'étonne que vous ayez attendu ma visite, reprit Sorenson, quand ils furent servis, son verre sur une table basse, celui de l'Allemand sur le bras d'un fauteuil rembourré. Comme vous l'avez dit, c'est si loin, tout ça.

– À l'époque, nous étions jeunes, ma femme et moi, nous aimions l'Allemagne avec la ferveur de la jeunesse. Les défilés à la lueur des flambeaux, les slogans, l'euphorie d'appartenir à la race dominante, il y avait de quoi être séduit, et nous le fûmes. Heinrich Himmler en personne nous confia notre mission ; il voyait loin, comme on dit aujourd'hui. Au fond de lui-même, il devait penser que nous perdrions la guerre, mais il croyait dur comme fer à la supériorité de la race aryenne. Après la guerre, nous suivîmes les instructions d'Odessa. Nous avions encore la foi.

– Vous avez donc fait une demande pour accueillir la petite Janine Clunitz, devenue Janine Clunes, et vous l'avez adoptée ?

– Oui. C'était une enfant extraordinaire, d'une intelligence très supérieure à la nôtre. Tous les mardis soir, à partir de huit ou neuf ans, des hommes venaient la chercher et la conduisaient quelque part pour la... j'imagine que le mot est *endoctriner*.

– Où la conduisaient-ils ?

– Nous ne l'avons jamais su. Au début, ils se contentaient de lui offrir des bonbons ou des crèmes glacées, tout en lui bandant les yeux.

Quand elle fut plus grande, elle nous avoua simplement un jour qu'on lui enseignait « notre glorieux héritage ». C'est l'expression qu'elle a employée, et nous avons compris ce qu'elle voulait dire.

– Pourquoi me racontez-vous tout cela, monsieur Schneider ?

– Parce que je vis dans ce pays depuis cinquante-deux ans. Je ne peux pas dire que tout soit parfait, la perfection n'est pas de ce monde, mais c'est mieux que là d'où je viens. Savez-vous qui sont mes voisins d'en face ?

– Comment pourrais-je le savoir ?

– Jake et Naomi Goldfarb. Ils sont juifs et ils étaient nos meilleurs amis, du vivant de Johanna. Un peu plus loin habite le premier couple de Noirs qui a acheté une maison dans le quartier. Nous avons donné une fête pour leur arrivée, les Goldfarb et nous. Toute la rue est venue. Quand on a fait brûler une croix sur leur pelouse, tout le monde s'est entendu pour retrouver les vandales et les faire condamner.

– Pas vraiment le programme du IIIe Reich.

– Les gens changent, tout le monde change. Que voulez-vous que je vous dise ?

– À quand remonte votre dernier contact avec l'Allemagne ?

– *Mein Gott !* Ces imbéciles continuent de téléphoner, deux ou trois fois par an. Je leur dis que je suis trop vieux, je leur demande de me laisser tranquille, car cela ne me concerne plus. Mon nom doit être dans leurs ordinateurs, dans ces nouvelles machines qui leur disent ce qu'il faut faire. Ils me relancent, ils n'abandonnent jamais, ils continuent à me menacer.

– Vous n'avez pas de noms ?

– Si, un. Le dernier qui a appelé, il y a un mois, était presque hystérique. Il a hurlé qu'un certain Traupman allait donner l'ordre de m'exécuter. « Pourquoi ? ai-je demandé. Je n'en ai plus pour longtemps, de toute façon, et votre secret mourra avec moi. »

Claude Moreau se fit conduire dans la Leopoldstrasse par son agent à Munich, qui avait repéré l'immeuble où vivait Elke Mueller, l'ex-*Frau* Traupman. Pour faire gagner du temps à Moreau, le bureau de la DST, dans la Königinstrasse, avait téléphoné à Elke Mueller pour l'informer qu'un haut fonctionnaire français souhaitait l'entretenir d'un sujet confidentiel, auquel elle pourrait trouver un intérêt financier... Non, son correspondant n'en savait pas plus sur ce « sujet confidentiel », mais *Frau* Mueller ne serait aucunement compromise.

L'immeuble était luxueux, l'appartement plus somptueux encore, un mélange de style baroque et art déco. Parfaitement assortie à ce décor, Elke Mueller, une grande et imposante septuagénaire aux cheveux noirs striés d'argent, au visage anguleux et au nez aquilin, était à l'évidence une femme à ne pas traiter à la légère ; cela se lisait dans ses grands yeux brillants, où perçait un mélange d'hostilité et de suspicion.

– Bonjour, madame, je m'appelle Claude Moreau et je travaille pour le gouvernement français, fit, en allemand, le patron de la DST, dans le salon où une domestique venait de l'introduire.

– Inutile de vous donner la peine de parler allemand, monsieur, mon français est excellent.

– Vous m'en voyez soulagé, mentit Moreau. Je ne peux en dire autant de mon allemand.

– Asseyez-vous en face de moi et parlons, si vous le voulez, de ce sujet confidentiel qui vous amène. Je ne vois absolument pas pourquoi le gouvernement français s'intéresserait à moi.

– Pardonnez-moi, madame, mais je soupçonne qu'il n'en est rien.

– Pas d'impertinence, je vous prie.

– Toutes mes excuses. Je désire seulement être clair et dire la vérité telle que je la perçois.

– Admirable... C'est de Traupman que vous voulez parler, n'est-ce pas ?

– Vous voyez que mes soupçons étaient fondés.

– Bien entendu. Quelle autre raison pourrait-il y avoir ?

– Vous étiez mariée avec lui...

– Pas longtemps, mais beaucoup trop pour moi, lança vivement Elke Mueller, d'une voix très ferme. Alors, ses sales petits poussins ont du plomb dans l'aile ?... Ne prenez pas cet air étonné, monsieur Moreau. Je lis les journaux et je regarde la télévision. Je vois ce qui est en train de se passer.

– Revenons à ces « sales petits poussins ». Pourriez-vous m'en dire un peu plus à leur sujet ?

– Pourquoi pas ? J'ai quitté le couvoir il y a plus de trente ans.

– Serait-il impertinent de ma part de vous demander de développer votre pensée, sans que cela vous soit pénible, naturellement.

– Vous êtes un fieffé menteur, monsieur Moreau. Vous préféreriez que cela me soit extrêmement pénible, que l'amertume m'étouffe, que je vous dise que c'était un être abominable. Que ce soit vrai ou non, je ne peux pas. Mais je vous dirai que, lorsque je pense à Traupman, ce qui n'est pas fréquent, je sens le dégoût m'envahir.

– Allons !...

– Mais revenons à ce développement. Vous allez savoir ce que vous voulez. J'ai épousé Hans Traupman assez tard. J'avais trente et un ans, lui trente-trois ; il était déjà très estimé, malgré son âge. J'admirais le chirurgien et je crus qu'il y avait un homme de cœur sous son apparence assez froide. Il y avait en lui quelque chose de chaleureux qui me plaisait, mais il ne me fallut pas longtemps pour comprendre que c'était pure comédie. Ce qui l'attirait chez moi devint vite manifeste. J'étais la fille des Mueller de Baden-Baden, les plus riches propriétaires terriens de la région, j'appartenais à une famille très en vue, qui lui ouvrait la porte des cercles dans lesquels il voulait à toute force être admis. Ses parents, tous deux médecins, n'étaient pas des gens très attirants et, sur le plan professionnel, leur clientèle était celle des dispensaires.

– Si je puis me permettre une question, glissa Moreau, son mariage a-t-il servi à favoriser ses ambitions ?

– Je viens de vous le dire.

– Dans ce cas, pourquoi courir le risque d'un divorce ?

– Il n'a pas vraiment eu son mot à dire. Et puis, au bout de cinq ans, il s'était fait les relations mondaines dont il avait besoin et avait su les exploiter habilement. Par égard pour ma famille, j'ai accepté une manière de divorce à l'amiable, pour incompatibilité d'humeur, comme on dit, sans que les torts soient attribués à l'un ou l'autre. C'est la plus grosse erreur que j'aie jamais commise, et mon père, à bon droit, me l'a longtemps reproché.

– Puis-je demander pourquoi ?

– Vous ne connaissez pas ma famille, monsieur, et Mueller est un patronyme commun en Allemagne. Je vais vous expliquer. Les Mueller de Baden-Baden se sont opposés à Hitler et à ses nervis. Le Führer n'a pas osé s'attaquer à nous, à cause de nos possessions et de la fidélité de nos milliers d'employés. Les Alliés n'ont jamais compris à quel point Hitler redoutait les divisions intestines. Faute de l'avoir compris, ils n'ont pas élaboré, à l'intérieur des frontières de l'Allemagne, une stratégie qui aurait pu écourter les hostilités. Comme Traupman, le petit voyou à moustache était avide de fréquenter des gens qu'il admirait de loin, mais ils ne l'ont jamais accepté. Mon père a toujours affirmé que les diatribes d'Hitler étaient les rodomontades d'un homme effrayé, porté à supprimer toute opposition, tant qu'il n'avait pas à en redouter les conséquences. Mais Hitler, par le biais de la conscription, a fait en sorte que mes deux frères soient envoyés sur le front russe, d'où ils ne sont jamais revenus, tombés sous des balles plus probablement allemandes que russes.

– Revenons à Hans Traupman, je vous prie.

– Il était nazi de toute son âme, fit posément Mme Mueller, en tournant le visage vers la fenêtre qui laissait entrer le soleil à flots. C'était bizarre, presque inhumain, mais il recherchait le pouvoir, le pouvoir en soi, au-delà des satisfactions que lui procurait sa profession. Il déclamait les théories sur la supériorité de la race aryenne comme si elles devaient être tenues pour infaillibles. Je pense que cela peut s'expliquer par le ressentiment d'un jeune homme aigri qui, malgré une réputation croissante, se sentait rejeté par la haute société, simplement parce qu'il était un peu fruste et inspirait peu la sympathie.

– Vous avez, ce me semble, autre chose en tête, fit Moreau.

– En effet. Il commença à tenir des réunions dans notre maison de Nuremberg, auxquelles participaient des gens que je savais être des nationaux-socialistes impénitents, des hitlériens fanatiques. Il fit insonoriser la cave où ils se réunissaient tous les mardis et dont l'accès m'était interdit. La bière coulait à flots et, de ma chambre, j'entendais, des heures durant, les *Sieg Heil* et les chants nazis. Cela a duré trois ans, jusqu'à la cinquième année de notre mariage, et j'ai fini par provoquer une explication. Pourquoi ne l'ai-je pas fait plus tôt, j'avoue que je n'en sais rien. L'affection, même lorsqu'il en reste peu, ne va pas sans un désir de protection. Je criais après lui, je l'accusais de toutes les infamies, de vouloir ressusciter les horreurs du passé. Un mercredi matin, après l'une de ces nuits terribles, il m'a dit : « Tu n'es qu'une petite garce riche et je me fous de ce que tu penses ! Nous avions raison hier, comme nous avons raison aujourd'hui ! » Je suis partie le lendemain. Ce développement vous suffit-il, monsieur Moreau ?

– Absolument, répondit le chef de la DST. Vous souvenez-vous du nom de ceux qui assistaient à ces réunions ?

– Cela fait plus de trente ans. Désolée, je n'en ai aucun souvenir.

– Même d'un ou de deux de ces « nazis impénitents » ?

– Laissez-moi réfléchir... Je crois que l'un d'eux s'appelait Bohr, Rudolf Bohr, si je ne me trompe. Et un ancien colonel de la Wehrmacht, qui, je crois, s'appelait von Steifel. Je n'ai pas gardé d'autres noms en mémoire. Je me souviens d'eux, parce que nous les invitions souvent à déjeuner ou à dîner, des repas où on ne parlait pas politique. Mais, le mardi, je les voyais descendre de leur voiture par la fenêtre de ma chambre.

– Vous m'avez apporté une aide très précieuse, madame, fit Moreau en se levant. Je ne veux pas vous déranger plus longtemps.

– Empêchez-les de nuire ! murmura Elke Mueller d'une voix rauque. Ils seront la mort de l'Allemagne !

– Nous nous souviendrons de vos paroles, lança Claude Moreau en se dirigeant vers le vestibule

De retour dans les locaux de la DST, Claude Moreau téléphona à Paris et donna l'ordre d'appeler Wesley Sorenson, toute affaire cessante.

Le directeur des Opérations consulaires était dans l'avion qui le ramenait à Washington quand il entendit le signal sonore de son bip.

Il se leva, se dirigea vers le téléphone fixé à la cloison de la première classe, glissa sa carte dans l'appareil et composa le numéro des Opérations consulaires.

– Un instant, monsieur le directeur, fit le standardiste. J'appelle Munich et je vous mets en communication.

– Allô ! Wesley ?

– Oui, Claude.

– C'est Traupman !

– Traupman est l'homme clé !

Ils avaient parlé dans le même souffle.

– Je serai dans mon bureau dans une bonne heure, reprit Sorenson. Je vous rappelle.

– Nous n'avons pas perdu de temps, cher ami.

– Vous pouvez le dire !

22

Drew était étendu près de Karin, dans le lit de la chambre de l'hôtel Bristol, une concession faite du bout des lèvres par Witkowski. Ils venaient de faire l'amour et savouraient la plénitude de ces instants partagés par les amants qui savent qu'ils sont faits pour être ensemble.

– Alors, où en sommes-nous ? demanda Latham, en allumant une de ses rares cigarettes dont la fumée monta en volutes au plafond.

– Tout est entre les mains de Sorenson. Tu ne maîtrises plus la situation.

– C'est ce qui m'inquiète... Il est à Washington, nous à Paris, et ce maudit Kroeger sur une autre planète.

– Les drogues permettront de tirer quelque chose de lui.

– D'après le médecin de l'ambassade, il faut attendre qu'il se soit remis de ses blessures. Le colonel est fou furieux, mais impossible de passer outre à l'avis du toubib. Je ne peux pas dire que cela me rende optimiste non plus ; chaque jour qui passe rend les salopards plus difficiles à trouver.

– En es-tu sûr ? Les néos se terrent depuis plus de cinquante ans. Un jour de plus ou de moins ne changera pas grand-chose.

– Disons que je suis impatient.

– Je comprends. Avons-nous défini une stratégie en ce qui concerne Janine ?

– Je n'en sais pas plus que toi. Sorenson a recommandé le calme et la discrétion, et m'a demandé de faire savoir aux Antineos que nous avions mis la main sur Kroeger. Wesley a été informé que ses instructions étaient respectées.

– Croit-il réellement que leur organisation soit infiltrée ?

– Il m'a dit qu'il couvrait nos arrières ; cela ne peut pas faire de mal. Nous avons Kroeger et personne ne peut s'approcher de lui. Si quelqu'un essaie, nous saurons qu'un de nos flancs est menacé.

– Janine pourrait-elle nous être utile ?

– C'est l'affaire de Wesley. Je ne saurais comment m'y prendre.

– Je me demande si Courtland lui a parlé de Kroeger.

– Il a été obligé de trouver une explication à notre coup de téléphone, à 3 heures du matin.

– Pas nécessairement la vérité. Un ambassadeur apprend ce qu'il doit dire ou ne pas dire à ses proches. La plupart du temps pour leur propre protection.

– Cet argument est boiteux, Karin. N'oublions pas qu'il a fait entrer sa femme au service Documentation, une mine de renseignements classés confidentiels.

– Son mariage est assez récent et, si ce que nous croyons est vrai, c'est Janine qui a cherché à y entrer. Une épouse de fraîche date ne doit pas avoir trop de mal à amener son mari où elle veut. Elle avait les compétences pour ce poste et a dû présenter sa demande sous le couvert du patriotisme.

– Je te crois sur parole. Ève et le fruit défendu, tu connais ça...

– Sale phallocrate ! s'écria Karin en riant et en lui donnant un petit coup sur la cuisse.

– Ce n'est pas Adam qui a eu envie de croquer la pomme.

– Encore une remarque péjorative.

– Je me demande comment Wesley va s'y prendre, reprit Latham, en lui serrant la main.

– Si nous l'appelions ?

– Sa secrétaire a dit qu'il ne reviendrait pas avant demain matin, ce qui signifie qu'il est parti quelque part. Comme il a parlé d'un autre problème, un problème assez grave, peut-être est-il parti s'en occuper.

– À mon avis, Janine Courtland passerait en priorité.

– C'est possible. Nous le saurons demain... enfin, tout à l'heure. Le soleil se lève.

– Laisse-le se lever, mon chéri. L'accès de l'ambassade nous étant interdit, imaginons que nous sommes en vacances. Rien que nous deux.

– Cette idée me plaît, fit Drew en se tournant vers elle.

Leurs corps se rapprochèrent à s'effleurer, quand la sonnerie du téléphone retentit.

– Drôles de vacances ! soupira Latham, en tendant le bras pour décrocher.

– Il est un peu plus d'une heure du matin ici, fit la voix de Wesley Sorenson. Pardonnez-moi si je vous réveille, mais je viens d'avoir le numéro de votre hôtel par Witkowski et je tenais à vous mettre au courant.

– Que s'est-il passé ?

– Vos as de l'informatique ont mis dans le mille. Tout s'est mis en place. Janine Clunitz est un *Sonnenkind.*

– Janine Clunitz ?

– C'est son vrai nom... Il a été anglicisé. Elle a été élevée par les Schneider, à Centralia, Illinois.

– Oui, nous avons appris cela. Mais comment pouvez-vous en être sûr ?

– J'y suis allé cet après-midi ; le vieux Schneider l'a confirmé.

– Qu'allons-nous faire maintenant ?

– Pas « nous », moi, rectifia le directeur des Opérations consulaires. Le Département d'État rappelle Courtland à Washington pendant trente-six heures, pour une réunion d'urgence avec plusieurs autres ambassadeurs en poste en Europe, dont le sujet ne sera connu qu'à leur arrivée.

– Le Département d'État vous a donné le feu vert ?

– Ils n'en savent rien. Ce sont des directives Quatre Zéro, transmises de mon bureau par un canal confidentiel, pour éviter tout risque d'interception.

– Ça se tient.

– Nous passerons le prendre à l'aéroport et il sera dans mon bureau avant que Bollinger n'ait commandé ses œufs brouillés.

– Je retrouve la froide efficacité du vieux routier

– Possible.

– Comment allez-vous annoncer la nouvelle à Courtland ?

– Je suppose qu'il est aussi intelligent que ses états de service le laissent supposer. J'ai enregistré ma conversation avec Schneider – avec son autorisation – et recueilli une déposition très détaillée. Je la ferai écouter à Courtland, en espérant qu'il se rendra à l'évidence.

– Ce n'est pas sûr, Wes.

– J'ai pris mes dispositions ; Schneider est d'accord pour venir à Washington. Il n'aime vraiment pas ce qu'on lui a fait faire.

– Félicitations, grand chef.

– Merci, Drew, je reconnais que ce n'est pas mal... Il y a autre chose.

– Quoi ?

– Mettez-vous en contact avec Moreau. Je lui ai parlé il y a quelques minutes et il attend votre appel, en début de matinée.

– L'idée d'agir dans le dos de Witkowski ne me plaît pas, Wes.

– Il est au courant, je l'ai prévenu aussi. Il serait idiot de le tenir à l'écart ; nous avons besoin de ses compétences.

– Pourquoi voulez-vous que j'appelle Moreau ?

– Nous avons suivi chacun une piste qui a abouti au même résultat. Nous avons trouvé la voie qui mène à la Fraternité. Un chirurgien de Nuremberg, la ville où s'est tenu le procès.

– Quelle ironie ! L'histoire est un perpétuel recommencement.

– À plus tard, quand vous aurez appelé Moreau.

Latham raccrocha et se tourna vers Karin.

– Nos vacances seront plus courtes que prévu, mais il nous reste une heure.

Elle ouvrit tout grand les bras.

Dans la nuit noire et silencieuse, à un intervalle de dix minutes, les hors-bord entrèrent dans le long bassin construit au bord du Rhin. Une lumière rouge voilée, sur le plus haut pylône, servait de balise, car, dans le ciel couvert, la clarté fugace de la lune n'était pas d'une grande utilité. Mais les pilotes de ces canots automobiles connaissaient parfaitement les eaux du fleuve et les propriétés qui le bordaient. Ils coupaient le moteur à une trentaine de mètres du quai, laissant le courant pousser doucement l'embarcation vers l'appontement où deux hommes attrapaient les amarres et la halaient silencieusement. L'un après l'autre, les participants à la réunion remontèrent vers l'allée dallée qui menait à la demeure dominant le fleuve.

Les nouveaux arrivants étaient accueillis sous une vaste véranda éclairée aux chandelles, où des boissons et des canapés étaient servis. Les conversations restaient anodines – scores de golf, parties de tennis – mais cela ne durerait pas. Une heure et vingt minutes plus tard, le groupe enfin au complet, les domestiques furent renvoyés et la réunion proprement dite put commencer. Les neuf chefs de la Fraternité de la veille s'assirent en demi-cercle, face à une estrade. Le docteur Hans Traupman se leva et s'avança vers l'estrade.

– *Sieg Heil !* s'écria-t-il, en faisant le salut nazi, le bras droit tendu.

– *Sieg Heil !* rugirent d'une même voix les chefs de la Fraternité, se levant comme un seul homme, en tendant le bras.

– Asseyez-vous, je vous prie, commença le chirurgien de Nuremberg.

Tout le monde se rassit, avec une raideur attentive.

– Les nouvelles sont excellentes, reprit Traupman. Sur toute la face du globe, les ennemis du IVe Reich sont en plein désarroi, la peur et la confusion règnent dans leurs rangs. Le moment est venu de passer à l'étape suivante, une offensive qui fera souffler chez eux un vent de panique, tandis que nos disciples – oui, nos disciples – se disposent, avec prudence mais détermination, à occuper de par le monde de hautes positions... Notre action exigera des sacrifices de la part d'un grand nombre de nos soldats ; ils risqueront la prison, la mort, peut-être, mais notre résolution est grande, notre cause toute-puissante, car l'avenir nous appartient. Je vais donner la parole à celui que nous avons choisi comme *Führer* de la Fraternité, le Zeus qui guidera notre mouvement vers la victoire, car c'est un homme intransigeant, à la volonté de fer. C'est un honneur de demander à Günter Jäger de prendre la parole.

Les participants se levèrent derechef, comme un seul homme, aux cris de *Sieg Heil*, Günter Jäger !

Un homme mince et blond, mesurant un mètre quatre-vingts et tout de noir vêtu, le cou serré dans un col romain d'un blanc éclatant, se leva pour s'avancer vers l'estrade. Le corps était très droit, la démarche énergique, la tête évoquait une statue de Mars. Mais c'étaient ses yeux qui retenaient l'attention. Des yeux gris vert et pénétrants, des yeux froids dans lesquels passèrent des éclairs de lumière intense, quand son regard, parcourant l'assemblée, se posa successivement sur les participants, les baignant de sa lumière.

– Tout l'honneur est pour moi, commença-t-il doucement, en s'autorisant un léger sourire. Comme vous le savez, je suis un prêtre défroqué par mon Église qui juge mes positions impolitiques. Mais j'ai trouvé un troupeau beaucoup plus important que ceux de la chrétienté. Vous représentez ce troupeau, ces millions de brebis qui adhèrent à notre cause.

Jäger s'interrompit, glissa l'index droit entre son col et sa gorge.

– Je déplore souvent, reprit-il avec une pointe de dérision, que les pères malavisés de mon Église n'aient pas rendu mon exclusion publique, car ce garrot blanc m'étrangle. Mais ils ne pouvaient le faire ; ce n'eût pas été très politique. Ils dissimulent plus de péchés que n'en énumèrent les Écritures ; ils le savent, je le sais, nous avons donc trouvé un compromis.

Des rires discrets, entendus, s'élevèrent dans l'assemblée.

– Comme le docteur Traupman vous l'a dit, poursuivit Jäger, nous nous apprêtons à aborder une nouvelle étape de notre entreprise de désorganisation de l'ennemi. Elle sera dévastatrice, une armée invisible s'attaquant à la source première de la vie sur la Terre... L'eau, messieurs.

La réaction unanime fut une profonde surprise ; tout le monde se mit à parler à son voisin.

– Comment accomplirons-nous cela, mon frère défroqué ? demanda Heinrich Paltz, le vieux prélat.

– Si votre Église savait qui vous êtes et ce que vous faites, nous serions mis dans le même sac.

– Je peux justifier nos théories jusqu'à la Genèse, répliqua le prélat. À l'évidence, Caïn était un nègre. La marque de Caïn était sa peau, une peau noire ! Le Lévitique et le Deutéronome mentionnent tous deux les tribus inférieures qui rejettent les paroles des prophètes !

– N'entrons pas dans un débat théologique, nous risquerions tous deux de perdre. Les prophètes, dans l'ensemble, étaient juifs.

– Les tribus d'Israël aussi !

– *Similias similibus*, mon ami. C'était il y a deux mille ans et beaucoup d'eau a coulé sous les ponts. Pour en revenir à votre question, permettez-moi d'expliquer comment cette opération peut être menée à bien.

– Nous vous écoutons, *Herr* Jäger, fit Albert Richter, le dilettante qui avait des biens au soleil de Monaco.

– Les réservoirs, messieurs. Les réserves d'eau de Paris, Londres et Washington. En ce moment même, des plans sont élaborés pour lâcher nuitamment d'un avion des produits toxiques dans les réservoirs à eau de ces capitales. Après la dispersion des produits chimiques les morts se compteront par milliers. Les cadavres s'entasseront dans les rues, les gouvernements seront accusés, car il leur incombe de protéger leurs ressources. À Paris, Londres et Washington, la catastrophe laissera la population terrifiée et choquée. À mesure que les politiciens tomberont, les nôtres prendront leur place et proclameront qu'ils ont les réponses, les solutions. En quelques semaines, ou quelques mois, quand la crise aura été résolue grâce à des antitoxines spécifiques, répandues dans l'eau par le même moyen, nous aurons fait des percées considérables à l'intérieur des gouvernements et des armées. Quand un calme relatif aura été restauré, le mérite en sera attribué à nos disciples, car eux seuls connaîtront les antidotes appropriés.

– Quand cela doit-il avoir lieu ? demanda Maximilian von Löwenstein, fils du général et traître de Wolfsschanze, exécuté par les SS après l'attentat manqué contre Hitler, mais dont la mère, qui haïssait son époux, avait été la maîtresse de Joseph Goebbels et une adepte dévouée du Reich. Ma mère m'a souvent parlé des promesses extravagantes, toujours floues, qui émanaient de la Chancellerie. Elle les trouvait éminemment regrettables et estimait qu'elles avaient affaibli le Führer.

– Nos livres d'histoire rendront justice à votre mère pour sa contribution au IIIe Reich, en particulier pour avoir dénoncé son mari. Quoi qu'il en soit, pour en revenir au présent, des stratégies sont étudiées et l'on calcule la charge susceptible d'être emportée par un appareil volant à basse altitude et capable d'échapper à la surveillance radar. Tout est en place, à moins de deux cents kilomètres des cibles, nos spécialistes sont sur les lieux. D'après les prévisisons les plus récentes, l'opération Eau morte sera lancée dans trois à cinq semaines, chaque catastrophe nationale se produira au même moment, en pleine nuit, des deux côtés de l'Atlantique. Il est établi que ce sera à 4 h 30 à Paris, 3 h 30 à Londres et 22 h 30, la veille, à Washington. Ce sont les heures les plus propices de la nuit. Voilà tout ce que je peux dire, dans l'état actuel des choses.

– C'est plus que suffisant, *mein Führer* ! s'écria Ansel Schmidt, le richissime magnat de l'électronique, qui avait dérobé à la concurrence la majeure partie des technologies de pointe qu'il utilisait.

– Je vois un problème, fit un homme massif, au visage en pleine lune, sans rides, malgré son âge, dont les cuisses énormes logeaient difficilement dans son fauteuil. Comme vous le savez, je suis ingénieur chimiste de formation. Ne sous-estimons pas nos ennemis ; l'eau des réservoirs est analysée en permanence. Le sabotage sera décelé, des mesures seront prises. Comment éviter cela ?

– Que faites-vous de l'inventivité allemande ? répondit Günter Jäger en souriant. Il y a plusieurs décennies, nos laboratoires avaient créé le Zyklon B, qui a débarrassé le monde de millions de juifs et autres indésirables ; nos chimistes ont mis au point une autre formule létale, employant des composés solubles d'éléments apparemment incompatibles, rendus compatibles par un bombardement isogonique préalable au mélange.

Jäger s'interrompit, haussa les épaules en souriant.

– Je suis un homme d'Église, reprit-il, et je ne prétends pas exceller dans ce domaine, mais nous disposons des meilleurs chimistes, dont un certain nombre a été recruté dans vos laboratoires, *Herr* Waller.

– Un bombardement isogonique ? fit l'obèse, tandis qu'un sourire élargissait lentement sa bouche lippue. Une variation de la fusion isométrique, qui provoque la compatibilité, comme l'enrobage d'une aspirine. Plusieurs jours, des semaines peut-être, seront nécessaires pour déterminer les composants, plus longtemps pour les isoler et trouver les contrepoisons... Extraordinairement ingénieux, *mein Führer*. Je vous félicite, j'applaudis au talent que vous avez de rassembler autour de vous les talents.

– C'est trop aimable, mais je serais complètement perdu dans un laboratoire.

– Le laboratoire est le domaine du cuisinier ; c'est la vision qui importe avant tout. Votre idée de génie a été de vous attaquer à la source même de la vie. L'eau...

– On se précipitera sur les bouteilles d'eau minérale, objecta un homme de petite taille, aux cheveux en brosse. On fera bouillir l'eau du robinet pendant les douze minutes nécessaires à l'épuration.

– Douze minutes ne suffiront pas, *Herr* Richter, riposta le nouveau *Führer*. Il en faudra trente-sept ; dites-moi combien pourront ou accepteront de le faire. Je reconnais que les couches sociales les plus défavorisées seront les plus touchées, mais cela ne va pas à l'encontre de nos objectifs de purification. Au contraire, nous gagnerons du temps.

– J'y vois un autre avantage, glissa von Löwenstein. Selon la réussite de l'opération, les mêmes produits pourraient être déversés dans des réservoirs choisis de certains pays d'Europe, du bassin méditerranéen ou d'Afrique.

– Israël d'abord ! s'écria le prélat sénile. Les juifs ont tué le Christ !

Une partie de l'assistance échangea des regards, puis toutes les têtes se retournèrent vers Günter Jäger.

– Assurément, mon frère en religion, fit le chef de la Fraternité, mais nous ne devons jamais élever la voix pour préconiser une solution de ce genre, aussi justifiée que soit notre colère.

– Je voulais seulement que la logique de ma demande soit bien comprise.

– Elle l'est, mon père, elle l'est.

Le même soir, en Angleterre, sur un terrain d'aviation désaffecté, à quinze kilomètres à l'ouest de Lakenheath, un petit groupe d'hommes et de femmes était penché sur des plans et une carte, à la lumière d'un unique projecteur. Derrière eux, au loin, on discernait la silhouette partiellement camouflée d'un vieux 727 datant des années 70. L'appareil était immobilisé au bord de la piste, à la lisière d'un bois, la toile qui le recouvrait relevée à l'avant pour permettre l'accès à la cabine de pilotage. Tout le monde parlait anglais, certains membres du groupe avec l'accent britannique, les autres avec un fort accent allemand.

– Je vous dis que c'est impossible, lança un de ces derniers. La capacité d'emport est largement suffisante, mais l'altitude beaucoup trop faible. Nous ferons voler les vitres en éclats à des kilomètres de la cible et, dès que nous prendrons de l'altitude, nous serons repérés par les radars. Ce plan est insensé, n'importe quel pilote vous dirait la même chose. Une entreprise démente et suicidaire !

– En théorie, cela peut marcher, riposta une Anglaise. Un seul passage en rase-mottes, puis une accélération rapide, en conservant une altitude de moins de trois cents mètres, pour éviter le système de détection radar, jusqu'à ce que nous survolions la Manche. Mais je vois ce que vous voulez dire. Les risques sont énormes, la moindre défaillance suicidaire.

– Les réservoirs de votre pays sont relativement isolés, ajouta un autre Allemand, mais, pour la région parisienne, c'est une autre paire de manches.

– Faut-il se rabattre sur les véhicules terrestres ? demanda un Anglais d'âge mûr.

– Hors de question, répondit le pilote. Il en faudrait trop et des gros, sans compter que cela supprimerait l'effet de dispersion, et qu'il faudrait plusieurs semaines pour que les poisons atteignent les conduites principales.

– Alors, que décidons-nous ?

– La réponse semble évidente, lança un jeune néo qui s'était tenu en retrait du groupe.

Il s'avança dans la lumière, écartant d'un geste arrogant les plans de l'avion.

– Du moins, poursuivit-il, elle devrait l'être pour ceux qui ont gardé les yeux ouverts pendant notre formation dans l'Hausruck.

– Cette remarque est gratuite et injurieuse, protesta l'Anglaise. Ma vue est excellente, je vous remercie.

– Alors – je pose la question à tout le monde –, qu'avez-vous vu descendre en piqué et décrire fréquemment des cercles dans le ciel ?

– Le planeur, répondit un de ses compatriotes. Un petit planeur.

– Quelle est votre idée, *mein junger Mann* ? demanda le pilote. Une escadrille de ces petits appareils, disons entre cinquante et cent, qui entreraient en collision au-dessus des réservoirs d'eau ?

– Pas du tout, *Herr Flugzeugführer*. Remplacez-les par des appareils existants ! Deux planeurs militaires géants de transport, ayant chacun le double ou le triple de la capacité de cette antiquité infiniment trop lourde posée au bord de la piste.

– Que dites-vous là ? Où peut-on trouver ces planeurs ?

– Sur l'aérodrome de Constance, sous un épais camouflage, se trouvent une vingtaine de ces appareils. Ils y sont depuis la guerre.

– Depuis la guerre ? s'écria le pilote, abasourdi. Je ne vous comprends vraiment pas !

– Alors, vos connaissances sur la chute du IIIe Reich sont incomplètes. Dans les dernières années de la guerre, nous, les Allemands, les grands spécialistes des engins sans moteur, avons mis au point l'énorme *Gigant*, le Messerschmitt ME 323, une évolution du ME 321, les deux plus gros planeurs de transport jamais construits. Ils étaient destinés à l'origine à participer au ravitaillement de nos troupes sur le front russe, en attendant d'être utilisés pour l'invasion de l'Angleterre, le bois et la toile dont ils étaient faits leur permettant d'échapper aux radars.

– Ils sont encore là ? demanda l'Anglais d'âge mûr.

– Comme une grande partie des bâtiments de la Royal Navy et les contre-torpilleurs américains... en réserve, comme on dit. J'ai demandé à des aviateurs d'y jeter un coup d'œil. Avec des modifications mineures, ils peuvent être opérationnels.

– Comment comptez-vous les faire décoller ? demanda l'autre Allemand.

– Deux jets peuvent facilement les faire décoller d'une piste courte, avec l'aide de propulseurs auxiliaires fixés sous les ailes, qui se détacheront en vol. La Luftwaffe a prouvé que la chose était faisable.

Il y eut un moment de silence que le vieil Anglais rompit.

– L'idée de ce jeune homme est intéressante, déclara-t-il. Pendant le débarquement en Normandie, des dizaines de ces planeurs, transportant pour la plupart des jeeps, des automitrailleuses et des troupes, firent des ravages derrière les lignes allemandes. Bravo, mon petit gars, bravo !

– Je suis d'accord, fit pensivement le pilote, les yeux plissés. Je retire mes remarques sarcastiques.

– Si je puis me permettre de poursuivre, reprit le jeune homme ravi, les jets pourraient lâcher les planeurs au-dessus des réservoirs, d'une altitude de trois mille mètres, puis remonter rapidement à quarante mille pieds et traverser la Manche avant que les radaristes aient eu le temps d'y comprendre quelque chose.

– Et les planeurs ? demanda un néo britannique, avec une moue de scepticisme. À moins qu'il ne s'agisse clairement d'une mission sans retour, il faudra qu'ils se posent... ou qu'ils s'écrasent quelque part.

– Je vais répondre, fit le pilote. Des champs ou des prairies situés à proximité des réservoirs seront choisis pour l'atterrissage. Nous ferons sauter les planeurs dès qu'ils se seront posés, tandis que les aviateurs prendront la fuite à bord des véhicules qui les attendront.

– *Jawohl !* lança l'autre Allemand, la main levée dans la lumière du projecteur. Cette stratégie peut changer beaucoup de choses, ajouta-t-il avec une autorité tranquille. Nous discuterons avec nos ingénieurs des modifications à apporter à ces appareils. Je dois retourner à Londres et appeler Bonn. Quel est votre nom, jeune homme ?

– Von Löwenstein. Maximilian von Löwenstein, troisième du nom.

– Votre grand-mère, votre père et vous-même avez effacé la tache faite sur les armes de votre famille par ce traître qui était votre grand-père. Vous pouvez marcher la tête haute, mon garçon.

– Je me suis préparé toute ma vie à des moments comme celui-ci.

– Tant mieux. Vous vous y êtes parfaitement préparé.

– Bon Dieu ! souffla Claude Moreau.

Il donna l'accolade à Drew Latham devant un muret dominant la Seine ; Karin de Vries, avec sa blonde chevelure postiche, se tenait à quelques mètres.

– Vous êtes vivant, poursuivit-il, c'est la seule chose qui compte, mais que vous a fait de cinglé de Witkowski ?

– Je crains que l'idée ne soit venue de moi, glissa Karin, en s'approchant des deux hommes.

– Je présume que vous êtes Mme de Vries, fit le patron de la DST, en soulevant sa casquette.

– En effet.

– Les photographies que j'ai vues semblent le démentir, mais si cette gargouille à cheveux jaunes est Drew Latham, j'imagine que tout est possible.

– Ce n'est qu'une perruque, Monsieur Moreau.

– Certainement, mais je dois avouer qu'elle n'est pas en harmonie avec un si joli visage. Je la trouve, disons, quelque peu criarde.

– Je comprends maintenant pourquoi vous êtes tenu pour un des hommes les plus charmants de Paris.

– Le compliment me va droit au cœur, mais surtout n'en dites rien à ma femme.

– Désolé d'interrompre votre assaut de politesses, fit Drew, mais c'est *moi* que Claude est heureux de revoir.

– C'est vrai, mon cher ami, mais je pleure la mort de votre frère.

– Moi aussi. Venons-en plutôt à ce qui nous a réunis ici ; je veux les ordures qui l'ont abattu... entre autres choses.

– Nous les voulons tous, entre autres choses. Il y a un café, un peu plus loin ; il est bondé, en général, personne ne nous remarquera. Allons-y et installons-nous à une table, loin de l'entrée. En fait, je connais le patron et la table est déjà réservée.

– Excellente idée, monsieur Moreau, fit Karin, en prenant le bras de Drew.

– Vous pouvez m'appeler Claude, si vous voulez, reprit le directeur de la DST, en commençant à marcher d'un pas lent. Je suppose que nous resterons ensemble jusqu'à ce que tout soit terminé, si cela doit se terminer. Vous pouvez vous dispenser du « monsieur », mais pas un mot à mon adorable épouse.

– J'aimerais beaucoup la rencontrer.

– Pas avec cette perruque, ma chère.

Le cafetier accueillit discrètement Moreau derrière une rangée de jardinières et les conduisit à la table la plus éloignée de l'entrée. Elle touchait la dernière caisse à fleurs et se trouvait dans l'ombre. Une bougie tremblotait sur la nappe à carreaux.

– Je croyais que le colonel Witkowski serait des nôtres, fit Karin.

– Moi aussi, dit Latham. Comment se fait-il qu'il ne soit pas là ? Sorenson a souligné que son expérience nous serait précieuse.

– C'est lui qui a pris la décision, expliqua Moreau. Avec sa stature, il ne passe pas inaperçu.

– Nous aurions pu nous retrouver ailleurs, insista Drew. Dans une chambre d'hôtel, par exemple.

– Une autre décision du colonel. Il est avec nous, indirectement. Une voiture banalisée de votre ambassade est garée devant le café. Le conducteur reste au volant ; ses deux collègues, des Marines en civil, se mêlent à la foule de passants.

– Il fait donc un test, déclara Karin.

– Précisément. Voilà pourquoi notre ami Drew se fait encore passer pour un officier, un rôle à contre-emploi. Witkowski veut s'assurer qu'il n'y a pas eu d'autres fuites ; s'il y en a, il espère faire un prisonnier et lui tirer les vers du nez.

– On le reconnaît bien là, fit Latham. Le seul risque qu'il prend est avec ma vie.

– Vous ne risquez absolument rien, affirma Moreau. J'ai le plus grand respect pour l'efficacité de vos Marines... Karin, ajouta-t-il, en voyant la main bandée, le colonel m'a appris que vous aviez été blessée. J'en suis sincèrement désolé.

– C'est en voie de guérison, merci. Une attelle sera bientôt posée. Je vois le médecin demain et j'imagine que je porterai bientôt une paire de gants seyants.

– Il va sans dire que je mets à votre disposition un véhicule de service.

– Stosh s'en est déjà occupé, fit Drew. J'ai insisté, car je tenais à ce que tout soit fait dans les règles. Pas question qu'elle débourse un sou pour les soins médicaux.

– Cela n'a pas d'importance, mon chéri...

– Pour moi, si !

– *Mon chéri*... Je vois ce que c'est, fit Moreau. Sachez que je suis très heureux pour vous deux.

– Cela m'a échappé. Excusez-moi.

– De rien, de rien... Malgré ma profession, je suis un romantique de cœur. Je dois ajouter que le colonel Witkowski avait mentionné, sous le sceau du secret, une liaison possible entre vous. Il est de loin préférable, dans ce genre de situation, de ne pas être seul ; la solitude est un terrible handicap dans les périodes de grande tension.

– Bien dit, Claude... Ce sont les paroles d'un ami.

– Merci.

– Une question, coupa Latham. Je comprends que Stanley ne soit pas venu, mais vous ? N'êtes-vous pas une figure connue à Paris ?

– Loin de là, répondit Moreau. Ma photo n'a jamais été publiée dans les journaux ni montrée à la télévision ; c'est la politique de notre maison. Même sur la porte de mon bureau, rien n'indique que je suis le directeur. Je n'irai pas jusqu'à prétendre que nos ennemis ignorent à quoi je ressemble, mais mon physique n'a rien de remarquable. Je ne suis pas grand, je ne m'habille pas d'une manière excentrique, je suis un homme ordinaire. Je ne me fais pas remarquer dans la foule, comme on dit. Mais j'ai une belle collection de couvre-chefs ; regardez la casquette ridicule que je porte. C'est tout ce dont j'ai besoin.

– Sauf contre vos ennemis, fit Drew.

– C'est un risque à courir pour nous tous. Permettez-moi maintenant de vous mettre au courant des derniers développements de notre affaire. Vous savez peut-être que l'ambassadeur Courtland sera demain matin dans le Concorde, à destination de Washington...

– Sorenson a dit qu'il l'avait fait rappeler pour trente-six heures, fit Drew, sans le laisser achever sa phrase, sous un prétexte forgé de toutes pièces, dont le Département d'État ignore tout.

– Exactement. D'ici là, Mme Courtland sera sous notre surveillance constante. Nous ne perdrons rien de ses faits et gestes à l'extérieur de l'ambassade ; à l'intérieur, tous les numéros de téléphone qu'elle demandera me seront immédiatement communiqués, avec l'autorisation du colonel...

– Vous ne pouvez pas la mettre sur table d'écoute ? demanda Latham.

– Trop risqué, nous n'avons pas le temps de modifier l'installation téléphonique. Elle se méfie assurément et cherchera à détecter la présence d'un micro. Si elle devait acquérir la certitude d'une interception, elle saurait qu'elle est sous surveillance.

– De la même manière que tu as su que ma ligne était sur écoute, Drew, glissa Karin.

– Les heures et lieux de rendez-vous de l'autre soir, acquiesça Latham. Très bien, poursuivit-il, vous ne la quittez pas des yeux, mais imaginons qu'il ne se passe rien.

– Eh bien, fit Moreau, il ne se passera rien. Mais cela m'étonnerait au plus haut point. N'oubliez pas que sous un extérieur charmant se cache une fanatique endurcie, dévouée à sa cause. Elle est à une heure d'avion de ce Reich qu'elle appelle de tous ses vœux et elle est allée si loin dans l'œuvre de sa vie que son ego demandera satisfaction. Des félicitations serait plus juste, car les *Sonnenkinder* doivent avoir un ego hypertrophié. La tentation sera trop forte. À mon avis, débarrassée de son mari, elle fera un faux pas et nous apprendrons quelque chose.

– J'espère que vous êtes dans le vrai.

Latham fronça les sourcils en voyant un garçon s'approcher de leur table avec deux bouteilles de vin et des verres sur un plateau.

– Le patron me fait toujours goûter ses dernières acquisitions, expliqua Moreau à voix basse, tandis que le garçon débouchait les bouteilles. Si vous préférez autre chose, n'hésitez pas à le dire.

– Non, c'est parfait.

Drew échangea un regard avec Karin et ils hochèrent tous deux la tête.

– J'ai une question, reprit-elle, quand le garçon se fut éloigné. Si Drew avait raison et s'il ne se passait rien, pourrions-nous obliger Janine à commettre ce faux pas ?

– De quelle manière ? demanda le patron de la DST. À votre santé, poursuivit-il, en levant délicatement son verre. À nous trois... Comment, ma chère Karin ?

– Je ne sais pas. Peut-être les Antineos. Je les connais et ils me connaissent ; plus important, ils tenaient mon mari en haute estime.

– Continue, fit Latham, sans la quitter des yeux. Mais n'oublie pas que Sorenson a émis des doutes sur eux.

– C'est stupide.

– Peut-être, mais ce vieux Wesley a un instinct dont peu de gens peuvent se prévaloir... sauf Claude, peut-être, et Witkowski, probablement.

– Vous êtes trop généreux pour ce qui me concerne, mais je réponds de mon ami Sorenson. Il est brillant, c'est le moins qu'on puisse dire.

– Il dit la même chose de vous. Il m'a aussi confié que vous lui aviez sauvé la vie à Istanbul.

– Il aurait dû préciser que j'ai sauvé la mienne, par la même occasion. Mais revenons aux Antineos, Karin. Comment pourrions-nous nous servir d'eux pour pousser l'ambassadrice à commettre une imprudence ?

– Je ne sais pas précisément, mais ils ont une connaissance approfondie du mouvement néonazi. Ils ont découvert des noms, des codes, des méthodes de contact ; leurs dossiers renferment une multitude de secrets qu'ils refusent de partager. Mais ils pourraient, cette fois, faire une exception.

– Pourquoi ? demanda Drew.

– Je ne puis qu'être d'accord avec notre ami, fit Moreau. D'après ce que nous savons sur eux, ils refusent, en effet, de partager quoi que ce soit. C'est une organisation de renseignement indépendante, qui fonctionne en autarcie et n'a de comptes à rendre à personne. Pourquoi changeraient-ils les règles du jeu et ouvriraient-ils leurs dossiers à quelqu'un de l'extérieur ?

– Il ne s'agit pas de dossiers, seulement de quelques renseignements judicieusement choisis ; peut-être un moyen de prendre contact avec un code utilisé en cas d'urgence et connu des *Sonnenkinder*.

– Tu ne nous a pas écoutés, fit Latham, en se penchant vers Karin pour caresser délicatement sa main bandée. Pourquoi feraient-ils cela ?

– Parce que nous avons quelque chose dont ils n'ont pas la moindre idée. Nous avons, à Paris même, un authentique *Sonnenkind*, que tout le monde peut voir. Je veux bien me charger des négociations.

– Voilà de quoi les appâter ! s'exclama Drew en se redressant.

– Ce n'est pas déraisonnable, murmura le patron de la DST. Mais ils exigeront une preuve.

– Bien sûr, et je pense que vous pouvez la leur fournir.

– De quelle manière ?

– Pardonne-moi, mon chéri, fit Karin, en jetant un coup d'œil à Drew, mais ces gens-là se sentent plus à l'aise avec la DST qu'avec la CIA. C'est une organisation européenne. Il me faut une note sur votre papier à en-tête, poursuivit-elle en se tournant vers Moreau, indiquant la date, l'heure, le classement secret conforme à votre matériel de sécurité et établissant que je suis autorisée à faire part d'une opération de surveillance en cours sur un *Sonnenkind* de haut rang, dont je ne puis communiquer le nom sans votre accord. Cela devrait suffire. S'ils acceptent de coopérer, nous passerons au brouillage et je vous appellerai sur une ligne privée.

– Je ne vois, au premier abord, aucune faille dans votre plan, fit Moreau, admiratif.

– Moi, si, protesta Drew. Imaginons que Sorenson ait vu juste. Imaginons qu'un ou deux néos aient infiltré leur organisation. Karin est condamnée à mort, et je ne veux pas de ça !

– Je t'en prie, Drew ! Je connais depuis mon arrivée à Paris les trois Antineos que nous avons rencontrés ; deux d'entre eux étaient des contacts de Freddie.

– Et le troisième ?

– Chéri, s'il te plaît ! C'est un prêtre !

Des cris retentirent soudain sur le trottoir, de l'autre côté des jardinières. Le cafetier accourut à leur table et s'adressa à Moreau en haletant.

– Du grabuge ! Il ne faut pas rester ici ; debout et suivez-moi !

Ils partirent à sa suite ; il s'arrêta trois ou quatre mètres plus loin, appuya sur un bouton caché. La dernière jardinière s'ouvrit.

– Vite ! s'écria le cafetier. Sous la rue !

– Le vin était excellent, lança le patron de la DST avant de prendre le bras de Karin pour s'élancer dans l'ouverture.

Mais leur attention fut attirée par les hurlements de panique des passants et ils se retournèrent tous les trois. Ils comprirent en même temps. Karin étouffa un petit cri, Moreau ferma fugitivement les yeux, Latham lâcha un juron furieux. La lumière d'un réverbère, entrant par le pare-brise du véhicule de l'ambassade, éclairait le conducteur. L'homme était cambré derrière le volant ; un filet de sang coulait de son front jusqu'au menton.

23

– Ils sont partout, et nous ne les voyons pas ! rugit Drew en martelant du poing le bureau de la chambre de l'hôtel Bristol, où ils avaient décidé de se replier. Comment m'ont-ils retrouvé ?

– Pas vous, mon ami, fit doucement Claude Moreau, qui se tenait pensivement devant une fenêtre. Ni le colonel Webster et son uniforme. C'est moi qui les ai attirés.

– Vous ? fit Drew, caustique. Je croyais vous avoir entendu dire que personne ou presque ne vous connaissait ! Que vous étiez un type tout à fait ordinaire, avec une belle collection de couvre-chefs !

– Ce n'est pas que l'on m'ait reconnu ; on savait où j'étais.

– Comment est-ce possible, Claude ? demanda Karin, assise au bord du lit.

– Votre ambassade n'est pas le seul endroit infecté, expliqua Moreau en se retournant, un mélange de tristesse et de colère sur le visage. Mon propre bureau est contaminé.

– Vous voulez dire que la DST réchauffe une taupe dans son sein ?

– Drew, je t'en prie ! lança Karin, en montrant de la tête que Moreau était profondément troublé.

– Je n'ai pas parlé de mon service, monsieur, répliqua sèchement le patron de la DST en soutenant le regard de Drew, j'ai dit « mon propre bureau ».

– Je ne comprends pas, fit Drew d'un ton adouci.

– Vous ne pouvez pas comprendre, vous ne savez pas comment nous travaillons. En ma qualité de directeur, on doit pouvoir me joindre à tout moment, en cas d'urgence. À part Jacques, avec qui j'organise mes journées, je ne communique mes coordonnées qu'à un seul de mes collaborateurs, avec qui je travaille en étroite liaison et en qui j'ai toute confiance. Cette personne a un bip, je peux l'appeler jour et nuit.

– Comment s'appelle-t-il ? demanda Karin, en se penchant au bord du lit.

– Pas il, à mon grand regret, mais *elle*. Monique d'Agoste, ma secrétaire depuis plus de six ans ; plus qu'une secrétaire, une assistante, une confidente. Elle était la seule à savoir, pour le café.

– Vous n'avez jamais eu le moindre soupçon ? poursuivi Karin.

– Et toi, au sujet de Janine Clunes ? demanda Drew.

– C'est la femme de l'ambassadeur.

– Et Monique est la meilleure amie de ma propre femme. En fait, c'est elle qui m'a recommandé Monique. Elles se sont connues à l'université, puis Monique s'est mariée ; un mariage raté. Toutes ces années, elles sont restées complices, comme des écolières... Tout est clair, maintenant.

Moreau s'avança vers le bureau. Il décrocha le combiné, composa un numéro.

– Toutes ces années..., répéta le chef de la DST, en attendant que son appel aboutisse. Si aimable, si attentionnée... Ce n'est pas vous qu'ils visaient, mes amis, c'était moi. La décision a été prise, mon heure a sonné... On m'a démasqué.

– De quoi parlez-vous ? demanda Latham.

– Je regrette de ne pouvoir le dire, même à vous.

Moreau leva la main et se mit à parler au téléphone, d'un ton autoritaire.

– Allez immédiatement chez Mme d'Agoste, à Saint-Germain, et arrêtez-la. Faites-vous accompagner d'une femme pour une fouille au corps et assurez-vous qu'elle n'a pas de poison sur elle... Je n'ai pas à répondre à vos questions, faites ce que je dis !

Il raccrocha, se laissa tomber dans la causeuse adossée au mur.

– Je suis fou furieux et effondré, fit-il à mi-voix.

– Ce sont deux choses différentes, glissa Drew. L'une des deux émotions doit prendre le pas sur l'autre.

– Vous ne pouvez nous laisser dans le noir, fit Karin. Compte tenu de tout ce que nous avons vécu, j'estime que nous méritons une explication, aussi vague soit-elle.

– Je me demande depuis combien de temps elle prépare cela, ce qu'elle a appris, ce qu'elle leur a révélé...

– Allez-vous nous dire à qui ? lança Drew.

– À ceux qui informent la Fraternité.

– Allons, Claude ! poursuivit Latham. Dites-nous quelque chose !

– Très bien, soupira le patron de la DST, en s'appuyant contre le dossier et en se massant les yeux de la main gauche. Depuis trois ans, je joue à un jeu dangereux, je me remplis les poches... Plusieurs millions de francs seront à moi, uniquement dans le cas où j'échouerai et où leur cause l'emportera.

– Vous êtes devenu un agent double ? s'écria Karin, en bondissant du lit. Comme Freddie ?

– Un agent double ? répéta Drew, en se dressant dans son siège.

– Comme Freddie, poursuivit Moreau, les yeux fixés sur Karin. Ils étaient persuadés que j'étais un informateur commode et précieux, mais c'était une stratégie qui ne pouvait être officiellement menée par mon service.

– Dans l'hypothèse, aussi douteuse fût-elle, où il était « infecté », achera gravement Karin.

– Exactement. Ma grande faiblesse fut de ne pouvoir trouver un filet de sécurité. Il n'y avait personne, absolument personne dans les cercles officiels à qui me confier. Les hauts fonctionnaires vont et viennent, les plus influents finissent dans le secteur privé et les politiciens sont trop fuyants. Je devais agir seul, sans couverture, une très contestable opération en solo, comme on dit.

– Pourquoi vous êtes-vous mis dans cette situation ? s'écria Drew.

– Là-dessus, je garderai le silence. Cela remonte à bien longtemps, à un événement oublié de tous... sauf de moi.

– S'il est tombé dans l'oubli, en quoi peut-il être important ?

– Il l'est pour moi.

– D'accord.

– Merci.

– Laissez-moi essayer d'y voir clair, poursuivit Latham, en commençant à marcher de long en large devant la fenêtre. Vous avez parlé de « plusieurs millions », si je ne me trompe ?

– En effet.

– En avez-vous dépensé une partie ?

– Une grande partie, pour pénétrer dans des milieux auxquels mon salaire ne m'aurait jamais donné accès, en cherchant à me rapprocher du but, en payant ceux qui se laissaient acheter, pour apprendre toujours plus.

– Une véritable opération en solo. Qui fait quoi et à qui en parler ?

– Tout à fait exact, malheureusement.

– Mais vous nous en avez parlé, glissa Karin. Cela doit signifier quelque chose.

– D'une part, ma chère, vous n'êtes pas française. D'autre part, vous appartenez aux organisations de l'ombre, à ces opérations clandestines sur lesquelles chaque pays préfère jeter un voile, mais qui, pour le citoyen ordinaire, sont gangrenées par la corruption.

– Je ne pense pas que vous soyez corrompu, déclara Drew avec conviction.

– Je ne pense pas non plus, fit Moreau, mais nous pouvons nous tromper, l'un comme l'autre. J'ai une femme et des enfants, voyez-vous. Plutôt que de leur faire subir les calomnies qui s'abattront sur moi – sans même parler d'une balle dans la tête ou de plusieurs années de prison – je filerai avec mes millions et je vivrai confortablement là où je choisirai de vivre. N'oubliez pas qu'un briscard comme moi a des griffes et qu'il sait s'en servir. Non, mes amis, j'ai bien réfléchi. Je m'en sortirai, même si j'échoue. Pour ma famille.

– Et si vous n'échouez pas ? demanda Karin.

– Dans ce cas, je verserai au gouvernement l'argent qui me reste, jusqu'au dernier franc, avec un relevé détaillé des dépenses faites dans le cadre de mon opération en solo.

– Vous n'échouerez pas, dit Latham. *Nous* n'échouerons pas. Parce que, entre autres raisons, à défaut de millions sur un compte, j'avais un frère dont on a fait exploser le crâne et Karin avait un mari, mort sous la torture. J'ignore quel est votre problème, Moreau, et vous ne voulez pas le dire, mais je suppose qu'il est aussi important pour vous que le nôtre l'est pour nous.

– Vous pouvez le supposer.

– Je pense donc que nous devrions nous mettre au travail.

– Avec quoi ?

– Notre tête, notre imagination. C'est tout ce que nous avons.

– J'aime cette formulation, fit le patron de la DST. Effectivement, c'est tout ce que nous avons.

– Revenons à Traupman, Kroeger et notre ambassadrice, fit Latham.

Il se rassit impatiemment au bureau, ouvrit un tiroir pour y prendre quelques feuilles à en-tête de l'hôtel.

– Il faut trouver un lien entre eux, reprit-il, mais comment ? Le premier nom qui vient à l'esprit est celui de votre secrétaire, Claude. Cette Monique Untel.

– Tout à fait possible. Nous pouvons obtenir la liste des numéros appelés du bureau ; cela nous apprendra à qui elle a téléphoné.

– Et les numéros appelés de son domicile... ?

– Certainement. Je peux avoir cela en quelques minutes.

– Réunissez le tout et demandez-lui des explications. Dites-lui que vous n'hésiterez pas à la sacrifier... en pointant un pistolet sur sa tête, si besoin est. Si Sorenson a vu juste, Traupman est obligé de se tenir informé de la situation et c'est elle qui peut le faire ! Nous nous occuperons ensuite de l'ambassadeur d'Allemagne, ce phraseur d'Heinrich Kreitz ; s'il le faut, nous le mettrons à l'ombre, jusqu'à ce qu'il se décide à sonner l'alarme à Bonn.

– Vous ne perdez pas de temps, cher ami ; vous enjambez gaillardement les obstacles diplomatiques. C'est sympathique, mais attention au retour de manivelle.

– Je m'en contrefous ! Je suis trop impatient !

Le téléphone sonna. Moreau décrocha et écouta en silence. Les muscles de son visage énergique se relâchèrent, son teint vira au gris.

– Merci, articula-t-il avant de raccrocher. Encore une impasse, ajouta-t-il, en fermant les yeux. Monique d'Agoste a été battue à mort. À l'évidence, c'est ainsi que l'on a appris où je me trouvais... Je me demande s'il y a un Dieu, là-haut ?

Le vice-président Howard Keller ne mesurait qu'un mètre soixante-douze, mais il donnait l'impression d'être beaucoup plus grand. Quantité de gens en avaient fait l'observation, mais bien peu avaient proposé une explication satisfaisante. La meilleure était peut-être celle d'un chorégraphe new-yorkais vieillissant, qui avait observé le vice-président à l'occasion d'une des soirées culturelles données à la Maison-Blanche. « Regarde-le bien, avait-il murmuré à l'oreille d'un danseur. Il fait seulement quelques pas vers le micro pour présenter quelqu'un, mais regarde-le. Il ouvre l'espace devant lui, il fend l'air avec son corps. Truman était comme lui ; c'est un don. Un coq dans la basse-cour. »

Qu'il eût un don ou qu'il fût un coq, Keller était un politicien avec qui il fallait compter. Il possédait les arcanes du pouvoir, après quatre mandats de député et douze années au Sénat, où il avait fini par obtenir la présidence de la puissante commission des Finances. Il avait échappé à toutes les chausse-trappes et accepté de se porter candidat à la vice-présidence, bien qu'il fût plus âgé et beaucoup plus aguerri que celui que son parti avait choisi pour briguer la présidence. Il l'avait fait, car il savait qu'il pourrait apporter les suffrages de certains États, indispensables pour assurer leur élection, la priorité absolue à ses yeux. Mais il était sincèrement attaché à ce président dont il admirait le courage et l'intelligence, même s'il lui restait encore beaucoup à apprendre sur la vie à Washington.

Pour le moment, assis à son grand bureau encombré, le regard fixé sur le directeur des Opérations consulaires, il était très loin de ces considérations.

– J'en ai entendu, des couillonnades, mais celle-là dépasse l'imagination, déclara-t-il posément.

– Je comprends votre point de vue, monsieur le vice-président...

– Pas avec moi, Wes, coupa Howard Keller, on se connaît depuis trop longtemps. Tu n'as pas oublié que c'est moi qui ai essayé de te faire nommer à la tête de la CIA ? Tu as tout fichu en l'air, mais j'aurais eu le Sénat entier derrière moi.

– Je n'ai jamais voulu de ce poste, Howard.

– C'est pour ça que tu en as accepté un autre, encore plus difficile. Une petite structure bâtarde, où tu es censé jouer le rôle de coordinateur entre le Département d'État, la CIA et l'exécutif, sans parler de nos vieilles culottes de peau du Pentagone. Tu es cinglé, Wes ! Tu es pourtant bien placé pour savoir que c'est un boulot impossible !

– C'est vrai, je croyais qu'il s'agirait plutôt de consultations, de consensus... Non, ne dis rien, c'est l'affaire du Congrès, je sais.

– Merci de m'éviter de perdre ma salive... Alors, non seulement tu vis entouré de fous, mais deux nazis prétendent que je suis des leurs, que je joue un rôle dans leur mouvement fasciste. Ce serait à pisser de rire, si je ne risquais d'être éclaboussé. Hitler a dit que le mensonge le plus grossier, répété assez longtemps, finissait par être cru... Celui-ci est grossier, Wes, il dépasse la mesure.

– Allons, Howard, tu sais bien que je ne laisserai jamais circuler ça !

– Tu ne pourras peut-être pas l'éviter. Tôt ou tard, tes deux skinheads seront interrogés par des gens d'un autre service et il y aura parmi eux des opposants pour qui l'occasion sera trop belle.

– Je ne laisserai pas les choses aller jusque-là ; je logerai une balle dans la tête des deux salauds avant.

– Ce n'est pas une pratique digne d'un bon Américain, gloussa Keller.

– Eh bien, je ne suis pas un bon Américain. Je l'ai déjà fait, tu sais.

– Sur le terrain, et tu étais beaucoup plus jeune.

– Si cela peut te consoler, ils ont aussi mis en cause le président de la Chambre des représentants, et c'est un adversaire politique.

– Comme c'est commode ! L'ordre de succession à la présidence... Après le président, vient le vice-président, suivi du président de la Chambre. Tes nazis connaissent notre constitution !

– Je reconnais que l'un des deux est assez cultivé.

– Le président de la Chambre des représentants !... Un vieux baptiste qui ne ferait pas de mal à une mouche, dont le seul péché est de prier en concluant des accords qui lui déplaisent, parce que c'est le seul moyen de faire voter les lois. Comment ont-ils pu le choisir, lui ?

– Ils disent qu'il est d'ascendance allemande et qu'il a demandé, pendant la dernière guerre, le statut d'objecteur de conscience.

– Il s'est aussi porté volontaire comme médecin non combattant et a été grièvement blessé en sauvant la vie de soldats américains. Tes nazis ne sont pas très malins. S'ils avaient fait des recherches sérieuses, ils auraient appris qu'il porte un corset orthopédique depuis Omaha Beach, quand on l'a transporté de la plage où il a failli perdre la vie, en priant pour nos petits gars qui y étaient restés. C'est pour ça qu'il a reçu la Silver Star. Tu parles d'un suppôt du nazisme !

– Écoute-moi, Howard, fit Sorenson en se penchant en avant. Je suis venu te voir parce que je pensais qu'il fallait te mettre au courant.

mais il ne m'est jamais venu à l'esprit d'ajouter foi à cette accusation. Tu me crois ?

– J'espère et, compte tenu de ce qui se passe dans notre pays, le proverbe « un homme averti en vaut deux » prend une nouvelle signification.

– Nous ne sommes pas les seuls. À Londres comme à Paris, on remue ciel et terre pour dénicher des néos.

– On en a malheureusement trouvé quelques-uns... J'emploie le mot malheureusement au sens où un tout petit nombre suffit à irriter les narines des chasseurs.

Keller tendit le bras pour prendre sur son bureau un journal plié de telle sorte qu'on pouvait lire un article au bas de la une.

– Jette un coup d'œil là-dessus, reprit le vice-président. C'est le quotidien de Houston, l'édition du jour.

Sorenson prit le journal et le titre de l'article lui sauta aux yeux.

– Bon Dieu ! souffla-t-il.

DES NAZIS À L'HÔPITAL ?

Des patients se plaignent de propos injurieux

HOUSTON, le 14 juillet. *En se fondant sur divers témoignages, écrits ou oraux, dont l'anonymat est préservé par le conseil d'administration, l'hôpital Méridien a ouvert une enquête sur son personnel. Les plaintes tournent autour de nombreuses réflexions faites par des médecins et des infirmières, que les témoignages décrivent comme violemment antisémites ou injurieuses pour les Noirs et les catholiques. Le Méridien est un établissement multiconfessionnel, mais il est de notoriété publique que les patients sont en majorité protestants, avec un pourcentage élevé de membres de l'Église épiscopale. Ce n'est un secret pour personne qu'une annexe de l'établissement, prospère et éminemment discrète, accueille, à trente kilomètres de Houston, une clientèle aisée dans son centre de désintoxication pour alcooliques.*

Notre journal a reçu une copie de douze lettres envoyées par d'anciens patients à la direction de l'hôpital, mais, dans un souci d'impartialité et en attendant que la situation se soit éclaircie, nous en différons la publication, afin de protéger les personnes dont le nom est cité.

– Heureusement que personne n'est nommé, fit Sorenson en jetant le journal sur le bureau.

– Combien de temps crois-tu que cela durera ? Tu sais qu'ils vendent leurs propres journaux ?

– C'est révoltant.

– Et ce n'est pas fini, Wes. À Milwaukee, avant-hier, des dégâts considérables ont été provoqués dans une brasserie dont la bière et le propriétaire portaient un nom allemand.

– J'ai lu un article là-dessus. Je n'ai pas pu terminer mon petit déjeuner.

– Tu es allé loin dans ta lecture ?

– À peu près comme aujourd'hui. Pourquoi cette question ?

– Le patronyme est allemand, mais c'est une famille juive.

– Révoltant.

– Et à San Francisco, un conseiller municipal du nom de Schwinn a démissionné à la suite de menaces contre sa famille. La raison : il a déclaré dans un discours qu'il n'avait rien contre les homosexuels, qu'il comptait de nombreux amis dans cette communauté, mais qu'il estimait que la part qui leur revenait dans le financement public des activités artistiques était trop importante par rapport à leur nombre. La logique du raisonnement est discutable – sans eux, la création artistique serait considérablement amoindrie – mais, d'un point de vue politique, cela se tient... On l'a traité de nazi et ses enfants ont été molestés sur le chemin de l'école.

– C'est comme si tout recommençait, Howard. Il suffit de changer les étiquettes et les roquets commencent à mordre tout ce qui passe à leur portée.

– Ce n'est pas à moi qu'il faut dire ça, soupira Keller. J'ai des tas d'ennemis à Washington, qui ne sont pas tous dans le parti adverse. Imaginons que tes deux néos soient convoqués devant une commission sénatoriale et qu'ils persistent à déclarer que nous sommes des leurs, le président de la Chambre et moi. Crois-tu que nous nous en remettrons ?

– Bien sûr. Ils mentent effrontément.

– Oui, mais ils auront semé le doute dans les esprits. Notre carrière sera examinée au microscope par des adversaires sans pitié ; ils sortiront de leur contexte des citations par centaines et les mettront bout à bout pour étayer les accusations... Sais-tu que le KGB d'antan a établi tout un dossier sur le Christ, en se fondant uniquement sur l'étude du Nouveau Testament, et en a conclu qu'il était un vrai marxiste, un communiste pur et dur ?

– Non seulement je le sais, mais je l'ai lu, répondit en souriant le directeur des Opérations consulaires. C'était fichtrement convaincant mais je dirais social-démocrate plutôt que communiste. Nulle part il n'a préconisé un centralisme politique.

– Il faut rendre à César...

– C'est un peu flou dans mon esprit. Il faudrait que je relise tout ça

Les deux hommes se mirent à rire doucement.

– Je vois où tu veux en venir, reprit Sorenson. C'est comme les statistiques, on peut faire dire n'importe quoi à des données extraites d'une étude.

– Alors, demanda le vice-président, où en sommes-nous ?

– Je vais coller une balle dans la tête de ces deux salauds.

– Non, d'autres prendront leur place. Il faut les ridiculiser. Exige la réunion d'une commission sénatoriale, avec toute la mise en scène, pour faire d'eux un objet de risée.

– Tu veux rire ?

– Pas du tout. C'est peut-être le remède à la folie qui s'empare de notre pays, du Royaume-Uni, de la France et Dieu sait de combien d'autres...

– C'est insensé, Howard ! Leur apparition à la télévision suffira à alimenter l'ardeur des groupes d'autodéfense !

– Pas si c'est fait correctement. Ils ont un programme, il nous en faudra un aussi.

– Quel genre de programme ? Je ne te suis plus.

– À toi de nous amener les clowns.

– Quels clowns ?

– Il faudra chercher un peu, mais tu présenteras le pour et le contre, en citant des témoins pour appuyer les accusations, d'autres qui les repousseront avec véhémence. Pour ces derniers, ce sera facile ; le passé du président de la Chambre et le mien plaident pour nous, et des voix respectables, venant de la Maison-Blanche ou d'ailleurs, se prononceront en notre faveur. Les « pour », nos clowns, auront la partie plus difficile, mais ils sont la clé de tout.

– La clé de quoi ?

– De la porte derrière laquelle la folie prospère en toute liberté. Il faudra dénicher des agités du bocal qui, de prime abord, paraissent sains d'esprit et même courtois. Ce seront en fait des zélateurs fanatiques, dévoués à leur cause ; questionnés sans ménagement, ils finiront par craquer et jetteront le masque.

– Cela semble terriblement dangereux, fit le directeur des Opérations consulaires. Imaginons qu'ils ne craquent pas.

– Je suis avocat, Wes, et je t'assure que c'est une vieille ruse employée au prétoire... par les bons avocats. Des pièces et des films ont même exploité sa valeur dramatique.

– Je commence à comprendre.

– Pense à tous les épisodes de *Perry Mason*, ajouta Keller.

– Mais c'est de la fiction, Howard, un spectacle. Nous sommes dans la réalité et les néos existent bel et bien !

– Comme les cocos, les gauchos, les rouges... Nous avons failli perdre de vue les espions soviétiques, les professionnels discrets, car notre attention était détournée par ceux qui servaient d'appeaux ; pendant ce temps, on se tordait de rire à Moscou.

– Je devrais être d'accord avec toi sur ce point, mais je ne suis pas sûr que l'analogie soit bonne. La guerre froide était bien réelle, j'en suis le produit. Comment un avocat pourrait-il nier ce qui se passe aujourd'hui ? Je ne parle pas des appeaux, comme toi et le président de la Chambre des représentants, mais des vrais vautours, comme le docteur Metz, le spécialiste des fibres optiques, ou Mosedale, l'Anglais, le conseiller du ministre des Affaires étrangères... Il y en a un autre, mais il est trop tôt pour en parler.

– Je n'ai absolument pas voulu dire qu'il fallait cesser de traquer les vrais vautours. Je voudrais juste mettre un frein à la théorie fumeuse selon laquelle il n'y a pas d'appeaux et tout le monde est un nazi potentiel. Je suis sûr que tu es de mon avis.

– Naturellement. Mais je ne vois pas comment une commission sénatoriale peut y arriver. Tout ce que je vois, c'est un sérieux coup de tabac qui s'annonce.

– Je vais t'éclairer là-dessus, à la lumière d'événements récents, après avoir précisé que j'étais militaire à l'époque. Si Me Sullivan, l'avocat qui défendait Oliver North, avait représenté la commission sénatoriale, M. North serait encore derrière les barreaux, au lieu de préparer sa prochaine campagne électorale. C'était un sale menteur, la honte de son uniforme et de sa patrie, qui habillait ses pratiques illégales de platitudes sonores et moralisatrices, et faisait endosser ses fautes à une autorité divine qui n'avait rien à voir là-dedans.

– Tu dis qu'un avocat aurait pu le faire tomber ?

– J'ai cité un nom, une douzaine d'autres me viennent à l'esprit. À l'époque, avec d'autres jeunes avocats et devant quelques bières, je suivais à la télévision les auditions de la commission sénatoriale. Nous faisions des paris pour savoir lequel de nos confrères pouvait réussir à démolir ce fieffé menteur. Nous avons choisi un fougueux sénateur du Middle West, un ancien procureur, un type prodigieusement agaçant, mais sensationnel comme avocat.

– Tu crois qu'il y serait arrivé ?

– Aucun doute. Un ancien Marine, lui aussi, qui avait reçu la médaille du Congrès...

– Y serait-il arrivé ?

– Je me souviens de ce qu'il a dit : « Ce petit pleurnicheur n'en vaut pas la peine. Je me donne un mal de chien pour industrialiser mon État. » Mais, oui, je crois que cela lui aurait fait plaisir.

– Je vais fouiller discrètement dans nos archives, fit Sorenson en se levant. Mais j'ai de sérieux doutes. Je me méfie des boîtes de Pandore, résultat des années passées sur le terrain. À ce propos, je vais en ouvrir une dans moins d'une heure.

– As-tu envie d'en parler ?

– Pas maintenant, Howard. Plus tard, peut-être. Il est possible que je te demande d'intercéder auprès du président, ne fût-ce que pour remettre au pas notre secrétaire d'État.

– Ton problème vient donc du corps diplomatique ?

– Au plus haut niveau d'une ambassade.

– Bollinger est un emmerdeur fini, mais il est apprécié en Europe. Ils le prennent pour un intellectuel et ne se rendent pas compte que ses silences pensifs sont un moyen de chercher à tourner les choses à notre avantage plutôt que d'apporter de véritables solutions.

– Je ne peux qu'approuver. J'ai toujours trouvé qu'il n'a pas le sens du dévouement.

– Détrompe-toi, Wes, il est entièrement dévoué à quelqu'un : lui-même. Par bonheur, il l'est aussi au président, ce dont il profite évidemment par contrecoup.

– Le président en est conscient ?

– Naturellement ; il est assez intelligent pour le savoir. Il l'accepte à titre de réciprocité.

– Tu l'as dit, il est intelligent ; il apprend vite.

– Si seulement je pouvais le convaincre de botter plus de fesses à Washington, il apprendrait encore plus vite. C'est beaucoup plus facile de cette manière.

– Merci de m'avoir consacré un peu de temps, Howard... monsieur le vice-président. Je vous tiendrai au courant.

– Ne soyez pas formaliste, monsieur le directeur. C'est à nous, les dinosaures, qu'il incombe de montrer la voie aux jeunes bipèdes qui sortent tout juste de l'eau.

– Je me demande si nous en sommes capables.

– Si ce n'est pas nous, qui le fera ? Les Adam Bollinger de ce monde ? Les chasseurs de sorcières ?

– À bientôt, Howard. Je te tiens au courant.

À quatre mille huit cents kilomètres de là, le soleil de l'après-midi brillait dans le ciel de Paris. La journée était lumineuse, la température idéale pour se promener sur les grands boulevards, dans les jardins des Tuileries ou sur les quais de la Seine. Paris en été est un régal sans pareil.

Pour Janine Clunes, ce n'était pas seulement un régal, mais le symbole d'un triomphe. Elle était libre pendant un ou deux jours, délivrée de la morale petite-bourgeoise d'un mari ennuyeux qui regrettait encore une autre femme, dont il répétait le nom dans son sommeil. Elle songea un instant qu'il serait délicieux d'avoir un rendez-vous galant avec un amant qui pourrait la satisfaire comme l'avaient fait, à

Chicago, les nombreux étudiants brûlant d'une ardeur juvénile et triés sur le volet, pour lesquels elle avait choisi d'habiter à une heure de voiture du campus. Il y avait bien un attaché de l'ambassade d'Allemagne, la trentaine séduisante, qui lui avait fait une cour assez appuyée ; elle pouvait lui téléphoner, il accourait aussitôt, prêt à satisfaire tous ses désirs. Mais ce n'était pas possible, aussi délectable et tentante qu'en fût l'idée ; son temps libre devait être mis au service d'intérêts plus urgents, moins égoïstes. Elle avait demandé un congé pendant la durée de l'absence de son ambassadeur de mari, prétextant des tâches ménagères plus faciles à effectuer dans un appartement vide. Personne n'avait émis d'objection, bien entendu, et elle avait informé le bras droit de Daniel qu'elle allait faire les boutiques pour trouver des tissus d'ameublement... Non, elle ne pouvait accepter un véhicule de l'ambassade, pas pour des achats d'une nature aussi personnelle. Elle lui avait quand même permis d'appeler un taxi.

Comme les mots lui étaient venus facilement ! Mais pourquoi en serait-il allé autrement ? Elle était formée depuis l'âge de neuf ans pour accomplir l'œuvre de sa vie.

Avant son départ de Washington, on lui avait communiqué l'adresse et le code pour prendre contact avec un membre de la Fraternité. C'était un bottier des Champs-Élysées et le prénom « André » devait être prononcé à deux reprises, dans un bref échange de propos, par exemple : « André affirme que vous êtes le meilleur sur la place de Paris, et André ne se trompe jamais. » Elle donna l'adresse au chauffeur de taxi et s'installa confortablement à l'arrière de la voiture, en réfléchissant à ce qu'elle transmettrait en Allemagne... La vérité, bien entendu, mais formulée de telle manière que les dirigeants du mouvement ne pourraient qu'admirer ses qualités exceptionnelles et estimeraient judicieux de la faire venir à Bonn. L'ambassade des États-Unis en France était l'un des plus importants postes diplomatiques en Europe, si délicat que le Département d'État avait préféré puiser parmi les diplomates de carrière plutôt que d'y nommer un politicien sans expérience. Elle était l'épouse de ce diplomate de carrière. Elle avait appris que le haut fonctionnaire, divorcé de fraîche date, était promis à un brillant avenir. Le reste avait été facile ; Daniel Courtland était seul, abattu, avide d'un réconfort qu'elle avait su lui apporter.

Le taxi s'arrêta devant la boutique du bottier ; plus qu'une boutique un magasin d'articles de cuir. Bottes luisantes, ouvrages de sellerie et pièces de harnachement garnissaient les luxueuses vitrines. Janine Clunes régla la course et descendit du taxi.

Trente mètres derrière la voiture qui s'éloignait, le véhicule de la DST s'arrêta, en stationnement interdit. Le conducteur prit le télé phone UHF et on lui passa immédiatement le bureau de Claude Moreau.

– Oui ? fit le directeur.

Il n'avait pas pris de secrétaire pour remplacer Monique d'Agoste, censée être en congé de maladie, et dont la mort était tenue secrète.

– Mme Courtland vient d'entrer dans une boutique des Champs-Élysées, *La Selle et les Bottes.*

– Fournisseur des amateurs d'équitation fortunés, fit le patron de la DST. Bizarre... Rien dans le dossier de l'ambassadeur n'indiquait une attirance pour les chevaux.

– La boutique est aussi réputée pour ses bottes. Très résistantes et confortables, à ce qu'on dit.

– Vous voyez Courtland avec des bottes, même très résistantes ?

– Son épouse, peut-être.

– Si elle a un faible pour ce genre de chaussures, j'imagine qu'elle serait allée directement chez Charles Jourdan ou Ferragamo, rue du Faubourg-Saint-Honoré.

– Nous vous informons simplement de ce que nous voyons, monsieur le directeur. Voulez-vous que j'envoie mon collègue en reconnaissance ?

– Bonne idée. Dites-lui d'examiner la marchandise, de se renseigner sur les prix. Si l'ambassadrice essaie des bottes, qu'il ressorte immédiatement.

– Bien, monsieur.

Dans une 505 qui avait dépassé la boutique et s'était garée dans une contre-allée, un homme en élégant costume rayé décrocha, lui aussi, le combiné de son téléphone de voiture. Mais, au lieu de composer un numéro de Paris, il fit l'indicatif de l'Allemagne, suivi d'un numéro à Bonn. En quelques secondes, la communication fut établie.

– *Guten Tag,* dit une voix.

– C'est moi, j'appelle encore de Paris, dit l'homme en costume rayé.

– Était-il nécessaire de tuer ce chauffeur, hier soir ?

– Je n'avais pas le choix, *mein Herr.* Il m'avait vu au quartier général des *Blitzkrieger,* dans l'entrepôt, et m'avait reconnu. Vous m'aviez demandé de vous informer de tout ce que j'apprenais sur leur disparition ; comme j'étais le seul à savoir où ils opéraient, vous m'avez, en personne, donné l'ordre d'y aller.

– Oui, je m'en souviens. Mais pourquoi avoir tué le Marine ?

– Il avait conduit à l'entrepôt le colonel et les deux autres, l'officier et la blonde. C'est là qu'il m'a vu et, hier soir, il m'a reconnu. Il m'a crié de m'arrêter ; que pouvais-je faire d'autre ?

– Très bien. Dans ce cas, j'imagine qu'il ne me reste qu'à vous féliciter.

– Vous imaginez, *mein Herr* ? S'ils m'avaient capturé, ils m'auraient bourré de drogues pour savoir ce que je faisais là ! Ils auraient appris que j'avais tué la secrétaire après l'avoir fait parler !

– Vous avez raison, je vous félicite chaudement... Il va falloir se débarrasser de Moreau ; il est devenu beaucoup trop dangereux. Vous y parviendrez ; ce n'est qu'une question de temps, n'est-ce pas ?

– J'en suis persuadé, mais ce n'est pas pour cette raison que j'appelle.

– De quoi s'agit-il ?

– Je suis une voiture banalisée de la DST, qui est restée plusieurs heures devant l'ambassade des États-Unis. J'ai trouvé cela bizarre.

– En effet. Et alors ?

– Ils ont mis la femme de l'ambassadeur sous surveillance. Elle vient d'entrer dans une boutique de cuirs, très chic, sur les Champs-Élysées...

– *Mein Gott !* s'écria l'homme de Bonn. Le code André !

– Pardon ?

– Restez en ligne, je reviens tout de suite !

Quelques minutes s'écoulèrent, pendant lesquelles l'homme au costume rayé tapota le volant de la main gauche, le téléphone collé à l'oreille.

– Écoutez-moi attentivement, Paris, fit enfin l'homme de Bonn, avec une gravité nouvelle. Ils l'ont démasquée.

– De qui parlez-vous, *mein Herr* ?

– Peu importe ! Voici vos ordres, contentez-vous de les exécuter !... Tuez cette femme dès que l'occasion se présentera ! Tuez-la !

24

Daniel Rutherford Courtland, ambassadeur des États-Unis auprès du Quai d'Orsay, fixa en silence les feuilles de la transcription qu'il tenait à la main. Il les lut, les relut jusqu'à ce que ses yeux lui fassent mal. Quand les larmes commencèrent à couler sur ses joues, il les essuya d'un revers de main et se redressa dans son fauteuil, devant le bureau de Wesley Sorenson.

– Je suis navré, monsieur l'ambassadeur, fit le directeur des Opérations consulaires. Cela m'attriste au plus haut point, mais mon devoir était de vous en informer.

– Je comprends.

– S'il subsiste un doute dans votre esprit, Karl Schneider est disposé à venir à Washington pour vous parler en privé.

– J'ai entendu votre enregistrement, que pourrais-je demander d'autre ?

– Puis-je vous suggérer de lui téléphoner ? L'enregistrement d'une déposition peut être falsifié, on peut contrefaire une voix. Il est dans l'annuaire, vous pouvez demander son numéro à un opérateur... Nous aurions pu nous livrer à des manipulations, mais je doute que nous ayons les moyens de trafiquer en si peu de temps les renseignements téléphoniques.

– Vous avez envie que je le fasse ?

– Franchement, oui.

Sorenson prit un téléphone, le fit glisser devant Courtland.

– C'est ma ligne privée, expliqua-t-il, un téléphone normal, qui n'est pas relié à ma console. Il vous faudra me croire sur parole. Voici l'indicatif de zone.

– Je vous crois, murmura le diplomate.

Il décrocha, composa l'indicatif de zone de Centralia, Illinois, que lui avait donné Sorenson et formula sa demande à l'opérateur. Il coupa la communication, attendit la tonalité, composa le numéro.

– Oui, bonjour, fit une voix à l'accent allemand.

– Je m'appelle Daniel Courtland...

– *Ach !* Il m'a dit que vous pourriez appeler ! Je suis très nerveux, vous comprenez ?

– Oui, je comprends. Moi aussi, je suis nerveux. Puis-je vous poser une question ?

– Certainement, monsieur.

– Quelle est la couleur préférée de ma femme ?

– Le rouge, toujours le rouge. Ou plus clair, le rose.

– Et son plat préféré, quand elle va au restaurant ?

– C'est du veau... un nom italien. « Piccata », je crois.

– Elle utilise un shampoing d'un genre particulier. Pouvez-vous me dire ce que c'est ?

– *Mein Gott !* Il fallait le commander à la pharmacie et le lui envoyer à l'université. Un savon liquide, avec un ingrédient qui s'appelait ketoconzole.

– Merci, monsieur Schneider. Cette situation est aussi pénible pour vous que pour moi.

– Beaucoup plus pour moi, monsieur. C'était une si belle enfant, si intelligente. Je ne comprends plus rien à ce monde.

– Moi non plus, monsieur Schneider. Merci et au revoir.

Courtland raccrocha et s'enfonça dans son fauteuil.

– Même s'il a triché pour les deux premières réponses, c'est impossible pour la troisième.

– Que voulez-vous dire ?

– Le shampoing. Il n'est délivré que sur ordonnance ; c'est un traitement préventif de la dermatite séborrhéique dont elle souffre épisodiquement. Elle tient à ce que personne ne le sache ; je commande le shampoing à mon nom, comme le faisait M. Schneider.

– Êtes-vous convaincu ?

– J'aimerais pouvoir crier au coup monté et rentrer à Paris comme si de rien n'était. Mais ce n'est pas possible.

– Non, ce n'est pas possible.

– Je n'en reviens pas. Avant de rencontrer Janine, je croyais être heureux. J'avais une femme merveilleuse, des enfants adorables, mais le ministère me faisait valser d'un poste à un autre. L'Afrique du Sud, Kuala Lumpur, le Maroc, Genève, tout cela en qualité de premier attaché, avant d'être nommé ambassadeur en Finlande.

– On vous mettait à l'épreuve. C'est une promotion extraordinaire, à un poste habituellement réservé aux gros bailleurs de fonds du parti au pouvoir.

– Seulement pour servir de tampon, expliqua Courtland. L'anti-américanisme du Quai d'Orsay était de plus en plus marqué et les stéréotypes antifrançais fleurissaient à Washington. Je suppose que je suis assez bon pour cela.

– C'est évident.

– Et cela m'a coûté ma famille.

– Comment Janine Clunes est-elle entrée dans votre vie ?

– Voilà une question intéressante. Je ne peux répondre avec précision... J'étais très déprimé après mon divorce. Je vivais seul dans un appartement, ma femme et mes enfants étaient repartis dans l'Iowa, je ne voyais plus personne, j'essayais désespérément de me changer les idées. Mais le Département d'État ne cessait de m'appeler pour me conseiller de faire une courte apparition à telle cérémonie, telle réception. C'est ainsi qu'un soir, à l'ambassade de Grande-Bretagne, j'ai rencontré une femme ravissante, si vivante, si intelligente, à qui je semblais plaire. Elle m'a pris par le bras pour passer de groupe en groupe, où l'on m'a dit des choses très gentilles ; c'étaient des diplomates que je connaissais, et je n'ai pas pris leurs compliments au pied de la lettre. Elle, si, et elle a su flatter l'amour-propre qui me restait... Vous imaginez la suite.

– Ce n'est pas difficile.

– C'est maintenant que cela devient difficile. Que vais-je faire ? Je suppose que je devrais laisser éclater ma colère, être furieux de cette trahison, me comporter comme un animal blessé, prêt à tuer, mais je ne ressens rien de tout ça. Je me sens seulement vide, usé. Je vais résigner mes fonctions, il serait stupide de continuer. Si un diplomate de mon rang se laisse duper de la sorte, il ne lui reste plus qu'à apprendre la plomberie.

– Je pense, fit Sorenson, que vous pouvez servir plus utilement votre pays... et vous-même.

– Comment ? En rentrant à Paris pour réparer la tuyauterie ?

– Non, en faisant ce qu'il y a de plus difficile. Regagnez Paris et faites comme si nous ne nous étions pas rencontrés, comme si cette conversation n'avait jamais eu lieu.

Stupéfait, Courtland considéra en silence le directeur des Opérations consulaires.

– Non seulement c'est impossible, articula-t-il, mais c'est inhumain. Au-dessus de mes forces.

– Vous êtes un diplomate chevronné, monsieur l'ambassadeur. Jamais on ne vous aurait nommé à Paris, si vous ne l'étiez pas.

– Ce que vous me demandez de faire va au-delà de la diplomatie ; cela relève de la subjectivité, qui n'est pas vraiment le fort d'un diplomate. Il me serait impossible de dissimuler mon mépris. Ces sentiments que je prétends ne pas éprouver éclateraient au grand jour dès l'instant où je poserais les yeux sur elle. Ce que vous demandez est déraisonnable, tout simplement.

– Je vais vous dire ce qui est déraisonnable, monsieur l'ambassadeur, reprit Sorenson d'un ton plus âpre. C'est précisément ce que vous avez observé. Qu'un homme de votre intelligence et de votre expérience, qu'un diplomate de votre rang, un habitué de nos représentations dans le monde entier, conscient du danger de l'espionnage intérieur et extérieur, se laisse séduire par une nazie, un *Sonnenkind*, et l'épouse. Je vais aussi vous dire ce qui est encore plus déraisonnable. Ces gens sont restés en sommeil pendant trente ans, parfois cinquante. Leur heure est venue et ils sortent de leur cachette, mais nous ne savons ni qui ils sont ni où les trouver. Nous savons seulement qu'ils sont là. Nous sommes en possession d'une liste comportant plusieurs centaines de noms d'hommes et de femmes haut placés qui peuvent appartenir à leur mouvement. Je n'ai pas à vous dire qu'un climat de peur et de confusion se répand dans notre pays et chez nos alliés les plus proches ; vous pouvez le constater vous-même. Très bientôt, l'affolement sera général : qui est un nazi, qui ne l'est pas ?

– Je ne conteste aucunement votre analyse, mais en quoi le retour à Paris d'un mari naïf changera-t-il quelque chose à cette situation ?

– Nous en saurons plus long, monsieur l'ambassadeur. Nous devons découvrir comment opèrent les *Sonnenkinder*, qui ils contactent, comment ils se mettent en rapport avec leurs homologues de la génération des néonazis. Il doit y avoir une infrastructure, une hiérarchie aboutissant à une direction, et la brillante Mme Courtland, l'épouse de l'ambassadeur des États-Unis à Paris n'est pas du menu fretin.

– Vous pensez réellement que Janine peut nous aider à son corps défendant ?

– Elle est notre meilleure piste... Soyons francs, elle est la *seule* piste. Même si nous démasquions un autre *Sonnenkind*, son rang social, les circonstances et le fait qu'elle ne soit qu'à quelques minutes d'avion de la frontière allemande font d'elle une candidate de premier plan. Si elle prend contact avec sa hiérarchie – ou l'inverse –, elle peut nous conduire aux chefs mystérieux de leur mouvement. Nous devons trouver ces chefs et les confondre. C'est le seul moyen d'extirper ce cancer... Aidez-nous, Daniel, je vous en prie !

Courtland resta silencieux. Il changea de position et, chose étonnante pour un diplomate, il sembla ne savoir que faire de ses mains. Il passa nerveusement les doigts dans ses cheveux grisonnants, se caressa le menton à plusieurs reprises.

– J'ai vu de quoi ces salauds sont capables, dit-il enfin, et je les hais... Je ne garantis pas que je réussirai, mais je vais essayer.

Janine Clunes Courtland s'arrêta devant le ravissant comptoir recouvert de cuir et demanda à parler au gérant. Quelques secondes plus tard apparut un homme mince, de petite taille, portant un postiche filasse, ramassé sur le haut du crâne et couvrant sa nuque. Il était en tenue d'équitation, avec bottes et pantalon de cheval.

– Oui, madame, que puis-je faire pour vous ? demanda-t-il, en faisant du regard, par-dessus son épaule, le tour des quelques clients.

– Votre boutique est charmante, commença Janine, avec un accent qui trahit ses origines.

– Madame est américaine ? lança le gérant avec entrain.

– Est-ce si évident ?

– Oh ! non, madame, votre français est excellent !

– Mon ami André me donne des leçons particulières, mais je trouve souvent André trop gentil. Il devrait être plus exigeant avec moi.

– André ? fit l'avorton en pantalon de cheval, les yeux plissés.

– Oui, il dit que vous le connaissez peut-être.

– C'est un prénom très commun, madame. Tenez, un client nommé André m'a laissé une paire de bottes qui ont été réparées avant-hier.

– Je crois qu'André m'en a parlé.

– Voulez-vous me suivre ?

Le gérant passa derrière le comptoir, écarta un rideau de velours vert qui dissimulait un étroit passage et fit signe à la nouvelle cliente de le suivre dans un bureau vide.

– Je présume que vous êtes... celle que je crois.

– Pas de nom, monsieur.

– Naturellement.

– J'ai reçu mes instructions à Washington, d'un homme qui m'a demandé d'utiliser aussi le nom de Martin-chasseur.

– Cela me suffit ; il s'agit d'un code de remplacement, qui change tous les mois. Suivez-moi, je vous prie. Nous allons sortir par-derrière et l'on vous conduira en proche banlieue, dans une fête foraine. Faites la queue au deuxième guichet de la porte sud et, au moment de payer, protestez en prétendant qu'une entrée gratuite aurait dû être remise à votre nom par un certain « André ». Avez-vous compris ?

– Porte sud, deuxième guichet, protester en prononçant le nom d'André. C'est bon.

– Un moment, je vous prie.

Le gérant se tourna et enfonça une touche de l'interphone du bureau.

– Gustave, nous avons une livraison pour M. André. Préparez-vous à prendre la voiture, tout de suite. Merci.

Ils sortirent ; Janine monta à l'arrière d'une camionnette garée dans une petite rue, tandis qu'un homme bondissait au volant et mettait le moteur en marche.

– Pas de conversation entre nous, s'il vous plaît, fit le conducteur dès que le véhicule eut parcouru quelques mètres.

Le gérant revint dans le bureau vide et appuya sur une autre touche de l'interphone.

– Je pars, Simone, fit-il. Il n'y a pas grand monde et je suis fatigué. Vous fermerez à 18 heures. À demain.

Il ressortit pour aller prendre sa moto. Il mit le contact, le moteur rugit au premier coup de pédale ; la moto s'éloigna rapidement.

Dans la boutique, le téléphone sonna. Un vendeur décrocha.

– *La Selle et les Bottes*.

– Je veux parler à M. Rambeau ! lança une voix d'homme. Immédiatement !

– Navré, monsieur, répliqua le vendeur, outré par tant d'arrogance. M. Rambeau est absent pour le reste de la journée.

– Où est-il ?

– Comment pourrais-je le savoir ? Je ne suis ni sa mère ni son amant.

– C'est important ! hurla l'homme au téléphone.

– Non, vous n'êtes pas important. Je suis ici pour vendre, vous m'empêchez de travailler. J'ai des clients, allez au diable !

Le vendeur raccrocha et sourit à une jeune femme en robe de cocktail Givenchy, dessinée à l'évidence pour mettre en valeur un corps parfait. Elle avança sur le parquet ciré d'une démarche ondoyante et s'adressa à lui d'une voix susurrante.

– J'ai un message pour André. André voudra en prendre connaissance.

– Je suis au désespoir, mademoiselle, fit le vendeur, en louchant sur le décolleté profond. Tous les messages pour M. André sont remis en main propre au gérant et il ne reviendra pas avant la fin de la journée.

– Alors, que vais-je faire ? roucoula la coquette.

– Eh bien, vous pouvez me transmettre le message. Je suis le confident de M. Rambeau, notre gérant.

– Je ne crois pas que ce soit possible. C'est tout à fait confidentiel.

– Je viens de vous expliquer que je suis le confident de M. Rambeau, que j'ai toute sa confiance. Peut-être préférez-vous en parler devant un apéritif, à la terrasse d'un café.

– Non, non, mon ami ne me lâche pas d'une semelle ; il m'attend dans la voiture. Dites-lui simplement qu'il doit appeler Berlin.

– Berlin.

– Je n'en sais pas plus. Je vous ai transmis le message.

Ondulant de la croupe dans sa robe Givenchy, la jeune femme traversa la boutique et sortit.

Berlin ? se répéta le vendeur à mi-voix. C'était très bizarre, car Rambeau détestait les Allemands. Quand il en avait comme clients, il les traitait avec hauteur et doublait les prix.

L'agent de la DST sortit tranquillement de la boutique, puis remonta rapidement le trottoir jusqu'à la voiture banalisée. Il ouvrit la portière, s'assit près du conducteur et jura entre ses dents.

– Elle n'y était pas !

– Qu'est-ce que tu racontes ? Elle n'est pas sortie.

– Je m'en doute.

– Alors, où est-elle passée ?

– Comment veux-tu que je le sache ? À l'autre bout de la ville, sans doute.

– Elle s'est mise en contact avec quelqu'un et ils sont sortis par une autre porte.

– Brillante déduction !

– Pourquoi me rembarres-tu ?

– Parce que nous nous sommes fait avoir. Ces boutiques ont toujours une entrée de service ; quand j'y suis allé, tu aurais dû faire le tour en voiture et attendre derrière.

– Je ne suis pas devin, mon vieux.

– Nous n'avons pas été à la hauteur. Combien de fois avons-nous fait ça ? Pendant que l'un suit le sujet, l'autre couvre l'arrière.

– Tu es trop dur, protesta le conducteur. Nous sommes aux Champs et c'est la femme d'un ambassadeur que nous filons, pas un tueur.

– J'espère que le directeur verra les choses comme toi. Il doit avoir ses raisons, mais on dirait que cette femme est une obsession pour lui.

– Je ferais mieux de l'appeler.

– Ne te gêne pas pour moi. J'ai oublié le numéro.

Quelques centaines de mètres plus loin, de l'autre côté de l'avenue, l'impatience de l'homme au costume rayé s'était muée en une vive inquiétude. Près d'une heure s'était écoulée depuis l'entrée de *Frau* Courtland dans la boutique et elle n'était toujours pas ressortie. La durée, il pouvait l'accepter ; les femmes aimaient prendre leur temps pour faire les boutiques, surtout les riches. Ce qui l'inquiétait, c'est qu'il avait vu, plus d'une demi-heure auparavant, la voiture de la DST démarrer à toute allure, un départ précipité, apparemment provoqué par le retour d'un des deux agents, après une brève discussion avec son collègue. Que s'était-il passé ? Quelque chose, certainement, mais quoi ? Partagé entre l'envie de suivre le véhicule et la nécessité d'attendre la sortie de l'ambassadrice, il s'était souvenu de l'ordre formel qu'il avait reçu et avait décidé d'attendre. « Tuez cette femme dès que l'occasion se présentera. » Son supérieur à Bonn avait été véhément ; elle devait être éliminée sans délai. Tout retard aurait de graves conséquences.

Le tueur chevronné qu'il était ne pouvait se permettre d'échouer. De superviseur de l'unité des *Blitzkrieger,* il avait été brusquement chargé de les relayer dans la violence. Son passé l'y avait préparé ; transfuge de la Stasi, il avait été l'un des premiers à passer d'un communisme pur et dur à un fascisme militant. Des étiquettes, tout ça, dépourvues de sens pour un homme comme lui. Il aspirait à la puissance de celui qui se sait au-dessus des lois, à la griserie de celui qui sait n'avoir aucun compte à rendre aux bureaucrates à l'esprit étriqué. Quelle que fût leur place dans la hiérarchie, ces pauvres bureaucrates avaient vécu dans la terreur de la Stasi, comme les ministres du IIIe Reich avaient été pétrifiés de peur devant la Gestapo. Il y avait de quoi se sentir grisé ! Pour conserver leur situation enviable, les hommes comme lui devaient pourtant rendre des comptes à ceux qui leur permettaient d'en jouir.

Tuez cette femme dès que l'occasion se présentera ! Tuez-la !

Une balle dans la tête, à bout portant, dans la foule des Champs-Élysées, était une solution tentante. Deux passants qui se heurtent, la détonation d'un pistolet de petit calibre couverte par le bruit de la circulation, oui, c'était faisable. Il lui arracherait son sac, un trophée à envoyer à Bonn, avant de se fondre dans la foule des promeneurs ; le tout ne prendrait pas plus de deux ou trois secondes. Cela marcherait ; cela avait marché quatre ans auparavant, à Berlin-Ouest, quand il avait supprimé un officier britannique du MI-6, qui avait fait une sortie de trop de l'autre côté du Mur.

Il ouvrit la boîte à gants de la 505, y prit un revolver à canon court qu'il fourra dans la poche de sa veste. Quelques minutes plus tard, la 505 profita d'une place de stationnement libérée par une Ferrari ; l'entrée de la boutique de cuir n'était qu'à une dizaine de mètres, parfaitement dégagée. Il pouvait bondir de la voiture et arriver tout près de sa cible en quelques secondes, dès qu'il la verrait sortir, mais le risque de la perdre au milieu des passants était trop grand. Il descendit de la voiture, s'avança vers la luxueuse boutique. Il se planta devant les articles extravagants de la vitrine, tout en observant du coin de l'œil les clients qui franchissaient la porte.

Dix-huit minutes s'écoulèrent, qui mirent à rude épreuve la patience du tueur à la mise soignée. Soudain, le visage avenant d'un jeune vendeur apparut au fond de la devanture, derrière le somptueux étalage. L'Allemand lui fit un sourire affable accompagné d'un petit haussement d'épaules. Quelques secondes plus tard, le jeune homme sortit de la boutique et s'adressa à lui.

– J'ai remarqué que vous regardez notre étalage depuis un certain temps, monsieur. Puis-je vous être utile ?

– À vrai dire, j'attends quelqu'un qui est très en retard. Nous devions nous retrouver ici.

– Un de nos clients, sans doute. Pourquoi ne pas entrer ? Il fait plus frais à l'intérieur.

– Merci, fit l'ex-officier de la Stasi, en suivant le vendeur dans la boutique. Je crois que je vais jeter un coup d'œil à vos bottes, reprit-il.

– Vous ne trouverez pas mieux à Paris, monsieur. Si vous avez besoin d'un conseil, je suis à votre disposition.

L'Allemand fit le tour de la boutique d'un regard incrédule. Puis il examina les femmes, l'une après l'autre ; il y en avait sept, certaines se pavanant dans leur nouvelle tenue d'équitation, d'autres assises, essayant des bottes. Elle n'était pas là !

Voilà pourquoi l'agent de la DST était sorti précipitamment rejoindre son collègue dans la voiture ! Le policier avait constaté ce qu'il lui avait fallu près d'une heure pour découvrir. La femme de l'ambassadeur avait déjoué leur surveillance ! Où était-elle allée ? Qui lui avait permis de sortir sans se faire remarquer ? Ce ne pouvait être que quelqu'un de la boutique !

– S'il vous plaît ? lança le tueur, immobile devant une rangée de bottes luisantes, en faisant un signe au vendeur. Pouvez-vous m'accorder un instant ?

– Bien sûr, monsieur, répondit le jeune homme, en s'approchant, le sourire aux lèvres. Vous avez trouvé quelque chose à votre convenance ?

– Pas exactement, mais j'ai une question à vous poser. Je n'ai pas été tout à fait franc avec vous, ne m'en tenez pas rigueur. Je travaille pour le Quai d'Orsay et je suis chargé d'escorter une Américaine, d'assurer sa protection, si vous préférez. J'ai dit qu'elle était en retard, mais il y a des limites, même pour une jolie femme. La seule explication est qu'elle est entrée avant mon arrivée et que je ne l'ai pas vue ressortir.

– Pouvez-vous me la décrire ?

– Taille moyenne, séduisante, la quarantaine. Elle a les cheveux châtain clair et on m'a dit qu'elle porterait une robe d'été rose et blanc, très élégante.

– Regardez autour de vous, monsieur. Cette description s'applique à la moitié de nos clientes.

– Dites-moi, reprit le tueur, aurait-elle pu sortir par-derrière ?

– Ce serait très étonnant. Pour quelle raison ?

– Je n'en sais rien, répondit l'Allemand, d'une voix où perçait l'inquiétude. J'ai simplement demandé si c'était possible.

– Laissez-moi réfléchir, fit le vendeur, le front plissé, en parcourant la boutique du regard. J'ai bien aperçu une femme en robe rose, mais je ne l'ai pas revue. J'étais avec une cliente très exigeante.

L'Allemand se sentit de nouveau partagé. Bonn avait parlé de « code André » à propos de la boutique. S'il posait trop de questions, ses supérieurs pourraient être informés de sa négligence. En revanche, si l'ambassadrice était encore à l'arrière de la boutique ou si on l'avait emmenée ailleurs, il devait le savoir. *Frau* Courtland avait quitté l'ambassade sans protection, sans prendre, comme à l'accoutumée, une limousine conduite par un chauffeur armé. Les circonstances étaient éminemment favorables et ne se reproduiraient peut-être pas avant plusieurs jours. Plusieurs jours ! Il avait une tâche à accomplir sans délai !

– Puisque je suis en mission officielle, reprit-il à l'adresse du jeune homme, je vais me permettre de vous demander si « André » est ici.

– Encore ! Décidément, « André » est très demandé aujourd'hui, mais il n'y a pas d'André ici. Je peux quand même vous dire que, lorsque des messages arrivent pour lui, c'est M. Rambeau, notre gérant, qui les prend. Mais je crains qu'il ne revienne pas aujourd'hui.

– Très demandé aujourd'hui... ? répéta l'Allemand, pris de court.

– En toute franchise, poursuivit le vendeur en baissant la voix, nous croyons que ce mystérieux André est l'amant de M. Rambeau.

– Vous avez dit qu'il était très demandé, aujourd'hui...

– Oui. Il y a quelques minutes, une adorable jeune femme au corps de rêve m'a laissé un message pour lui.

– Quel message ? N'oubliez pas que je suis un fonctionnaire en mission officielle.

– Je doute que cela intéresse grand monde. C'était tout à fait inoffensif, amusant même, si j'ai bien compris.

– Compris quoi ?

– Des villes, des pays... des destinations. Ils emploient des substituts.

– Des substituts ?

– Très probablement pour des hôtels. « Appeler Londres » doit signifier appeler l'hôtel Kensington ou l'hôtel d'Angleterre. « Appeler Madrid », l'Esmeralda, etc. Vous voyez ce que je veux dire ?

– Je n'en ai pas la moindre idée.

– Des rendez-vous galants ! Des chambres d'hôtel où des inconnus peuvent se retrouver sans alarmer leur entourage.

– Le message, s'il vous plaît !

– Celui-ci est assez simple. L'hôtel de l'Abbaye de Saint-Germain.

– Comment ?

– Germain... Germanie. L'Allemagne.

– Quoi ?

– C'était le message pour André, monsieur. « Appeler Berlin. »

Pétrifié de surprise, le tueur fixa longuement le jeune vendeur. Puis, sans un mot, il s'élança vers la porte.

25

À l'hôtel de Normandie, Drew Latham et Karin de Vries prirent une seule chambre.

– Nous voulons simplement limiter les dépenses du Département d'État, Stosh. En tant que contribuable, j'y tiens beaucoup !

– Cessez de dire des conneries ! Gardez l'uniforme et votre teinture une journée de plus ; on veillera sur vous comme sur le favori du grand prix de l'Arc-de-triomphe. J'expliquerai à la direction de l'hôtel que vous êtes un couple d'informaticiens farfelus, absolument insupportables, mais que nous avons l'ordre de protéger.

La conversation avait failli tourner au vinaigre ; Stanley Witkowski détestait se faire déborder sur ses ailes.

L'après-midi touchait à sa fin ; assis au bureau, Latham lisait la transcription du compte rendu de fin de mission de son frère, après son évasion de la vallée de la Fraternité. Karin lui avait suggéré de le demander ; la liste d'Harry Latham soulevait trop de questions.

– C'est là, fit Drew, en soulignant un passage. Harry n'a jamais prétendu que les noms étaient en béton... Écoute : « J'ai fourni le matériel, c'est votre boulot de procéder à l'évaluation. »

– Ainsi, il avait des doutes, lui aussi ? fit Karin, assise sur la canapé du salon, en baissant son journal.

– Pas vraiment des doutes, mais il n'écartait pas entièrement cette possibilité. Quand quelqu'un a émis l'hypothèse qu'on lui avait refilé des tuyaux crevés, il est devenu furieux. Tiens, écoute... « Pourquoi auraient-ils fait ça ? J'étais un de leurs plus gros donateurs, un adepte de leur doctrine. Je jouissais de leur confiance ! »

– Cela me rappelle son mouvement de colère quand je lui ai appris que la Fraternité avait un dossier sur lui.

– Il s'est emporté contre nous deux. Juste après, quand je lui ai demandé qui était Kroeger, il a dit quelque chose qui restera à jamais gravé dans mon esprit : « Lassiter peut te le dire, mais je crois qu'il vaut mieux que je n'en parle pas. » Il y avait deux personnes en lui, tantôt Harry Latham, tantôt Lassiter. C'est dur à supporter.

– Je sais, mon chéri ; mais c'est terminé, il repose en paix.

– J'espère, oui, j'espère sincèrement. Je ne suis pas croyant ; à vrai dire, je n'aime pas la plupart des religions. Les violences commises en leur nom ont un caractère à peu près aussi sacré que les destructions de Gengis Khan. Mais, si la mort est le grand sommeil, selon l'expression consacrée, je n'en demande pas plus. Harry non plus.

– Tu n'allais jamais à l'église, quand tu étais jeune ?

– Bien sûr que si. Ma mère est une presbytérienne de l'Indiana, corrompue par le milieu universitaire de la Nouvelle-Angleterre. Elle voulait que nous assistions à l'office jusqu'à l'âge de seize ans. J'ai tenu jusqu'à douze, mais Harry s'est arrêté à dix.

– Elle n'a pas protesté ?

– Elle ne supportait pas les disputes.

– Et ton père ?

– Un numéro, lui aussi, fit Drew en souriant. Un dimanche matin, maman avait la grippe et elle lui a demandé de nous conduire à l'église, oubliant qu'il n'y était jamais allé. Il s'est perdu, naturellement, et nous n'avions nullement l'intention de l'aider. Au bout d'un moment, il a arrêté la voiture et nous a dit : « Allez donc là. Comme ils disent tous la même chose, vous entendrez une autre voix. » Mais ce n'était pas notre église.

– C'était une autre église.

– Pas exactement, c'était une synagogue.

Ils éclatèrent de rire. Le téléphone sonna, Latham décrocha.

– Oui ?

– Moreau à l'appareil.

– Quoi de neuf à propos de votre secrétaire ? Je veux dire sur l'identité de celui qui l'a tuée.

– Absolument rien. Ma femme est effondrée ; elle s'occupe des formalités. Jamais je ne me pardonnerai d'avoir douté d'elle.

– Cessez de vous mortifier, répliqua Drew. Ça ne sert à rien.

– Je sais. J'ai, par bonheur, d'autres choses qui m'occupent l'esprit. Notre ambassadrice est enfin passée aux actes. Il y a une heure, elle a pris un taxi pour se rendre sur les Champs-Élysées, elle est entrée dans une boutique de cuirs et a disparu.

– Une boutique de cuirs.

– *La Selle et les Bottes*. Harnais, selles, bottes... surtout les bottes.

– Un bottier ?

– Oui, on peut dire ça...

– C'est un des indices découverts sur le corps du néo qui a essayé de me faire éclater la tête ! s'écria Drew. Un reçu pour une paire de bottes, au nom d'André !

– Où est ce reçu ?

– C'est Witkowski qui l'a.

– Je vais envoyer quelqu'un le chercher.

– Je croyais que vous n'aimiez pas envoyer vos agents à l'ambassade.

– Ce n'est gênant que lorsqu'on pose des questions.

– Alors, ne vous donnez pas cette peine. Stanley doit faire venir une voiture pour conduire Karin chez le médecin. Je vais lui demander de donner le reçu au Marine... Attendez un peu... !

Drew redressa brusquement la tête, les yeux plissés comme lorsqu'on s'efforce désespérément de faire remonter un souvenir à la mémoire.

– Vous avez dit que la femme de Courtland a disparu... ?

– Elle est entrée dans la boutique, mais n'en est pas ressortie. Mes hommes pensent qu'on a dû l'emmener ailleurs ; ils ont découvert une porte de service, à l'arrière, avec un petit parking. Pourquoi cette question ?

– Ce sera probablement un coup d'épée dans l'eau, Claude, mais il y avait autre chose dans les poches de notre nazi du bois de Boulogne. Avec le reçu, nous avons trouvé une entrée gratuite pour une fête foraine, en banlieue...

– Bizarre pour un type comme ça...

– C'est ce que nous nous sommes dit, poursuivit Latham. Nous nous apprêtions à y faire un tour, après être passés chez le bottier, quand le feu a ravagé les entrepôts d'Avignon. Cela nous a détournés de nos projets.

– Vous croyez qu'on a pu la conduire là-bas ?

– Sans doute un coup d'épée dans l'eau, je le répète, mais nous avons tous deux estimé qu'un tueur n'a aucune raison de garder un billet de ce genre dans son portefeuille.

– Cela vaut la peine d'essayer, fit Moreau.

– Je vais appeler Witkowski ; il doit bientôt envoyer la voiture pour Karin. En attendant, prenez un de vos véhicules blindés et attendez-moi à la porte de service de l'hôtel.

– C'est comme si c'était fait. Avez-vous une arme ?

– Deux. Je n'ai pas donné au sergent des Marines l'automatique d'Alan Reynolds. Il était si furieux contre moi que je me suis dit qu'il allait mettre des gants, m'abattre et accuser Reynolds.

– Une prudence salutaire. Un de mes hommes l'aurait probablement fait. À bientôt.

– Faites vite.

Drew raccrocha et se tourna vers Karin qui s'était levée et dont l'expression n'annonçait rien de bon.

– J'appelle notre colonel, dit-il. Tu veux lui dire bonjour ?

– Non, je veux t'accompagner.

– Pas question, tu vas voir le médecin. Si tu crois m'avoir bluffé cette nuit, tu te trompes. Tu t'es levée et tu t'es enfermée une éternité dans la salle de bains. Quand j'ai allumé, j'ai vu la tache de sang sur ton oreiller. Après, j'ai trouvé le bandage dans la poubelle de la salle de bains. Ta main saignait.

– Ce n'était rien...

– Je veux l'entendre de la bouche du médecin. Si c'est vrai, pourquoi gardes-tu le bras droit plié et la main à la hauteur de la poitrine, au mépris des lois de la pesanteur ? Est-ce pour donner une bénédiction ou pour ne pas tacher le bandage ?

– On peut dire que tu n'as pas les yeux dans ta poche.

– Tu souffres, hein ?

– Par accès, assez espacés. Tu en es probablement responsable.

– C'est ce que tu m'as dit de plus gentil depuis un bon moment.

Drew se leva ; ils s'avancèrent l'un vers l'autre et s'étreignirent.

– Si tu savais comme je suis heureux de t'avoir trouvée !

– La réciproque est vraie, mon chéri.

– J'aimerais pouvoir mieux exprimer les choses, mieux dire ce que je ressens. Je n'ai pas beaucoup d'entraînement, enfin, rien de sérieux... Tu vois, je dis des bêtises.

– Pas du tout. Tu es un homme, pas un moine. Embrasse-moi.

Ils échangèrent un baiser long et sensuel, leurs mains courant fébrilement sur le corps de l'autre. Tout naturellement, la sonnerie du téléphone retentit.

– Réponds, agent Latham, souffla Karin en se dégageant doucement, les yeux plongés dans ceux de Drew. Quelqu'un essaie avec juste raison de briser nos élans. Le boulot nous attend.

– Si cet uniforme a fait de moi un général, marmonna Drew, le salopard qui est au bout du fil tirera cinquante ans à Leavenworth !

Il s'avança vers le bureau et décrocha.

– Oui ?

– Si vous étiez vraiment sous mes ordres, lança sèchement le colonel Witkowski, vous passeriez le restant de vos jours à Leavenworth pour manquement au devoir !

– Les grands esprits se rencontrent, voyez-vous ! Mais il se trouve que j'ai temporairement perdu mon grade.

– Taisez-vous ! Moreau vient de m'appeler et m'a demandé si je vous avais parlé de la fête foraine.

– Je m'apprêtais à vous téléphoner. J'avais de l'acidité gastrique...

– Merci, murmura Karin.

– Allez-vous cesser de dire des conneries ? La voiture est en route, le sergent a ce que vous avez demandé. Je crois que je devrais vous accompagner, mais Sorenson tient à ce que je reste à l'ambassade. Nous essayons de rendre le retour de Courtland au foyer aussi facile que possible.

– Comment a-t-il réagi ?

– Comment réagiriez-vous en apprenant que Karin est une néo ?

– N'y pensez même pas.

– Courtland s'est bien comporté ; il a été atterré, mais convaincu. Sorenson est un vieux routier, comme moi. Il n'abat pas ses cartes sans avoir de quoi relancer et rafler la mise.

– Drôle d'image, mais je comprends.

– L'essentiel est que Courtland nous soutient ; il va jouer son rôle.

– Vous feriez mieux de demander à Villiers. Demain soir, le retour dans le lit conjugal ne sera pas triste.

– C'est là-dessus que nous travaillons. Courtland a peur de se trouver seul avec elle. Nous sommes en train de mettre sur pied une série d'urgences nocturnes.

– Pas mal. En ajoutant l'effet du décalage horaire, cela peut marcher.

– Il le faudra. Comment va votre petite amie ?

– Elle ne cesse de me mentir. Sa main la fait souffrir, mais elle ne veut pas l'avouer.

– Un vrai soldat.

– Une vraie idiote.

– La voiture arrivera dans dix minutes. Attendez que les Marines soient entrés dans l'hôtel pour la faire sortir.

– Comptez sur moi.

– Bonne chasse.

– Je ne veux pas rentrer bredouille.

En pantalon gris et blazer, Latham monta à l'arrière de la voiture blindée de la DST. Il prit place à côté de Moreau, lui tendit le reçu du bottier et le billet de la fête foraine.

– Je vous présente Jacques Bergeron, mon bras droit, dit le directeur de la DST, avec un mouvement de la tête en direction de l'homme assis à l'avant. Appelez-le Jacques. Vous connaissez déjà notre chauffeur, ajouta-t-il, après un échange de politesses.

L'agent assis au volant tourna légèrement la tête. C'était le chauffeur qui avait sauvé la vie de Drew, avenue Gabriel, en lui demandant avec insistance de monter en voiture, quelques secondes avant la fusillade.

– Vous vous appelez François, fit Drew. Voilà un nom que je n'oublierai jamais. Je vous dois la vie...

– Oui, oui, fit Moreau d'un ton impatient. Nous avons lu le rapport et François a été félicité comme il se doit. Il a pris le reste de la journée pour calmer ses nerfs.

Le conducteur grommela un juron entre ses dents.

– C'est la fête foraine dont nous avons parlé, monsieur le directeur ? reprit-il en anglais, à haute et intelligible voix.

– Oui, à la limite d'Issy-les-Moulineaux. Combien de temps faut-il pour y aller ?

– Après la rue de Vaugirard, ce ne sera pas long. Une vingtaine de minutes. Mais la circulation est difficile.

– Ne vous prenez pas la tête avec les règles de la conduite. Il serait préférable de ne pas écraser un piéton ni de percuter une voiture, mais, à part ça, conduisez-nous là-bas aussi vite que possible.

Ce qui suivit s'apparenta au pire des téléfilms, où les automobiles, remplaçant les personnages, se transforment en monstres rugissants, acharnés à leur propre destruction. La voiture de la DST se mit à zigzaguer entre les files de véhicules ; à deux reprises, afin d'éviter un ralentissement, François donna un coup de volant pour monter sur un trottoir relativement dégagé, dispersant les piétons affolés.

– Nous allons nous faire arrêter ! lança Latham, qui n'en revenait pas.

– Ils peuvent toujours essayer, nous n'avons pas le temps, répondit Moreau. Notre moteur est plus puissant que celui de toutes les voitures de police de Paris. Nous pouvons même brancher la sirène, mais cela surprend les gens et peut provoquer des accidents.

– Ce type est cinglé !

– Entre autres talents, François est un conducteur hors pair. Je le soupçonne, avant de rejoindre notre maison, d'avoir conduit ces voitures qui servent aux truands à prendre la fuite, après l'attaque d'une banque.

– J'ai vu ça avant-hier, avenue Gabriel.

– Alors, de quoi vous plaignez-vous ?

Trente-deux minutes après leur départ, le front moite des émotions du trajet, ils arrivèrent à la fête foraine. Le public était populaire et bon enfant, à en juger par les cris de ravissement de la foule ; l'endroit tenait plus du carnaval que d'Eurodisney, avec ses énormes mannequins grotesques dominant les manèges et les attractions, de part et d'autre des allées de terre battue, jonchées de détritus.

– Il y a deux entrées, monsieur le directeur, dit le chauffeur. Sud et nord.

– Vous connaissez cet endroit, François ?

– Oui, monsieur. J'y ai déjà amené plusieurs fois mes deux filles. Nous sommes à la porte nord.

– Si nous utilisions le billet pour voir ce qui se passe ? proposa Drew.

– Non, répondit Moreau. Plus tard, si nous estimons que cela peut être utile... Jacques, vous allez entrer avec François ; deux pères venus chercher femmes et enfants. M. Latham et moi entrerons séparément, par des portes différentes. Où pouvons-nous nous retrouver, François ?

– Il y a un manège au centre du parc. Les chevaux de bois sont pris d'assaut par les enfants ; leurs cris et l'orgue du manège en font l'endroit idéal.

– Vous avez étudié la photo de Mme Courtland, je suppose ?

– Bien sûr.

– Alors, séparez-vous à l'intérieur et cherchez-la. Nous ferons la même chose de notre côté. Rendez-vous au manège, dans une demi-heure. Si l'un de vous la repère, qu'il utilise sa radio, nous le rejoindrons.

– Je n'ai pas de radio, se plaignit Drew.

– Maintenant, vous en avez une, fit Moreau, en plongeant la main dans sa poche.

Mme Courtland avait été conduite dans un petit bâtiment, à l'extrémité sud du parc de trois hectares. Une pagaille indescriptible régnait à l'intérieur. De vieilles affiches aux couleurs criardes étaient punaisées aux murs, sans ordre apparent ni souci de la symétrie. Sur deux bureaux et une longue table bancale s'empilaient des prospectus multicolores, certains tachés par des marques de café ou de la cendre de cigarette. Trois employés s'affairaient autour d'une machine à ronéotyper et de stencils. Il y avait des femmes outrageusement fardées, en costume de danseuses orientales, et un jeune homme à la mise équivoque – collants orange déchirés et chemisier bleu – dont seuls quelques poils au menton trahissaient le sexe. Les quatre petites fenêtres percées dans le mur de la façade étaient trop hautes pour que l'on pût voir de l'extérieur ; le ronflement d'un antique climatiseur semblait accompagner le bruit syncopé de la ronéo.

Janine Clunes Courtland était horrifiée. La boutique des Champs était un palais à côté de ce dépotoir. Et pourtant ce dépotoir malodorant était à l'évidence plus important que l'élégante boutique de cuirs. Ses inquiétudes furent en partie apaisées quand un homme de haute taille et d'âge mûr apparut, comme par magie, lui sembla-t-il, en réalité par une porte étroite, dans le mur de gauche. Il était en tenue de sport, mais le jean délavé et la veste en cuir suédé venaient des meilleures boutiques, le foulard qu'il portait autour du cou était griffé Hermès. Il lui fit signe de le suivre.

La petite porte donnait sur un couloir étroit et sombre, aboutissant à une autre porte. L'homme à la mise élégante composa un code sur un boîtier électronique carré et poussa la porte. Elle le suivit dans un bureau aussi différent du précédent que la salle à manger du Ritz l'est de la soupe populaire.

Les murs et le mobilier étaient faits de bois précieux et de cuir luxueux, les tableaux étaient des œuvres authentiques de maîtres de l'impressionnisme. Les verres et les carafes du bar en retrait, garni de miroirs, étaient en cristal de Baccarat. Elle se trouvait dans la tanière d'un homme très important.

– *Willkommen*, *Frau Courtland*, fit-il d'une voix chaude et onctueuse. Je suis André, ajouta-t-il en anglais.

– Vous savez qui je suis ?

– Bien entendu. Vous avez prononcé deux fois mon nom et utilisé le code du mois. Nous attendions un contact depuis plusieurs semaines. Prenez un siège, je vous en prie.

– Merci.

Janine prit place dans un fauteuil ; le directeur de la fête foraine s'assit à côté d'elle, au lieu d'aller derrière son bureau.

– J'ai attendu le moment propice, expliqua Janine.

– C'est ce que nous avons pensé. Vous êtes une femme exceptionnelle et vos messages codés sont parvenus régulièrement à Berlin. Grâce à vos renseignements sur les marchés financiers de Paris et Washington, nos comptes ont prospéré. Nous vous en sommes profondément reconnaissants.

– Je me suis toujours posé la question de savoir pourquoi vous avez choisi Berlin. Pourquoi pas Bonn ?

– Bonn est une toute petite ville, *nicht wahr* ? Berlin est et restera un lieu de confusion. Les intérêts y sont nombreux, le chaos général – la chute du Mur, l'afflux d'immigrants –, il est beaucoup plus facile de dissimuler ses activités à Berlin. Mais les fonds restent en Suisse et, quand on en a besoin en Allemagne, les transferts de capitaux se font par tranches successives qui passent inaperçues dans une ville où des virements informatiques de plusieurs millions de dollars sont effectués quotidiennement.

– Ainsi, mon travail est apprécié ? demanda la femme de l'ambassadeur.

– Au plus haut point. Pouvez-vous en douter ?

– Je n'en doute pas. Je pense simplement que le moment est venu, après toutes ces années de bons et loyaux services, de me faire venir à Bonn, en témoignage de reconnaissance. Je suis maintenant en position de rendre des services encore plus précieux, en ma qualité d'épouse de l'un des plus importants diplomates en poste en Europe. Tout ce que nos ennemis trament contre nous, je suis en mesure de le découvrir. J'aimerais entendre de la bouche de notre *Führer* que les risques que je prends jour après jour seront récompensés. Est-ce trop demander ?

– Certainement pas, *gnädige Frau*. Mais, voyez-vous, sans être un ambassadeur, je suis peut-être le relais le plus important en Europe, et j'accepte tout cela les yeux fermés. Pourquoi ne pouvez-vous en faire autant ?

– Parce que je n'ai jamais vu ma patrie ! Comprenez-vous ? Toute ma vie, depuis l'enfance, je me suis entraînée, j'ai travaillé jusqu'à l'épuisement pour une cause et une seule. Mais je ne pouvais en parler, je ne pouvais me confier à personne. Je suis devenue la meilleure dans ce que je faisais, et il m'était impossible de dire à mes amis les plus proches pourquoi je me donnais tant de mal. J'ai mérité cette reconnaissance !

L'homme qui se faisait appeler André étudia le visage de la femme assise à côté de lui.

– Oui, *Frau* Courtland, vous l'avez méritée. Plus que n'importe qui. J'appellerai Bonn ce soir... Venons-en maintenant à des questions plus concrètes : quand l'ambassadeur doit-il revenir à Paris ?

– Demain.

Drew se faufila entre les groupes composés de parents et de leur progéniture, le plus souvent des mères de famille courant après leurs enfants, qui couraient après d'autres bambins en poussant des cris stridents et en riant à gorge déployée. Son regard allait et venait en tous sens, se posait sur les femmes dont l'âge tournait autour de la quarantaine, le cas de la majorité des visiteuses. De loin en loin, il levait la radio qu'il tenait à la main, comme s'il attendait le signal d'appel annonçant que quelqu'un avait repéré Janine Clunes Courtland. Rien ne venait ; il continua d'arpenter les allées de terre desservant les baraques foraines surmontées de leurs figures carnavalesques au sourire enjôleur.

Claude Moreau choisit les zones où l'affluence était moindre, en partant du principe que l'ambassadrice éviterait d'instinct la foule et que le contact, s'il devait y en avoir un, aurait lieu dans un endroit discret. Il fit donc le tour des cages, des roulottes des extralucides, des marchands de souvenirs présentant des piles de tee-shirts et de casquettes. Le directeur de la DST fouilla du regard les recoins les plus sombres, dans l'espoir de distinguer quelqu'un qui ne fût pas à sa place dans cet univers de fête foraine. Dix-huit minutes s'écoulèrent, sans résultat.

Jacques Bergeron, l'homme de confiance de Moreau, fut fâcheusement pris dans un grand mouvement de foule en direction de la grande roue qui venait de se remettre en marche, après une panne de courant qui avait laissé un certain nombre d'amateurs de sensations fortes suspendus en l'air, quinze mètres au-dessus du sol. Pris dans la bousculade, il heurta un enfant et reçut en pleine figure le sac à main d'une mère de famille. Il perdit l'équilibre, se couvrit la tête des bras pour éviter de se faire piétiner par la foule enthousiaste. Lui non plus n'avait vu personne qui ressemblât à Janine Courtland.

François, le chauffeur, longea d'un pas nonchalant la rangée de baraques de la porte sud. Des inscriptions en petits caractères, à moitié effacées, indiquaient Poste de secours, Réclamations, Objets trouvés, Direction (presque illisible) et un panneau plus grand signalait le lieu de rassemblement des visiteurs venus en groupe. François saisit soudain au vol quelques mots adressés par une femme obèse à son amie toute sèche, l'air pincé.

– Qu'est-ce qu'une bourgeoise comme ça vient faire ici, tu peux me le dire ? Rien qu'avec ce qu'a coûté sa robe rose, j'aurais de quoi nourrir ma famille pendant un an.

– Elle avait envie de s'encanailler, Charlotte. Ces gens-là se croient mieux que nous, alors ils veulent se le prouver.

– Ça me dégoûte ! T'as vu ses chaussures ? Des pompes à cinq mille balles !

François comprit aussitôt de qui elles parlaient. D'après la description de l'unité des Champs-Élysées, la femme de l'ambassadeur portait une robe rose pâle et blanc, qui devait venir d'une grande maison de couture. Le chauffeur se rapprocha des deux femmes qui continuaient à deviser en suivant l'allée centrale.

– Tu veux que je te dise ? reprit la maigre, en faisant la moue. Je te parie ce que tu veux que c'est une des propriétaires de cette saleté de foire ! C'est ça les riches ! Ils achètent des trucs qui ne leur reviennent pas cher et qui marchent jour et nuit !

– T'as peut-être raison. C'est vrai qu'elle est entrée chez le directeur. Tous des pourris !

François se laissa distancer, puis revint sur ses pas, en direction de la rangée de baraques faisant office de bureaux. Il vit la petite plaque indiquant Direction ; la construction, qui ne faisait guère plus de six mètres de large, était séparée des baraques voisines par des allées resserrées. Les fenêtres de la façade étaient à une hauteur inhabituelle et la porte avait l'air bizarre. Elle paraissait beaucoup plus épaisse, ou plus pesante, que l'encadrement de bois. François prit la radio dans la poche de sa veste, appuya sur la touche Émission et porta l'appareil à son oreille.

Brusquement, à sa grande surprise, il entendit deux voix familières, très familières, puis une troisième, qu'il connaissait depuis de longues années.

– Papa ! Papa !

– C'est papa ! C'est lui !

– François ! Qu'est-ce que tu fais là ?

À la vue de sa femme et de ses deux filles, il resta cloué sur place, les yeux écarquillés. Ce n'est qu'en serrant gauchement les deux fillettes dans ses bras qu'il retrouva sa voix.

– C'est plutôt à moi de te demander ce que tu fais là, Yvonne !

– Quand tu as appelé pour dire que tu serais en retard et que tu ne rentrerais probablement pas dîner, nous avons décidé de venir nous amuser un peu.

– Papa, tu viens au manège avec nous ? S'il te plaît !

– Papa travaille, mes petites chéries...

– Tu travailles ? s'écria la mère. Qu'est-ce que la DST a à faire ici ?

– Chut !

Embarrassé, François tourna la tête, approcha la radio de sa bouche et parla précipitamment.

– Le sujet est là, près de la porte sud. Je vous attends. Il y a des complications, comme vous l'avez peut-être entendu... Viens, Yvonne ; vous aussi, les filles, il ne faut pas rester là !

– Alors, ce n'est pas une blague ? s'étonna la mère, tandis que toute la famille, pressant le pas, se dirigeait vers la sortie.

– Non, ma chérie, ce n'est pas une blague. Dépêchez-vous de retourner à la voiture et rentrez à la maison. Je vous expliquerai plus tard.

– Non, papa ! On vient juste d'arriver !

– Ne discute pas, ma chérie.

Mais François n'avait pas remarqué un jeune homme à la barbe clairsemée, en collants orange déchirés et chemisier bleu. Adossé au mur, à gauche de la lourde porte, une cigarette aux lèvres, son attention, d'abord attirée par les bruyantes retrouvailles familiales, s'était fixée sur la radio portable de l'homme. Mais le plus surprenant avait été la question posée par la femme : « Qu'est-ce que la DST a à faire ici ? » La DST !

Le jeune homme écrasa sa cigarette sous son talon et se précipita à l'intérieur.

L'homme élégant répondant au nom d'André interrompit sa conversation avec *Frau* Courtland, s'excusa courtoisement et se leva pour aller répondre au téléphone.

– Allô ! fit-il.

Il écouta sans dire un mot, dix secondes, pas plus.

– Prépare la voiture ! lança-t-il sèchement.

Il raccrocha, se tourna vers la femme de l'ambassadeur.

– Êtes-vous venue avec une escorte, madame ?

– On m'a amenée en voiture de la boutique des Champs-Élysées.

– Je veux dire : êtes-vous sous la protection de services de sécurité français ou américains ? Avez-vous été suivie ?

– Absolument pas ! Personne de l'ambassade ne sait où je suis !

– Quelqu'un le sait. Vous devez partir immédiatement ; suivez-moi. Il y a un passage souterrain qui mène au parking ; l'escalier est derrière vous. Faites vite !

Dix minutes plus tard, hors d'haleine, André était de retour ; il prit place à son bureau et se détendit en poussant un soupir audible. La sonnerie du téléphone le fit sursauter.

– Allô !

– Brouillez la ligne, ordonna une voix venant d'Allemagne. Tout de suite !

– Très bien, fit André, avec une certaine nervosité, en ouvrant un tiroir où se trouvait la commande du brouilleur. Allez-y.

– Votre organisation est totalement incompétente !

– Ce n'est pas notre avis. Qu'est-ce qui vous tracasse ?

– Il m'a fallu près d'une heure pour trouver comment vous joindre et j'ai dû menacer la moitié de nos spécialistes du renseignement !

– Cela me paraît très rassurant. Je pense que vous devriez revoir votre jugement.

– Imbécile !

– À mon tour d'être offensé.

– Vous le serez beaucoup moins quand j'aurai expliqué pourquoi.

– Éclairez-moi donc.

– La femme de Daniel Courtland va venir vous voir...

– Elle est venue et repartie, *mein Herr*, coupa André avec un sourire de satisfaction. En échappant à ceux qui la suivaient.

– Qui la suivaient ?

– Selon toute vraisemblance.

– Expliquez-vous !

– J'ignore qui ils étaient, mais ils ont fait toute une mise en scène, en allant jusqu'à prononcer en public le nom de la DST. J'ai naturellement fait en sorte qu'elle puisse s'esquiver tout de suite et, dans moins d'une demi-heure, elle sera en sécurité à l'ambassade.

– Sombre idiot ! rugit l'Allemand. Il ne fallait pas qu'elle retourne à l'ambassade ! Il fallait la supprimer !

26

Moreau, Bergeron et Latham convergèrent vers François, à quelques secondes d'intervalle. Ils parcoururent ensemble une cinquantaine de mètres, en s'éloignant de la porte sud, jusqu'à ce que le directeur de la DST lève la main ; il y avait moins de monde, quelques tentes sur leur droite faisaient office de toilettes et de vestiaires pour les employés.

– Ici, nous pouvons parler, fit Moreau, en se tournant vers le chauffeur. Vous avez joué de malchance, François. Rencontrer votre femme et vos enfants !

– Il me reste à inventer une explication très convaincante.

– Les filles ne t'adresseront pas la parole pendant une semaine, mon pauvre François, fit Bergeron, avec un petit sourire.

– Nous avons d'autres chats à fouetter, répliqua le chauffeur, sur la défensive. J'ai entendu parler deux femmes, deux harpies...

Il fit le récit de la conversation qu'il avait surprise et qui se terminait par « Elle est entrée dans le bureau du directeur ».

– Jacques, ordonna Moreau, allez jeter un coup d'œil à l'intérieur. Je suggère le rôle de l'ivrogne. Laissez-nous votre veste et votre cravate, nous les garderons.

– Je reviens dans trois ou quatre minutes.

Bergeron enleva sa veste et sa cravate, tira un pan de sa chemise qu'il laissa pendre par-dessus la ceinture et repartit vers la porte sud, la démarche titubante.

– Il fait ça très bien, reprit Moreau en suivant son subordonné d'un regard admiratif. Surtout pour quelqu'un qui ne touche jamais au whisky et supporte difficilement un verre de vin.

– Peut-être supportait-il trop bien les deux, avant, glissa Drew.

– Non, c'est son estomac ; un problème d'acidité gastrique. C'est parfois gênant, car on le prend pour un bureaucrate coincé.

– Qu'allons-nous faire, si la femme de Courtland reste là-dedans ? demanda Drew.

– Je ne sais pas très bien, répondit Moreau. D'un côté, nous savons qu'elle est ici, ce qui confirme votre hypothèse d'un contact avec la Fraternité ; de l'autre, nous ne voulons pas vraiment que ce contact sache que nous sommes au courant. Vaut-il mieux jouer la carte de la patience et placer sous surveillance constante ce semblant de bureau pour suivre toutes les allées et venues ou régler une bonne fois la question en le prenant d'assaut ?

– J'opte pour la seconde solution, fit Drew. Nous avons perdu assez de temps. Sortez-la de ce bureau et mettez la main sur son contact.

– C'est tentant, Drew, mais dangereux et ça risque d'aller à l'encontre du but recherché. Si, comme nous en avons maintenant la conviction, cette foire minable constitue un relais essentiel avec la Fraternité, faut-il le supprimer, en créant un grand vide, ou le laisser fonctionner pour en savoir plus long ?

– Je suis d'avis de le supprimer.

– Pour donner l'alarme à tous les néonazis d'Europe ? Il existe d'autres moyens, mon cher ami. Nous pouvons mettre sur écoute leurs lignes téléphoniques, intercepter leurs fax et les communications de leur émetteur UHF, s'ils en ont un. Il ne faut pas tuer la poule pour avoir l'œuf. Nous pouvons suivre les faits et gestes de la femme de Courtland et mettre, jour et nuit, cet endroit sous surveillance. Nous devons soigneusement réfléchir avant de décider.

– Vous êtes bien français !... Vous parlez trop !

– Qu'il s'agisse d'un bien ou d'un mal, c'est mon héritage. Le scepticisme gaulois.

– Vous avez probablement raison. Si vous saviez combien je le déplore. Je suis impatient.

– Votre frère a été sauvagement assassiné, Drew. Le vôtre, pas le mien. Si j'étais à votre place, j'éprouverais la même chose.

– Je me demande si Harry le ferait aussi.

– Une étrange remarque, fit Moreau.

Il scruta le visage de Latham, surprit le regard absent, dans le vague, de l'Américain.

– *De sang-froid*, souffla Drew à mi-voix.

– Pardon ?

– Non, rien... rien du tout.

Latham cligna des yeux à plusieurs reprises, revint aux réalités du moment.

– Que croyez-vous que Jacques trouvera ? demanda-t-il.

– L'ambassadrice, si elle est là, répondit François. J'aimerais que ce soit le cas, car j'ai hâte de rentrer à la maison. Mes filles pleuraient à chaudes larmes quand leur mère les a emmenées... Toutes mes excuses, monsieur le directeur, je ne veux pas que des questions personnelles empiètent sur le travail. Au fond, elles sont sans importance.

– Vous n'avez pas à vous excuser, François. Un homme qui n'a pas de vie privée en dehors du service, manque de recul, et ce n'est pas bon.

– Regardez ! fit le chauffeur, en tendant le doigt vers l'allée centrale.

– Qu'y a-t-il ? demanda Moreau.

– Regardez ce type, avec son drôle de costume orange et bleu !

– Et alors ? fit Drew.

– Il court dans tous les sens... Attention, il vient par ici !

– Dispersion ! ordonna Moreau.

Les trois hommes se séparèrent ; le jeune barbu en collants orange passa en courant, s'arrêtant de temps à autre pour regarder autour de lui. François se glissa entre deux des tentes du personnel, le dos tourné à l'allée. Une minute plus tard, un pas sourd martela le sol derrière lui et s'éloigna vers le bâtiment de la direction. Moreau et Latham rejoignirent le chauffeur dans l'espace resserré entre les tentes.

– Il cherchait quelqu'un, c'est sûr, fit Drew. Vous, peut-être ?

– Il n'y a aucune raison, répondit le chauffeur, le front plissé par la réflexion. Mais je crois me souvenir d'avoir entr'aperçu une tache orange, en me tournant avec la radio pour battre le rappel.

– Peut-être la radio, justement, fit Moreau. Mais, en effet, il n'y a aucune raison que quelqu'un vous ait tenu à l'œil... Je pense qu'il existe une explication toute simple. Ces fêtes foraines sont un paradis pour frauder le fisc. Toute la recette est en espèces et ils impriment eux-mêmes les billets. Quelqu'un a dû imaginer que vous étiez un inspecteur des contributions venu contrôler les entrées. C'est courant.

Ils virent Jacques revenir d'un pas rapide, beaucoup plus assuré que lorsqu'il était parti en feignant l'ivresse.

– Si Mme Courtland est entrée dans le bureau du directeur, annonça-t-il en reprenant sa veste et sa cravate, elle y est toujours. Il n'y a pas d'autre issue.

– Nous attendrons, déclara Moreau. Nous allons encore nous séparer, mais sans nous éloigner. L'un de nous aura toujours les yeux fixés sur la porte. À tour de rôle, toutes les vingt minutes. C'est moi qui commence ; gardez vos radios à portée de main, pour entendre le signal.

– Je prendrai la suite, fit Drew, en regardant sa montre.

– Et je vous relaierai, ajouta Jacques.

– Je prendrai le dernier quart, dit François.

Au bout de deux heures, Moreau donna l'ordre de se rassembler devant les tentes.

– Jacques, demanda-t-il, êtes-vous certain qu'il n'y a pas de porte sur les côtés ni à l'arrière de cette construction ?

– Pas même une fenêtre, Claude. Les seules sont celles de la façade.

– Le soir commence à tomber, glissa François. Peut-être attend-elle la nuit et le départ de la foule pour sortir.

– C'est une possibilité, mais pourquoi ?

– Elle a déjà échappé à vos agents, sur les Champs-Élysées, observa Latham.

– Il lui était absolument impossible de savoir qu'elle était sous surveillance, protesta Jacques.

– Peut-être quelqu'un le lui a-t-il dit.

– Cela ajoute une nouvelle dimension au problème, Drew. Nous n'en avons aucune preuve.

– Je cherche, c'est tout. Il est possible qu'elle soit simplement parano... Je dis possible, mais il ne peut pas en être autrement pour une femme comme elle. J'ai une question à poser, à vous tous. Qui avez-vous vu sortir par cette porte ? Moi, j'ai vu le drôle de type en collants orange ; il est allé rejoindre quelqu'un en costume de clown, qui l'attendait.

– J'ai vu deux femmes outrageusement fardées, qui semblaient venir du harem d'un cheikh fauché, répondit Jacques.

– L'une d'elles aurait-elle pu être la femme de Courtland ? demanda vivement Moreau.

– Négatif. L'idée m'a aussi traversé l'esprit ; j'ai repris mon rôle d'ivrogne et je les ai heurtées assez brutalement. C'étaient deux vieilles peaux bien décaties, l'une avait une haleine épouvantable.

– Vous voyez comme il est doué ? fit Moreau à l'adresse de Latham. Et vous, François ?

– Un homme, grand, avec de grosses lunettes noires, à peu près la taille de notre ami américain, en vêtements de sport, mais très chic. J'imagine que c'était le directeur, il a vérifié en partant que la porte était bien fermée.

– Dans ce cas, si Mme Courtland n'est pas sortie et si le bureau est fermé pour la nuit, nous ne pouvons que supposer qu'elle est encore à l'intérieur.

– Absolument, approuva Drew. Elle peut y être restée pour plusieurs raisons, entre autres un coup de téléphone en catimini, pendant que l'ambassadeur est à Washington. Lequel d'entre vous est le meilleur monte-en-l'air ?

– Comment ça ? demanda François.

– Il parle de crocheter une serrure et pénétrer illégalement quelque part, expliqua Moreau. Le meilleur, c'est Jacques.

– Décidément, fit Drew, vous êtes doué pour un tas de choses.

– Si François est un as du volant, je soupçonne mon ami Jacques d'avoir été un voleur de bijoux avant de trouver son chemin de Damas et de s'engager dans la police.

– Le patron a d'étranges manières de nous complimenter, fit Jacques en souriant. En réalité, on m'a envoyé faire un stage d'un mois chez un serrurier. Avec le matériel adéquat, aucune serrure n'est incrochetable, car le principe est toujours le même, à l'exception des derniers modèles, à protection électronique.

– Cette bicoque délabrée a l'air aussi bien protégée qu'une vespasienne. Au boulot, Jacques, nous vous attendons de l'autre côté.

L'agent de la DST repartit d'un pas vif vers la baraque de la direction ; les autres suivirent, en prenant soin de rester dans l'ombre, sur la gauche de l'allée. Quelques instants plus tard, le jugement de Moreau se révéla grossièrement erroné. Des sirènes d'alarme se mirent à hurler. Attirés par le tintamarre, des gardes, certains en uniforme, d'autres dans des costumes extravagants – clowns, avaleurs de sabres à demi nus, nains, Africains vêtus d'une peau de tigre –, affluèrent vers la construction profanée comme une horde de Mongols. Jacques détala aussitôt et fit signe à ses compagnons d'évacuer la place. Ils obéirent et s'enfuirent à toutes jambes.

– Que s'est-il passé ? s'écria Latham, dès qu'il furent en sécurité dans le véhicule de la DST.

– Derrière les gorges, faciles à pénétrer, répondit Jacques, encore essoufflé, il devait y avoir un scanner électronique déterminant le poids et la densité de l'instrument utilisé.

– Qu'est-ce que c'est que ce charabia ?

– On trouve ça tous les jours sur les plus récents modèles d'automobiles, expliqua Bergeron. La puce noire dans la clé de contact ; sans elle, impossible de mettre le moteur en marche. Sur les voitures les plus sophistiquées, une sirène d'alarme se déclenche.

– Bravo pour votre vespasienne, Claude.

– Que voulez-vous que je dise ? Je me suis trompé, mais cela nous a appris quelque chose. La fête foraine est bien le relais essentiel de la Fraternité que nous imaginions.

– Mais ils savent maintenant que nous avons découvert le pot aux roses.

– Pas du tout. Nous avons une parade pour les cas de ce genre, en collaboration avec la police judiciaire.

– Expliquez-vous.

– Nous arrêtons chaque semaine des dizaines de délinquants – souvent pour un premier délit que la détresse les a poussés à commettre – qui, fondamentalement, sont de braves gens. Jean Valjean, dans *Les Misérables* en est un parfait exemple.

– Bon sang ! vous vous écoutez parler ! Où voulez-vous en venir ?

– Nous avons des listes de ces délinquants condamnés à des peines correctionnelles de, disons, six mois à un an. En échange de l'aveu d'un délit supplémentaire – par exemple une tentative de vol avec effraction dans une fête foraine –, leur peine est réduite et, dans certains cas, la condamnation effacée de leur casier judiciaire.

– Voulez-vous que je m'en occupe ? demanda Jacques, la main tendue vers le téléphone.

– Allez-y.

– Dans quinze ou vingt minutes, expliqua Moreau, tandis que son adjoint commençait à parler au téléphone, la police appellera le service de sécurité de la foire pour signaler qu'ils ont intercepté à proximité d'une des sorties une voiture dont les deux passagers étaient des cambrioleurs notoires. Vous pigez le scénario ?

– Je crois. La police demandera naturellement s'il y a eu cambriolage ; si oui, elle cherchera à savoir ce qui a été dérobé et si quelqu'un est en mesure d'en identifier les auteurs.

– Exactement. Les policiers ajouteront, bien entendu, qu'ils se feront un plaisir de conduire les témoins au poste où sont détenus les suspects...

– Une invitation aussitôt déclinée, acheva Latham, en hochant la tête dans la pénombre.

– Pas toujours, rétorqua Moreau. C'est pourquoi nous devons avoir de faux coupables sous la main. Il arrive que ceux que nous avons dans notre collimateur soient trop curieux, trop nerveux et qu'ils acceptent l'invitation. Quand cela se produit, ils formulent invariablement une requête... une exigence, plutôt.

– Laissez-moi deviner, fit Drew. Ils se prêtent à une séance d'identification, à condition de voir les suspects sans être vus d'eux.

– Décidément, mon cher, vous ne manquez pas de finesse.

– Si je n'avais pas deviné ça, j'aurais pris ma retraite dès la fin de ma formation. Mais cette idée de – comment avez-vous dit ? – de « faux coupables » est formidable. N'en parlez surtout à personne, à Washington, les scandales se multiplieraient. Le Watergate, l'Irangate seront des contes pour enfants, à côté des casses commis par la CIA et le Département d'État. Les poids lourds de la politique, à commencer par le président, auront l'idée de présenter un sosie, pour se couvrir.

– Franchement, fit Moreau, nous nous demandons pourquoi ils ne l'ont pas fait.

– Gardez cette question pour vous, nous avons assez d'ennuis comme ça.

– Claude, coupa Jacques, en se retournant vers son patron. Quelque chose qui va vous faire plaisir. Nos délinquants sont deux comptables sous-payés qui ont tenté de dévaliser une chaîne de boucheries où on vendait au prix fort de la viande de mauvaise qualité.

– Ils ont bien fait : il faut voler les voleurs.

– Malheureusement pour eux, les voleurs ont changé de fournisseur du jour au lendemain et nos comptables se sont fait filmer en train d'ouvrir un coffre.

– Ils n'avaient pas bien préparé leur reconversion.

– La police s'est fait un plaisir d'intervenir. L'inspecteur chargé de l'enquête achetait de la viande dans cette chaîne depuis des années.

– Ses papilles gustatives n'étaient pas très délicates. Quand vont-ils passer à l'action ?

– En ce moment même.

– Bien. Déposez M. Latham au Normandie et moi au bureau, François. Après quoi, vous pourrez rentrer chez vous.

– Cela ne me dérange pas de rester avec vous, monsieur le directeur. Au cas où il y aurait un problème urgent.

– Non, François, vous ne vous déroberez pas à vos responsabilités domestiques. Votre charmante épouse ne me le pardonnerait pas.

– Ce n'est pas ce qui m'inquiète le plus, monsieur. Les enfants sont beaucoup plus virulents.

– Je suis passé par là. Vous verrez, ça forme le caractère.

– Vous avez un cœur d'or, souffla Drew à l'oreille de Moreau. Qu'allez-vous faire au bureau ?

– Suivre notre affaire. Je vous tiendrai au courant. Et puis, mon cher, vous avez aussi un problème domestique, ou presque. La délicieuse Karin est allée voir un médecin. Pour sa blessure, vous vous en souvenez ?

– Bon Dieu ! j'avais oublié !

– Je vous conseille de ne pas le lui dire.

– Vous vous trompez, Moreau. Elle comprendrait.

Dans le peignoir blanc de l'hôtel, Karin allait et venait devant la croisée quand Latham ouvrit la porte de la chambre.

– Il t'en a fallu, du temps ! s'écria-t-elle en s'élançant vers lui pour se blottir dans ses bras. Tout va bien ?

– Allons, allons, c'était une fête foraine, pas la bataille des Ardennes. Bien sûr que tout va bien ; l'idée ne nous est même pas venue de sortir nos armes.

– Mais tu es parti depuis près de quatre heures ! Que s'est-il passé ?

Drew lui fit un récit succinct des événements de l'après-midi.

– Et toi ? demanda-t-il. Qu'a dit le médecin ?

– Pardonne-moi, mon chéri, c'est pour cela que je n'aurais jamais dû tomber amoureuse de toi. Je croyais ne plus jamais éprouver ces sentiments, mais, tu vois, il n'en est rien. Quand je tiens à quelqu'un, mon attachement est très profond.

– Merveilleux, mais tu n'as pas répondu à ma question.

– Regarde ! lança fièrement Karin en levant la main droite dont le nouveau bandage couvrait moins de la moitié de la surface du précédent. Il va poser une prothèse de deux centimètres de long ; elle se glissera sur mon doigt, avec un ongle incorporé, et on ne remarquera pratiquement rien.

– Génial, mais comment te sens-tu ? Tu as saigné cette nuit.

– Le médecin a dit que je devais être très agitée, que je m'étais agrippée à quelque chose. As-tu des griffures dans le dos, mon chéri ?

– Tu as fait du beau travail, fit Drew, en l'attirant de nouveau à lui.

Leurs lèvres s'unirent en un long baiser, mais Karin se dégagea doucement.

– Je veux parler, dit-elle.

– De quoi ? Je t'ai dit ce qui s'était passé.

– De ta sécurité. La Maison Rouge a appelé...

– Ils savaient où te trouver ? Ils savaient que tu étais au Normandie ?

– Ils savent souvent les choses avant que la plupart d'entre nous ne soient au courant.

– Alors, on leur fournit des renseignements qu'ils ne devraient jamais recevoir !

– Je crois que tu as raison, mais nous savons au moins de quel côté ils sont.

– Pas nécessairement. Sorenson les tient à l'écart.

– Il était le plus redouté des agents clandestins, du temps de la guerre froide. Il soupçonne tout le monde.

– Comment as-tu appris ça ? Qu'il était sur le terrain, comme agent clandestin ?

– En partie par toi, surtout par Freddie.

– Par Freddie... ?

– Bien sûr... Les sous-réseaux sont obligés de se protéger, Drew. Les renseignements circulent. Sur qui peut-on compter, à qui se fier ? C'est une question de vie ou de mort.

– Pourquoi la Maison Rouge a-t-elle appelé ?

– Elle a appris par ses informateurs à Bonn et Berlin que deux équipes de *Blitzkrieger* sont envoyées à Paris pour retrouver et éliminer le Latham qui a survécu à l'attaque de l'auberge de Villejuif. Celui qu'ils croient être Harry.

– Il n'y a rien de nouveau.

– Ils disent que le nombre de tueurs est compris entre huit et douze. Ce n'est pas une unité de deux ou trois hommes, mais une petite armée qui va se lancer à ta recherche.

– C'est assez impressionnant, non ? reprit Drew, après un silence. Je suis populaire au-delà de mes rêves les plus fous, et dire que je ne suis même pas celui qu'ils veulent !

– Tout à fait d'accord.

– Mais pourquoi ? La question est de savoir pourquoi ils tiennent tellement à avoir la peau d'Harry. Sa liste circule, ils tirent profit de la confusion et des dissensions qu'elle provoque, et ils le savent. Alors, pourquoi ?

– Cela aurait-il un rapport avec le docteur Kroeger ?

– Ce type raconte n'importe quoi. Il enfile les mensonges en les oubliant au fur et à mesure.

– Je n'étais pas au courant. Explique-moi.

– Il a dit à Moreau, qu'il croit être des leurs, qu'il devait retrouver Harry afin d'apprendre l'identité de la femme qui les a trahis, dans la vallée de la Fraternité...

– Quelle femme ? lança Karin.

– Nous l'ignorons, Harry aussi. Quand il m'a téléphoné de Londres, il a parlé d'une infirmière qui avait prévenu les Antineos de son évasion, mais le conducteur du camion qui l'a ramassé sur le bord de la route n'est pas entré dans les détails.

– Si Kroeger a dit ça, ce n'est peut-être pas un mensonge.

– Mais il a raconté à Witkowski quelque chose de totalement différent. Il a affirmé qu'il devait retrouver Harry avant que l'effet de son traitement ne disparaisse et ne provoque sa mort. Stanley n'en a pas cru un mot, c'est pourquoi il voulait le bourrer de drogues... pour voir s'il pouvait découvrir la vérité.

– Ce que le médecin de l'ambassade n'a pas autorisé, ajouta doucement Karin. Je comprends maintenant pourquoi le colonel était furieux contre lui.

– C'est aussi pourquoi ce bon Samaritain va se faire taper sur les doigts, même si je dois demander à Sorenson de faire du chantage auprès du président.

– Vraiment ?... On peut le faire chanter ?

– On peut faire chanter tout le monde, surtout les présidents. On appelle ça un génocide politique, selon le parti auquel on appartient.

– Pouvons-nous passer à un autre sujet, s'il te plaît ?

– Quel sujet ? demanda Latham, en se dirigeant vers le téléphone. Je veux faire plier un médecin qui préfère prolonger la vie d'un salopard que d'éviter le massacre de braves gens, dans notre camp.

– Tu pourrais être le prochain, Drew !

– Je suppose, fit Latham en décrochant.

– Arrête et écoute-moi ! s'écria Karin. Raccroche et écoute-moi !

– D'accord, d'accord.

Drew reposa le combiné sur son support et se retourna lentement pour lui faire face.

– Qu'as-tu à me dire ?

– Je vais être d'une franchise brutale avec toi, mon chéri, parce que tu es un homme que j'aime.

– Pour le moment ? Ou puis-je espérer un ou deux mois ?

– Non seulement c'est injuste et gratuit, mais c'est humiliant !

– Pardonne-moi. J'aurais préféré entendre *l*'homme que j'aime, pas *un* homme.

– Oui, j'en ai aimé un autre, même si je me suis trompée sur lui, et je ne m'excuserai pas pour cela.

– Deux points pour la dame. Vas-y, parle avec une franchise brutale.

– Tu es, à ta manière, quelqu'un de très brillant. Je l'ai vu, je t'ai observé, j'ai admiré ta capacité à prendre des décisions rapides aussi bien que tes capacités physiques... qui dépassent de loin celles de mon mari et d'Harry. Mais tu n'es ni Freddie ni Harry, qui, tous deux, vivaient avec le spectre de la mort, tous les matins, en ouvrant les yeux, et toutes les nuits, en parcourant les rues vers de mystérieux rendez-vous. C'est un univers que tu ne connais pas, Drew, un univers affreux, ténébreux, dans lequel tu n'as jamais été plongé. Tu as été exposé à ses dangers, c'est vrai, mais tu n'as pas l'expérience de ses cauchemars.

– Viens-en au fait. Je veux téléphoner.

– Je t'en prie, je t'en supplie, communique tous les renseignements en ta possession, toutes les conclusions produites par ton imagination, à ceux qui ont vécu dans cet univers... Moreau, Witkowski, Sorenson. Ils vengeront la mort de ton frère ; ils ont les qualités nécessaires.

– Pas moi ?

– Il y a une armée de tueurs qui vient pour t'abattre ! Envoyés par des gens qui ont des ressources et des contacts dont nous ignorons tout. On leur fournira des noms, ils disposeront de fonds illimités pour corrompre ces gens-là et il suffira d'un seul pour te trahir. C'est pour cela que les Antineos m'ont appelée. Ils estiment que ta situation est désespérée, que tu dois disparaître.

– Nous en revenons à la question d'origine, n'est-ce pas ? Pourquoi déployer tous ces moyens contre Harry Latham ? Pourquoi ?

– Laisse à d'autres le soin de trouver la réponse, mon chéri. Retirons-nous, toi et moi, de ce jeu infernal.

– Toi et moi ?

– Est-ce que cela répond à ta question de tout à l'heure ?

– C'est tellement tentant que j'ai envie de pleurer comme un bébé. Mais cela ne marchera pas, Karin. Même si je n'ai pas l'expérience des autres, j'ai quelque chose qu'ils n'ont pas. Cela s'appelle la rage et, avec les qualités que l'on veut bien me reconnaître, cela fait de moi le chef de la meute. Je suis désolé, sincèrement désolé, mais il ne peut en être autrement.

– Je fais appel à ton instinct de survie, pas à ton courage, que tu n'as plus besoin de prouver.

– Le courage n'a rien à voir là-dedans ! Je n'ai jamais prétendu être brave, je n'aime pas la bravoure, qui cause la perte des imbéciles ! Il s'agit d'un homme, cet homme qui était mon frère, sans qui j'aurais abandonné mes études et serais sans doute devenu un hockeyeur minable, les jambes couvertes de cicatrices et sans un sou vaillant. Jean-Pierre Villiers m'a dit qu'il devait autant ou plus que moi à un père qu'il n'a pas connu. Je ne suis pas d'accord. Je dois encore plus à Harry, *parce que* je l'ai connu.

– Je vois.

Karin n'insista pas. Elle plongea les yeux dans ceux de Drew et ils échangèrent un long regard.

– Dans ce cas, reprit-elle, nous irons ensemble jusqu'au bout.

– Mais je ne te demande pas ça !

– Je ne peux pas faire autrement. Je te demande une seule chose, Drew : ne laisse pas ta rage prendre ta vie. Je ne pourrai certainement pas supporter de perdre le seul autre homme que j'ai aimé, comme j'ai perdu le premier.

– Aucun risque, j'ai trop de choses qui me retiennent... Et maintenant, puis-je donner ce coup de téléphone ? Il est midi passé à Washington et j'aimerais parler à Sorenson, avant qu'il n'aille déjeuner.

– Tu pourrais lui gâcher son repas.

– J'en suis certain. Il n'approuve pas ce que je fais, mais n'y a pas encore mis le holà pour une excellente raison.

– Laquelle ?

– À ma place, il ferait la même chose.

Wesley Sorenson était à la fois contrarié et agacé. Le vice-président Howard Keller lui avait faxé une liste de cent onze sénateurs et députés des deux partis disposés à laisser éclater leur indignation devant les accusations de nazisme portées contre leur ex-collègue et qui ne demandaient pas mieux que de témoigner. À quoi s'ajoutait une autre liste d'adversaires potentiels, allant de dirigeants fondamentalistes mis à l'écart mais encore puissants à des extrémistes fanatiques qui n'hésiteraient pas à dénoncer le second avènement du Messie comme une manipulation politique, si cela pouvait servir leurs intérêts. Au bas du fax, une note manuscrite du vice-président résumait sa pensée.

Les clowns sont désireux, anxieux, avides de démolir quiconque exprimera un semblant de désaccord avec eux. J'ai trouvé les avocats.

Avec les « purs » qui nous soutiennent, nous allons tailler en pièces cette flopée de crétins ! Réunissons la commission sénatoriale et ces artistes de merde, ces adeptes de la chasse aux sorcières, se montreront tels qu'ils sont.

Mais Sorenson n'avait pas envie d'une telle publicité. Il y avait peut-être beaucoup à gagner, mais il pouvait y avoir beaucoup à perdre. Les *Sonnenkinder* existaient bel et bien, même si leur identité et leur niveau de responsabilité étaient encore inconnus. Le plus facile pour ceux qui étaient visés par cette nouvelle chasse aux sorcières était de rejoindre les rangs des « purs ». Il allait appeler Howard Keller pour mettre les points sur les i. La sonnerie du téléphone retentit ; la ligne rouge, celle qui arrivait directement dans son bureau.

– Oui ?

– C'est votre agent solitaire, patron.

– J'aimerais ne pas l'être... votre patron.

– Ne me laissez pas tomber, nous faisons des progrès.

– Lesquels ?

– Bonn et Berlin envoient deux demi-brigades à Paris pour me retrouver – pour retrouver Harry – et m'éliminer.

– C'est ce que vous appelez des progrès ?

– Un pas en amène un autre, c'est bien connu.

– Si j'étais vous, et je parle d'expérience, je quitterais Paris sans perdre une minute.

– C'est ce que vous auriez fait, Wes ?

– Probablement pas, mais peu importe ce que j'aurais fait. Les choses ont changé, Drew, c'était plus facile de notre temps. Nous savions qui étaient nos ennemis, pas vous.

– Aidez-moi à le découvrir. Dites à notre bon Samaritain de l'ambassade d'injecter à Kroeger tout notre stock d'Amytal, pour le faire parler.

– Il a dit que cela risquait de le tuer.

– Qu'il crève ! Pourquoi emploient-ils les grands moyens pour avoir la peau d'Harry ?

– Il y a une déontologie médicale...

– Rien à foutre, j'ai ma vie aussi ! Je ne suis pas partisan de la peine capitale, parce que, entre autres raisons, elle n'est pas appliquée avec équité. À quand remonte la dernière fois où un riche Blanc soutenu par un gros cabinet d'avocats a été envoyé à la chaise électrique ? Mais, s'il devait y avoir une exception à ma position, ce serait Kroeger. J'ai vu ce salopard réduire en bouillie deux pauvres bougres dont le seul tort était de se trouver là ! Et puis, notre médecin au grand cœur n'a pas dit que les injections le tueraient, seulement qu'elles pourraient le tuer. Kroeger n'a pas laissé cette chance aux deux employés de l'hôtel.

– Vous avez acquis le sens du plaidoyer... Imaginons que vous ayez mon soutien, que j'obtienne celui du Département d'État, que pensez-vous que Kroeger puisse nous apprendre ?

– Je n'en ai pas la moindre idée ! Mais il crachera peut-être quelque chose qui nous permettra de comprendre pourquoi l'élimination d'Harry est une obsession pour les néos.

– C'est une énigme, je vous l'accorde.

– C'est plus que ça, Wes, c'est la clé d'un tas de choses que nous pourrons comprendre.

– Y compris la fameuse liste, peut-être ?

– C'est possible. J'ai lu la transcription de son interrogatoire, à Londres. Il ne fait aucun doute qu'il la croyait authentique, mais il n'écartait pas l'éventualité d'une opération de désinformation... disons plutôt de renseignements erronés.

– Erreur humaine, identités erronées, mais pas un tuyau crevé, fit doucement Sorenson. Je me souviens de ça. Si ma mémoire est bonne, il était furieux de les entendre insinuer qu'il s'était fait avoir et il a affirmé qu'il revenait aux analystes du contre-espionnage de distinguer le vrai du faux.

– Ce n'était pas aussi précis, mais le sens général est bien là.

– Et vous pensez que Kroeger pourrait combler quelques lacunes ?

– Disons, si vous voulez, que je ne vois personne d'autre pour le faire. Il a soigné Harry et aussi bizarre que cela paraisse – probablement parce que Kroeger le traitait convenablement – il avait prise sur mon frère. Du moins, Harry ne le détestait pas.

– Votre frère était un professionnel ; il n'aurait pas laissé la haine se faire jour, encore moins le mener.

– Je le sais et je reconnais que c'est tiré par les cheveux, mais j'ai dans l'idée qu'Harry le respectait – respect n'est peut-être pas le mot juste –, disons qu'il y avait entre eux des liens assez forts. Je ne puis les expliquer, je n'en comprends pas la nature.

– Comme vous l'avez dit, le chirurgien l'a traité convenablement. Le ravisseur qui a des égards pour son captif...

– Encore le syndrome de Stockholm ! Épargnez-moi cette théorie, je vous en prie. Elle a trop de failles, surtout lorsqu'on l'applique à Harry.

– Dieu sait que vous l'avez connu beaucoup mieux que quiconque... Très bien, Drew, je vais donner des instructions, sans même déranger Adam Bollinger. Il nous a déjà donné carte blanche, même si ce n'est pas pour les bons mobiles.

– Pourquoi mobiles et pas raisons ?

– Les raisons sont secondaires pour Bollinger. Les mobiles passent d'abord. Restez en vie, Drew, et soyez extrêmement prudent.

Gerhardt Kroeger était attaché sur une table de l'infirmerie de l'ambassade, une véritable clinique de six chambres, avec tout le matériel médical dernier cri. Un tube transparent dans lequel se mêlaient les contenus de deux poches en plastique suspendues au-dessus de sa tête était enfoncé dans son bras droit, la seringue piquée dans une veine. Préalablement mis sous tranquillisants, il n'avait aucune idée de ce qui l'attendait.

– S'il meurt, lança le médecin de l'ambassade, sans quitter des yeux le moniteur de l'électrocardiogramme, c'est vous qui vous ferez taper sur les doigts ! Mon boulot est de sauver les vies, pas de les mettre en péril.

– Dites cela aux familles des deux hommes qu'il a abattus sans même savoir qui ils étaient, riposta Drew.

Witkowski l'écarta du coude.

– Prévenez-moi quand il approchera du coma, ordonna-t-il au médecin.

Drew fit un pas en arrière et resta à côté de Karin. Ils observèrent la scène avec un mélange de fascination et de répulsion.

– Il va entrer dans le mode de moindre résistance, annonça le médecin. C'est fait, ajouta-t-il d'un ton grave. Ordres ou pas ordres, j'arrête l'intraveineuse dans deux minutes ! Une minute de plus et il y passera... Je n'ai pas besoin de ce boulot, les gars. Je peux rembourser mes études en trois ou quatre ans, mais jamais je ne pourrai effacer ça de mon esprit !

– Dans ce cas, écartez-vous, jeune homme, et laissez-moi me mettre au boulot.

Witkowski se pencha sur le corps de Kroeger et commença par parler doucement dans son oreille gauche, posant les questions habituelles sur son identité et son rôle dans la direction du mouvement néonazi. Il obtint des réponses brèves, formulées d'un ton monocorde. Puis le colonel haussa la voix, qui se fit de plus en plus menaçante et se répercuta sur les murs de la chambre.

– Maintenant, nous arrivons au cœur du problème, *Doktor*, pourquoi tenez-vous tellement à ce qu'Harry Latham disparaisse ?

Kroeger se tortilla sur la table, s'efforçant de briser les sangles ; il toussa, cracha des mucosités. Le médecin saisit le bras de Witkowski qui se dégagea avec rudesse.

– Vous avez trente secondes, déclara le praticien.

– Parle, hitlérien de mes deux, sinon, tu vas mourir ! Tu ne me sers à rien ! Parle, ou tu vas rejoindre ton *Oberführer* en enfer ! C'est maintenant ou jamais ! La fin est proche, *Herr Doktor* !

– Ça suffit, maintenant, fit le médecin en reprenant le colonel par le bras.

– Allez-vous me lâcher, jean-foutre !... Vous entendez, Kroeger ? Vous pouvez crever, ça m'est égal ! Parlez ! Pourquoi devez-vous supprimer Harry Latham ? Parlez !

– C'est son cerveau ! cria Gerhardt Kroeger en se débattant comme un possédé, si fort qu'une des sangles de cuir se rompit. Son cerveau ! répéta le nazi, avant de perdre connaissance.

– Vous vous contenterez de ça, Witkowski, déclara le médecin, péremptoire, en coupant les injections intraveineuses. Le rythme cardiaque est monté à cent quarante. Cinq de plus et c'est terminé.

– Laissez-moi vous dire une chose, toubib, fit l'ex-colonel du G-2. Quel est, à votre avis, le rythme cardiaque des deux employés de l'hôtel que cette ordure a mis en bouillie ? Zéro, docteur, et je trouve que c'est regrettable.

Ils étaient assis tous les trois à la terrasse d'un café, rue de Varenne, Drew en civil, à côté de Karin qui lui tenait la main sous la table. Witkowski secouait la tête, en proie à une perplexité manifeste.

– Qu'est-ce que ce salopard a voulu dire en parlant de « son cerveau » ?

– La première chose qui vient à l'esprit, fit Drew d'un ton peu convaincu, c'est qu'il a subi un lavage de cerveau, mais j'ai du mal à y croire.

– Tout à fait d'accord, glissa Karin. Je connaissais ce côté d'Harry, cette obsession du contrôle de soi et je ne peux imaginer qu'on lui ait trafiqué les méninges. Il avait trop de défenses.

– Que pouvons-nous faire ? demanda le colonel.

– Une autopsie ? suggéra Karin.

– Qu'est-ce que cela pourrait nous apprendre, qu'il a été victime d'un poison ? On peut supposer que c'est quelque chose de ce genre. De plus, une autopsie est ordonnée par les autorités judiciaires. Nous ne pouvons courir ce risque : n'oubliez pas qu'Harry n'est plus Harry.

– Nous voilà donc revenus au point de départ, soupira Drew. Et je ne sais même pas où il se trouve.

À l'Institut médico-légal de la rue de Fontenay, l'employé chargé du contrôle des cadavres dans leur sépulture provisoire longea la rangée de casiers, faisant glisser chaque macchabée pour s'assurer qu'il était correctement identifié et à sa place. Il s'arrêta devant le numéro 101, un cas particulier signalé par une marque rouge indiquant qu'il ne devait pas être déplacé, et ouvrit.

Il demeura bouche bée, sans être sûr de bien comprendre ce qu'il avait devant les yeux. Dans le crâne du cadavre s'ouvrait un trou énorme, béant, comme si une explosion avait eu lieu après la mort. Des fragments de peau et de tissus organiques dispersés évoquaient une fraise écrasée, le reste baignait dans un fluide grisâtre. L'employé referma précipitamment le casier, pour éviter de respirer les émanations gazeuses. Il laissait à d'autres le plaisir de la découverte.

27

Le lendemain matin, à 8 h 30, Claude Moreau fit part de sa décision irrévocable. Drew Latham et Karin de Vries seraient de nouveau placés sous la protection de la DST. Le service de sécurité de la mission diplomatique pouvait suggérer un certain nombre de mesures, mais les décisions seraient prises par son service. À moins, naturellement, que les deux citoyens américains ne choisissent de rester dans les locaux de l'ambassade, considérée comme territoire américain, donc hors de la juridiction de la DST. Aux protestations véhémentes de Drew, Moreau opposa une réplique succincte.

– Je ne puis mettre en péril la vie des Parisiens qui risqueraient d'être pris sous le feu de ceux qui essaient de vous tuer.

– Absurde ! rugit Drew, en reposant sa tasse de café avec une telle force que la moitié se répandit sur le tapis de la chambre de l'hôtel de Normandie. Personne n'a l'intention de déclencher une guerre dans les rues. Jamais ils ne feraient ça !

– Peut-être, mais rien n'est moins sûr. Pourquoi n'allez-vous pas vous installer tous deux à l'ambassade ? On n'en parlerait plus. Je n'y verrais aucune objection et la population ne risquerait rien.

– Vous savez bien qu'il faut que je sois libre de mes mouvements !

Drew se leva, vibrant de colère, boudiné dans le peignoir trop étroit.

– Déplacez-vous avec mes hommes, sinon, pas question de vous balader dans les rues. Je ne reviendrai pas là-dessus... Ah ! autre chose. Où que vous alliez, quoi que vous fassiez, ce sera avec mon autorisation.

– Non seulement vous parlez trop, mais vous êtes impossible !

– En parlant de l'impossible, poursuivit le patron de la DST, Courtland arrive à 17 heures, sur le Concorde. Sa femme l'attendra à l'aéroport. Je ne crois pas qu'une formation, aussi poussée soit-elle, puisse préparer un homme à la comédie qu'il va devoir jouer.

– Si Courtland ne se sent pas à la hauteur, il n'a qu'à laisser tomber, fit Drew en remplissant sa tasse à café, qu'il emporta sur le canapé.

La sécheresse du ton fit hausser les sourcils à Claude Moreau.

– Peut-être avez-vous raison, mon cher. De toute façon, nous serons fixés avant la tombée de la nuit... Pour le début de la journée, j'aimerais que vous vous familiarisiez avec les méthodes de protection de notre service. Elles sont très différentes de celles de mon ami Witkowski, mais le colonel n'a pas les mêmes moyens à sa disposition.

– À propos, lança Drew, l'avez-vous mis au courant ? Approuve-t-il vos décisions absurdes ?

– Non seulement il les approuve, mais il en est profondément soulagé. Il faut que vous sachiez qu'il tient énormément à vous deux – avec une légère préférence pour la charmante Karin – et il n'ignore pas que j'ai des ressources très supérieures aux siennes. Sans oublier qu'avec Wesley Sorenson il se consacre à la préparation des retrouvailles de l'ambassadeur et de son épouse, une affaire délicate, qui exige une attention constante. Que dire d'autre ?

– Vous avez tout dit, répondit Drew, sans enthousiasme. Qu'attendez-vous de nous ?

– Pour commencer, faites la connaissance de votre escorte. Ils parlent tous couramment anglais ; vous connaissez leur chef, c'est votre ange gardien de l'avenue Gabriel...

– François, le chauffeur ?

– De qui voulez-vous que je parle ? Les autres vous accompagneront jour et nuit ; ils seront toujours deux dans le couloir de l'hôtel. J'ai aussi pensé que vous seriez peut-être intéressé par les mesures de surveillance dont bénéficient la fête foraine et notre ambassadrice. Tout est en place.

– Je vais m'habiller, fit Drew, en se dirigeant vers la chambre, sa tasse de café à la main.

– N'oublie pas de te raser, mon chéri. Les poils noirs de ta barbe contrastent avec la couleur de tes cheveux.

– Ça aussi, j'en ai marre, grommela Latham entre ses dents. Je veux me débarrasser de cette teinture aussi vite que possible, poursuivit-il, plus distinctement, avant de claquer derrière lui la porte de la chambre.

– Bon, reprit Moreau. À nous deux, chère madame.

– Je savais que cela allait venir. J'ai vu vos yeux tout à l'heure, braqués sur moi comme deux canons de fusil.

– Voulez-vous parler allemand ?

– Ce n'est pas nécessaire. Il ne peut pas entendre de la chambre et, quand on parle français assez vite, il n'arrive pas à suivre. Par où voulez-vous commencer ?

– Par la première question qui vient à l'esprit, répondit posément le directeur de la DST. Quand comptez-vous le lui dire ? Si vous avez décidé de le faire.

– Je vois, fit lentement Karin. Et si je parlais en notre nom à tous les deux, je pourrais vous demander la même chose, n'est-ce pas ?

– Vous faites allusion à mon propre secret, si je ne m'abuse. La raison pour laquelle je prends tous ces risques afin de supprimer les fanatiques que je découvre.

– En effet.

– Très bien. Vous n'êtes pas en position de faire circuler cette histoire, donc de faire du tort à ma famille, alors, pourquoi pas ?... J'avais une sœur, Marie, bien plus jeune que moi ; comme notre père était mort, je tenais un peu sa place. De mon côté, je l'adorais. Elle débordait de vie, dans toute l'innocence et la fraîcheur de la jeunesse. Marie faisait de la danse ; elle ne serait jamais devenue danseuse étoile, mais elle avait sa place dans le corps de ballet. Pendant les années les plus cruelles de la guerre froide et dans le seul but de se venger de moi, la Stasi a brisé son avenir radieux. Les agents est-allemands qui l'ont enlevée ont fait d'elle, en peu de temps, une toxicomane et l'ont obligée à se prostituer pour payer ses doses de drogue. Elle n'a pas résisté longtemps ; elle est morte sur un trottoir d'Unter den Linden, à l'âge de vingt-six ans, réduite à la mendicité, car elle ne pouvait plus vendre son corps... Voilà mon secret, Karin. Pas joli, joli, hein ?

– C'est affreux, souffla-t-elle. Et vous n'avez rien pu faire pour la sauver ?

– Je ne l'ai pas su. Notre mère venait de mourir et j'étais en mission clandestine dans le secteur de la Méditerranée. J'y suis resté treize mois. À mon retour à Paris, j'ai trouvé dans le courrier qui s'était accumulé quatre photos envoyées par la police de Berlin-Est, par l'intermédiaire de la Stasi. Elles montraient l'épave que ma petite sœur était devenue, à l'heure de sa mort.

– J'ai envie de pleurer, Claude, je vous assure que c'est vrai.

– Je n'en doute pas, ma chère, car votre histoire est tout aussi poignante.

– Comment l'avez-vous découverte ?

– Je vous expliquerai plus tard. Je vous repose d'abord la question : quand mettrez-vous notre ami américain au courant ? Ou n'avez-vous pas l'intention de le faire ?

– Dans l'immédiat, je ne peux pas...

– Ainsi, vous vous servez de lui, lança Moreau.

– Oui, je me sers de lui ! s'écria Karin. C'est ainsi que cela a commencé, mais les choses ont changé. Vous pouvez penser ce que voulez de moi, mais sachez que je l'aime... que j'ai fini par l'aimer. Je ne m'y attendais vraiment pas. Il possède un grand nombre des qualités du Freddie que j'ai épousé... un trop grand nombre, et cela me fait peur. Il a le sens du contact, du détail et la tête près du bonnet ; c'est un chic type qui cherche sa route, sa voie, appelez cela comme vous voudrez. Perdu, comme nous le sommes tous, mais décidé à trouver des réponses. Freddie était comme lui, au début, avant de changer et de devenir un animal en proie à une idée fixe.

– Vous avez entendu comme moi Drew parler de Courtland. J'ai été atterré par sa froideur. C'est ça, le syndrome de Freddie ?

– Pas du tout. Drew est en train de devenir le frère pour lequel il se fait passer. Il faut qu'il soit Harry.

– Et à quel moment deviendra-t-il Freddie ? L'animal ?

– Il ne pourra pas, il ne peut pas ! C'est un trop gentil garçon.

– Dans ce cas, dites-lui la vérité.

– Quelle vérité ?

– Commencez par être franche, Karin.

– Y a-t-il encore de la place pour la franchise ?

– Votre mari est vivant. Frederik de Vries est vivant, mais personne ne sait où il se trouve, ni sous quelle identité.

L'escorte de la DST était composée de François, le chauffeur cassecou, et de deux gardes du corps dont les noms avaient été prononcés si vite que Drew les surnomma « Fric » et « Frac ».

– Vos filles vous adressent-elles la parole, François ? demanda Drew, assis à l'arrière de la voiture, à côté de Karin flanquée de Frac.

– Pas un seul mot, répondit le chauffeur. Ma femme leur a fait la leçon, en leur expliquant qu'elles devaient respecter leur père.

– Cela a servi à quelque chose ?

– À rien du tout. Elle se sont retirées dans leur chambre et ont claqué la porte après avoir accroché un écriteau « Ne pas déranger ».

– Si vous me racontiez cette histoire ? glissa Karin.

– Juste la conclusion, qui est que les enfants du sexe féminin peuvent être d'une cruauté sans nom avec leur pauvre père, répondit Latham.

– Je ne relèverai pas l'allusion perfide.

Vingt minutes plus tard, ils arrivèrent au siège de la DST, un bâtiment moderne, avec un parking souterrain où ils entrèrent après avoir été contrôlés par des gardiens armés. Fric et Frac conduisirent Drew et Karin dans la cabine aux parois d'acier d'un ascenseur qui nécessita une suite interminable de codes pour fonctionner. Ils arrivèrent au cinquième étage, où se trouvait le bureau de Moreau, une vaste pièce, aux dimensions d'une salle de séjour, dont les stores vénitiens étaient à demi baissés. L'impression de confort était démentie par une rangée d'ordinateurs et tout un appareillage sophistiqué.

– Vous savez faire marcher tout ça ? demanda Drew avec un grand geste du bras.

– Ce que je ne sais pas faire marcher, ma nouvelle secrétaire s'en charge. Quand elle ne sait pas, nous demandons à Jacques. Si les problèmes deviennent insolubles, je ferai appel à ma nouvelle amie, Mme de Vries.

– C'est le paradis pour un technologue ! s'écria Karin. Regardez ça, on est en contact immédiat avec une douzaine de satellites-relais, et là... Télécommunications à destination de toute la planète, à condition d'avoir le matériel de réception, que vous avez dû faire installer, sinon cela ne servirait à rien.

– J'ai quelques difficultés avec celui-ci, fit Moreau. Vous pourriez peut-être m'aider.

– Les fréquences varient constamment, expliqua Karin, à un rythme très élevé. Les Américains travaillent là-dessus.

– Travaillaient, rectifia Moreau. Un informaticien du nom de Rudolph Metz leur a donné quelques soucis en quittant les États-Unis, à destination de l'Allemagne. Il a introduit un virus dans le système ; ils essaient de récupérer les données.

– Le premier qui le mettra au point aura accès aux secrets de la planète, affirma Karin.

– Espérons que la Fraternité aura besoin du matériel que Metz a laissé, fit le patron de la DST. Mais ce n'est qu'une vaine supposition. Nous avons autre chose à vous montrer, plus exactement à vous faire écouter. Comme promis, et avec l'aide de Witkowski, nous avons branché la ligne privée de l'ambassadeur, un poste équipé d'un scanner qui explore toutes les fréquences et ne fonctionne que protégé de toute interception. Pour la fête foraine, ce fut beaucoup plus simple ; nous avons saturé leurs lignes, en prétextant un incendie du central téléphonique. Cela nous a valu d'innombrables plaintes, mais la ruse a marché... En fait, nous avons réellement allumé un feu, mais il y a eu plus de fumée que de flammes.

– Avez-vous appris quelque chose ? demanda Latham.

– Écoutez vous-même, répondit Moreau, en se dirigeant vers une console, devant le mur de gauche. Cet enregistrement vient de la ligne privée de l'ambassadeur, le poste du bureau de sa résidence. Nous avons effectué un montage, afin de ne conserver que les informations qui nous intéressent. Je n'allais pas vous imposer un échange de politesses anodines.

– Êtes-vous sûr qu'elles sont anodines ?

– Mon cher Drew, vous pouvez écouter la bande maîtresse quand il vous plaira.

– Pardon, continuez.

– Mme Courtland vient d'appeler la boutique de cuirs des Champs.

– *Je dois parler à André. C'est urgent, très urgent !*
– *Qui est à l'appareil ?*
– *Quelqu'un qui connaît le code André et a été conduit hier à la fête foraine, dans votre propre véhicule.*
– *Je suis au courant. Ne quittez pas, je reviens dans un petit moment.* Silence. *Vous vous rendrez au Louvre cet après-midi, à 13 heures. Dans la galerie de l'Égypte ancienne, au premier étage. Vous vous reconnaîtrez, et il vous fera signe de le suivre. Si vous deviez être dérangés, il s'appelle Louis, comte de Strasbourg. Vous êtes de vieilles connaissances. C'est bien compris ?*
– *Parfaitement.*
– *Au revoir.*

– L'enregistrement suivant est celui d'une conversation entre le gérant et André, reprit Moreau. Le comte de Strasbourg, c'est lui.
– Un vrai comte ? demanda Latham.
– Comme il y en a une telle quantité, disons que son titre est plus authentique que la plupart. C'est une couverture fort ingénieuse. Il est l'héritier d'une vieille famille d'Alsace qui a connu des moments difficiles après la guerre ; elle a éclaté, en quelque sorte.
– Passer des privilèges de la noblesse à la direction d'une fête foraine, poursuivit Drew. Sacrée déchéance ! Pourquoi la famille a-t-elle éclaté ?
– L'Alsace fut occupée par les Allemands, pendant la guerre ; les hommes furent enrôlés dans la Wehrmacht, mais certains combattirent pour la France.
– Notre comte de Strasbourg s'est donc rangé dans le camp nazi, fit Latham en hochant la tête.
– Pas du tout, répliqua Moreau, l'air étonné. C'est ce qui rend sa couverture si ingénieuse. Lui n'était encore qu'un enfant, mais son père a combattu courageusement pour la France. Le cadet, malheureusement, a fait passer la fortune familiale dans différentes banques suisses et nord-africaines, laissant la branche aînée au bord de la ruine.
– Mais il travaille pour les néos, glissa Karin. C'est un nazi.
– Assurément.
– Je ne comprends plus, fit Drew. Pourquoi fait-il ça ?
– Il a été acheté, répondit Karin, en se tournant vers le directeur de la DST. Corrompu par la branche qui avait l'argent.
– Pour diriger cette foire minable ?
– Avec la promesse de grandes choses à venir, précisa Moreau. Le directeur de la fête foraine n'a rien à voir avec l'habitué des salons mondains.

– Il doit être la risée de la bonne société, poursuivit Latham, et toutes les portes doivent se fermer devant lui.

– Parce qu'il dirige une fête foraine ?

– Euh !... oui.

– Détrompez-vous, cher ami. Le Français admire le sens pratique, surtout dans la situation humiliante d'un noble désargenté qui trouve un moyen de reconstruire sa fortune. Vous faites la même chose aux États-Unis, avec beaucoup moins de discrétion. Imaginons un richissime entrepreneur qui perd ses sociétés, ses hôtels, bref, tout ce qu'il possédait et se retrouve sur la paille. Quand il rebâtit sa fortune, vous faites de lui un héros. Nous ne sommes pas si différents, Drew. Le prince déchu devient un pauvre opprimé, puis un grand élan d'énergie lui permet de reconquérir son rang. Nous applaudissons, sans nous soucier de la morale. Et comment savoir ce que le comte espère obtenir des nazis ?

– Écoutons cet enregistrement.

– Vous pouvez le faire, naturellement, mais il ne fait que confirmer les instructions de Strasbourg concernant le rendez-vous au Louvre.

Il était un peu plus de 5 heures du matin à Washington, mais le sommeil fuyait Wesley Sorenson. Lentement, silencieusement, pour ne pas réveiller sa femme dans le lit accolé au sien, il se leva et traversa la chambre sur la pointe des pieds pour gagner le dressing-room.

– Qu'est-ce que tu fais, Wes ? demanda une voix ensommeillée. Tu es déjà allé aux toilettes il y a une demi-heure.

– Tu m'as entendu ?

– Une grande partie de la nuit. Qu'est-ce qui ne va pas ? As-tu un problème de santé dont tu ne m'as pas parlé ?

– Pas de santé.

– Alors, je ne dois pas poser de questions ?

– Quelque chose me tracasse, Kate, quelque chose qui m'échappe.

– J'ai de la peine à te croire.

– Pourquoi ? Je passe mon temps à chercher les pièces manquantes.

– As-tu l'intention de les chercher dans le noir.

– Il ne fait plus noir à Paris, c'est la fin de la matinée. Rendors-toi.

– Pas de problème, ce sera plus calme.

Sorenson plongea son visage dans le lavabo rempli d'eau froide – les vieilles habitudes du terrain qui revenaient –, mit son peignoir et descendit dans la cuisine. Il appuya sur le bouton de la cafetière automatique, programmée la veille au soir par la bonne, attendit que la tasse soit presque pleine et l'emporta dans le bureau, en traversant la salle de séjour. Il s'installa à son grand bureau – deux mètres cinquante de long –, but une gorgée de café et ouvrit un tiroir pour y prendre un paquet des cigarettes « rigoureusement interdites » – encore une habitude du terrain. Il inhala avec délectation la fumée, décrocha le récepteur de sa console sophistiquée, s'assura qu'il n'y avait pas d'interception et composa le numéro de la ligne privée de Moreau.

– Bonjour, Claude, c'est Wes, fit Sorenson, après avoir entendu un « Oui ? » très sec.

– Décidément, Wesley, c'est la matinée des Américains. Votre subordonné grincheux sort de mon bureau avec la ravissante, bien qu'énigmatique, Karin de Vries.

– Où est l'énigme ?

– Je ne sais pas encore. Dès que je l'aurai découvert, vous en serez informé. Mais nous avançons. Janine Clunitz, votre incroyable découverte, nous montre le chemin. Notre *Sonnenkind* se conduit comme on pouvait le prévoir, dans les limites de l'imprévisible.

Moreau fit le récit des événements de la matinée, pour ce qui concernait l'épouse de l'ambassadeur.

– Un rendez-vous lui a été fixé au Louvre, en début d'après-midi. Nous ne la quitterons pas d'une semelle, bien entendu. Pour son mari, il n'y a rien de changé ?

– Rien de changé. Nous aurons de la chance s'il ne disjoncte pas et ne se jette pas sur elle pour l'étrangler.

– Nous l'attendons de pied ferme, croyez-moi... Et chez vous, mon ami ? Que se passe-t-il de l'autre côté de l'Atlantique ?

– C'est une pagaille que vous ne pouvez imaginer. Vous êtes au courant pour les deux tueurs nazis... Comment les appelle-t-on, déjà ?

– Je suppose que vous parlez de ceux que Witkowski a expédiés à la base d'Andrews.

– En effet. Ils ont débité des absurdités qui pourraient provoquer la chute du gouvernement, si elles étaient rendues publiques.

– De quoi parlez-vous ?

– Ils ont prétendu avoir la preuve directe de liens entre le mouvement néonazi et le vice-président d'une part, le président de la Chambre des représentants, d'autre part.

– C'est complètement ridicule ! Quelle est cette preuve ?

– Ils ont laissé entendre qu'il leur suffisait d'appeler Berlin au téléphone et que des documents seraient immédiatement transmis, par fax, j'imagine.

– C'est du bluff, Wesley, vous n'allez pas vous y laisser prendre.

– Bien sûr que non, mais ce bluff peut reposer sur de faux documents. Le vice-président est furieux. Il veut témoigner devant une commission sénatoriale et a réuni un tas de parlementaires enragés des deux camps pour réfuter les accusations.

– Cette ligne de conduite pourrait se révéler dangereuse, compte tenu du climat politique qui règne chez vous, de cette chasse aux sorcières.

– C'est ce que je tiens à lui faire comprendre. Je ne cesse de penser à l'impact que la « preuve officielle » la plus grossièrement forgée aurait sur nos médias avides de sensationnel. Rien de plus facile que de photocopier l'en-tête d'un service de renseignement, particulièrement d'un service de renseignement allemand. Vous imaginez la suite ! On le verrait apparaître sur tous les écrans de télévision du pays !

– Les accusés seront condamnés avant d'avoir été entendus, fit pensivement Moreau. Attendez un peu, Wesley... Pour que cela se produise, reprit-il après un silence, vos deux tueurs auraient besoin de l'appui de la direction du mouvement néonazi.

– Oui. Et alors ?

– C'est impossible. L'unité parisienne des *Blitzkrieger* est en disgrâce ! Ils sont considérés comme des traîtres et ne recevront aucun soutien de la direction, car ils représentent un trop grand danger. Ils sont coupés de leurs bases, abandonnés à eux-mêmes... Qui d'autre est au courant, pour vos deux prisonniers ?

– Comme nous manquons de personnel, j'ai fait appel aux Marines et Knox Talbot m'a prêté deux hommes pour aller les chercher à Andrews. J'utilise aussi une planque de la CIA, en Virginie, pour les garder au frais.

– De la CIA ? La CIA est infiltrée !

– Je n'avais pas le choix, Claude. Nous n'avons aucune planque à nous.

– Je comprends, mais ces deux hommes sont très dangereux pour les néos.

– Vous l'avez déjà dit. Venez-en au fait.

– Allez voir vos prisonniers, Wesley, mais sans avertir qui que ce soit.

– Pourquoi ?

– Je ne sais pas. Appelez cela l'instinct, si vous voulez.

– Je suis parti, fit Sorenson.

Il coupa la communication, appela le numéro en mémoire des transports des Opérations consulaires.

– Je veux une voiture à mon domicile, dans une demi-heure.

Trente-six minutes plus tard, rasé et habillé, le directeur des Opérations consulaires donna l'ordre à son chauffeur de le conduire en Virginie. Le chauffeur décrocha aussitôt le radiotéléphone UHF protégé de toute interception pour communiquer sa destination à la permanence de la CIA.

– Ne perdez pas de temps avec ça, fit Sorenson de la banquette arrière. Il est trop tôt pour convoquer un comité d'accueil.

– C'est la procédure habituelle, monsieur le directeur.

– Ne soyez pas vache avec eux, le soleil est à peine levé.

– Bien, monsieur.

Le chauffeur reposa le téléphone sur son support ; l'expression de son visage indiquait clairement qu'il trouvait que le patron était un chic type. Une demi-heure plus tard, ils s'engagèrent sur une petite route serpentant dans les bois et aboutissant à la grille du poste de garde entouré d'une clôture métallique électrifiée. La grille demeura fermée, mais une voix sortit d'un haut-parleur encastré dans le mur de béton, sous une épaisse vitre pare-balles teintée, à la hauteur de la portière arrière gauche de la limousine.

– Veuillez vous identifier et indiquer le motif de votre visite.

– Wesley Sorenson, directeur des Opérations consulaires, répondit le passager en baissant sa vitre. Le motif de ma visite est confidentiel.

– Je vous reconnais, monsieur, fit une forme floue derrière le verre sombre, mais votre visite n'est pas prévue ce matin.

– Regardez le registre des entrées permanentes, mon nom y figure.

– Un moment, je vous prie... Chauffeur, ouvrez le coffre du véhicule.

Il y eut un bruit métallique, suivi de l'éclat aveuglant d'un projecteur dont le faisceau lumineux fouilla l'arrière de la limousine.

– Excusez-moi, monsieur, reprit la voix sans visage, j'aurais dû vérifier, mais, en général, les permanents arrivent plus tard.

– Inutile de vous excuser, répondit Sorenson. J'aurais dû appeler votre directeur, mais il est un peu trop tôt pour lui aussi.

– Oui, monsieur... Chauffeur, vous pouvez descendre du véhicule pour refermer le coffre.

Le chauffeur descendit, referma le coffre, reprit place au volant ; la pesante grille métallique s'ouvrit. Quatre cents mètres plus loin commençait l'allée circulaire donnant accès à l'escalier de marbre de l'ancienne propriété de l'ambassadeur d'Argentine. La limousine s'arrêta au moment où s'ouvrait la haute porte d'entrée. Un homme costaud, d'âge mûr, s'avança dans la lumière rasante du petit matin ; les épaulettes de son uniforme couvert de rubans indiquaient qu'il était commandant des Rangers. Il descendit rapidement les marches et ouvrit la portière de Sorenson.

– Commandant James Duncan, officier de la garde, déclara-t-il affablement. Bonjour, monsieur le directeur.

– Bonjour, commandant. Désolé d'avoir négligé d'appeler pour annoncer ma venue à une heure si matinale.

– Nous avons l'habitude, monsieur Sorenson.

– Pas le poste de garde.

– Je ne vois pas pourquoi. C'est à 3 heures du matin qu'ils ont eu une vraie surprise.

– Vraiment ? fit le vétéran du renseignement, dont les antennes se mirent à vibrer. Un visiteur inattendu ? reprit-il, en montant l'escalier de marbre.

– Pas réellement. Son nom a été ajouté vers minuit sur le registre des entrées permanentes. La liste est assez longue et il n'avait pas de temps à perdre ; les agents clandestins de la CIA peuvent être très susceptibles. Je suppose que je réagirais de la même manière, si j'étais convoqué ici en pleine nuit, après une journée de boulot. Ce n'est quand même pas le Viêt-nam avant une offensive ennemie.

– Non, mais il y a toujours des cas d'urgence, observa Sorenson, en se gardant de pousser plus avant son interrogatoire.

– À cette heure-là, pas beaucoup, fit le commandant Duncan, en conduisant le directeur des Opérations consulaires au bureau de la sécurité, où était assise une femme au visage las. Que pouvons-nous faire pour vous ? reprit-il. Si vous voulez bien en informer le lieutenant Russell, elle vous fournira une escorte.

– Je désire voir les deux prisonniers de la section E, en isolement cellulaire.

Les deux officiers échangèrent un regard, comme s'ils étaient surpris.

– J'ai dit quelque chose qu'il ne fallait pas dire ?

– Non, monsieur Sorenson, répondit le lieutenant Russell, en baissant ses yeux cernés sur le clavier de son ordinateur. Une simple coïncidence.

– Que voulez-vous dire ?

– Ce sont les mêmes que le sous-directeur Connally devait voir, à 3 heures du matin, répondit le commandant Duncan.

– A-t-il dit pourquoi ?

– À peu près la même chose que vous au poste de garde. L'entretien était si confidentiel que notre gardien devait rester à l'extérieur de la section E, après avoir ouvert la cellule.

Un signal d'alarme se déclencha dans la tête de Sorenson.

– Conduisez-moi immédiatement là-bas, commandant. Personne d'autre que moi n'est habilité à interroger ces individus !

– Je vous demande pardon, monsieur, protesta le lieutenant. Le sous-directeur Connally était en règle. Tout était précisé dans un ordre inter-agences, signé du directeur de la CIA.

– Appelez Talbot tout de suite ! Si vous n'avez pas son numéro personnel, je vous le donne !

– Allô ! fit la voix gutturale, ensommeillée de Knox Talbot.

– Knox, c'est Wesley...

– Qui a bombardé qui ? Savez-vous quelle heure il est ?

– Connaissez-vous un sous-directeur du nom de Connally ?

– Non, il n'y a personne de ce nom.

– Et un ordre inter-agences, signé de votre main, qui l'autorisait à s'entretenir avec les néos ?

– Je n'ai jamais signé ça ! Où êtes-vous ?

– Où voulez-vous que je sois ?

– En Virginie ?

– Il me reste à espérer que mon prochain appel sera moins alarmant, sinon, un sérieux nettoyage vous attend !

– Les ordinateurs AA ?

– N'allez pas chercher si loin, c'est un problème humain, trop humain ! fit Sorenson, en raccrochant rageusement. Allons-y, commandant !

Les deux Blitzkrieger étaient dans leur lit, couchés sur le côté. Quand la porte de la cellule s'ouvrit bruyamment, aucun des deux ne fit un mouvement. Le directeur des Opérations consulaires s'avança successivement vers les deux lits et tira les couvertures. Les deux hommes étaient morts, les yeux agrandis de surprise ; un filet de sang coulait de leur bouche fermée, l'arrière du crâne avait éclaté, tachant le mur.

La musique syncopée de la formation de jazz montait jusqu'à la salle à manger privée ; elle se mêlait au brouhaha de Bourbon Street, dans le Vieux Carré de La Nouvelle-Orléans.

Autour de la grande table étaient assis six hommes et trois femmes ; à l'exception d'un seul, tous étaient en complet-veston et cravate, pour les hommes, en tailleur strict pour les femmes. À l'exception d'un seul, là encore, ils étaient blancs, distingués, et donnaient l'impression de sortir tout droit d'un annuaire jauni d'une des grandes universités du Nord-Est, quelques décennies plus tôt. Leur âge allait de la quarantaine à soixante-dix ans bien tassés, et il émanait de chacun une aura de supériorité méfiante, comme s'ils devaient se protéger en permanence de la présence agaçante d'inférieurs.

Le groupe était composé de deux maires de grandes villes de la côte Est, trois membres en vue de la Chambre des représentants, un sénateur influent, le président-directeur général d'une société informatique tentaculaire et une femme d'une élégance raffinée, le porte-parole des Chrétiens pour un gouvernement moral. Raides sur leur chaise, ils considéraient d'un regard sceptique l'homme qui se tenait au bout de la table, un costaud au teint basané, vêtu d'une saharienne blanche, ouverte sur un poitrail velu, les yeux cachés par de grosses lunettes noires. Son nom était Mario Marchetti ; son surnom dans les fichiers du FBI : le Don de Pontchartrain.

– Comprenons-nous bien, commença-t-il, d'une voix grave et douce, au ton mesuré. Nous sommes ici pour établir ce qu'un historien pourrait appeler un concordat, un accord entre des parties qui ne s'entendent pas nécessairement sur tout, mais trouvent un programme commun qui leur permet de cœxister. Vous me suivez ?

Il y eut quelques murmures affirmatifs et de légers hochements de tête, jusqu'à ce que le sénateur prenne la parole.

– C'est une manière pour le moins compliquée d'exprimer les choses, monsieur Marchetti. Ne serait-il pas plus simple de dire que chacun veut quelque chose que l'autre peut l'aider à obtenir ?

– Votre réputation, monsieur le sénateur, ne laissait pas présager des paroles aussi directes. Mais vous avez tout à fait raison. Chaque partie peut être utile à l'autre.

– Comme nous ne nous sommes jamais rencontrés, demanda l'extrémiste religieuse, expliquez-moi en quoi *vous* pouvez nous être utile ? Le simple fait de poser cette question me paraît dégradant.

– Ne le prenez pas de si haut, ça m'emmerde, répliqua calmement le Don de Pontchartrain.

– Quoi ?

Plutôt qu'une réaction de colère ou d'indignation, un silence stupéfait s'abattit autour de la table.

– Vous avez parfaitement entendu, reprit Marchetti. C'est vous qui êtes venus me voir, ma petite dame ; moi je n'ai rien demandé à personne. Voudriez-vous mettre Son Altesse au parfum, monsieur le fabricant d'ordinateurs ?

Tous les regards se tournèrent – fugitivement –vers le PDG de l'une des plus grosses sociétés informatiques du pays.

– Cette décision fut le fruit de longues recherches, commença l'homme mince en complet anthracite. Il était impératif de mettre un frein à la curiosité de l'un de mes cadres, un Noir, engagé, comme on peut l'imaginer, à titre symbolique. Il commençait à poser des questions sur nos expéditions à Munich – destination l'Hausruck – et se mit même en tête de rechercher l'identité du réceptionnaire, évidemment protégée par des écrans. Comme nous ne pouvions pas le virer, j'ai fait un voyage de plusieurs milliers de kilomètres pour aller voir M. Marchetti.

– Qui a fait ses propres recherches, reprit doucement le Don de Pontchartrain, avec un sourire avenant. Pourquoi tabasser un Noir intelligent et bardé de diplômes ? Cela n'avait aucun sens. Alors, avant d'expédier ce monsieur dans un monde meilleur, j'ai demandé à mes associés de faire une petite enquête, le genre effraction de son bureau. Il était sur votre piste, monsieur le fabricant d'ordinateurs, il n'allait pas tarder à découvrir le pot aux roses. Tout était expliqué dans les notes qu'il gardait dans un tiroir de son bureau. Du matériel ultra sophistiqué était expédié à des gens dont personne n'avait entendu parler et des gens que personne ne connaissait en prenaient livraison. Une pratique extrêmement hasardeuse, monsieur le PDG, presque un manquement aux règles de la profession. Notre homme s'apprêtait à alerter les autorités... Nous avons réglé le problème et vous avez trouvé une sorte d'associé, si l'on peut dire.

– Je ne vois pas le rapport, insista la femme à l'élégance raffinée, comme si elle s'adressait à un crapaud répugnant.

– Si vous ne voyez pas une fois, ma petite dame, c'est votre faute. Deux fois, c'est la mienne. Je ne vous conseille pas de recommencer.

– Comment osez-vous ?

– Ne faites pas cet affront à notre intelligence, poursuivit posément Marchetti. Nos *compares* en Allemagne n'ont pu découvrir la destination des expéditions – un bon point pour vous –, mais ils ont découvert *qui* en prenait livraison.

– Je crois que vous en avez assez dit, coupa le maire d'une grande ville du Nord-Est. Vous ne soupçonnez pas à quel point la criminalité et les minorités raciales sont indissolublement liées. Des mesures draconiennes sont indispensables.

– *Basta !* lança le Don en élevant la voix pour la première fois. Avez-vous pensé à l'éducation, une véritable éducation ? Je suis un « Rital », un sale « métèque ». Il n'y a pas si longtemps, il était inutile pour nous de chercher un autre boulot que de poser des briques ou cultiver un jardin. Après sont venues les grosses têtes, les Giannini, les Fermi... les héritiers de Léonard de Vinci, de Galilée, pourquoi pas de Machiavel. Mais vous ne nous avez jamais acceptés. Ne me parlez pas de minorités, monsieur le maire, ni de solutions de facilité, comme de faire sauter les ghettos. Je connais notre histoire, pas vous.

– Où cela nous mène-t-il ? demanda le maire d'une autre grande ville de Pennsylvanie, sans cacher son agacement.

– Je vais vous le dire, et tout de suite, répondit Marchetti. Vous ne m'aimez pas et je ne vous aime pas. Vous me considérez comme de la merde et je pense que vous êtes des trous du cul, mais nous pouvons travailler ensemble.

– Compte tenu de votre vocabulaire, protesta une femme à l'air guindé et aux cheveux gris ramassés en chignon austère, je ne pense pas que ce soit concevable.

– Permettez-moi, chère madame, de vous expliquer.

Le Don de Pontchartrain se pencha sur la table, l'ouverture de la veste de toile offrant une vue plongeante sur sa poitrine velue.

Vous voulez la mainmise sur un pays, sur un gouvernement, reprit-il d'une voix grave, qui avait retrouvé toute son onctuosité. Ce que je veux, moi, ce sont les profits qui découlent du contrôle d'un pays, d'un gouvernement. À charge de réciprocité. Vous me fichez la paix, je vous fiche la paix. Je fais le sale boulot pour vous – je l'ai déjà fait, je suis disposé à continuer – et vous signez des contrats juteux avec qui je vous indique. Pas plus compliqué que ça. Y a-t-il un problème ?

– Pas pour moi, répondit le sénateur. Je suis sûr qu'il existe des précédents. Il faut savoir s'adapter, dans l'intérêt de tous.

– Naturellement, acquiesça le mafioso. Prenez Mussolini et Hitler, tout les séparait, mais ils ont fait fructifier les profits de la guerre. Malheureusement, ils étaient tous deux paranoïaques et se croyaient invincibles. Pas nous, car la guerre n'est pas à notre programme. Nous recherchons autre chose.

– Quelle définition en donneriez-vous, monsieur Marchetti ? demanda le plus jeune des participants, un blond aux cheveux en brosse, arborant le blazer d'une prestigieuse université du Massachusetts. Je suis étudiant en sciences politiques, j'achève mon doctorat... un peu tard, je le reconnais.

– Très simple, répondit le Don, et cela n'a rien à voir avec ce qu'on vous enseigne dans votre école. La politique, c'est l'influence ; le succès en politique, c'est le pouvoir ; le pouvoir politique, c'est essentiellement l'argent... Où va l'argent et à qui. Ceux qui constituent le peuple, ceux qui paient la note, se contrefichent de savoir où va l'argent, car ils préfèrent regarder un jeu télévisé ou lire un quotidien populaire. Si vous voulez le fond de ma pensée, nous sommes une nation d'imbéciles... Voilà pourquoi vous avez une chance de prendre le pouvoir.

– Je trouve votre langage profondément choquant, protesta le futur docteur es sciences politiques. Je me permets de vous rappeler qu'il y a des dames parmi nous.

– C'est curieux, je n'en vois pas. Permettez-moi, à mon tour, de vous rappeler que ce n'est pas une institution pour jeunes filles et que je ne suis pas là pour enseigner les bonnes manières... Je suis l'homme du dernier recours. Si vous avez besoin de quelque chose – les circonstances sont telles que vous redoutez d'utiliser les vastes ressources dont vous disposez –, vous vous adressez à moi. Je fais ce qu'il faut faire, je prends les risques et il est impossible de remonter jusqu'à vous, comme cela aurait pu se produire pour notre fabricant d'ordinateurs et son trop curieux collaborateur de couleur. *Capisce ?*

– Comme vous venez de l'indiquer, observa la troisième femme, une dame d'âge mûr, émaciée, aux yeux noirs étincelants, agrandis par des verres épais, nous disposons de vastes ressources. Pourquoi faire appel aux vôtres ?

– *Va bene !* s'écria Marchetti, en écartant les bras. N'en faites rien et je vous souhaite bien du plaisir ! Je voulais seulement vous faire savoir que je suis à votre disposition, si le besoin s'en fait sentir. Voilà pourquoi j'ai invité notre *gigante* de l'informatique et son ami du Congrès à vous faire venir ici, dans le but de préciser les clauses de notre concordat. En utilisant mes jets privés, cela va sans dire.

– Son ami... ? interrogea le maire de Pennsylvanie.

– Moi, répondit d'un ton légèrement embarrassé un membre de la sous-commission du renseignement de la Chambre des représentants. Sur l'ordre de la cellule de Berlin. Il se peut qu'il y ait à la CIA quelqu'un d'impossible à contrôler, qu'il convient de placer sous une surveillance étroite et dont il faudra se débarrasser, le cas échéant. Il serait trop risqué d'utiliser l'un des nôtres. M. Marchetti s'est attelé à cette tâche.

– Il semble donc que nous ayons une sorte de mariage de convenance, fit la femme d'âge mûr, aux verres grossissants.

– À ma manière maladroite, c'est ce que j'ai essayé de dire, chère madame.

– Vous l'avez fort bien fait et, comme toujours, les actes en disent beaucoup plus long que les paroles. Vous aurez votre concordat, monsieur Marchetti ; je pense maintenant que mes associés se joindront à moi pour dire que nous souhaitons repartir aussi vite que possible.

– Les limousines vous attendent en bas et les Lear sur notre terrain privé.

– J'utiliserai l'entrée de service avec mes collègues et nous prendrons chacun une voiture, déclara le sénateur.

– Comme pour votre arrivée, acquiesça le Don de Pontchartrain, en se levant avec les autres. Je vous remercie tous du fond de mon cœur de Sicilien. Cette réunion est un succès, le concordat une réalité.

L'un après l'autre, l'air plus ou moins embarrassé, les néonazis américains quittèrent la salle à manger richement décorée. Le Don glissa la main sous la table, appuya sur un bouton invisible commandant le fonctionnement des caméras vidéo dissimulées dans les tentures de velours. Son nom, sa voix et son image seraient supprimés des bandes ; un autre nom, celui d'un ennemi, peut-être, le remplacerait.

– Trous du cul, fit Marchetti à mi-voix. Notre famille sera la plus riche des États-Unis ou nous deviendrons des héros nationaux.

28

Les œuvres du département des Antiquités égyptiennes, des plus colossales aux plus délicatement ciselées, comptent parmi les plus belles pièces du Louvre. Les étroits faisceaux lumineux des projecteurs produisent des jeux d'ombre et de lumière, comme si les siècles passés prenaient vie devant les yeux de l'observateur. Mais l'évocation de la vie est indissolublement liée à celle de la mort. Ces hommes et ces femmes vivaient sur les bords du Nil, ils respiraient, ils faisaient l'amour et mettaient au monde des enfants qu'il leur fallait nourrir, en comptant, le plus souvent, sur la générosité du fleuve. Puis ils mouraient, maîtres ou esclaves, laissant un héritage majestueux et funèbre ; ni bons ni mauvais, ils avaient vécu, simplement.

C'est dans ce cadre exaltant que deux agents de la DST, munis des outils de leur profession, attendaient l'heure du rendez-vous entre le comte de Strasbourg et l'épouse de l'ambassadeur des États-Unis. Ces outils consistaient en un caméscope 8 mm miniaturisé, équipé d'un micro directionnel capable de capter à six mètres une conversation à voix basse et un magnétophone de poche à commande vocale, pour les enregistrements de près. L'agent au caméscope prit place entre deux énormes sarcophages, la caméra vidéo à la hauteur de l'estomac, dissimulée par le corps du policier, plié en deux comme un érudit déchiffrant une inscription millénaire. Son collègue déambulait dans la salle, au milieu des visiteurs, peu nombreux à l'heure du déjeuner, en plein été. Les deux hommes communiquaient à l'aide de micros cravates.

Janine Courtland arriva la première. Elle parcourut nerveusement la salle du regard, s'attardant sur les zones les moins éclairées. Ne voyant personne, elle entreprit de faire lentement le tour des objets exposés, s'arrêta un instant tout près de l'« érudit » penché sur un sarcophage, puis se dirigea vers une vitrine renfermant des pièces d'or de l'Égypte ancienne. Louis, comte de Strasbourg, fit enfin son entrée, resplendissant dans un complet léger de bonne coupe, agrémenté d'un foulard de soie bleu à motifs cachemire. Il repéra l'ambassadrice, fouilla la salle du regard, lentement, attentivement, puis, rassuré, s'approcha d'elle. Le premier policier de la DST fit pivoter le caméscope, actionna la commande silencieuse de prise de vue et commença à filmer. Il écouta à l'aide du micro directionnel tout en approchant les yeux de l'objectif de l'appareil couvert par son bras gauche.

– *Vous vous trompez totalement, monsieur André,* commença Janine Courtland à voix basse. *J'ai parlé, en affectant le détachement, au chef de la sécurité de l'ambassade. Il a eu l'air stupéfait quand j'ai laissé entendre qu'il m'avait fait suivre.*

– *Comment vouliez-vous qu'il réagisse ?* demanda Strasbourg d'un ton froid.

– *J'ai menti trop longtemps et trop souvent – je n'ai fait que ça depuis l'enfance – pour ne pas reconnaître un menteur. J'ai dit que j'étais entrée dans une boutique et qu'un vendeur était venu me signaler que les hommes qui m'accompagnaient attendaient sur le trottoir et me demander s'il devait les inviter à entrer, pour s'abriter du soleil.*

– *Une histoire très plausible, madame, je vous l'accorde. Il est certain que vous avez reçu une excellente formation.*

– *Un compliment ? Je n'en ai que faire. Nous avons passé notre vie à développer nos capacités dans un seul et unique but.*

– *Admirable*, reconnut Strasbourg. *Votre chef de la sécurité a-t-il donné des indications sur l'identité de ces hommes ?*

– *Je l'ai incité à le faire, bien entendu ; cela fait aussi partie de notre formation. Je lui ai demandé s'il était possible que les Français m'aient prise en filature. Sa réponse fut ingénieuse et probablement correcte. Il m'a dit que, si la police avait reconnu l'épouse de l'ambassadeur du plus puissant pays du monde et la voyait faire seule du lèche-vitrines, elle pouvait facilement mettre en place une protection discrète.*

– *Cela semble logique, à moins que votre chef de la sécurité ne soit, lui aussi, un menteur émérite.*

– *Absurde ! Maintenant, écoutez-moi ! Mon mari est à bord du Concorde qui arrivera dans quelques heures ; je lui consacrerai un ou deux jours, mais j'insiste toujours pour être présentée à nos supérieurs, en Allemagne. J'ai un plan. Mon dossier indique que j'ai une grand-tante à Stuttgart ; elle a près de quatre-vingt-dix ans, et j'aimerais la revoir avant qu'il ne soit trop tard...*

– *Parfait, parfait,* coupa Strasbourg, en faisant signe à Janine de le suivre dans le recoin le plus sombre de la salle d'exposition.

– *L'ambassadeur ne s'y opposera pas ; voici donc ce que nous allons faire, avec l'accord de Bonn, j'en fais mon affaire.*

L'œil collé à l'objectif, l'agent de la DST déplaça le caméscope pour suivre le couple dans l'angle le plus mal éclairé de la salle. Soudain, il étouffa un cri en voyant le comte sortir lentement de la poche de sa veste une seringue hypodermique, dont l'aiguille était protégée par un petit étui de plastique. De l'autre main, plongée dans l'ombre, Strasbourg retira l'étui, découvrant l'aiguille.

– Empêche-le de faire ça ! souffla le policier dans son micro. Il faut intervenir ! Il va la tuer, il a pris une seringue !

– Monsieur le comte ! s'écria son collègue, en s'élançant vers les deux nazis, qui eurent un mouvement de recul. C'est bien vous, je n'en crois pas mes yeux ! Je suis le petit garçon qui jouait dans les vergers de votre famille, il y a vingt-cinq ans ! Quelle joie de vous revoir ! Maintenant, je suis avocat, j'exerce à Paris.

– Mais oui, mais oui, bien sûr, marmonna Strasbourg, furieux d'être dérangé au moment crucial, en laissant tomber la seringue, qu'il poussa du pied sous une vitrine. Avocat, quelle chance !... Je suis navré, mais le moment est mal choisi. Je vous appellerai...

Sur ces mots, le comte se faufila au milieu des rares visiteurs et quitta précipitamment la salle.

– Pardonnez cette intrusion, madame, fit l'agent de la DST, avec le regard confus du balourd qui vient de troubler un rendez-vous galant.

– Ce n'est pas grave, balbutia Janine Courtland, avant de s'éloigner rapidement.

Il était un peu plus de 17 heures quand Drew et Karin revinrent pour la deuxième fois des bureaux de la DST, où Moreau les avait convoqués pour analyser les bandes du Louvre, après les avoir copiées. Leurs gardes du corps, Fric et Frac, prendraient un autre ascenseur, à cinq minutes d'intervalle, pour s'assurer qu'aucun curieux ne manifestait dans le hall de l'hôtel un intérêt anormal pour l'Américain et l'employée belge de l'ambassade.

– Que s'est-il passé entre vous ? demanda Drew dans le couloir conduisant à leur suite.

– De qui parles-tu ?

– De Moreau et de toi. Ce matin, vous étiez les meilleurs amis du monde ; depuis, vous vous êtes à peine adressé la parole.

– Je n'avais pas remarqué. Si c'est l'impression que tu as eue, ce doit être ma faute. J'ai suivi avec trop d'intérêt tout ce qui se passait. L'opération du Louvre a été un grand succès !

– Une opération bien conçue et Strasbourg a été parfaitement neutralisé, mais les agents de la DST ne sont pas des amateurs.

– Ils ont fait montre d'un grand esprit d'à-propos. Tu es d'accord, j'imagine ?

– Comment pourrait-on ne pas être d'accord ?

En arrivant devant la porte de la suite, Latham lui fit signe de s'arrêter et prit une boîte d'allumettes dans sa poche.

– Je croyais que tu devais réduire considérablement ta consommation de cigarettes ! Tu ne peux pas attendre qu'on soit entrés pour en allumer une ?

– Je réduis, je réduis, et ça n'a rien à voir avec les cigarettes.

Drew craqua une allumette et la déplaça lentement autour de la serrure. Il y eut un flamboiement infime, de très courte durée.

– Tout va bien, fit Latham, en introduisant la clé dans la serrure. Pas de visiteurs indésirables.

– Comment ?

– C'était un de tes vrais cheveux, pas la perruque.

– Qu'est-ce que tu racontes ?

– Je l'ai trouvé dans le lit.

– Aurais-tu l'obligeance...

– Très simple et quasi infaillible.

Latham ouvrit la porte, s'effaça pour laisser entrer Karin et la suivit dans le salon.

– C'est Harry qui m'a appris ça, reprit-il. Un cheveu, surtout lorsqu'il est brun, est pratiquement invisible à l'œil nu. Il suffit d'en glisser un dans une serrure, de le laisser dépasser à l'extérieur et, si quelqu'un entre, le cheveu disparaît. Le tien était encore là, donc personne n'est entré depuis notre départ.

– Je suis impressionnée.

– Par Harry... Moi aussi.

Drew enleva sa veste, la lança sur le dossier d'un fauteuil et se tourna vers Karin.

– Alors, ma petite dame, que se passe-t-il ?

– Décidément, je ne comprends rien à ce que tu dis.

– Il s'est passé quelque chose entre Claude et toi, et j'aimerais savoir de quoi il retourne. Le seul moment où tu es restée seule avec lui, c'est ce matin, quand il est venu faire acte d'autorité et que je suis allé me changer.

– Ah ! tu parles de ça..., fit Karin avec une feinte désinvolture, que son regard démentait. J'imagine que je suis allée un peu trop loin... disons plutôt que j'ai contesté son autorité.

– Contesté son autorité... ?

– Oui. J'ai dit qu'il n'avait pas le droit d'entraver la liberté d'action d'un agent des Opérations consulaires. Il a répliqué qu'il était parfaitement en droit de faire ce qui lui semblait opportun, à l'extérieur de l'ambassade. Je lui ai demandé ce qu'il penserait si ses hommes ou les agents d'un autre service de renseignement français n'étaient plus libres de leurs mouvements à Washington et il m'a répondu que...

– D'accord, d'accord, coupa Latham. J'ai pigé.

– Enfin, Drew, c'est pour toi que j'ai fait ça !

– Bon, j'accepte ton explication. J'ai vu qu'il était furieux, quand je lui ai dit d'aller se faire voir. Ces Français, ils prennent la mouche quand on discute leur sacro-sainte autorité.

– J'imagine qu'il en va de même pour tous ceux qui ont une responsabilité, qu'ils soient français, allemands, anglais ou américains.

– Et les Belges, ou les Flamands ? Je n'y ai jamais rien compris.

– Non, nous sommes trop civilisés, nous écoutons la voix de la raison.

Ils pouffèrent tous deux ; l'incident était clos.

– Je présenterai des excuses à Claude demain matin et je lui expliquerai que j'étais surmenée... Dis-moi, Drew, crois-tu que Strasbourg avait vraiment l'intention de tuer Janine avec sa seringue ?

– Bien sûr. Elle est grillée, un *Sonnenkind* démasqué... Les néos n'ont pas le choix. Et cela complique la tâche de Moreau. Non seulement il doit laisser en place le dispositif de surveillance, mais il doit s'attendre à une tentative criminelle contre sa personne. Qu'est-ce qui te tracasse ? Nous étions d'accord, il y a une heure.

– Je ne sais pas. Tout cela semble si bizarre. Le Louvre, la foule de visiteurs. Excuse-moi, je suis très fatiguée.

– Essaies-tu de me faire comprendre quelque chose ? Veux-tu que je te fasse monter un calmant ?

– J'ai dit que j'étais fatiguée, pas que j'avais perdu la raison.

Ils tombèrent dans les bras l'un de l'autre, échangèrent un baiser, long et passionné. Et le téléphone sonna.

– Je crois sincèrement, soupira Karin, que cet instrument nous en veut personnellement.

– Je vais arracher le fil.

– Tu n'en feras rien. Tu vas répondre.

– Je vois que tu as déjà subi les foudres de l'Inquisition, lança Latham en se dirigeant vers le bureau. Oui ?

– Moreau à l'appareil. Wesley vous a appelé ?

– Non. Il devait le faire ?

– Il le fera, mais, dans l'immédiat, il est extrêmement préoccupé et notre ami Witkowski est prêt à sauter dans le premier avion pour Washington et à détruire au lance-flammes le complexe de la CIA, à Langley.

– Stanley faisait partie du G-2, il n'a jamais eu beaucoup d'affection pour la CIA. Que s'est-il passé ?

– Les deux *Blitzkrieger* que le colonel a expédiés à Washington en prenant toutes les précautions ont été retrouvés morts dans leur cellule de la maison sûre, une balle dans la tête.

– Bordel de merde ! Dans la maison sûre ?

– C'est à peu près ce que Wesley m'a dit. On présente en ce moment aux occupants de la maison de Virginie la photo de tous les membres de chaque service de la CIA.

– Cela ne servira à rien. J'ai des cheveux blonds et des lunettes noires qui montrent que ce n'est pas la bonne méthode. Dites-leur de chercher quelqu'un qui occupe un poste assez modeste et a fait du théâtre quand il était étudiant.

– Un comédien ?

– Certainement pas Jean-Pierre Villiers. Un amateur, un ringard qui a la grosse tête et touche des pots-de-vin encore plus gros. Quelqu'un qui peut avoir eu accès à des renseignements confidentiels.

– Racontez tout ça à Wesley, j'ai assez à faire de mon côté. Votre ambassadeur arrive dans une demi-heure et il faut que je garde sa femme en vie.

– Où est le problème ? Elle se déplace dans une voiture blindée de l'ambassade.

– Vous aussi, l'autre soir, quand vous avez failli vous faire tuer. Au revoir, ajouta Moreau, avant de couper la communication.

– Que se passe-t-il ? demanda Karin.

– Les deux néos que Stanley a envoyés à Washington ont été abattus.

– Comme tu l'as dit hier soir, observa posément Karin, ils sont partout, mais on ne les voit pas... Qu'est-ce qui pousse les gens à faire ce qu'ils demandent ? Ces assassinats, ces trahisons, c'est démentiel ! *Pourquoi* ?

– D'après les experts, il existe trois types de motivation. Le premier, l'argent, de grosses sommes qui dépassent de beaucoup leurs revenus habituels ; dans ce groupe, on trouve les joueurs, les amoureux du luxe et les m'as-tu-vu. Puis il y a les zélateurs fanatiques qui s'identifient à une cause leur permettant de se sentir supérieurs, à condition qu'elle soit absolue et réduise tout le monde au silence... Comme dans le cas d'une race supérieure. La troisième catégorie, aussi curieux que cela paraisse, est considérée par les spécialistes comme la plus dangereuse. Ce sont les mécontents de tout poil, persuadés d'avoir été maltraités par le système et qui estiment que leurs mérites ne sont pas reconnus.

– Pourquoi seraient-ils les plus dangereux ?

– Parce qu'ils font partie du mobilier, qu'ils passent des années derrière le même bureau, à effectuer une besogne le plus souvent insignifiante, avec juste ce qu'il faut de sérieux pour ne pas se faire virer.

– S'ils sont insignifiants, comment peuvent-ils être dangereux ?

– Parce qu'ils connaissent les rouages de ce système qu'ils méprisent. Où sont les secrets, comment y avoir accès, comment les intercepter entre deux services. Personne ne leur prête vraiment attention, ils ont toujours été là, ils s'appliquent à lire des rapports barbants ou à consulter des documents aussi confidentiels qu'un annuaire. S'ils apportaient à leur travail autant d'assiduité qu'ils le font à analyser le système, certains seraient en droit de prétendre s'élever dans la hiérarchie, mais pas beaucoup. D'après les psy, ils sont généralement paresseux, comme des étudiants qui préfèrent préparer des antisèches plutôt que de bûcher leur examen.

– Tu me rappelles Harry, quand j'entends des mots comme « assiduité » dans ta bouche. Je m'attends à tout moment à t'entendre disserter sur les vers en *terza rima* de *La Divine Comédie*. De Dante, tu connais ?

– Le vendeur de pizzas de Brooklyn, c'est ça ?

– Tu sais que tu peux être absolument adorable ?

On frappa à la porte de la chambre.

– Qu'est-ce que c'est, encore ? fit Latham, en traversant le salon. Oui, qui est là ?

– DST, répondit la voix de Frac.

– Ça va, grommela Drew.

En ouvrant la porte, il se trouva nez à nez avec le canon d'un pistolet. Il l'écarta d'un revers de main, tout en lançant en avant son pied droit qui atteignit le policier dans l'aine. Le garde du corps bascula en arrière dans le couloir. Drew bondit sur lui et lui arracha son arme, tandis que l'autre agent de la DST accourait en criant.

– Arrêtez ! Arrêtez, c'est un exercice !

– Quoi ? s'écria Latham, qui s'apprêtait à frapper au visage avec la crosse de l'arme le pauvre Frac qui se tordait de douleur.

– Si vous voulez bien m'écouter..., gémit le policier. Vous ne devez jamais ouvrir votre porte, sans être certain que c'est l'un de nous...

– Vous avez dit que vous étiez de la DST ! lança Drew, en se relevant. À ma connaissance, il n'y a qu'un service de ce nom !

– Justement, monsieur, reprit Fric en jetant un regard compatissant à son collègue qui grimaçait de douleur. Le directeur vous a remis une liste de codes d'identification qui changent toutes les deux heures. Vous deviez demander celui qui correspond à cet espace de temps.

– Des codes ? Quels codes ?

– Tu ne les a pas regardés, mon chéri, glissa Karin, dans l'encadrement de la porte, une feuille à la main. Tu m'as donné ce papier en disant que tu le lirais plus tard.

– Ah bon !...

– Ne tenez jamais pour acquis que c'est l'un de nous avant de l'avoir identifié, reprit Frac, embarrassé par la présence de Karin, en retirant, très fugitivement, ses mains de la région endolorie.

– Tout le monde entre maintenant, reprit la jeune femme. Le moins que vous puissiez faire, monsieur Latham, est d'offrir un verre à nos amis.

– Bien sûr, acquiesça Drew en aidant son pseudo-agresseur à se remettre debout. Pauvre vieux ! ajouta-t-il d'une voix forte, en voyant un couple de clients sortir d'une chambre voisine. Ce dernier verre était de trop !

Dès qu'ils furent entrés, le policier s'écroula sur le canapé.

– Vous êtes très rapide, monsieur Latham, fit-il d'une voix plus ferme. Et très, très fort.

– Sur la glace, vous auriez été réduit en chair à pâté, répondit Drew, le souffle court, en se laissant tomber près de sa victime.

– Quelle glace ?

– C'est difficile à traduire, fit Karin, près du bar. En fait, il voulait savoir si vous prenez de la glace dans votre whisky.

– Oui, merci. Mais plus de whisky que de glace, s'il vous plaît.

– Naturellement.

Avant que l'appareil aille s'immobiliser en bout de piste, Daniel Courtland descendit du Concorde par une passerelle placée à l'avant de la carlingue. Assourdi par le bruit des moteurs au ralenti du supersonique, le diplomate, escorté par un détachement de Marines, fut conduit à la limousine de l'ambassade, qui attendait sur le tarmac. Il s'arma de courage pour les minutes à venir, sans doute les plus pénibles de sa vie. Prendre dans ses bras l'ennemi juré, entraîné depuis l'enfance pour abuser quelqu'un comme lui, était presque pire que de perdre la femme aimée.

On lui ouvrit la portière de la limousine et il tomba dans les bras de son ennemi juré.

– Cela ne fait que trois jours, mais tu m'as tellement manqué ! s'écria Janine Clunitz Courtland.

– Toi aussi, ma chérie. Nous allons rattraper le temps perdu.

– Oh ! oui ! Te savoir à des milliers de kilomètres m'a littéralement rendue malade !

– C'est fini, Janine, mais il faut t'habituer aux exigences de Washington. Je vais où on a besoin de moi.

Ils s'embrassèrent fougueusement, brutalement ; Courtland sentit le goût du poison dans la bouche de son épouse.

– Alors, tu m'emmèneras avec toi... Je t'aime tellement !

– Nous trouverons une solution... Ma chérie, nous n'allons pas mettre dans l'embarras les deux Marines qui nous accompagnent !

– Cela ne me gênerait pas. Je pourrais ouvrir ton pantalon et te faire des choses merveilleuses.

– Plus tard, ma chérie, plus tard. N'oublie pas que je suis l'ambassadeur des États-Unis en France.

– Moi, je fais autorité dans mon domaine et ces deux-là n'ont qu'à descendre, s'ils ne sont pas contents !

Sur ce, le docteur Janine Courtland referma une main avide sur la virilité indolente de son mari.

La limousine descendit l'avenue Gabriel, vers l'entrée principale de l'ambassade ; c'était l'itinéraire le plus rapide pour avoir accès aux ascenseurs qui les conduiraient dans leurs appartements. Dès que le lourd véhicule s'immobilisa, deux autres Marines vinrent prêter leur assistance au diplomate et à son épouse.

Brusquement, semblant surgir de nulle part, trois voitures sans signes distinctifs ni plaques minéralogiques approchèrent à vive allure et entourèrent la limousine dont les époux Courtland s'étaient éloignés de quelques mètres sur le trottoir. Des portières s'ouvrirent, des hommes au visage masqué d'un bas noir bondirent des véhicules, leur arme automatique réglée sur tir rapide semant la mort dans toutes les directions. Simultanément, d'autres coups de feu retentirent, provenant de deux voitures qui avaient suivi le véhicule diplomatique. La foule s'écarta en poussant des hurlements de terreur. Quatre terroristes masqués tombèrent ; un Marine s'effondra en se tenant le ventre à deux mains ; Daniel Courtland plongea sur le trottoir en portant une main à sa jambe droite, l'autre à son épaule ; Janine Courtland n'était plus, le crâne fracassé, la poitrine couverte de sang. Un certain nombre de tueurs masqués – comment savoir combien ils étaient ? – prirent aussitôt la fuite à pied et se fondirent dans la foule paniquée.

– Merde de merde ! rugit Claude Moreau en descendant d'un des deux véhicules de la DST chargés de la protection des Américains. Nous avons pris toutes les précautions, mais cela n'a servi à rien !... Transportez les corps à l'intérieur et pas un mot, à personne !... Je suis déshonoré !... Allez voir l'ambassadeur, il est vivant. Plus vite que ça !

Parmi les Américains accourant de l'ambassade pour porter secours aux blessés se trouvait Stanley Witkowski. En voyant Moreau, il s'élança vers lui et le prit aux épaules.

– Écoutez-moi bien ! cria-t-il en secouant le directeur de la DST, tandis que le hurlement des sirènes s'intensifiait. Vous allez dire et faire exactement ce que je demande, sinon je me mets en guerre contre vous et la CIA ! C'est clair ?

– Stanley, murmura Moreau, l'air abattu, j'ai lamentablement échoué. Faites ce que vous voulez.

– Non, pauvre imbécile, vous n'avez pas échoué ! C'était impossible à prévoir ! Ces foutus nazis étaient prêts à mourir, et quatre d'entre eux y sont restés ! Personne ne peut contrôler ces fanatiques !

Ni vous ni nous, personne, car la vie ne vaut rien pour eux. Nous ne pouvons rien contre leur engagement fanatique, mais nous pouvons déjouer leurs plans. Vous êtes mieux placé que n'importe qui pour le savoir !

– Où voulez-vous en venir, colonel ?

– Suivez-moi, et, si vous refusez de faire ce que je vous demande, je vous botterai le cul comme personne ne l'a jamais fait !

– Puis-je savoir ce que vous voulez ?

– Bien sûr. Vous allez mentir comme un arracheur de dents, à votre ministre, à la presse, à tous ceux qui voudront vous écouter.

– Vous continuez à creuser ma tombe !

– Non, je vous donne le moyen d'en sortir.

29

Le docteur Hans Traupman fit entrer son canot automobile dans le modeste bassin de la petite villa dominant le Rhin. Aucun éclairage n'était nécessaire, le disque brillant de la lune se mirait dans les eaux du fleuve. Il n'y avait personne pour aider le chirurgien à amarrer son embarcation ; le luthérien défroqué ne pouvait se permettre une telle dépense. Günter Jäger ne roulait pas sur l'or ; le bruit courait qu'il payait un loyer dérisoire pour le hangar à bateaux transformé en villa, sur la rive du Rhin. L'ancienne propriété qui s'élevait derrière avait été démolie, dans l'attente de la construction, dans un avenir proche, d'une nouvelle demeure. De fait, une nouvelle demeure serait bâtie, plus qu'une demeure, une forteresse magnifique, équipée du matériel le plus moderne, afin d'assurer la tranquillité et la sécurité du nouveau Führer. Ce jour glorieux n'était plus très loin, dès que la Fraternité contrôlerait le Bundestag. Aux montagnes de Berchtesgaden succéderaient les eaux majestueuses du Rhin, car Günter Jäger préférait le spectacle changeant du fleuve à la vue immuable des sommets enneigés.

Günter Jäger... Adolf Hitler ! *Heil* Hitler... *Heil* Jäger ! Même les syllabes des deux noms se ressemblaient. Plus le temps passait, plus les traits de ressemblance entre Jäger et son prédécesseur s'affirmaient : le goût de l'autorité absolue ; la création d'un cercle des intimes par lesquels il fallait passer pour obtenir une audience ; une aversion pour tout contact physique autre qu'une sèche poignée de main ; une affection apparemment sincère pour les enfants, mais pas trop jeunes ; enfin, son absence de sexualité. Les femmes ne pouvaient faire l'objet que d'une admiration d'ordre esthétique, hors de toute lascivité ; même les remarques égrillardes étaient inacceptables en sa présence. D'aucuns attribuaient ce puritanisme à l'état ecclésiastique, mais pas Traupman, le spécialiste du cerveau. Il soupçonnait une explication plus trouble. En observant Jäger en présence de femmes, il avait cru discerner des éclairs de haine dans le regard du nouveau Führer devant une créature à la tenue provocante ou qui jouait de ses charmes auprès des hommes. Non, Günter Jäger n'était pas mû par un sentiment de pureté ; il était – comme son prédécesseur – obsédé par une *peur* pathologique des femmes, par la puissance de leurs artifices. Mais le chirurgien avait prudemment décidé de garder pour lui le fruit de ses réflexions. Seule l'édification de la nouvelle Allemagne comptait et si la figure charismatique qui la mènerait à bien avait une ou deux faiblesses, c'était de peu d'importance.

Le chirurgien avait sollicité une audience particulière, car Jäger n'était peut-être pas parfaitement informé de certains événements ayant lieu sur le terrain. Son entourage était d'une loyauté à toute épreuve, mais nul ne tenait à être le porteur de nouvelles inquiétantes. Traupman savait qu'il ne risquait rien ; c'est lui qui avait littéralement arraché à son Église l'orateur à l'éloquence persuasive pour le hisser aux premiers rangs de la Fraternité. Tout bien considéré, s'il restait un homme qui pût le rejeter dans l'anonymat, c'était le célèbre chirurgien.

Il amarra son canot et, maladroitement, péniblement, grimpa l'échelle de l'appontement, où l'accueillit un garde à l'imposante carrure, sorti de l'ombre d'un arbre.

– Venez, *Herr Doktor*, le Führer vous attend.

– Dans la maison, j'imagine ?

– Non, dans le jardin. Suivez-moi, s'il vous plaît.

– Le jardin ? Ce carré de choux est devenu un jardin ?

– J'y ai planté des fleurs et nos fidèles ont nettoyé la berge. Ils ont posé des dalles là où ne poussaient que des roseaux et des mauvaises herbes.

– Vous n'avez pas exagéré, fit Traupman en s'approchant d'une petite clairière dominant le fleuve, où un homme allumait la mèche de deux lanternes suspendues à des branches.

Sur la terrasse dallée étaient disposés des meubles de jardin, trois fauteuil et une table blanche en fer forgé. Cela formait une enclave pastorale, propre à la méditation ou à des entrevues secrètes. Dans le fauteuil le plus éloigné, la lumière dansante des lanternes jouant sur ses cheveux blonds, était assis Günter Jäger, le nouveau Führer. À la vue de son vieil ami, il se leva et ses bras se mirent aussitôt en mouvement, le gauche baissé, le droit tendu.

– Cela me fait plaisir de te voir, Hans.

– C'est moi qui ai sollicité cet entretien, Günter.

– Ne dis pas de bêtises. Tu n'as pas à solliciter quoi que ce soit, tu dis simplement ce que tu as à dire. Viens donc t'asseoir. Veux-tu que je te fasse porter quelque chose, une boisson, peut-être ?

– Non, merci. Je veux être de retour à Nuremberg aussi tôt que possible. Avec tous ces messages impossibles à intercepter, mon téléphone ne cesse de sonner.

– Comment ?... Ah ! oui, les brouilleurs !

– Exactement. Tu as la même chose.

– Vraiment ?

– Même si les canaux sont différents, ce que j'apprends, tu dois le savoir.

– Cela dit, mon cher ami, qu'y a-t-il de si urgent ?

– Que sais-tu des récents événements de Paris ?

– Tout, j'espère.

– Gerhardt Kroeger ?

– Abattu par les Américains dans la fusillade de l'hôtel Intercontinental. Bon débarras ; il n'aurait jamais dû aller à Paris.

– Il avait le sentiment que sa mission n'était pas achevée.

– Quelle mission ?

– La mort d'Harry Latham, l'agent de la CIA qui a infiltré la vallée et a été démasqué par Kroeger.

– Nous le retrouverons, fit Jäger, mais peu importe. La vallée n'existe plus.

– Tu es certain que Kroeger est mort ?

– C'était dans le rapport transmis à Bonn par notre ambassade. Tout le monde le sait dans le milieu du renseignement, mais ils étouffent l'affaire pour ne pas braquer sur nous les feux de l'actualité.

– Un rapport, si je ne me trompe, qui émane de l'ambassade des États-Unis.

– Vraisemblablement. Ils savaient que Kroeger était des nôtres... Comment cela aurait-il pu leur échapper ? Cet abruti s'est mis à mitrailler tout ce qui bougeait, croyant qu'il pourrait éliminer Latham. Mais les Américains n'ont rien appris, il est mort pendant le transport vers leur ambassade.

– Je vois, fit Traupman, en changeant de position, avec un coup d'œil en coin à Jäger, comme s'il lui coûtait de croiser le regard du nouveau Führer. Et notre *Sonnenkind*, Janine Clunitz, l'épouse de l'ambassadeur ?

– Pas besoin de nos agents infiltrés pour savoir ce qui s'est passé, Hans. C'était dans tous les journaux, des deux côtés de l'Atlantique, et les témoins ne manquent pas. Elle a échappé de justesse à un guet-apens tendu par des extrémistes israéliens qui cherchaient à tuer Courtland pour faire payer au Département d'État sa politique qualifiée de « pro-arabe ». L'ambassadeur a été blessé et, malheureusement, notre *Sonnenkind* en a réchappé. On m'a assuré qu'elle ne vivra pas plus d'un ou deux jours.

– Et enfin, Günter... *mein Führer*...

– Je te l'ai déjà dit, Hans, entre nous, ce n'est pas nécessaire.

– J'y tiens. Tu vaux beaucoup mieux que le dictateur de Munich. Tu es un homme cultivé, le champion d'une idéologie en phase avec ce qui se passe dans le monde entier. Les médiocres, les incapables des races impures accèdent à des postes clés dans tous les gouvernements ; il faut porter un coup d'arrêt à cette tendance destructrice et tu peux y parvenir...

– Merci, Hans, mais tu n'as pas terminé ta phrase. « Et enfin... » quoi ?

– Je pensais à ce Latham, l'agent de la CIA démasqué par Kroeger dans notre vallée...

– Et alors ?

– Il est encore en vie. Il est plus coriace que nous ne l'imaginions.

– Ce n'est qu'un homme, Hans. Fait de chair et de sang, avec un muscle cardiaque qu'une balle ou un couteau peut perforer. J'ai donné l'ordre à deux unités de *Blitzkrieger* de se rendre à Paris pour accomplir cette tâche. Ils n'échoueront pas. Ils ont trop à perdre.

– Et la femme avec qui il vit ?

– Cette traînée ! lança le nouveau Führer. Il faut l'éliminer aussi... avant lui, de préférence. Sa disparition le déstabilisera, le rendra plus vulnérable ; il commettra des erreurs. Est-ce tout ce que tu es venu me dire, Hans ?

– Non, Günter, répondit Traupman en se levant pour faire quelques pas, à la limite de la zone d'ombre. Je suis venu te dire la vérité, telle qu'elle m'est apparue grâce à mes propres sources.

– Tes *propres* sources ?

– Elles ne sont pas différentes des tiennes, rassure-toi, mais je suis un vieux monsieur qui a pratiqué la chirurgie toute sa vie et a vu trop de patients passer certains symptômes sous silence, redoutant mon diagnostic, s'ils disaient toute la vérité. On finit par accepter une certaine dose de fausseté pour se voiler la face.

– Pourrais-tu être plus clair ?

– Je vais le faire, en étayant mes dires par les investigations que j'ai menées... Gerhardt Kroeger n'a pas été tué. J'ai dans l'idée qu'il est vivant et retenu prisonnier à l'intérieur de l'ambassade des États-Unis.

– Quoi ? hurla Jäger, en se dressant au bord de son fauteuil.

– J'ai envoyé quelqu'un à l'Intercontinental, muni d'une carte de la police française, cela va sans dire, pour interroger les employés qui ont échappé au massacre. Ils parlent tous anglais et ils ont déclaré avoir distinctement entendu deux des gardes du balcon crier que le cinglé avait été touché aux jambes, mais qu'il était vivant. Ils l'ont ensuite transporté dans une ambulance, *vivant*, je répète.

– Bon Dieu !

– J'ai ensuite demandé à nos hommes de questionner les prétendus témoins de l'attaque contre l'ambassade, au cours de laquelle Courtland a été grièvement blessé et dont sa femme aurait réchappé. Ces témoins n'ont rien compris à la manière dont le massacre a été présenté à la télévision et dans les journaux. Ils ont déclaré que le haut de la poitrine et le visage de la femme étaient couverts de sang, et qu'elle ne pouvait avoir survécu.

– Nos hommes ont donc accompli leur mission. Elle est morte.

– Alors, pourquoi garder le silence ? Pourquoi ?

– C'est ce satané Latham ! s'écria Jäger, une lueur haineuse dans les yeux. Il essaie de nous avoir, de nous attirer dans un piège.

– Tu le connais ?

– Bien sûr que non. Je connais des hommes *comme* lui. Tous avilis par ces putains !

– Elle, tu la connais ?

– Dieu m'en préserve ! Mais, depuis le temps des pharaons, les armées ont été avilies par les putains. Elles suivent dans leurs roulottes et vident les soldats de leur énergie, pour quelques minutes de plaisir impie !

– Quelle que soit la justesse de ce jugement, Günter, et je n'en discute pas le bien-fondé, je ne saisis pas le rapport avec ce que je disais.

– Dis-moi plutôt où tu veux en venir, Hans ? Tu prétends que les choses ne sont pas telles qu'on les présente et je réponds que tu dois être dans le vrai ; tu dis que nos ennemis s'efforcent de nous tendre des pièges et nous faisons de même. Il n'y a rien de nouveau là-dedans, sinon que les choses tournent en notre faveur. Analysons la situation, mon cher Hans. Pour les Américains, les Français et les Anglais nous sommes partout et nulle part. À Washington, des soupçons pèsent sur des parlementaires ; à Paris, vingt membres de l'Assemblée nationale soutiennent nos intérêts et le patron de la DST est à notre solde. À Londres, où le ridicule ne tue pas, on démasque un obscur conseiller du ministère des Affaires étrangères et on arrête cet incapable, sans s'occuper du chef de cabinet du ministre que l'immigration met dans une telle fureur qu'il aurait pu écrire *Mein Kampf* !

Jäger se leva et s'avança sur la terrasse pour contempler par-dessus une haie en fleurs les eaux apaisantes du Rhin.

– Malgré ces succès, reprit-il, notre action dans les zones moins peuplées est encore plus positive. Un sénateur américain a dit : « Toute politique est locale », et il a raison. Adolf Hitler l'avait compris ; cela lui a permis de conquérir le Reichstag. En dressant les races, les groupes ethniques, les classes sociales les uns contre les autres, on provoque le chaos, on finit par créer un vide. C'est ce qu'il a fait dans plusieurs villes – Munich, Stuttgart, Nuremberg, Mannheim – où ses « chemises brunes » répandaient des rumeurs et semaient la discorde. Enfin, il est passé à l'offensive et a conquis le pouvoir *politique*, à Berlin ; jamais il n'aurait réussi sans le soutien fluctuant mais passionné des campagnes.

– Bravo, Günter ! applaudit Traupman. Tu as une vision pénétrante de l'Histoire !

– Dis-moi plutôt ce qui te préoccupe.

– Certaines choses dont tu n'as peut-être pas été informé.

– À savoir ?

– Deux *Blitzkrieger* ont été capturés vivants à Paris et emmenés à Washington.

– On ne m'a rien dit ! lança Jäger d'un ton froid comme la glace.

– C'est vrai, mais cela n'a plus d'importance. Ils ont été abattus dans leur cellule, en Virginie, par l'agent infiltré Trois, de la CIA.

– Un crétin, un petit fonctionnaire ! Nous lui versons vingt mille dollars par an pour qu'il nous apprenne sur quoi travaillent les autres services !

– Il en demande maintenant deux cent mille pour avoir exécuté un ordre qu'il aurait reçu, il n'en doute pas, s'il était plus haut dans la hiérarchie.

– Il faut l'éliminer !

– Ce n'est pas une bonne idée, Günter. Pas avant d'avoir appris à qui il a pu parler de nous. Tu l'as dit, c'est un crétin, doublé d'un fanfaron.

– L'ordure ! rugit Jäger, en tournant brusquement le visage dans l'ombre.

– Une ordure qui nous a rendu un signalé service, rectifia le chirurgien. Nous le supporterons un moment, nous lui donnerons même des responsabilités. Le jour viendra où nous serons en mesure de lui rendre la monnaie de sa pièce et où il deviendra un esclave reconnaissant.

– *Ach*, mon cher Hans, que ferais-je sans toi ? Ton cerveau est aussi sûr que tes mains de chirurgien. Si mon prédécesseur avait eu plus d'hommes comme toi dans son entourage, il aurait encore la haute main sur le Parlement britannique.

– Cela me permet donc d'espérer que tu vas m'écouter, Günter.

Traupman fit quelques pas vers le centre de la terrasse ; les deux hommes se trouvèrent face à face, au milieu des ombres dansantes.

– Ai-je déjà refusé de t'écouter, mon vieil ami et mentor ? Tu es le nouvel Albert Speer ; l'esprit précis, analytique, d'un chirurgien remplace celui d'un architecte. Hitler a commis l'erreur d'écarter Speer au profit de gens comme Goering et Bormann. Jamais je ne la répéterai. Qu'as-tu à dire, Hans ?

– Tu es dans le vrai quand tu avances que nous sommes en train de gagner la guerre des nerfs avec nos ennemis. Tu es encore dans le vrai quand tu affirmes que, dans certaines régions – aux États-Unis, en particulier – nos *Sonnenkinder* ont fait un travail admirable, en suscitant la grogne et la zizanie.

– Je suis impressionné par mes propres jugements, glissa Jäger en souriant.

– Là est justement la question, Günter, ce ne sont que des jugements basés sur les informations du moment... Mais la situation peut changer, elle peut changer rapidement. Il se peut que nous soyons aujourd'hui à l'apogée de notre réussite stratégique.

– Pourquoi à l'apogée ?

– Parce qu'on nous tend quantité de pièges que nous ne soupçonnons pas. La situation ne nous sera peut-être plus jamais aussi favorable.

– Ce que tu veux dire, au fond, c'est : Il faut envahir l'Angleterre maintenant, sans plus attendre.

– L'opération Eau morte, bien entendu, fit Traupman. Il faut accélérer les choses. Six planeurs Messerschmitt ME 323 ont été récupérés et sont en cours de révision. Nous devons frapper aussi vite que possible et déclencher un mouvement de panique. Les réservoirs d'eau de Washington, Londres et Paris seront empoisonnés dès la fin de la formation des volants. Quand la paralysie aura gagné les gouvernements, nos fidèles commenceront à étendre leur influence, à prendre les leviers du pouvoir.

La femme sortit de l'ambassade des États-Unis sur un brancard qui fendit la foule des badauds attroupés dans l'avenue Gabriel. Un drap et une couverture légère de coton couvraient son corps ; ses longs cheveux bruns étaient ramassés sur l'oreiller blanc, son visage dissimulé par un masque à oxygène et ses yeux protégés par un bandeau de soie grise. La rumeur se répandit rapidement, amplifiée par plusieurs attachés d'ambassade qui circulaient dans la foule en répondant à voix basse aux questions.

– C'est la femme de l'ambassadeur, lança une femme. Un Américain vient de le dire. La pauvre, elle a été blessée dans la fusillade d'hier soir.

– La criminalité est devenue intolérable, bougonna un maigre à lunettes. Il faut rétablir la peine de mort !

– Où l'emmènent-ils ? demanda une autre femme, les larmes aux yeux.

– À l'hôpital Hertford, à Levallois-Perret.

– Ah bon ? Je croyais que c'était l'English Hospital.

– Il paraît qu'ils ont un matériel de pointe, ce qui se fait de mieux pour ses blessures...

– Qui a dit ça ? s'indigna un vieux monsieur.

– Ce grand gaillard, là-bas... Tiens ! Où est-il passé ?

– C'est grave ? interrogea une adolescente, en étreignant la main d'un jeune étudiant au sac bourré de livres.

– J'ai entendu un des Américains dire que c'était extrêmement douloureux, mais que sa vie n'était pas en danger, répondit une jeune femme portant une grosse enveloppe de papier kraft. Un poumon crevé, elle respire difficilement. C'est une honte !

– Une honte que les Américains se croient partout chez eux, vous voulez dire ! lança l'étudiant. La pauvre, elle a du mal à respirer et elle va occuper un lit dont quelqu'un de gravement malade sera privé !

– Antoine ! Comment peux-tu dire ça ?

– Facile... Je suis étudiant en histoire.

– Pas d'ingratitude, jeune homme ! protesta un vieillard, une croix de guerre à la boutonnière. J'ai combattu avec les Américains, je suis entré dans Paris avec eux ! Ils ont sauvé la ville !

– Tout seuls, grand-père ? Je ne crois pas...

– Tais-toi, petit con... oui, petit con !

Dans l'ambassade, Claude Moreau était.affalé dans un fauteuil du bureau du chef de la sécurité.

– Heureusement que je n'ai pas besoin d'argent, fit-il d'un ton découragé, mais je ne pourrai jamais dépenser ce que j'ai en France.

– Qu'est-ce que vous racontez ? demanda Witkowski, en allumant un havane, la mine réjouie.

– Si vous ne comprenez pas, colonel, vous devriez être déclaré inapte, comme on dit dans l'armée.

– Pourquoi ? J'ai toute ma tête et je fais mon boulot de mon mieux.

– Enfin, Stanley ! J'ai menti dans mon propre service, à la commission parlementaire constituée précipitamment, à la presse, au cabinet du président ! J'ai juré que Mme Courtland n'était pas morte, qu'elle recevait des soins appropriés à l'hôpital !

– Vous n'étiez pas sous la foi du serment, Claude.

– Vous êtes cinglé !

– Pas du tout. J'ai fait transporter son corps à l'intérieur de l'ambassade sans que personne ne se rende compte que la garce était morte.

– Et vous croyez que ça marchera ?

– Cela a marché jusqu'à présent... Écoutez, Claude, tout ce que je cherche, c'est à provoquer la confusion. Le Latham que les néos recherchent est celui qu'ils ont tué, mais ils l'ignorent. Ils vont donc essayer d'abattre le frère, mais nous les attendons de pied ferme. La femme de l'ambassadeur est tout aussi importante pour eux, peut-être plus ; ils ont compris que nous savons qui elle est. Le comte de Strasbourg ne s'apprêtait pas à lui injecter un sérum antitétanique. Avec un peu de chance, vos bobards porteront leurs fruits...

– Mes bobards ? lança Moreau, en s'étranglant d'indignation. Vous n'avez pas idée de ce que j'ai fait ! Plus personne ne me fera confiance ; j'ai menti à tout le monde, même au chef de cabinet du président !

– Poussez ce raisonnement un peu plus loin. Dites que vous aviez des raisons de croire qu'il y a des micros à l'Élysée.

– Ridicule !

– Essayons autre chose, fit Witkowski. Disons que vous aviez à enquêter sur quelqu'un de l'entourage présidentiel.

– Ce n'est pas de notre ressort, mais votre idée a du bon.

– Dans l'intérêt du président, observa le colonel, en tirant voluptueusement sur son cigare.

– Exactement. Il ne peut être tenu responsable de ce qu'il ignore, et nous avons affaire à des psychopathes, des tueurs fanatisés.

– Je ne vois pas très bien le rapport, Claude, mais c'est un début. À propos, je vous remercie d'avoir fourni des hommes pour la surveillance de l'hôpital. À part deux sergents et un capitaine, le français de mes Marines laisse vraiment à désirer.

– Votre capitaine a étudié à Paris et l'un des sergents a des parents français ; c'est sa langue maternelle. Le vocabulaire de l'autre sergent se résume à quelques obscénités... À propos, comment va notre sténo, celle qui a accepté de jouer le rôle de l'ambassadrice ?

– Elle est sur des charbons ardents.

– J'espère que non.

– Je veux dire que c'est une juive new-yorkaise, qui hait les nazis. Ses grands-parents sont morts à Bergen-Belsen, dans les chambres à gaz.

– Curieux, non ? Drew Latham a dit : « L'Histoire est un perpétuel recommencement. » Il en va apparemment de même des êtres humains.

– Ce qui est sûr, c'est qu'un de ces salopards de néos cherchera tôt ou tard à régler son compte à la nouvelle Mme Courtland. Nous serons là pour l'accueillir et je vous garantis qu'il parlera !

– Je vous l'ai déjà dit, Stanley, je doute que cela se produise. Les néos ne sont pas fous, ils flaireront un piège.

– J'y ai songé, mais on ne change pas la nature humaine. Quand l'enjeu devient très important – c'est le cas d'un *Sonnenkind* vivant –, on ne se couche pas. Ces ordures ne peuvent se le permettre.

– J'espère que les faits vous donneront raison... Comment notre ergoteur de Drew Latham a-t-il accepté votre plan ?

– Fort bien. Nous avons dévoilé sa couverture à des personnes choisies, y compris les Antineos, qui, de toute façon, savaient déjà qui était le colonel Webster. À vous de faire la même chose. Au fait, nous faisons venir Mme de Vries à l'ambassade, avec une protection renforcée de nos Marines.

– Je m'étonne qu'elle ait accepté de si bonne grâce, observa Moreau. Elle est pleine d'artifices, mais je crois qu'elle tient sincèrement à Drew et, compte tenu de ce qu'elle a vécu, je n'imaginais pas qu'elle l'abandonnerait de son plein gré.

– Elle n'est pas au courant, reconnut Witkowski. Cela se passera ce soir.

Karin de Vries était assise à la fenêtre, dans un fauteuil profond ; la lumière tamisée du lampadaire de la chambre caressait légèrement ses longs cheveux bruns et jetait des ombres douces sur son visage aux traits fins.

– Tu as bien compris quel rôle on te fait jouer ? lança-t-elle, avec un regard noir, à Drew, en pantalon d'uniforme.

– Bien sûr, répondit-il. Je vais servir d'appât.

– C'est comme si tu étais mort !

– On verra bien. J'ai de bonnes chances de m'en sortir. Sinon, je n'aurais jamais accepté.

– Pourquoi ? Parce que le colonel l'a dit ?... Tu ne comprends donc pas que, pour assurer la réussite d'une mission, le facteur humain devient négligeable, on n'hésite pas à sacrifier un homme ? Même si Witkowski a de l'amitié pour toi, ne te fais pas d'illusions, c'est avant tout un professionnel. L'opération d'abord ! Pourquoi crois-tu qu'il ait insisté pour que tu portes cette saleté d'uniforme ?

– Je sais tout ça, je me suis dit que c'était le jeu. Mais on va m'apporter un gilet pare-balles et une tunique plus grande ; ce n'est pas comme si je sortais sans protection. Ne dis surtout pas à Stanley que je ne porte pas toujours son fichu uniforme, il se vexerait... Je me demande à quoi va ressembler son gilet pare-balles.

– Les tueurs professionnels ne visent pas la poitrine, mon chéri, mais la tête, avec un fusil à lunette.

– J'oublie toujours que tu connais tout ça.

– Heureusement ! C'est pourquoi je veux que tu dises à notre ami Stanley d'aller se faire voir !

– Je ne peux pas.

– Pourquoi ? Il n'a qu'à envoyer un de ses hommes servir d'appât. Ce serait si simple ! Pas toi !

– Peut-être quelqu'un qui a un frère agriculteur dans l'Idaho, ou mécanicien à Jersey City... Je ne pourrais pas vivre avec cette pensée.

– Moi, je ne pourrai pas vivre sans toi ! s'écria Karin, en se jetant dans ses bras. Je n'aurais jamais cru redire cela un jour à un homme, Drew Latham, mais je le dis du fond du cœur. C'est un peu comme si tu étais le prolongement du jeune homme que j'ai épousé il y déjà longtemps, mais sans la laideur, sans la haine. Ne me méprise pas, il fallait que je le dise !

– Jamais je ne pourrai te mépriser, fit doucement Drew, en la serrant contre lui. Nous avons besoin l'un de l'autre pour des raisons différentes ; inutile de les analyser pendant des années.

Il inclina la tête de la jeune femme en arrière, la regarda au fond des yeux.

– Imagine-nous très vieux, dans un rocking-chair, devant la mer.

– Ou à la montagne. J'adore la montagne.

– Nous en reparlerons.

On frappa un petit coup à la porte de la chambre.

– Merde ! fit Drew, en la lâchant. Où est ce papier avec les codes ?

– Je l'ai punaisé au mur du couloir. Il crève les yeux.

– Je l'ai. Quelle heure est-il ?

– 19 h 30, à peu près. Le code change à 20 heures.

– Qui est là ?

– *Jeannot Lapin*, répondit la voix de Frac.

– Infantile ! soupira Latham en ouvrant la porte.

– C'est l'heure, monsieur.

– Je sais, accordez-moi deux minutes.

Drew referma la porte et se tourna vers Karin.

– Tu ne restes pas ici, ma chérie.

– Quoi ?

– Tu as entendu. On te conduit à l'ambassade.

– Mais pourquoi ?

– Tu es employée par l'ambassade des États-Unis et il a été décidé que ton travail sur des dossiers confidentiels justifie qu'on te mette à l'abri du danger.

– Qu'est-ce que tu racontes ?

– Je continue tout seul, Karin.

– Je ne te laisserai pas faire ça ! Tu as besoin de moi !

– Désolé. Soit tu suis gentiment nos amis Fric et Frac, soit ils te font une injection avant de t'emmener.

– Comment peux-tu me faire ça, Drew ?

– Facile, je veux que tu restes en vie pour contempler la montagne avec moi, au Colorado, dans un rocking-chair. Qu'en dis-tu ?

– Salaud !

– Je n'ai jamais prétendu être parfait. Mais je suis fait pour toi.

Les agents de la DST escortèrent Karin dans le couloir et l'ascenseur. Ils l'assurèrent que ses affaires seraient prises à l'hôtel et remises à l'ambassade dans l'heure qui suivrait. Elle commença à se résigner ; la porte de la cabine s'ouvrit et ils débouchèrent dans le hall. Deux autres agents de la DST surgirent aussitôt ; les quatre policiers échangèrent un signe de tête, Fric et Frac firent demi-tour, en direction de l'ascenseur.

– Restez entre nous, madame, s'il vous plaît, fit un barbu râblé, qui se plaça à droite de Karin. La voiture est devant l'hôtel, sur la gauche.

– Vous savez que je ne fais pas cela volontairement ?

– Nous n'avons pas tous les détails sur chaque mission, répliqua le second policier. On nous a simplement demandé de vous accompagner jusqu'à l'ambassade des États-Unis.

– J'aurais pu prendre un taxi.

– Personnellement, fit le barbu en souriant, je me réjouis que ce ne soit pas possible. Je devais dîner chez mes beaux-parents. Au bout de quatorze ans et avec trois petits-enfants, ils ne sont toujours pas certains que je sois le mari idéal pour leur fille.

– Qu'en dit-elle ?

– Elle est de nouveau enceinte, madame.

– Il n'y a rien à ajouter, fit Karin avec un petit sourire.

Dès qu'ils eurent franchi la porte vitrée, ils tournèrent à gauche et s'éloignèrent du dais de toile rouge sang, éclairé par une double rangée d'ampoules. Marchant vite au milieu des piétons flânant sur le trottoir de la rue de l'Échelle, les deux policiers encadrant Karin de Vries parcoururent la dizaine de mètres qui les séparaient de la voiture blindée de la DST. Le barbu ouvrit la portière du côté du trottoir et, souriant, fit signe à Karin de monter.

À cet instant, il y eut une détonation assourdie ; la tempe gauche du policier explosa, le sang jaillit à l'arrière du crâne, à l'endroit où la balle était ressortie. Simultanément, son collègue cambra les reins, les yeux écarquillés, la bouche ouverte ; un cri étranglé sortit de sa gorge quand le couteau planté dans son dos fut arraché d'un coup sec. Les deux hommes s'affaissèrent sur le trottoir ; Karin commença à hurler, mais une main vigoureuse se referma sur sa bouche et elle fut violemment poussée sur la banquette arrière de l'automobile où son assaillant la suivit. Quelques secondes plus tard, l'autre portière s'ouvrit et le second tueur les rejoignit, un couteau couvert de sang à la main, la lame de la couleur du dais de l'hôtel.

– *Los schnell* ! hurla-t-il.

La voiture démarra sèchement et se fondit aussitôt dans la circulation.

– Il ne sert à rien de crier, fit le premier tueur, en écartant sa grosse patte du visage de Karin. Si vous essayez, je vous fais deux jolies cicatrices sur les joues.

– *Willkommen*, *Frau* de Vries, dit le conducteur, la tête légèrement tournée, en repoussant contre la portière opposée le corps recroquevillé du chauffeur. Il semble que vous soyez décidée à rejoindre votre mari. C'est ce qui arrivera certainement si vous refusez de collaborer avec nous.

– Vous avez tué ces trois hommes, articula difficilement Karin, la gorge sèche.

– Nous sommes les sauveurs de l'Allemagne nouvelle, déclara le conducteur. Nous faisons notre devoir.

– Comment m'avez-vous trouvée ?

– Très simple. Vous avez des ennemis là où vous croyez avoir des amis.

– Les Américains ?

– Chez eux, oui. Chez les Français et les Anglais aussi.

– Qu'allez-vous faire de moi ?

– Cela dépend de vous. Soit vous rejoignez votre mari, soit vous vous ralliez à nous. Nous savons que vous êtes à vendre.

– Je désire simplement retrouver mon mari, vous le savez aussi.

– Cela ne tient pas debout, *Frau* de Vries.

Karin garda le silence.

30

Le bruit de la radio couvrant en partie le vacarme de la rue, Drew essaya le gilet pare-balles et enfila la nouvelle tunique d'officier, étonné de se sentir si libre de ses mouvements. Il ne cessait de se tourner vers le téléphone, se demandant pourquoi Karin n'avait pas appelé ; elle avait promis de le faire dès qu'elle serait installée à l'ambassade. Elle était partie depuis plus de deux heures ; ses bagages l'avaient suivie peu après. Avec des gloussements et des petits mouvements inconscients de la tête, il se représenta Karin en train d'enguirlander Witkowski, de lui reprocher en hurlant d'avoir laissé son cher Drew poursuivre sa mission en solitaire. Pauvre Stosh, malgré ses dehors rudes, il n'était pas de taille à contenir les assauts indignés de la future épouse de son agent des Opérations consulaires. Drew se sentit peiné pour le colonel ; il ne pourrait avoir le dernier mot qu'en usant de son autorité, ce qui n'était guère satisfaisant. Karin avait l'amour pour la soutenir, un sentiment que Stanley et Courtland avaient connu, puis perdu, par la faute de leur carrière.

Latham s'avança vers le miroir mural de l'entrée et considéra son image. Le gilet pare-balles le faisait paraître plus imposant qu'il ne l'était, ce qui lui rappela l'époque où il évoluait sur la glace, dans la tenue vert et blanc d'une équipe canadienne, quand une crosse et des patins étaient ce qu'il y avait de plus important au monde. Comme cela semblait ridicule aujourd'hui !... Ça suffit ! se dit-il, en se dirigeant vers le téléphone du bureau. Il décrocha, commença à composer un numéro, quand on frappa à la porte. Il raccrocha rageusement, revint sur ses pas, étudia la feuille de codes.

– Qui est là ? demanda-t-il.

– Witkowski, répondit une voix, dans le couloir.

– Quel est le code ?

– Foutez-moi la paix avec ça, c'est moi !

– Vous êtes censé répondre « Le bon roi Dagobert », imbécile !

– Ouvrez cette porte avant que je ne fasse sauter la serrure avec mon colt 45 !

– Ce ne peut être que vous ; seul un crétin ignore qu'il peut prendre dans le ventre une balle qui ricoche sur une serrure.

– Pas si on tire à côté de la plaque, blanc-bec ! Ouvrez !

Contrairement à ce que les cris et les insultes faisaient présumer, Drew découvrit un Witkowski calme et grave, accompagné de Claude Moreau. Les deux hommes avaient une expression affligée.

– J'ai à vous parler, fit le patron de la DST en entrant, suivi du colonel. Il est arrivé quelque chose de terrible.

– Karin ! rugit Drew. Elle n'a pas appelé... elle aurait dû appeler il y a au moins une heure. Où est-elle ?

– Nous ne savons pas, répondit Moreau, mais les faits sont alarmants.

– Quels faits ?

– Deux hommes de Claude ont été tués sur le trottoir de l'hôtel, répondit Witkowski. L'un d'une balle dans la tête, l'autre d'un coup de couteau. Leur voiture a disparu, le chauffeur est présumé mort, lui aussi.

– Ils la conduisaient à l'ambassade ! gronda Latham. Elle était sous leur protection !

– Elle a été enlevée, fit doucement Moreau, en regardant Drew au fond des yeux.

– Ils vont la tuer ! hurla l'Américain, en se retournant pour taper du poing sur le mur.

– C'est une possibilité que je déplore, reprit le directeur de la DST, mais je pleure la mort de mes hommes. Deux d'entre eux, probablement trois, viennent de perdre la vie. En ce qui concerne Karin, rien ne prouve qu'elle ait subi le même sort ; à mon avis, elle est encore bien vivante.

– Comment pouvez-vous dire ça ? lança Drew, en tournant vivement la tête.

– Elle leur est infiniment plus utile comme otage que comme cadavre. Ils veulent la peau d'Harry Latham, l'homme pour qui vous vous faites passer.

– Et alors ?

– Ils vont se servir d'elle pour attirer Harry Latham dans un piège, puisque c'est lui qu'ils veulent, pour une raison que nous ignorons encore.

– Qu'allons-nous faire ?

– Attendre, *chlopak*, répondit doucement le colonel Witkowski, en se redressant de toute sa taille. Nous savons tous deux qu'il n'y a rien de plus difficile dans notre métier. S'ils avaient voulu tuer Karin pour faire un exemple, son corps aurait été abandonné avec les deux autres. Ce n'est pas le cas. Nous attendons.

– D'accord, d'accord ! s'écria Drew, en traversant la pièce au pas de charge, arrêté dans son élan par le bureau auquel il se retint d'une main. Mais, s'il n'y a pas d'autre solution, je veux les noms, tous les noms, de ceux à qui mon identité et ma planque ont été révélées. Ces fuites organisées, je veux savoir qui a pu en tirer profit !

– À quoi bon, mon cher Drew ? Ce sont comme des pierres lancées dans une mare ; les ondes se propagent à la surface de l'eau.

– Il me faut ces noms !

– Très bien. Je vous communiquerai l'identité des gens à qui nous avons parlé ; Stanley fera de même avec ceux de l'ambassade.

– Commencez à écrire ! lança Latham.

Il fit le tour du bureau, ouvrit un tiroir, sortit un bloc de papier à lettres de l'hôtel.

– Je veux tous les noms !

– Nous leur avons présenté deux cent trente-six noms, avec la photographie correspondante, annonça Knox Talbot, au téléphone, à Wesley Sorenson.

– Des résultats ?

– Rien de concret, mais plusieurs pistes possibles. Par chance, sept membres du personnel de la maison sûre ont vu le « sous-directeur Connally » ; par malheur, seuls quatre d'entre eux étaient assez près pour donner de lui un signalement détaillé.

– Parlez-moi de ces pistes possibles, fit le directeur des Opérations consulaires.

– Rien de concluant. Vous ne me croirez pas si je vous dis qu'un des témoins a choisi votre photo ; il y en avait huit autres.

– S'ils avaient tous à peu près mon âge, cela nous apprend déjà quelque chose.

– Même pas. Nous avons précisé aux témoins que l'imposteur avait dû changer radicalement de tête, qu'il avait probablement teint ses cheveux et changé la couleur de ses yeux avec des lentilles, les trucs habituels.

– En sachant qu'il a pu se vieillir, pas se rajeunir, sans paraître grotesque.

– C'est le plus curieux, Wes. Nos témoins sont unanimes à déclarer que l'aspect de ce « Connally » était si ordinaire qu'il n'avait aucun signe distinctif. Je passe sur le verbiage, bien entendu.

– Bien entendu. Comment était-il habillé ?

– Dans le style maison. Complet sombre, chemise blanche, cravate à rayures, classique, chaussures marron à lacets. Ah ! un imper léger, court, porté ouvert. Le lieutenant du service de sécurité a dit qu'il ressemblait à celui d'un officier de ses amis, un Anglais très conservateur.

– Visage ?

– Neutre, très ordinaire. Ni moustache ni bouc, un teint pâle, aucun trait marquant. Il portait des lunettes à verres épais, trop épais, à mon avis.

– Combien de suspects avez-vous ?

– En éliminant les plus fantaisistes, comme vous, vingt-quatre.

– Sans éliminer personne, combien ?

– Cinquante et un.

– Puis-je les voir ?

– Les vingt-quatre dont je parle sont en route. Je vous envoie les vingt-sept autres aussi vite que possible. Mais je peux vous supprimer... Vous ne travaillez même pas chez nous.

– Pourquoi m'avoir gardé ?

– Un sens de l'humour pervers, j'imagine. Comme je ne cesse de le dire à notre cher Bollinger, rien de tel qu'un bon éclat de rire pour remettre les choses à leur juste place.

– Très juste. Mais je n'ai pas le cœur à rire. Connaissez-vous les dernières nouvelles de Paris ?

– Je n'en ai eu aucune depuis plus de vingt heures.

– Ouvrez grandes vos oreilles : Karin de Vries a disparu. Elle a été enlevée par les néos.

– Bon Dieu !

– Il n'est jamais là quand on a besoin de Lui.

– Qu'en pense Witkowski ?

– Il s'inquiète au sujet de Latham. Drew semblait rester maître de lui, mais il pense qu'il a voulu donner le change.

– Expliquez-vous.

– Il a exigé de savoir à qui on avait fait connaître sa couverture.

– La demande me paraît raisonnable. C'est lui l'appât.

– Vous n'écoutez pas, Knox. J'ai dit « exigé », et, d'après Stanley, c'était à prendre ou à laisser.

– Je ne vois toujours pas en quoi cela fait de lui un danger potentiel.

– Nous avons tous deux été mariés assez longtemps pour conserver quelques souvenirs. Drew est amoureux. Peut-être un peu tard, mais c'est sans doute la première fois. On a enlevé sa dulcinée et il est au summum de ses capacités professionnelles. Il n'est pas rare, à son âge, de caresser des illusions d'invincibilité. Il veut la retrouver, coûte que coûte.

– Pigé, Wesley. Que pouvons-nous faire ?

– Il faut le laisser agir d'abord, nous fournir un prétexte pour le mettre hors circuit.

– Hors circuit... ?

– À défaut de l'enfermer dans une cellule aux mur capitonnés, au moins lui faire quitter Paris. Il ne servira plus à personne si, d'appât, il devient chasseur.

– Je croyais qu'il était sous surveillance.

– Son frère Harry l'était aussi, mais il a réussi à s'enfuir de la vallée de la Fraternité. Ne sous-estimez pas les gènes des Latham. Par ailleurs, Witkowski et Moreau ne sont pas vraiment des novices en matière de contre-insurrection.

– Je ne suis pas certain de ce que cela signifie dans ce contexte, mais je suppose que c'est rassurant.

– Je l'espère de tout cœur, fit Sorenson.

Drew étudiait les deux listes à la lumière du lampadaire. Sur celle de Witkowski, il y avait sept noms, y compris les Antineos ; celle de Moreau en comportait neuf, dont trois membres de l'Assemblée nationale qui, selon le patron de la DST, se situaient très à droite des courants politiques traditionnels, en un mot des fascistes. Sur la liste de Stanley figuraient plusieurs attachés à la réputation douteuse, qui passaient plus de temps à lécher les bottes de puissants hommes d'affaires qu'à leur bureau ; deux secrétaires dont l'absentéisme laissait supposer un penchant pour la boisson ; et le père Manfried Neuman, à la Maison Rouge des Antineos. Outre les parlementaire, la liste de Moreau comportait plusieurs indicateurs, uniquement préoccupés par l'argent, pour qui l'idéologie et la moralité n'existaient pas.

Pour réduire la liste, Latham commença par éliminer les indicateurs – il n'avait pas ses entrées dans ce milieu – ainsi que deux parlementaires. Il avait rencontré le troisième à l'occasion d'une réception ; il l'appellerait, écouterait attentivement. Pour la liste de Witkowski, ce fut plus facile ; il connaissait cinq personnes de vue ou de nom, de vagues connaissances de l'ambassade. Les deux autres étaient des femmes, toutes deux soupçonnées de boire un peu trop, qu'il pouvait contacter inopinément. Il lui suffisait d'avoir des numéros de téléphone.

– Stanley, je suis content de voir que vous travaillez tard. Vous avez oublié quelque chose, pour vos sept candidats.

– Qu'est-ce que vous racontez ? lança Witkowski dans un accès d'humeur. Ce sont ceux que nous avons sciemment fait bénéficier des fuites.

– Nous ? Qui est dans le coup ? Qui s'est chargé de la circulation des informations ?

– La secrétaire qui me suit depuis le temps du G-2. Un ancien sergent que j'ai promu au grade de lieutenant, avant son retour à la vie civile.

– Une femme ?

– Militaire dans l'âme, jeune homme. Son mari est un ancien artilleur qui a pris sa retraite après trente ans de service, à l'âge de cinquante-trois ans. Les enfants suivent la même voie.

– Que fait-il maintenant ?

– Il joue au golf, il visite des musées, il continue à apprendre le français. C'est surtout l'argot qui l'intéresse.

– Je n'ai pas besoin du numéro de téléphone de votre secrétaire, mais il me faut les autres. Et les adresses, y compris celle de la Maison Rouge.

– Je vois. Je vais interroger mon ordinateur.

Pour Claude Moreau, ce fut un peu plus difficile. Il était chez lui, au beau milieu d'une âpre discussion politique avec un de ses fils.

– Les jeunes d'aujourd'hui, soupira-t-il, ils ne comprennent rien à rien !

– Moi non plus, mais j'ai besoin de numéros de téléphone, à moins que vous ne préfériez que je plonge gentiment vos cerbères dans une longue nuit de sommeil.

– Comment osez-vous dire des choses comme ça ?

– J'en suis tout à fait capable.

– Stanley a raison, vous êtes impossible ! Très bien, je vais vous donner un numéro, à la DST. Appelez dans cinq minutes, on vous communiquera les numéros que vous voulez.

– Pas que je veux, Claude. Dont j'ai besoin.

Onze minutes plus tard, un numéro de téléphone était inscrit en regard de chaque nom des deux listes. Drew commença à appeler, répétant chaque fois à peu près la même chose.

– Le colonel Webster à l'appareil ; je pense que vous connaissez ma véritable identité. Ce qui m'ennuie, c'est que d'autres en ont eu connaissance et, en cherchant l'origine de la fuite, nous sommes remontés jusqu'à vous. Qu'avez-vous à dire pour votre défense, avant qu'il ne soit trop tard ?

Toutes les réactions furent une variation sur le même thème. Avec des dénégations véhémentes, tous suggérèrent une vérification des appels passés de leur domicile et de leur bureau, certains allant jusqu'à proposer de se soumettre au détecteur de mensonges. Il ne resta plus qu'un nom à Drew, celui d'un prêtre, à la Maison Rouge.

– Je voudrais parler au père Neuman.

– Il dit la messe et ne peut être dérangé.

– Dérangez-le. C'est une affaire extrêmement urgente, directement liée au secret qui vous entoure.

– *Mein Gott !* Je ne sais pas quoi faire. Ne pouvez-vous rappeler, disons dans une vingtaine de minutes ?

– D'ici là, une explosion aura peut-être détruit la Maison Rouge, sans laisser de survivants.

– *Ach !* Je vais le chercher !

– Qu'est-ce que c'est que cette histoire ? lança sèchement le père Manfried Neuman, en prenant la communication. Je suis en train de célébrer l'office divin et vous m'arrachez à mes ouailles !

– Je m'appelle temporairement Webster, mais vous savez qui je suis, mon père.

– Bien sûr que je le sais ! Je suis loin d'être le seul !

– Vraiment ? C'est une surprise, je l'avoue. Je croyais que c'était confidentiel. Top secret, même.

– Disons que je suppose que je ne suis pas le seul. Parlez-moi plutôt de cette histoire de bombe !

– C'est peut-être moi qui la poserai, si vous ne répondez pas à mes questions. J'ai passé quelque temps chez vous, ne l'oubliez pas, et je n'ai plus rien à perdre.

– Comment pouvez-vous vous conduire de la sorte ? Les Antineos ont pris soin de vous. Nous vous avons offert un asile quand vous en aviez grand besoin.

– Et vous avez refusé de me reprendre, quand il en était encore besoin.

– Une décision collégiale, justifiée par des impératifs de sécurité.

– L'explication ne me satisfait pas, mon père. Nous luttons contre les mêmes ennemis, si je ne m'abuse.

– Ne nous traitez pas à la légère, *Herr* Latham. Je suis un homme de Dieu, la violence me fait horreur, mais certains des nôtres ne partagent pas mes convictions.

– C'est une menace ?

– Prenez-le comme vous voudrez, mon fils. Nous savons où vous êtes et nos véhicules circulent en permanence dans les rues de Paris.

– Dites-moi si vous savez où est Karin de Vries ?

– *Frau* de Vries... ? Notre alliée ?

– Elle a disparu. Ils l'ont enlevée.

– Non ! C'est une erreur... !

– Vous venez de vous trahir, calotin ! Qu'est-ce qui est une erreur ?... Je me demande si nous sommes bien dans le même camp.

– C'est faux ! J'ai renoncé à tout ça !

– Vous renoncerez à tout ce qui vous reste, si vous ne me dites pas à qui vous avez parlé de moi. Tout de suite !

– Le Seigneur m'est témoin que je n'en ai parlé qu'à notre informateur à l'ambassade... et à une autre personne.

– L'informateur d'abord. Qui est-ce ?

– Une femme, une secrétaire du nom de Cranston, qui a besoin du secours divin.

– Comment l'avez-vous connue ?

– Nous nous voyons, nous parlons et... la chair est faible, mon fils. Je ne suis pas parfait, que Dieu me pardonne !

– L'autre, qui est-ce ?

– Son identité est si confidentielle que je commettrais un sacrilège en la dévoilant.

– Moi aussi, en révélant l'adresse de la Maison Rouge et en faisant exploser deux ou trois grenades pour éclairer l'entrée !

– Vous ne feriez pas ça !

– Voulez-vous parier ? Je suis un agent Quatre Zéro des Opérations consulaires et je connais quelques trucs que les *Blitzkrieger* ne soupçonnent même pas. Le nom !

– C'est un autre prêtre, un ancien prêtre. Il est âgé maintenant, mais, dans sa jeunesse studieuse, il fut employé au chiffre pour les services de renseignement français. Il est toujours tenu en haute estime dans le milieu du renseignement, où l'on se confie fréquemment à lui et où l'on fait appel à ses services. Il s'appelle Lavolette, Antoine Lavolette.

– Vous avez dit que c'est un ancien prêtre ; pourquoi serait-ce un sacrilège de dévoiler son nom ?

– Parce que j'ai besoin de ses conseils, d'un point de vue religieux, pas politique ! J'ai un problème, qu'il a connu, il y a des années ; mais il est beaucoup plus difficile de m'absoudre, car c'est un besoin compulsif, qui ne se limite pas à une seule femme. Je suis imparfait et indigne de mon Église. Que dire de plus ?

– Beaucoup, peut-être, nous verrons plus tard. À propos, mon père, pourquoi avez-vous dit, au sujet de l'enlèvement de Karin, que c'était une « erreur » ?

– Parce que c'est stupide ! lança le prêtre. C'est aussi simple que ça !

– De quel côté êtes-vous donc, Bon Dieu ?

– Êtes-vous obligé de prononcer le nom du Seigneur de cette manière ?

– Cela dépend à qui on s'adresse. Maintenant, arrêtez cette comédie : pourquoi était-ce une erreur, pourquoi était-ce stupide de l'enlever ?

– D'un point de vue égoïste, cela pourrait compromettre notre organisation. Si l'objectif était de la tuer, qu'ils la tuent et remettent son âme à Dieu. Mais l'enlever sans apporter de preuve de sa mort est beaucoup trop risqué. Tout le monde va se lancer à sa recherche, comme vous le faites en ce moment. Notre quartier général pourrait être découvert – comme vous avez menacé de le faire avec votre bombe et vos grenades. Je vous adjure, au nom de tout ce à quoi vous croyez, de ne pas attirer l'attention sur nous ni de révéler l'endroit où nous sommes.

– Vous m'avez fourni deux noms, je ferai donc mon possible pour vous satisfaire. Mais Karin de Vries passe avant tout. Je ne vous promets rien.

Dès qu'il eut raccroché, Latham fut tenté d'appeler Moreau pour poser quelques questions sur Antoine Lavolette, ancien prêtre et expert en cryptographie à la retraite. Il se ravisa ; le patron de la DST avait un besoin maladif de tout contrôler, surtout ce que faisait un certain Drew Latham. Moreau allait s'en mêler, c'était sûr, il appellerait lui-même l'ancien prêtre et s'en arrogerait l'initiative. Non, ce n'était pas la bonne solution. Il fallait surprendre ce Lavolette, l'acculer, le contraindre à révéler ce qu'il savait ou même ce qu'il ignorait savoir, en dévoilant un ou plusieurs autres noms. La même chose s'appliquait à Phyllis Cranston, la secrétaire dévoyée d'un attaché peu scrupuleux, qui figurait sur la liste de Witkowski.

Le premier objectif était de sortir de l'hôtel. Chaque heure, chaque minute qu'il y passait était une heure, une minute perdue dans ses recherches pour retrouver Karin.

Elle avait dit que sa blondeur était le résultat d'un décolorant léger et d'une teinture, mais elle avait aussi affirmé que, avec un shampoing actif plus un tube de produit destiné à foncer les cheveux gris, il retrouverait sa vraie couleur, à peu de chose près. Elle avait rangé le tube magique dans l'armoire de toilette, il l'avait porté dans un tiroir de la table de nuit, pour être sûr qu'elle n'y toucherait pas. Il y était encore.

Une demi-heure plus tard, dans la salle de bains, Drew Latham, nu comme un ver, jetait fébrilement de l'eau sur le miroir embué du lavabo. Ses cheveux avaient pris une étrange nuance châtain foncé, avec des reflets cuivrés mais ils n'étaient plus blonds. Il avait réussi !

Il restait à régler le problème de Fric et Frac, plus exactement des deux gardes qui les avaient relayés, comme Karin l'avait signalé. Il les connaissait tous, mais Fric et Frac mieux que les autres, et il doutait que les deux compères eussent confié à leurs collègues des détails fort embarrassants sur l'épisode du mot de passe et se fussent vantés que l'un d'eux avait été désarmé et envoyé au tapis par l'Américain.

Drew sortit son autre uniforme de l'armoire et des tiroirs de la commode. C'était la tenue quasi réglementaire de l'attaché d'ambassade du sexe masculin : pantalon de flanelle gris, blazer de couleur sombre, chemise blanche, cravate sobre – à rayures et de son régiment, de préférence –, à motifs discrets, autorisée pour les soirées sans caractère officiel. Il constata avec une certaine satisfaction que le gilet censé le protéger des balles ne le gênait pas. Habillé de pied en cap, ses bagages faits, il sortit dans le couloir. Il s'immobilisa et attendit.

Presque aussitôt, un des cerbères apparut près de l'ascenseur, son collègue sortit simultanément de l'ombre, au fond du couloir.

– S'il vous plaît..., commença-t-il dans un français encore plus hésitant que de coutume. Voulez-vous venir ici...

– En anglais ! lança le policier près de l'ascenseur. Nous comprenons votre langue.

– Merci infiniment, c'est un soulagement. Si l'un de vous pouvait m'aider... Je viens de recevoir un message au téléphone et j'ai noté ce que j'ai pu. C'est une adresse, je pense, mais le type ne parlait pas anglais.

– Vas-y, Pierre, fit l'autre agent de la DST. Je reste ici.

– D'accord, fit le premier policier, en avançant dans le couloir. On n'enseigne pas d'autre langue que l'anglais, aux États-Unis ?

– Les Romains parlaient-ils français ?

– Ils n'en avaient pas besoin, eux.

L'homme entra dans la chambre ; Drew referma la porte.

– Où est ce message ?

– Sur le bureau, répondit Latham, en passant derrière le policier. C'est cette feuille de papier, au centre. Je l'ai retournée pour vous permettre de lire.

L'agent de la DST prit la feuille sur laquelle Drew avait inscrit phonétiquement quelques mots. Latham leva brusquement les bras et abattit le tranchant des deux mains sur les omoplates de l'homme qui s'effondra aussitôt. Le coup qui l'avait estourbi lui laisserait des souvenirs douloureux, mais pas de séquelles. Drew traîna le corps dans la chambre ; il avait défait le lit et déchiré les draps pour en faire de longues bandes d'étoffe. Quatre-vingt-dix secondes plus tard, le garde était ficelé à plat ventre sur le matelas, bras et jambes attachés aux pieds du lit, un bâillon entre les mâchoires, qui lui permettait de respirer.

Drew saisit une poignée de lambeaux de linge et sortit de la chambre, en tirant la porte. Il lança l'étoffe lacérée sur un fauteuil, ouvrit la porte du couloir. Il fit quelques pas et s'adressa calmement au second policier, noyé dans l'ombre.

– Votre ami Pierre dit qu'il veut vous parler avant de téléphoner à... comment s'appelle-t-il, déjà ? Montreaux, Moneau ?

– Moreau, le directeur.

– C'est ça. Il dit que le message que j'ai noté est *incroyable*.

– Laissez-moi passer ! s'écria le policier, en s'élançant dans le couloir, jusqu'à la porte de la chambre. Où est... ?

Sa question fut brutalement interrompue par un enchaînement d'aïkido, un coup à la nuque, suivi d'un autre, deux doigts tendus, au plexus solaire, qui lui coupa le souffle et le laissa sans connaissance.

Drew le traîna jusqu'au canapé et effectua la même opération que pour son collègue, à quelques détails près. Il allongea sa victime sur le ventre, attacha ses membres aux pieds du meuble et la bâillonna, la tête sur le côté, pour lui permettre de respirer. Son dernier geste avant de sortir fut de débrancher les téléphones. Il était libre de commencer la chasse.

31

Drew monta les marches de l'immeuble de la rue Pavée, où habitait Phyllis Cranston. Il entra dans le hall, s'arrêta devant l'interphone, appuya sur le bouton de son appartement. Pas de réponse. Il recommença, en se disant qu'elle pouvait être dans les vapeurs de l'ivresse, si Witkowski ne s'était pas trompé sur son compte. Il allait renoncer quand une vieille obèse sortit du couloir et remarqua sur quel bouton était posé son doigt.

– Vous cherchez notre Papillon ?

– Je ne suis pas sûr de bien comprendre.

– Ah ! un Américain ! Qui parle français comme une vache espagnole... J'ai été très triste quand vous avez fermé vos aérodromes en France, poursuivit-elle en anglais.

– Vous connaissez miss Cranston ?

– Qui ne la connaît pas, ici ? Elle est si gentille et, vous savez, elle était très jolie, autrefois, elle aussi.

– Il faut que je lui parle, c'est urgent.

– Je vois, monsieur a un besoin pressant. Je vais vous dire une bonne chose : elle a peut-être sa maladie, mais ce n'est pas une putain !

– Ce n'est pas ce que je cherche, madame. J'essaie de trouver quelqu'un qui pourra me fournir des renseignements dont j'ai un besoin urgent, et cette personne est Phyllis Cranston.

– Hum ! fit la vieille femme, en étudiant Drew. Vous ne cherchez pas à abuser d'elle, à cause de sa maladie ? Sachez que tous les habitants de l'immeuble sont ses amis et la protégeront. Elle est gentille, je l'ai déjà dit, et elle aide ceux qui ont besoin d'un coup de main. Nous ne sommes pas pauvres mais pas riches non plus, la vie est difficile. Notre Papillon est généreuse et ne demande jamais qu'on la rembourse. Ses jours de congé, elle les passe à garder les enfants des mères qui travaillent. Vous ne lui ferez pas de mal, je vous préviens.

– Je ne lui veux aucun mal et je ne cherche pas une Mère Teresa. Je vous l'ai dit, il faut que je la voie, parce qu'elle a peut-être des renseignements dont j'ai besoin.

– Ne me parlez ni de bonnes sœurs ni de prêtres, monsieur ! Nous avons dit à ce vieux dégoûtant de la laisser tranquille !

Banco ! se dit Drew.

– Un vieux prêtre ?

– Il abuse d'elle, il n'arrête pas d'abuser d'elle !

– Comment cela ?

– Il vient la nuit et il lui donne l'absolution à sa manière !

– Elle accepte ?

– Elle se dit qu'elle n'a pas le choix. C'est son confesseur.

– Le salaud ! Écoutez-moi, il faut que je la voie ! J'ai parlé à ce prêtre, c'est lui qui m'a donné son nom. Pas pour ce que vous imaginez, mais parce qu'il lui a confié quelque chose qu'il aurait dû garder secret.

– Qui êtes-vous ?

– Quelqu'un qui, croyez-le ou non, se bat pour la France comme pour son pays. Les nazis, madame... ces ordures veulent reconquérir l'Europe ! Je sais que cela paraît mélodramatique, mais c'est la vérité.

– Je n'étais qu'une enfant, mais je les ai vus exécuter des gens dans la rue, murmura la vieille femme, le visage creusé de rides. Ils peuvent recommencer ?

– Ils en sont encore loin, mais nous devons tout faire pour les en empêcher.

– En quoi cela concerne-t-il notre Papillon ?

– Elle détient des renseignements qu'elle a pu communiquer à autrui. Innocemment ou non. Je ne peux rien dire de plus ; si elle n'est pas là, où est-elle ?

– J'allais vous suggérer *Les Trois Couronnes*, un café de la rue, mais il est minuit passé et vous n'aurez pas besoin d'y aller. Elle est juste derrière vous, elle monte l'escalier, soutenue par son voisin, M. Dubois. Comme vous le voyez, sa maladie, c'est qu'elle boit trop de vin. Elle a des choses à oublier, monsieur, et n'a rien trouvé de mieux que le vin.

– Savez-vous ce que c'est ?

– Ce ne sont pas mes oignons et, ce que je sais, je le garde pour moi. Nous prenons tous soin de notre Papillon.

– Désirez-vous m'accompagner jusqu'à son appartement pour constater, avec M. Dubois, que je ne lui veux aucun mal.

– Vous ne serez pas seul avec elle, je peux vous l'assurer. Il n'y aura pas de prêtre en tenue de ville.

Phyllis Cranston était une femme minuscule, frôlant la cinquantaine, au corps trapu, presque athlétique.

– Qui va faire du café ? demanda-t-elle avec l'accent nasillard caractéristique du Middle West, en se laissant tomber dans un fauteuil de son appartement, Dubois à ses côtés.

– J'en ai qui est prêt, te t'inquiète pas, répondit la vieille obèse.

– Qui c'est, ce mec ? poursuivit Phyllis, en indiquant Latham de la tête.

– Un Américain, mon chou. Il connaît ce saligaud de prêtre qu'on te conseille d'éviter.

– Ce vieux cochon s'occupe de la paix de mon âme, parce qu'il ne peut plus avoir d'autres femmes ! Et lui, il est de la calotte ? Il est venu pour se soulager, lui aussi ?

– N'imaginez surtout pas que j'appartiens au clergé, madame, répliqua posément Drew. Pour ce qui est de ma vie sexuelle, sachez que je suis très épris d'une jeune femme qui assouvit mes désirs et avec qui je compte finir mes jours, avec ou sans la sanction de l'Église.

– Vous êtes vraiment vieux jeu, mon gars ! De quel coin venez-vous ?

– Je suis originaire du Connecticut. Et vous ? Indiana, Ohio, le nord du Missouri ?

– Pas mal pour un macho de votre espèce ! Je suis née à Saint Louis, je suis allée à l'école catholique... Vous imaginez comme j'ai pu me faire tartir ?

– Non, madame, je n'imagine pas.

– Mais comment saviez-vous que je venais de cette région du bon vieux pays ?

– Votre accent. J'ai été entraîné à remarquer ce genre de chose.

– Sans blague !... Merci pour le caoua, Élise.

La secrétaire prit la tasse de café qu'on lui tendait, commença à le siroter, avec de petits mouvements de tête approbateurs.

– Vous devez me prendre pour une paumée, poursuivit-elle en regardant Latham. Mais, attendez... je vous connais ! Vous êtes l'agent des Opérations consulaires !

– C'est exact, Phyllis.

– Qu'est-ce que vous fichez ici ?

– C'est le père Manfried Neuman qui m'a donné votre adresse.

– Ce fumier ! Pour vous permettre de me virer ?

– Je ne vois aucune raison de le faire, Phyllis...

– Alors, qu'êtes-vous venu faire ?

– C'est à cause du père Neuman. Il vous a dit qui était le colonel Webster, n'est-ce pas ? Un agent de renseignement de l'ambassade qui avait choisi la clandestinité, en prenant une nouvelle identité et une nouvelle apparence. Il vous a bien dit tout cela ?

– Il racontait des conneries à la pelle ! Il n'arrêtait pas, surtout quand il était si excité que je croyais qu'il allait m'ouvrir en deux ! Comme s'il jouait à être Dieu, à raconter des secrets que Dieu seul pouvait connaître. Et puis, quand c'était fini, quand il explosait en moi, il me prenait le visage en disant que Dieu me condamnerait à brûler en enfer, si je répétais ce qu'il avait dit.

– Pourquoi me racontez-vous ça ?

– Pourquoi ? fit Phyllis Cranston en prenant une gorgée de café. Parce que mes amis m'ont fait comprendre que j'étais une idiote, reprit-elle simplement. Je suis une femme de cœur, monsieur l'espion, et j'ai un problème que je tiens à ne partager qu'avec les gens du quartier. Allez vous faire voir !

– Sans parler de ce qui saute aux yeux, quel est ce problème, Phyllis ?

– Je vais répondre pour elle, monsieur l'Américain, fit la vieille obèse. Phyllis est bilingue, née de parents français. Elle a perdu son mari et ses trois enfants dans les inondations de 1991, qui ont ravagé le Middle West, quand la rivière en crue, au bord de laquelle ils habitaient, a tout emporté sur son passage. Elle a survécu en s'accrochant à des rochers jusqu'à l'arrivée des secours. Pourquoi croyez-vous qu'elle consacre tout son temps libre à s'occuper des enfants du quartier ?

– J'ai encore une question à poser, la seule qui importe, en réalité.

– Je vous écoute, monsieur Latham – c'est bien votre nom, n'est-ce pas ? soupira Phyllis Cranston en se redressant pour chasser la fatigue plus que l'ivresse.

– Ce que le père Neuman vous a dit sur moi, à qui l'avez-vous répété ?

– J'essaie de m'en souvenir... Ça y est, j'avais la gueule de bois et j'en ai parlé à Bobby Durbane, des communications, et à une petite sténo que je connais à peine, même pas de nom.

– Merci, Phyllis, fit Latham. Et bonne nuit.

Quand Drew redescendit l'escalier de l'immeuble de la rue Pavée, il était perplexe. Il ignorait l'identité de la sténo, mais un poste aussi modeste excluait toute influence. Quant à Robert Durbane, c'était une surprise. Bobby Durbane, le vieux renard du centre des communications qui, quelques jours auparavant, avait envoyé des véhicules de l'ambassade au secours de Drew, attaqué par les néos. C'était à n'y rien comprendre. Durbane était un homme tranquille, un ascète, un intellectuel plongé dans ses grilles ésotériques de mots croisés, si généreux avec ses subordonnés qu'il lui arrivait fréquemment d'assurer le service de nuit afin de leur permettre de prendre du repos, après une journée de travail incessant.

Y avait-il un autre Robert Durbane, infiniment plus secret ? Un homme qui mettait à profit la solitude de la nuit et du petit matin pour envoyer sur les ondes des messages personnels captés par des gens qui les écoutaient sur des fréquences convenues et savaient les interpréter selon un code. Et pourquoi les véhicules de l'ambassade transportant des hommes armés étaient-ils arrivés une minute après la voiture des nazis, mitraillant tout ce qui bougeait dans la petite rue et tuant un néo dont le nom de code était C-Zwölf ? Bobby Durbane était-il l'instigateur du massacre, avait-il averti les nazis d'abord ? Autant de questions qui exigeaient des réponses ; il faudrait aussi retrouver la mystérieuse sténo du pool de l'ambassade. Cela pouvait attendre le lendemain matin. Le moment était venu de s'occuper d'Antoine Lavolette, le conseiller spirituel du père Neuman, ex-prêtre, spécialiste du chiffre à la retraite.

Latham trouva un taxi en maraude au premier carrefour. Il était près d'une heure du matin, une heure propice à une petite conversation avec le père Lavolette, l'homme de Dieu défroqué, le détenteur de secrets qu'il faudrait peut-être lui arracher.

La maison du quai de Grenelle était une construction cossue de deux étages, à la façade de pierre blanche, ornée de bandes de bois fraîchement peint en vert, évoquant une toile de Mondrian. Le propriétaire aussi devait être cossu, car le quartier respirait l'opulence ; seuls les très riches y avaient droit de cité. L'ancien spécialiste du chiffre s'était fort bien débrouillé, pour un homme d'Église, dans le monde matériel.

Drew monta les quelques marches menant à la porte de bois laqué vert, dont la plaque de cuivre entourant la sonnette luisait à la lumière des réverbères. Il sonna et attendit ; il était 1 h 26. À 1 h 29, la porte s'ouvrit sur une femme à l'air égaré, en peignoir ; elle avait à peu près trente-cinq ans, ses cheveux châtain clair étaient emmêlés.

– Que voulez-vous à cette heure ? lança-t-elle en français. Tout le monde dort !

– *Vous parlez anglais ?* demanda Latham, en tendant sa carte bordée de noir de l'ambassade, un document propre à rassurer et intimider en même temps.

– Un peu, répondit nerveusement la femme.

– Je dois voir M. Lavolette. C'est une affaire de la plus haute importance, qui ne peut attendre demain matin.

– Restez dehors, je vais chercher mon mari.

– Vous êtes l'épouse de M. Lavolette ?

– Non, du chauffeur du patron... entre autres choses. Et il parle mieux anglais. Restez dehors !

Elle claqua la porte au nez de Drew qui attendit sous le petit porche de brique. Il se sentit rassuré quand la femme alluma les appliques électriques qui flanquaient la porte. Deux minutes plus tard, la porte se rouvrit sur un grand costaud, lui aussi en peignoir ; avec sa grosse tête, son large poitrail et sa carrure, il avait le gabarit d'un joueur de football américain. Le regard de Latham fut attiré par la bosse dans la poche droite du peignoir de l'armoire à glace ; l'acier noir de la crosse d'un automatique apparaissait dans l'échancrure.

– Quelle affaire avez-vous à traiter avec le patron ? demanda l'homme d'une voix étonnamment douce.

– Une affaire gouvernementale, répondit Drew, en tendant de nouveau sa carte de l'ambassade. Je dois m'entretenir avec M. Lavolette en personne.

Le chauffeur prit le document, l'étudia à la lumière de l'entrée.

– Le gouvernement américain ?

– Je suis dans le renseignement, je travaille avec la DST.

– Après les services secrets français, c'est le tour des Américains. Quand laisserez-vous donc le patron tranquille ?

– C'est un homme d'expérience et de bon conseil, et il y a toujours des affaires urgentes.

– Il n'est plus tout jeune et il a besoin de sommeil, surtout depuis la mort de sa femme. Il passe des heures dans sa chapelle à s'entretenir avec elle et avec le Seigneur. C'est épuisant.

– Il faut quand même que je le voie. Il sera d'accord ; un de ses amis risque d'avoir de très gros ennuis à propos d'une affaire concernant les gouvernements français et américain.

– Pour vous, tout est toujours urgent, mais, quand vous avez obtenu ce que vous voulez, vous gardez les renseignements des semaines ou des mois sous le boisseau.

– Comment savez-vous ça ?

– J'ai travaillé des années pour des gens comme vous ; je n'en dirai pas plus. Dites-moi pourquoi je devrais vous croire.

– Parce que je suis là, Bon Dieu ! À 1 h 30 du matin !

– Pourquoi pas 8 h 30 ou 9 h 30, pour laisser le patron dormir ?

La question avait été posée avec candeur, sans un accent de menace dans la voix du chauffeur.

– Allons, mon vieux, vous m'échauffez les oreilles ! Vous est-il venu à l'esprit que je préférerais être chez moi, avec ma femme et mes trois gosses ?

Son gros mensonge fut interrompu par un ronronnement sourd. L'armoire à glace se retourna instinctivement, la porte s'ouvrit un peu plus, sur l'entrée et un long couloir. Au bout du couloir se trouvait une petite porte garnie d'un treillis de cuivre ; quelques secondes plus tard, un ascenseur miniature apparut.

– Hugo ! cria d'une voix fluette un homme aux cheveux blancs. Que se passe-t-il, Hugo ? J'ai entendu sonner, puis une conversation en anglais.

– Il vaudrait mieux laisser votre porte fermée, patron. Cela vous éviterait d'être réveillé.

– Allons, allons, c'est trop de sollicitude. Venez plutôt m'aider à sortir de cette cage. De toute façon, je ne dormais pas.

– Anna m'a dit que vous n'avez pas beaucoup mangé et que vous aviez passé deux heures à prier dans la chapelle.

– Deux heures bien employées, mon fils, répliqua l'ancien prêtre.

Avec l'aide du chauffeur, il sortit de la cabine et avança à petits pas dans le couloir. Il mesurait un mètre quatre-vingt-cinq, mais, dans son peignoir rouge à carreaux, le corps était d'une maigreur extrême. Il avait les traits gravés au burin d'un saint gothique – nez aquilin, sourcils sévères et grands yeux.

– Je crois du fond du cœur que Dieu entend mes prières. Je Lui ai dit que, puisqu'Il a tout créé, Il était responsable de mon chagrin. Je L'ai même réprimandé, en faisant observer que ni Son Fils ni les Saintes Écritures n'ont explicitement interdit aux prêtres de prendre femme.

– Je suis sûr qu'Il vous a entendu, patron.

– Sinon, je me plaindrai vigoureusement, si l'occasion m'est donnée de Le voir, de ces rotules qui me font tant souffrir. Je me demande si le Seigneur a des genoux et s'il doit les plier. Bien sûr qu'Il en a, puisque nous sommes faits à Son image... Peut-être a-t-Il commis une grosse erreur. Voyons, voyons, reprit le vieillard, en s'arrêtant devant Latham qui s'était avancé dans le couloir, qui avons-nous là ? Est-ce vous, l'intrus qui se glisse dans la tente, à la faveur de la nuit ?

– Oui, monsieur. Je m'appelle Drew Latham, je suis un agent des Opérations consulaires, détaché auprès de l'ambassade des États-Unis. Votre chauffeur tient encore ma carte.

– Bon sang, Hugo, rendez-la-lui, ordonna l'ancien prêtre, la tête agitée d'un brusque tremblement. Vous en avez fini avec toutes ces bêtises.

– Quelles bêtises ? demanda Drew.

– Mon ami Hugo a fait partie, dans sa jeunesse, des prétoriens recrutés dans la Légion étrangère par le haut commandement de Saigon. On l'a abandonné là-bas, mais il s'en est sorti par ses propres moyens.

– Il parle très bien anglais.

– C'est normal, il était officier des activités spéciales, sous la direction des Américains.

– Je n'ai jamais entendu parler de ces prétoriens, ni d'officiers français à Saigon.

– « Prétoriens » était un euphémisme pour « commandos suicides », et vous ignorez beaucoup de choses sur ces opérations. Les Américains leur versaient dix fois la solde qu'ils auraient touchée dans la Légion ; ils rapportaient des renseignements de derrière les lignes ennemies. Vous oubliez si facilement, vous autres. Le français était beaucoup plus parlé que l'anglais par les classes dirigeantes de l'Asie du Sud-Est... Et maintenant, qu'êtes-vous venu faire ici ?

– Le père Manfried Neuman.

– Je vois, fit Lavolette, en plongeant les yeux dans ceux de Latham. Accompagnez-nous dans la bibliothèque, Hugo, et débarrassez M. Latham de son arme, que vous garderez jusqu'à ce que nous ayons terminé.

Le chauffeur tendit à Drew sa carte de l'ambassade tout en faisant signe de l'autre main de lui remettre son arme. Latham remarqua que le regard d'Hugo restait fixé sur la légère protubérance que faisait l'automatique du côté gauche de sa veste ; il glissa lentement la main pour prendre l'arme et la lui tendit.

– Merci, monsieur.

Le chauffeur prit son employeur par le coude et précéda les deux hommes dans une pièce aux murs couverts de livres, meublée de gros fauteuils de cuir et de tables de marbre.

– Mettez-vous à votre aise, monsieur Latham, fit Lavolette, en s'asseyant dans un voltaire et en invitant Drew à prendre place en face de lui. Voulez-vous boire quelque chose ? Moi, oui. Une conversation à une heure aussi tardive ne peut se concevoir sans un petit alcool.

– Je prendrai la même chose que vous.

– De la même bouteille, j'imagine, fit l'ex-prêtre en souriant. Deux Courvoisier, Hugo.

– Un excellent choix, approuva Latham, en laissant courir son regard dans la pièce haute de plafond, meublée avec élégance. Très jolie bibliothèque, ajouta-t-il.

– Elle convient au lecteur avide que je suis, acquiesça Lavolette. Mes invités sont souvent étonnés quand ils me demandent si j'ai lu tous ces volumes et que je leur réponds : « Deux ou trois fois, pour la plupart. »

– Vous devez vraiment aimer la lecture.

– Quand vous arriverez à mon âge, monsieur Latham, vous découvrirez que les mots ont beaucoup plus de permanence que les images sur l'écran d'un téléviseur.

– D'aucuns prétendent qu'une photo vaut mille mots.

– Une photographie sur dix mille, peut-être, je ne le conteste pas. Mais on finit par se lasser de ce qui est trop familier, même d'un tableau.

– Je ne sais pas. Je n'ai pas assez réfléchi à cette question.

– Vous n'avez probablement pas eu le temps. À votre âge, je ne le prenais jamais non plus.

Le cognac arriva, servi dans des grands verres.

– Merci, Hugo, fit l'ancien spécialiste du chiffre. Si vous voulez bien nous laisser seuls et attendre dans le couloir, ce sera parfait.

– Bien, patron, fit le chauffeur.

Il se retira discrètement, ferma la lourde porte à deux battants.

– Alors, Drew Latham, que savez-vous exactement sur moi ? reprit Lavolette avec vivacité.

– Que vous avez abandonné l'état ecclésiastique pour vous marier et que, dans votre jeunesse, vous avez travaillé au chiffre pour les services de renseignement français. Pas grand-chose d'autre, sinon, bien entendu, que vous connaissez Manfried Neuman. Il m'a dit qu'il vous confiait ses problèmes.

– Seul un psychanalyste peut faire quelque chose pour lui ; je l'ai supplié d'en consulter un.

– Il dit aussi que vous lui apportez un soutien religieux, parce que vous avez eu le même problème.

– Absurde ! Je suis tombé amoureux d'une femme à qui je suis resté fidèle pendant quarante ans. Neuman souffre d'une propension pathologique à forniquer, le choix de la partenaire étant uniquement dicté par les circonstances. Je l'ai imploré à maintes reprises de trouver de l'aide, avant de se détruire... C'est pour me dire cela que vous êtes venu en pleine nuit ?

– Vous savez bien que non. Vous savez pourquoi je suis là ; j'ai remarqué l'expression de votre visage quand j'ai dit qui j'étais. Vous avez essayé de dissimuler votre réaction, mais c'est comme si vous aviez reçu un coup de poing dans l'estomac. Neuman vous a parlé de moi et vous en avez parlé à quelqu'un d'autre. À qui ?

– Vous ne comprenez pas, fit Lavolette d'une voix étranglée, la poitrine haletante. Vous ne pourrez jamais comprendre.

– Comprendre quoi ?

– Ils nous ont passé la corde au cou, pas seulement à nous – il serait facile de s'en débarrasser –, mais à d'autres, à tant d'autres !

– Neuman vous a dit qui était le colonel Webster, n'est-ce pas ? Que son véritable nom était Latham ?

– Pas spontanément. Je lui ai arraché le renseignement, car je connaissais la situation. J'étais obligé de le faire.

– Pourquoi ?

– Je vous en prie ! Je suis un vieillard, il me reste très peu de temps. Ne rendez pas ma vie plus compliquée qu'elle ne l'est déjà.

– Votre gorille a mon arme, mon père, mais sachez que mes mains valent n'importe quel pistolet. Qu'avez-vous fait ?

Lavolette vida son verre en deux gorgées, la tête agitée de mouvements saccadés.

– Écoutez-moi, mon fils, commença-t-il. Ma femme était allemande. Je l'ai rencontrée après la guerre, à Mannheim, où le Saint-Siège m'avait confié la paroisse du Saint-Sacrement. Elle avait deux enfants et un mari violent, un ancien officier de la Wehrmacht, qui dirigeait une compagnie d'assurances. Nous sommes tombés amoureux, follement amoureux, et j'ai quitté l'Église pour vivre avec elle le reste de mes jours. Le divorce a été prononcé en Suisse, mais la loi allemande accordait au mari la garde des enfants... Ils ont grandi, ils ont eu des enfants qui, à leur tour, ont eu des enfants. Il y en a seize, dans les deux branches qui composent la lignée de ma femme. Elle leur fut toujours très attachée, comme je finis par l'être.

– Elle est donc restée en rapport avec eux ?

– Bien sûr. Nous nous sommes installés en France, où j'ai lancé mes affaires, avec l'aide précieuse de mes anciens collègues du renseignement. Au fil des ans, les enfants sont venus nous voir, de plus en plus souvent à Paris et, en été, dans notre maison de Nice. Je les aimés comme s'ils étaient mes propres enfants.

– Je m'étonne que leur père leur ait permis de voir leur mère, glissa Drew.

– Je crois que cela lui était égal, sauf pour les dépenses, que je me faisais un plaisir de couvrir. Il s'est remarié, a eu trois autres enfants. Ses deux aînés, ceux de ma femme, étaient une gêne plus qu'autre chose, ils lui rappelaient sans doute un prêtre qui avait rompu ses vœux et bouleversé la vie d'un homme d'affaires, la vie d'un ancien officier de la Wehrmacht... Commencez-vous à comprendre, monsieur Latham.

– Bon Dieu ! souffla Drew, en lançant un long regard à Lavolette. Un échange !... Il est resté fidèle au nazisme.

– Exactement, mais il n'est plus en cause, il est mort depuis plusieurs années. Il a cependant laissé derrière lui des otages que le mouvement nazi a accepté de bon cœur.

– Ses enfants et petits-enfants, un moyen de pression idéal sur un ancien prêtre, tenu jadis en haute estime par les services secrets français et qui jouit encore de leur confiance. Un échange, dans lequel je suis la pièce convoitée !

– Votre vie, monsieur Latham, contre celle de seize innocents, des pions, en vérité, dans une partie sans pitié, dont ils ignorent tout. Qu'auriez-vous fait à ma place ?

– Probablement la même chose que vous, reconnut Drew. Maintenant, dites-moi qui vous avez contacté.

– Ils peuvent tous être tués, vous avez bien compris ?

– Pas si je fais ce qu'il faut, et je vais essayer. Personne ne sait que je suis venu chez vous, cela joue en votre faveur. Dites-moi à qui vous avez parlé !

– Cet homme, j'ai honte de le dire, est aussi un ecclésiastique, mais d'une autre confession. Un ministre luthérien, assez jeune, la quarantaine. C'est leur chef à Paris, le principal relais avec le mouvement nazi, à Bonn et à Berlin. C'est le révérend Wilhelm Koenig ; vous le trouverez à l'église luthérienne de Neuilly-sur-Seine, vous ne pouvez pas vous tromper.

– L'avez-vous rencontré ?

– Jamais. Quand j'ai des documents à lui faire parvenir, j'envoie un paroissien, très âgé ou très jeune. J'en ai évidemment questionné quelques-uns, pour avoir une idée de son âge et de son signalement.

– À quoi ressemble-t-il ?

– Tout petit, très athlétique. Il a aménagé un gymnase, avec différents appareils et des haltères, dans le sous-sol du presbytère. C'est là qu'il reçoit les messagers, toujours assis sur un vélo ou un autre appareil de musculation, sans doute pour cacher sa petite taille.

– Ce n'est qu'une supposition, j'imagine ?

– J'ai travaillé pour les services de renseignement, monsieur, mais je n'ai pas eu besoin de ce que l'on m'a enseigné pour le découvrir. J'ai envoyé un garçon de douze ans, très attaché au service de Dieu, lui remettre un colis ; Koenig était si excité qu'il a abandonné son appareil et s'est levé. « Je ne pense pas qu'il soit aussi grand que moi, mon père, m'a dit le garçon. Mais il est tout en muscles. »

– Il devrait être facile de le reconnaître, fit Latham en se levant, après avoir terminé son cognac. Koenig a-t-il un nom de code ?

– Oui. Il n'est connu que de cinq personnes en France. Son nom de code est Héraclès.

– Merci, monsieur Lavolette. Je ferai mon possible pour protéger les membres de la famille de votre femme, mais, comme je l'ai déjà dit à quelqu'un, ce soir, je ne peux promettre plus. Il y a une autre personne qui passe avant.

– Que Dieu soit avec vous, mon fils. Les gens croient que je ne suis plus en droit de le dire,mais j'ai la conviction qu'Il n'a pas perdu foi en moi. Ce monde est parfois sans pitié et nous devons tous agir avec le libre arbitre qu'Il nous a accordé.

– J'ai des difficultés à accepter ça, mon père, mais je ne veux pas vous ennuyer avec mes histoires.

– Soyez-en remercié. Hugo va vous rendre votre arme et vous reconduire.

– Puis-je vous demander une dernière chose ?

– Cela dépend de quoi il s'agit, bien entendu.

– Une corde ou du fil électrique, trois mètres devraient suffire.

– Pour quoi faire ?

– Je ne sais pas encore. J'ai seulement l'impression que cela pourrait m'être utile.

– Vous, les hommes de terrain, vous avez toujours le goût du secret.

– Question d'habitude, répondit posément Drew. Quand on ne sait pas ce qui nous attend, on essaie d'imaginer les différentes possibilités. Elles ne sont pas si nombreuses.

– Hugo vous donnera ce que vous demandez. Dites-lui de chercher dans l'office.

Il était 3 h 10 quand le taxi de Drew s'arrêta devant l'église luthérienne de Neuilly. Il régla la course et s'approcha de l'édifice relié à un presbytère par une galerie couverte à colonnes. Tout était sombre, mais, à la vive clarté de la lune, les deux bâtiments se détachaient distinctement. Latham passa près de vingt minutes à faire le tour des lieux, étudiant les fenêtres et les portes, concentrant son attention sur le presbytère où logeait le chef néonazi. Il était facile de pénétrer dans l'église, pas dans le presbytère, entouré d'alarmes.

En déclenchant les alarmes, Drew bénéficierait de l'effet de surprise, mais cela pouvait se retourner contre lui. Il avait l'adresse et le numéro de téléphone de l'église. Il prit dans une poche de sa veste le téléphone portable que lui avait remis Witkowski, dans une autre son petit carnet. Il réfléchit à ce qu'il allait dire, lu le numéro de téléphone, le composa.

– Allô ! Allô ! fit une voix de fausset dès la deuxième sonnerie.

– Je vais parler anglais, car je suis un *Sonnenkind* né et élevé aux États-Unis...

– Quoi ?

– Je suis venu assister à une conférence à Berlin et j'ai reçu l'ordre de contacter Héraclès avant mon retour à New York. Mon avion a été retardé par le mauvais temps, sinon je vous aurais appelé beaucoup plus tôt. Mon vol est prévu dans trois heures. Nous devons nous rencontrer. Tout de suite !

– Berlin... Héraclès... ? Qui êtes-vous ?

– Je n'aime pas me répéter. Je suis un *Sonnenkind*, le Führer des *Sonnenkinder* américains, et j'exige que vous me traitiez avec respect. J'ai des renseignements à vous communiquer.

– Où êtes-vous ?

– À dix mètres de la porte de votre presbytère.

– *Mein Gott !* Personne ne m'a rien dit !

– Le temps nous a manqué ; impossible d'utiliser les canaux habituels, vous êtes compromis.

– Je ne vous crois pas !

– Si vous ne me croyez pas, j'utilise ce téléphone pour appeler Berlin, ou même Bonn, et des instructions seront données pour rappeler Héraclès. Si vous n'êtes pas descendu dans trente secondes, je téléphone.

– Non ! Attendez ! J'arrive !

Moins d'une minute s'était écoulée, les lumières de l'étage s'étaient allumées, puis celles du rez-de-chaussée, quand la porte d'entrée s'ouvrit sur le révérend Wilhelm Koenig, en pyjama, un châle bleu drapé sur les épaules. De fait, il était tout petit, mais, avec ses larges épaules et ses fortes jambes arquées, il ressemblait à un mastiff ou un gros bouledogue. Du bouledogue, il avait la grosse tête menaçante, comme s'il s'apprêtait à attaquer.

Latham sortit de l'ombre de la pelouse pour s'avancer dans la lumière de l'entrée.

– Approchez, Héraclès, approchez, s'il vous plaît. Nous parlerons dehors.

– Pourquoi ne voulez-vous pas entrer ? Le fond de l'air est frais, nous serons beaucoup mieux à l'intérieur.

– Je n'ai pas froid du tout, répondit Drew. L'atmosphère est même chaude et humide.

– Dans ce cas, la climatisation serait préférable, non ?

– J'ai pour instructions de ne pas m'entretenir avec vous à l'intérieur du presbytère ; la raison semble évidente.

– Je pourrais enregistrer ce que nous disons, pour m'incriminer moi-même ? lança Koenig d'une voix âpre, en s'avançant sur le seuil. *Sind Sie verrückt ?*

– Il y a une autre raison plausible.

– Laquelle ?

– Des micros ont été posés.

– Impossible ! Des appareils de détection d'écoutes fonctionnent en permanence !

– Chaque jour voit apparaître de nouvelles techniques, mon révérend. Venez, faites plaisir à nos supérieurs, même s'ils se trompent. Nous n'avons le choix ni l'un ni l'autre.

– Très bien.

Koenig commença à s'avancer, mais Drew l'arrêta d'un geste de la main.

– Attendez.

– Qu'est-ce qu'il y a ?

– Éteignez les lumières et fermez la porte. J'imagine que vous ne tenez pas plus que moi à attirer l'attention d'une voiture de patrouille.

– Vous n'avez pas tort.

– Qui d'autre est à l'intérieur ?

– Un domestique, qui loge sous les combles, et mes deux chiens, qui restent dans la cuisine tant que je ne les appelle pas.

– Pouvez-vous éteindre les lumières de l'étage d'en bas ?

– Le couloir, oui, pas la chambre.

– Éteignez-les aussi.

– Vous êtes d'une prudence de serpent, monsieur le *Sonnenkind*.

– C'est le résultat d'une longue formation.

Le révérend rentra ; quelques secondes plus tard, les lumières s'éteignirent aux deux étages. Soudain, Koenig cria quelque chose en allemand : « *Hunde ! Aufrug !* » Quand la silhouette du chef des néos s'encadra de nouveau dans le chambranle de la porte, la lune montra deux autres formes, une de chaque côté. Avec leurs pattes courtes et légèrement arquées, leur grosse tête et leur poitrine puissante, les chiens du révérend avaient une certaine ressemblance avec leur maître ; c'étaient des pitbulls.

– Je vous présente mes amis, Donner et Blitzen ; ces noms plaisent aux enfants de mes paroissiens. Ils sont totalement inoffensifs, sauf si je leur donne l'ordre d'attaquer. Un mot particulier que je ne peux pas prononcer, sinon ils vous mettraient en pièces.

– Berlin n'aimerait pas ça.

– Alors, ne me donnez pas de raison de le faire, poursuivit Koenig, en s'avançant sur la pelouse, flanqué de ses chiens de garde. Épargnez-moi, je vous en prie, les remarques sur la ressemblance entre les animaux et leur maître J'entends cela du matin au soir.

– Je ne comprends pas pourquoi. Vous êtes un peu plus grand qu'eux.

– Vous n'êtes pas drôle, *Sonnenkind*, riposta le nazi, les yeux levés vers Drew.

Il jeta le grand châle bleu sur son épaule, la main gauche masquée à la vue. Il n'était pas difficile d'imaginer ce qu'il cachait sous l'étoffe.

– Quel est ce renseignement que Berlin vous a chargé de transmettre ? reprit Koenig. Je reconfirmerai, cela va sans dire.

– Pas du presbytère, protesta Latham avec force. Allez au bout de la rue, ou mieux, changez de quartier et appelez qui vous voulez, mais ne le faites pas d'ici. Vous êtes déjà dans le pétrin, n'aggravez pas votre cas. C'est un conseil d'ami.

– Alors, c'est sérieux ? Ils sont persuadés que je suis compromis, malgré toutes les précautions que je prends ?

– Assurément, Héraclès.

– Pour quelle raison ?

– Ils veulent d'abord savoir si vous avez la femme.

– De Vries ?

– Je n'en jurerais pas, mais je crois que c'était ce nom-là ; la communication était très mauvaise. Je dois appeler Berlin dans une heure.

– Comment pourraient-ils être au courant ? Nous n'avons pas encore envoyé notre rapport ! Nous attendons des résultats !

– Je suppose qu'ils ont des taupes dans les services de renseignement... Écoutez, Koenig, je ne tiens pas à me mêler de ce qui ne me regarde pas. J'ai assez de problèmes aux États-Unis. Donnez-moi simplement les réponses que je dois transmettre à nos supérieurs. Avez-vous enlevé cette femme, oui ou non ?

– Bien sûr que nous l'avons enlevée.

– Vous ne l'avez pas tuée.

C'était une affirmation, pas une question.

– Pas encore. Nous le ferons dans quelques heures, si nous n'obtenons pas de résultats. Nous jetterons le corps devant les marches de l'ambassade.

– Quels résultats ? Ne vous perdez pas dans les détails... Donnez-moi les grandes lignes, ils seront satisfaits. C'est dans votre intérêt, croyez-moi.

– Très bien. Aux premières lueurs du jour, notre unité se mettra en contact avec son amant, ce Latham, pour lui dire que, s'il veut la revoir vivante, il doit se rendre dans un lieu public, un parc ou un monument, où il sera facile à plusieurs tireurs d'élite de s'embusquer. Dès qu'il arrivera au rendez-vous, ils ouvriront le feu et les abattrons tous deux.

– Où ce rendez-vous est-il fixé ?

– C'est à l'unité de décider, pas à moi. Je n'en ai aucune idée.

– Où est-elle retenue en ce moment ?

– En quoi cela intéresse-t-il Berlin ? lança le néonazi, les yeux plissés, en considérant Drew d'un air interrogateur. Jamais ils n'ont demandé à connaître les détails tactiques.

– Comment voulez-vous que je le sache ?

En l'entendant hausser la voix, les deux pitbulls se mirent à gronder.

– Je ne fais que répéter ce qu'on m'a dit de vous demander ! reprit anxieusement Latham.

Il sentit la sueur couler sur son visage. *Garde ton sang-froid, Bon Dieu ! Garde ton sang-froid, c'est bientôt fini !*

– Très bien, fit le pitbull sur des jambes torses. Pourquoi pas ? Des gens à huit cents kilomètres d'ici ne changeront pas le cours de ce qui est en mouvement. Elle est dans un appartement, au 23, rue Papillon, dans le IXe arrondissement.

– Quel étage ?

– On ne me l'a pas dit. Il vient d'être loué, le téléphone n'est même pas installé. Demain matin, il n'y aura plus personne ; le propriétaire aura ses trois mois de loyer d'avance et les locataires se seront volatilisés.

Première étape, se dit Drew. La deuxième consistait à se débarrasser de ces saletés de chiens pour se trouver seul avec Koenig.

– Je ne pense pas que Berlin puisse demander plus, fit-il.

– Et maintenant, qu'avez-vous à me communiquer ? interrogea le chef des néos.

– Des instructions plus qu'autre chose. Toutes vos activités doivent être mises en sommeil, sans donner d'instructions ni en recevoir de quiconque. Quand les circonstances le permettront, Berlin vous donnera le feu vert pour reprendre vos opérations. De plus, si vous tenez à confirmer ces ordres, faites-le à un niveau très modeste, de préférence en Espagne ou au Portugal.

– C'est insensé ! couina le nabot, tandis que ses chiens accompagnaient leurs grondements de claquements de dents menaçants. *Halten !* lança-t-il aux animaux, pour les calmer. Je suis l'agent le mieux protégé de France !

– On m'a demandé de vous dire que c'est ce que pensait un certain André ; maintenant, il est grillé.

– André ?

– Vous avez bien entendu. Je ne sais ni qui il est, ni ce qu'il faut comprendre.

– *Mein Gott !* reprit le nazi, désorienté, d'une voix étranglée par la peur. Il était *getarnt !*

– Navré, je ne vous suis pas. Nos responsables de cellule n'ont pas voulu que nous parlions tous allemand ; cela risquait de nous faire repérer.

– Sa couverture était parfaite.

– Apparemment pas. Berlin a mentionné son retour à Strasbourg, si je ne me trompe.

– Strasbourg ? Alors, vous savez ?

– Rien du tout, et je ne veux rien savoir. Tout ce qui m'intéresse, c'est de gagner Heathrow, d'où je prendrai un avion pour Chicago.

– Que suis-je censé faire ?

– Je vous l'ai dit, Héraclès. Demain matin, vous appelez vos relais en Espagne ou au Portugal – pas de votre presbytère –, vous confirmez avoir reçu mes instructions et vous faites ce que Berlin demande. Comment être plus clair ?

– Tout cela est si inattendu...

– C'est le moins qu'on puisse dire, fit Latham.

Il s'apprêtait à prendre le nazi par le bras ; le grondement des pitbulls l'arrêta.

– Faites rentrer vos bêtes, je vous suis. Vous me devez bien un verre.

– Bien sûr... *Rein !*

Les deux chiens se ruèrent docilement à l'intérieur.

– Voilà, monsieur le *Sonnenkind*, nous pouvons y aller.

– Pas tout de suite, fit Drew, en refermant vivement la porte et en arrachant dans le même mouvement le châle des épaules du néonazi, découvrant le petit automatique qu'il tenait dans la main gauche.

Sans laisser le temps à Koenig de réagir, Latham saisit l'arme, tordit violemment le bras dans le sens inverse des aiguilles d'une montre, pour briser le poignet du nazi ou lui faire lâcher l'automatique. Avec un cri de douleur, Koenig écarta les doigts et desserra son étreinte ; Drew prit l'arme, la lança dans l'obscurité de la pelouse.

Ce qui suivit ne fut rien d'autre qu'une lutte à mort entre deux animaux humains, des pitbulls, peut-être, animés par une volonté farouche, de nature idéologique pour l'un, éminemment personnelle pour l'autre. Koenig, le gros félin, attaquait, toutes griffes dehors, en feulant et en crachant. Latham, le loup, grondait, les babines retroussées, cherchant à atteindre la gorge... en l'occurrence tout appendice qu'il pût empoigner et immobiliser. Finalement, la taille du loup et sa force très légèrement supérieure eurent raison de son adversaire. Les deux animaux, couverts de sang, épuisés, savaient qui l'avait emporté. Allongé sur l'herbe, Koenig avait un bras cassé, une épaule luxée, les muscles des deux cuisses à moitié paralysés. Latham, les mains labourées de griffures, la poitrine et l'estomac endoloris, au bord de la nausée, à califourchon sur le nazi, lui cracha à la figure.

Drew se pencha pour tirer de sa ceinture la corde fournie par Hugo. Il entreprit d'immobiliser le néo, bras et jambes liés dans le dos ; à chaque mouvement de Koenig pour se libérer, la corde se tendait. Quand il eut terminé, Latham déchira le châle bleu en bandelettes, comme il avait fait avec les draps du Normandie, et bâillonna le pseudo-ministre du culte. Il regarda sa montre, traîna Koenig dans les buissons, l'assomma d'un coup sur la nuque et prit son téléphone portable pour appeler Witkowski.

32

– Bougre de salopard ! rugit le colonel. Moreau veut vous coller devant un peloton d'exécution et ça me démange aussi !

– Ses deux hommes ont réussi à se libérer ?

– Quelle mouche vous a piqué ? À quoi jouez-vous ?

– Si vous pouviez vous calmer un instant, je vous dirais tout.

– Me calmer ? Il y a de quoi être calme, en effet ! Courtland sera convoqué au Quai d'Orsay demain, à la première heure, et il se fera taper sur les doigts ; vous allez être déclaré persona non grata et expulsé du territoire français ; une protestation officielle va être formulée contre moi. Et vous me demandez d'être calme !

– C'est Moreau qui est derrière tout cela ?

– Non, c'est le pape !

– Dans ce cas, nous pouvons reprendre la situation en main.

– Est-ce que vous m'écoutez ? Vous avez agressé deux agents de la DST, vous les avez bâillonnés et ligotés, les empêchant de communiquer avec l'extérieur et mettant des bâtons dans les roues d'un service de renseignement français qui menait une enquête de la plus haute importance, sur le territoire français !

– Oui, Stanley, mais j'ai avancé, j'ai eu des résultats plus importants que tout pour Moreau.

– Quoi... ?

– Envoyez une unité de Marines à l'église luthérienne de Neuilly-sur-Seine.

Latham donna l'adresse et expliqua à Witkowski où il trouverait Koenig ligoté dans les buissons.

– C'est le numéro un du mouvement néonazi à Paris, au-dessus de Strasbourg, à mon avis. Du moins sa couverture était meilleure.

– Comment l'avez-vous démasqué ?

– Je n'ai pas le temps de vous expliquer. Appelez Moreau et dites aux Marines de transporter Koenig dans les locaux de la DST. Dites à Claude que c'est un gros poisson.

– Il ne se contentera pas d'un pasteur un peu amoché. Imaginons que vous soyez complètement cinglé, il se ferait éjecter avec perte et fracas et un tas de procès sur les bras !

– Aucun risque. Le nom de code de Koenig est Héraclès, comme dans la mythologie.

– La mythologie grecque ? fit le colonel. Héraclès est un fils de Zeus, célèbre pour sa force et son courage.

– Cela fait plaisir à entendre, reprit Drew. Il est temps de passer à l'action maintenant, ce qui ne devrait pas vous prendre plus d'une ou deux minutes. Ensuite, je voudrais que vous me retrouviez...

– Vous retrouver ? Pour vous coller une balle dans la tête ?

– Ne soyez pas si pressé, Stanley. Je sais où ils retiennent Karin.

– Quoi ?

– Au 23, rue Papillon, je ne sais pas à quel étage, un appartement qu'ils viennent de louer.

– C'est le révérend qui a mangé le morceau ?

– Cela n'a pas été trop difficile. Il avait peur.

– Peur... ?

– Pas le temps, Stosh ! Il ne doit y avoir que nous, personne d'autre. S'ils soupçonnent quoi que ce soit, s'ils repèrent une ou deux voitures inconnues dans la rue, ils l'élimineront sans attendre. C'est ce qu'ils feront de toute façon dans une ou deux heures, s'ils n'arrivent pas à me joindre et à m'obliger à me montrer.

– Rendez-vous à cent mètres à l'est de l'immeuble, entre deux réverbères, la devanture la plus sombre d'un magasin ou une ruelle.

– Merci, Stanley, merci de tout cœur. Je sais quand une opération en solitaire doit bénéficier d'un soutien extérieur, et vous êtes le meilleur pour ça.

– Je n'ai pas le choix. Vous n'auriez jamais pu trouver un code comme Héraclès, si ce n'était pas vrai.

Karin de Vries avait les mains liées derrière le dos, dans un fauteuil ; un tueur nazi, mince, large d'épaule, était assis devant elle, à califourchon sur une chaise de cuisine, les bras sur le dossier, un pistolet négligemment tenu dans la main droite, un pistolet sur le canon duquel était vissé un gros cylindre. Un silencieux.

– Pourquoi croyez-vous que votre mari est encore en vie, *Frau* de Vries ? demanda le nazi en allemand. Plus précisément, en faisant un énorme effort d'imagination, pourquoi saurions-nous quelque chose sur lui ? Tout le monde sait qu'il a été exécuté par la Stasi, non ?

– Tout le monde le sait peut-être, mais c'est un mensonge. Quand on a vécu huit ans avec un homme, on reconnaît sa voix, même s'il tient des propos incohérents.

– Fascinant ! Vous avez entendu sa voix ?

– Deux fois.

– Ce n'est pas ce que disent les dossiers de la Stasi, à grand renfort de détails.

– C'est bien le problème, répliqua Karin d'un ton glacial. Il y a trop de détails.

– Cela ne tient pas debout.

– Même les membres les plus vicieux de votre Gestapo ne décrivaient pas les tortures et les exécutions avec un tel luxe de détails. Ce n'était pas dans leur intérêt.

– Je n'étais pas de ce monde.

– Moi non plus, mais il y a des archives. Vous devriez peut-être en prendre connaissance.

– Je n'ai pas besoin de vos conseils, madame... Cette voix, où l'avez-vous entendue ?

– Où aurais-je pu l'entendre ? Au téléphone, évidemment.

– Au téléphone ? Il vous a appelée ?

– Il n'a pas dit son nom, mais j'ai reconnu le flot d'invectives que j'avais subi si souvent, la dernière année de notre mariage, avant sa prétendue exécution par la Stasi.

– Inutile de demander si vous avez mis en question l'identité de cette personne, au téléphone.

– Cela n'a fait qu'accroître la violence des imprécations. Mon mari est très malade, monsieur le nazi.

– Je prends cela pour un compliment, dit le néo, avec un sourire, en faisant tourner le pistolet autour de son index. Pourquoi dites-vous que votre mari est malade ou, plus exactement, pourquoi *me* le dites-vous ?

– Parce que je pense qu'il est passé dans votre camp.

– Dans notre camp ? répéta le nazi, incrédule. Freddie de Vries, le provocateur d'Amsterdam, l'ennemi juré de notre mouvement ? Pardonnez-moi, *Frau* de Vries, mais vous devez avoir perdu la tête ! Comment serait-ce possible ?

– Il est devenu amoureux de la haine, et vous êtes l'incarnation de la haine.

– Je ne vous suis pas.

– J'ai de la peine à me suivre moi-même ; je ne suis pas psychologue, mais je sais que j'ai raison. Il ne savait vers qui d'autre diriger cette haine, mais il ne pouvait s'en passer. Vous lui avez fait quelque chose – quoi ? je ne peux que l'imaginer, sans en avoir la preuve. Vous avez canalisé sa haine, en la retournant contre tout ce à quoi il croyait...

– J'en ai assez entendu. Vous êtes complètement folle !

– Non je suis parfaitement saine d'esprit. Je crois même savoir comment vous avez fait.

– Fait *quoi* ?

– Ce qu'il fallait pour qu'il se retourne contre ses amis, vos ennemis.

– Et comment aurions-nous accompli ce prodige ?

– Vous l'avez rendu dépendant de vous. Les derniers mois, ses sautes d'humeur étaient de plus en plus prononcées... Il était absent la plupart du temps, comme moi, mais, quand nous étions ensemble, c'était un autre homme, oscillant perpétuellement entre l'abattement et la violence. Certains jours, il lui arrivait de se comporter comme un enfant – un petit garçon furieux de ne pas avoir le jouet qu'il convoite –, de sortir en claquant la porte et de ne pas rentrer avant plusieurs heures. Il revenait, tout penaud, et me demandait pardon.

– Je ne comprends rien à ce que vous dites, grommela le néo.

– Je parle de drogues. J'ai la conviction que vous fournissez des stupéfiants à Frederik et que vous le maintenez en état de dépendance. Je suis sûre que vous le gardez captif quelque part dans une montagne et que vous lui filez une ou deux doses pour lui soutirer des informations chaque fois que l'on tente quelque chose contre vous. Frederik est une mine de renseignements secrets, même ceux qu'il a oubliés.

– Vous êtes complètement cinglée. Si nous avions un prisonnier comme lui, nous pourrions obtenir en quelques minutes tous les renseignements dont nous avons besoin. Pourquoi gaspiller du temps et de l'argent pour le garder en vie ?

– Parce que l'Amytal et les dérivés de la scopolamine ne peuvent faire remonter à la mémoire des secrets oubliés.

– Que pourrait nous apporter une source comme lui ?

– Les situations changent, les circonstances varient. Quand vous rencontrez un obstacle, qu'il s'agisse d'un homme ou d'une opération lancée contre vous, vous le contraignez à y faire face, et la mémoire lui revient. Il peut révéler des identités, expliquer des tactiques employées naguère.

– Vous lisez trop de romans !

– Notre monde – le vôtre et celui qui, il y a peu, était encore le mien – repose en grande partie sur l'hypothétique et le fictif.

– Assez ! Vous êtes trop intellectuelle pour moi !... Une question, quand même, *Frau* de Vries. Dans l'hypothèse, purement fictive, où vous auriez vu juste et où votre mari serait prisonnier dans les conditions que vous avez mentionnées, pourquoi voulez-vous le retrouver ? Auriez-vous l'intention de le reprendre ?

– Jamais de la vie.

– Alors, pourquoi ?

– Disons, pour satisfaire une curiosité morbide. Qu'est-ce qui fait qu'un homme devient un être différent de celui qu'on a connu ? Comment peut-il se supporter ?... Je pourrais aussi dire que, si c'était en mon pouvoir, j'aimerais le voir mourir.

– Ce sont des paroles graves, ricana le néonazi, en pointant le pistolet vers sa tête. Pan ! Vous le feriez, si vous pouviez ?

– Probablement.

– Mais c'est vrai, vous avez rencontré quelqu'un d'autre ! Un agent du renseignement américain, un clandestin de la CIA, un certain Harry Latham.

Karin se raidit, le visage impénétrable.

– Aucun rapport, il n'a rien à voir avec cela.

– Ce n'est pas notre avis, madame. Nous avons établi que vous êtes amants.

– Établissez ce que vous voulez, cela ne changera rien à la réalité. Pourquoi vous intéressez-vous à... Harry Latham ?

– Vous le savez aussi bien que moi.

En souriant, le nazi posa les talons sur le sol, chevauchant sa chaise comme un cavalier hilare.

– Il en sait trop sur nous. Il a infiltré notre ancien quartier général, dans l'Hausruck, où il a vu et appris certaines choses qu'il n'aurait pas dû voir ni apprendre. C'est une question d'heures, une ou deux, pas plus, et nous serons débarrassés de lui. Nous suivons les ordres à la lettre, jusqu'au coup de grâce qui sera donné du côté gauche du crâne. Vous voyez, nous avons le sens du détail. Il n'y a rien d'hypothétique chez nous, rien de fictif, en tout cas. Vous êtes la fiction, nous sommes la réalité. Vous ne pourrez rien faire pour nous arrêter.

– Pourquoi le côté gauche du crâne ? demanda Karin d'une voix sans timbre, fascinée par le discours du nazi.

– Nous nous sommes posé la question, mais une de nos jeunes recrues, un garçon très cultivé, nous a fourni la réponse. Cela remonte au XVIIIe siècle, quand les soldats condamnés étaient exécutés par un seul officier. Si le condamné avait montré sa bravoure au combat, il était tué d'une balle dans le côté droit de la tête ; si ses qualités de soldat laissaient à désirer, il recevait une balle du côté gauche... *sinistra*, en italien, à l'origine de cette coutume. D'où le mot sinistre. Inutile d'ajouter qu'Harry Latham est une ordure.

– Cela me paraît un rite barbare, fit Karin d'une voix à peine audible, les yeux fixés sur le tueur.

– Le rite, chère madame, est la base de toute discipline ; plus leur origine est ancienne, plus ils sont enracinés en nous, plus leur caractère est sacré.

Un grésillement fugitif de parasites leur parvint de la pièce contiguë, suivi d'une voix étouffée, parlant en allemand. La voix se tut. Quelques secondes plus tard, la porte de communication fut ouverte par un autre néo, plus jeune que le gardien de Karin, mais aussi mince et musclé.

– Je viens d'avoir Berlin à la radio, dit-il. La police parisienne patauge, elle n'a aucune piste, nous ne changeons donc rien à notre programme.

– Cette communication était inutile. Comment auraient-ils pu trouver une piste ?

– Eh bien, il y avait les corps devant l'hôtel de Normandie...

– Et une voiture de la DST au fond de la Seine. Et après ?

– On m'a dit de faire en sorte que tout se passe bien... au château de Vincennes. Tu vois ce que je veux dire ?

– Je vois ce que tu veux dire et ce que Berlin veut dire. Autre chose ?

– Le jour commencera à se lever dans une heure.

– Helmut est sur place, non ?

– Oui, et il sait ce qu'il a à dire.

– Demande-lui d'appeler dans vingt minutes.

– Il fera encore nuit.

– Je sais. Ce sera mieux pour reconnaître les lieux.

– Tu as réponse à tout, comme toujours.

– Je sais cela aussi. Tu peux disposer !

Le jeune néo se retira, son chef se retourna vers Karin.

– Je crains, *Frau* de Vries, de devoir vous bâillonner très soigneusement. Puis je vous détacherai et vous nous accompagnerez.

– Où me conduisez-vous, à la mort ?

– Ne soyez pas si pessimiste. Votre mort n'est pas une priorité pour nous.

– Et Hitler protégeait les juifs.

– Décidément, vous ne manquez pas d'humour.

Latham retrouva Witkowski à une soixantaine de mètres du 23, rue Papillon, dans une petite rue transversale, chichement éclairée.

– L'endroit est bien choisi, fit Drew.

– Je n'avais guère le choix. Je ne sais pas qui paie l'électricité de la Ville lumière, mais la note doit être salée.

– À propos de lumières, ce sera sans doute le seul moyen de trouver l'appartement.

– Erreur, jeune homme, répliqua le colonel. Il est au cinquième étage, à droite.

– Vous plaisantez ?

– Je ne plaisante jamais quand j'ai sur moi deux automatiques munis d'un silencieux fabriqué sur mesure, quatre chargeurs et un MAC-10 à canon court, cachés sous mon imper.

– Comment l'avez-vous découvert ?

– Grâce à Moreau. Il veut toujours votre peau, mais il a pris livraison du colis.

– Koenig ?

– Bien sûr. Le plus drôle est que le révérend était déjà fiché.

– Pour ses activités politiques ?

– Non, son goût marqué pour les enfants de chœur. Cinq plaintes avaient été déposées contre lui.

– Parlez-moi plutôt de l'appartement.

– Claude a fait des recherches pour trouver le propriétaire de l'immeuble ; le reste a été facile. Aucun propriétaire ne tient à attirer sur lui l'attention des pouvoirs publics.

– Stanley, vous êtes une perle !

– Je n'ai rien fait. Moreau, oui, et il vous demande en échange de présenter vos excuses à ses hommes, de leur faire un beau cadeau et de les inviter à dîner dans un restaurant très chic et très cher, à La Tour d'Argent. Avec leur famille.

– Cela représente deux mois de salaire !

– J'ai pris la liberté d'accepter pour vous... Réfléchissons maintenant à ce que nous allons faire, sans soutien.

– D'abord entrer, fit Latham, et monter l'escalier. Très prudemment, très silencieusement.

– Ils auront posté des sentinelles sur les paliers. Il vaut mieux prendre l'ascenseur. Deux ivrognes qui chanteront une chanson à boire, assez fort, mais pas trop.

– Pas mal, Stosh.

– J'étais déjà dans le métier quand vous découpiez des personnages dans le carton des boîtes de céréales. Nous prenons l'ascenseur jusqu'au sixième ou septième étage, et nous redescendons l'escalier. Mais vous avez raison de dire qu'il faudra être prudent et silencieux.

– Merci pour le compliment. Je mettrai ça dans mon CV.

– Si vous sortez vivant de cette affaire, il vous faudra peut-être en rédiger un plus vite que vous ne pensez. J'ai idée que Wesley Sorenson aimerait vous expédier quelque part en Mongolie. En route. Longez le mur des immeubles ; du cinquième étage, nous ne serons pas dans leur champ de vision.

L'un derrière l'autre, Latham et Witkowski remontèrent la rue jusqu'à l'immeuble portant le numéro 23. Ils entrèrent dans le hall, constatèrent que la porte d'accès était fermée, étudièrent la liste des locataires sur le tableau du parlophone.

– Je sais ce qu'il faut faire, déclara le colonel, en levant la main pour appuyer sur le bouton d'un appartement, au neuvième étage.

Le haut-parleur crachota, une voix de femme ensommeillée répondit.

– Louis d'Ambert, de la Sûreté urbaine, fit-il dans un français impeccable. Vous pouvez appeler mon bureau pour avoir confirmation, mais le temps presse. Un individu dangereux a pénétré dans votre immeuble. Nous devons entrer pour l'appréhender. Je vais vous donner un numéro que vous pouvez appeler pour vérifier ce que j'avance.

– Pas la peine ! fit la locataire. Ces délinquants, il y en a partout ! Ils viennent jusque chez nous !

Il y eut un bourdonnement, la porte s'ouvrit, Drew et le colonel entrèrent.

L'ascenseur était sur la gauche. Un panneau au-dessus de la porte de la cabine indiquait qu'il était au quatrième étage. Latham enfonça le bouton d'appel ; le mécanisme se mit bruyamment en marche. Quand la porte de la cabine s'ouvrit, ils entrèrent et virent une lumière sur le panneau intérieur indiquant que quelqu'un avait appelé l'ascenseur au cinquième étage.

– Nous avons la priorité, fit Stanley. Appuyez sur le bouton du deuxième étage.

– Ce sont les néos, murmura Drew. Cela ne peut être qu'eux.

– À l'heure qu'il est, vous devez avoir raison, acquiesça le colonel. Nous allons sortir, redescendre par l'escalier et rester au fond du couloir. Nous verrons si vous pouvez toujours vous fier à votre instinct.

Ils dévalèrent l'escalier quatre à quatre, pour aller se tapir au fond du couloir au sol carrelé. La porte de l'ascenseur s'ouvrit, Karin de Vries apparut, un adhésif sur la bouche, accompagnée de trois hommes en tenue de ville.

– *Halt* ! s'écria Witkowski, l'arme au poing en bondissant de l'ombre, Latham à ses côtés.

Le néo le plus éloigné pivota sur lui-même en plongeant la main sous sa veste. Le colonel tira un coup de feu assourdi par le silencieux, l'homme fit encore un demi-tour, en se tenant le bras, avant de s'affaisser.

– C'est plus facile que je ne pensais, *chlopak*, reprit Witkowski. Ces super Aryens ne sont pas aussi futés qu'ils l'imaginent.

– *Nein* ! rugit celui qui, à l'évidence, était le chef des néos.

En brandissant un pistolet, il tira Karin devant lui pour faire de son corps un bouclier.

– Un seul geste et cette femme est morte ! poursuivit-il, l'arme pointée sur la tempe droite de Karin.

– J'ai dû montrer ma bravoure au combat, déclara calmement la jeune femme, en arrachant l'adhésif qui lui fermait la bouche.

– Quoi ?

– Vous m'avez expliqué que le coup de grâce à Harry Latham devait être donné du côté gauche du crâne. Votre arme est du mauvais côté.

– *Halt's Maul !*

– Je suis contente de ne pas être considérée comme une ordure, comme une lâche. Je serai au moins exécutée avec les honneurs...

– Fermez-la !

Le néonazi l'entraîna vers la porte, les talons raclant le carrelage.

– Lâchez vos armes ! hurla-t-il.

– Lâchez votre arme, Stanley, fit Drew.

– Bien sûr.

Soudain, une voix furieuse leur parvint du palier du premier étage.

– Qu'est-ce que c'est que ce ramdam ? cria une vieille femme en chemise de nuit, en commençant à descendre les marches. On a droit à une bonne nuit de sommeil, quand on a travaillé toute la journée ! Allez-vous cesser ce raffut !

Karin profita de la diversion pour échapper à l'étreinte de son ravisseur ; Witkowski saisit promptement son second automatique. Quand la jeune femme se baissa, il fit feu à deux reprises, tirant une balle dans le front du néo, l'autre en pleine gorge.

– Seigneur Jésus ! hurla la vieille femme, en remontant précipitamment les marches.

Drew s'élança vers Karin, la prit dans ses bras et l'étreignit avec violence.

– Tout va bien, mon chéri, tout va bien ! murmura-t-elle, en voyant les larmes couler sur le visage de Drew. Mon pauvre chéri, c'est fini...

– Certainement pas ! gronda le colonel, qui tenait les deux néos vivants sous la menace de son arme.

Le nazi blessé se relevait péniblement.

– Prenez ça, reprit Stanley, en tendant à Karin une des deux armes posées sur le carrelage du couloir. Tenez en joue l'ordure qui est indemne, je m'occupe de l'autre. Et, vous, *chlopak*, prenez votre téléphone et appelez Durbane, à l'ambassade ! Demandez qu'on nous envoie des voitures !

– Je ne peux pas, Stosh.

– Et pourquoi ça, jeune homme ?

– Durbane peut être un des leurs.

Il était minuit, heure de Washington, et Wesley Sorenson étudiait les documents envoyés par Knox Talbot. Il avait passé plusieurs heures sur les cinquante et un dossiers, à la recherche du moindre fait permettant de trier les suspects. Sa concentration avait été interrompue par un coup de téléphone de Claude Moreau, scandalisé, qui lui avait fait part du comportement inacceptable de Drew Latham.

– Il est peut-être sur une piste, Claude, avait suggéré Sorenson d'un ton apaisant.

– Si c'est le cas, il aurait dû nous avertir, au lieu d'agir seul. Je ne peux pas tolérer ça !

– Laissez-lui un peu de temps...

– Pas question ! Il quitte Paris, il quitte la France !

– Je vais voir ce que je peux faire.

– Le mal est déjà fait, cher ami.

Plus tard, à 5 heures, heure de Paris, Moreau avait rappelé, après une conversation animée avec un Witkowski aussi furieux que lui et très embarrassé. Les nuages menaçants qui obscurcissaient l'horizon commençaient à se dissiper. Drew avait livré un authentique néo, sous les espèces d'un ministre luthérien.

– Je dois reconnaître qu'il a prouvé la justesse de ce qu'il avançait, avait dit le patron de la DST.

– Vous lui permettez de rester à Paris ?

– Avec la plus étroite des marges de manœuvre.

Revenant aux documents envoyés par la CIA et à la liste des possibles, le directeur des Opérations consulaires entreprit d'éliminer ceux qui ne paraissaient pas sérieux, comme Knox Talbot l'avait fait. Sur les vingt-quatre restants, il continua d'éliminer, en se fondant sur les principes consacrés du mobile et de l'occasion, en ajoutant un élément ; derrière les deux premiers mobiles, un troisième était invariablement caché. Enfin, fruit de toute une vie consacrée à traquer l'incertain, il arriva à trois probables, un chiffre qui pouvait être augmenté, si aucune piste ne donnait rien. Primo, chaque suspect avait un visage qu'il qualifiait de « neutre », une physionomie dépourvue de ces traits caractéristiques que les caricaturistes politiques exploitent avec délectation. Secundo, aucun d'eux n'était influent ni n'occupait un poste en vue, deux cas qui leur eussent interdit de courir des risques. Mais chacun était en relations avec un groupe d'analystes, comme intermédiaire ou comme chercheur. Tertio, chacun vivait apparemment au-dessus de ses moyens.

Peter Mason Payne. Chargé du recrutement, en fonction des besoins des différents services. Marié, deux enfants ; une maison de quatre cent mille dollars, à Vienna, Virginie, à laquelle une piscine venait d'être ajoutée, coût estimé soixante mille dollars. Automobiles : Cadillac Brougham et Range Rover.

Bruce N.M.I. Withers. Achat de matériel. Divorcé, une fille, droits de visite limités. Ex-épouse vivant à Eastern Shore, Maryland. Maison de six cent mille dollars, probablement achetée par ses parents. Résidence du sujet : immeuble en copropriété dans un beau quartier de Fairfax. Automobile : Jaguar SJ6.

Roland Vasquez-Ramirez. Chercheur troisième niveau et coordinateur avec les deux niveaux supérieurs. Marié, sans enfant. Domicile : résidence de grand standing à Arlington. Épouse : avocate médiocre au ministère de la Justice. Habitué des restaurants chics, vêtements sur mesure. Automobiles : Porsche et Lexus.

Tels étaient les faits essentiels, qu'il fallait étudier à la lumière des relations inter-services. Peter Mason Payne était chargé du recrutement des compétences particulières. Dans le cadre de ses responsabilités, il était nécessairement amené à poser des questions dans les différents services, afin de se faire une idée aussi claire que possible du poste à pourvoir. Le boulot de Bruce Withers consistait à justifier les dépenses colossales de matériel de bureau, y compris l'équipement informatique. Pour ce faire, il lui fallait observer, voire faire fonctionner certaines machines, pour être en mesure de demander à ses supérieurs de signer un ordre d'achat d'un montant très élevé. Roland Vasquez-Ramirez coordonnait le flux de renseignements, à trois niveaux de recherches. Certes, il existait des restrictions draconiennes, des enveloppes cachetées et tout, et celui qui se ferait prendre la main dans le sac non seulement perdrait son boulot, mais aurait affaire à la justice. Ces restrictions, souvent violées en toute innocence, ne pouvaient constituer un obstacle pour un ennemi de l'État, animé des plus noires intentions.

Les trois hommes avaient le profil de la taupe néo. Ils avaient le mobile : entretenir leur train de vie ; ils avaient les occasions, dans le cadre de leur situation ; il ne manquait que le troisième élément. Qu'est-ce qui pouvait pousser l'un d'eux à franchir le pas et à devenir un traître ? Un nazi qui avait froidement assassiné deux nazis dans leur cellule. Wesley se dit qu'il avait peut-être trouvé. Peut-être. Chaque candidat était essentiellement un messager, un agent de liaison ; aucun d'eux n'était investi d'une réelle autorité. Payne étudiait des CV ; les candidats qu'il soutenait gagnaient en peu de temps beaucoup plus que lui. Le pouvoir de Withers se limitait à recommander du matériel extrêmement coûteux, mais combien se sucraient au passage, alors que lui ne recevait rien ? Vasquez-Ramirez, lui, était un vrai messager, qui ramassait des enveloppes cachetées renfermant des secrets que d'autres étaient chargés d'évaluer. Chacun avait accompli, des années durant, sa tâche obscure, soumis aux décisions de ses chefs, sans perspectives d'avancement. Ces hommes entretenaient en eux de sourdes rancœurs.

Sorenson n'avait plus le temps d'intellectualiser ni d'analyser. Il avait vu juste ou il s'était trompé sur toute la ligne, ce qui signifierait qu'il fallait tout reprendre de zéro. Comme il l'avait enseigné à Drew Latham, au début de sa formation, un assaut frontal était parfois préférable, surtout s'il prenait l'adversaire au dépourvu. Il se demanda si Drew avait utilisé cette tactique pour prendre au piège le luthérien. Sous une forme ou sous une autre, sans doute. Quand le temps manque, on n'a guère le choix. Il prit son téléphone.

– Pourrais-je parler à Peter Mason Payne, s'il vous plaît ?

– Lui-même. Qui est à l'appareil ?

– Kearns, de la CIA, répondit Sorenson, utilisant le nom d'un sous-directeur qu'il connaissait. Nous ne nous sommes jamais rencontrés, et je suis désolé de vous déranger à une heure si tardive...

– Il n'y a pas de mal, monsieur Kearns. Je regarde la télévision dans mon fauteuil. Ma femme est couchée ; elle trouvait le film ringard et je ne lui donne pas tort.

– Cela ne vous dérange pas trop d'en rater quelques minutes ?

– Pas le moins du monde. Que puis-je faire pour vous ?

– C'est assez délicat, Pete ; la raison de mon appel est que vous risquez d'être convoqué demain par le grand patron et que vous souhaiteriez peut-être réfléchir à vos réponses.

– Mes réponses ? À quelles questions ?

Peter Mason Payne n'est peut-être pas le tueur que nous cherchons, se dit Wesley, mais il n'a pas la conscience très pure. Le silence qui avait précédé sa réponse en disait long.

– Nous avons eu plusieurs problèmes de recrutement et nous faisons des réunions d'évaluation. Il en ressort qu'un certain nombre de ceux dont vous avez appuyé la candidature n'ont pas les compétences nécessaires et que cela a coûté de nombreuses heures de travail à l'Agence.

– Les postulants ont dû falsifier leur CV, ou préparer soigneusement les entretiens, monsieur Kearns. Je n'ai jamais proposé quelqu'un que je ne trouvais pas à la hauteur et je n'ai jamais accepté de dessous de table pour appuyer une candidature !

– Je vois.

C'est donc ça, songea Sorenson. *Les dénégations sont trop vives, alors qu'aucune accusation n'a été portée.*

– Je n'ai rien suggéré de tel, Pete.

– Non, mais il y a des rumeurs. Des familles aisées qui veulent que leurs rejetons travaillent deux ou trois ans chez nous, parce que cela fait bien, quand ils cherchent un autre poste... Je n'ai pas dit qu'il était impossible que quelques-uns soient passés à travers les mailles du filet, grâce, je me répète, à de faux renseignements et à des réponses préparées à l'avance, mais vous feriez mieux de chercher du côté de mes collègues. Ils pourraient vous renseigner, moi, je ne suis au courant de rien !

Heureusement qu'on ne vous a jamais envoyé sur le terrain, monsieur Payne, se dit le directeur des Opérations consulaires. *Vous n'auriez pas tenu dix secondes.*

Mais Peter Payne venait de l'amener à la question décisive.

– Un des autres essaie peut-être de vous faire porter le chapeau, reprit-il. Les parents de l'un de ces candidats affirment avoir rencontré avant-hier, en pleine nuit, un des responsables du recrutement, pour effectuer le dernier versement.

– Ce n'est pas moi, je le jure !

– Où étiez-vous, Pete ?

– Ça, c'est facile.

Le soulagement dans la voix de Payne avait quelque chose de poignant.

– J'étais avec ma femme chez le député Erlich. Il habite dans notre rue et avait réuni quelques voisins autour d'un barbecue nocturne... Il devait siéger très tard à la Chambre des représentants. Nous y sommes restés jusqu'à 2 h 30 et, pour ne rien vous cacher, monsieur Kearns, aucun de nous ne se sentait capable de prendre sa voiture.

Candidat à écarter.

– Pourrais-je parler à M. Bruce Withers.

– Personne d'autre ne vit ici. Qui est à l'appareil ?

Se faisant de nouveau passer pour le sous-directeur Kearns, Sorenson aborda cette fois le problème des dépassements de crédit – considérables et permanents – pour le matériel de bureau.

– La technologie de pointe est onéreuse, monsieur le sous-directeur. Je n'y peux absolument rien et, très franchement, les décisions d'achat ne sont pas de ma compétence.

– Mais vous faites des recommandations, non ?

– Il faut bien que quelqu'un étudie les spécifications techniques ; c'est mon boulot.

– Imaginons un appel d'offres pour l'acquisition d'un ordinateur plus puissant, un coût de l'ordre de cent mille dollars. Votre appréciation a du poids, je suppose.

– Pas si les décideurs savent ce qu'est un mégaoctet.

– Mais la plupart ne le savent pas.

– Pas tous.

– Ceux qui sont dans ce cas suivent donc votre recommandation. C'est bien ce qui se passe ?

– Probablement. Je fais mon boulot.

– On peut donc envisager qu'en certaines occasions le choix de telle ou telle société vous soit profitable ?

– Assez de questions ! Qu'essayez-vous de me faire avouer ?

– Un pot-de-vin a été versé avant-hier, au petit matin, pour être précis, par une société de Seattle qui a des représentants à Washington. Nous aimerions savoir si vous en êtes le bénéficiaire.

– Vous dites des conneries ! s'écria Withers d'une voix étranglée. Excusez-moi, monsieur, mais je suis profondément blessé. Je fais ce boulot de merde depuis sept ans, parce que je m'y connais mieux que n'importe qui, et cela ne mène nulle part ! Comme on ne peut pas me remplacer, je n'ai pas d'avancement !

– Je ne voulais pas vous blesser, Bruce. Tout ce qui m'intéresse, c'est de savoir où vous étiez la nuit dont nous parlons, à 3 heures du matin.

– Vous n'avez pas le droit de me demander ça.

– Je crois que si. C'est l'heure où le règlement a eu lieu.

– Écoutez, monsieur Kearns, je suis divorcé et je trouve mon plaisir où je peux. Vous me suivez ?

– Parfaitement. Où étiez-vous ?

– Avec une femme dont le mari est en voyage à l'étranger. Son mari est général.

– Confirmera-t-elle ?

– Je ne peux pas vous donner son nom.

– Nous le trouverons, vous savez bien.

– Oui, je m'en doute... Bon, nous avons passé la soirée ensemble et elle vient de partir. Le général est en tournée d'inspection en Extrême-Orient et il téléphone vers une heure du matin. Un militaire ne bouleverse pas son emploi du temps pour une épouse esseulée. Elle a l'habitude.

– Très touchant, Bruce. Comment s'appelle-t-elle ?

– Il lui faut vingt à vingt-cinq minutes pour faire le trajet.

– Son nom, s'il vous plaît ?

– Anita Griswald. La femme du général Andrew Griswald.

– Andy le Cinglé ? Le fléau de Songchow ? Il n'est plus de la première jeunesse !

– Trop vieux pour l'armée. Anita est sa quatrième femme. Elle est beaucoup plus jeune que lui et le Pentagone attend impatiemment de pouvoir se débarrasser de lui.

– Pourquoi l'a-t-elle épousé ?

– Elle n'avait pas un sou et trois enfants à nourrir. Plus de questions, monsieur le sous-directeur ?

Candidat encore possible

– J'aimerais parler à M. Vasquez-Ramirez.

– Un instant, répondit une femme, une Hispano-Américaine, à en juger par les inflexions de sa voix. Mon mari a quelqu'un sur l'autre poste, mais il n'en a pas pour longtemps. Qui dois-je annoncer ?

– Kearns, sous-directeur de la Central Intelligence Agency. Merci, maître.

– Vous savez que je suis avocate ?... Bien sûr que vous le savez.

– Pardonnez-moi d'appeler si tard, mais c'est urgent.

– Cela me paraît évident, *señor*. Mon mari travaille beaucoup, il rentre parfois très tard. J'aimerais que le salaire soit en rapport avec le mal qu'il se donne, si je puis me permettre. Ne quittez pas, je vous prie.

Silence. *Nulle part il n'était mentionné que Vasquez-Ramirez restait tard au bureau.* Quarante-cinq secondes plus tard, « Rollie » Ramirez prit la communication.

– Qu'y a-t-il de si urgent, monsieur Kearns ?

– Des fuites dans votre service, monsieur Vasquez-Ramirez.

– Nous nous sommes déjà rencontrés. Vous pouvez m'appeler Rollie ou Ramirez.

– Cela fera gagner du temps, c'est sûr.

– Vous êtes enrhumé, monsieur Kearns ? Je ne reconnais pas votre voix.

– La grippe, Ramirez. J'ai de la peine à respirer.

– Rhum, thé brûlant et citron ; vous vous sentirez mieux... Parlez-moi de ces fuites et dites-moi en quoi je puis vous aider.

– Il a été établi qu'elles venaient de votre bureau.

– Nous sommes quatre, fit le Latino. Pourquoi moi ?

– Je vais appeler les autres ; vous êtes le premier sur la liste.

– Parce que je n'ai pas la peau aussi claire qu'eux ?

– Pas de ça, je vous en prie !

– Non, c'est la vérité ! On cherche d'abord du côté du Latino.

– C'est aussi insultant pour vous que pour moi. Quelqu'un de votre bureau a touché un pot-de-vin avant-hier, un gros paquet, en divulguant des renseignements ultra-confidentiels. Nous tenons ceux qui ont payé ; il ne s'agit plus que de savoir *qui* a touché l'argent ! Je ne veux pas entendre d'autres conneries sur le racisme. Nous cherchons simplement l'auteur d'une fuite.

– Je vais vous dire une bonne chose, *Americano*. Mes compatriotes ne paient pas pour avoir des renseignements ; ils les ont gratuitement. C'est vrai, il m'est arrivé d'ouvrir des enveloppes à la vapeur, mais seulement quand elles portaient le tampon « Mer des Caraïbes ». Pourquoi l'ai-je fait ? Je vais vous expliquer. J'avais seize ans quand j'ai participé au débarquement de la baie des Cochons ; j'ai passé cinq ans dans les geôles immondes de Castro, avant d'être échangé contre des médicaments. Les politiciens des *Estados Unidos* ne reculent pas devant les belles paroles, mais ils ne font rien pour libérer Cuba !

– Comment êtes-vous entré à la CIA ?

– Le plus simplement du monde, *amigo*. Il m'a fallu six ans, mais j'ai obtenu des tas de diplômes, beaucoup plus qu'il n'en fallait pour ce que vous proposiez. Mais j'ai accepté ce que vous proposiez, persuadé que l'on reconnaîtrait mes compétences et que l'on me confierait un poste où je pourrais montrer ce que je valais. Rien n'est jamais venu pour le Latino ; vous vous êtes tournés vers les Blancs et même les Noirs... Oh ! ces Noirs incompétents qui m'ont été préférés ! Il fallait dissiper tout soupçon de racisme et ils faisaient un bon alibi.

– Je vous trouve injuste.

– Pensez ce que vous voulez. J'aurai quitté la maison dans vingt secondes et vous ne me retrouverez jamais !

– Ne faites pas ça, je vous en prie ! Ce n'est pas vous que nous cherchons ! Ce sont des nazis, pas vous !

– Qu'est-ce que vous racontez ?

– Ce serait trop compliqué, fit doucement Sorenson. Restez à votre poste et continuez à travailler. Non seulement je ne vous causerai pas d'ennuis, mais je ferai en sorte que vos compétences soient reconnues et appréciées.

– Comment vous faire confiance ?

– Je ne suis pas celui que vous croyez, je ne travaille pas pour la CIA. Je suis le directeur d'une agence gouvernementale qui collabore fréquemment avec la CIA, au plus haut niveau.

– Tout est lié, soupira Vasquez-Ramirez. Quand cela finira-t-il ?

– Jamais, sans doute, répondit Sorenson. Certainement pas avant que des relations de confiance ne s'établissent entre les gens... Il ne faut pas rêver.

Candidat possible.

33

Il vint soudain à l'esprit du directeur des Opérations consulaires qu'il fallait suivre son instinct. Peter Mason Payne éliminé, Roland Vasquez-Ramirez tout juste possible, il ne restait que Bruce Withers, avec son histoire parfaitement plausible d'une veuve dans le besoin ou d'une divorcée avec trois enfants, qui avait jeté son dévolu sur un général d'un âge avancé, tout proche de la retraite. Il serait facile à Withers d'appeler l'épouse infidèle à son domicile ou dans sa voiture, si elle avait réellement passé la soirée chez lui... *Le trajet prend vingt à vingt-cinq minutes.* Plus de temps qu'il n'en fallait pour donner des instructions à sa maîtresse. La réponse était ailleurs. Peut-être dans le Maryland, chez l'ex-épouse de Withers.

Sorenson reprit son téléphone, en espérant que le nom de Withers serait dans l'annuaire, puisque sa fille le portait. Il le trouva, accolé à un autre, McGraw. McGraw-Withers.

– Oui... allô ! fit une voix ensommeillée.

– Pardonnez-moi, mademoiselle McGraw, de vous réveiller à cette heure indue, mais c'est une urgence.

– Qui êtes-vous ?

– Kearns, sous-directeur de la CIA. C'est à propos de Bruce Withers, votre ex-mari.

– Qui a-t-il entubé, cette fois ?

– Peut-être le gouvernement des États-Unis, mademoiselle McGraw.

– Merci pour le « mademoiselle ». Je l'ai bien gagné. Il a entubé le gouvernement, ça ne m'étonne pas, il n'y a rien de nouveau. Il a dû montrer à un pigeon sa plaque de la CIA, comme d'habitude, en laissant entendre qu'il était un super-espion.

– Il se servait de son poste à la CIA pour obtenir certains avantages ?

– Ne l'ébruitez surtout pas. Mes parents connaissent beaucoup de monde à Washington. Quand nous avons découvert qu'il couchait avec toutes les secrétaires et les petites coureuses des fournisseurs de l'armée, mon père a décidé qu'il fallait se débarrasser de lui. C'est ce que nous avons fait.

– Il a encore le droit de visite à sa fille.

– Sous une étroite surveillance, croyez-moi.

– Vous redoutez des violences de sa part ?

– Absolument pas ! Kimberly est probablement la seule personne au monde avec qui ce salopard entretient de bons rapports !

– Pourquoi dites-vous cela ?

– Les enfants ne sont pas une menace pour lui. Leurs câlins apaisent cette chose terrible qui le ronge.

– Quelle est cette chose terrible ?

– C'est l'homme le plus sectaire que la Terre ait jamais porté ! Il hait tout le monde, les Noirs, les sales nègres, comme il dit, les métèques, les « bridés », ce sont les Asiatiques, les Latinos et les youpins, tout ce qui n'est pas de pure race blanche et chrétien. Comme s'il vivait chrétiennement ! Il voudrait tous les éliminer. Le voila, son credo !

Candidat accepté.

Il était 16 heures, à Paris, comme l'indiquait le carillon au timbre grave de la pendule de cheminée, dans le bureau de l'ambassadeur Daniel Courtland. En bras de chemise, les bandages de sa poitrine et de son épaule gauche visibles dans l'ouverture du col, le diplomate, assis à la table ancienne qui lui servait de bureau, parlait à voix basse au téléphone. À l'autre bout de la váste pièce meublée avec goût, Drew Latham et Karin de Vries, assis face à face, dans des fauteuils de brocart, conversaient eux aussi à voix basse.

– Comment va ta main ? demanda Drew.

– Ça va, ce sont les pieds qui me font mal, répondit Karin en souriant.

– Je t'avais dit d'enlever tes chaussures.

– J'aurais la plante des pieds à vif, mon chéri. Combien de temps avons-nous marché de la rue Papillon jusqu'au moment où tu as appelé Claude pour qu'il nous envoie une voiture ? Je dirais près de quarante minutes, non ?

– Je ne pouvais pas appeler Durbane. Nous ne savons toujours pas à quoi nous en tenir sur lui et Claude avait à faire avec notre luthérien nazi.

– Nous avons vu passer trois voitures de police. Je suis sûre qu'elles auraient pu nous prendre.

– Non, je donne raison à Witkowski. Nous étions cinq, nous n'aurions jamais logé dans une seule voiture. Et il restait à les convaincre de nous conduire à l'ambassade plutôt qu'au commissariat ; ils auraient probablement refusé, en voyant les blessures du néo. Même Claude était content que nous ayons attendu. « Il y a déjà trop de monde dans le coup », comme il dit. Il fallait éviter un rapport d'un autre service de police.

– Et la DST a fait chou blanc, au château de Vincennes ?

– Ils ont ratissé le parc, sans découvrir aucun suspect armé.

– Étonnant, murmura Karin, l'air perplexe. J'étais sûre que cela devait se passer là-bas.

– Tu en étais sûre et je le confirme. C'est le plan d'action que Koenig m'a exposé.

– Je me demande ce qui a pu se passer.

– C'est évident. Comme ils n'ont pas reçu le feu vert, l'opération a été annulée.

– Te rends-tu compte que nous parlons de nos vies ?

– Je m'efforce de rester détaché.

– Tu y réussis parfaitement.

La sonnette de la porte d'entrée retentit. Latham se leva, lança un regard interrogateur à Courtland qui hocha la tête. Drew alla ouvrir et fit entrer Stanley Witkowski.

– Ça avance ? demanda-t-il.

– C'est possible, répondit le colonel. Je vais attendre que l'ambassadeur ait raccroché. Il doit écouter ce que j'ai à dire. Avez-vous pu vous reposer ?

– Moi, oui, répondit Karin. M. Courtland a eu la gentillesse de nous proposer les chambres d'amis de son appartement. Je me suis écroulée comme une masse, mais Drew est resté collé au téléphone.

– Après t'avoir fait jurer que la ligne était protégée, ajouta Drew.

– Il n'y a pas un seul micro dans cet appartement, fit le colonel. Qui avez-vous appelé ?

– Sorenson, plusieurs fois. Il avance, lui aussi.

– Du nouveau sur le tueur de Virginie ?

– Il l'a découvert. Ce salopard ne peut pas aller aux toilettes sans qu'on entende tout.

Daniel Courtland raccrocha, se tourna en grimaçant dans son fauteuil et salua Witkowski.

– Bonjour, colonel. Alors, que s'est-il passé à l'hôpital ?

– L'affaire est entre les mains du MI-5 britannique, monsieur l'ambassadeur. Un pneumologue du nom de Woodward, du Collège royal de chirurgie, s'est présenté en prétendant que le Foreign Office lui avait demandé de venir examiner Mme Courtland, sur votre requête. Ils font des recherches.

– Je n'ai rien demandé de tel, protesta le diplomate. Je ne connais pas de Woodward et je n'ai jamais entendu parler de ce Collège royal de chirurgie.

– Nous le savons, fit Witkowski. Notre unité de surveillance est intervenue au moment où il s'apprêtait à faire une injection de strychnine à la fausse Mme Courtland.

– Une femme courageuse. Comment s'appelle-t-elle, déjà ?

– Moskowitz. Elle est de New York. Son mari, un Français, était rabbin, et elle s'est portée volontaire.

– Il faudra lui offrir une compensation. Peut-être un mois de vacances, tous frais payés.

– Je lui transmettrai votre offre... Comment vous sentez-vous, monsieur l'ambassadeur ?

– Ça ira, merci. Juste quelques égratignures, j'ai eu beaucoup de chance.

– Vous n'étiez pas la cible.

– Je le sais, fit doucement Courtland. Nous pouvons parler franchement.

– Mme de Vries m'a dit qu'elle avait beaucoup apprécié votre invitation à dormir ici.

– Après ce qu'ils ont vécu, ils resteront ici aussi longtemps qu'il le faudra. J'imagine que vous les avez mis sous protection rapprochée.

– J'ai une demi-section de Marines. Prêts à faire feu au moindre bruit de pas.

– Parfait. Asseyez-vous, nous allons faire le bilan de la situation. Vous avez la parole, Stanley, où en sommes-nous ?

– Revenons à ce qui s'est passé à l'hôpital, commença Witkowski, en s'asseyant près de Karin. Nous l'avons échappé belle. Le pneumologue anglais, ce Woodward, avait l'autorisation du Quai d'Orsay pour examiner Mme Courtland, mais le feu vert est arrivé trop tard. Il était déjà sur place.

– Une telle négligence ne ressemble pas aux néos, fit Courtland.

– L'heure légale, en France, est avancée d'une heure sur celle de Londres, fit Latham, en s'asseyant à son tour. Cette erreur est fréquente, mais vous avez raison, c'est une grave négligence.

– Peut-être pas, glissa Karin, vers qui se tournèrent tous les regards. Et si nous avions un allié dans les rangs des néonazis britanniques ? Quel meilleur moyen d'attirer l'attention sur le tueur que d'envoyer volontairement l'autorisation assez tard pour éveiller les soupçons ?

– Trop compliqué, Karin, protesta le colonel. Et cela laisse trop de place à l'erreur. L'hypothèse est fragile ; une taupe se ferait immédiatement repérer.

– Les complications sont notre métier, Stosh, et les erreurs, nous passons notre temps à les chercher.

– Merci pour cette sage leçon.
– Il n'est pas impossible qu'elle ait raison, insista Drew.
– En effet ; il est malheureusement trop tôt pour le savoir.
– Pourquoi ? Nous pouvons remonter la piste, nous aussi. Qui, au Quai d'Orsay, a autorisé, même tardivement, Woodward à examiner la patiente, à l'hôpital ?
– C'est là que les choses se compliquent. Moreau a découvert que l'autorisation émanait du bureau d'un parlementaire, Antoine Blanchot.
– Et alors ?
– Alors, rien. Blanchot n'a jamais entendu parler du docteur Woodward et il n'y a pas trace d'un coup de téléphone de son bureau à l'hôpital Hertford. La dernière fois que Blanchot a téléphoné à Londres remonte à plus d'un an ; c'était pour parier chez un bookmaker, dans une course de chevaux.
– Les néos auraient pris un nom au hasard ?
– C'est ce qu'on dirait.
– Les fumiers !
– Amen, *chlopak*.
– Je croyais vous avoir entendu dire que les choses avançaient.
– Oui, mais pas du côté de Woodward.
– De quel côté ? lança Courtland.
– Je voulais parler du colis de l'agent Latham dont la DST a pris livraison au petit matin.
– Le ministre luthérien ? fit Karin.
– Sans le savoir, Koenig chante à pleine voix, expliqua Witkowski.
– Sur quel air ? demanda Drew, en se penchant vers lui.
– Une aria intitulée « Der Meistersinger Traupman », que nous avons déjà entendue.
– Le chirurgien de Nuremberg ? reprit Drew. Le gros bonnet nazi que Sorenson a découvert grâce à...
Il s'interrompit, avec un regard confus en direction du diplomate.
– Oui, Drew, acheva posément Courtland, grâce au tuteur légal de ma femme, à Centralia, Illinois... J'ai eu M. Schneider au téléphone. C'est un vieux monsieur, plein de souvenirs douloureux et de regrets. Je suis sûr qu'il dit la vérité.
– Pour ce qui est de Traupman, en tout cas, il n'a pas menti. Moreau s'est rendu chez l'ex-femme du chirurgien, à Munich, il y a quelques jours. Elle a tout confirmé.
– J'ai appris cela aussi, fit Courtland, toujours calmement. Traupman a contribué à la mise en œuvre de l'opération *Sonnenkinder* dans le monde libre.
– Qu'a donc appris Claude sur Traupman, de la bouche du luthérien ? demanda Karin.

– En substance, que Koenig et la plupart des cadres dirigeants du mouvement ont peur de lui et qu'ils font des pieds et des mains pour gagner sa faveur. Moreau savait que Traupman jouait un rôle important ; il pense maintenant que ce n'est pas tout. Il est convaincu que le chirurgien exerce une emprise sur le mouvement, une mainmise qui lui permet de distribuer les cartes à son gré.

– Le Raspoutine nazi ? poursuivit Karin. La figure intouchable dans l'ombre du trône impérial, exerçant une influence politique occulte ?

– Nous savons qu'il y a un nouveau Führer, fit Witkowski, mais nous ignorons son identité.

– Mais si ce nouvel Hitler occupe le trône...

– Je dois vous arrêter, Karin, coupa Daniel Courtland, en se levant péniblement.

– Pardon, monsieur l'ambassadeur.

– Non, c'est à moi de m'excuser, conformément aux instructions du Département d'État.

– Que faites-vous ?

– Calmez-vous, Drew, calmez-vous, ordonna Courtland. Il vous intéressera peut-être de savoir que j'ai téléphoné à Wesley Sorenson, à qui on a provisoirement confié la responsabilité de certaines activités clandestines. On m'a demandé de ne pas écouter ni de prendre part à une conversation sur ce sujet. Quand j'aurai quitté ce bureau, agent Latham, vous l'appellerez sur la ligne brouillée de cet appareil, pour écouter ce qu'il a à dire... Si vous voulez bien m'excuser, je me retire dans la bibliothèque, où le bar est bien garni. Vous pourrez me rejoindre plus tard, si l'envie vous prend d'échanger des propos anodins autour d'un verre.

Sur ce, le diplomate traversa la pièce en boitillant et sortit par une petite porte.

Drew bondit de son fauteuil et s'élança vers le téléphone. Sans prendre le temps de s'asseoir, il enfonça fébrilement quelques touches.

– Wes, c'est moi ! Qu'est-ce que c'est que cette histoire ?

– Daniel Rutherford Courtland, ambassadeur des États-Unis, a-t-il quitté la pièce ?

– Oui, bien sûr, que se passe-t-il ?

– Dans le cas où cette conversation serait interceptée, moi, Wesley Theodore Sorenson, directeur des Opérations consulaires, j'assume la pleine et entière responsabilité de l'opération, selon l'article 73 du Code des activités clandestines, relatif aux décisions unilatérales et individuelles sur le terrain...

– Hé ! c'est mon rayon !

– La ferme !

– Que se passe-t-il, Wes ?

– Formez une équipe, rendez-vous à Nuremberg et enlevez le docteur Hans Traupman. Kidnappez cette ordure et ramenez-la à Paris.

34

Seul dans son bureau contigu au centre des communications, Robert Durbane était troublé. Ce malaise était plus qu'un sentiment pénible, qui peut naître d'une douleur à l'estomac ou d'une prise de bec conjugale. Son estomac fonctionnait normalement et son épouse, au bout de vingt-quatre ans de vie commune, était toujours sa meilleure amie. Leur dernière dispute remontait au mariage de leur fille avec un musicien de rock. Elle était pour, lui contre ; il avait perdu. Non seulement cette union était heureuse, mais le gendre chevelu avait sorti un « tube », comme on dit, et gagné plus d'argent en un mois de concerts à Las Vegas que Bobby en cinquante ans. Mais le plus difficile à digérer, c'est que le mari de sa fille était un jeune homme charmant, qui ne buvait rien de plus fort que du vin blanc, ne touchait pas à la drogue, était titulaire d'une maîtrise en littérature médiévale et achevait plus vite que lui une grille de mots croisés. Il n'y avait rien de logique en ce bas monde !

Alors, pourquoi ce malaise ? Cela avait commencé lorsque le colonel Witkowski avait demandé un listing de tous les appels radio et téléphoniques en provenance du centre des communications, les sept derniers jours. Cela s'était accentué avec le changement d'attitude, discret, certes, mais évident de Drew Latham, qu'il considérait comme un ami. Drew l'évitait, et cela ne lui ressemblait pas. Durbane lui avait laissé deux messages, un rue du Bac, dans l'appartement encore en travaux, l'autre à l'ambassade, au bureau des messages. Il n'avait répondu à aucun des deux, et Bobby savait que Drew se trouvait dans l'ambassade, qu'il y avait passé toute la journée, enfermé dans l'appartement de Courtland. Durbane savait aussi que des événements tragiques avaient eu lieu, que la femme de l'ambassadeur avait été si grièvement blessée lors de l'attaque du commando de terroristes que l'issue ne pouvait qu'être fatale, mais ce n'était pas le genre de

Latham de ne pas répondre aux messages de son ami, « la tête d'œuf », obsédé par ses « détestables mots croisés ». D'autant moins que Bobby lui avait sauvé la vie quelques jours plus tôt.

Quelque chose clochait ; il s'était passé quelque chose que Durbane ne comprenait pas, et il n'y avait qu'un seul moyen de savoir de quoi il retournait. Il saisit le combiné du téléphone de son bureau, d'où il avait accès à tous les postes de l'ambassade, et composa le numéro de l'appartement de Courtland.

– Oui ?

– Monsieur l'ambassadeur, c'est Robert Durbane, des Communications.

– Bonjour... Bobby, fit Courtland, après un moment d'hésitation. Comment allez-vous ?

– C'est plutôt à moi de vous poser la question.

Oui, quelque chose clochait. D'ordinaire imperturbable, le diplomate était mal à l'aise.

– Je faisais allusion à votre femme, bien entendu, reprit Durbane. J'ai appris qu'elle avait été conduite à l'hôpital.

– Ils font leur possible, je ne peux rien demander de plus. Je vous remercie de prendre de ses nouvelles ; je reconnais là votre politesse habituelle. Puis-je faire autre chose pour vous ?

– Oui, monsieur. Nul n'est censé savoir que Drew Latham est vivant, mais je suis en étroite relation de travail avec le colonel Witkowski. Je sais donc que Drew est chez vous et j'aimerais beaucoup lui parler.

– Eh bien... Vous me prenez de court, monsieur Durbane. Ne quittez pas, s'il vous plaît.

Il fut mis en attente ; le silence se prolongea, troublant, comme si une discussion avait lieu, avant qu'une décision ne soit prise. Enfin, il entendit la voix de Drew.

– Allô ! Bobby !

– Je vous ai laissé deux messages, vous n'avez pas rappelé.

– Je n'ai pas écrit non plus. Depuis que j'ai été envoyé *ad patres,* je suis dans les ennuis jusqu'au cou.

– J'imagine. Je crois quand même que nous devrions parler.

– Vraiment ? De quoi ?

– C'est ce que j'aimerais découvrir.

– Une devinette ? Vous savez que je ne suis pas bon à tous ces jeux.

– Je sais que nous devons parler, et pas au téléphone. Est-ce possible ?

– Une minute.

Un nouveau silence, pesant, mais plus bref.

– D'accord, fit Latham. Un ascenseur dont j'ignorais l'existence s'arrête à votre étage. Je vais le prendre, escorté par trois Marines armés, et vous devrez dégager le couloir. Nous y serons dans cinq minutes.

– Voilà où nous en sommes, fit calmement Durbane. Je suis devenu dangereux, moi ?

– Nous allons en parler, Bobby.

Sept minutes et vingt-huit secondes plus tard, Drew prit place devant le bureau de Durbane, dans l'unique fauteuil de la petite pièce passée au peigne fin par les Marines, qui n'avaient pas trouvé d'arme.

– Qu'est-ce que ça signifie ? demanda le chef des opérations du centre des communications. Qu'ai-je fait pour mériter ces méthodes dignes de la Gestapo ?

– C'est peut-être le mot approprié, Bobby. Gestapo, sous la rubrique nazisme.

– Qu'est-ce que vous me chantez là ?

– Connaissez-vous une femme du nom de Phyllis Cranston ?

– Naturellement. C'est la secrétaire du troisième ou quatrième attaché d'ambassade, qui travaille avec le chargé d'affaires. Et alors ?

– Vous a-t-elle révélé la véritable identité du colonel Webster et l'endroit où il se cachait.

– Elle l'a fait, mais rien ne l'y obligeait.

– Que voulez-vous dire ?

– Qui, à votre avis, a établi les communications entre l'ambassade et l'insaisissable colonel Webster ? Étaient-ce deux ou trois hôtels ? Entre vos déplacements et ceux de Mme de Vries, Witkowski lui-même s'y perdait.

– Alors, rien n'a filtré ?

– Tout était classé confidentiel, pour reprendre la formule traditionnelle. Pourquoi croyez-vous que j'ai été si dur avec Phyllis Cranston ?

– Vous avez été dur ?

– J'ai exigé qu'elle me dise comment elle l'avait appris. Je l'ai même menacée de révéler son état à tout le monde. Ce n'était pas facile pour moi, ma mère était alcoolique. Sale maladie.

– Qu'a-t-elle répondu ?

– Elle a fondu en larmes, en se recommandant à Dieu et à tous ses saints. Elle avait picolé la veille et n'avait plus de défense.

– Vous devez bien la connaître.

– Vous voulez la vérité, Drew ?

– C'est pour cela que je suis venu, Bobby.

– Un soir, à l'occasion d'une réception à l'ambassade, Martha – c'est ma femme – a vu Phyllis qui ne quittait pas le bar et descendait verre sur verre. Je me suis dit que c'était normal, qu'on ne pouvait pas supporter ce genre de soirée sans avoir un verre dans le nez. Ça m'était déjà arrivé. Mais Martha ne s'est pas laissé abuser ; elle avait vécu à mes côtés les dernières années de ma mère. Elle m'a demandé de faire mon possible pour l'aider, parce qu'elle avait « perdu son amour-propre », ce genre de chose. J'ai essayé, mais j'ai échoué, comme on peut le constater.

– Vous n'avez donc jamais révélé à personne qui j'étais ni dans quel hôtel je me trouvais ?

– Bien sûr que non ! Même quand le connard pour qui travaille Phyllis est venu fureter dans votre bureau pour savoir ce que deviendraient vos collaborateurs et le matériel, je lui ai dit que je n'avais pas la moindre idée de l'identité de celui qui prendrait votre place. Heureusement que Phyllis avait bien reçu mon message lui demandant de garder le silence.

– Pourquoi est-il venu fureter ?

– Le prétexte était plausible, répondit Durbane. Tout le monde sait que les Opérations consulaires ne s'occupent pas du menu de la cantine de l'ambassade. Il a dit qu'il avait rencontré un promoteur français qui lui avait proposé d'investir dans un programme immobilier juteux. Il pensait que votre équipe pourrait se renseigner sur le promoteur en question. C'est typique du bonhomme. Il se vante de passer plus de temps à déjeuner avec des hommes d'affaires parisiens qu'avec ceux qui pourraient nous apporter quelque chose.

– Pourquoi ne s'est-il pas adressé à Witkowski ?

– Je n'ai pas eu besoin de le lui demander. Il ne s'agissait pas d'un problème de sécurité ; il ne peut pas utiliser le bras armé de l'ambassade pour une transaction de nature personnelle.

– Et moi, je ne suis qu'un petit orteil ?

– Plutôt un œil extérieur, qui surveille le fonctionnement interne d'un important poste diplomatique, ce qui peut être interprété comme conseiller le personnel sur son comportement financier et autre. C'est du moins ce que votre CV suggère.

– Il faudrait le récrire, fit Latham.

– Pourquoi ? C'est délicieusement obscur.

Drew s'enfonça dans son fauteuil, la tête rejetée en arrière, les yeux levés vers le plafond, et poussa un long soupir.

– Je vous dois des excuses, Bobby, et je suis sincère. Quand Phyllis Cranston m'a appris que vous étiez l'une des deux personnes à qui elle avait parlé du colonel Webster, j'en ai tiré une conclusion hâtive. J'ai cru être conforté dans mon analyse par ce qui s'est passé l'autre soir, quand les néos ont failli me flinguer dans la voiture de l'ambassade avec ce petit salopard de skinhead... Comment s'appelait-il, déjà ? C-Zwölf. Le minutage me paraissait étonnamment précis.

– En effet, approuva Durbane. Et il y a une bonne raison à l'arrivée si rapide des nazis sur les lieux...

– C'est ce qui m'a tracassé. Quelle raison ?

– C-Zwölf. Nous l'avons découvert le lendemain matin et cela figure dans notre rapport. Votre chauffeur allemand a communiqué à ses amis la fréquence de notre radio sur la bande HF et il l'a laissée en position Émission. Quand vous m'avez appelé pour demander les deux voitures, ils sont passés à l'action.

– Bon sang ! c'est si simple ! Dire que je n'ai même pas pensé à regarder la radio !

– Si vous l'aviez fait, vous auriez vu un petit point rouge, au centre du panneau, indiquant la position Émission.

– Bordel !

– Il ne faut pas vous en vouloir. La soirée avait été très pénible, c'était le petit matin, vous étiez épuisé.

– Désolé de vous contredire, Bobby, mais cela ne peut en aucun cas être une excuse. Quand on arrive à ce stade d'épuisement, on marche à l'adrénaline, parce que c'est le moment où l'on devient vulnérable... C'est curieux, non ? Les néos ont concentré leurs efforts sur Phyllis Cranston.

– Pourquoi curieux ? Elle est instable, et l'instabilité est une aubaine pour qui cherche à s'infiltrer.

– Et son patron ?

– Je ne vois pas le rapport.

– Il existe, mon cher Bobby. Et comment !

– Dans ce cas, reprit Durbane en regardant Latham, l'air songeur, il se présente sous la forme de tenailles. Bousculer l'alcoolique et harceler en même temps l'attaché cupide et ambitieux. L'un des deux finira par céder, sans que l'on se soit fait remarquer

– Grâce à vous, Bobby, la première n'a pas cédé. Occupons-nous du second. Appelez le patron de Phyllis et dites-lui que vous avez parlé à un de mes collaborateurs, celui qui me remplace, qui accepte de se renseigner auprès de quelques banquiers, à condition qu'il révèle le nom de son promoteur.

– Je ne comprends pas...

– S'il refuse de vous donner un nom, nous saurons qu'il ne peut pas le faire. S'il vous en donne un, nous saurons par qui il est manipulé, par qui il est programmé.

– Je m'en occupe tout de suite, fit Durbane, en appelant le poste de l'attaché. Phyllis, c'est Bobby. Je voudrais parler au crétin tiré à quatre épingles... Tu sais, Phyllis, cela n'a rien à voir avec toi... Salut, Bancroft, c'est Durbane, des Communications. Je viens de parler au bras droit de Latham. Comme vous pouvez l'imaginer, il est très pris, mais il va s'arranger pour passer un coup de fil à deux ou trois banquiers de sa connaissance. Comment s'appelle ce promoteur immobilier qui vous a proposé d'investir ?... Je vois, oui, je vois. Bon, je vais lui dire ; je vous rappelle.

Durbane raccrocha en griffonnant quelques mots sur un bloc.

– Il s'appelle Picon Vaultherin et sa société immobilière est au même nom. Bancroft a dit que son consortium détient les droits exclusifs sur plus de cinq mille hectares, très bien situés, dans le Val de Loire.

– Voilà qui est intéressant, fit Drew, en regardant pensivement le mur.

– On parle depuis longtemps de vieux châteaux qui tombent en ruine et que personne n'a les moyens de restaurer. On parle aussi de promoteurs qui brûlent d'acheter les terres pour y construire de grands lotissements, avec un énorme bénéfice. J'y mettrai volontiers quelques dollars, ou plutôt je conseillerai à mon gendre de se renseigner.

– Votre gendre ? demanda Latham, en se retournant.

– Peu importe, c'est un sujet embarrassant. Vous ne le connaîtriez pas plus que moi, s'il n'avait épousé ma fille.

– Je n'insiste pas.

– Merci. Que comptez-vous faire pour ce Vaultherin ?

– Je vais passer l'affaire à Witkowski qui la refilera à la DST. Il nous faut un dossier complet sur lui... et des précisions sur ces droits exclusifs dans le Val de Loire.

– Quel rapport entre les deux ?

– Je ne sais pas, j'aimerais simplement creuser un peu. Quelqu'un a peut-être commis une erreur. N'oubliez surtout pas, Bobby, que je ne suis jamais venu vous voir. Impossible, je suis mort.

Il était 21 h 30, Drew et Karin terminaient le succulent dîner préparé par le cuisinier de l'ambassade, qu'on avait fait monter chez Courtland. Sur la table de la salle à manger, des bougies et deux bouteilles de vin : un pommard pour l'épaisse entrecôte saignante de Latham et un chardonnay frappé pour la sole aux amandes de Karin. Daniel Courtland n'avait pas dîné avec eux, car le colonel Witkowski devait venir les rejoindre pour élaborer des stratégies dont le diplomate ne devait rien savoir. Il y avait du démenti dans l'air.

– Pourquoi ai-je dans l'idée que je viens de faire le repas du condamné ? fit Drew, en avalant la dernière bouchée de son entrecôte, qu'il accompagna d'une gorgée de son troisième verre de pommard.

– Rien d'étonnant, si tu continues à manger comme ça, répondit Karin. Tu viens d'ingurgiter assez de cholestérol pour boucher les artères d'un dinosaure.

– Comment peux-tu dire ça ; les spécialistes ne cessent de changer d'avis. Tantôt la margarine est bonne et le beurre terrible pour l'organisme, tantôt c'est l'inverse. J'attends qu'une sommité médicale annonce que la nicotine est un remède contre le cancer.

– Modération et variété sont la réponse, mon chéri.

– Je n'aime pas le poisson. Beth ne savait pas le préparer ; cela sentait toujours le poisson.

– Harry aimait le poisson. Il m'a dit que votre mère le grillait à la perfection et le servait avec quelques feuilles d'aneth.

– Ils se liguaient contre mon père et moi. Nous partions tous les deux manger un hamburger.

– Drew..., commença Karin d'une voix hésitante. As-tu appelé tes parents pour leur dire la vérité sur Harry et toi ?

– Pas encore, il est trop tôt.

– Ce que tu fais est cruel. Tu es le survivant et tu étais avec lui quand il a été abattu. Il ne faut pas les laisser dans l'ignorance ; ils doivent avoir le cœur brisé.

– Je peux faire confiance à Beth, pas à mon père. Disons qu'il a son franc-parler et guère de sympathie pour les autorités. Il a passé le plus clair de sa vie à lutter contre la politique pratiquée à l'université et les restrictions imposées par différents pays aux recherches archéologiques. Il serait capable de demander des comptes, et je ne peux pas lui en rendre.

– J'ai envie de dire tel père, tels fils.

– Peut-être. C'est pourquoi il est trop tôt.

La sonnette de la porte de l'appartement retentit. Un des serveurs sortit aussitôt de la cuisine.

– Nous attendons le colonel Witkowski, dit Latham. Faites-le entrer.

– Oui, monsieur.

Douze secondes plus tard, le chef de la sécurité entra dans la salle à manger et posa un regard réprobateur sur la table.

– Qu'est-ce que ça veut dire ? fit-il sèchement. Vous faites partie du corps diplomatique maintenant ?

– En ce qui me concerne, répondit Drew en souriant, je représente la nation d'Oz. Si la lumière des bougies est trop forte, nous demanderons aux esclaves Munchkin d'en souffler quelques-unes.

– Ne l'écoutez pas, Stanley, fit Karin, il a bu trois grands verres de vin. Si vous avez envie de quelque chose, il suffit de demander.

– Merci, fit Witkowski en s'asseyant. Je me suis fait monter un excellent steak dans mon bureau, en attendant l'appel de Moreau.

– Mauvais pour le taux de cholestérol, reprit Latham. Vous n'avez pas entendu parler de ça ?

– Pas ces derniers temps, mais j'ai des nouvelles de Moreau.

– Il a trouvé quelque chose ? demanda Drew, retrouvant aussitôt son sérieux.

– Ce Vaultherin semble avoir les mains nettes, mais il y a quelques points d'interrogation. Il a fait fortune dans la construction des villes nouvelles de la banlieue parisienne et les actionnaires de sa société ont profité de l'aubaine.

– Et alors ? Il n'est pas le seul.

– Il y a plus louche. C'est un requin de la finance, jeune et arrogant...

– Qui s'en étonnera ?

– Son grand-père appartenait à la Milice...

– Qu'est-ce que c'est ?

– Un corps qui soutenait les forces d'occupation pendant la guerre, expliqua Karin. Formé par les Allemands pour lutter contre la résistance française. Sans la Milice, ils n'auraient jamais pu contrôler le territoire occupé. Des salauds.

– Venez-en à l'essentiel, Stanley.

– Les principaux actionnaires de la société de Vaultherin viennent d'Allemagne. Ils achètent tout ce qui est à vendre.

– Et le Val de Loire ?

– Ils possèdent de nombreuses propriétés le long du fleuve.

– Pourrait-on avoir une idée plus précise ?

– Oui, fit le colonel, en sortant une feuille pliée de la poche intérieure de sa veste. Cela ne nous apprendra pas grand-chose, poursuivit-il, la plupart sont dans la même famille depuis plusieurs générations. L'État s'en est approprié quelques-unes et les a classées, d'autres ont été récemment achetées par des vedettes du cinéma et autres célébrités qui, horrifiées par les frais d'entretien astronomiques, se sont empressées de les remettre en vente.

– Y a-t-il des généraux ?

– Un certain nombre, qui ont payé leur propriété de leurs deniers. Au moins une douzaine d'autres, des généraux et des amiraux, se sont vu attribuer une « résidence à vie », en récompense de leurs états de service.

– Incroyable !

– Nous faisons la même chose, *chlopak*. Il y a chez nous plusieurs milliers d'officiers supérieurs qui, l'heure de la retraite venue, se sont installés dans de coquettes résidences, à l'intérieur du périmètre de nos bases. Cela n'a rien d'exceptionnel, rien d'injuste non plus, si l'on songe qu'il n'ont touché dans l'armée qu'une petite partie de ce qu'ils auraient gagné dans le privé. Et ceux qui ne sont pas devenus des célébrités sollicitées par les conseils d'administration n'ont pas les moyens de vivre à Scarsdale, New York.

– Je n'avais jamais envisagé les choses de ce point de vue.

– Un exemple, agent Latham. Dans dix-huit mois, j'aurai achevé mes trente-cinq ans de service et, même si je peux traiter royalement mes enfants et petits-enfants quand je les reçois à Paris, n'imaginez surtout pas que l'un d'eux pourrait m'emprunter cinquante mille dollars pour s'acheter quelque chose. J'y arriverais, mais je serais nettoyé.

– D'accord, Stanley, je vois ce que vous voulez dire. Au fait, pourquoi les occupants des monuments classés ne sont-ils pas nommés ?

– Raison de sécurité, comme chez nous. Il y a des cinglés qui nourrissent des rancunes contre les officiers. Souvenez-vous de cet ancien combattant du Viêt-nam qui a essayé de descendre Westmoreland en tirant à travers une fenêtre.

– Pouvons-nous obtenir ces noms ?

– Moreau le pourra sans doute.

– Demandez-le-lui.

– Je l'appellerai demain matin... Pouvons-nous en venir maintenant à l'opération qui nous a été confiée, à savoir l'enlèvement du docteur Hans Traupman, à Nuremberg ?

– Cinq hommes, pas plus, fit Drew, en posant la feuille de Witkowski sur la table. Parlant tous couramment l'allemand et ayant tous suivi l'entraînement des Rangers. Célibataires et sans enfants.

– J'ai devancé vos désirs. J'ai déniché deux hommes de l'OTAN, avec nous deux, cela fait quatre et, pour la dernière place, il y a quelqu'un à Marseille qui pourrait faire l'affaire.

– Je vous arrête ! s'écria Karin. Je suis le cinquième homme, d'autant plus compétent que je suis une femme.

– Ne rêvez pas, ma petite dame. Il y a toutes les chances pour que Traupman soit aussi bien protégé que s'il portait le Hope en sautoir. Tu sais, le plus gros diamant bleu.

– Moreau se renseigne là-dessus, fit le colonel. Il meurt d'envie de prendre la direction de l'opération, mais le Quai d'Orsay le lui ferait payer très cher. Rien, en revanche, ne lui interdit de nous épauler. Il attend, dans les vingt-quatre heures, un rapport sur l'emploi du temps de Traupman et les mesures de protection dont il bénéficie.

– Je vous accompagne, Drew, reprit posément Karin. Tu n'as aucun moyen de m'en empêcher, n'essaie même pas.

– Pourquoi veux-tu faire ça, Bon Dieu ?

– Pour toutes les raisons que tu connais fort bien et une autre que tu ne connais pas.

– Qu'est-ce que...

– Comme tu l'as dit tout à l'heure, à propos d'Harry et de tes parents, il est trop tôt pour t'expliquer.

– Drôle de réponse !

– Pour le moment, tu devras t'en contenter.

– Tu crois que je vais accepter ça ?

– Il le faut, c'est un cadeau que je te fais. Si tu refuses, aussi douloureux que ce soit pour moi, je partirai et tu ne me reverras plus.

– C'est donc si important ? Cette raison que je ne connais pas est si importante pour toi ?

– Oui.

– Karin, tu me mets au pied du mur !

– Je ne cherche pas à faire ça, mon chéri, mais il y a certaines choses que nous devons accepter les yeux fermés. C'en est une.

– J'aimerais trouver les mots pour te dire que je n'avale pas cette histoire, fit Drew, la gorge serrée, en la regardant dans les yeux, mais je ne les trouve même pas !

– Écoutez-moi, *chlopak*, coupa Witkowski. Je ne peux pas dire que cette idée m'enthousiasme, mais il y a un côté positif. Une femme peut réussir en douceur, là où un homme ne peut pas.

– À quoi pensez-vous ?

– Pas à la même chose que vous, à l'évidence. Mais, à partir du moment où sa décision est prise, Karin peut nous être utile.

– Je ne vous ai jamais connu aussi froid, aussi insensible, colonel ! Tout pour la mission, au détriment de l'individu ?

– On peut trouver un juste milieu, sans sacrifier aucun des deux.

– Mais elle peut se faire tuer !

– Nous pouvons tous nous faire tuer. Je pense qu'autant que vous, elle est en droit de faire ce choix. Vous avez perdu un frère, elle, un mari. Vous prenez-vous pour Salomon ?

Il était 16 h 55, à Washington, le moment de fièvre précédant l'heure de pointe où les rues seraient rapidement engorgées, quand les secrétaires, les dactylos et les employés harcèlent respectueusement leur patron pour recevoir les dernières instructions de la journée, afin de se précipiter vers un garage, un parking ou un arrêt de bus avant le gros de la foule. Wesley Sorenson avait quitté son bureau. Il était déjà dans sa limousine, mais pas sur le chemin de son domicile ; sa femme avait appris à filtrer les appels, ne lui passant dans la voiture que ceux qu'elle estimait véritablement urgents. En près de quarante-cinq ans, elle avait acquis un flair aussi subtil que le sien, ce dont il lui était profondément reconnaissant.

Au lieu de rentrer chez lui, le directeur des Opérations consulaires se rendait à Langley, où il avait rendez-vous avec Knox Talbot. Le chef de la CIA l'avait prévenu une heure auparavant : le piège tendu pour Bruce Withers, acheteur de matériel de pointe, raciste et suspect numéro un dans les meurtres de Virginie, venait peut-être de se refermer. Talbot avait ordonné la mise sur écoute du poste de Withers ; à 14 h 13, le suspect avait reçu un appel d'une femme qui s'était présentée sous le seul prénom de Suzy. Knox avait passé l'enregistrement à Wesley, sur une ligne protégée.

– *Salut, mon chou, c'est Suzy. Désolée de te déranger au boulot, mais je suis tombée sur Sidney qui m'a dit qu'il avait la vieille guimbarde que tu cherches.*

– *L'Aston-Martin DB-Trois gris métallisé ?*

– *Si c'est celle que tu veux, il l'a trouvée.*

– *Ah ! je la vois d'ici ! C'est la voiture de* Goldfinger.

– *Il ne veut pas l'amener sur le parking, il te demande de le retrouver dans ton bistrot favori, à Woodbridge, vers cinq heures et demie.*

– Nous y serons aussi, Wes, avait dit Talbot. Nous deux et quelques gros bras un peu plus jeunes.

– Bien sûr, Knox, mais pourquoi ? Ce type est un fasciste, un voleur et un yuppie après la lettre, mais qu'est-ce que le fait d'acheter une voiture de sport anglaise a à voir avec notre affaire ?

– Il m'est revenu à la mémoire que je possédais une société de pièces détachées d'automobiles dans l'Idaho – ou bien l'Ohio – et j'ai appelé le type qui la gère pour mon compte. Il m'a dit que tous les fanas de vieilles voitures savent que celle de *Goldfinger* est une Aston-Martin DB-*Quatre*, et non Trois. Il a ajouté qu'il pourrait comprendre que l'on confonde avec la DB-Cinq, parce que les deux modèles n'ont que peu de différences, mais jamais avec une DB-Trois.

– Je ne distingue pas la Chevrolet de la Pontiac... si on les fabrique encore.

– Un amateur de voitures ne s'y trompera pas, surtout s'il doit débourser plus de cent mille dollars. Rendez-vous au parking sud ; c'est là que Withers gare sa Jaguar.

Ils pénétrèrent dans le vaste complexe de la CIA, à Langley. Sur le chemin du parking, ils furent arrêtés par un homme en complet sombre, brandissant une plaque. Sorenson baissa sa vitre.

– Que voulez-vous ?

– J'ai reconnu votre voiture, monsieur. Si vous voulez bien descendre et me suivre, je vais vous conduire auprès du directeur. Vous allez changer de véhicule, prendre quelque chose de plus discret qu'une limousine.

– Cela me paraît très sensé.

Le véhicule en question était une berline sans signes distinctifs, de marque indéterminée. Wesley monta à l'arrière, à côté de Knox Talbot.

– Ne vous fiez pas aux apparences, fit le directeur de la CIA, ce tas de ferraille a un moteur capable de gagner à Indianapolis.

– Je vous crois sur parole, mais je n'y connais rien.

– Ce n'est pas grave. Outre ces deux messieurs que vous voyez à l'avant, sachez qu'un second véhicule nous suivra, avec quatre autres messieurs armés jusqu'aux molaires.

– Vous préparez un nouveau débarquement en Normandie ?

– J'ai eu le mien en Corée, mais je ne connais pas très bien l'histoire ancienne. Je sais seulement que nous pouvons nous attendre à tout de la part de ces ordures.

– Je ne puis qu'abonder dans votre sens...

– Le voilà ! coupa le chauffeur. Il va droit vers la Jag.

– Roulez doucement, fit Talbot. Suivez les autres véhicules, mais ne le perdez pas.

– Aucun risque, monsieur le directeur. Je tiens à coincer ce salopard.

– Et pourquoi donc, jeune homme ?

– Il a voulu se faire ma fiancée. Elle est dans le pool des sténos ; il l'a entraînée dans un coin et a commencé à la peloter.

– Je comprends, fit Talbot, en se penchant sur l'épaule de Sorenson. J'aime quand il y a une véritable motivation, chuchota-t-il à l'oreille de Wesley. C'est ce que je m'efforce d'insuffler à mes employés.

Après avoir roulé près d'une heure, la Jaguar s'arrêta devant un motel minable, dans les faubourgs de Woodbridge. Sur la gauche, tout au bout d'une rangée de bungalows, se trouvait une petite construction, une sorte de grange, surmontée d'une enseigne au néon indiquant : COCKTAILS – TV – CHAMBRES DISPONIBLES.

– Le Waldorf de la maison de passe, observa Wesley, tandis que Bruce Withers descendait de sa voiture et entrait dans le bar. Je vous suggère, ajouta-t-il, en se penchant vers le chauffeur, d'aller vous garer sur la droite, assez loin de l'entrée. À côté de la petite bagnole surbaissée, à la carrosserie argentée.

– C'est l'Aston DB-Quatre, fit Talbot, la voiture de *Goldfinger*.

– Oui, je l'ai vu, je m'en souviens... Un bon film. Mais qui aurait l'idée de payer cent mille dollars pour ça ? Elle doit être affreusement inconfortable.

– D'après mon gérant, c'est une voiture de collection et elle vaut beaucoup plus de cent mille dollars. Sans doute plus près de deux cents.

– Comment un type comme Withers pourrait-il débourser une somme pareille ?

– Combien les néos seraient-ils disposés à verser pour se débarrasser de deux des leurs, dont on pourrait délier la langue ?

– Je vois ce que vous voulez dire, fit Sorenson.

Il se pencha derechef sur l'épaule du chauffeur, tandis que leur véhicule s'immobilisait à côté de la voiture de sport anglaise.

– Si l'un de vous allait jeter un coup d'œil à l'intérieur ?

– Oui, monsieur, répondit le passager avant. Dès que le véhicule de soutien sera arrivé... Voilà, il est en place.

– Puis-je encore vous suggérer de dénouer votre cravate ou de l'enlever ? Je ne pense pas que cet établissement reçoive beaucoup d'hommes en complet veston... Les bungalows, peut-être, mais pas le bar.

L'homme se retourna ; sa cravate avait disparu, son col de chemise était déboutonné.

– Je tombe aussi la veste, fit-il. Il fait chaud aujourd'hui.

Il ouvrit la portière et se dirigea vers la porte du bar. Il fit quelques pas en se tenant bien droit et se voûta brusquement.

Dans la pénombre du bar, la clientèle hétéroclite, à la William Saroyan, comprenait plusieurs routiers, des ouvriers d'un chantier, deux ou trois étudiants, un homme à la tête chenue dont le visage sillonné de rides et marqué de couperose avait conservé ses traits aristocratiques, et un quatuor de professionnelles sur le retour. À son entrée, Bruce Withers se dirigea vers le barman.

– Salut, monsieur W, fit le costaud, derrière le bar. Vous voulez un bungalow ?

– Pas aujourd'hui, Hank, j'attends quelqu'un. Je ne le vois pas...

– Personne ne vous a demandé. Il est peut-être en retard.

– Non, il est là ; j'ai vu la voiture dehors.

– Il doit être aux toilettes. Asseyez-vous. Quand il sortira, je vous l'envoie.

– Merci. Comme d'habitude, mais un double. J'ai quelque chose à fêter.

– C'est parti.

Withers alla s'asseoir sur la banquette d'un box, au bout du bar. Son double martini arriva, il y trempa les lèvres, tenté de s'avancer vers la fenêtre pour jeter un nouveau coup d'œil à l'Aston-Martin. Ça, c'était de la voiture ! Il brûlait d'impatience de se mettre au volant, de la montrer à Anita Griswald... il brûlait surtout d'impatience de faire la surprise à sa fille Kimberly ! C'était infiniment plus excitant que ce que ses grands-parents arrogants ou sa salope de mère pouvaient lui proposer ! Sa douce rêverie fut brutalement interrompue par l'arrivée d'un homme en chemise à carreaux, qui se planta devant la table, avant de s'asseoir en face de lui.

– Bonjour, monsieur Withers. Je suis sûr que vous avez vu la DB-Quatre. Chouette bagnole, hein ?

– Qui êtes-vous ? Pas Sidney, il est beaucoup plus petit !

– Sidney n'était pas libre, j'ai pris sa place.

– Nous ne nous sommes jamais rencontrés. Comment saviez-vous qui j'étais ?

– Une photo.

– Quoi ?

– Sans intérêt.

– Je suis là depuis au moins cinq minutes. Pourquoi avez-vous attendu si longtemps ?

– Pour vérifier, répondit l'inconnu qui n'avait pas cessé de lancer des coups d'œil en direction de la porte d'entrée.

– Vérifier quoi ?

– Aucune importance. Pour tout vous dire, je suis porteur d'excellentes nouvelles et d'une somme considérable.

– Non ?

– J'ai dans ma poche quatre titres au porteur, anonymes, chacun d'une valeur de cinquante mille dollars. J'apporte aussi une invitation en Allemagne, tous frais payés, cela va sans dire. Nous savons que vous n'avez pas pris vos vacances d'été ; vous pouvez y songer maintenant.

– Ça alors ! Je n'en reviens pas ! C'est génial ! On a donc apprécié ma contribution ? Je le savais ! J'ai pris des risques énormes, je pense que vous avez compris !

– La meilleure preuve en est que je suis là.

– J'ai hâte de partir à Berlin. Nous possédons la vérité ! Ce pays est en déliquescence ! La purification ethnique prendra au moins cinquante ans...

– Attendez ! fit l'inconnu d'une voix rauque, les yeux fixés sur la porte. Le type qui est entré après vous, le grand en chemise blanche...

– Je n'ai pas remarqué ? Que voulez-vous dire ?

– Il a bu deux gorgées de sa bière, il a payé tout de suite et il vient de partir.

– Et alors ?

– Attendez ici, je reviens.

L'inconnu se leva, fit rapidement le tour du bar, jusqu'au coin de la fenêtre crasseuse, et regarda à l'extérieur. Il s'écarta aussitôt de la vitre et revint vers la table de Withers, le visage fermé, les yeux plissés.

– Sombre crétin, on vous a suivi ! lança-t-il en s'asseyant.

– Qu'est-ce que vous dites ?

– Vous avez parfaitement entendu, abruti ! Il y a trois types dehors, qui parlent avec l'homme à la chemise blanche. Ce ne sont pas des habitués de ce rade, vous pouvez me croire ! Des agents fédéraux, oui, ils le portent sur la figure !

– Bon Dieu ! Un sous-directeur du nom de Kearns a appelé hier soir et m'a posé des questions idiotes, mais j'ai répondu comme il fallait.

– Kearns, de la CIA ?

– C'est là que je travaille, vous n'avez pas oublié ?

– Certainement pas.

L'inconnu se pencha en avant, la main gauche à plat sur la table, la droite en dessous.

– Vous représentez un danger pour ceux qui m'ont confié ce travail, monsieur Withers.

– Donnez-moi l'argent et je vais sortir par la porte de derrière, celle des fournisseurs.

– Et après ?

– Je prendrai un bungalow et je paierai une des filles qui jurera, si nécessaire, qu'elle était avec moi. Puis je rentrerai à la maison. Pas de risques, je l'ai déjà fait. Rappelez-moi pour l'Aston-Martin. Vite !

– Je ne pense pas.

Un grand éclat de rire venant du bar fut accompagné de quatre détonations étouffées. Bruce Withers se rejeta brusquement en arrière, les épaules contre le dossier de la banquette, les yeux écarquillés, un filet de sang à la commissure des lèvres. L'homme à la chemise à carreaux se leva calmement et se dirigea discrètement vers la porte de derrière, en glissant dans sa ceinture le pistolet muni d'un silencieux. La porte se referma sur l'homme de main de Mario Marchetti. Le Don de Pontchartrain respectait les clauses du concordat.

Neuf minutes et vingt-sept secondes s'écoulèrent avant que des cris et les hurlements hystériques d'une femme ne s'élèvent de l'intérieur du bar. Une femme outrageusement fardée sortit précipitamment en hurlant.

– Appelez la police ! Vite ! Un homme a été abattu !

Les agents de la CIA, accompagnés de leur patron et de Wesley Sorenson, se ruèrent à l'intérieur. Les clients reçurent l'ordre de rester où ils étaient et de ne pas essayer de téléphoner. Furieux et découragé, Knox Talbot ressortit, Sorenson à ses côtés, dans la lumière rasante du soir. L'Aston-Martin DB-Quatre avait disparu.

35

Le sujet, le docteur Hans Traupman (adresse ci-dessus), est protégé vingt-quatre heures sur vingt-quatre par des gardes du corps, se relayant toutes les huit heures, par équipe de trois hommes. Ils sont fortement armés, même pour accompagner le chirurgien au bloc opératoire, où ils attendent la fin de l'intervention. Quand Traupman dîne au restaurant, ou bien va au théâtre ou au concert, sa garde personnelle, le plus souvent doublée, s'assied autour de lui et inspecte les environs d'une manière très professionnelle. À son domicile, les gardes du corps patrouillent dans les couloirs, les ascenseurs et autour de l'immeuble luxueux où il réside. À cette surveillance ininterrompue s'ajoutent de nombreuses alarmes. Les rares fois où il lui arrive d'utiliser des toilettes publiques, deux gardes l'accompagnent, le troisième reste devant la porte et interdit l'accès du local, jusqu'à ce que Traupman en ressorte. Le chirurgien se déplace dans une Mercedes blindée, équipée de vitres pare-balles et de jets de gaz, commandés du tableau de bord, destinés à immobiliser d'éventuels assaillants. Son avion privé est enfermé dans un hangar équipé de systèmes d'alarme, sur un terrain d'aviation, au sud de Nuremberg. Des caméras fonctionnant en permanence enregistrent tous les mouvements, à l'intérieur comme à l'extérieur.

La seule dérogation à ces mesures de sécurité a lieu lorsque Traupman se rend à Bonn et prend son canot automobile pour se déplacer sur le Rhin, les nuits où, selon toute vraisemblance, il participe à des réunions clandestines du mouvement néonazi. (Voir rapport précédent.) Il semble qu'aucun des participants ne soit autorisé à se faire accompagner d'un équipage, ce qui explique la taille et la manœuvrabilité de l'embarcation. C'est un petit canot, propulsé par un moteur de cent vingt-cinq chevaux et muni de deux boudins gonflables. Mais la sécurité demeure assurée par des caméras pivotantes qui trans-

mettent le son et l'image aux gardes restés à la marina, où un hélicoptère est prêt à décoller immédiatement. Il n'a pas été possible de l'observer, mais un système radar détecte les ouvrages balisant le fleuve et, comme sur la Mercedes, un dispositif fixé sur les plats-bords projette des gaz destinés à dissuader un ennemi de toute tentative d'abordage ou à le neutraliser, le barreur étant protégé par un simple masque, qui a été observé.

Bonne chance, Claude. Cette fois, vous pouvez me remercier chaleureusement. Pour sortir indemne de la marina de Bonn, il m'a fallu baratiner en disant que je venais acheter un chris-craft. Par bonheur, j'ai pensé à laisser le nom d'un agent espagnol qui opère clandestinement ici et me doit de l'argent.

Le dernier paragraphe fit pouffer Latham qui posa le rapport de Moreau sur la table ancienne et se tourna vers Witkowski et Karin, côte à côte sur le canapé.

– Y a-t-il une éventualité que cet enfant de salaud n'ait pas envisagée ?

– Cela me paraît complet, répondit le colonel.

– Je ne sais pas, fit Karin. Je n'ai pas lu le rapport.

– Lis-le et pleure un bon coup.

Drew se leva et tendit le rapport à Karin, puis il s'assit en face d'elle, dans un des fauteuils de brocart.

– J'avoue que je ne sais pas par où commencer, reprit-il. Ce fumier est protégé partout, jusque dans les toilettes.

– Sur le papier, l'entreprise semble ardue, mais, de plus près, nous trouverons peut-être une faille.

– Souhaitons-le. D'après ce que j'ai lu, il serait beaucoup plus facile de l'éliminer que de le prendre vivant.

– Comme toujours.

– Une diversion, lança Karin, en interrompant sa lecture. Je ne vois pas d'autre solution. Détourner, d'une manière ou d'une autre, l'attention de ses anges gardiens.

– C'est évident, fit Witkowski. Je vais plus loin, les neutraliser et passer à l'attaque. La question est de savoir comment. Et dans quelle mesure ses chiens de garde sont disciplinés.

– Comme vous l'avez dit, Stosh, nous le saurons quand nous serons sur place.

– À propos, les deux hommes de l'OTAN attendent dans mon bureau. Ils sont arrivés de Bruxelles à 15 heures, avec des passeports neufs et des papiers les présentant comme des représentants d'une compagnie aérienne.

– Excellente couverture. Les types de ce genre sillonnent l'Europe en tous sens.

– Il y avait quelques problèmes épineux à résoudre, afin que tout soit en règle. Il nous a fallu toute la matinée et une partie de l'après-midi pour peaufiner leur « authenticité ». Ils sont officiellement salariés par la compagnie.

– Était-ce vraiment nécessaire ? demanda Karin.

– Absolument, chère madame. L'utilisation de leur véritable identité aurait permis de remonter à deux commandos des Forces spéciales, qui ont opéré derrière les lignes ennemies, pendant l'opération Tempête du désert. Ils sont aussi habiles de leurs mains qu'avec un poignard, sans parler de leurs qualités de tireur.

– Ce sont des tueurs, vous voulez dire ?

– Seulement en cas de nécessité, Karin. Au fond, ce sont de charmants garçons, presque timides, qui ont été entraînés à réagir comme il convient dans des situations données.

– Un euphémisme pour dire qu'ils te fracasseront la tête contre un rocher si tu te conduis mal, expliqua Latham. Ils vous conviennent, Stosh ?

– Parfaitement.

– Ils parlent couramment le français et l'allemand ? poursuivit Karin.

– Absolument. Le premier est le capitaine Christian Dietz, trente-deux ans, diplômé de l'université Denison, militaire de carrière. Ses parents et ses grands-parents étaient allemands ; ces derniers ont participé au mouvement de résistance, sous le IIIe Reich. Ses parents ont été envoyés dans leur enfance aux États-Unis.

– L'autre ? fit Drew.

– Le lieutenant Gerald Anthony. Son cas est un peu plus intéressant. Titulaire de deux maîtrises de littérature, française et allemande, il préparait son doctorat tout en donnant des cours dans un petit établissement de Pennsylvanie, quand il a décidé qu'il en avait assez du milieu universitaire. J'avais pensé leur demander de monter, ajouta Witkowski. Cela nous permettrait de faire tranquillement connaissance.

– Excellente idée, Stanley, approuva Karin. Je vais demander à la cuisine de préparer des hors-d'œuvre et du café, avec un peu de vin, peut-être.

– Non, protesta Drew. Ni hors-d'œuvre ni café, et surtout pas de vin. C'est une opération paramilitaire, qu'il convient de préparer froidement.

– Tu ne trouves pas cela trop froid ?

– Il a raison, chère madame, mais je n'aurais jamais cru l'entendre dans sa bouche. J'avais tort, il est trop tôt pour créer entre nous une atmosphère détendue. Il faut d'abord voir ce qu'ils ont dans le ventre.

Karin lui lança un regard interrogateur.

– Ils sont encore en cours d'évaluation, expliqua Drew. On les interroge pour voir comment ils se comportent, ce qu'ils ont à suggérer. Des officiers des Forces spéciales ayant opéré, en temps de guerre, derrière les lignes ennemies doivent avoir des idées.

– J'ignorais que les candidats étaient si nombreux.

– Ils ne le sont pas, mais ces deux-là l'ignorent. Faites-les monter, Stanley.

Bien qu'un peu court de stature, le capitaine Christian Dietz aurait pu poser pour une affiche à la gloire des Jeunesses hitlériennes. Blond aux yeux bleus, avec un corps qui eût fait envie à bien des champions, il avait le maintien d'un commando expérimenté. Le lieutenant Gerald Anthony, en revanche, était aussi musclé, mais beaucoup plus grand et très brun. Mince comme un liane, il évoquait un fouet prêt à se dérouler et à frapper mortellement. Les deux commandos avaient, par contraste, un visage totalement dépourvu de méchanceté, des yeux sans la moindre trace d'hostilité. Pour achever l'étrange tableau, ils étaient tous deux, comme Witkowski l'avait mentionné, d'une nature plutôt timide et s'exprimaient en hésitant sur leurs activités passées et leurs actions d'éclat.

– Nous étions où il fallait, quand il fallait, fit sobrement Dietz.

– Nos renseignements étaient excellents, ajouta Anthony. Sans leur exactitude, nous aurions rôti sur un feu, dans le désert d'Irak, en admettant qu'ils aient appris à faire du feu dans le sable.

– Vous avez donc travaillé ensemble ? fit Drew.

– Notre code radio était Alpha-Delta.

– Delta-Alpha, rectifia Dietz.

– Les deux étaient utilisés, précisa Anthony, en souriant à son ami.

– D'accord, fit le capitaine, en baissant modestement les yeux.

– Vous avez lu le rapport Traupman, poursuivit Latham. Des suggestions ?

– Un restaurant, répondit le lieutenant Anthony.

– Le fleuve, fit simultanément le capitaine Dietz. Je propose d'aller à Nuremberg, de suivre le sujet jusqu'à Bonn et d'atteindre le Rhin.

– Pourquoi un restaurant ? demanda Karin, en se tournant vers Anthony.

– Il est facile d'y opérer une diversion...

– Vous voyez ce que j'avais dit ? lança Karin.

– ... en allumant un feu, poursuivit le lieutenant, ou en neutralisant les gardes du corps, soit par la force, soit avec un sédatif à effet instantané, dans leur verre ou leur assiette. À mon avis, un feu sera plus efficace. Il suffira de faire brûler quelque chose dans la salle, des flammes s'élèveront, peu de temps, mais assez pour détourner l'attention générale et nous permettre d'enlever le sujet.

– Et le fleuve ? interrogea Witkowski.

– On peut boucher les orifices d'échappement des gaz incapacitants, sur les plats-bords. Nous l'avons déjà fait, sur les véhicules des patrouilles de Saddam Hussein. Puis on fait exploser les caméras avec des plombs, comme si le système électrique avait une défaillance. Il importe d'utiliser un scaphandre autonome, hors du champ des caméras et avant que le canot ne se prépare à accoster, pour grimper à bord et s'éloigner rapidement.

– Revenons à ma première question, lieutenant, fit Latham. Pourquoi estimez-vous qu'un restaurant à Nuremberg est préférable à un assaut sur le Rhin ?

– Pour commencer, cela fait gagner du temps, et la marge d'erreur est trop grande sur l'eau. La visibilité est mauvaise, on peut oublier des orifices d'échappement des gaz et même une caméra ; une seule suffit. L'hélicoptère est équipé de puissants projecteurs, le canot automobile facilement identifiable. Si je ne me trompe, l'ennemi préférerait que le sujet périsse dans le mitraillage de l'embarcation plutôt que de le savoir entre nos mains.

– Bien vu, fit le colonel. Et vous, capitaine, en quoi le choix d'un restaurant ne vous paraît-il pas souhaitable ?

– Là aussi, la marge d'erreur est trop grande, mon colonel. Une unité de protection rapprochée ne se laisse pas distraire par un mouvement de panique. Dès qu'ils verront les premières flammes, les gardes du corps se précipiteront vers le sujet et il sera impossible d'endormir ses anges gardiens, s'ils ne sont pas à une table voisine de la sienne.

– Vous n'êtes donc pas d'accord avec votre ami ? fit Karin.

– Ce n'est pas la première fois, madame, répondit Dietz. Nous arrivons en général à trouver une solution.

– Mais vous êtes son supérieur, lança Witkowski.

– Nous n'attachons pas beaucoup d'importance au grade, fit le lieutenant. Pas sur le terrain, en tout cas. Dans un ou deux mois, je serai élevé au grade de capitaine et il me faudra partager l'addition au restaurant. Je ne pourrai plus lui demander de la régler.

– Il est maigre, mais il mange comme quatre, marmonna le capitaine Dietz.

– J'ai une idée, lança Latham. Si nous buvions quelque chose ?

– Je croyais que tu avais dit...

– Oublie ce que j'ai dit, *général* de Vries !

Les cinq membres de l'opération N-2 embarquèrent pour Nuremberg sur trois vols différents. Drew avec le lieutenant Anthony, Karin avec le capitaine Dietz. Witkowski voyagea seul. Moreau s'était occupé des réservations d'hôtel : Drew et Karin occupaient des chambres contiguës dans le même établissement ; les trois autres étaient logés dans des hôtels éloignés les uns des autres. Ils se retrouvèrent le lendemain matin, à la bibliothèque municipale de Nuremberg, au milieu des volumes consacrés à l'histoire de l'ancienne cité impériale. Les trois étudiants préparant leur thèse de doctorat furent conduits dans une salle de conférences, en compagnie de leur professeur de l'université Columbia, à New York, et de leur guide allemand. On ne leur demanda aucun papier ; les hommes de Moreau avaient déblayé le terrain.

– Je n'imaginais pas trouver une ville aussi belle ! déclara Gerald Anthony, le seul à avoir préparé un doctorat d'État. Je me suis levé très tôt pour me balader. Le quartier médiéval est magnifique : une enceinte du XIe siècle, le château impérial, le couvent de chartreux. Jusqu'à présent, Nuremberg n'évoquait pour moi que le procès, la bière et les industries chimiques.

– Comment avez-vous pu étudier la littérature allemande sans connaître la patrie de Hans Sachs et Albrecht Dürer ? demanda Karin, assise à côté de lui à la grande table ronde de bois luisant.

– Pour moi, Sachs était surtout un maître chanteur et un dramaturge, Dürer un graveur et un peintre. Je m'intéressais essentiellement à la littérature et aux influences...

– Pouvez-vous remettre à plus tard votre discussion d'universitaires ? coupa Latham, tandis que Witkowski gloussait discrètement. Nous avons d'autres sujets au programme.

– Pardon, Drew, fit Karin. C'est si bon de... Peu importe.

– Je pourrais terminer ta phrase, reprit Latham, mais je ne le ferai pas. Qui veut prendre la parole ?

– Moi aussi, fit le capitaine Dietz, je me suis levé de bonne heure. N'ayant pas le sens esthétique du lieutenant, je me suis contenté d'étudier la résidence de Traupman. Tout est dit dans le rapport de la DST. Ses gorilles patrouillent autour de l'immeuble comme une bande de loups. Ils entrent et sortent du bâtiment, ils en font le tour et recommencent ; dès que l'un d'eux disparaît, un autre apparaît. Il est absolument impossible d'y pénétrer et d'en ressortir vivant.

– Nous n'avons jamais sérieusement envisagé de l'enlever dans son appartement, glissa le colonel. Les agents de la DST seront nos observateurs ; ils nous avertiront par un appel codé au moment où Traupman quittera sa résidence. L'un d'eux devrait bientôt nous rejoindre. Vous avez perdu votre temps, capitaine.

– Pas nécessairement, mon colonel. Un des gardes du corps est porté sur la boisson ; un grand costaud qui se cache, mais sort une flasque de sa poche dès qu'il est à l'abri des regards. Un autre a des démangeaisons sur le bas-ventre – morpions ou urticaire – et il court se réfugier dans les coins sombres pour se gratter comme un malade.

– Où voulez-vous en venir ? demanda Karin.

– À plusieurs choses, madame. Cela nous permettrait de nous poster de manière à capturer l'un d'eux ou les deux, puis de nous servir de ce que nous avons appris pour leur arracher des renseignements.

– C'est la tactique que vous employiez pendant l'opération Tempête du désert ? demanda Witkowski, visiblement impressionné.

– Là-bas, mon colonel, c'était, le plus souvent, une affaire de nourriture. Un grand nombre de soldats irakiens n'avaient rien mangé depuis plusieurs jours.

– Je veux savoir comment il monte et descend de sa voiture, fit Drew. Il doit faire quelques pas en sortant de la résidence et pour entrer à l'hôpital. Que ce soit au niveau du sol ou dans un parking souterrain, il doit y avoir un moment, aussi court soit-il, où il se trouve à découvert. Ce sera peut-être la meilleure occasion.

– Des possibilités trop restreintes dans le temps et l'espace peuvent jouer contre nous, glissa le lieutenant Anthony. Si nous les examinons, les gardes du corps doivent aussi y avoir pensé.

– Nous avons des fléchettes anesthésiantes, des silencieux et l'effet de surprise, répliqua Latham. Ce sont des atouts précieux.

– Ne vous emballez pas, répliqua Witkowski. Si nous ratons notre coup, ce sera terminé. S'ils flairent quelque chose, le docteur Traupman ira se terrer dans un bunker, au cœur de la Forêt-Noire. Nous n'aurons qu'une seule chance, à nous de ne pas la rater. Attendons et observons, pour être sûrs que ce sera la bonne.

– C'est l'attente qui m'inquiète, Stosh.

– Beaucoup moins que la perspective d'un échec, rétorqua le colonel.

Un son grave et prolongé se fit entendre. Witkowski plongea la main dans la poche intérieure de sa veste, où se trouvait le téléphone portable fourni par les agents de l'antenne locale de la DST.

– Allô !

– Désolé d'être en retard pour le petit déjeuner, dit une voix en anglais, avec un accent français marqué. Je suis tout près du café, j'arrive dans quelques minutes.

– Nous allons commander d'autres œufs ; le premier plat est froid.

– Merci beaucoup. Des œufs pochés froids ne sont pas des œufs.

– Un homme de Moreau sera là dans deux minutes, fit Witkowski en se tournant vers les autres. Karin, auriez-vous l'obligeance d'aller l'attendre et de l'amener ici ?

– Bien sûr. Son nom et sa couverture ?

– Ahrendt, maître de conférences à l'université de Nuremberg.

– J'y vais.

Karin se leva et se dirigea vers la porte.

– C'est quelqu'un, fit Anthony d'un ton admiratif, dès qu'elle fut sortie. Elle est vraiment férue d'histoire et d'art...

– Nous le savons, coupa sèchement Drew.

L'homme avec qui Karin revint était de taille moyenne ; il portait des vêtements corrects, soigneusement repassés, de qualité moyenne. Tout en lui était moyen, la marque d'un excellent agent en poste à l'étranger.

– Pas de noms, messieurs, fit-il avec un bon sourire. Même s'ils sont faux... on finit par s'y perdre. Pour plus de commodité, vous pouvez m'appeler Karl, rien n'est plus commun.

– Asseyez-vous, Karl, fit Drew, en indiquant une chaise. Je n'ai pas besoin de vous dire à quel point votre assistance est précieuse.

– J'espère et je prie pour qu'elle soit utile.

– Les prières me rendent nerveux, poursuivit Drew. Vous n'avez pas l'air trop confiant.

– Vous vous êtes embarqués dans une affaire extrêmement difficile.

– Nous recevons une assistance extrêmement efficace. Avez-vous quelque chose à ajouter au rapport ?

– Un certain nombre de choses. Commençons par ce que nous avons découvert depuis qu'il a été transmis à Paris. Traupman fait passer la majeure partie de ses affaires personnelles par le bureau du président du conseil d'administration de l'hôpital, un homme immensément riche, qui a de nombreuses relations. Quel pied pour Traupman ; c'est comme s'il le faisait marcher à la baguette.

– Je trouve ça assez bizarre, compte tenu de la position de Traupman, glissa Gerald Anthony.

– Pas vraiment, fit Christian Dietz. C'est comme si le ministre de la Défense commandait un avion par l'entremise du Bureau ovale. Malgré sa haute position dans le paysage politique, personne n'est aussi haut placé que le président. C'est très allemand.

– Précisément, approuva l'homme qui se faisait appeler Karl. Et, comme ces instructions sont enregistrées, pour éviter les erreurs et les reproches – c'est aussi très allemand –, nous avons soudoyé un employé de l'hôpital pour nous communiquer les instructions de Traupman.

– Dangereux, non ?

– Pas si l'employé en question était convaincu par la vue d'un uniforme qu'il s'agissait d'une mesure de sécurité prise par la police.

– Vous êtes bons, les gars ! lança Dietz.

– C'est cela ou la mort, répondit Karl. Quoi qu'il en soit, Traupman a réservé une table pour six personnes à la terrasse du restaurant Gartenhof. À 20 h 30.

– Essayons, déclara le lieutenant Anthony avec résolution.

– D'autre part, poursuivit Karl, j'ai été informé que Traupman a donné l'ordre de préparer son avion pour demain, à 17 heures. Destination Bonn.

– Une réunion au bord du Rhin, fit Dietz. Il faut attaquer sur l'eau, croyez-moi !

– Doucement, Chris, protesta le lieutenant. N'oublie pas la plage du Koweit où nous nous sommes plantés.

– Pas nous, les cow-boys de l'infanterie de marine ! Ils étaient si excités qu'ils se sont foutus à l'eau. On leur a sauvé la vie en se penchant...

– C'est de l'histoire ancienne ! coupa le lieutenant Anthony. Ils ont eu leurs médailles et elles étaient méritées. Deux d'entre eux ont disparu, tu n'as pas oublié non plus ?

– Cela n'aurait jamais dû arriver, poursuivit calmement Dietz.

– C'est arrivé, répliqua Anthony, encore plus calme.

– Nous avons donc deux occasions, coupa Drew d'une voix ferme. Ce soir, au restaurant, et demain, sur le Rhin. Qu'en pensez-vous, Karl ?

– Les deux sont également périlleuses. Bonne chance.

Sur le terrain d'aviation désaffecté, au nord de Lakenheath, au milieu des prairies fauchées du Kent, les deux énormes planeurs Messerschmitt ME 323 avaient été assemblés. Il ne restait plus aux puissants jets qu'à les lancer au sandow, moteur coupé à dix mille pieds, afin de faire le moins de bruit possible pendant la descente. L'opération Eau morte était prévue dans cent heures.

Sur le terrain le plus plat de la rive du Potomac, entre le réservoir de Dalecarlia et le fleuve, deux autres gigantesques planeurs ME 323, assemblés après avoir été complètement démontés et transportés par bateau de l'autre côté de l'Atlantique, restaient au sol. L'énorme réservoir, alimenté par une quantité de canalisations souterraines, se trouvait à l'extrémité du boulevard MacArthur et approvisionnait en eau Arlington, Falls Church, Georgetown et le district fédéral de Columbia, y compris les ghettos et la Maison-Blanche. Le moment venu, à la minute près, deux Thunderbird descendraient, le moteur coupé, des crochets fixés à la queue des appareils attraperaient les fils métalliques et les planeurs décolleraient. Pour réduire l'effort de traction, le décollage serait assisté par des fusées autopropulsées, placées sous les ailes des planeurs, qui seraient mises en marche à l'instant de l'impact. La méthode avait été expérimentée dans les champs de Mettmach, le nouveau quartier général de la Fraternité. Correctement exécutée, elle réussissait. Elle serait correctement exécutée et la capitale des États-Unis serait empoisonnée, paralysée. Le compte à rebours était commencé ; il restait cent heures.

À une quarantaine de kilomètres au nord de Paris, dans la région de Beauvais, se trouve une installation hydraulique qui alimente une partie de la capitale. À une vingtaine de kilomètres à l'est, dans une vaste plaine, sont disséminés trois terrains d'aviation privés, utilisés par ceux qui préfèrent éviter les désagréments d'Orly et de Roissy. Deux énormes planeurs, fraîchement repeints, sont visibles sur le terrain le plus oriental des trois. L'explication donnée aux curieux est pour le moins insolite. Les appareils appartiennent à la famille royale saoudienne, qui compte les utiliser pour survoler le désert ; comme ils ont été construits et payés en France, personne ne cherche à en savoir plus. Plusieurs avions viendraient bientôt les remorquer jusqu'à Riyad. La tour de contrôle avait été prévenue que l'opération aurait lieu dans une centaine d'heures.

Le jardin du Gartenhof était une survivance d'une époque révolue, plus raffinée, où des quatuors à cordes accompagnaient les soupers fins servis par des mains gantées de blanc. Le problème était qu'il s'agissait bel et bien d'un jardin, en plein air, autour d'une terrasse décorée d'une profusion de fleurs, qui dominait les vieilles rues de Nuremberg, à proximité de la célèbre maison d'Albrecht Dürer.

Gerald Anthony, lieutenant des Forces spéciales, ancien de l'opération Tempête du désert, était furieux. Il avait préparé tout le monde pour la mission, sa spécialité, un feu qui se déclarerait brusquement, détournant l'attention générale, plus particulièrement celle des gardes du corps de Traupman, assis à la table voisine de celle du chirurgien, qui, dans la panique, risquaient de ne plus être utiles à leur employeur. Mais le vent qui soufflait de la Pegnitz en se faufilant entre les vieilles maisons était trop soutenu, trop dangereux pour sa stratégie. Sans les globes de verre qui les protégeaient, les bougies n'y auraient pas résisté. Un petit feu allumé au bon moment aurait pu suffire pour faire disparaître Traupman au nez et à la barbe de ses anges gardiens, mais le risque de voir les flammes se propager dans l'espace clos de la terrasse bondée et faire d'innocentes victimes n'était pas acceptable. Tout aussi important, la panique déclenchée par le feu pouvait se retourner contre eux, si, dans l'affolement général, les clients obstruaient la seule issue. Et si un des gardes du corps avait la présence d'esprit de sortir son arme, un seule balle suffirait à provoquer l'échec de leur mission.

Avec des regards furtifs, chacun des membres de l'opération N-2 étudiait à la dérobée Hans Traupman et ses invités. Le célèbre chirurgien était le chef incontesté d'une bande de paons à qui il ne manquait que de longues plumes chatoyantes sur les épaules. C'était un homme mince, de taille moyenne, aux gestes animés, accompagnés, à chaque trait d'humour, de mimiques outrées qui donnaient un aspect grotesque à son visage déjà plissé par l'âge. L'homme n'avait rien d'attirant, il recherchait en permanence l'approbation des autres, mais il était le chef, l'hôte fortuné dont les brusques silences jetaient un froid autour de la table.

Latham, affublé de lunettes à monture d'écaille, de sourcils touffus et d'une moustache postiches, lança un coup d'œil à Karin, également méconnaissable à la lueur des bougies, le visage pâle, sans maquillage, les cheveux ramassés derrière la tête en un chignon austère. Elle ne lui rendit pas son regard. Elle semblait fascinée par quelque chose, ou quelqu'un, à la table de Traupman.

Le lieutenant Anthony tourna la tête vers Drew et Stanley Witkowski. À regret, il secoua imperceptiblement la tête. Avec le même déplaisir, ses supérieurs l'imitèrent. Karin s'adressa soudain à eux, en allemand, d'un ton frivole, léger, qui ne lui ressemblait pas du tout

– Je crois avoir reconnu une vieille amie qui va se refaire une beauté. Je vais la suivre.

Elle se leva et traversa la terrasse, en emboîtant le pas à une autre femme.

– Qu'est-ce qu'elle a dit ? demanda Drew.

– Elle va aux toilettes, répondit Dietz.

– C'est tout ?

– J'en doute, fit Anthony.

– Que voulez-vous dire ?

– À l'évidence, glissa Witkowski, la femme qu'elle suit est la petite amie de Traupman, au moins pour la soirée.

– Elle est devenue folle ! explosa Latham, en s'efforçant de ne pas parler trop fort. Où a-t-elle la tête ?

– Nous le saurons à son retour, *chlopak*.

– Je n'aime pas ça !

– Personne ne vous demande votre avis, fit le colonel.

Douze interminables minutes plus tard, Karin revint à leur table.

– Pour reprendre ses termes, dit-elle en s'asseyant, ma nouvelle et jeune amie déteste le « sale vicieux ». Elle a vingt-six ans et Traupman aime faire étalage de ses jeunes amies. Il lui donne de l'argent et, en la ramenant dans son appartement, exige qu'elle satisfasse ses goûts pervers.

– Comment as-tu appris tout ça ? demanda Drew.

– Je l'ai lu dans ses yeux... J'ai vécu à Amsterdam, ne l'oublie pas. Elle est accro à la coke et elle avait désespérément besoin d'une dose pour la soirée. Je l'ai surprise en train de se faire une ligne. La poudre était fournie par le bon docteur.

– Un homme d'une grande générosité, lança Dietz avec mépris. On apprendra un jour combien de soldats irakiens prenaient quotidiennement cette saloperie. Hussein en avait fait leur ordinaire !... Est-ce que cela peut nous être utile ?

– À condition de pénétrer dans son appartement, répondit Karine. Ce qui pourrait nous donner un énorme avantage.

– À quoi pensez-vous ? interrogea Witkowski.

– Il fait des enregistrement vidéo de ses exploits sexuels.

– Un malade ! cracha le lieutenant Anthony.

– Encore plus que vous ne l'imaginez, poursuivit Karine. Elle m'a dit qu'il avait toute une collection de films porno, y compris avec des fillettes et des petits garçons. Il affirme avoir besoin de ça pour être excité.

– Cela pourrait nous fournir des munitions explosives, suggéra le colonel.

– Le scandale et le déshonneur, approuva Latham. Les armes les plus puissantes jamais inventées par l'homme.

– Je pense que nous pouvons y arriver, affirma Dietz.

– Je croyais t'avoir entendu dire que c'était impossible, murmura Anthony.

– J'ai le droit de changer d'avis, non ?

– Bien sûr, mais ta première idée est en général la bonne. Dis-nous comment, Chris ?

– Pour commencer, madame de Vries, puisque vous avez appris l'existence de ces films, j'imagine que vous vous êtes discrètement renseignée sur la disposition des lieux. Je me trompe ?

– Bien sûr que non. Les trois gardes se partagent les tâches, ils se relaient pour se ménager des pauses. L'un reste devant la porte de l'appartement, assis à une table, avec un interphone, tandis que les deux autres, comme vous l'avez observé, capitaine, patrouillent dans les couloirs, l'entrée et à l'extérieur du bâtiment.

– Et les ascenseurs ? demanda Witkowski.

– Ils n'ont pas vraiment d'importance. Traupman occupe tout le dernier étage et, pour monter, il convient, d'après ma nouvelle amie, soit de composer un code, ce qui est la procédure normale, soit de passer par le service de sécurité de l'immeuble, qui s'assure que l'on est attendu.

– Il y a donc deux barrages à franchir, fit Drew. Les gardes du corps de Traupman et le service de sécurité du bâtiment.

– Tu peux dire trois, fit Karin. Le garde en faction devant la porte de l'appartement doit composer une suite de chiffres pour qu'elle s'ouvre. S'il se trompe, il déclenche un vacarme de tous les diables. Sirènes, sonneries, vous voyez le tableau.

– C'est la jeune femme qui vous a dit ça ? demanda le lieutenant Anthony.

– Ce n'était pas nécessaire, Gerald. Ce genre d'installation est courante. Nous avions à peu près la même, à Amsterdam.

– Chez vous ?

– C'est un peu compliqué, lieutenant, fit sèchement Drew. Nous n'avons pas le temps maintenant... Nous disions donc que si nous réussissons – je ne sais comment – à éviter les gardes et à franchir le barrage de l'entrée, nous serons coincés devant la porte de l'appartement et tirés comme des lapins. Une perspective qui n'a rien de réjouissant.

– Vous estimez donc, demanda Witkowski à Dietz, qu'il nous sera possible de contourner les deux premiers obstacles ?

– Absolument. Nous pouvons, Gerry et moi, neutraliser celui qui picole en douce et celui qui se gratte. Quant au service de sécurité intérieur, deux fonctionnaires ayant la tête de l'emploi et présentant des documents officiels devraient pouvoir réussir.

Le capitaine regarda Latham et Witkowski au fond des yeux.

– S'ils sont rompus à ce genre d'exercice, que le lieutenant et moi avons pratiqué à deux reprises, au cours de l'opération Tempête du désert.

– Admettons que nous le soyons, fit Drew avec une irritation croissante. Mais qui s'occupera de la porte de l'appartement ?

– Je donne ma langue au chat.

– J'ai peut-être une idée, fit Karin, en se levant. Si tout se passe bien, poursuivit-elle doucement, j'en ai pour un moment. Commandez-moi un double express, s'il vous plaît, la nuit risque d'être fatigante.

Sur ces paroles énigmatiques, Karin fit le tour de la terrasse en prenant la direction de l'entrée. Comme si elle pensait être observée, elle fit un crochet, en longeant le mur, pour se diriger vers les toilettes.

Cinq minutes plus tard, la jeune femme blonde assise aux côté du docteur Traupman fut prise d'éternuements que les convives attribuèrent bénignement au pollen et à la brise d'été. Elle s'excusa et quitta la table.

Dix-huit minutes plus tard, Karin de Vries vint retrouver les quatre Américains.

– Voici les conditions, annonça-t-elle. Ni elle ni moi n'accepterons moins que ce qu'elle demande.

– Vous avez retrouvé la fille dans les toilettes, fit posément Witkowski, comme si la chose allait de soi.

– Elle avait compris que, si je quittais la table pour me diriger vers l'entrée, elle devait trouver une excuse pour m'y rejoindre, trois ou quatre minutes plus tard.

– Quelles sont ces conditions et que fera-t-elle pour les mériter ? demanda Latham.

– Ta deuxième question d'abord. Une fois dans l'appartement de Traupman, elle demande une heure pour désactiver l'alarme et faire jouer la serrure de la porte.

– Elle pourra devenir notre première présidente, lança Dietz.

– Elle n'en demande pas tant. Elle veut, et je la soutiens, un visa permanent pour les États-Unis, assez d'argent pour se désintoxiquer et de quoi vivre assez confortablement trois ans. Elle a peur de rester en Allemagne et se donne trois ans, en perfectionnant son anglais, pour trouver du travail.

– Marché conclu, fit Drew. Elle aurait pu être beaucoup plus gourmande.

– Pour ne rien te cacher, mon cher Drew, elle le sera peut-être, mais plus tard. C'est une rescapée, pas une sainte, et une toxicomane. Sa vie, c'est ça.

– Dans trois ans, ce ne sera plus notre problème, coupa le colonel.

– Traupman vient de demander l'addition, annonça le lieutenant Anthony.

– Votre guide fera la même chose dans quelques minutes, fit Karin.

Elle se pencha sur le côté, comme pour prendre son sac à main ou ramasser une serviette ; trois tables plus loin, la blonde s'inclina, elle aussi, pour ramasser un briquet en or qui lui avait échappé des mains. Leurs regards se croisèrent ; Karin cligna des yeux à deux reprises, la jeune femme une seule fois.

Le programme de la nuit était connu.

36

La résidence – immeuble eût été dépréciatif – était une de ces constructions d'acier froid et de verre fumé qui donnent la nostalgie des pierres de taille, des flèches et des arcs-boutants. Ce n'était pas tant l'œuvre d'un architecte que le produit d'un ordinateur, dont le caractère esthétique résidait essentiellement dans de vastes espaces dégagés. La construction n'en était pas moins imposante, avec sa façade percée de baies hautes de deux étages et son hall de marbre blanc, au centre duquel trônait une grande vasque alimentée par une fontaine et éclairée sous l'eau par des projecteurs. À chaque étage, une galerie intérieure était bordée par un mur de granit moucheté, haut d'un mètre quarante, qui permettait d'admirer l'opulence de l'entrée. L'impression qui s'en dégageait était moins de beauté que d'une prouesse technique.

Sur la gauche du hall de marbre se trouvait la vitre coulissante de verre blanc du bureau de la sécurité. Derrière la vitre était assis un gardien en uniforme, dont la tâche consistait à ouvrir aux visiteurs qui se présentaient devant l'interphone de l'entrée, après s'être assuré qu'on acceptait de les recevoir. Pour préserver la sécurité des résidents et dans un souci de sécurité, le gardien avait en outre trois boutons d'alarme à portée de la main : Incendie, Entrée forcée et Police. Le poste se trouvait à huit cents mètres, une voiture pouvait être sur les lieux en soixante secondes. L'immeuble avait onze étages, l'appartement de Traupman occupait la totalité du dernier.

L'extérieur, comme il fallait s'y attendre, était en rapport avec le prix des logements. Une allée circulaire courait entre de hautes haies, dans l'intervalle desquelles apparaissait le fruit de la moitié du travail annuel d'un jardinier paysagiste : feuillage sculpté, massifs de fleurs, cinq bassins pour poissons rouges – oxygénés, bien entendu – et des chemins dallés pour qui cédait à l'envie d'une promenade au sein des beautés de la nature. Sur l'arrière de la construction, donnant sur l'enceinte médiévale du Neutergraben Wall, se trouvait une piscine olympique, avec ses cabines et son bar en plein air, pour les mois d'été. Tout bien considéré, le docteur Hans Traupman, le Raspoutine du mouvement néonazi, n'avait vraiment pas à se plaindre.

– C'est comme si l'on voulait pénétrer dans l'enceinte de Leavenworth sans un laissez-passer, murmura Latham, à l'abri du feuillage des buissons sculptés faisant face à l'entrée.

À ses côtés, se trouvait le capitaine Christian Dietz, qui avait précédemment reconnu les lieux.

– Tous les accès par l'arrière, du côté de la piscine, sont verrouillés électroniquement, reprit Drew. Il suffit qu'une main se pose sur un écran et l'alarme se déclenche. Je connais ces fibres. Elles sont sensibles à la chaleur.

– Je sais, fit le Ranger. C'est pourquoi je vous ai dit que le seul moyen consiste à neutraliser les deux gardes du corps en patrouille et à franchir le contrôle de sécurité avant de monter au onzième étage.

– Pouvez-vous vraiment, avec Anthony, vous débarrasser des gardes ?

– Ce n'est pas le problème. Gerry s'occupera du gros qui picole, je réglerai son compte à l'autre. Le problème, à mon avis, est de savoir si le colonel et vous parviendrez à entortiller le service de sécurité.

– Witkowski a appelé les gars de la DST. Il dit qu'il a la situation en main.

– Comment ?

– Grâce à deux ou trois noms de la police locale. Ils passeront un coup de fil au service de sécurité de l'immeuble, pour préparer le terrain. Top secret, comme on dit dans votre jargon.

– La DST travaille avec la police de Nuremberg ?

– Possible, mais ce n'est pas ce que j'ai dit. J'ai parlé de « noms », pas de personnes. J'imagine que ce seront des noms de gens haut placés, qu'ils soient authentiques ou non... Enfin, Chris, il est largement plus de minuit, qui aurait l'idée de vérifier ? Quand les Alliés ont débarqué en Normandie, personne n'a osé réveiller les principaux conseillers d'Hitler, encore moins le Führer.

– L'allemand du colonel est-il vraiment bon ? Je ne l'ai entendu dire que quelques mots.

– Il parle couramment la langue.

– Il devra prendre un ton autoritaire...

– Vous avez des doutes ? Witkowski ne parle pas, il aboie.

– Attention !... Il vient de craquer une allumette dans le creux de sa main, dans les buissons, sur notre droite. Il se passe quelque chose.

– Witkowski et le lieutenant sont les plus près. Voyez-vous quelque chose ?

– Oui, répondit le capitaine, en écartant quelques branches. C'est le gros boche qui picole. Gerry va le prendre à revers ; il traînera le corps dans l'ombre, sur le côté de l'allée, à mi-chemin de l'immeuble.

– Vous êtes toujours aussi sûrs de vous ?

– Pourquoi pas ? C'est un boulot comme un autre, et nous sommes bien entraînés.

– Vous vient-il parfois à l'esprit que l'autre pourrait prendre l'avantage au corps à corps ?

– Bien sûr. C'est pourquoi les coups les plus vicieux sont notre spécialité. Pas vous ? Un ami de l'ambassade vous a vu jouer au hockey à Toronto, ou à Manitoba ; d'après lui, vous étiez maître dans l'art de bloquer l'adversaire.

– La discussion est close, ordonna sèchement Latham. Que se passera-t-il si le buveur de whisky ne revient pas ? Son collègue attendra-t-il son retour ?

– Comme tous les Allemands, ils sont disciplinés. Toute déviation est inacceptable. Si un soldat fait montre de négligence, son compagnon d'armes ne se laisse pas distraire de sa tâche. Il continue à marcher ou à monter la garde. Regardez ! Gerry l'a eu !

– Quoi ?

– Vous ne regardiez pas. Gerry a craqué une allumette et la flamme s'est déplacée vers la gauche. Mission accomplie... Je vais commencer à ramper vers l'avant, pendant que vous rejoindrez le colonel sur notre flanc.

– Oui, je sais...

– Il faudra un certain temps, peut-être une vingtaine de minutes, mais ne vous impatientez pas, j'y arriverai.

– Le ciel vous entende, mon enfant.

– J'attendais quelque chose de ce genre. À tout à l'heure, monsieur l'agent des Opérations consulaires.

Le capitaine des Forces spéciales s'éloigna en rampant vers l'entrée de la résidence, tandis que Drew, courbé en deux, se faufilait entre les massifs de fleurs du jardin à l'anglaise, jusqu'à la haie derrière laquelle Stanley Witkowski était couché sur le ventre.

– Ces deux-là sont extraordinaires ! décréta le colonel, les yeux collés à ses jumelles à infrarouge. Ils ont de la glace dans les veines.

– C'est simplement un boulot qu'ils sont entraînés à faire et qu'ils font bien, dit Drew en se jetant au sol.

– Le ciel vous entende, *chlopak*. Et voilà l'autre... Ces petits gars sont merveilleux ! Entraînés pour tuer, ça se voit !

– Nous ne voulons pas de morts, Stanley. Plutôt faire des prisonniers.

– L'un ou l'autre, ça m'est égal. Tout ce qui m'intéresse, c'est de pouvoir entrer.

– Cela vous paraît possible ?

– Tout est prêt, il n'y a plus qu'à voir si le piège fonctionne. En cas de problème, nous attaquons en force.

– Le gardien appellera la police dès qu'il verra une arme.

– Il y a onze étages, par où commenceront-ils ?

– Bien vu. Allons-y !

– Pas encore. La cible du capitaine n'est pas arrivée.

– Je croyais vous avoir entendu dire : « Et voilà l'autre. »

– Qui se met en position, pas qui fait mouche. On ne met pas dans le mille avant de voir la cible.

– Exprimez-vous clairement.

– Le deuxième gorille n'est pas encore sorti.

– Merci.

Six minutes s'écoulèrent, avant que Witkowski ne reprenne la parole.

– Le voilà, pile à l'heure. Vive la discipline teutonne !

Trente secondes plus tard, la flamme d'une allumette décrivit un quart de cercle vers la gauche.

– Terminé, fit le colonel. Suivez-moi et tenez-vous bien droit. N'oubliez pas que vous appartenez à la police de Nuremberg. Restez derrière moi, sans ouvrir la bouche.

– Que voulez-vous que je dise ? *O, Tannenbaum, mein Tannenbaum...* ?

– En route !

Les deux hommes traversèrent l'allée en courant ; juste avant d'atteindre le large dais surmontant l'èntrée de la résidence, ils s'arrêtèrent pour reprendre leur soufle, puis s'avancèrent avec raideur vers le grand panneau de l'interphone.

– *Guten Abend*, lança le colonel. Nous sommes les détectives que vous avez appelés pour vérifier l'installation de sécurité extérieure de l'appartement du docteur Traupman.

– Oui, vos supérieurs ont appelé, il y a une heure, mais je leur ai dit que le docteur recevait des amis, ce soir...

– J'espère que *eux* vous ont dit que nous ne dérangerons pas le docteur Traupman, coupa sèchement Witkowski. Ni lui ni ses gardes du corps ne doivent être dérangés, à aucun moment ; ce sont les ordres du commissaire et, croyez-moi, il vaut mieux ne pas enfreindre ses instructions. L'installation extérieure se trouve dans le local technique, en face de la porte de l'appartement. Il ne saura même pas que nous sommes venus. Telles sont les directives du chef de la police. Mais je ne doute pas qu'il ait été très clair.

– Au fait, qu'est-ce elle a, cette installation ?

– Un accident, sans doute, quelqu'un a dû couper un fil en transportant des meubles dans le local. Pour le savoir, il faut examiner les tableaux de contrôle, dont nous sommes responsables, je le rappelle. Pour ne rien vous cacher, je serais bien incapable de trouver la panne ; c'est le boulot de mon collègue.

– Je ne savais même pas qu'elle existait, cette installation, reprit le gardien.

– Il y a des tas de choses que vous ne savez pas. Entre nous, le docteur Traupman a des lignes directes avec de hauts fonctionnaires et le gratin de la police.

– Je savais que c'était un grand chirurgien, mais, de là à...

– Disons, coupa Witkowski, qu'il se montre très généreux avec nos supérieurs, les vôtres comme les miens. Alors, poursuivit-il d'un ton patelin, dans notre intérêt commun, pas de vagues. Nous perdons du temps, laissez-nous entrer maintenant.

– D'accord, mais il faudra signer le registre.

– Au risque de perdre notre boulot ? Et, vous, le vôtre ?

– Bon, bon, je vais composer le code de l'ascenseur pour le onzième étage. Avez-vous besoin de la clé du local technique ?

– Non, merci. Traupman en a donné une au commissaire, qui nous l'a remise.

– Maintenant, je suis rassuré. Entrez.

– Nous montrerons notre carte de police, mais, dans notre intérêt à tous, vous ne nous avez jamais vus.

– Je comprends. Je tiens à garder mon boulot et je ne veux pas avoir les flics sur le dos.

L'ascenseur était à l'angle du couloir, invisible de la porte de l'appartement du chirurgien. Latham et Witkowski progressèrent très lentement, le dos collé au mur ; Drew avança la tête jusqu'au bord du mur de béton revêtu de marbre. Le troisième garde du corps, en bras de chemise, lisait un livre de poche en marquant des doigts le rythme de la musique douce diffusée par un transistor. Il était au moins à quinze mètres, assis devant une imposante console, qui le mettait en liaison directe avec plusieurs numéros d'urgence et pouvait, en quelques secondes, faire capoter l'opération N-2. Latham regarda sa montre et tourna lentement la tête vers Witkowski.

– Ça ne se présente pas très bien, chuchota-t-il.

– Il fallait s'y attendre, *chlopak*, répondit le vétéran du renseignement militaire, en sortant cinq billes de la poche de sa veste. Karin avait raison. Il faut à tout prix créer une diversion.

– Nous avons dépassé l'heure à laquelle la fille avait dit qu'elle désactiverait l'alarme. Elle doit se faire du mauvais sang.

– Je sais. Prenez les fléchettes et visez la région du cou. Tirez jusqu'à ce que vous touchiez la gorge.

– Quoi ?

– Il va se lever et venir par ici, faites-moi confiance.

– Qu'allez-vous faire ?

– Regardez bien.

Witkowski lança une bille sur le sol de marbre ; elle roula bruyamment, heurta le mur opposé et s'immobilisa. Il en prit une autre, l'envoya de l'autre côté, en la faisant légèrement rebondir

– Que fait-il ? demanda Witkowski.

– Ce que vous avez prévu. Il se lève et vient vers nous.

– Plus il sera près, plus il sera facile de l'atteindre.

Le colonel lança deux autres billes sur sa droite, vers le bout du couloir, plus fort et plus bruyamment. Le gorille s'élança, l'arme au poing. Dès qu'il tourna l'angle, Drew tira trois fléchettes anesthésiantes ; la première rata la cible et ricocha sur le mur, les deux autres atteignirent le garde sur le côté droit du cou. Le néonazi ouvrit la bouche, porta vivement la main à sa gorge et s'affaissa lentement en poussant un long cri étouffé.

– Retirez les deux fléchettes et récupérez l'autre, ordonna Witkowski. Nous allons le ramener devant la porte ; les effets de l'anesthésique se dissiperont dans une demi-heure.

Ils transportèrent le néo jusqu'au bureau, l'installèrent sur la chaise, la tête repliée sur la poitrine. Drew s'avança vers la porte de l'appartement, prit une longue inspiration et ouvrit. Pas de sirène d'alarme, rien que l'obscurité et le silence. Puis une voix ténue de femme se fit entendre – en allemand, malheureusement.

– *Schnell ! Beeilen Sie sich !*

– Attendez ! fit Latham, avant de s'aviser que le colonel était à côté de lui. Que dit-elle ? reprit-il. Pouvons-nous allumer une lumière ?

– Oui, répondit la femme. Je parle anglais un peu, pas bien.

Sur ce, elle actionna l'interrupteur de l'entrée. Ils découvrirent la jeune femme blonde, entièrement habillée, un sac et un baise-en-ville à la main. Witkowski fit un pas en avant.

– Alors, nous partons maintenant ?

– Ne mettons pas la charrue avant les bœufs, *Fräulein*, fit le colonel. Les choses sérieuses d'abord.

– On m'a promis ! s'écria-t-elle. Un visa, un passeport, une protection pour partir en Amérique !

– Vous aurez tout ça, mademoiselle. Mais, avant de transporter Traupman hors d'ici, où sont les cassettes ?

– J'en ai quinze, les plus dégoûtantes, dans mon sac de voyage. Mais il sera impossible de le transporter hors de l'appartement. L'entrée de service est fermée de 8 heures du soir à 8 heures du matin ; une alarme est branchée. Il n'y a pas d'autre issue et tout est filmé par des caméras.

– Nous réussirons peut-être à le faire sortir par l'entrée principale, répondit Drew, quand le colonel lui eut traduit. N'oublions pas que ses gardes du corps ont disparu.

Witkowski traduisit de nouveau, cette fois pour l'Allemande.

– C'est une absurdité qui nous coûtera la vie à tous ! répliqua-t-elle avec véhémence. Vous ne savez pas où vous êtes ici ! Les propriétaires sont les gens les plus riches de Nuremberg et, avec la vague d'enlèvements que nous avons en Allemagne, c'est le résident en personne qui avertit le service de sécurité de son départ.

– Je vais téléphoner et me faire passer pour Traupman, ce n'est pas sorcier. Au fait, où est-il ?

– Il s'est endormi dans la salle de bains... Il n'est plus tout jeune, le vin le fatigue vite... certains exercices aussi. Mais vous ne comprenez vraiment pas. En Europe, les riches se déplacent avec des gardes du corps, en voiture blindée. Vous avez réussi à entrer, je vous tire mon chapeau, mais si vous croyez pouvoir repartir avec le chirurgien, vous êtes cinglés !

– Nous l'endormirons, comme le garde du couloir.

– De plus en plus stupide ! Il ne sort pas du bâtiment avant que sa limousine ne soit arrivée du garage, et seuls les gardes du corps ont la combinaison du coffre qui contient les clés...

– Un coffre ?

– Une voiture peut être volée ou trafiquée... Décidément, vous ne comprenez pas.

– Qu'est-ce que vous racontez, tous les deux ? lança Drew. Cessez de parler en allemand !

– On est baisés, fit le colonel. Le rapport de la DST n'était pas complet. Il ne parlait pas de l'arrivée de la voiture devant la porte, avant que le sujet ne sorte, ni d'un coffre à combinaison dans le garage, où sont rangées les clés.

– Tout ce foutu pays est peuplé de paranoïaques !

– *Nein, mein Herr*, protesta la jeune femme. Je comprends un peu de ce que vous dites. Pas toute l'Allemagne, seulement les quartiers où vivent les riches. Ils ont peur.

– Et les nazis ? On a peur d'eux, aussi ?

– Des ordures ! Ils n'ont pas le soutien des gens convenables.

– Qui est Traupman, à votre avis ?

– Un vicieux sénile...

– Un fumier de nazi, oui !

La jeune femme tressaillit comme si elle venait de recevoir une gifle ; elle secoua lentement la tête.

– Je ne... je ne me doutais pas du tout de ça. Il a des amis... d'autres médecins. Beaucoup sont *berühmt*. Très connus.

– C'est sa couverture, expliqua Witkowski en allemand. Traupman est un des chefs du mouvement ; voilà pourquoi nous le voulons.

– Je ne peux pas faire plus pour vous ! Je regrette, je ne peux pas. Vous avez les cassettes, c'est tout ce que j'avais promis. Vous devez maintenant me permettre de quitter l'Allemagne ; si ce que vous dites est vrai, les nazis ne me lâcheront pas !

– Nous respecterons nos engagements, mademoiselle, fit Witkowski. On décroche, *chlopak*, ajouta-t-il en anglais, en se tournant vers Drew. On ne peut emmener ce salaud sans mettre en péril toute l'opération. Nous sauterons dans le premier avion pour Bonn et nous l'attendrons là-bas.

– Vous croyez qu'il sera en état d'aller à Bonn ?

– Je ne crois pas qu'il ait le choix. Je compte aussi sur le sens de la hiérarchie des Allemands, beaucoup plus rigide que le nôtre. Il leur faut à tout prix éviter les reproches ; au fond, ce n'est pas très différent de ce qui se passe chez nous.

– Pourriez-vous être plus clair ?

– Les trois gardes du corps de Traupman ont été drogués. Ils reviendront à eux dans une vingtaine de minutes, morts de trouille, et se rendront aussitôt dans l'appartement...

– Où ils trouveront Traupman paisiblement endormi, acheva Latham. Mais n'est-il pas dangereux de prendre les cassettes ?

Witkowski se retourna vers la jeune femme blonde et lui posa la question en allemand. La conquête de Traupman ouvrit son sac à main, y prit une clé.

– C'est une des deux clés de l'armoire métallique qui renferme le reste des cassettes, expliqua-t-elle. L'autre est dans le coffre de la banque.

– Remarquera-t-il la disparition de la clé ?

– Je crois qu'il n'y pensera même pas. Elle est rangée dans le deuxième tiroir de la commode, avec les sous-vêtements.

– Je suis obligé de vous poser une autre question : a-t-il filmé vos ébats de la soirée ?

– Certainement pas, ce serait trop embarrassant. Après la rencontre avec votre amie, dans les toilettes du restaurant, j'ai trouvé le moyen de m'en sortir. J'ai toujours sur moi un flacon rempli d'un narcotique, pour le cas où la soirée serait trop répugnante.

– Mais vous êtes une toxicomane, non ?

– Il serait absurde de le nier. J'ai sur moi de quoi tenir trois jours. Après, on m'a promis une cure de désintoxication, en Amérique... Je n'ai pas choisi de devenir une droguée, j'y ai été contrainte, comme tant d'autres de mes sœurs, à Berlin-Est, devenues des hôtesses officielles. Seule la drogue nous permettait de survivre.

– On lève le camp ! rugit le colonel. Pauvres filles !

– Allons-y, mon colonel, fit Latham. En fin de compte, le capitaine Dietz aura sa chance sur le Rhin.

L'un après l'autre, les gorilles désorientés se retrouvèrent dans le couloir, devant la porte de l'appartement de Traupman. Chacun donna une version différente, mais, au fond, semblable, de ce qui lui était arrivé. Les seules divergences étaient dues aux prétextes choisis pour se couvrir, aucun d'eux ne sachant vraiment ce qui s'était passé. Ils avaient été attaqués par surprise, cela ne faisait aucun doute, mais aucun n'était sérieusement blessé.

– On ferait mieux d'entrer, pour constater les dégâts, fit celui dont l'haleine évoquait une distillerie.

– Personne n'a pu entrer ! protesta le garde chargé de surveiller la porte. Il y aurait foule dans le couloir, si quelqu'un avait essayé. L'alarme est reliée au service de sécurité de l'entrée et au poste de police.

– On a quand même été agressés et drogués, ajouta le troisième, en se grattant furieusement.

– J'espère que tu te fais soigner, lança l'amateur de whisky. Je ne voudrais pas attraper tes saloperies !

– Eh bien, ne va pas pique-niquer sur les bords de la Pegnitz avec une fille qui aime se rouler dans les herbes folles. La salope !... Il faut entrer maintenant, pour savoir si nous devons nous préparer à décamper de Nuremberg.

– Je vais désactiver l'alarme et déverrouiller la porte, fit le garde du couloir, en se penchant pour enfoncer, avec des gestes malhabiles, quelques touches sur le clavier de sa console.

– Voilà, c'est ouvert.

– Passe le premier, fit l'amoureux des berges herbues.

Quatre minutes plus tard, les trois hommes étaient de retour dans le couloir, perplexes, indécis, désorientés.

– Je ne sais pas quoi en penser, fit le gros buveur de whisky. Le docteur Traupman dort paisiblement, rien n'a été dérangé, on n'a pas touché à ses papiers.

– Et la fille ?

– Tu crois que... ?

– Je sais, affirma celui qui souffrait de démangeaisons. J'ai essayé de lui faire comprendre, discrètement, que ce n'était pas une fille pour lui. Elle vit avec un flic hargneux, séparé de sa femme. Le pauvre, il ne peut pas lui payer sa came.

– La police... les alarmes... elle a peut-être fait le coup avec son amant, suggéra le garde du couloir, en décrochant le téléphone de sa console. Il n'y a qu'un moyen de le savoir, poursuivit-il. Je vais appeler chez elle.

Il parcourut une liste de noms sur une feuille protégée par un étui en plastique, composa un numéro. Une minute s'écoula, il raccrocha.

– Ça ne répond pas. Soit ils ont quitté la ville, soit ils se fabriquent un alibi.

– Pour quoi faire ? demanda nerveusement le gros, en constatant que sa flasque était vide.

– Je ne sais pas.

– Personne ne sait rien, si j'ai bien compris, reprit l'amateur de whisky. Le docteur Traupman va bien, la pute est partie de son plein gré. Heinrich pourra vérifier. Alors, tout est en ordre ?

– On peut dire ça, acquiesça Heinrich, devant sa console. Même le docteur Traupman n'y trouverait rien à redire. Il préfère ne pas voir les filles, à son réveil.

– Eh bien, chers collègues, disons qu'il ne s'est rien passé, conclut le gros, le flacon vide à la main. Je vais reprendre ma garde, en passant par le garage, pour faire le plein.

Les projecteurs donnaient à plein sur les quais de la marina de Bonn. Un seul resterait allumé dans quelques minutes, quand le petit canot automobile quitterait son mouillage. À huit cents mètres de là, invisible dans l'obscurité, une autre embarcation, la coque et le pont peints en vert foncé, le moteur coupé, se laissait doucement porter par le courant du fleuve ; ses occupants étaient en combinaison de plongée, un scaphandre autonome dans le dos. Ils étaient au nombre de six, les cinq de l'opération N-2 et un agent de la DST, qui avait la responsabilité du bateau. Karin de Vries avait dû se battre de toutes ses forces pour être acceptée dans le groupe des cinq qui s'apprêtaient à plonger.

– J'ai probablement plus d'expérience que vous en matière de plongée, agent Latham !

– Ça m'étonnerait, avait répliqué Drew. J'ai suivi l'entraînement du Scripps Institute, à San Diego. On ne fait pas mieux.

– Moi, j'ai appris avec Frederik, dans la mer Noire ; quatre semaines de préparation, pour un couple de plongeurs amateurs. Si Stanley a bonne mémoire, il doit se souvenir de la mission.

– Je m'en souviens, chère madame, fit Witkowski. C'est nous qui avions tout payé... Freddie en a rapporté deux cents clichés sous-marins des vaisseaux soviétiques, dans le port de Sébastopol. Tonnage, déplacements, tout y était.

– J'ai pris au moins un tiers de ces photos, ajouta Karin d'un air de défi.

– Je veux bien te croire, fit Latham. Mais si nous sortons sains et saufs de cette aventure, ne te mets surtout pas dans la tête que tu porteras la culotte dans notre ménage.

– Toi, tu n'arriveras à rien, si tu ne changes pas d'attitude... J'ai bien entendu, c'est une demande en mariage ?

– Je l'avais déjà faite, peut-être pas aussi clairement, mais il n'y a rien de nouveau.

– Mettez une sourdine, vous deux, ordonna Witkowski. Voilà Dietz.

Le capitaine des Forces spéciales s'accroupit devant eux.

– J'ai passé le plan en revue avec notre skipper ; il n'a pas trouvé de défaut. Je vais tout reprendre pour vous.

Le plan du capitaine Christian Dietz était conçu pour ne pas attirer l'attention au moment où ils passeraient à l'action. En remorque du bateau vert foncé, tiré par un câble, se trouvait un canot de sauvetage noir en PVC, équipé d'un moteur de deux cent cinquante chevaux, capable d'atteindre les quarante nœuds. Une toile goudronnée pouvait être déroulée de la proue pour recouvrir le canot tout entier, moteur compris. La stratégie était la simplicité même, si tout se passait comme prévu.

À mille cinq cents mètres de la marina, l'embarcation de Traupman serait attaquée par les plongeurs qui obtureraient les orifices de gaz à l'aide de capsules d'acier liquide, durcissant en quelques secondes. Après quoi, du petit plomb tiré de tous côtés par de puissants Magnum 357 mettrait hors service les caméras mobiles. Les plongeurs prendraient ensuite d'assaut le canot de Traupman, couperaient toutes les communications et endormiraient le chirurgien avant de le transporter sur le canot en PVC, où l'agent de la DST déroulerait la bâche. Pour finir, l'embarcation de Traupman, sous pilote automatique, remonterait enfin le fleuve, tandis que les plongeurs remonteraient à bord du bateau vert pour se diriger vers la rive.

Les deux premières étapes du plan se déroulèrent sans encombre. Sous la conduite du capitaine Dietz et du lieutenant Anthony, Latham, Witkowski et Karin firent surface à côté du canot automobile et s'agrippèrent comme ils purent au plat-bord pour obturer les orifices circulaires du gaz, indiqués par de petits cercles rouges. L'embarcation ralentit ; elle se dirigea vers la rive. Les cinq plongeurs se hissèrent à bord d'un même mouvement et firent face à un Traupman terrifié.

– *Was ist los* ? hurla-t-il, en tendant le bras vers sa radio.

Latham la lui arracha aussitôt des mains ; Karin s'avança vers le nazi, ouvrit sa veste en faisant sauter les boutons et enfonça une seringue sous sa chemise.

– Je vous ferai fusiller... !

Ce furent les derniers mots prononcés par Traupman, avant de s'effondrer sur le pont.

– Mettez-le dans le canot de sauvetage ! rugit Witkowski.

L'embarcation en PVC noir vint se ranger bord à bord, le corps de Traupman fut descendu.

– Et maintenant, dégageons ! À toute allure !

- Je vais faire virer le canot et le mettre sous pilote automatique, cap nord-nord-ouest.

– Qu'est-ce que ça veut dire ?

– Ne vous inquiétez pas, colonel, répondit le lieutenant Anthony. Il remontera le fleuve, en suivant les méandres. Nous avons étudié la carte.

– Traupman se dirigeait vers la lumière jaune d'un ponton, sur notre gauche, fit Karin.

– Penses-tu la même chose que moi ? demanda Drew.

– J'espère.

– Alors, on se jette à l'eau et on nage jusqu'à notre bateau, si on peut le retrouver.

– Je l'ai mis à l'ancre, agent Latham, dit Anthony. Il est là-bas, à une trentaine de mètres... Dès que nous serons à bord, je mettrai le cap sur la rive, pour chercher le couvert des arbres.

– Cela vous plairait d'être nommé colonel, lieutenant ?

– Comment donc ! lança le capitaine Dietz, qui venait de s'assurer que Traupman, sous la toile goudronnée du canot de sauvetage, était en route vers l'autre rive du Rhin. À lui de m'inviter au resto ! Allez, en route ! Il faut faire remonter le fleuve à ce rafiot !

Il était grand temps. Quelques minutes plus tard, quand l'embarcation de Traupman atteignit le milieu du fleuve, l'hélicoptère de la marina descendit lentement, comme s'il transportait du matériel de secours. Soudain, des rafales d'armes automatiques crépitèrent, l'appareil survola deux fois le canot vide et le fit exploser à la grenade. Le canot coula.

– En voilà qui ne plaisantent pas, fit Latham à Karin, assise au bord du fleuve, avec les trois militaires américains.

– Je suis d'avis d'aller jeter un coup d'œil à cet appontement, déclara Witkowski. Pour voir qui d'autre arrive et pour être sûr qu'ils ne plaisantent pas.

37

Ils se débarrassèrent de leur scaphandre, ne conservant que la combinaison de plongée. Le capitaine Dietz sortit de son sac étanche différentes armes et des talkies-walkies miniaturisés qu'il distribua à la ronde. L'unité N-2 commença à ramper le long de la berge, jusqu'à ce que l'appontement indiqué par la lumière jaune du fanal soit à portée de sa vue. Lentement, à une dizaine de minutes d'intervalle, les petits canots automobiles aux lignes pures, arrivant de toutes les directions, vinrent prendre leur mouillage. Quand tous les emplacements ou presque furent occupés, la lumière jaune s'éteignit.

– Je pense que la chasse va commencer, murmura Latham dans l'oreille de Witkowski.

Karin était sur la gauche du colonel, les deux commandos sur la droite de Drew.

– Je pars en reconnaissance avec Gerry, fit le capitaine Dietz.

Prenant appui sur les genoux et les coudes, les deux officiers s'avancèrent vers Latham. La lune jetait de loin en loin un éclat fugace sur la lame de leurs longs couteaux.

– Je vous accompagne, fit Drew.

– Je pense que ce n'est pas une bonne idée, protesta Anthony. Nous avons l'habitude de travailler seuls.

– Je comprends, mais c'est moi qui dirige cette opération.

– Il veut dire, expliqua le capitaine, qu'il y a des signaux que nous savons interpréter, quand nous avons reconnu un lieu. Le bruissement du vent dans les arbres, le coassement d'une grenouille. Tout ce qui est propre à ce lieu.

– Vous vous fichez de moi ?

– Pas le moins du monde, répondit le lieutenant. C'est fondamental, dans notre métier.

– De plus, reprit Dietz, si cette propriété cache ce que les rapports laissent soupçonner, il y aura des patrouilles.

– Comme devant chez Traupman ? lança Witkowski.
– C'était du gâteau, mon colonel. J'avais fait un repérage.
– Très bien, fit Drew, allez-y. Laissez vos radios ouvertes et indiquez-nous quand nous pourrons vous rejoindre... Et soyez prudents.
– C'est la première notion qu'on nous inculque, répliqua le lieutenant.

Il lança un regard hésitant en direction de Karin et sa voix devint un murmure à peine audible.

– Nous avons eu pour instructions à Nuremberg de neutraliser, pas d'éliminer. Après avoir vu ce qu'a fait l'hélico avec le canot automobile de Traupman, je ne pense pas que cette interdiction puisse s'appliquer ici.
– En effet, lieutenant. Nous sommes au cœur du mouvement nazi ; considérez que vous êtes en guerre. Si la chose est possible, nous aimerions savoir qui participe à cette réunion ; il n'y a rien de plus important. Si jamais vous devez vous servir de vos couteaux, faites-en bon usage.

Les minutes qui suivirent évoquèrent les effets sonores d'un film de vampires, avec des images d'autant plus fortes qu'elles étaient imaginées. Karin et Witkowski partageaient une radio, Latham garda la sienne devant son visage. Ce qu'ils entendirent les fit grimacer de dégoût, le colonel un peu moins que les deux autres. À mesure que les commandos progressaient dans l'enchevêtrement de la végétation bordant le fleuve, ils perçurent des froissements de feuilles, des pas, des cris étranglés, interrompus par le bruit affreux d'expulsion d'air des poumons et celui du métal mordant des chairs. D'autres bruits de pas, plus rapides, plus légers, puis des grognements étouffés, accompagnés de crépitements qui ne pouvaient provenir que d'armes munies d'un silencieux. Encore un bruit de course, des craquements de brindilles, plus forts, la portée diminuant. Puis ce fut le silence, un silence absolu, effrayant, soudain brisé par un grésillement de parasites, suivi de nouveaux bruits de pas, sur une surface plus dure. Karin, Drew et le colonel échangèrent un long regard dans lequel se lisait la crainte du pire. Puis ils entendirent des voix implorantes, des supplications... en allemand ! Des bruits de métal et de verre se firent ensuite entendre, accompagnés de gémissements et d'un grand cri, suivis d'une prière en anglais.

– Ne me tuez pas, je vous en prie !
– Bon Dieu ! rugit Witkowski. Ils ont été capturés ! Restez là, je vais les chercher !
– Attendez, Stanley, ordonna Drew, en refermant sa main sur l'épaule du colonel, avec la poigne de fer d'un ancien champion de hockey. Ne bougez pas, je suis sérieux !

– Allez vous faire voir ! Nos petits gars sont dans le pétrin !

– Si c'est vrai, tout ce que vous y gagnerez, c'est de vous faire tuer. Nous avons tous accepté ce risque, vous l'avez dit vous-même.

– C'est différent ! J'ai un automatique et assez de chargeurs pour tirer deux cents cartouches.

– J'éprouve la même chose que vous, Stosh, mais nous ne sommes pas venus pour ça.

– Espèce de salopard, reprit calmement le colonel, en se laissant tomber au sol. Vous auriez fait un bon officier.

– Pas dans une armée, en tout cas. Je ne supporte pas la vue de l'uniforme.

– D'accord, *chlopak.* Qu'allons-nous faire ?

– Attendre. C'est vous-même qui l'avez dit : l'attente est ce qu'il y a de plus pénible.

– C'est vrai.

Elle fut de courte durée. Ils entendirent soudain la voix étouffée du capitaine Dietz.

– Plage Un à Plage Deux. Avons éliminé quatre gardes, par nécessité, ligoté et bâillonné deux autres qui n'opposaient pas de résistance. Avons ensuite pris le contrôle du centre de sécurité, dans le sous-sol de la remise, à une soixante de mètres à l'est du bâtiment principal. Sur les trois opérateurs, l'un est mort, abattu en tentant de déclencher une alarme auxiliaire, un autre ligoté et bâillonné, le troisième, un compatriote qui a épousé une Allemande pendant qu'il était sous les drapeaux, pleure en ce moment toutes les larmes de son corps en chantant *God Bless America.*

– Vous êtes fantastiques ! s'écria Drew. Que se passe-t-il dans le bâtiment principal ? Avez-vous eu la possibilité de voir quelque chose ?

– Un ou deux coups d'œil par les baies vitrées, après avoir liquidé la patrouille de la pelouse. Il y a entre vingt et trente hommes et un prêtre aux cheveux blonds sur une estrade, qui ne promettait pas le paradis, mais annonçait l'apocalypse. À première vue, c'est lui le chef.

- Un prêtre ?

– Avec un costume noir et un col blanc, que voulez-vous que ce soit d'autre ?

– Il y avait un prêtre, un luthérien, à Paris... Quelle taille, votre prêtre ?

– Plus petit que vous, mais pas beaucoup. Disons un mètre quatre-vingts.

– Seigneur ! lança Karin de Vries d'une voix affolée, en tremblant de tous ses membres.

– Qu'y a-t-il ?

– Un prêtre... aux cheveux blonds !

Elle couvrit la radio d'une main tremblante et s'adressa à voix basse à Latham et Witkowski.

– Il faut absolument aller regarder par une de ces baies !

– Qu'est-ce qui t'arrive ? demanda Drew, tandis que le colonel la regardait avec des yeux ronds. Explique-nous ce qui se passe.

– Fais ce que je te dis !

– Allez-y, fit Witkowski, sans quitter Karin des yeux.

– Plage Deux à Plage Un. Quelle est la situation là-bas ?

– Je ne pense pas qu'il reste des gardes, mais je ne peux rien garantir. Il est possible que quelqu'un soit parti pisser dans les buissons...

– En revenant, il aurait découvert quelques corps, non ?

– Dans ce cas, il a peut-être préféré déguerpir pour aller téléphoner.

– Vous ne l'auriez jamais laissé faire, poursuivit Drew. Nous arrivons.

– Pas de précipitation, agent Latham. Laissez-nous prendre position entre la maison et le fleuve. Je vous dirai quand la voie sera libre.

– Je vous laisse le soin d'en juger, capitaine. Vous êtes les spécialistes.

– J'aime à vous l'entendre dire, fit la voix du lieutenant Anthony. Je vous prie de demander à Mme de Vries de rester au bord du fleuve, au cas où il y aurait des échanges de coups de feu.

– Naturellement, fit Drew. Ce garnement commence à me courir sur le haricot, ajouta-t-il à l'adresse de Karin et Witkowski, en couvrant le microphone de la main.

– C'est un garçon sympathique, protesta le colonel.

– Il a douze ans d'âge mental.

– N'oublie pas les baies vitrées ! fit Karin d'un ton implorant.

– Le moment venu, fit le colonel, en serrant discrètement la main de la jeune femme. Calmez-vous, reprit-il dans un murmure. Du sang-froid, vous vous rappelez ?

– Vous savez... ?

– Je ne sais rien. Je n'ai que quelques questions du passé, restées sans réponse, qui trottent dans ma tête.

– Plage Deux ? lança la voix calme de Dietz. La voie est libre, mais restez courbés. Vous pouvez trouver, jusqu'à la terrasse, des cellules à infrarouge, à la hauteur de la poitrine.

– Je croyais que vous aviez court-circuité le système, fit Witkowski.

– Les caméras et les clôtures, mon colonel. S'il y a des cellules, elles peuvent être alimentées par des circuits souterrains et indépendants.

– Compris, capitaine, nous resterons près du sol.

Ils s'éloignèrent en rampant ; les vagues du fleuve venaient mourir en clapotant sur les herbes couchées par Drew, qui ouvrait la marche.

La boue collant à leur combinaison, leur arme au-dessus de la tête, ils atteignirent la pelouse en pente marquant la limite de la propriété. Ils se placèrent de front, échangèrent un petit signe de tête et entreprirent de grimper jusqu'à la première terrasse surplombant l'appontement. Le terrain en pente, couvert d'une pelouse parfaitement entretenue, donnait accès à une autre terrasse, derrière laquelle se trouvait l'arrière de la demeure, dont tout le pan de mur était formé d'une rangée d'énormes baies vitrées coulissantes, donnant sur un intérieur gigantesque, une salle de bal ou de banquet, à en juger par la lumière dansante des chandeliers.

– J'ai déjà vu cette maison ! fit Drew à mi-voix.

– Vous êtes venu ici ? demanda Witkowski.

– Non, j'ai vu des photos.

– Où ?

– Dans une revue d'architecture, je ne sais plus laquelle. Je me souviens des terrasses superposées et de la rangée de baies vitrées... Karin ! Qu'est-ce que tu fais ?

– Il faut que je regarde à l'intérieur. Il le faut !

Comme hypnotisée, Karin se leva et commença, du pas mécanique d'un automate, de gravir la pelouse, en direction des grandes baies.

– Arrêtez-la ! ordonna le colonel. Arrêtez-la, Bon Dieu !

Latham s'élança, saisit Karin par la taille et la plaqua au sol. Ils roulèrent tous deux sur la pelouse, en s'écartant de la lumière.

– Qu'est-ce qui t'a prise ? Tu as envie de te faire tuer ?

– Il faut que je regarde à l'intérieur ! Tu ne m'en empêcheras pas !

– Bon, bon, je suis d'accord, nous sommes tous d'accord avec toi, mais essayons de le faire intelligemment.

Les deux commandos des Forces spéciales, à genoux, apparurent brusquement, un de chaque côté, tandis que le colonel grimpait pour les rejoindre.

– Ce n'était pas très malin, madame de Vries, fit le capitaine Dietz, en contenant sa colère. Nous ne savons pas si quelqu'un monte la garde près des baies vitrées et il y a clair de lune, ce soir.

– Je suis sincèrement désolée, mais c'est important pour moi, si important ! Vous avez parlé d'un prêtre, un prêtre blond... Il faut que je le voie !

– Bon Dieu ! souffla Latham en voyant l'affolement dans les yeux de Karin et sa tête agitée de tremblements. C'est ce dont tu ne voulais pas me parler...

– Du calme, *chlopak* ! ordonna le colonel en saisissant le bras gauche de Latham.

Drew se tourna vers le vétéran du renseignement militaire et considéra le visage grave, sillonné de rides.

– Vous, Stosh, vous savez de quoi il retourne, n'est-ce pas ?

– Possible. Mais ce n'est pas de moi qu'il s'agit. Restez près d'elle, il se peut qu'elle ait besoin de votre soutien.

– Suivez-nous, déclara le lieutenant Anthony. Nous allons passer par la droite, jusqu'à l'angle du bâtiment, puis nous nous approcherons lentement de la première baie vitrée. Nous avons réussi à l'entrouvrir, juste assez pour entendre ce qui se dit derrière le rideau.

Trente secondes plus tard, les cinq membres de l'opération N-2 étaient réunis à l'angle du mur du bâtiment, à l'extrémité de la terrasse supérieure. Witkowski tapota l'épaule de Latham.

– Accompagnez-la, murmura-t-il, et gardez les mains libres. Il ne se passera peut-être rien, mais soyez prêt à toute éventualité.

Drew poussa doucement Karin devant lui, les mains sur ses épaules, jusqu'à ce qu'ils atteignent la première baie vitrée. Elle avança la tête jusqu'au bord du rideau ; elle vit l'homme sous les projecteurs de l'estrade, elle entendit le prêtre blond exhorter l'assemblée, dans un tumulte d'acclamations hystériques. *Sieg Heil, Günter Jäger !* Bouche bée, les yeux écarquillés, ses lèvres commencèrent à former un cri. Latham lui ferma la bouche d'une main vigoureuse et la fit pivoter sur elle-même pour la ramener vers l'angle du bâtiment, tandis qu'une immense clameur emplissait la grande salle.

– C'est lui ! murmura Karin d'une voix étranglée. C'est *Frederik* !

– Ramenez-la au bateau, rugit le colonel. Nous allons terminer ici !

– Qu'y a-t-il à terminer ? Il faut tuer cette ordure !

– Cette fois, vous ne vous comportez pas comme un officier, mon garçon. Il faut toujours exploiter un avantage.

– Nous l'exploitons, mon colonel, fit le capitaine Dietz en montrant le lieutenant, un caméscope miniaturisé à la main, qui filmait la réunion tumultueuse par l'ouverture du rideau.

– Emmenez-la ! répéta Witkowski.

Le silence régna pendant la majeure partie du trajet de retour sur le fleuve, par égard pour Karin, muette et bouleversée. Elle préféra rester seule à la proue, un long moment, le regard fixé sur la rive opposée, baignée par la clarté de la lune. À mi-chemin, elle tourna la tête pour lancer un regard implorant à Drew qui se leva et alla la rejoindre.

– Je peux faire quelque chose ? demanda-t-il doucement.

– Tu as fait ce qu'il fallait, mais pourras-tu me pardonner ?

– Te pardonner quoi ?

– J'ai perdu mon sang-froid, j'aurais pu tous nous faire tuer. Stanley m'avait pourtant prévenue.

– Tu avais toutes les raisons de... C'était donc ça, ton secret ? Ton mari était vivant et...

– Non, non, protesta Karin. Ou plutôt si, mais pas ça, pas ce que nous avons vu ce soir. J'étais sûre qu'il était vivant et j'avais la conviction qu'il avait été retourné et enrôlé, de gré ou de force, dans le mouvement nazi, mais je ne m'attendais certainement pas à ça !

– À quoi t'attendais-tu ?

– Il y avait des tas de possibilités, d'explications. Avant la chute du mur de Berlin, je l'ai quitté, en disant que tout était fini entre nous, s'il ne changeait pas radicalement de vie. L'alcool n'avait jamais été un problème, au contraire ; cela le rendait charmant, expansif et très drôle. Puis il changea, du tout au tout ; il devint extrêmement violent, prit l'habitude de me frapper, de me pousser contre les murs. Il ne voulait pas l'avouer, mais il prenait de la drogue, ce qui était incompatible avec tout ce en quoi il croyait.

– Que veux-tu dire ?

– Il croyait en lui, il aimait ce qu'il était. Un peu d'alcool de temps en temps, c'était un moment de plaisir, pas une dépendance. Sinon, ton frère ne l'aurait jamais supporté, pour des raisons aussi bien personnelles que professionnelles.

– Je te l'accorde. Harry aimait le bon vin et un verre de vieux cognac, mais il ne supportait pas les gens abrutis par l'alcool. Moi non plus, d'ailleurs.

– C'est là que je veux en venir, reprit Karin, Freddie non plus ne le supportait pas. Tout ce qui le diminuait durablement lui était odieux. Et pourtant, il avait changé, je le répète, radicalement. Il était devenu une énigme. Il pouvait se conduire comme un monstre et, l'instant d'après, se faisait tout penaud. Et puis, une nuit, à Amsterdam, alors que j'avais fini par croire Harry qui m'assurait que Frederik était mort, j'ai reçu un appel obscène. Le genre de coup de téléphone que donnent les adolescents pour frimer devant les copains, en déguisant leur voix ou en parlant à travers une feuille de papier. Après les obscénités habituelles, j'allais raccrocher, quand j'ai entendu une tournure, un groupe de mots, qui m'a fait sursauter. Je l'avais déjà entendu... dans la bouche de Frederik. Alors, j'ai crié : « Freddie, c'est toi ? » Je n'oublierai jamais le hurlement atroce qui a suivi ; j'ai compris que j'avais raison, qu'Harry se trompait.

– L'homme que nous avons vu ce soir est une variante de ce monstre, fit Latham. Je me demande s'il se drogue toujours.

– Je n'en sais rien. Il faudrait peut-être demander à un psychiatre de visionner le film du lieutenant Anthony.

– Je meurs d'impatience de le voir. Cette bande doit valoir de l'or... Au fait, Karin, que sait Witkowski exactement ?

– Pas la moindre idée. Il m'a seulement dit qu'il avait des questions du passé, restées sans réponse. Je n'ai pas compris ce qu'il voulait dire.

– Demandons-le-lui... Stan ! lança Latham en se retournant vers le colonel, assis à tribord, avec les deux commandos. Pouvez-vous venir une minute ?

– Bien sûr.

Le colonel se leva et vint se planter devant Drew et Karin.

– Vous en saviez plus long que vous ne l'avez dit, Stosh ?

– Non, je ne savais rien. J'envisageais simplement cette possibilité. L'un des personnages que Frederik préférait incarner, quand il partait en mission secrète, était celui d'un prêtre et, lorsqu'il n'avait pas les cheveux teints, il était plus blond que Marilyn Monroe. Quand le capitaine Dietz a parlé d'un prêtre blond, mesurant un mètre quatre-vingts, j'étais à côté de vous, Karin, et j'ai vu votre réaction. Des souvenirs me sont remontés à la mémoire.

– Cela ne nous dit pas comment il vous est venu à l'esprit que le prêtre pouvait être son mari, insista Latham.

– Revenons quelques années en arrière. Quand le G-2 a appris l'assassinat de Frederik de Vries par les agents de la Stasi, il restait quelques points obscurs. En particulier pourquoi ses « interrogatoires » et sa mort avaient-t-ils été consignés en détail ? Ce n'était pas normal, absolument pas normal. Les choses de ce genre sont en général enfouies au plus profond des archives ; la leçon des camps de concentration a été retenue.

– C'est aussi ce qui m'a frappée, reprit Karin. Harry, lui, a mis cela sur le compte de la mentalité des enragés de la Stasi, qui savaient qu'ils allaient perdre leur pouvoir, tout ce qu'ils avaient. Je n'ai pas accepté cette explication, car Frederik m'avait souvent parlé de la Stasi, de la cruauté de ces hommes, de leur goût de la manipulation et de leur profonde anxiété. Les anxieux ne se condamnent pas par leurs propres écrits.

– Comment a réagi mon frère, quand tu lui en as parlé ?

– Je n'ai jamais rien dit. Au-delà des rapports professionnels, Harry aimait beaucoup Frederik. Je n'ai pas eu le courage de lui parler de nos difficultés. C'était inutile, Freddie était mort. Officiellement.

– Il y avait une ou deux autres choses, reprit le colonel d'une voix douce. Des choses dont vous ne pouviez être informée. Les renseignements rapportés par Frederik à l'issue de ses trois dernières missions étaient manifestement erronés. Nous avions à l'époque retourné plusieurs membres de la Stasi qui, sachant qu'ils seraient bientôt sans emploi et risquaient d'être traduits en justice, se montraient très coopératifs. Certains nous ont fourni des preuves contredisant les renseignements de De Vries.

– Pourquoi ne pas avoir exigé des explications ? demanda Drew. En le rappelant pour le cuisiner ?

– C'était une sale période, très confuse, répondit Witkowski, en secouant la tête dans la pénombre. S'était-il fait avoir par plus malin que lui ? Était-il grillé ? Ces erreurs étaient-elles, pour un agent de sa qualité, le résultat d'un surmenage ? Nous n'avons pas su quoi en penser.

– Vous avez parlé d'une ou deux autres choses, Stanley, glissa Karin. De quoi s'agit-il ?

– Une seule, en fait, mais confirmée par deux de ces agents retournés, qui ne se connaissaient pas. La Stasi était une pieuvre, avec des centaines d'yeux et des milliers de tentacules ; d'une certaine manière, elle dirigeait le pays en sous-main... Nous avons donc appris que votre mari s'était rendu deux fois à Munich où il a rencontré le général Ulrich von Schnabe, reconnu par la suite comme un des chefs du mouvement néonazi. Il a été assassiné en prison par un des siens, avant d'avoir été interrogé.

– La graine était semée et une fleur vénéneuse du nom de Günter Jäger allait s'épanouir, murmura Karin en renversant la tête en arrière. Mais comment est-ce possible ?

– La bande nous apprendra peut-être quelque chose.

Latham écarta doucement le colonel et prit Karin par les épaules.

– Prenez votre téléphone portatif, poursuivit-il en se retournant vers Witkowski, et appelez les hommes de Moreau. Demandez-leur de nous réserver trois chambres à l'hôtel Königshof ; il nous faudra un magnétoscope permettant de faire une copie de la bande.

– *Jawohl, mein Herr !* lança le colonel avec un sourire approbateur, à la clarté fugace de la lune. Vous avez de nouveau l'attitude d'un véritable officier, *chlopak*.

– Mais comment est-ce possible ? répéta soudain Karin, levant un visage implorant vers les nuages qui couraient dans le ciel. Comment un homme peut-il devenir un être si différent ?

– Nous le découvrirons, murmura Drew en resserrant son étreinte.

Les paroles, prononcées d'une voix tantôt sourde, tantôt vibrante, étrangement cadencées, alternant sermon et menaces, semblaient avoir en même temps le pouvoir d'engourdir et d'électriser. Les images sur l'écran avaient la même qualité hypnotique, malgré les mouvements du petit caméscope et les fréquentes apparitions d'un bout de rideau dans le champ de l'objectif. Le prêtre blond s'adressait à un auditoire exclusivement masculin, composé de trente-six hommes ; certains, à en juger par leurs vêtements, n'étaient pas allemands, mais tous avaient une mise recherchée, allant de la tenue de yachting au complet-veston. La plupart écoutaient avec fascination et, si quelques regards gênés se dérobaient quand la harangue se faisait trop violente, tous se levaient comme un seul homme pour faire le salut nazi, à intervalles rapprochés. Sur l'estrade, le prêtre aux cheveux d'un blond éclatant et au regard perçant avait, il fallait l'avouer, une présence fascinante.

Avant de placer la bande dans le magnétoscope, le lieutenant Anthony s'était adressé aux quatre membres de l'opération N-2, dans la vaste chambre de l'hôtel Königshof.

– Le caméscope est équipé d'un zoom et d'un micro à haute impédance ; vous entendrez tout et je me suis efforcé de faire des gros plans de tous les participants, afin de permettre leur identification. Comme M. Latham ne parle pas allemand, nous avons fait monter, Chris et moi, une machine à écrire et avons traduit de notre mieux ce que disait ce Günter Jäger. Ce ne sera pas parfait, mais le texte est assez clair.

– C'est très gentil à vous, Gerry, fit Drew, assis entre Karin et le colonel.

– Ce n'est pas une question de gentillesse, il y a quelque chose d'extrêmement important, fit le capitaine Dietz, en s'agenouillant devant le téléviseur pour introduire la bande. J'en suis encore secoué, ajouta-t-il, l'air énigmatique. Que le spectacle commence !

L'écran s'emplit soudain de sons et d'images ou peut-être, comme l'avait dit le poète, de bruit et de fureur. Latham suivit le texte anglais.

– Mes amis, mes soldats, les vrais héros du IVe Reich, commença l'homme qui se faisait appeler Günter Jäger. Je vous apporte de merveilleuses nouvelles ! Un raz-de-marée s'apprête à engloutir les capitales de nos ennemis. L'heure H a été déterminée ; elle n'est plus éloignée que de cinquante-trois heures. Tout ce pour quoi nous avons œuvré, lutté, accepté des sacrifices va enfin se réaliser. La fin n'est pas encore en vue, mais c'est déjà la fin du commencement ! Ce sera l'oméga, la solution finale, la paralysie internationale ! Comme le savent ceux d'entre vous qui viennent de l'étranger, nos ennemis sont en pleine confusion et s'accusent mutuellement d'appartenir à notre grande cause. Ils nous maudissent en surface, mais ils sont des millions à nous applaudir en silence, car ils désirent ce que nous pouvons leur apporter ! Chassons des allées du pouvoir les juifs intrigants, qui veulent tout pour eux et leur haïssable patrie, expulsons ces braillards de Noirs, éliminons les socialistes qui veulent nous écraser d'impôts et en utiliser le produit pour promouvoir l'improductivité... en un mot restructurer ! Le monde doit tirer la leçon de l'ancienne Rome avant de succomber à l'indolence et de laisser le sang des esclaves infecter ses veines. Nous devons être forts et ne tolérer aucune infériorité. On tue un chien mal formé, pourquoi pas le produit de parents inférieurs ?... Pour en revenir à notre raz-de-marée – la plupart d'entre vous sont au courant, certains pas encore. Son nom de code est Eau morte ; c'est précisément ce dont il s'agit. L'eau apportera la mort. Dans cinquante-trois heures, les réserves d'eau de Londres, Paris et Washington seront empoisonnées par des substances si toxiques que les victimes se compteront par centaines de milliers. Les gouvernements seront paralysés, il faudra plusieurs jours, peut-être des semaines avant que les substances toxiques ne soient analysées et encore beaucoup de temps avant que des contre-mesures ne soient prises. D'ici là...

– J'en ai assez entendu ! rugit Latham. Coupez ça tout de suite et faites-en des copies ! Je ne sais pas comment vous vous y prendrez, mais expédiez cette bande à Londres, Paris et Washington ! Faxez aussi cette transcription au numéro que je vais vous donner. Je préviens par téléphone tous ceux que je peux joindre ! Bon Dieu ! il ne reste que deux jours !

38

Wesley Sorenson était au téléphone avec Drew Latham, qui appelait de Bonn ; les yeux plissés, il regardait droit devant lui et des gouttes de sueur se formaient à la racine de ses cheveux blancs.

– Les réservoirs, souffla-t-il d'une voix à peine audible. C'est l'affaire du génie militaire.

– C'est l'affaire de tout le monde, Wes ! Du Pentagone, de Langley, du FBI et des forces de police de Washington, autour de toutes les sources d'approvisionnement en eau.

– Tout est clôturé, gardé...

– Il faut doubler, tripler, quadrupler les patrouilles, insista Drew. Ce malade n'aurait jamais fait cette promesse à ses troupes s'il n'était en mesure de la tenir. Je parierais qu'il y avait plus d'argent là-bas que dans la moitié de l'Europe. Ils sont avides de pouvoir, ils salivent, ils ont mis des ressources illimitées au service de leur mouvement. Et il nous reste moins de deux jours !

– Avez-vous une idée de leur identité ?

– Comment voulez-vous que je le sache ? Vous êtes le premier que j'appelle. Nous expédions la bande – le gouvernement allemand nous a donné carte blanche – aux services de renseignement français, britanniques et américains ; pour ce qui nous concerne, toutes les questions et l'autorisation de publier seront de votre ressort.

– Pas question de rendre quoi que ce soit public ! Ici, le climat est explosif ; cela risque de devenir encore pire qu'au temps du maccarthysme. il y a eu des émeutes dans plusieurs villes et une manifestation à Trenton, la capitale du New Jersey, où la foule a conspué et traité de nazis des politiciens, des fonctionnaires, des responsables syndicaux et des chefs d'entreprise qui ne faisaient même pas l'objet d'une enquête. Et cela ne fait que commencer.

– Attendez un peu ! lança Drew. Les noms, qui se comptent par centaines, ont été rapportés par Harry de la vallée de la Fraternité...

– Bien sûr.
– D'après les transcriptions du MI-6, mon frère a précisé qu'il fallait s'intéresser non seulement à ces noms, mais à leur entourage.
– C'est une procédure normale.
– Et ce n'est qu'après la divulgation de ces noms que la direction du mouvement nazi a donné l'ordre d'éliminer Harry ?
– Assurément.
– Pourquoi ?... pourquoi, Wes ? Ils m'ont traqué comme une bande de loups affamés !
– Je n'ai jamais compris pourquoi.
– Je commence peut-être à avoir une idée. Cela me fait de la peine de le dire, mais imaginons que l'on ait sciemment fourni à Harry de faux noms, dans le but de créer ce climat dont vous parlez.
– Tel que je connais votre frère, il ne se serait jamais fait avoir.
– Imaginons encore qu'il n'ait pas eu le choix.
– Allons donc ! il n'avait quand même pas perdu la tête !
– Imaginons que si... qu'il ait perdu la tête. Gerhardt Kroeger est neurochirurgien et il est venu à Paris, au péril de sa vie, pour tuer Harry. Dans la première version, il devait être décapité ; dans la seconde, on devait lui faire éclater le crâne... le côté gauche du crâne.
– Je dirais qu'une autopsie s'impose, fit le directeur des Opérations consulaires. Dès que ce sera possible. Dans l'immédiat, nous avons intérêt à mettre les bouchées doubles pour empêcher ce qui se prépare à Paris, Londres et Washington.
– Jäger a été très clair, Wes : ils déverseront des substances toxiques dans les réservoirs.
– Je ne suis pas expert en installations hydrauliques, mais je m'y connais un peu. Nous avons tous, à un moment ou à un autre, envisagé un sabotage d'un point de vue tactique, mais cette solution n'a jamais été retenue.
– Pourquoi ?
– L'opération nécessiterait des moyens lourds. Pour empoisonner les réserves d'eau des grandes villes, il faudrait un si grand nombre de camions qu'ils formeraient une file de cinq ou six kilomètres de long, ce qui, à l'évidence, ne passerait pas inaperçu. Il y a ensuite l'obstacle de l'entrée dans les installations, virtuellement impossible pour une telle quantité de véhicules. Les clôtures qui les protègent sont comme celles des prisons. Elles sont équipées d'alarmes ; en cas d'effraction, un signal est envoyé au service de sécurité du château d'eau, qui effectue immédiatement une tournée d'inspection.
– Vos explications sont dignes d'un expert, monsieur le directeur.
– Ne dites pas de bêtises. On apprend ça chez les scouts et n'importe quel ingénieur civil en sait plus long que moi.

– Vous éliminez la solution du transport terrestre ; qu'en est-il d'une attaque aérienne ?

– Également impossible. Il faudrait au moins deux escadrons d'avions-citernes volant à basse altitude et visant les réservoirs avec une grande précision pour y déverser leur cargaison. Selon toute vraisemblance, ils entreraient en collision au-dessus de l'objectif ; sinon, le bruit de leurs moteurs ferait un fracas de tonnerre et ils ne pourraient échapper à la surveillance radar.

– Je vous que vous avez étudié très sérieusement la possibilité d'un sabotage de ce type.

– Vous savez aussi bien que moi, Drew, que dans la partie que nous jouons il est vital d'avoir plus d'une corde à son arc.

– Ce n'est pas un jeu, Wes. Cette ordure parlait sérieusement. Il a imaginé quelque chose et il va passer à l'action.

– Alors, nous avons intérêt à nous mettre au travail. Je resterai en contact avec le MI-5 et la DST. Concentrez-vous sur l'identité des participants à la réunion. Collaborez avec Claude, le MI-6 et les services de renseignement allemands. Tous ces fanatiques doivent être derrière les barreaux dès demain. Occupez-vous d'abord de ceux qui sont venus de l'étranger ; il ne faut pas qu'ils quittent le territoire allemand.

Les ordinateurs de quatre nations fonctionnèrent fébrilement pendant les vingt et une heures qui suivirent, à mesure que des photographies tirées du film étaient transmises à leurs services de renseignement respectifs. Sur les trente-six hommes qui avaient acclamé Günter Jäger, dix-sept étaient allemands, sept américains, quatre anglais et cinq français ; les trois derniers, qui n'avaient pu être identifiés, avaient probablement déjà pris un avion pour quitter l'Allemagne. Tous furent discrètement arrêtés et mis au secret, en isolement cellulaire, sans explications, sans possibilité de prévenir quiconque. Lorsqu'il s'agissait de quelqu'un d'important, ses proches étaient informés que son absence était due à un voyage d'affaires impromptu ou à une conférence qui se prolongeait.

Il ne restait que Günter Jäger, tenu dans l'ignorance des événements, seul avec son personnel dans sa modeste résidence des berges du Rhin. C'était une décision multilatérale, aucun des néonazis emprisonnés n'ayant pu fournir de détails probants sur l'opération Eau morte. Les explications qu'ils avançaient dans l'espoir de bénéficier d'un traitement plus clément étaient totalement irréalistes, donc inexactes. Même Hans Traupman, hors de lui après avoir visionné les cassettes de ses abjectes pratiques sexuelles, n'avait été d'aucune utilité.

– Croyez-vous que je vous cacherais quelque chose ? Je suis chirurgien, je sais quand une opération a échoué. Nous somme finis !

Seul Günter Jäger avait les réponses ; de l'avis des spécialistes en psychologie du comportement qui avaient étudié le film, il préférerait mettre fin à ses jours plutôt que de divulguer son secret.

– Il est atteint de psychose maniaco-dépressive, à la limite de la paranoïa, ce qui, en un mot, signifie qu'il se tient constamment au bord de l'abîme. Un faux pas et il bascule dans la folie.

Karin de Vries ne put qu'acquiescer.

En conséquence, tout les moyens de communication du nouveau Führer furent placés sous surveillance : téléphone, fax, radiofréquences ; on envisagea même l'utilisation de pigeons voyageurs. Des agents munis de puissants appareils d'écoute électroniques étaient disséminés dans les buissons, les arbres et les ruines de la propriété à l'abandon, les « oreilles » couvrant le pavillon du fleuve et le terrain alentour. Tout le monde attendit que Günter Jäger se mette en contact avec quelqu'un et fournisse des indices sur l'opération Eau morte. Les heures passèrent, rien ne vint.

À Londres, Paris et Washington, les installations hydrauliques étaient pratiquement en état de siège. Des soldats en armes patrouillaient dans la campagne environnante, les routes d'accès étaient bloquées, des déviations mises en place. Dans les châteaux d'eau en brique de Washington, les systèmes d'exploitation et de sécurité étaient entre les mains des experts du génie militaire, des spécialistes chevronnés, expédiés par avion des quatre coins du pays.

– Pas un seul pourri de nazi ne pourra s'approcher, déclara hautement le général de brigade qui avait pris le commandement du réservoir de Dalecarlia. C'est la même chose à Londres et à Paris ; toutes les possibilités ont été envisagées. Je crois que les Français en font quand même un peu trop. Ils ont des bazookas et des lance-flammes tous les cent mètres.... et ils ne boivent même pas d'eau.

Rien n'indiquant que la capitale était concernée par l'opération Eau morte, les autorités allemandes avaient mis toutes leurs ressources à la disposition des Alliés d'hier, devenus leur alliés, car nul ne redoutait plus le retour des nazis que le gouvernement de Bonn. Mais il avait oublié que l'Histoire aime à se répéter. Au cœur de la nuit de l'opération Eau morte, des camions censés transporter du linge, du matériel de cuisine ou des produits d'entretien gagnèrent discrètement les différents parcs de stationnement du Bundestag. En réalité, les véhicules contenaient de grands fûts d'un carburant à indice d'octane élevé, hautement explosible, reliés à des pompes capables d'arroser la superficie d'un terrain de football. C'était un symbole auquel Günter Jäger n'avait pu résister, un acte symbolique dont il ne partageait le secret avec personne d'autre que les disciples dévoués qui l'accompliraient. Ils avaient pour tâche de mettre le feu au Bundestag et de le réduire en cendres. *En souvenir de l'incendie du Reichstag*, avait écrit Jäger dans son journal intime.

– Ça n'avance pas ! s'écria Karin. Cela ne nous mène nulle part !

Il était 1 heure du matin, à Bonn. Witkowski et les deux commandos, épuisés par deux jours sans sommeil, dormaient dans les chambres contiguës de la suite de l'hôtel Königshof.

– Nous avons décidé tous ensemble, rappela Latham, qui avait toutes les peines du monde à maintenir ses paupières ouvertes, s'il ne s'était rien passé à 6 heures, de le capturer et de le faire parler.

– Il ne parlera pas, Drew ! Freddie n'est jamais parti en mission sans avoir sur lui de quoi se tuer, s'il tombait aux mains de ses ennemis. Il a toujours dit que ce n'était pas de l'héroïsme, mais la crainte de la torture. Comme il savait qu'il serait exécuté, s'il était capturé, autant éviter les souffrances... C'est une des raisons qui m'empêchaient de croire aux dossiers de la Stasi.

– Tu penses à une capsule de cyanure cousue dans son col ou une connerie de ce genre ?

– C'est vrai, tu l'as bien vu ! Ton frère Harry en avait une, lui aussi !

– Jamais il ne l'aurait utilisée...

La tête de Drew tomba sur sa poitrine, tout son corps glissa lentement en arrière, sur le dossier du canapé.

– Des centaines de milliers de vies sont en jeu, Drew ! Il a trouvé un moyen, tu l'as dit toi-même !

Son appel resta sans réponse ; Latham s'était endormi.

– Mais il y a un moyen de l'en empêcher, ajouta Karin dans un murmure, en s'élançant vers leur chambre.

Elle tira une couverture du lit, revint couvrir Drew. Puis elle retourna dans la chambre et prit le téléphone.

Une sonnerie de téléphone surprit Drew, qui tomba du canapé, désorienté, tâtonnant dans le vide. Il se remit sur ses pieds en chancelant ; la sonnerie cessa. Trente secondes plus tard, Witkowski, à moitié habillé, fit irruption dans le salon.

– Elle l'a fait, Bon Dieu de Bon Dieu !

– Elle a fait quoi... ? demanda Latham, qui s'était laissé tomber sur le canapé et secouait lentement la tête.

– Elle est partie seule à la recherche de Frederik de Vries.

– Quoi ?

– Karin a utilisé le mot de passe, le service de sécurité allemand l'a laissée passer.

– Quand ?

– Il y a quelques minutes. Le responsable du poste de sécurité voulait savoir s'il devait indiquer un code ou son nom.

– On fonce là-bas !... Où est mon arme ? Elle était là, sur la table. Elle l'a emportée !

– Prenez une veste et un imper, suggéra le colonel. Il pleut depuis une heure.

– Une voiture du renseignement allemand est en route, annonça le capitaine Dietz, en sortant de la troisième chambre, le lieutenant sur ses talons, tous deux habillés de pied en cap, l'arme à la ceinture. Je l'ai entendu au téléphone. Il faudra au moins dix minutes pour arriver là-bas.

– Appelez le chef de la sécurité et demandez-lui de l'arrêter ou de la rattraper ! fit le lieutenant Anthony.

– Non ! aboya Witkowski. Jäger est un chien enragé. S'il se sent acculé, il deviendra comme fou et tuera tout ce qui bouge. Vous avez entendu ce qu'en pensent les psychiatres. Je ne sais pas ce qu'elle a en tête, mais il vaut mieux la laisser faire en attendant d'être sur place

– Dès que nous y serons, nous fonçons, ajouta posément Drew, en prenant sa veste et son imperméable sur le dossier d'un fauteuil. Vous avez chacun deux armes ; qui m'en donne une ?

Après s'être identifiée comme un membre de l'unité N-2, après avoir donné son nom et le mot de passe à l'officier allemand qui commandait l'unité chargée de la surveillance de la propriété de Jäger, Karin de Vries reçut des instructions précises et une vue d'ensemble de la situation.

– J'ai neuf hommes disséminés dans la propriété, à des endroits stratégiques, avec leur équipement, expliqua l'Allemand, accroupi sous la pluie battante, derrière un mur en ruine. Ils sont en tenue de camouflage, dissimulés dans le feuillage, certains dans les arbres. La pluie, même si elle est très gênante, joue en notre faveur. Les deux gardes de Jäger ne s'éloignent pas de plus de vingt-cinq mètres du pavillon. Vous voulez atteindre la porte sans être vue, vous dites qu'il est vital qu'on ne vous voie pas, alors, écoutez-moi bien. Suivez cette vieille allée jusqu'au ruines calcinées d'un belvédère, où un terrain de croquet a été aménagé pour la détente de Jäger. De l'autre côté, vous verrez un grand pin ; dans les branches, à cinq mètres au-dessus du sol, un de mes hommes est posté, avec une vue dégagée sur le pavillon. Il a un stylo-torche qu'il gardera dans le creux de sa main : deux éclats de lumière pour indiquer qu'un garde approche, trois que la voie est libre. Quand vous verrez le signal, traversez en courant le terrain de croquet et vous trouverez une autre allée qui s'incurve vers la gauche. Suivez-la et arrêtez-vous au bout d'une quarantaine de pas, là où elle fait un coude. Regardez sur votre droite ; il y aura un autre homme dans les buissons, lui aussi avec une torche. Il surveille une petite porte, dans le prolongement de l'allée, vous ne pouvez pas le manquer.

– Une petite porte ? répéta Karin, en essuyant l'eau qui dégoulinait sur son visage, malgré le chapeau de pluie.

– Elle donne accès aux appartements de Jäger, répondit l'officier allemand. Chambre, salle de bains, bureau et, au nord, son oratoire privé. Il y passe, à ce qu'on dit, de longues heures en méditation. La petite porte lui est réservée, elle donne du côté du fleuve. L'entrée principale, la porte d'origine de l'abri à bateaux, est sur la gauche ; c'est celle que les gardes et les visiteurs utilisent.

– Autrement dit, quand il se retire dans ses appartements, il est isolé de son entourage.

– Absolument. M. Moreau s'est montré très intéressé par la disposition des lieux, quand je lui en ai fait la description. Après votre coup de téléphone à Paris, il a appelé et nous avons élaboré ce plan ensemble, pour vous faire courir le minimum de risques.

– Puis-je vous demander ce qu'il a dit précisément ?

– Que vous avez connu Günter Jäger, il y a plusieurs années, et que vous êtes une stratège accomplie, susceptible de réussir là où les autres échoueraient. Je tiens, et je ne suis pas le seul, Moreau pour un homme de jugement. Il a ajouté que vous seriez armée et tout à fait capable de vous défendre.

– J'espère qu'il a raison sur ces deux points, fit Karin à mi-voix.

– Pardon ? Vous avez l'aval de vos supérieurs, bien entendu ?

– Bien entendu. Un homme comme Moreau serait-il intervenu en ma faveur, si ce n'était pas le cas ?

– Non, certainement pas... Votre vêtement de pluie va être trempé. Je n'en ai pas d'autre à vous proposer, mais je peux vous offrir un parapluie. Ce sera avec plaisir.

– Je vous remercie. Êtes-vous en contact radio avec vos hommes ?

– Oui, mais je ne peux vous prêter une radio. Ce serait trop risqué.

– Je comprends. Prévenez-les quand même de mon arrivée.

– Bonne chance, madame, soyez extrêmement prudente. Nous pouvons vous guider jusqu'à la porte, mais, ensuite, nous ne pourrons plus rien pour vous. Ne l'oubliez pas. Même si vous appelez au secours, nous ne pourrons intervenir.

– Je sais. Une vie ne peut être mise en balance avec celle de plusieurs milliers de personnes.

Sur ces mots, Karin ouvrit le parapluie et suivit l'allée, sous le déluge qui l'obligeait à s'essuyer les yeux. Elle atteignit le belvédère dont ne subsistait qu'un élégant squelette de bois calciné, qui rappelait ces photos montrant que la guerre met tout le monde sur le même pied. Derrière, comme pour démentir cette leçon, s'étendait un terrain de croquet impeccablement entretenu, la pelouse tondue ras, les arceaux et les piquets en parfait état.

Elle leva la tête, les yeux plissés sous le chapeau de toile caoutchoutée, pour scruter les branches de l'énorme pin flanqué d'autres arbres moins imposants, d'essences différentes. Elle distingua soudain deux éclats de lumière : le signal indiquant qu'un garde patrouillait. Karin se laissa tomber au sol, s'efforçant de percer l'obscurité et le rideau de pluie, dans l'attente d'un autre signal. Il vint rapidement : trois éclats répétés. La voie était libre !

Elle traversa le terrain de croquet au pas de course, ses chaussures plates s'enfonçant dans l'herbe gorgée d'eau, jusqu'à ce qu'elle sente sous ses pieds la surface dure des dalles de l'allée. Sans hésiter, elle la remonta en courant, gardant à l'esprit qu'une quarantaine de pas devait l'amener dans un virage ; elle le trouva, mais trop tard, et fonça tête baissée dans la végétation touffue, quand l'allée fit un coude sur la gauche. La visibilité était nulle, elle n'avait rien vu. Elle se redressa péniblement, en grimaçant, se pencha pour ramasser le parapluie ; il était inutilisable, les baleines brisées. Elle se laissa tomber à genoux, la tête tournée vers la droite, conformément à ses instructions. Il n'y avait rien d'autre à voir que les torrents d'eau dans l'obscurité, mais elle n'osa pas bouger avant le signal. Dès qu'elle vit les trois éclats lumineux, Karin se remit en route, lentement, prudemment, et suivit l'allée jusqu'à son extrémité. En arrivant à la lisière des arbres, elle découvrit la tanière de ce mari qu'elle méprisait tant aujourd'hui, le nouveau Führer du IVe Reich. Il y avait des lumières sur la gauche, tout au bout du bâtiment, le reste était plongé dans les ténèbres.

L'ancien abri à bateaux était beaucoup plus long qu'elle ne l'avait imaginé. L'officier allemand avait dit qu'un prolongement du bâtiment sur la droite abritait les appartements de l'homme qui se faisait appeler Günter Jäger. Mais il y avait aussi une extension sur la gauche ; Karin remarqua le bois plus clair du mur, sur huit à neuf mètres de long. Compte tenu de la distance jusqu'à la rive du fleuve, il pouvait y avoir deux, trois, voire quatres pièces destinées aux gardes. La porte principale se trouvait à l'extrémité gauche du mur, tout au bout de l'allée gravillonnée, assez loin du logement de Jäger. Juste devant elle, Karin voyait l'appontement au bord du grand fleuve et la petite porte abritée par un auvent, qui donnait accès aux appartements de Jäger ; une lumière rouge vacillante était fixée au plafond de l'auvent. Karin inspira longuement, à plusieurs reprises, pour tenter de calmer le martèlement de son cœur dans sa poitrine, et traversa la pelouse en direction de la lumière rouge. Un seul des deux survivrait ;

c'était la fin de leur malheureux mariage. Mais il y avait d'abord l'opération Eau morte, visant à paralyser Londres, Paris et Washington. Frederik de Vries, naguère le plus brillant des agents provocateurs, avait imaginé un moyen pour parvenir à ses fins. Elle le savait !

Karin atteignit le porche éclairé par la sinistre lumière rouge ; elle monta l'unique marche en se tenant à l'une des deux colonnes soutenant la petite construction en saillie sur laquelle la pluie tambourinait. Soudain, elle étouffa un petit cri, partagée entre la peur et la surprise. La porte était entrebâillée, de cinq ou six centimètres, mais tout était noir à l'intérieur. Elle s'approcha, l'automatique de Latham dans la main gauche, poussa la porte. L'obscurité était totale, il n'y avait pas d'autre bruit que celui de la pluie torrentielle. Elle entra.

– Je savais que tu viendrais, ma très chère femme, fit une silhouette invisible, d'une voix qui se répercuta sur des murs invisibles. Ferme la porte, je te prie.

– *Frederik !*

– Ce n'est plus Freddie, à ce que je vois. Tu ne m'appelais Frederik que lorsque tu te fâchais contre moi. Es-tu fâchée en ce moment, Karin ?

– Qu'est-ce que tu as fait ? Où es-tu, je ne te vois pas !

– Il vaut mieux parler dans le noir, pour commencer.

– Tu savais que je viendrais... ?

– Cette porte est ouverte depuis que tu est arrivée à Bonn, avec ton amant.

– Alors, tu as compris qu'ils savent qui tu es...

– Aucune importance, riposta de Vries/Jäger avec force. Plus rien ne peut nous arrêter.

– Tu ne t'en sortiras pas.

– Bien sûr que si. Tout est prévu.

– Comment ? Ils savent qui tu es, ils ne te laisseront pas partir !

– Tu veux dire qu'ils sont là, dans deux hectares de broussailles et de ruines, avec leur matériel d'écoute, à l'affût de toute communication ? Pour pouvoir inculper et arrêter ceux avec qui je parlerai ? Crois bien, ma très chère, que j'ai failli céder à la tentation d'appeler le président de la République française, celui des États-Unis et même la reine d'Angleterre. Imagine la panique dans la communauté du renseignement !

– Pourquoi ne l'as-tu pas fait ?

– Parce que le sublime se serait mué en ridicule. Et nous sommes terriblement sérieux.

– Pourquoi, Frederik, *pourquoi* ? Qu'est devenu l'homme qui, par-dessus tout, exécrait les nazis ?

– Ce n'est pas tout à fait exact, répliqua sèchement le nouveau Führer. J'exécrais avant tout les communistes, car ils étaient stupides. Ils ne songeaient qu'à étendre leur puissance, en s'efforçant de vivre selon la doctrine égalitaire marxiste, alors que l'égalité n'existe pas. Ils ont investi d'une autorité démesurée des paysans grossiers, illettrés, des rustres répugnants. Il n'y a aucune noblesse chez eux.

– Tu n'avais jamais tenu de tels discours.

– Bien sûr que si ! C'est que tu n'avais pas écouté avec assez d'attention... Mais cela non plus n'a plus d'importance ; j'ai trouvé ma voie, celle d'un être humain véritablement supérieur. J'ai vu un vide, je l'ai comblé, avec l'aide, j'en conviens, d'un chirurgien d'envergure, un homme d'une grande pénétration, qui a compris que j'étais celui dont le monde avait besoin.

– Hans Traupman, fit Karin, en se mordant aussitôt la langue.

– Il n'est plus des nôtres, à cause de votre bande de trublions. Avez-vous réellement cru pouvoir vous emparer de son bateau et l'enlever ? Les quatre caméras ont cessé l'une après l'autre de transmettre des images, la radio est brusquement tombée en panne, le canot a fait demi-tour... Franchement, quel amateurisme ! Traupman a donné sa vie pour notre cause ; il n'aurait pas voulu qu'il en fût autrement, car notre cause passe avant tout.

Günter Jäger en savait beaucoup, mais il ne savait pas tout. Il croyait que Traupman avait péri dans l'explosion de son bateau.

– Quelle cause ? Frederik, reprit Karin. La cause du nazisme ? De ces monstres qui ont exécuté tes grands-parents et contraint ton père et ta mère à vivre en parias, jusqu'à ce qu'ils mettent fin à leurs jours ?

– J'ai appris beaucoup de choses depuis que tu m'as abandonné, ma chère femme.

– *Je* t'ai abandonné... ?

– J'ai acheté ma vie avec des diamants, tous les diamants qui me restaient à Amsterdam. Mais qui allait m'engager, après la chute du Mur ? À quoi peut bien servir un spécialiste de l'infiltration quand il n'y a plus rien à infiltrer ? Qu'allait devenir mon train de vie ? Dépenses illimitées, limousines, ce luxe dans lequel nous vivions. Tu te souviens de la mer Noire et de Sébastopol ? On peut dire qu'on s'est bien amusés, et j'ai piqué deux cent mille dollars aux Américains pour cette opération !

– Je parlais de la cause, Frederik...

– J'ai fini par y croire de toute mon âme. Au début, on écrivait les discours que je prononçais. Maintenant, je les écris tous, je les *compose* tous ; ce sont des courts opéras héroïques qui transportent ceux qui me voient et m'écoutent. Ils chantent mes louanges, ils sont en adoration devant moi et je les subjugue !

– Dis-moi comment cela a commencé... Freddie.

– Freddie... C'est mieux. Tu tiens vraiment à le savoir ?

– N'ai-je pas toujours aimé t'entendre me raconter tes missions ? Souviens-toi de nos fous rires.

– Oui, pour ça, tu étais bien, mais la plupart du temps, tu n'étais qu'une salope !

– Quoi... ? s'écria Karin. Je suis désolée, Freddie, poursuivit-elle en baissant instinctivement la voix, sincèrement désolée. Tu es parti à Berlin-Est, et plus personne n'a jamais eu de nouvelles. Jusqu'à ce que l'on apprenne ton exécution.

– Sais-tu que j'ai rédigé le rapport moi-même ? Assez dramatique, non ?

– Très suggestif, en effet.

– L'art de l'écrivain est semblable à celui de l'orateur. Il convient de créer des images assez fortes pour captiver le lecteur ou l'auditoire. Le fasciner en enflammant son imagination !

– Berlin-Est... ?

– Oui, c'est là que tout a commencé. Certains membres de la Stasi avaient des liens avec Munich, plus précisément avec un général du mouvement nazi. Ils appréciaient mes qualités, quoi de plus naturel ? Je les avais si souvent ridiculisés ! Les chefs de la Stasi ont d'abord récupéré mes diamants à Amsterdam, en échange de ma liberté, puis plusieurs membres de la police secrète sont venus me dire qu'ils avaient peut-être quelque chose pour moi. L'Allemagne de l'Est s'effondrait, l'Union soviétique n'allait pas tarder à suivre le même chemin. Tout le monde le savait. On m'a envoyé à Munich, où j'ai fait la connaissance de ce général, von Schnabe. Un homme imposant, peut-être même un visionnaire, mais féru de discipline, un bureaucrate intransigeant, au fond. Il lui manquait la flamme qui fait les vrais chefs. Mais il avait une idée, une idée qui devenait peu à peu réalité et qui, à la longue, pouvait changer le visage de l'Allemagne.

– Changer le visage de l'Allemagne ? répéta Karin, d'un ton incrédule. Comment un obscur militaire, appartenant à un mouvement extrémiste qui suscite le mépris général, pourrait-il être capable de cela ?

– En infiltrant le Bundestag ; l'infiltration était ma spécialité.

– Tu ne réponds pas à ma question, Freddie.

– Freddie... J'aime ça. Nous avons eu de bons moments, pendant de longues années, ma chère femme.

La voix de Günter Jäger semblait encore venir de partout et de nulle part, d'autant plus difficile à localiser dans l'obscurité que la pluie martelait les volets et le toit du porche.

– Je vais répondre. Pour infiltrer le Bundestag, il suffit de faire élire les hommes qu'il faut. Le général, avec l'aide de Traupman, a sillonné le pays à la recherche d'hommes talentueux mais insatisfaits, les a placés dans des circonscriptions à l'économie fragile, leur a fourni des « solutions » et a financé leur campagne avec des moyens hors de portée de leurs adversaires. Me croiras-tu si je dis que nous avons aujourd'hui plus de cent de ces hommes au Bundestag ?

– Tu étais l'un d'eux ?

– Le plus éblouissant de tous ! On m'a donné une nouvelle identité, on a forgé une biographie pour une vie entièrement nouvelle. Je suis devenu Günter Jäger, le pasteur d'un petit village, transféré par sa hiérarchie à Strasslach, un faubourg de Munich. Puis j'ai quitté l'habit, pour mener mon combat en faveur de la classe moyenne spoliée de ses droits, le pivot de la nation. J'ai conquis mon siège en remportant une victoire écrasante. Hans Traupman est venu me voir pendant la campagne électorale et a pris sa décision. J'étais l'homme dont le mouvement avait besoin. Crois-moi, femme dévoyée, c'est fantastique ! Ils ont fait de moi un empereur, un monarque, le maître de tous ceux qui sont attachés à notre cause, le Führer du IVe Reich !

– Et tu l'acceptes, Freddie ?

– Pourquoi pas ? C'est le prolongement de tout ce que j'ai fait dans le passé. La force de persuasion dont j'ai fait montre pour pénétrer dans le camp de l'ennemi, les discours qu'il m'a fallu prononcer pour convaincre de ma bonne foi, tous ces dîners, ces symposiums... un entraînement pour la réalisation de mes grands projets.

– Mais, autrefois, tu les considérais comme tes ennemis.

– Plus maintenant. Ils détiennent la vérité. Le monde a changé, et c'est un changement en mal. Même la main de fer des communistes était préférable à ce que nous avons aujourd'hui. Supprimons la discipline d'un État fort, il ne reste qu'une racaille, où l'on s'invective et s'entre-déchire, à l'image des animaux de la jungle. Eh bien, nous nous débarrasserons des animaux, nous restructurerons l'État et seuls les plus purs seront à son service. L'aube de ce grand jour est proche, ma très chère femme ; dès qu'elle se lèvera, la vérité de sa force et la force de sa vérité se répandront de par le monde.

– Le monde garde en mémoire et évoquera la brutalité des nazis... Tu le sais bien, Freddie.

– Les premiers temps, peut-être, mais cela passera, quand le monde verra les résultats d'un État purifié, sous un gouvernement fort et bienveillant à la fois. Les démocraties ne cessent d'exalter les vertus des urnes, mais elles sont dans l'erreur ! Les voix se ramassent dans le caniveau, là où croupissent la majorité des électeurs ! Bravo aux Américains qui ne comprennent même pas leur propre Constitution, telle qu'elle a été conçue il y a deux siècles ! À l'origine, seuls les propriétaires terriens, les hommes qui avaient réussi et s'étaient donc montrés supérieurs, devaient avoir le droit de vote. Telle était l'opinion de la Convention, le savais-tu ?

– Oui, c'était une société agraire ; mais je m'étonne que, toi, tu le saches. L'Histoire n'a jamais été un de tes points forts.

– Tout cela a changé. Si tu voyais ces étagères, chargées de livres ; des nouveaux arrivent chaque jour, j'en lis cinq ou six par semaine.

– Laisse-moi les voir, laisse-moi te voir, Frederik. Tu m'as manqué.

– Bientôt, ma femme, bientôt. Il y a quelque chose de rassurant dans l'obscurité, car je te « vois » comme je préfère me souvenir de toi. Une jolie femme enjouée, très fière de son mari, qui me rapportait des secrets de l'OTAN, dont certains, j'en suis convaincu, m'ont valu d'avoir la vie sauve.

– Tu étais dans le camp de l'OTAN, comment aurais-je pu faire autrement ?

– Le camp qui est le mien aujourd'hui est plus grand. Accepterais-tu encore de m'aider ?

– Cela dépend. Je ne peux pas nier que tu es extrêmement convaincant. Je t'ai écouté et je suis très excitée de ce qui t'arrive. Tu as toujours été un être extraordinaire, même ceux qui te condamnaient le reconnaissaient...

– Comme mon ami, mon ex-ami, Harry Latham, qui est devenu ton amant !

– Tu te trompes, Freddie, Harry n'est pas mon amant.

– Menteuse ! Il était aux petits soins pour toi, il t'attendait toujours, me demandait quand tu allais revenir.

– Je vais répéter ce que j'ai dit, et nous avons vécu assez longtemps ensemble pour que tu saches quand je dis la vérité. C'était ton métier, quand même, et tu m'as entendue dire des centaines de mensonges à ton profit... Harry Latham n'est pas mon amant. Veux-tu que je le dise une troisième fois ?

– Non.

Le mot claqua dans l'obscurité, se répercuta sur les murs invisibles.

– Alors, qui est-ce ? reprit Jäger.

– Quelqu'un qui se fait passer pour Harry.

– Pourquoi ?

– Parce que tu veux la mort de ton ami Harry et qu'il ne tient pas à mourir. Comment est-ce possible, Frederik ? Harry t'aimait comme... Comme un petit frère.

– Je n'y suis pour rien, fit la voix désincarnée de Günter Jäger. Harry avait infiltré notre quartier général, dans les Alpes. On a fait de lui un sujet d'expérience, j'ai été obligé de donner mon accord.

– Quel genre d'expérience ?

– Une expérience médicale, je n'ai pas tout compris. Traupman était enthousiaste et je ne pouvais m'opposer à lui. Hans était mon mentor, celui qui a fait de moi ce que je suis devenu.

– Qu'es-tu devenu, Freddie ? Es-tu réellement le nouvel Adolf Hitler ?

– Curieux que tu mentionnes son nom. J'ai lu et relu *Mein Kampf*, et toutes les biographies sur lesquelles j'ai pu mettre la main. Tu ne peux imaginer à quel point nos vies sont parallèles, du moins avant d'adhérer au mouvement. C'était un artiste et, à ma manière, je le suis aussi. Il a été sans emploi, comme j'ai failli l'être. Il a été rejeté par l'Académie viennoise des beaux-arts et par l'École d'architecture qui ne lui trouvaient pas de talent... Un ancien caporal qui ne savait que faire. Même chose pour moi. Qui emploierait quelqu'un comme moi ? Et, tous deux, nous avons été sans le sou ; lui n'avait rien, moi j'ai dû donner tous mes diamants pour sauver ma peau. Dans les années 1920, on a remarqué un tribun au verbe enflammé, à l'éloquence persuasive, vitupérant contre les injustices ; des décennies plus tard, on apprécie les discours d'un ancien agent provocateur de haut vol, qui savait tromper son monde. Ces hommes sont précieux.

– Essaies-tu de me dire que vous vous êtes *rabattus*, Hitler et toi, sur cette place éminente ?

– Je vais l'exprimer autrement, ma chère femme. Nous n'avons pas trouvé notre cause, c'est elle qui nous a trouvés.

– C'est révoltant !

– Pas le moins du monde. Les convictions d'un converti sont toujours les mieux trempées, car elles représentent un aboutissement.

– Si tu arrives à tes fins, les pertes humaines seront énormes...

– Au début, oui, mais cela ne durera pas, ce sera rapidement oublié et le monde gagnera au change. Il n'y aura pas de guerre planétaire, pas de conflit nucléaire, nos progrès seront lents mais sûrs, car beaucoup de choses sont déjà en place. Dans les mois qui viennent, des gouvernements seront renversés, de nouvelles lois seront promulguées en faveur des plus forts, des plus purs ; dans quelques années, la racaille inutile, la lie de la société, qui nous suce jusqu'à la moelle, aura été balayée.

– Tu n'es pas obligé de me faire un discours... Freddie.

– Mais c'est vrai ! Tu ne le vois donc pas ?

– Je ne te vois même pas, toi, et tu m'excites quand tu parles comme ça, comme l'homme extraordinaire que tu es. Allume une lumière, je t'en prie.

– Cela pose un petit problème.

– Pourquoi ? As-tu tellement changé en cinq ans ?

– Non, mais je porte des lunettes, pas toi.

– Je ne les porte que lorsque mes yeux sont fatigués, tu le sais bien.

– Oui, mais les miennes sont différentes. Je vois dans le noir, et je vois le pistolet dans ta main. Cela m'a rappelé que tu étais gauchère.

Te rappelles-tu quand tu as décidé de jouer au golf avec moi ? Je t'ai acheté une série de clubs, mais tu n'a pas pu les utiliser.

– Je m'en souviens, bien sûr. C'étaient des clubs pour droitier... J'ai pris ce pistolet, parce que tu m'as enseigné qu'il ne fallait jamais aller sans arme à un rendez-vous nocturne, même avec toi. Tu disais que nous ne pouvions pas savoir si tu avais été suivi.

– J'avais raison ; c'était pour te protéger. Tes amis qui sont dehors savent-ils que tu as pris une arme ?

- Je n'ai vu personne. Je suis venue seule, sans autorisation.

Tu mens, du moins en partie, mais peu importe. Pose ton arme par terre !

Karin obéit ; de Vries/Jäger donna de la lumière, une lampe munie d'un réflecteur, qui éclaira un petit autel, jouant sur un crucifix en or posé sur une étoffe pourpre. Le nouveau Führer était à droite de l'autel, agenouillé sur un prie-Dieu, en chemise de soie blanche, le col ouvert, les cheveux blonds brillant à la clarté de la lampe, le visage régulier, aux traits volontaires, présenté sous son meilleur angle.

– Alors, ma chère femme, de quoi ai-je l'air, au bout de cinq ans ?

– Tu es toujours aussi beau, tu le sais.

– C'est un attribut que je ne conteste pas, et dont Hitler était dépourvu. Sais-tu qu'il était tout petit, avec un visage chafouin, et qu'il avait des semelles compensées ? Mon physique est un atout précieux, mais je n'en fait pas étalage et je m'efforce de demeurer de marbre quand les femmes montrent leur intérêt. La vanité ne sied pas à un chef de parti.

– D'autres y sont sensibles. Ils éprouvent une sorte de fascination. C'était vrai pour moi... ça l'est toujours.

Quand avez-vous commencé à soupçonner que Günter Jäger était le chef du mouvement néonazi ?

– Quand un *Sonnenkind* a craqué pendant un interrogatoire, avec l'aide de drogues, j'imagine.

– C'est impossible, jamais je n'ai révélé mon identité à aucun d'eux !

– Que tu en aies eu conscience ou pas, c'est pourtant ce qui s'est passé. Tu as tenu des réunions, prononcé des discours...

– Uniquement devant ceux d'entre nous qui siègent au Bundestag ! Tout le reste était enregistré !

– Dans ce cas, on t'a trahi, Freddie. j'ai entendu parler d'un prêtre qui a mis à rude épreuve la conscience de son confesseur.

– Cet abruti sénile de Paltz ! Combien de fois ai-je dit qu'il fallait l'exclure du mouvement ? Mais Traupman prétendait qu'il avait de nombreux partisans dans les couches populaires. Je le ferai exécuter !

Karin eut un bref moment de soulagement. Elle avait enfin réussi à toucher la corde sensible. Le nom de Paltz lui était venu à l'esprit, après les identifications faites grâce au film et parce qu'il était tenu en très piètre estime au sommet de la hiérarchie catholique allemande, ce qu'un coup de téléphone à l'évêque de Bonn avait confirmé. Le prélat n'avait pas mâché ses mots. « C'est un homme aveuglé par le fanatisme, qui devrait être mis à la retraite. J'ai fait part de mon sentiment au Saint-Siège. »

Karin attendit que ce mari dont elle se serait bien passée se calme.

– Freddie, reprit-elle doucement, ce Paltz, le prêtre en question, a dit que quelque chose de terrible allait frapper les villes de Londres, Paris et Washington. Une catastrophe d'une telle ampleur que des centaines de milliers de vie étaient menacées. Est-ce vrai... Freddie ?

Le silence pesant, chargé d'électricité, du Führer fut rendu encore plus menaçant par le martèlement de la pluie. Au bout d'un long moment, Günter Jäger reprit la parole, d'une voix âpre, vibrante, une voix de violoncelle aux cordes tendues à se rompre.

– C'est donc pour cela que tu es venue, ma femme-putain ? On t'a envoyée ici, dans l'espoir insensé que je pourrais révéler la nature de notre onde de choc.

– Je suis venue seule. Ils ne savent pas que je suis là.

– C'est possible, tu n'as jamais su mentir... J'ai dit que rien ne pourrait nous arrêter et c'est la vérité, vois-tu. Comme tous les grands chefs, je sais déléguer une part de responsabilité, surtout dans les domaines où je ne suis pas compétent. On m'expose les grandes lignes d'un plan ou d'une stratégie et le but à atteindre, mais pas l'aspect technique, ni même le nom de ceux qui se chargent de la mise au point. Si je souhaitais plus de détails, je ne saurais qui appeler.

– Nous savons que cela concerne la distribution de l'eau dans les trois capitales, les réservoirs ou les installations hydrauliques.

– Vraiment ? Je suis sûr que Paltz a fait des révélations très détaillées. Pose-lui la question.

– Ça ne marchera pas, Frederik. Annule l'opération ! Tous ceux qui y participent se feront prendre. Il y a des centaines de soldats prêts à ouvrir le feu sur tout ce qui s'approchera de l'eau. Ils seront capturés, tu seras dénoncé !

– Dénoncé ? répéta calmement Jäger. Par qui ? Ce prêtre sénile, qui ne sait même plus en quelle année nous sommes ? Ne sois pas ridicule.

– La réunion d'hier soir a été filmée, Frederik. Tous ceux qui y participaient ont été arrêtés et sont en isolement cellulaire ! C'est terminé, Freddie ! Je t'en prie, annule l'opération Eau morte !

– Tu sais ça... Tu dis la vérité, ta voix et tes yeux ne me trompent pas.

Günter Jäger se releva lentement, tel un Siegfried d'opéra, sous les projecteurs.

– Mais cela ne change rien, ma femme-traînée, nul ne peut empêcher l'onde de choc. Dans moins d'une heure, je serai à bord d'un avion, à destination d'un pays qui applaudit à mon œuvre, et je regarderai mes disciples prendre les leviers de commande de tout l'Occident.

– Jamais tu ne pourras t'enfuir !

– Que de naïveté, ma chère femme.

Jäger s'avança vers le milieu de l'autel et appuya sur un bouton caché sous le crucifix. Aussitôt, un carré s'ouvrit dans le plancher, montrant les eaux agitées du fleuve.

– Là-dessous se trouve un sous-marin biplace, offert par un chantier naval dont le directeur est un de nos amis. Il me conduira jusqu'à Königswinter, où mon avion m'attend. Pour le reste, l'Histoire jugera.

– Et moi ?

– Sais-tu depuis combien de temps je n'ai pas eu de femme ? fit posément Jäger, en se tournant devant l'autel. Pendant combien d'années il m'a fallu feindre la rigueur d'une discipline monastique, tout en laissant entendre que ceux qui succombaient aux tentations de la chair étaient exposés à des compromissions et à la corruption ?

– Je t'en prie, Frederik, ton affectation de vertu ne m'intéresse pas.

– Elle devrait t'intéresser. Pendant quatre ans, j'ai vécu comme cela, pour prouver que j'étais l'incorruptible chef suprême, moi et moi seul ! Je réprouvais les tenues provocantes, j'allais jusqu'à interdire les gauloiseries et les plaisanteries grivoises en ma présence.

– Cela a dû être insupportable, fit Karin en laissant son regard errer dans la pénombre de la chapelle. À chaque retour de tes incursions dans le bloc de l'Est, tu rapportais des préservatifs non utilisés et des numéros de téléphone accompagnés d'un prénom de femme.

– Tu fouillais dans mes vêtements ?

– Il fallait en général les donner à la teinturerie.

– Tu as réponse à tout, tu n'as pas changé.

– Je réponds franchement, je dis ce qui me vient à l'esprit, à mesure que les souvenirs remontent... Mais revenons à ma question, Frederik. Que vas-tu faire de moi ? As-tu l'intention de me tuer ?

– Je préférerais éviter cela, ma chère femme ; tu es encore ma femme, légalement et devant le Seigneur. Mon sous-marin de poche peut transporter deux personnes. Tu pourrais rester mon épouse, ma compagne, et devenir un jour, peut-être, l'impératrice de son empereur, à la manière d'Eva Braun pour Adolf Hitler.

– Eva Braun s'est suicidée avec son « empereur », avec du cyanure et en se tirant une balle dans la tête. Une fin qui ne me tente pas.

– Tu ne veux pas me donner ce plaisir, ma chère femme ?

– Non, je ne veux pas.

– Tu m'en donneras un autre, fit Günter Jäger d'une voix à peine audible.

Il déboutonna sa chemise blanche et l'enleva, puis commença à déboucler sa ceinture.

Karin plongea brusquement sur sa gauche, s'efforçant désespérément d'atteindre l'automatique de Latham qu'elle avait laissé tomber par terre. Jäger fut sur elle d'un bond ; il lança la jambe droite en avant, la pointe de sa botte frappant les côtes de Karin avec une telle force qu'elle s'effondra et se recroquevilla sur elle-même en gémissant.

– Tu vas me donner du plaisir maintenant, ma femme, fit le nouveau Führer en enlevant son pantalon, qu'il plia soigneusement sur le dossier du prie-Dieu.

39

– Quand est-elle entrée ? demanda Latham, en haussant la voix pour couvrir le bruit de la pluie torrentielle.

– Il y a une vingtaine de minutes, répondit l'officier allemand, devant la voiture qui s'arrêtait, tous feux éteints.

– Bon Dieu ! déjà vingt minutes ! Et vous l'avez laissée entrer sans radio, sans moyen de vous joindre ?

– Elle a compris, monsieur. J'ai expliqué que je ne pouvais pas lui donner une radio et elle m'a seulement dit : « Je comprends. »

– Vous ne croyez pas que vous auriez dû nous appeler avant de la laisser passer ? hurla Witkowski.

– *Mein Gott, nein !* répondit l'Allemand avec véhémence. M. Moreau m'a appelé en personne et nous avons mis au point ensemble la tactique la moins dangereuse pour éviter les patrouilles.

– Moreau ? s'écria Latham. Je l'étranglerai de mes propres mains !

– Pour répondre plus précisément à votre question, reprit l'officier, elle n'est pas dans le pavillon depuis si longtemps. Mon éclaireur le plus avancé m'a signalé par radio qu'elle est entrée il y a seulement douze minutes. Tenez, j'ai écrit l'heure précise dans mon calepin, avec de l'encre indélébile. L'efficacité allemande...

– Dans ce cas, pourquoi mes amis fortunés ont-ils tant de mal à faire réparer leurs Mercedes ?

– Sans doute la faute des mécaniciens américains...

– Ça suffit !

– Je crois qu'il est temps pour le lieutenant et moi de passer à l'action, glissa le capitaine Dietz, debout sous la pluie. Nous allons faire comme pour la propriété et neutraliser les gardes.

Il s'avança vers l'officier du renseignement allemand et s'adressa à lui dans sa langue.

– *Mein Oberführer*, commença-t-il, combien de gardes y a-t-il et quelle est la routine ? Je préfère parler en allemand, pour éviter tout malentendu.

– Mon anglais est aussi bon que votre allemand.

– Mais un peu plus hésitant. Et la grammaire...

– Je ne paierai pas mon professeur, la prochaine fois, coupa l'officier en souriant. Pour mon prochain exercice, je dois prendre le thé avec des Anglais d'Oxford.

– Vous ne comprendrez rien, pas plus que je ne les comprends. Ils parlent comme s'ils avaient une huître dans la bouche.

– C'est ce qu'on m'a dit.

– Qu'est-ce qu'ils racontent ? demanda Drew.

– Ils font connaissance, répondit Witkowski. On appelle ça gagner la confiance de l'autre.

– Moi, j'appelle ça perdre du temps !

– Les petits détails, *chlopak*. Écoutez un homme parler dans sa langue maternelle, rien qu'une minute, vous saurez quand il est hésitant. Dietz veut simplement s'assurer qu'il n'y a pas d'ambiguïtés, pas d'équivoques.

– Dites-leur de se dépêcher !

– Inutile, ils ont presque fini.

– Les gardes ne sont que trois, expliqua l'officier allemand au commando, mais il y a un problème. Quand l'un d'eux arrive à la porte, au bout de l'allée, sur la gauche, un de ses collègues sort, mais seulement *après* le retour de celui qui revient de patrouille. Je dois aussi vous dire que nous avons identifié deux d'entre eux ; ce sont des tueurs pathologiques, toujours armés jusqu'aux dents.

– Je vois. C'est un relais ; le témoin est transmis au suivant à l'arrivée de chacun.

– Exactement.

– Il faut donc imaginer un moyen de faire sortir les autres.

– *Ja*. Mais comment ?

– Laissez-nous faire ; nous trouverons une solution. Il y a des cinglés, là-bas, ce qui n'a rien d'étonnant, reprit Dietz à l'intention de Witkowski et Latham. Des « tueurs pathologiques », pour reprendre l'expression de notre ami. Des types qui préfèrent tuer que manger ; les psy ont un mot pour ça. Mais il n'y a pas de temps à perdre, il faut y aller.

– Cette fois, je vous accompagne ! lança Drew d'un ton sans réplique. Et ne vous avisez pas de soulever la moindre objection.

– Message reçu, patron, fit le lieutenant. Mais faites-nous plaisir, voulez-vous ?

– De quoi s'agit-il ?

– Ne vous prenez pas pour Errol Flynn, comme dans les vieux films. Cela ne se passe pas comme ça dans la réalité.

– Précisez votre pensée, jeune homme.

– Donnez-nous la disposition précise des lieux, fit Witkowski, en se tournant vers l'officier allemand.

– Vous suivez l'allée qui mène au belvédère en ruine...

Dix secondes plus tard, le quatuor jaillit de derrière le mur à demi effondré de la vieille propriété, les commandos ouvrant la marche, Drew tenant la radio. Ils atteignirent le terrain de croquet, s'immobilisèrent pour attendre le signal lumineux dans l'arbre. Ils distinguèrent les trois éclats, à peine visibles sous le déluge.

– Allons-y ! lança Latham. La voie est libre !

– Non, murmura Dietz, en refermant sur le bras de Drew une poigne de fer. Nous voulons neutraliser le garde.

– Karin est à l'intérieur !

– Quelques secondes de plus ou de moins de changeront rien, déclara le lieutenant Anthony, avant de s'élancer avec le capitaine. Restez là ! ajouta-t-il.

Ils disparurent dans l'obscurité du terrain de croquet. Un moment s'écoula, puis ils virent le signal indiquant qu'un garde patrouillait. Soudain, assourdi par la distance, un cri retentit, un hurlement vite étouffé. Puis un autre, et un troisième. Dans l'arbre, la lumière du stylo-torche brilla trois fois dans la pluie : la voie était de nouveau libre. Latham et Vitkowski traversèrent le terrain de croquet au pas de course et suivirent l'allée éclairée par la torche du colonel. Ils passèrent le coude et coururent jusqu'à l'extrémité, au-dessus du vieil abri à bateaux. Plus loin, sur la gauche, les commandos avaient du mal à venir à bout de deux gardes sortis de la maison.

– Allez les aider, ordonna Drew, la tête tournée vers l'auvent faiblement éclairé par la lumière rouge. C'est mon affaire.

– *Chlopak... !*

– Dépêchez-vous, Stosh, ils ont besoin d'aide. L'autre, je m'en occupe !

Latham descendit le tertre herbeux, un automatique à la main. En avançant sous l'auvent, malgré le fracas de la pluie, il entendit des cris à l'intérieur. C'était la voix de Karin ! Il eut l'impression que son crâne explosait en une myriade d'éclats. Il se jeta de toutes ses forces contre la porte ; elle céda, les gonds lâchèrent, le panneau fut projeté au pied de l'autel. La lumière crue de la lampe jouait sur l'or du crucifix et des cheveux du nouveau Führer, en caleçon, allongé sur Karin, qui se débattait en hurlant et donnait de grands coups de pied pour échapper à son étreinte. Drew fit feu, la balle traversa le toit. Jäger, surpris, se retourna d'un bond, le corps et le visage parcourus de mouvements spasmodiques ; abasourdi, il demeura bouche bée.

– Debout, pourriture de nazi ! ordonna Latham d'une voix glaciale, vibrante de haine contenue.

– Vous n'êtes pas Harry ! s'écria Jäger, en se relevant lentement, comme hypnotisé. Vous lui ressemblez un peu... mais vous n'êtes pas Harry.

– Je m'étonne que vous puissiez le dire, avec cette lumière. Tu n'as pas de mal ? ajouta Latham, le visage dans l'ombre, en se tournant vers Karin.

– À part quelques bleus, ça ira.

– Je veux le tuer, déclara Drew avec une froide résolution. Pour toutes sortes de raisons, je dois le tuer.

Il leva son automatique, visa la tête de Jäger.

– Non ! s'écria Karin. J'en ai envie aussi, mais tu ne peux pas faire ça... Pense à l'opération Eau morte, Drew. Il affirme que nous ne pourrons pas l'empêcher, qu'il en ignore les détails, mais il a toujours menti.

– *Drew...* ? coupa Günter Jäger, un sourire de soulagement malveillant sur le visage. Drew Latham, le petit frère mal dégrossi d'Harry. Comment l'appelait-il, déjà ?... Le tas de muscles, c'est ça. Hans Traupman s'était donc trompé ; les *Blitzkrieger* avaient bien tué Harry, mais son frère a pris sa place. Nous avons traqué un mort. Harry a été tué et personne ne s'est aperçu de rien.

– Que voulez-vous dire ? demanda Drew. N'oubliez pas que l'arme est dans ma main et que l'être instable que je suis pourrait facilement vous faire exploser le crâne. Je répète : que voulez-vous dire ?

– Demandez au docteur Traupman. Ah ! j'oubliais, il n'est plus des nôtres. Même la police ne peut couvrir toutes les fréquences de la marina ni connaître nos codes d'urgence. Désolé, je ne peux rien pour vous.

– Il a dit qu'Harry était un sujet d'expérience, glissa vivement Karin, tandis que le doigt de Drew se crispait sur la détente. Une expérience médicale.

– C'est la conclusion à laquelle je suis arrivé avec Sorenson. Nous saurons le fin mot de l'histoire : le corps d'Harry est encore à la morgue... Très bien, Siegfried, dirigez-vous vers la porte.

– Mes vêtements, protesta Jäger. Vous n'allez pas me faire sortir comme ça. Il pleut à verse.

– Le croirez-vous si je vous dis que je m'en contrefous ? Et je ne sais pas ce qu'il y a dans vos vêtements, dans les cols en particulier. Mon amie va les prendre et les porter dehors.

– Votre amie ? s'écria le nouveau Führer. Vous parlez de cette traînée qui est votre maîtresse ?

– Salopard !

Latham lança la main en avant pour frapper Jäger à la tête du canon de son arme, mais le nazi leva brusquement le bras gauche, bloquant le coup, tandis que son poing droit s'écrasait sur la poitrine de Drew avec une telle force qu'il perdit l'équilibre. Jäger se jeta sur l'automatique, l'arracha de la main de Drew et se releva ; il tira à deux reprises sur Latham qui roula sur lui-même, dans les deux sens. Drew écarta les jambes, les plaça de chaque côté de celles de Frederik. Il immobilisa la cheville droite de Jäger, rassembla toute son énergie et écrasa son pied sur le genou du nazi. Jäger poussa un rugissement de douleur, se rejeta en arrière, en tirant deux autres balles qui traversèrent les murs. Karin plongea sur le sol pour ramasser l'automatique que son mari l'avait forcée à laisser tomber.

– Arrête, Frederik ! hurla-t-elle en se relevant. Ne m'oblige pas à tirer !

– Tu ne feras pas ça, ma femme ! s'écria Günter Jäger, en parant les coups de son adversaire, tout en s'efforçant de diriger l'automatique vers la poitrine de Drew, qui lui cloua les poignets au sol, à côté du trou donnant sur les eaux du fleuve. Tu m'adores ! Tout le monde m'adore, me vénère !

Le nazi lança le bras droit derrière lui, hors de portée de Drew. Il dégagea sa main ; elle était libre, il pouvait tirer.

Karin pressa la détente.

Les deux commandos s'engouffrèrent dans l'ouverture, Witkowski sur leurs talons. Ils s'immobilisèrent, les yeux écarquillés devant la scène qui s'offrait à eux, à la lumière spectrale de la lampe dirigée sur l'autel. Pendant quelques secondes, il n'y eut que le bruit de la pluie et celui du souffle rauque des cinq membres de l'unité N-2.

– Je suppose que vous n'avez pu faire autrement, *chlopak*, dit enfin le colonel, les yeux fixés sur le corps de Jäger, un trou dans le front.

– Ce n'est pas lui ! s'écria Karin. C'est moi !

– Tout est ma faute, Stanley, je suis responsable, rectifia Latham. Il regarda le vétéran du renseignement, sachant aussi bien que lui que la mort de Günter Jäger était un échec monumental.

– J'ai perdu mon sang-froid, poursuivit Drew, il a pris l'avantage au corps à corps et s'apprêtait à me tuer avec mon arme.

– Avec votre arme ?

– J'ai voulu le frapper avec mon pistolet. Je n'aurais pas dû faire ça, j'ai eu tort.

– Ce n'est pas du tout sa faute, Stanley ! lança Karin. Même si les circonstances avaient été différentes, je l'aurais abattu ! Il a essayé de me violer ; si Drew n'était pas arrivé, il aurait réussi et se serait débarrassé de moi. Il me l'a dit.

– C'est ce qui figurera dans notre rapport, déclara le colonel. On ne fait pas toujours ce qu'on veut et je n'aurais pas voulu assister à l'enterrement de l'agent Latham. Avez-vous appris quelque chose, Karin ?

– Surtout sur ce qu'il a fait pour arriver où il était, le marché avec la Stasi, sa nouvelle identité, son talent d'orateur, découvert par Hans Traupman. Pour ce qui est de l'opération Eau morte, il a prétendu que personne ne pouvait l'empêcher, même pas lui, parce qu'il ignorait les détails techniques et l'identité des responsables de la mission. Mais il mentait comme il respirait.

– Bordel de bordel ! rugit Latham. Je suis un sombre crétin !

– Peut-être pas, jeune homme, fit Witkowski. Si j'avais découvert une bonne amie dans une situation aussi délicate, je ne pense pas que j'aurais réagi très différemment... Nous allons tout mettre sens dessus dessous, pour voir si nous pouvons trouver quelque chose.

– Et les Allemands qui sont dehors ? fit Christian Dietz. Ils peuvent peut-être nous aider.

– Je ne crois pas, capitaine, répondit Karin. Frederik a expliqué que la police ne pouvait surveiller toutes les fréquences radio. Cela veut peut-être dire que les néos ont noyauté les forces de l'ordre, comme ils ont infiltré le Bundestag. Je propose de fouiller les lieux nous-mêmes.

– La nuit sera longue, ajouta le lieutenant Anthony. Nous devrions nous y mettre.

– Que sont devenus les gardes ? demanda Drew.

– Ils sont bien ficelés et dorment comme des bébés, répondit Dietz. Nous jetterons un coup d'œil de temps en temps et, quand nous aurons terminé, nous les remettrons à qui vous voulez.

– Vous deux, ordonna le colonel, fouillez la maison de fond en comble, nous nous occuperons des appartements de Jäger. Il y a trois pièces et une salle de bains ; un bureau, une chambre et cette chapelle. Chacun en prend une.

– Que devons-nous chercher ? demanda Gerald Anthony.

– Tout ce qui peut se rapporter à l'opération Eau morte... et tout ce qui contiendra des chiffres ou des noms. Essayez de trouver un drap pour recouvrir le corps.

Ils ne laissèrent rien au hasard ; quand l'aube se leva sur la rive orientale du Rhin, des cartons, découverts dans une réserve et bourrés de documents, furent transportés dans la chapelle. Une grande partie de leur contenu n'avait probablement aucune valeur, mais il y avait des spécialistes beaucoup plus avertis que les membres de l'unité N-2 pour en décider. Sauf, peut-être, Karin de Vries.

– *Flugzeug... gebaut*, fit Karin, en étudiant un bout de papier déchiré portant l'écriture de son défunt mari. *Appareil fait*... Il n'y a rien d'autre.

– Peut-on relier cela à l'opération Eau morte ? demanda Witkowski, en continuant de fermer les cartons avec un ruban adhésif.

– Non, pas à première vue.

– Alors, pourquoi perdre du temps avec ça ?

– Parce qu'il a écrit dans un état d'excitation ; le *l* et le *b* se ressemblent, les autres lettres sont mal formées, mais il a appuyé fort. Je connais son écriture ; il me laissait des listes avant de partir en mission, des choses à acheter ou que je devais être sûre de trouver. Quand il a écrit ça, il était très agité.

– Si tu fais allusiion à ce que je crois, je crains que tu ne fasses erreur, glissa Drew, debout près de l'ouverture pratiquée dans le plancher, qui permettait l'accès au sous-marin de poche. Il n'y a aucun rapport avec l'opération Eau morte. Sorenson, qui en sait long sur les installations hydrauliques, a éliminé la possibilité d'une attaque aérienne.

– Il a raison, fit le colonel en achevant de fermer le dernier des trois cartons. Le nombre d'appareils et l'altitude rendent une attaque impossible ; cette stratégie serait vouée à l'échec.

– Wes m'a expliqué que le sabotage des réservoirs et d'autres sources d'approvisionnement en eau était fréquemment envisagé. Je l'ignorais.

– Parce que cela n'a jamais été fait ailleurs que dans des guerres ayant pour cadre le désert, où des oasis ont été empoisonnées. Il y a d'abord des considérations humanitaires : à la fin des hostilités, les vainqueurs doivent vivre avec les vaincus. D'autre part, les problèmes logistiques sont quasi insurmontables.

– Ils ont trouvé un moyen, Stanley, j'en suis persuadé.

– Que pouvons-nous faire de plus ? lança Karin. Il reste à peine vingt-quatre heures.

– Faisons transporter ces matériaux à Londres, battons le rappel de tous les analystes du MI-5, du MI-6, du Service secret, et que tout soit examiné au microscope.

– Il est possible de le faire en trois quarts d'heure, affirma Witkowski, en composant un numéro sur son téléphone portable.

– Je veux être à Paris aussi vite que possible, poursuivit Drew, pour rencontrer ceux qui assurent la surveillance des réservoirs, où qu'ils soient.

– Nous pouvons chercher à savoir où ils sont et nous poser aussi près que possible, fit Karin. Claude peut s'en charger.

– Si je ne l'ai pas réduit en bouillie avant ! éructa Latham. C'est lui qui t'a permis de venir ici. Tu l'as appelé et il a donné son feu vert sans nous en parler !

– Il avait toutes les raisons de le faire. Je l'ai supplié... oui, supplié de me couvrir.

– Avec les résultats que nous connaissons, reprit Drew. Tu as failli te faire violer et tuer, et le grand Günter Jäger repose sous un drap. Il ne nous apprendra plus rien.

– Je ne me le pardonnerai jamais. Pas de l'avoir tué – si je ne l'avais pas fait, tu serais mort à l'heure qu'il est –, mais d'avoir provoqué tout ça.

– Quelle était ton idée ? insista Drew d'un ton rageur. Tu voulais l'allumer pour qu'il se confie à toi ?

– Quelque chose de ce genre, mais encore plus que ça. Harry aurait compris.

– Essaie de me faire comprendre !

– Frederik, malgré tous ses défauts, avait été très attaché à ses parents et à ses grands-parents. Comme nombre d'enfants qui sont privés de cet amour par la séparation ou la mort, il leur vouait une véritable passion. Si j'avais pu réveiller le feu de ces souvenirs, il était concevable qu'il craque, même fugitivement.

– Elle a raison, *chlopak*, glissa doucement le colonel, en fourrant le téléphone dans sa poche. Les psychiatres qui ont vu le film ont dit qu'il était profondément instable. Cela signifiait, à mon humble avis, qu'il aurait pu basculer dans un sens ou dans l'autre, dans un moment de tension extrême. Elle a essayé, avec un courage que j'ai rarement vu ; cela n'a pas marché, mais cela aurait pu marcher. Tous les jours, dans notre maudite profession, des risques aussi grands sont pris, le plus souvent par de braves gens dont on ne reconnaît jamais les mérites, même lorsqu'ils échouent.

– Il y a des années, Stosh. Ce n'est plus le cas aujourd'hui.

– Mon sentiment, agent Latham, est qu'aujourd'hui préfigure nos hypothèses les plus pessimistes. Vous ne seriez pas ici, au bord du Rhin, si vous pensiez autrement.

– D'accord, Stanley, je le pense. J'aimerais seulement tenir un peu mieux mes troupes en main.

– Tout est en ordre à Paris. Moreau a demandé deux jets allemands, qui attendent à l'aéroport. L'un ira à Londres, l'autre en France ; la destination ne sera connue qu'en vol.

Le capitaine Dietz et le lieutenant Anthony entrèrent dans l'oratoire.

– Il ne reste plus rien là-bas que les batteries de cuisine et les meubles, annonça le capitaine. Si nous devons trouver des papiers intéressants, ils sont dans ces cartons.

– Et maintenant, demanda le lieutenant, quel est le programme ?

– Je sais que vous n'allez pas aimer ça, Stanley, fit Drew, mais je veux que vous emportiez ces cartons à Londres. Leurs analystes sont excellents et il n'y a pas meilleur que vous pour garder les gens sous pression. Personne ne se repose, personne ne dort, tout le monde travaille à jet continu et passe les documents au crible, pour essayer de découvrir des indices. Karin et nos deux nouveaux amis m'accompagneront en France.

– Vous avez raison, *chlopak*, je n'aime pas ça, mais je reconnais que la logique est de votre côté. Il me faudra de l'aide, Drew ; je n'appartiens pas à l'état-major interarmes, vous savez. J'ai besoin de quelqu'un qui ait vraiment le bras long.

– Que diriez-vous de Sorenson, de Knox Talbot ou du président des États-Unis ?

– Le dernier me conviendrait parfaitement. Pouvez-vous faire quelque chose ?

– Et comment ! Ce sera un plaisir pour Sorenson. Appelez les Allemands, il nous faut une voiture dans cinq minutes.

– La nôtre n'est pas repartie, elle attend un peu plus loin. Allez, les gars, chacun porte un carton.

En traversant la pièce pour aller prendre un des cartons, le regard du lieutenant Gerald Anthony fut attiré par un bout de papier froissé, au pied de l'autel. Il se pencha instinctivement pour le ramasser, le déplia. Il n'y avait que quelques mots illisibles, en allemand. Il le fourra dans sa poche, par acquit de conscience.

Dans l'avion qui l'emmenait à Londres, à l'approche des côtes anglaises, Witkowski ne lâchait pas le téléphone. Il s'était d'abord entretenu avec Wesley Sorenson, puis Knox Talbot, le directeur de la CIA, Claude Moreau, de la DST, et, pour finir, à sa grande stupeur, le président des États-Unis en personne.

– Witkowski, déclara le commandant en chef de l'armée, vous êtes officiellement chargé de l'opération de Londres. Le Premier ministre britannique a donné son accord. On vous obéira au doigt et à l'œil.

– Très bien, monsieur le président, c'est ce que je souhaitais entendre. Cela aurait pu être assez délicat pour un simple colonel de donner des ordres, en particulier à des hauts fonctionnaires. En général, ils protestent.

– Il n'y aura pas de protestations, seulement de la reconnaissance, croyez-moi. À propos, vous pouvez m'appeler quand vous voulez, le standard de la Maison-Blanche est prévenu. J'aimerais être tenu au courant d'heure en heure, si cela vous est possible.

– Vous pouvez compter sur moi, monsieur le président.

– Bonne chance, colonel. Plusieurs centaines de milliers de vies humaines dépendent de vous, même si personne ne le sait.

– Je comprends. Si je puis me permettre, monsieur le président, ne conviendrait-il pas d'avertir la population du danger ?

– Pour avoir des scènes de panique dans les rues, l'engorgement des voies de communication, la saturation des transports publics, quand tout le monde cherchera à quitter précipitamment Washington ? Si on donne l'alerte en avertissant la population que l'eau de la capitale a pu être empoisonnée par des terroristes, quelle sera la prochaine étape ? Nourriture contaminée, maladie du légionnaire dans les systèmes de climatisation, guerre bactériologique ?

– Je n'avais pas pensé à cela.

– Vous pouvez ajouter la destruction massive des biens privés, les pillages par des bandes organisées, les affrontements violents. D'autre part, les experts affirment que le réservoir principal fait l'objet de mesures de protection sans précédent, que les forces de sécurité feront face à toute attaque, d'où qu'elle vienne. Ils ne croient pas à la possibilité de cette opération Eau morte.

– Je souhaite qu'ils aient raison, monsieur le président.

– Ils ont intérêt, colonel.

Vingt minutes après le décollage, entre Bonn et Paris, Latham reçut un appel de Claude Moreau.

– Je vous en prie, Drew, ne perdez pas de temps à m'enguirlander. Nous parlerons de ma décision plus tard, nous discuterons des risques que j'ai été amené à prendre.

– Comptez sur moi ! Qu'avez-vous à me dire ?

– Vous vous poserez sur un terrain privé, dans la région de Beauvais, à vingt kilomètres du réservoir. Jacques Bergeron, mon bras droit, vous attendra... Vous vous souvenez de lui, j'imagine ?

– Je me souviens de lui. Et alors ?

– Il vous conduira au château d'eau et vous présentera à l'officier responsable de la défense, qui répondra à toutes vos questions et vous fera visiter les installations.

– Le problème est que je ne sais absolument rien d'autre sur les réservoirs que ce que Sorenson m'a dit et que Witkowski a confirmé.

– Eh bien, vous avez été préparé par des experts.

– Des experts ? Ils ne sont même pas ingénieurs.

– Chacun devient un expert et un ingénieur quand le sabotage d'un service public est à l'ordre du jour.

– Et vous, que faites-vous ?

– Je supervise le travail d'une armée d'agents, de militaires et de policiers qui passent au peigne fin toute la campagne dans un rayon de quinze kilomètres autour des installations hydrauliques. Personne ne sait ce qu'il faut chercher, mais certains de nos analystes ont émis l'hypothèse de lance-missiles ou de fusées.

– Ce n'est pas une mauvaise idée...

– D'autres affirment que cela ne tient pas debout, coupa le directeur de la DST. Ils disent que l'utilisation de tels engins avec la précision requise nécessiterait deux tonnes de matériel et assez d'énergie électrique pour éclairer une petite ville ou la faire sauter. Il faudrait aussi des aires de lancement, et nous avons pris des clichés aériens et par satellite de chaque centimètre carré de terrain.

– Des rampes souterraines ?

– C'est ce que nous redoutons, mais deux mille hommes battent la campagne et se renseignent pour savoir si quelqu'un a remarqué des quantités inhabituelles de matériaux de construction. Savez-vous combien de béton il faut pour une seule rampe ? Ou la quantité de matériel électrique ?

– Je vois que vous mettez les bouchées doubles.

– Ce n'est pas suffisant, mon cher. Je sais que vous êtes convaincu que ces salopards ont trouvé un moyen, et je suis de votre avis. Pour ne rien vous cacher, c'est pour cette raison que j'ai laissé Karin me convaincre... Mais ne parlons pas de ça maintenant. J'ai le sentiment horripilant que quelque chose d'assez évident nous échappe, mais je ne sais pas quoi.

– Peut-être quelque chose d'assez simple, du genre lance-roquettes chargé de conteneurs métalliques.

– C'est une de nos premières idées, mais cela nécessiterait l'utilisation de plusieurs centaines d'armes, avec une ligne de visée dégagée. On ne peut pas faire vingt pas dans les bois qui entourent les réservoirs sans se trouver nez à nez avec un soldat. Des lance-roquettes en telle quantité, et même en petit nombre, seraient immédiatement repérés.

– Et si ce n'était qu'une mystification ?

– Qui en serait le jouet ? répliqua Moreau. Nous avons tous deux vu la bande. Le Führer Günter Jäger ne nous parlait pas, il ne nous menaçait pas ; il s'adressait à ses fidèles bailleurs de fonds, quelques-uns des hommes les plus riches d'Europe et d'Amérique. Non, mon cher, il était persuadé de réussir. Il nous faut donc continuer à faire travailler notre matière grise. Les analystes de Londres trouveront peut-être quelque chose. À ce propos, vous avez bien fait d'envoyer les documents aux Anglais.

– Je suis surpris de vous entendre dire cela.

– Vous ne devriez pas l'être. Non seulement ce sont des professionnels expérimentés, mais le Royaume-Uni n'a jamais été occupé. Je vous accorde que la majorité de ceux qui travaillent sur vos documents n'étaient probablement pas là pendant la dernière guerre, mais les cicatrices de l'Occupation laissent des traces dans l'inconscient collectif. Les Français ne parviennent pas à être totalement objectifs.

– Cet aveu doit vous coûter.
– C'est la vérité, telle que je la perçois.

L'avion se posa à Beauvais, à 6 h 47, sur un terrain privé embrasé par les premiers feux du soleil. Les membres de l'unité N-2 débarquèrent et furent directement conduits dans un salon où des vêtements propres et secs, une tenue militaire légère les attendaient. Ils se changèrent rapidement ; Karin fut la dernière à sortir des toilettes, en treillis bleu clair.

– Ça te va très bien, observa Drew en la regardant s'approcher. Maintenant, tu vas relever tes cheveux ou te faire un chignon et les cacher sous le béret.

– Je ne serai pas à l'aise.

– Tu préfères une balle dans la tête ? Si un des hommes chargés de la surveillance de la maison de Jäger était à sa solde, il aura fait dire d'abattre la femme. Allez, en route. Il ne reste qu'un peu plus de dix-sept heures. Combien de temps faut-il pour arriver au... comment appelez-vous l'installation, Jacques ?

– Le château d'eau, répondit Bergeron en les entraînant vers le parking, où attendait un véhicule de la DST. Nous sommes à dix-huit kilomètres, le trajet ne prendra pas plus de dix minutes. Vous connaissez notre chauffeur, c'est François. Vous vous souvenez de lui ?

– La fête foraine ? Celui à qui les deux petites filles en voulaient terriblement ?

– Lui-même.

– Comment aurais-je pu l'oublier ? Ma pression artérielle est montée en flèche, surtout quand il choisissait de rouler sur le trottoir.

– C'est un as du volant.

– On pourrait aussi dire que c'est un danger public.

– Le directeur nous a fait parvenir plusieurs centaines de photographies aériennes. Vous les étudierez, pour voir si vous remarquez quelque chose qui nous aurait échappé.

– Peu probable. Quand j'étais étudiant, j'ai passé mon brevet de pilote. J'ai une trentaine d'heures de vol en solo à mon actif, mais je n'ai jamais été capable de trouver le chemin d'un aérodrome sans l'aide d'une radio. Tout se ressemblait au sol.

– Je compatis. J'ai été pilote dans l'armée de l'air, pendant deux ans, c'était la même chose pour moi.

– Sans blague !

– Comme je n'étais pas attiré par l'altitude, j'ai démissionné pour étudier les langues étrangères. Le mythe du pilote parlant couramment plusieurs langues a la vie dure. La DST m'a recruté.

Ils trouvèrent au parking la voiture banalisée de la DST, équipée d'un moteur de course, dont Latham se souvenait si bien. François l'accueillit avec effusion.

– Vos filles vous ont-elles pardonné ? demanda Drew.

– Jamais elles ne me pardonneront ! Elles me rendent responsable de la fermeture de la fête foraine !

– Elle rouvrira peut-être, si elle trouve acquéreur. En route, nous n'avons pas de temps à perdre.

Tout le monde s'entassa dans la voiture ; elle démarra en trombe – décolla eût été plus juste, à en juger par l'expression de Karin et des deux commandos. La jeune femme écarquilla les yeux, le teint des deux renards du désert devint crayeux, tandis que François faisait crisser les pneus, prenait les virages en dérapage et écrasait l'accélérateur dans les lignes droites où l'aiguille du compteur de vitesse dépassait 150 kilomètres à l'heure.

– À quoi il joue, ce cinglé ? lança le capitaine Dietz. S'il veut se suicider, c'est son affaire, mais je veux descendre !

– Ne vous inquiétez pas, répondit Drew, coincé entre François et Jacques, en hurlant pour couvrir le rugissement du moteur. Il a été pilote de course avant d'entrer à la DST.

– On aurait dû lui retirer définitivement son permis, cria le lieutenant Anthony. Il est fou à lier !

– C'est un champion, poursuivit Latham. Regardez !

– Je préfère garder les yeux fermés, murmura Karin.

Le véhicule freina violemment sur le parking de l'énorme construction de brique qui abritait la station hydraulique. Tandis que les passagers descendaient, les jambes flageolantes, deux sections de soldats en armes convergèrent sur eux.

– Arrêtez ! s'écria Jacques Bergeron. Nous sommes de la DST, voici ma carte !

Un officier s'avança, étudia la carte de police.

– Nous savions que c'était vous, dit-il, mais nous ne connaissons pas ceux qui vous accompagnent.

– Ils sont avec moi, vous n'avez pas à en savoir plus.

– Très bien.

– Prévenez votre commandant de notre arrivée et dites-lui que je suis accompagné de l'unité N-2.

– Tout de suite.

L'officier prit le talkie-walkie fixé à sa ceinture et annonça les nouveaux arrivants.

– Allez-y, le commandant vous attend. Il vous demande de vous presser.

– Merci.

Bergeron, Latham, Karin de Vries et les deux commandos défilèrent devant une haie de fusils jusqu'à l'entrée de la station hydraulique. Les quatre nouveaux venus furent stupéfaits par ce qu'ils découvrirent. L'intérieur, sans le moindre ornement, évoquait un cul-de-basse-fosse, sombre et humide. Tout n'était que très vieilles briques, les murs immenses montaient jusqu'au toit ; au centre, flanqué de deux grands escaliers de pierre, s'ouvrait un vaste espace.

– Venez, fit Jacques Bergeron en anglais, l'ascenseur est dans le couloir de droite.

– Cette construction doit avoir plus de trois cents ans, fit le lieutenant Anthony.

– Avec un ascenseur, glissa le capitaine Dietz en souriant.

– Il est venu beaucoup plus tard, expliqua Bergeron, mais le lieutenant a raison. Ce bâtiment, auquel s'ajoutent des aqueducs rudimentaires mais toujours en service, a été construit pour capter l'eau servant à irriguer les champs et les jardins. Cela remonte au début du XVIIe siècle.

L'énorme et antique ascenseur carré était du type de ceux qui équipent les entrepôts et servent à transporter du matériel lourd d'un étage à l'autre. Avec des à-coups et force grincements de métal, il monta jusqu'au dernier étage. Jacques entreprit d'ouvrir le panneau vertical, avec de telles difficultés que Dietz lui donna un coup de main pour le soulever. Ils découvrirent aussitôt la silhouette imposante d'un général en uniforme. Il adressa quelques mots à Bergeron, d'une voix pressante. La mine du policier se rembrunit, il hocha la tête, murmura quelques mots entre ses dents et s'éloigna rapidement avec le général.

– De quoi parlaient-ils ? demanda Drew à Karin, tandis qu'ils sortaient de l'ascenseur. Cela allait trop vite pour moi, mais j'ai cru entendre « une nouvelle affreuse ».

– En substance, c'est bien ça, répondit Karin, en suivant des yeux les deux Français qui s'arrêtèrent dans la pénombre d'un couloir. Le général a dit qu'il avait une nouvelle affreuse et qu'il devait parler seul à seul avec Jacques.

Soudain, un cri horrifié retentit. « Non ! Ce n'est pas vrai ! » Il fut suivit des plaintes déchirantes d'un homme terrassé par le chagrin. D'un même élan, les quatre membres de l'unité N-2 s'élancèrent dans le couloir.

– Que s'est-il passé ? cria Karin.

– Je vais répondre en anglais, pour que notre ami Drew comprenne, fit Bergeron, les épaules voûtées, adossé au mur, le visage baigné de pleurs. Claude a été assassiné, il y a vingt minutes, dans le parking souterrain de la DST.

– Mon Dieu ! s'écria Karin, en s'avançant vers Jacques pour le prendre par le bras.

– Comment est-ce possible ? rugit Latham. Vos mesures de sécurité sont draconiennes !

– Les nazis, murmura le bras droit de Moreau, d'une voix étranglée. Ils sont partout.

40

La grande fenêtre rectangulaire donnait sur les installations hydrauliques. Ils se trouvaient dans le vaste ensemble de bureaux de la direction et du personnel, provisoirement exilés par le commandant et son état-major, chargés de défendre la place forte. Le général avait pourtant eu l'intelligence et la délicatesse de demander conseil au directeur et de refuser de s'asseoir à son bureau. Au téléphone depuis un quart d'heure, Jacques Bergeron retenait alternativement son souffle et ses larmes.

Le général avait étalé une carte et une pile de photographies sur une énorme table, devant la fenêtre. À l'aide d'une baguette, il exposait en détail les mesures de protection. Mais le vieux soldat sentait qu'il ne retenait pas toute l'attention de son auditoire, dont les yeux et les oreilles se tournaient furtivement vers l'homme de la DST. Bergeron raccrocha enfin, se leva et vint les rejoindre.

– Je crains que ce ne soit bien pire que nous ne l'imaginions, fit-il doucement, en respirant profondément pour retrouver son calme. Vous allez me trouver macabre, mais ce qui est arrivé à Claude est peut-être mieux pour lui. S'il était encore en vie, il aurait trouvé le cadavre de sa femme en rentrant chez lui.

– Les ordures ! hurla Drew. Pas de quartier ! ajouta-t-il, en réduisant sa voix à un murmure rauque. Il ne faut pas faire de quartier avec ces immondes salopards ! Il faut tirer à vue, pour les abattre comme des chiens !

– Ce n'est pas tout, reprit Bergeron. Je considère que cela arrive mal à propos, car Claude était mon mentor, un instructeur et un père à la fois, mais c'est une réalité. La présidence a donné des instructions pour que l'on me nomme directeur par intérim de la DST. Je dois rentrer à Paris sans tarder.

– Je sais que vous n'avez jamais souhaité que cela se passe ainsi, Jacques, fit Latham, mais je vous félicite. On ne vous aurait pas choisi si vous n'étiez pas le meilleur. Votre mentor vous a bien guidé.

– Peu importe. Quoi qu'il advienne dans les seize prochaines heures, je donnerai ma démission. Je travaillerai dans une autre branche.

– Pourquoi ? demanda Karin. Vous pourriez être nommé directeur à titre définitif. Le poste vous revient.

– Vous êtes trop aimable, mais je me connais. Je suis un excellent exécutant, mais je n'ai pas l'étoffe d'un chef. Il faut être honnête avec soi-même.

– Ce qui s'est passé me rend fou, glissa Latham, mais nous devons nous remettre au travail. Vous le devez à Claude comme je le dois à Harry. Pouvez-vous reprendre depuis le commencement, mon général ? Nous avions l'esprit ailleurs.

– Je dois rentrer à Paris, répéta Bergeron. Je n'ai pas envie de le faire, mais ce sont les ordres... de la présidence. Il faut obéir aux ordres.

– Alors, allez-y, approuva Karin d'une voix douce. Nous ferons l'impossible, Jacques.

– Très bien, dit Latham avec fermeté. Rentrez à Paris et restez en contact avec Londres et Washington. Surtout, Jacques, tenez-nous au courant.

– Au revoir, mes amis.

Le directeur par intérim de la DST pivota sur ses talons et sortit du pas lourd d'un homme brisé.

– Où en étions-nous, mon général, reprit Drew, en se penchant sur la table, imité par les commandos et Karin, qui lui faisait face.

– J'ai dispersé des troupes en armes dans tout le secteur, reprit l'officier, en indiquant sur la carte la station hydraulique et les bois qui l'entouraient. Ma longue expérience, en particulier les années passées en Indochine, où l'ennemi était maître dans l'art de l'infiltration, me permet de dire que nous avons envisagé toutes les mesures de protection possibles. Une escadrille de chasse est en état d'alerte sur la base aérienne la plus proche, à trente kilomètres d'ici. Nous avons plus de douze cents hommes dans les bois et sur les routes, et vingt batteries de DCA, à système de guidage instantané. Dix-sept équipes de déminage travaillent sans relâche pour découvrir des engins à retardement. Un bateau chargé de matériel permettant de procéder à des analyses chimiques sillonne les principaux canaux. Aux premiers signes de toxicité, les écluses enverront des signaux, les vannes retiendront l'eau et l'alimentation sera assurée par des sources de remplacement.

– Si cela se révèle nécessaire, demanda Drew, combien de temps faudra-t-il à ces sources de remplacement pour être utilisables ?

– D'après le directeur, qui ne saurait tarder à revenir, le délai le plus long jamais enregistré est de quatre heures et sept minutes, dans les années 30, en raison d'une panne de machine. Mais le premier problème qui se posera sera une forte diminution générale de la pression de l'eau, suivie d'un afflux massif d'impuretés provenant des canalisations inutilisées.

– Des impuretés ? répéta Karin.

– Rien à voir avec les produits toxiques ; de la terre, de la boue, des dépôts formés dans les conduites. De quoi provoquer des maux d'estomac, des vomissements, des diarrhées, rien de mortel. Le véritable danger potentiel, ce sont les bouches d'incendie. L'insuffisance de la pression risque d'interdire leur utilisation, en cas de sinistre.

– Le danger potentiel risque donc de suivre une progression géométrique, fit pensivement Karin. S'ils parviennent à mener à bien l'opération Eau morte, et si vos solutions sont mises en œuvre, la pression de l'eau diminuera et des incendies pourront être allumés dans tout Paris. Günter Jäger a utilisé l'expression « le feu et la foudre ». Si j'ai bonne mémoire, les dernières instructions données par Hitler à ses généraux avant l'évacuation de la ville furent de brûler Paris.

– Ce n'est que trop vrai, madame, mais je veux vous demander, avant de vous emmener faire la tournée de nos défenses, si vous croyez sincèrement que leur opération a des chances de réussir.

– Je souhaite que non, mon général.

– Qu'en est-il de Londres et Washington ? demanda Latham. Claude... Claude Moreau m'a dit que vous étiez en contact permanent.

- Vous voyez cet homme au crâne déplumé, assis au bureau, là-bas, le commandant qui téléphone ?

Le général montra du doigt un officier assis à un bureau, un téléphone rouge collé à l'oreille.

– Non seulement c'est le meilleur officier d'ordonnance que j'aie jamais eu, mais c'est aussi mon fils. La calvitie vient du côté de sa mère.

– Votre fils ?

– Oui, fit le général en souriant. Quand les socialistes sont venus au pouvoir, nous avons été nombreux à pratiquer le népotisme, avant de constater qu'ils n'étaient pas si méchants que ça.

– C'est bien français, murmura Karin.

– Je ne puis que vous donner raison, madame. La famille est éternelle, dit-on. Mon fils, malgré sa calvitie, est un officier exceptionnel ; de mon côté, nous avons toujours eu beaucoup de finesse. En ce moment, il est en communication avec Londres ou Washington. Les deux lignes restent ouvertes, il passe d'une capitale à l'autre en appuyant sur une touche. Du nouveau, commandant ? ajouta-t-il d'une voix forte, en le voyant raccrocher.

– Non, mon général, répondit l'officier au visage sévère sous le crâne dégarni, en se tournant vers son père. J'apprécierais que tu cesses de poser constamment la même question. Je te préviendrai s'il y a de l'imprévu ou si un changement de stratégie se dessine.

– J'avais oublié de vous dire qu'il est insolent, fit le général en secouant la tête. L'influence de sa mère.

– À propos, mon général, je m'appelle Latham, glissa Drew.

– Je sais qui vous êtes.

Le commandant se leva pour serrer la main des quatre membres de l'unité N-2, comme si le commandement venait d'être transmis du père au fils.

– Je dois vous dire, reprit-il, que le général a déployé des moyens de défense extraordinaires, comme seul un homme possédant son expérience en matière de coup de main et d'infiltration peut le faire. Nous lui en sommes tous reconnaissants. Il a fait de nombreuses campagnes, mais l'évolution de la technologie a changé les règles. Londres et Washington ont modernisé leurs défenses et emploient du matériel électronique dernier cri. Nous aussi.

– Pouvez-vous être plus précis ? demanda Drew.

– Détecteurs à rayon infrarouge disséminés dans les bois et un réseau de tapis en plastique au bord des routes. Quand on marche dessus, ils émettent des nuages de vapeur paralysant tout ce qui vit à la ronde. Nos soldats sont naturellement équipés de masques. À cela s'ajoutent des signaux radar et radio, orientés dans tous les azimuts, par-dessus les arbres, capables d'intercepter des missiles jusqu'à deux cents kilomètres ; ils déclenchent nos propres missiles antimissiles thermoguidés...

– Comme les Patriots, pendant l'opération Tempête du désert, glissa le capitaine Dietz.

– Quand ils fonctionnaient, ajouta le lieutenant d'une voix à peine audible.

– Exactement, acquiesça le commandant qui, dans son enthousiasme, n'avait pas entendu le lieutenant.

– Et le réservoir lui-même ? fit Karin.

– Que voulez-vous savoir, madame ? Pour aller au-devant de vos questions, s'il y a des dizaines de gros bidons remplis de substances toxiques et reliés à des explosifs à retardement, nos plongeurs ne les ont pas découverts. Ils ont cherché partout, je vous l'assure. Compte tenu de la masse de métal nécessaire, ils n'auraient pas échappé au sonar. Enfin, même en temps normal, le réservoir est sous surveillance constante, le périmètre est clôturé, toute effraction aussitôt signalée. Que pourrait-il arriver ?

– Rien, à l'évidence. J'essaie seulement de penser à tout, comme vous avez dû le faire.

– Pas nécessairement, bougonna le vieux général. Vous êtes tous des spécialistes du renseignement et vous connaissez l'ennemi, vous avez déjà eu affaire à lui. Un jour – avant Diên Biên Phu –, un espion, qui se faisait passer pour un comptable, m'a confié que les forces antigouvernementales disposaient d'une puissance de feu très supérieure à ce que la France reconnaissait. Paris a ricané et nous avons perdu le Viêt-nam.

– Je ne vois pas le rapport, fit Karin.

– Il n'y en a peut-être pas, mais il se peut que vous remarquiez quelque chose qui nous a échappé.

– C'est ce que Moreau m'a dit, glissa Drew.

– Je sais, nous avons parlé. Nous allons donc monter dans un camion découvert et vous verrez par vous-mêmes. Disséquez nos défenses, cherchez partout, trouvez les failles, s'il y en a.

La « tournée » à travers bois et champs, et sur les routes adjacentes, dans le camion menaçant de verser dans chaque ornière, fut épuisante et dura plus de trois heures. Tout le monde prit des notes, positives pour la plupart ; seuls les deux commandos se montrèrent critiques sur la protection des sous-bois.

– Je pourrais envoyer cinquante hommes rampant sous le feuillage, pour éliminer les soldats d'un secteur et prendre leur uniforme ! s'écria le capitaine Dietz.

– Après avoir mis les uniformes, ajouta le lieutenant Anthony, il serait facile de dégager les flancs pour créer un énorme boulevard.

– Les routes sont protégées par un réseau de tapis en plastique, qui déclenchent une alarme !

– On les neutralise en pulvérisant de l'azote liquide, mon général, répliqua Dietz. Pour couper les impulsions électriques.

– Bon sang... !

– Regardons les choses en face, messieurs, fit Drew, au retour dans les bureaux. Vos théories ne sont pas dénuées de valeur, mais vous ne voyez pas assez grand. Ce n'est pas cinquante hommes qu'il faudrait, pour être efficaces, mais cinq cents !

– Le général a demandé des critiques, monsieur Latham, riposta Dietz, pas des solutions.

– Jetons un coup d'œil à ces photographies, poursuivit Drew.

Il remarqua en s'approchant de la table qu'elles avaient été classées, à l'évidence, selon un ordre précis.

– De bas en haut, expliqua le fils du général, elles sont rangées de la plus grande à la plus petite distance du réservoir. Elles ont toutes été prises par des appareils à infrarouge, à des altitudes relativement basses. Quand des images suspectes se présentaient, les vues étaient multipliées, à quelques centaines de mètres au-dessus des objets.

– Qu'est-ce que c'est ? demanda Dietz, en montrant plusieurs cercles sombres.

– Des silos à céréales, répondit le commandant. Pour nous en assurer, nous les avons fait examiner par la police.

– Et ça ? fit Karin, l'index pointé vers une série de trois photos montrant de longues formes sombres, rectangulaires, bordées de petits points lumineux. On dirait des sites de lancement de missiles.

– Ce sont des gares, répondit l'officier au crâne luisant. Vous voyez les lampes qui éclairent les marquises, à côté des voies.

– Et là ?

Latham posa l'extrémité de la baguette sur une vue aérienne montrant la silhouette de deux gros avions, apparemment posés dans un champ, en bordure de la piste principale d'un terrain d'aviation.

– Des appareils achetés par l'Arabie Saoudite, attendant d'être acheminés vers Riyad. Nous avons vérifié auprès du ministère, tout semble en règle.

– Ils ont acheté français, pas américain ? s'étonna Anthony.

– Ils ne sont pas les seuls, lieutenant. Notre industrie aéronautique se porte à merveille. Le Mirage est considéré comme un des meilleurs chasseurs du monde. Et ils économisent une fortune en les faisant partir de Beauvais plutôt que de Seattle.

– Je vous l'accorde, fit Anthony.

Ainsi s'écoula le reste de la matinée ; chaque photo fut examinée en détail, chacune des innombrables questions reçut une réponse. Tout cela ne mena nulle part.

– Qu'est-ce que c'est ? s'écria Latham. Que peuvent-ils bien avoir que nous ne voyons pas ?

Dans la vaste salle souterraine du quartier général du renseignement britannique, les analystes les plus expérimentés et les meilleurs spécialistes du chiffre du MI-5, du MI-6 et du Service secret de Sa Majesté épluchaient le contenu des cartons rapportés de la maison sur le Rhin. Soudain, une voix ferme, bien posée, couvrit le bourdonnement des ordinateurs.

– J'ai quelque chose, lança une femme, assise devant l'un des innombrables écrans disposés dans la salle. Je ne sais pas ce que cela signifie, mais je l'ai trouvé dans le code secret.

– Expliquez-moi ça, s'il vous plaît.

Le directeur du MI-6 se précipita vers son poste de travail, Witkowski à ses côtés.

– « Dédale volera, rien ne peut l'arrêter. »

– Que diable ont-ils voulu dire ?

– Cela a trait au ciel, monsieur. Dans la mythologie grecque, Dédale s'enfuit de Crète en se faisant des ailes de cire et de plumes, mais son fils, Icare, a voulu voler trop haut et le Soleil fait fondre la cire de ses ailes. Il tombe dans la mer et se noie.

– Qu'est-ce que cela a à voir avec l'opération Eau morte ?

– Franchement, monsieur, je n'en sais rien, mais les codes sont classés en trois catégories, A, B et C. C étant le plus difficile à décrypter.

– Je sais tout ça, madame Graham.

– Eh bien, cela se trouvait dans le groupe C, l'équivalent de notre classement top secret, le langage chiffré réservé à un petit nombre. D'autres membres du mouvement nazi auraient pu l'intercepter, mais il est peu probable qu'ils aient pu le percer. Le message était réservé à des destinataires choisis.

– Une idée de l'émetteur ? demanda le colonel. Une date, une heure ?

– Par bonheur, je réponds oui aux deux questions. C'est un fax envoyé de Londres, il y a quarante-deux heures.

– Bien joué. Pouvez-vous remonter jusqu'à l'expéditeur ?

– C'est fait. C'est quelqu'un de chez vous, monsieur. MI-6, division Europe, section Allemagne.

– Merde !... Pardon, chère madame. Il y a plus de soixante officiers dans cette section... Attendez ! Il faut entrer un code personnel à deux chiffres, sans quoi la machine ne fonctionne pas. Il doit être inscrit.

– Il l'est, monsieur. C'est celui de M. Meyer Gold, le chef de la section.

– Meyer ? Impossible ! Pour commencer, il est juif et il a perdu tous ses grands-parents dans les camps. C'est la raison pour laquelle il a demandé à être affecté à cette section.

– Il n'est peut-être pas vraiment juif.

– Alors, pourquoi nous aurait-il invités l'an dernier à la bar-mitsva de son fils ?

– La seule autre explication est que quelqu'un s'est servi de son code.

– Le règlement stipule que le code personnel ne doit être communiqué à personne.

– Je crains de ne pouvoir vous être plus utile, fit la femme aux yeux gris et aux cheveux argentés, en se replongeant dans la lecture de ses documents.

– Moi, je peux... peut-être, lança un autre analyste, un Noir bardé de diplômes, originaire des Bahamas.

– Qu'avez-vous trouvé, Vernal ? demanda le directeur du MI-6, en se dirigeant d'un pas vif vers la table du Bahaméen.

– Un autre message chiffré, code C. Le nom de Dédale y apparaît aussi, sans code personnel, et il n'a pas été envoyé de Londres, mais de Washington, il y a trente-sept heures.

– Quel est le texte ?

– « Dédale en place, compte à rebours commencé. » La fin, je vais la dire en allemand. *Ein Volk, ein Reich, ein Führer, Jäger.* Qu'en dites-vous ?

– Avez-vous trouvé l'origine du fax ? demanda Witkowski.

– Naturellement. Département d'État, bureau de Jacob Weinstein, sous-secrétaire aux affaires du Moyen-Orient. Un négociateur très estimé.

– Ils se cachent derrière des juifs respectés pour transmettre leurs messages !

– Il n'y a pas de quoi s'en étonner, ajouta le Bahaméen. Pour couronner le tout, ils pourraient utiliser des Noirs.

– Une idée intéressante, fit Witkowski. Mais la couleur n'apparaît pas sur un fax.

– Un nom, si, mon colonel. Le fait que celui de Dédale apparaisse sur deux messages chiffrés envoyés à neuf heures d'intervalle doit avoir une signification.

– Ils nous ont déjà appris quelque chose. Le compte à rebours est commencé et leur assurance me fait froid dans le dos.

Le patron du MI-6 s'avança au centre de la salle et tapa dans ses mains pour réclamer le silence.

– Écoutez-moi, tous ! lança-t-il d'une voix forte. Votre attention, s'il vous plaît !

Le silence se fit, à peine troublé par le ronronnement des ordinateurs.

– Nous avons, semble-t-il, découvert un élément significatif, en rapport avec cette opération Eau morte. C'est le nom de Dédale. Quelqu'un l'a-t-il remarqué jusqu'à présent ?

– Et comment ! répondit un homme d'un certain âge, portant barbiche et lunettes à fine monture, à l'allure de professeur. Il y a une heure. J'ai considéré qu'il s'agissait du nom de code d'un ou de plusieurs agents nazis, des *Sonnenkinder*, selon toute vraisemblance, sans rapport avec ce qui nous intéresse. Dédale, voyez-vous, a construit le Labyrinthe de Crète, qui, nous le savons, évoque une pensée tortueuse, des voies détournées, ce genre de chose...

– Oui, oui, docteur Upjohn, coupa le directeur du MI-6 avec impatience, mais, dans le cas présent, il pourrait s'agir d'une allusion mythologique au vol de Dédale et de son fils.

– Icare ?... J'en doute. D'après la légende, Icare était un crétin impétueux. Désolé, mon vieux, mon interprétation est beaucoup mieux fondée, d'un point de vue universitaire. Quel rapport cela peut-il avoir avec l'opération Eau morte ? Aucun, c'est évident.

– Je vous en prie, docteur ! Je vous demande seulement de retrouver Dédale.

– Très bien, fit l'universitaire, vexé, d'une voix vibrante. C'est quelque part dans le rebut. C'était un fac-similé, s'il m'en souvient bien. Te voilà !

– Auriez-vous l'obligeance de le lire ? Depuis le début.

– Émis de Paris, daté d'hier, 11 h 17. Le texte est le suivant : « MM. Dédale en parfaite condition, prêts à frapper pour notre glorieux futur ! » À l'évidence, le ou les expéditeurs sont des fanatiques qui auront un rôle à jouer, à la suite de l'opération. Peut-être des tueurs.

– Ou autre chose, glissa Mme Graham.

– Par exemple, chère madame ? demanda Upjohn avec condescendance.

– Ça suffit, Hubert, vous n'êtes pas à Cambridge, devant vos étudiants ! répliqua-t-elle vivement. Tout le monde cherche.

– À l'évidence, fit Witkowski, vous avez une idée. Voulez-vous nous en faire part ?

– Je ne sais pas très bien. Mon attention a été attirée par le pluriel. Le message dit « messieurs », non « monsieur ». C'est la première fois que l'opération Eau morte – s'il s'agit bien de cela – est abordée de cette manière.

– Les Français ont un goût immodéré pour la précision, observa le docteur Hubert Upjohn d'un ton acerbe. Ils aiment à tricher, c'est dans leur nature.

– Foutaises ! rétorqua Mme Graham. Nous avons, nous aussi, usé de subterfuges. Que pensez-vous de la bataille de Crécy ou du mariage d'Henri II avec Aliénor d'Aquitaine ?

– Pouvez-vous, je vous prie, mettre fin à cette conversation on ne peut plus révélatrice ? lança le directeur du MI-6. Rassemblez les documents, reprit-il, en se tournant vers un de ses assistants. Prévenez Beauvais et Washington et faxez-leur le tout. Quelqu'un finira bien par y comprendre quelque chose.

– Bien, monsieur.

– En vitesse, ajouta le colonel Witkowski.

À Georgetown, dans la station hydraulique de Dalecarlia, des analystes de la CIA, du G-2 et de l'Agence de sécurité nationale étudièrent les fax de Londres. Un directeur adjoint de la CIA leva les mains en signe d'impuissance.

– Il n'y a rien à quoi nous ne soyons préparés ! s'écria-t-il. L'attaque peut venir de n'importe quelle direction, nous ne leur laisserons aucune chance. La défense au sol est infranchissable et nos engins à infrarouge détruiront les missiles en vol. Voyez-vous autre chose ?

– Alors, pourquoi sont-ils si confiants ? demanda un lieutenant-colonel du G-2.

– Ce son des fanatiques, répondit un jeune intellectuel de la NSA, l'Agence de sécurité nationale. Ils doivent croire ce qu'on leur a appris à croire. Le bourrage de crâne.

– De la merde, oui ! lança le général de brigade, responsable de Dalecarlia. Ces ordures ne vivent donc pas dans le monde réel ?

– Pas vraiment, répondit l'analyste de la NSA. Ils ont leur monde à eux. Ses critères sont ceux d'un engagement total ; rien d'autre ne compte, rien ne peut les arrêter.

– Vous voulez dire que ce sont des tordus !

– Ce sont des tordus, mon général, mais ils ne sont pas idiots. Je partage l'avis de l'agent des Opérations consulaires, à Beauvais. Ils sont sûrs d'avoir trouvé un moyen, et je ne peux écarter cette possibilité.

Beauvais, France. Heure H moins trois. Il était précisément 1 h 30 du matin. Les yeux ne cessaient de se tourner nerveusement vers les pendules murales et les montres, la tension augmentait au fil des minutes, à mesure que l'heure fatidique se rapprochait.

– Revenons aux photographies aériennes, fit Latham.

– Nous les avons déjà vues et revues ! protesta Karin. Chacune de nos questions a reçu une réponse, Drew. Que cherches-tu d'autre ?

– Je ne sais pas. Je veux regarder encore.

– Regarder quoi ? demanda le commandant déplumé.

– Euh ! les silos, par exemple. Vous avez dit que la police les avait examinés. Les policiers étaient-ils compétents ? Les silos peuvent être remplis de fourrage ou de foin et cacher quelque chose de tout à fait différent.

– Ils savaient ce qu'il fallait chercher, expliqua le général, et un de mes officiers les accompagnait. Le contenu au niveau du sol a été vérifié.

– Plus j'y pense, plus la solution des missiles me semble plausible.

– Nous y sommes préparés, autant que nous pouvons l'être, répondit le fils du général. Des unités mobiles, armées de lance-fusées à infrarouge, sont disposées autour des installations. Je l'ai déjà dit.

– Alors, revenons sur ce que Londres nous a transmis. Qu'est-ce que c'est que cette histoire de Dédale ?

– Je peux reprendre mon explication, fit le lieutenant Anthony. En étudiant les oiseaux de Crète – des mouettes, s'il m'en souvient bien –,

Dédale, qui était sculpteur et architecte, s'est dit que si un homme parvenait à attacher des ailes à ses bras, les plumes ayant une densité voisine de celle de l'air et étant presque aussi légères en mouvement...

– Gerry, je vous en prie ! Je ne veux pas entendre ça une fois de plus !

– Nous en revenons toujours à *l'air*, fit Karin. Missiles, fusées, Dédale...

– Pour en finir avec ce sujet, coupa le commandant avec une pointe d'irritation, aucun missile, aucune fusée, aucun avion ne pourra pénétrer dans notre espace aérien sans être repéré longtemps à l'avance et détruit par les canons de DCA ou par nos propres missiles. Et nous estimons tous que, pour mener à bien l'opération Eau morte, il faudrait plusieurs très gros avions-cargos, ou quelques dizaines d'appareils plus petits, décollant de terrains proches pour produire un effet de surprise.

– Avez-vous appelé les aéroports de Paris ?

– Pourquoi les compagnies aériennes ont-elle retardé tous les vols, à votre avis ?

– Je ne le savais pas.

– Elles l'ont fait, au grand dam et à la colère de leurs passagers. Il en va de même à Heathrow et Gatwick, en Angleterre, à Dulles et National, à Washington. Nous ne pouvons expliquer pourquoi sans provoquer des émeutes, mais chaque appareil est inspecté de fond en comble avant de recevoir l'autorisation de s'engager sur une piste.

– Désolé, je n'étais pas au courant. Mais pourquoi ces foutus néos sont-il tellement sûrs d'avoir la solution ?

– Cher monsieur, cela me dépasse.

Londres. Heure H moins deux et huit minutes. Il était 1 h 22 GMT. Le directeur du MI-6 était au téléphone avec Washington.

– Y a-t-il du nouveau chez vous ? demanda-t-il.

– Rien de rien, répondit une voix où perçait la colère. Je commence à me dire que ce foutu remue-ménage ne rime à rien ! Quelqu'un doit se tenir les côtes en Allemagne.

– J'incline à partager votre point de vue, mon cher, mais vous avez vu la bande et les documents que nous vous avons transmis. Le tout est assez convaincant.

– Si vous voulez mon avis, ce n'est qu'une bande de cinglés paranoïaques qui jouent à une sorte de *Crépuscule des dieux* que Wagner n'aurait pas osé composer... C'est bien Wagner, je ne me trompe pas ?

– Nous serons rapidement fixés. Soyez solide au poste.

– Je vais surtout essayer de ne pas m'endormir.

Washington DC.Heure H moins quarante-deux minutes.

– Il était 4 h 18 à Paris, 3 h 18 à Londres, 10 h 18 à Washington. À des kilomètres des réservoirs des trois capitales, à quelques minutes d'intervalle, six puissants jets décollèrent et s'éloignèrent aussitôt, dans la direction opposée de leur cible.

– *Activités inconnues !* annonça le radariste, à Beauvais.

– *Appareils non identifiés !* lança son homologue, à Londres.

– *Deux spots, non identifiés !* déclara le spécialiste du radar, à Washington. Pas signalés par les communications de National et Dulles.

Quelques secondes plus tard, ils reprirent la parole.

– *Pas de danger*, rectifia Paris.

– *Fausse alerte*, dit Londres.

– *Ce n'est rien*, annonça Washington. Ils vont dans l'autre direction. Sans doute des gosses de riches qui ont leur avion privé et sont partis sans plan de vol. J'espère qu'ils n'ont pas bu.

Heure H moins six minutes. Dans le ciel nocturne, aux abords de Beauvais, Georgetown et Londres, les six appareils poursuivirent leurs manœuvres, s'éloignant de leur cible, prenant de l'altitude avec une accélération foudroyante, calculée au millième de seconde par les ordinateurs de bord. Les jets effectuèrent un virage à cent quatre-vingts degrés, la puissance des moteurs réduite au minimum, et redescendirent aussi vite qu'ils étaient montés pour entrer dans des couloirs aériens choisis pour leur trafic réduit, qui les conduiraient aux terrains où leurs crochets prendraient les lourds câbles d'acier permettant de lancer les massifs Messerschmitt ME 323.

Il restait un dernier ordre que chaque chef de groupe était prêt à donner, quand la décélération serait terminée. Il le ferait sur une fréquence radio convenue, après avoir reçu un signal sous la forme d'une lumière rouge sur le tableau de bord. Le signal devait arriver dans une minute et sept secondes, à quelques secondes près, en fonction de la vitesse relative et de la direction des vents. Tout se réduisait maintenant à une question de distance.

Beauvais. Heure H moins quatre minutes.

Drew regardait par la grande fenêtre donnant sur les installations, tandis que Karin et le commandant, assis au bureau, un téléphone rouge à la main, étaient en communication avec Londres et Washington. Le général, flanqué des deux commandos, se tenait derrière le radariste et son écran.

Latham se retourna brusquement et s'adressa d'une voix forte à Anthony.

– Lieutenant, qu'avez-vous dit à propos des ailes de Dédale ?

– Qu'elles étaient faites de plumes...

– Oui, je sais, mais après cela, quelque chose *sur* les plumes ? Qu'est-ce que c'était ?

– Je n'ai parlé que des plumes. Certains, des poètes surtout, comparent leur densité à celle de l'air ; elles flottent dans le vent, en quelque sorte, c'est pourquoi les oiseaux en sont recouverts.

– Et les oiseaux descendent silencieusement en piqué, les prédateurs fondent sur leurs proies.

– De quoi parles-tu, Drew ? demande Karin, le téléphone collé à l'oreille, tandis que le commandant levait les yeux vers l'agent des Opérations consulaires.

– Ils planent, Karin, ils font du vol plané !

– Et alors ?

– Des planeurs, Bon Dieu ! La voilà peut-être, la réponse ! Ils utilisent des planeurs !

– Il faudrait des appareils de très grandes dimensions, objecta le général. Ou bien des dizaines de petits planeurs, peut-être plus.

– Et ils auraient été repérés par les radars, ajouta le commandant. Surtout le radar embarqué.

– Ils l'ont été, sur les photos ! Les deux appareils destinés à l'Arabie Saoudite... Les autorisations ont été trafiquées ! Ils ne peuvent pas être atteints par vos missiles équipés de détecteurs à infrarouge ! Il n'y a pas de moteurs, pas de chaleur ! Et probablement très peu de métal.

– Bon Dieu de bois ! rugit le général, les yeux écarquillés, fixes, comme accablé par les souvenirs. Des planeurs ! Les Allemands étaient les grands spécialistes, ils faisaient autorité. Au début des années 40, ils ont mis au point le prototype de tous les planeurs de transport, beaucoup plus avancé que le Airspeed-Horsing britannique ou le WACO américain. En fait, nous avons tous volé leurs plans. Les usines Messerschmitt ont fabriqué le *Gigant*, un gros oiseau menaçant, capable de flotter silencieusement par-dessus les frontières et au-dessus des champs de bataille, pour larguer son chargement mortel.

– Pourrait-il en rester quelques exemplaires ? demanda le commandant à son père.

– Pourquoi pas ? Les belligérants ont conservé leurs flottes, leurs forces navales et aériennes.

– Pourrait-on les rendre opérationnels, après tant d'années ? insista Karin.

– Les produits des usines Messerschmitt étaient faits pour durer. Il faudrait, bien sûr, remplacer ou moderniser une partie du matériel, mais, je le répète, pourquoi pas ?

– Ils apparaîtraient sur l'écran, glissa le radariste.

– Avec quelle netteté ? demanda Latham. Quelle image auriez-vous sur votre écran d'un objet volant sans métal ou presque, sans moteurs, dont les voilures peuvent être faites de bambou, par exemple, comme les échafaudages, en Extrême-Orient, où on prétend qu'il est plus résistant et plus sûr que l'acier.

– Mon anglais est assez bon, mais vous parlez beaucoup trop vite...

– Qu'on lui traduise ce que je viens de dire.

Le commandant s'en chargea ; le radariste ne détacha pas les yeux de l'écran.

– L'image serait moins nette que celle d'un appareil conventionnel, c'est vrai.

– Même des nuages en produisent une, n'est-ce pas ?

– Oui, mais on voit la différence.

– Et les plaisanciers embarquent des réflecteurs, pour être sûrs qu'ils seront repérés par les radars, en cas de difficulté.

– Oui, c'est tout à fait courant.

– L'interprétation est donc essentielle ? insista Latham.

– Comme pour une radiographie. Un médecin verra quelque chose, son confrère autre chose. Mais il y a des spécialistes, c'est mon cas pour le radar.

– Tant mieux pour vous. Peut-on imaginer que votre attention soit distraite ?

– Par quoi ? Je trouve vos propos insultants, si je puis me permettre !

– Je vous en prie. Sincèrement, je ne cherchais pas à vous insulter...

– Attendez ! s'écria Karin, en fouillant fébrilement dans ses poches. J'ai trouvé ça dans un carton, chez Jäger ! Celui du salon, je crois, reprit-elle en brandissant un bout de papier déchiré. Je l'ai gardé, parce que je ne comprenais pas ; la phrase n'était pas complète. Il n'y a que deux mots en allemand : « Appareils faits... » Le reste est déchiré.

– Merde de merde ! murmura Gerald Anthony.

Il ouvrit la poche de poitrine de sa veste de treillis de l'armée française, en sortit un bout de papier froissé.

– J'ai fait la même chose que vous. J'ai ramassé ça dans l'oratoire de Jäger, au pied de l'autel. Je l'ai déjà regardé plusieurs fois, pour essayer de trouver un sens. Cela colle avec la phrase de Mme de Vries. Sur mon papier, il y a la suite : « de toile et de bois ».

– « Appareils faits de toile et de bois », compléta Karin.

– Des planeurs ! lança Latham.

– Arrêtez ! s'écria le radariste, interrompant la conversation. Les appareils viennent de réapparaître sur l'écran. Ils sont à moins de quarante kilomètres de l'eau !

– Préparez la mise à feu des missiles ! hurla au téléphone le fils du général.

Londres. Heure H moins trois minutes et dix secondes. « Appareils non identifiés réapparaissent sur écran ! » Danger direction et coordonnées !

Washington. DC. Heure H moins deux minutes et quarante-neuf secondes. « Bordel de merde ! Les inconnus reviennent et foncent droit sur nous ! »

Beauvais. Heure H moins deux minutes et vingt-huit secondes.

– Décollage immédiat de tous les appareils militaires ! rugit Latham. Transmettez à Londres et Washington !
– Et les missiles ! s'écria le fils du général.
– Lancez-les !
– Alors, pourquoi les chasseurs ?
– Pour ce que les missiles ne toucheront pas ! Informez Londres et Washington. Vite !
– C'est fait.

Dans le ciel nocturne, au-dessus des trois capitales, les jets nazis descendirent vers leur terrain respectif, les crochets de queue sortis pour l'approche finale.
– Mise à feu des fusées !
Au sol, sur des bandes de terrain dégagées, la mise à feu des engins balistiques s'effectua sous les ailes des six Messerschmitt 323. La poussée au sol les propulsa à six cent cinquante kilomètres à l'heure, les crochets des jets passant au-dessus d'eux tirèrent les câbles, la traction provoqua une augmentation de la vitesse des planeurs géants. En quelques secondes, ils décollèrent ; à cent pieds, les fusées se détachèrent et tombèrent dans les champs. Au-dessus de Londres, Beauvais et Georgetown, les planeurs montèrent sans encombres jusqu'à l'altitude prescrite, déterminée par ordinateur, de deux mille sept cents pieds. Les câbles claquèrent, leurs planeurs furent libres d'entamer la descente qui devait les mener à leur cible.
Soudain, beaucoup plus haut, le ciel s'illumina, des éclairs zébrèrent l'obscurité et les jets explosèrent en gerbes de feu. Mais les pilotes des planeurs, aidés par leur ordinateur de bord, connaissaient leur mission sur le bout du doigt. *Ein Volk, ein Reich, ein Führer !*

Beauvais. Heure H.

– On les a eus ! hurla le général, en voyant apparaître les taches blanches sur l'écran radar. Ils sont complètement détruits. L'opération Eau morte a échoué !

– Londres et Washington confirment ! s'écria le commandant. Ils ont eu le même résultat. Nous avons gagné !

– Non, rugit Drew, ce n'est pas gagné ! Regardez l'écran ! Ces explosions se sont produites à plusieurs milliers de pieds au-dessus du niveau d'entrée. Regardez bien ! Dites à Londres et Washington d'ouvrir les yeux... Regardez plus bas, ces images beaucoup moins visibles... Regardez ! Les voilà, les planeurs !

– Bon Dieu ! souffla le capitaine Dietz.

– À combien estimez-vous leur altitude, monsieur le spécialiste.

– Je peux faire mieux qu'estimer. Ces « images » sont entre dix-huit et dix-neuf cents pieds. Ils tournent en descendant lentement, ils décrivent de grands cercles, disons de quatre cents pieds...

– Pourquoi font-il ça ?

– Pour avoir plus de précision, je suppose.

– Combien de temps avant l'atterrissage ? Pouvez-vous nous donner un ordre d'idée ?

– Les vents tournent, je vais me contenter d'une estimation. Entre quatre et six minutes.

– L'équivalent de quatre à six heures pour les chasseurs. Commandant, alertez Londres et Washington, dites-leur d'envoyer leurs appareils sur le périmètre des réservoirs, en commençant à quinze cents pieds. C'est valable pour les nôtres aussi. Grouillez-vous !

– Si ce sont bien eux, dit le fils du général, en décrochant le téléphone rouge, nous allons les réduire en poussière.

– Vous êtes fou ? hurla Latham. Ces appareils sont chargés de poison, probablement liquide, dont les récipients doivent s'autodétruire dès qu'ils touchent la terre ou l'eau. Positionnez les chasseurs afin que les gaz des réacteurs chassent les planeurs vers des zones inhabitées, des champs ou des bois, mais surtout pas au-dessus des habitations. Transmettez ces instructions à Londres et Washington !

– Entendu, monsieur, je les ai en ligne.

Les quelques minutes qui suivirent s'écoulèrent dans l'attente angoissée d'une hécatombe. Tous les yeux rivés sur les écrans radar virent enfin les images évanescentes changer brutalement de direction, l'une virant sur la droite, l'autre sur la gauche, et s'éloigner de la cible, le réservoir de Beauvais.

– Interrogez Londres, ordonna Drew. Interrogez Washington.

– Ils sont en ligne, répondit le commandant. Ils ont constaté exactement la même chose que nous. Les planeurs ont été détournés des stations hydrauliques et sont obligés de se poser dans des zones écartées.

Tout était réglé à la minute, souffla Latham, le teint livide. Vive la haute technologie, qui permet de faire chauffer un croque-monsieur par micro-ondes, mais fait fondre la barquette ! Nous pouvons peut-être dire, maintenant, que nous avons gagné, mais seulement une bataille, pas la guerre.

– *Tu* as gagné, Drew, fit Karin, en posant les mains sur ses épaules. Harry aurait été fier de toi.

– Nous n'avons pas terminé, Karin. Harry a été tué par quelqu'un de notre camp, même chose pour Claude Moreau. Ils ont été trahis. Moi aussi, mais j'ai eu plus de chance. Quelqu'un observe nos opérations à la lorgnette. Et ce quelqu'un en sait plus long sur le mouvement néonazi et l'héritage d'un général cinglé, réfugié dans le Val de Loire, que nous tous réunis... Le plus curieux est que j'ai brusquement l'impression de savoir de qui il s'agit.

41

Beauvais. Heure H plus vingt minutes. Le fils du général prit des dispositions pour qu'un véhicule militaire transporte Latham, Karin et les deux commandos à Paris. Comme les choses sans importance suivent leur cours au milieu des événements cataclysmiques, leurs bagages, en provenance de l'hôtel Königshof, venaient d'arriver. Ils les attendaient à l'arrière de la camionnette qui devait les conduire dans la Ville Lumière, une ville qui avait échappé de justesse à une catastrophe sans précédent.

– Nous descendrons au même hôtel, dit Drew au moment des adieux aux officiers français. Vous deux, ajouta-t-il à l'adresse des commandos, vous pouvez faire la tournée des grands-ducs, aux frais de la princesse...

– Avec quoi ? demanda le capitaine. Nous n'avons pas deux cents francs à nous deux, nos cartes de crédit et tous nos papiers sont restés à Bruxelles.

– Attendez quelques heures et le gouvernement français, en signe de reconnaissance, vous remettra de l'argent en espèces, disons cinquante mille francs chacun. Vous croyez que cela suffira, pour un premier versement ? Il y aura une rallonge, bien entendu.

– Vous êtes cinglé, fit Anthony.

– Non, je suis furieux. Je suis fou furieux.

– Monsieur Latham ! cria une ordonnance, au bout du couloir mal éclairé. On vous demande au téléphone. C'est urgent !

– Attendez-moi, fit Drew. Si c'est la personne à qui je pense, la conversation sera courtoise mais brève.

Il repartit avec l'ordonnance, qui lui montra un combiné décroché, près de la porte.

– Opérations consulaires.

La voix bourrue au bout du fil lui indiqua que son correspondant n'était pas celui qu'il attendait.

– Bien joué, *chlopak* ! hurla le colonel Witkowski. Harry aurait été fier de vous.

– C'est la deuxième fois que j'entends cette phrase, Stanley ; merci quand même. C'est le résultat d'un travail d'équipe, comme au hockey.

– Ne me dites pas que vous avalez ça !

– Mais, si, Stosh. Tout a commencé avec Harry, quand il a déclaré à Londres, devant le tribunal du renseignement : « J'ai apporté les matériaux, votre boulot, c'est l'évaluation. » Nous n'avons pas fait notre boulot correctement.

– Je laisse passer ça en attendant de vous avoir devant moi.

– Bonne idée. Le fil conducteur est là, nous n'avons pas su le trouver.

– Plus tard, coupa Witkowski. Que pensez-vous de ce qui s'est passé à Bonn ?

– De quoi parlez-vous ? Que s'est-il passé à Bonn ?

– Vous n'êtes pas au courant ?

– Au courant de quoi ?

– Le Bundestag est la proie des flammes ! Les pompiers de toute la région et une centaine de voitures essaient d'éteindre l'incendie. Moreau ne vous a pas appelé ?

– Moreau est mort, Stanley.

– *Quoi ?*

– Assassiné dans son impénétrable parking souterrain.

– Bon Dieu ! Je ne le savais pas !

– Comment auriez-vous pu le savoir ? Vous êtes à Londres, secrètement, j'imagine.

– Quand est-ce arrivé ?

– Il y a plusieurs heures.

– Mais la DST aurait dû vous informer de l'incendie du Bundestag

– On a dû oublier de le faire. La nuit a été très agitée.

– Que se passe-t-il, Drew ? Vous avez l'air bizarre.

– Pas étonnant, après la nuit que je viens de passer... Vous avez demandé ce que je pensais du Bundestag, je vais vous le dire. Cette ordure de Jäger voulait laisser sa marque dans l'Histoire. Je dois vous quitter, Stosh, j'ai quelqu'un à voir. Il faut battre le fer pendant qu'il est chaud. Rendez-vous à Paris.

Le quatuor prit deux suites contiguës à l'hôtel Plaza-Athénée. Quand les premiers rayons du soleil filtrèrent à travers les rideaux des hautes fenêtres, Karin dormait profondément. Il était 6 h 37. Drew se glissa silencieusement hors du lit. Il avait accroché ses vêtements dans la penderie, avant de se déshabiller. Il les mit, poussa la porte du salon

spacieux, commun aux deux suites. Les commandos attendaient, en complet-veston discret.

– Un de vous doit rester ici, je l'ai déjà dit, fit Drew.

– Nous avons joué à pile ou face, répondit Dietz. Vous supporterez le Maigre, même si je pense que ce n'est pas le meilleur choix. Je suis l'officier du grade le plus élevé.

– Votre tâche sera peut-être plus difficile que la nôtre. L'unité des Marines de l'ambassade est dehors, mais ils ne peuvent entrer dans l'hôtel sans mettre la puce à l'oreille des néos, s'ils sont là. Et s'il sont là, vous n'aurez que votre automatique pour vous défendre et une radio pour faire monter nos hommes au deuxième étage, aussi vite que possible.

– Vous croyez réellement que les néos se sont infiltrés aussi profondément ? demanda le lieutenant.

– Mon frère a été tué tandis qu'il voyageait clandestinement ; Moreau a été abattu dans sa propre forteresse. Que faut-il en penser ?

– Je crois que nous devrions nous mettre en route, dit Anthony. Veillez sur la petite dame, capitaine. Elle est très plaisante... C'est l'ancien universitaire qui parle, bien entendu.

– Je vous en prie, fit Drew, ne me brisez pas le cœur. La voiture est derrière, ajouta-t-il quand ils eurent pris leurs armes. Nous passons par la cave.

– Monsieur Latham ! fit le garde du parking souterrain de la DST, au bord des larmes, en reconnaissant le nom sur le registre de contrôle des entrées. C'est une tragédie ! Et ici même, où cela n'aurait jamais dû se produire !

– Qu'en pense la police ? demanda Drew, en étudiant le visage de l'homme.

– Ils n'en revenaient pas, tout comme nous. Le corps de notre directeur a été retrouvé au fond du parking. La PJ a interrogé tout le monde, les emplois du temps ont été vérifiés ; cela a duré des heures, le nouveau directeur était dans tous ses états.

– Les registres de sortie ont-ils été vérifiés ?

– Évidemment ! Tout les membres du personnel qui avaient quitté le bâtiment ont été entendus dans les locaux de la police. Mais il paraît qu'ils n'ont aucune piste.

– Le personnel est-il déjà arrivé ? Je sais qu'il est très tôt...

– Une grande partie. Des réunions doivent se tenir à tous les étages. Regardez, derrière vous, il y a trois voitures qui attendent pour entrer. Toute la maison est sens dessus dessous.

– Comment ?

– En pleine confusion, glissa le lieutenant Anthony.

– Je vous remercie, fit Latham, en saluant le garde.

Il appuya sur l'accélérateur de la voiture de location qui franchit la barrière et s'enfonça dans la pénombre des entrailles du bâtiment.

– Gardez la main sur votre arme, lieutenant, fit-il en prenant une place de stationnement.

– Elle y est déjà, patron.

– Vous m'agacez, quand vous m'appelez comme ça.

– Pourquoi ? Vous l'avez bien mérité... Vous croyez qu'il pourrait rester un ou deux néos ici ?

– Si je pouvais appeler l'hôtel et parler à votre camarade, je vous donnerais un début de réponse.

– Appelez-le. Vous avez le téléphone cellulaire.

– Je ne tiens pas à réveiller Karin. Elle rappliquerait ici à toute allure, je veux éviter ça.

– Je crois que j'ai quelque chose à vous dire.

– Me dire quoi ?

– Tout à l'heure, en arrivant à l'hôtel, vous avez appelé la DST pour dire où nous étions. Dietz s'est assuré, avec un petit appareil qui ne nous quitte pas, qu'il n'y avait pas de micros sur les téléphones. Comme tout était en ordre, il a débranché l'appareil de votre chambre...

– Qu'est-ce qu'il a fait ?...

– Nous avons décidé que vous aviez besoin de sommeil. Regardez les choses en face : nous sommes plus jeunes que vous et en bien meilleure condition physique...

– Allez-vous cesser de jouer aux boy-scouts et de vouloir nous aider à traverser la rue ! s'écria Drew, en prenant le téléphone cellulaire dans sa poche intérieure. C'est encore moi qui mène la danse, lieutenant !

– Si un appel important était arrivé, nous vous aurions tiré du lit. Est-ce si difficile à accepter ?

– Chambres 210 et 211, s'il vous plaît, dit Latham au standard de l'hôtel.

– Oui, fit aussitôt une voix.

– Dietz, c'est Latham. Quelle est la situation ?

– Je crois que vous avez mis dans le mille, agent Latham, répondit le capitaine à voix basse. Il y a quelques minutes, j'ai reçu un appel radio des Marines postés dans la rue. Un véhicule blindé s'est arrêté à l'angle de la rue. Deux types en sont descendus et se sont dirigés à pied, séparément, vers l'hôtel. Ils viennent d'entrer...

– Des néos ?

– Il est trop tôt pour le savoir, mais la réception a accepté de nous aider... Attendez ! Le signal d'urgence de l'hôtel vient de s'allumer.

Les secondes qui suivirent semblèrent des minutes pour Drew. Puis Dietz reprit la communication.

– Selon toute probabilité, annonça-t-il, vous avez mis dans le mille. Ils sont dans l'ascenseur et viennent d'appeler le deuxième étage.

– Faites venir les Marines !

– Vous croyez que je n'y ai pas pensé ?

Un coup de klaxon, répercuté par les murs, retentit soudain derrière la voiture.

– Je crois que nous avons pris la place de quelqu'un, fit le lieutenant.

– Dites-leur d'aller se faire voir !

– On pourrait changer de place, ce serait plus simple.

– Alors, prenez le téléphone, fit Drew, en commençant à manœuvrer. Les néos viennent d'arriver à l'hôtel ; ils montent au deuxième étage !

– Il n'y a personne au bout du fil. Le capitaine est un vieux renard ; s'ils avancent jusqu'à la porte, ils le regretteront.

– La ligne est coupée ? demanda Drew, en braquant pour prendre une autre place.

– Il a raccroché, si c'est ce que vous voulez dire.

– Rappelez-le !

– Ce n'est pas une bonne idée. Il a besoin de sa concentration.

– Merde ! éructa Drew. Maintenant, je sais que j'ai raison !

Ils furent rejoints dans l'ascenseur par cinq hommes et deux femmes, parlant à toute vitesse, avec frénésie. Le regard de Latham passa d'un visage à l'autre ; les traits se brouillèrent, les yeux plissés, exorbités, les voix forcées, les veines saillantes se fondirent en une sarabande d'animaux hurlants de dessins animés, chacun s'efforçant par ses hurlements de couvrir la voix des autres. Sans réfléchir, Drew passa le bras par-dessus une épaule et enfonça le bouton sur lequel il se rappelait vaguement avoir appuyé la fois précédente, à la demande de Claude Moreau. Deux arrêts précédèrent celui de l'étage appelé par Drew ; il se retrouva seul avec le lieutenant dans la cabine montant au dernier étage.

– De quoi parlaient-ils ? demanda Drew. J'ai compris quelques mots, pas grand-chose.

– Ils ne savent pas ce qui se passe, mais, en gros, ils s'inquiétaient pour leur boulot.

– Quoi de plus naturel ? Quand quelque chose de ce genre arrive, nul n'est à l'abri des soupçons. Dans ce cas, c'est le grand nettoyage qui les guette.

– Vous voulez dire que les têtes tombent en quantité ?

– Précisément.

L'ascenseur s'arrêta, la porte de la cabine s'ouvrit, les deux hommes sortirent dans une sorte d'antichambre où différentes portes donnaient accès aux couloirs et aux bureaux. Latham s'avança vers une femme d'âge mûr, assise à un bureau.

– Je m'appelle Drew...

– Je sais qui vous êtes, monsieur, fit-elle aimablement, en anglais. Vous êtes venu voir M. le directeur, il y a quelques jours. Nous sommes tous bouleversés.

– Moi aussi, madame. C'était un ami.

– Je vais prévenir notre nouveau directeur de votre arrivée. Il est venu directement de Beauvais...

– Je préfère que vous n'en fassiez rien, coupa Latham.

– Je vous demande pardon...

– Compte tenu de ce qui est arrivé, j'imagine qu'il a beaucoup à faire et je ne tiens pas à le déranger. Le motif de ma visite est sans importance ; j'ai laissé des affaires personnelles dans un de vos véhicules. Le chauffeur, un certain François, est-il là ? Celui qui a ramené le directeur de Beauvais ?

– Il est là. Voulez-vous que j'appelle son bureau ?

– Ne vous donnez pas cette peine. Il préviendrait Jacques... pardon, votre nouveau directeur, et je ne veux vraiment pas le déranger. Pas pour une paire de chaussures.

– Des chaussures ?

– Fabriquées en France. D'excellente qualité et assez chères.

– Je comprends.

La femme appuya sur un bouton ; venant de la dernière porte sur la droite, un bourdonnement se fit entendre, suivi du déclic d'une serrure.

– Son bureau est dans le couloir. Troisième porte à gauche.

– Merci. Permettez-moi de vous présenter un ami, le commandant Anthony, des Forces spéciales. Il m'attendra ici, si vous n'y voyez pas d'inconvénient, poursuivit Drew, tandis que le lieutenant, surpris, tournait la tête vers lui. Il parle couramment votre langue... et même l'ourdou, autant que je sache.

– Mes hommages, madame.

– Commandant...

Drew s'engagea dans l'étroit couloir aux murs gris, d'un pas rapide, jusqu'à la porte qu'on lui avait indiquée. Il frappa une seule fois, ouvrit ; François dormait, la tête sur le bureau. Il sursauta, se rejeta en arrière dans son fauteuil.

– Qu'est-ce qui se passe ?

– Salut, l'as du volant ! lança Latham, en refermant soigneusement la porte. On fait un petit somme ? Je vous envie, je suis exténué.

– Monsieur Latham, que faites-vous ici ?
– J'ai idée que vous le savez.
- Que je sais quoi ?
– Vous étiez proche de Claude Moreau, si je ne me trompe. Il connaissait votre femme, Yvonne, et vos deux filles.
– En effet, mais nous n'étions pas intimes. Tout le monde se connaît dans la maison, mais nous gardons nos distances.
– Vous êtes aussi très lié à Jacques Bergeron.
– Pourquoi très lié ?
– Jacques et vous, le chauffeur préféré et le bras droit du patron, l'intrépide trio uni par des années de travail en commun. Les trois mousquetaires du service. Rien de plus banal, rien de plus facile à accepter, quand on les voit ensemble tous les jours.
– Vous parlez par énigmes.
– Précisément. C'est une énigme, une énigme fondée sur la simplicité. Qui s'étonnait de vous voir tous les trois ensemble, qui s'étonnerait du chagrin des deux qui ont échappé à la mort ? Tout à l'heure, quand j'ai appelé pour donner à Jacques le nom de notre hôtel, devinez qui j'ai eu au téléphone.
– Il n'y a rien à deviner, monsieur Latham. C'est à moi que vous avez parlé.
– Tout le monde est monté d'un cran, à ce que je vois.
– Je ne comprends absolument rien à ce que vous dites !
François se pencha en avant, en faisant glisser sa main sur le bord du bureau, vers un tiroir. Il l'ouvrit brusquement, mais Drew fut plus prompt et le referma avec une telle force sur le poignet du chauffeur que François se mit à hurler. Son cri s'arrêta net quand le poing de Latham s'écrasa sur sa bouche. Le policier bascula en arrière, entraînant le fauteuil dans sa chute. Drew bondit sur lui, le saisit à la gorge, le força à se relever pour le projeter contre un mur.
– Nous avons des choses à nous dire, fit-il en brandissant l'arme cachée dans le tiroir. Si votre conversation n'est pas édifiante, vous pourrez dire adieu à la vie.
– J'ai une famille ! Une femme et des enfants ! Comment pouvez-vous me faire ça ?
– Savez-vous combien de familles – des pères, des mères et des enfants – ont été exterminées dans vos saloperies de camps de concentration ? Contraints de marcher nus et d'entrer dans ces chambres à gaz d'où ne ressortaient que des cadavres !
– Je n'étais même pas né, à l'époque !
– Vous n'en avez jamais entendu parler ? Combien de Français sont morts, victimes des rafles et envoyés à une mort certaine ? Cela n'a jamais chatouillé votre conscience ?

– Vous ne comprenez pas. Tous les moyens leur sont bons pour forcer les gens à collaborer.

– Par exemple ? Si vous mentez, je ne prendrai pas la peine d'utiliser votre arme. Je frapperai les carotides, des deux côtés du cou, et tout sera fini pour vous. Comme le radariste de Beauvais, quand il regarde son écran, je sais lire dans les yeux. J'espère ne pas me tromper... Jacques Bergeron est un néo, n'est-ce pas ?

– Oui... Comment avez-vous pu le découvrir ?

– Quand on est très fatigué et un peu perdu, on revient en esprit sur tout. Il fallait que ce soit quelqu'un qui ait accès à toutes les informations, quelqu'un qui sache à tout moment où se trouvaient les différents acteurs. Au début, nous avons cru que c'était Moreau ; son nom figurait sur une liste qui nous faisait craindre de travailler avec lui ; je ne pouvais rien lui dire, rien du tout. Puis il a été blanchi de tout soupçon par la seule personne qui pût le disculper : le directeur de mon propre service. Qui était-ce ? Qui savait où je me trouvais, dans l'auberge de Villejuif où j'avais emmené mon frère, dans les différents hôtels où je me cachais ? Qui savait que je serais à la terrasse d'un café, avec Karin et Claude, où nous aurions tous laissé notre peau, si le patron ne nous avait sauvés ? Qui a maquillé l'incident du métro, avec le docteur Kroeger, et prétendu avoir vu « Harry Latham » dans la rame qui s'éloignait ? Il n'y avait pas d'Harry Latham, car *j'étais* Harry et je ne voyageais pas dans cette rame. La réponse à chacune de ces questions était la même : Jacques Bergeron.

– Je ne suis pas au courant de tous ces événements, je le jure !

– Mais vous savez que Bergeron est un néo, non ? Un nazi agissant dans la clandestinité totale. Vous le savez, n'est-ce pas ?

– Oui.

François expira longuement, expulsant tout l'air de ses poumons.

– Je n'avais pas le choix, reprit-il. Je devais garder le silence et faire tout ce qu'il me demandait.

– Pourquoi ?

– J'ai tué un homme, Jacques m'a vu le faire.

– Comment ?

– Je l'ai étranglé... Essayez de comprendre, monsieur Latham ; je travaille beaucoup, je m'absente souvent plusieurs jours d'affilée, je néglige ma famille... Que dire d'autre ?

– Il y a encore beaucoup à dire, fit Drew.

– Ma femme a pris un amant. Je l'ai senti, comme le sent un mari, quand le froid glace le lit conjugal. J'ai utilisé les ressources de la maison pour découvrir qui il était.

– Rien de vraiment officiel, hein ?

– En effet. Mais ce que j'ignorais, c'est que Jacques surveillait tous mes faits et gestes, écoutait mes conversations téléphoniques... J'ai convenu d'un lieu de rendez-vous avec l'homme en question, un coiffeur minable, criblé de dettes, habitué des faillites, que j'ai retrouvé dans une ruelle de Montparnasse. Il a fait des allusions obscènes à ma femme, en riant grassement. J'ai perdu la tête, j'ai sauté sur lui et je l'ai étranglé. Au bout de la ruelle, Bergeron m'attendait.

– Il vous tenait !

– Il m'a donné le choix entre travailler pour lui et passer le reste de mes jours en prison. Il avait pris des photos avec un appareil à infrarouge.

– Mais vous avez retrouvé votre femme, n'est-ce pas ?

– Je ne suis pas un petit saint non plus. Nous avons fait la paix, notre mariage est solide. Nous avons les enfants.

– Mais vous avez travaillé avec Bergeron, un nazi ! Comment justifier ça ?

– Le reste de mes jours en prison... Auriez-vous choisi cette solution ? J'ai une femme, des enfants. Et je n'ai jamais tué pour lui, jamais ! D'autres s'en chargeaient, j'ai toujours refusé.

Latham lâcha le policier, lui fit signe de s'asseoir.

– Nous allons passer un marché, l'as du volant. À prendre ou à laisser... Si je ne me trompe, mais je ne pense pas me tromper, Bergeron et vous êtes les seuls néos ici. Et vous êtes très réticent. Il serait dangereux d'être plus nombreux. Un maître, un esclave, une combinaison parfaite. Vous pouvez prouver votre réticence en faisant ce que je dis ; sinon, vous êtes un homme mort, et je vous abats moi-même. Pigé ?

– Que voulez-vous que je fasse ? Et, si j'accepte, quelle garantie aurai-je que ces photos ne m'enverront pas en prison ?

– Aucune, mais il est peu probable que cela se produise. J'ai dans l'idée que Bergeron cherchera avant tout à sauver sa peau, plutôt que de vous envoyer devant un peloton d'exécution

– La peine de mort est abolie en France, monsieur.

– Vous êtes vraiment naïf, François. Ces choses n'ont pas d'existence officielle, elles arrivent, c'est tout.

– Alors, que voulez-vous ? fit le chauffeur, la gorge serrée.

– Le bureau de Jacques est à cet étage, dans une autre aile, si ma mémoire est bonne ?

– Elle l'est. Ce couloir est réservé aux employés subalternes.

– Mais vous y avez accès ? Je veux dire que vous être libre de vos mouvements ?

– Si vous voulez savoir si je peux vous conduire à son bureau, la réponse est oui.

– Sans nous faire annoncer ?

– Bien sûr. Je travaille en permanence avec lui. Il y a un couloir, à l'arrière, auquel on accède par un code. Je le connais, bien entendu.

– Bien entendu. Allons-y.

– Que dois-je faire ?

– Vous reviendrez ici, vous attendrez, en priant pour que tout se passe bien.

– Et vous, monsieur Latham ?

– Je vais prier pour que tout se passe bien.

Le capitaine Christian Dietz dissimula la radio sur une étagère et se plaça sur la gauche de la porte. Son ouïe exercée perçut un bruit de pas étouffé dans le couloir, puis ce fut le silence. Prêt à faire feu, il se demanda si les agresseurs s'étaient procuré un passe ou s'ils allaient choisir d'enfoncer la porte.

Ce fut la deuxième solution. Un grand fracas brisa le silence, la serrure sauta, la porte heurta violemment le commando. Deux hommes se ruèrent dans la pièce, l'arme au poing ; ils tournèrent fébrilement la tête de droite et de gauche, hésitant sur la conduite à suivre. Dietz résolut leur dilemme.

– Lâchez vos armes ou vous êtes morts !

Le premier homme pivota sur ses talons, une détonation assourdie par un silencieux se fit entendre. Le commando plongea sur la moquette, tira à son tour, atteignant le néo à l'estomac. L'homme se plia en deux et s'effondra. Le second tueur, béant de surprise, baissa son arme en voyant trois Marines s'engouffrer dans la pièce.

Soudain, Karin de Vries, en chemise de nuit, sortit en courant de la chambre.

– Repartez tout de suite ! rugit Dietz.

Karin s'élança vers la porte, le second néo leva son arme et tira. Du sang jaillit du bord de l'épaule gauche de Karin. Les Marines s'apprêtèrent à faire feu.

– Attendez ! rugit Dietz. Mort, il ne servira à rien !

– Nous non plus ! répliqua un sergent, le colt 45 braqué sur la tête du néo. Lâche ton arme, crevure, ou c'est fini pour toi !

L'homme laissa tomber son arme ; Dietz se releva et traversa la pièce, repoussant l'arme du pied au passage, pour s'agenouiller devant Karin, étendue sur le ventre, l'épaule en sang.

– Ne bougez pas, ordonna-t-il en baissant la bretelle du vêtement de nuit, avant de prendre Karin dans ses bras. Pas trop de mal, conclut-il, après avoir examiné la blessure. La balle a éraflé l'épaule, c'est tout. Ne bougez pas, je vais chercher des serviettes.

– Je m'en occupe, fit le Marine le plus proche. Où sont-elles ?

– Cette porte donne dans la salle de bains. Prenez-en trois propres, des petites, et attachez-les ensemble.

– Pour faire un garot ?

– Pas tout à fait, quelque chose d'approchant. Il faut que la peau reste lisse. Puis vous rapporterez des glaçons du bar.

– C'est parti.

– Ne me dites pas que vous êtes aussi médecin, fit Karin avec un pauvre sourire, en remontant le haut de la chemise de nuit.

– Ce n'est pas de la neurochirurgie, madame de Vries, juste une blessure superficielle. Vous avez eu de la chance ; une ou deux secondes plus tôt, les dégâts auraient été plus importants. Vous souffrez ?

– C'est plus engourdi que douloureux.

– Nous vous ferons examiner par le médecin de l'ambassade.

– Où est Drew ? C'est le plus important. Et Gerry, où est-il ?

– S'il vous plaît, madame de Vries, ne me faites pas subir ça. M. Latham nous a donné des instructions, c'est lui qui mène la danse. Il est parti à la DST avec Gerry ; j'ai perdu à pile ou face.

– À la DST ? Pour quoi faire ?

– Latham a dit qu'il croyait savoir qui était le loup dans la bergerie.

– Quoi ?

– La taupe nazie qui surveille tous nos mouvements.

– À la DST ?

– C'est ce qu'il a dit.

– Il a fait une vague allusion à Beauvais, mais, quand je l'ai interrogé, il n'a pas voulu répondre, disant que ce n'était qu'une supposition. Mais *vous* étiez au courant ?

– Je pense qu'il ne voulait pas que vous y soyez mêlée.

– Voilà les serviettes ! lança le Marine, en sortant de la chambre. Il les donna à Dietz avant d'aller prêter main-forte à ses collègues qui s'occupaient des deux néos, l'un sans connaissance, l'autre récalcitrant ; il fallut quelques solides coups de poing pour le calmer.

– Nous nous reverrons, mon capitaine... Vous êtes capitaine, n'est-ce pas ?

– Le grade n'a guère d'importance dans ce genre de situation, caporal. Merci.

– Nous ne pouvons pas rester, vous comprenez. Désolé pour la glace...

– Foutez le camp ! ordonna Dietz, tandis que les Marines, entraînant leurs prisonniers, se dirigeaient vers l'escalier de secours.

Le téléphone sonna.

– Je vais vous allonger par terre, dit le commando en serrant les serviettes autour de l'épaule de Karin. Il faut que je réponde.

– Si c'est Drew, dites-lui que je suis furieuse !

Ce n'était pas Latham, mais la réception.

– Vous devez partir ! cria le concierge. Notre bonne volonté a des limites ! Le standard croule sous les appels de clients qui se plaignent du bruit !

– Condamnez la chambre, fit Dietz d'une voix ferme, nous vous couvrirons. Donnez-moi cinq minutes avant d'appeler la police. Cinq minutes, c'est tout ce que je demande !

– Nous ferons notre possible.

Le capitaine raccrocha, se pencha sur Karin.

– Venez, dit-il. Je vais vous transporter...

– Je peux marcher, vous savez.

– Ravi de l'entendre. Nous allons prendre l'escalier, il y a un seul étage.

– Et nos vêtements, nos bagages ? Vous ne voulez pas que la police les trouve ici.

– Merde !... Excusez-moi, vous avez raison.

Le capitaine repartit vers le téléphone, appela la réception.

– Si vous voulez nous voir déguerpir, envoyez tout de suite un garçon d'étage pour faire nos bagages et les descendre. Dites-lui que, s'il ne manque rien, il y aura cinq cents francs pour lui.

– Bien, monsieur.

– En route !

Le commando raccrocha et repartit vers Karin, saisissant au passage un imperméable sur le dossier d'un fauteuil.

– Mettez ça, dit-il. Je vais vous aider. Levez-vous lentement, le bras sur mon épaule... C'est bien, vous pouvez marcher ?

– Bien sûr. C'est le bras qui me fait souffrir.

– Vous allez voir un médecin, il arrangera ça. Tenez-vous bien.

– Parlez-moi de Drew et de Gerry. Que se passe-t-il ?

– Je ne sais pas, madame de Vries. Mais je peux vous dire que votre ami, dont je n'avais pas une très haute opinion, est un type formidable. Il voit dans le brouillard, vous voyez ce que je veux dire ?

– Pas très bien, capitaine, fit Karin, soutenue par le commando, en suivant le couloir pour gagner l'escalier de secours. Que voulez-vous dire ?

– L'écran de fumée qui cache la vérité... Il fonce à travers, en se laissant guider par son instinct.

– Il est très minutieux.

– C'est plus que cela, c'est un don. Je suis disposé à faire un bout de chemin avec lui.

– Moi aussi, capitaine. Moi aussi.

Drew s'approcha de la porte du bureau du directeur par intérim de la DST. Sans frapper, il l'ouvrit rapidement, entra, referma soigneusement. Jacques Bergeron regardait à la fenêtre. Surpris, il se retourna, ouvrit de grands yeux en voyant Latham.

– Drew ! s'écria-t-il d'une voix mal assurée. On ne m'avait pas dit que vous étiez là !

– Je ne voulais pas que vous le sachiez.

– Pourquoi ?

– Parce que vous auriez pu trouver une raison pour ne pas me recevoir, comme tout à l'heure, quand j'ai appelé pour vous dire où nous étions descendus. On m'a passé François.

– Bon sang ! vous devez comprendre que j'ai une multitude de problèmes sur les bras. J'ai fait de François mon assistant ; il s'installera dès demain dans les bureaux de la direction.

– Ce sera commode.

– Comment ?... Écoutez, Drew, si je vous ai blessé, acceptez mes excuses. Mais essayez de vous mettre à ma place. J'ai été obligé de filtrer tous les appels, sauf la présidence et quelques parlementaires. Je ne peux pas répondre à tout le monde. Il y a trop de questions qui resteront sans réponse tant que je n'aurai pas mis mes enquêteurs au travail. Il me faut du temps pour réfléchir !

– C'est très bien, Jacques, mais j'ai dans l'idée que vous avez beaucoup réfléchi, depuis très, très longtemps. Depuis de longues années. François me l'a confirmé. Vous êtes probablement à l'origine de la liaison de sa femme avec le coiffeur ; un être humain de plus à sacrifier.

Le visage doux et vulnérable du nouveau patron de la DST se fit en un instant dur comme du granit, les yeux bienveillants se muèrent en deux globes exprimant une haine sans mélange.

– Qu'avez-vous fait ? demanda-t-il d'une voix si douce qu'elle était à peine audible.

– Je ne vous ennuierai pas avec les détours qui m'ont mené à vous, mais je vous tire mon chapeau. Le Sancho Pança de Moreau-Don Quichotte, l'écuyer en adoration devant son maître, qui finit par gagner sa confiance et son affection, en l'aidant dans ses tâches quotidiennes. Personne d'autre que vous ne pouvait savoir où j'étais à des heures données, où était mon frère, où étaient Karin et la pauvre secrétaire de Moreau. Vous avez réussi un coup sur deux. Vous avez tué Harry et la secrétaire, mais échoué pour Karin et moi.

– Vous êtes un homme mort, Latham, fit Bergeron d'une voix presque aimable. Nous sommes sur mon territoire, vous êtes un homme mort.

– À votre place, je me méfierais des conclusions hâtives. Le lieutenant Anthony – vous vous souvenez de lui ? – attend dans l'antichambre. Je suis sûr qu'il a déjà téléphoné à notre ambassadeur, qui a demandé à être reçu en urgence par le président de la République. Un petit déjeuner de travail, si vous voulez.

– Qu'est-ce qui vous fait croire cela ?

– Après avoir vu François, je ne suis pas allé dire au lieutenant de ne pas appeler. Nous avions convenu de huit minutes ; le délai paraissait raisonnable. Vous vous êtes trahi en envoyant vos nervis à l'hôtel, mais nos Marines les ont repérés. Personne d'autre que vous et François ne savait où nous étions.

– Des Marines...

– Je ne tiens pas à mourir en héros, Jacques. Quand on y réfléchit, c'est absurde, si on peut l'éviter.

– Vous n'avez que votre parole ; contre la mienne, elle ne vaudra rien ! C'est le président en personne qui m'a nommé !

– Vous êtes une ordure de *Sonnenkind*.

– Scandaleux ! Quelle preuve pouvez-vous avoir de ce qui n'est qu'un mensonge ridicule ?

– C'est une supposition, je vous l'accorde, mais, ajoutée à un faisceau d'autres éléments, elle est vraisemblable. Quand j'ai commencé à m'intéresser de près à vous, je vous ai laissé le bénéfice du doute. Cette nuit, dans le véhicule de l'armée qui nous ramenait de Beauvais, j'ai appelé un petit génie, un certain Joel, qui travaille sur nos superordinateurs, pour lui demander de faire des recherches sur votre passé. J'ai appris que vous aviez été adopté, il y a cinquante et un ans, par un couple sans enfant, les Bergeron, qui vivaient à Lauterbourg, près de la frontière allemande. Excellent élève, boursier, brillant étudiant, vous auriez pu choisir une profession qui aurait fait de vous un homme très riche. Mais non, vous avez choisi la fonction publique, plus précisément le renseignement. On fait mieux sur le plan financier.

– C'est ce qui m'intéressait, profondément !

– Et comment ! Au fil des ans, vous êtes arrivé où il fallait, quand il le fallait. Vous n'avez rien pu faire, car vous étiez déjà parti quand nous avons pensé aux planeurs, mais comment avez-vous réagi quand l'opération Eau morte s'en est allée en eau de boudin ? *Ein Volk, ein Reich,* une pourriture.

– Vous êtes malade ! Tout ce que vous dites n'est que mensonges !

– Pas du tout. Vous l'avez reconnu vous-même, avant de nous quitter à Beauvais. D'une manière ou d'une autre, vous saviez qu'il vous faudrait disparaître, que, tôt ou tard, l'étau se resserrerait sur vous. Vous ne vous attendiez pas réellement à être promu à la tête de la DST. C'est la seule chose sincère que vous ayez dite ; vous saviez qu'il y avait meilleur que vous dans d'autres services de renseignement. Voilà pourquoi vous avez déclaré : « Je n'ai pas l'étoffe d'un chef, je ne suis qu'un exécutant qui obéit aux ordres. » Vous ne faisiez que répéter ces paroles terribles, trop souvent entendues, le credo nazi. C'est ce qui m'a incité à interroger nos ordinateurs, à tout hasard.

– Je suis orphelin, reprit Bergeron d'une voix glaciale. Mes parents étaient français, je les ai perdus dans un bombardement et j'ai fait toutes mes études ici. Vous êtes un fauteur de troubles, un Américain paranoïaque que je vais faire expulser de France.

– Malheureusement, non, Jacques. Vous avez tué mon frère, plus exactement vous l'avez fait tuer. Je ne vous lâcherai pas. Malgré votre intelligence, vous avez commis une erreur. Lauterbourg n'a jamais été bombardé, ni par les Alliés, ni par les Allemands. On vous a fait franchir clandestinement le Rhin, pour commencer une nouvelle vie en France, la vie d'un *Sonnenkind*.

Bergeron demeura immobile, observant Latham, un mince sourire plissant son visage mou.

– Vous êtes vraiment très fort, Drew, fit-il posément. Inutile de dire que vous ne sortirez pas vivant d'ici. Quel gâchis. Un Américain paranoïaque, connu pour être violent, tente d'assassiner le directeur de la DST. Lequel des deux est le *Sonnenkind* ? N'oubliez pas que mon prédécesseur ne vous a jamais fait confiance. Il m'a avoué que vous ne cessiez de mentir ; c'est dans les notes que j'ai consciencieusement transcrites sur son ordinateur.

– Vous avez fait ça ?

– L'important est qu'elles soient en mémoire. Je suis le seul à avoir le code d'accès à ses dossiers secrets. Ce qu'ils contiennent ne peut venir que de lui.

– Pourquoi avez-vous tué Claude ?

– Parce que, comme vous, il avait commencé à creuser dans mon passé et s'apprêtait à découvrir le pot aux roses. C'est la mort de Monique, sa secrétaire, qui lui a mis la puce à l'oreille, et cette soirée au café où un abruti trop zélé a abattu le chauffeur d'un véhicule de votre ambassade. Ce fut une erreur colossale, impardonnable, car Moreau a compris que j'étais le seul à savoir où vous étiez. Monique aurait très certainement donné de faux renseignements.

– C'est drôle, fit Latham, ce soir-là aussi j'ai commencé à me poser des questions. À cela s'ajoutait le fait que, lorsque mon frère est arrivé de Londres, il devait être sous la protection de la DST.

– Facile à arranger, fit Bergeron, dont le sourire mince s'élargit.

– Encore une question, reprit Drew avec colère. Quand Moreau... et vous avez appris que je me faisais passer pour Harry, pourquoi n'avez-vous alerté Bonn ou Berlin ?

– Votre question est stupide, répondit Bergeron. Le cercle des gens informés était extrêmement restreint. Claude et moi étions les seuls au courant à la DST, et je ne savais pas qui d'autre était dans le secret. Si on était remonté jusqu'à notre service, c'en était fait de moi.

– Pas très convaincant, Jacques, fit Drew, les yeux rivés sur le *Sonnenkind*.

– Décidément, vous êtes très fort. Je préfère laisser les autres faire des erreurs. Disons donc, plus simplement, que j'attendais le moment propice. Vos politiciens américains sont passés maîtres dans cet exercice.

– Très bien, Jacques. Il faut maintenant que je vous avoue quelque chose. Tout ce que nous venons de dire a été enregistré, sur une fréquence réglée sur le récepteur du lieutenant Anthony. La technologie de pointe est une chose merveilleuse, n'est-ce pas ?

42

Jacques Bergeron, *Sonnenkind*, poussa un hurlement hystérique, s'avança vers son bureau et saisit un presse-papiers. Il le jeta vers la fenêtre, faisant voler la vitre en éclats. Puis, avec une force surprenante pour un homme de sa stature, il souleva son fauteuil et le lança sur Latham, qui tira le pistolet de François de sa ceinture.

– Ne faites pas ça ! cria Drew. Je ne veux pas vous tuer ! Nous avons besoin de vos dossiers. Écoutez-moi, Jacques !

Il était trop tard. Jacques Bergeron sortit prestement un petit automatique de son étui et commença à vider son chargeur au petit bonheur. Drew se jeta par terre, tandis que Bergeron se ruait vers la porte pour disparaître dans le couloir.

– Arrêtez-le ! rugit Drew, en s'élançant derrière lui. Non ! Attention, il est armé ! Écartez-vous !

Ce fut un sauve-qui-peut dans le couloir. Deux nouvelles détonations retentirent, un homme et une femme tombèrent, blessés ou tués Latham se lança à la poursuite du nazi dans un dédale de couloirs.

– Gerry ! hurla-t-il. Il va falloir qu'il sorte près de vous ! Tirez dans les jambes, je le veux vivant !

Trop tard, cette fois encore. Bergeron poussa violemment la porte de l'antichambre ; une sonnerie assourdissante retentit au moment où le lieutenant Anthony sortait d'un des deux ascenseurs. Bergeron tira ; c'était la dernière balle de son chargeur, comme l'indiquèrent les déclics qui suivirent, mais elle transperça le bras droit du commando. Anthony porta la main à son coude, le lâcha et, gauchement, le visage grimaçant de douleur, tâtonna pour prendre son arme, tandis que la femme aux cheveux gris se laissait tomber au sol, derrière son bureau.

– Vous n'irez nulle part ! s'écria le lieutenant, en s'efforçant de saisir l'arme malgré la douleur qui irradiait dans son bras. Les ascenseurs ne fonctionnent pas, j'ai actionné l'alarme !

– Détrompez-vous ! rétorqua le néo en s'engouffrant dans la cabine la plus proche.

En quelques secondes, la porte commença à se refermer et la sonnerie se tut. Le nazi lança une dernière phrase.

– C'est vous qui n'irez nulle part !

Drew ouvrit à la volée la porte de l'antichambre.

– Où est-il ? s'écria-t-il, hors d'haleine.

– Dans un ascenseur, répondit le commando en grimaçant. Je croyais les avoir bloqués tous les deux, mais, apparemment, cela n'a pas marché.

– Vous êtes blessé !

– Ce n'est rien, occupez-vous de la dame.

– Tout va bien ? demanda Drew à la femme qui se relevait lentement.

– Cela ira mieux quand j'aurai remis ma démission, répondit-elle d'une voix hachée, en tremblant comme une feuille.

– Pouvons-nous arrêter l'ascenseur ? demanda Drew, en l'aidant à se relever.

– Non. Le directeur et ses adjoints ont un code d'urgence qui leur permet d'atteindre sans arrêt l'étage demandé.

– Pouvons-nous l'empêcher de quitter le bâtiment ?

– De quel droit ? C'est notre nouveau directeur.

– C'est un salopard de nazi ! s'écria Anthony.

La femme écarquilla les yeux.

– Je vais voir ce que je peux faire, commandant.

Elle prit le téléphone, enfonça trois touches.

– C'est une urgence ! fit-elle. Avez-vous vu le directeur ?... Merci.

Elle coupa la communication, composa un autre numéro de poste, répéta sa question, remercia de nouveau. Elle raccrocha, leva les yeux vers les deux Américains.

– J'ai d'abord appelé le parking où M. Bergeron gare sa voiture de sport. On ne l'a pas vu passer. J'ai ensuite appelé le rez-de-chaussée. Le garde a dit que le nouveau directeur venait de sortir précipitamment. Je suis désolée.

– Merci d'avoir essayé, fit Gerald Anthony, en soutenant son bras blessé, couvert de sang.

– Je peux vous demander pourquoi vous avez essayé ? glissa Drew. Nous sommes américains.

– M. Moreau vous tenait en haute estime, répondit-elle. Il me l'a dit le jour où vous êtes venu le voir.

– C'est tout ?

– Non... Jacques Bergeron était très courtois, très souriant, quand il accompagnait le directeur. Seul c'était un salaud arrogant. Je préfère vos explications et je l'ai vu tirer sur notre charmant commandant.

Tout le monde se retrouva dans les appartements privés de Courtland, à l'ambassade des États-Unis. Drew, Karin, le bras en écharpe, et Stanley Witkowski, retour de Londres. Les deux commandos étaient restés à l'hôtel où ils se reposaient et sollicitaient assidûment le service d'étage.

– Il a disparu, commença Daniel Courtland, assis dans un fauteuil, près de Witkowski, face à Drew et Karin, qui partageaient le canapé. Tous les services de police sont sur les dents, mais il n'y a aucune trace de Jacques Bergeron. Les aéroports, les terrains privés, les postes-frontières ont tous sa photo ainsi qu'une dizaine de portraits-robots. Rien. Il a dû réussir à gagner l'Allemagne, où il est en sécurité.

– Nous devons découvrir où il se cache, monsieur l'ambassadeur, fit Latham. L'opération Eau morte a échoué, mais nous ignorons quelle sera la suivante. Leurs plans à long terme sont peut-être gelés, mais le mouvement néonazi n'est pas détruit. Il y a des archives quelque part, nous devons absolument les trouver. Ces salauds sont partout et n'ont pas l'intention de baisser les bras. Hier encore, une synagogue à Los Angeles et une église fréquentée par les Noirs, dans le Mississippi, ont été incendiées. Plusieurs parlementaires qui ont dénoncé ces actes de violence ont été accusés de dissimuler leurs propres sympathies. C'est une drôle de pagaille, croyez-moi.

– Je sais, Drew. Nous en sommes tous conscients. À Paris, dans le quartier juif, des vitrines ont été brisées, le mot *Kristallnacht* peint à la bombe sur les murs. Le monde est de plus en plus moche.

– En quittant Londres, ce matin, ajouta Witkowski d'une voix douce, j'ai vu que les journaux parlaient du massacre de plusieurs enfants d'origine antillaise, dont le visage avait été tailladé à coups de baïonnette. Le mot *Neger* était écrit au pastel, tout autour des corps.

– Quand cela cessera-t-il ? s'écria Karin.

– Quand nous aurons découvert qui ils sont et où ils se cachent, répondit Drew.

Le téléphone sonna sur la table ancienne qui faisait office de bureau.

– Voulez-vous que je réponde ? demanda le colonel à l'ambassadeur.

– Merci, j'y vais, fit Courtland, en se levant.

– Allô ?... C'est pour vous, Latham. Un certain François.

– Jamais je n'aurais cru avoir des nouvelles de lui, fit Drew, en se dirigeant rapidement vers la table pour prendre le combiné que lui tendait l'ambassadeur.

– François... ?

– Monsieur Latham, il faut que je vous parle en privé.

– On ne fait pas mieux que cette ligne, croyez-moi. Vous venez de parler à notre ambassadeur et cette ligne est aussi bien protégée qu'une ligne peut l'être.

– Je vous crois, car vous avez tenu parole. On m'a interrogé, mais seulement sur ce que je sais, pas sur ce que j'étais.

– Vous étiez dans une situation intenable ; si vous acceptez de collaborer sans réserve, vous pourrez vivre normalement.

– Je ne saurais exprimer ma gratitude, monsieur Latham, et celle de ma femme. Nous avons longuement discuté – je ne lui ai rien caché – et nous avons décidé ensemble que je devais vous appeler. Cela peut en valoir la peine.

– De quoi s'agit-il ?

– Je vais revenir au soir où le vieux Jodelle s'est tué dans le théâtre de Jean-Pierre Villiers. Vous en souvenez-vous ?

– Jamais je ne l'oublierai, répondit Latham. Qu'avez-vous à dire sur ce soir-là ?

– En pleine nuit, plus exactement, Jacques Bergeron m'a appelé pour me demander de venir immédiatement dans son bureau. Il n'était pas là quand je suis arrivé, mais je savais qu'il était dans le bâtiment, car les gardes ont fait des remarques sarcastiques sur sa mauvaise humeur. Je n'ai pas osé repartir ; j'ai attendu son retour. Il est arrivé avec un vieux dossier sorti des archives, si vieux qu'il n'avait pas été entré dans nos ordinateurs. La couverture était toute jaunie.

– C'est inhabituel, non ?

– Les dossiers se comptent par milliers dans nos archives. L'informatisation a demandé beaucoup de travail, mais il faudra des années avant qu'elle ne soit achevée.

– Comment expliquez-vous ça ?

– Des spécialistes, des historiens en particulier, sont consultés pour les valider et, comme dans toutes les administrations, les crédits sont limités.

– Continuez. Que s'est-il passé ?

– Jacques m'a ordonné de prendre le dossier et de le porter dans un château du Val de Loire, en utilisant un véhicule de service et sans perdre une minute. Je lui ai demandé pourquoi c'était si urgent et si cela n'aurait pas pu attendre le début de la matinée. Il est devenu fou furieux et a hurlé que nous devions tout à cet homme. Que cet endroit était notre refuge, notre sanctuaire.

– Quel endroit ? Quel homme ?

– Un château appelé la Saulaie. L'homme est le général André Monluc. Un grand soldat, à ce qu'on dit, qui avait l'estime du général de Gaulle.

– Vous croyez donc que Bergeron aurait pu se réfugier là-bas ?

– Les mots de sanctuaire et de refuge me sont remontés à la mémoire. Jacques n'est pas tombé de la dernière pluie ; il sait qu'il aura de multiples obstacles à surmonter pour quitter le pays. Il aura besoin de toutes les ressources de ses amis. J'espère que cela vous sera utile.

– J'y compte bien. J'espère que nous n'aurons plus à nous voir ni à nous parler. Merci, François.

Latham raccrocha, se tourna vers les autres.

– Nous avons le nom du général que Jodelle traquait, le traître qui s'est moqué de la Résistance. Je sais aussi où il vit, s'il est encore de ce monde.

– C'était une conversation à sens unique, *chlopak*. Si vous nous mettiez au parfum ?

– J'ai passé un marché, Stanley. N'insistez pas. La vie de cet homme fut trop longtemps un enfer et il n'a jamais tué personne pour le compte des nazis. Ce n'était qu'un porteur d'eau, un messager agissant sous la contrainte. J'ai passé un marché avec lui, point final.

– Je sais ce que c'est, fit l'ambassadeur. Dites-nous ce que nous avons à savoir, Drew.

– Le nom du général est Monluc. André Monluc...

– André ! coupa Karin. C'était le mot de passe de la sellerie.

– Exact. Le château s'appelle la Saulaie, dans le Val de Loire. François pense que Bergeron a pu s'y réfugier ; il a un jour parlé de sanctuaire, dans un moment de colère, peut-être de peur.

– Quand ? demanda Witkowski. Quand a-t-il parlé de sanctuaire ?

– Une question judicieuse, Stanley. Quand Bergeron a donné l'ordre d'y porter un vieux dossier sur Monluc, exhumé des archives. La nuit où Jodelle s'est donné la mort.

– Faisant ainsi disparaître tout lien entre Jodelle et le général, fit l'ambassadeur. Quelqu'un sait-il quelque chose sur ce Monluc ?

– Il n'y a rien à ce nom, répondit Latham. Les dossiers confidentiels ont été dérobés à Washington. Mais les documents préliminaires sur Jodelle donnaient le détail de ses accusations, sans malheureusement apporter ni preuves ni présomptions. C'est pourquoi les services de renseignement américains le tenaient pour un détraqué. Il prétendait qu'un général français, un chef de la Résistance, était en réalité un traître à la solde des nazis. Il s'agissait de Monluc, bien entendu, l'homme qui a ordonné l'exécution de la femme et des enfants de Jodelle et qui l'a envoyé dans un camp de la mort.

– Un enfant a survécu, ajouta Karin. Jean-Pierre Villiers.

– Exactement. D'après le père adoptif de Villiers, le général, qui s'enrichissait grâce à l'or et aux objets de valeur offerts par les nazis, avait eu vent des soupçons de Jodelle.

– Je crois que je vais demander cette entrevue au président, déclara Courtland. Faites-moi un rapport détaillé, Drew, sur tout ce que vous savez. Prenez une secrétaire, deux, s'il le faut, pour l'écrire sous la dictée. Faites vite, je le veux sur mon bureau dans une heure.

Latham et Witkowski échangèrent un regard. Le colonel fit signe à Drew de parler

– Ça ne marchera pas, monsieur.

– Pourquoi ?

– D'abord, nous n'avons pas le temps. Ensuite, nous ignorons à qui le président s'en ouvrira, mais nous savons qu'il y a des sympathisants nazis au Quai d'Orsay, peut-être même dans son entourage. Nous ne savons pas à qui faire appel, ni qui il peut consulter.

– Seriez-vous en train de suggérer qu'il nous appartient de passer à l'action nous-mêmes ? Le personnel diplomatique américain en territoire étranger ? Auriez-vous perdu la tête, Drew ?

– Monsieur l'ambassadeur, s'il y a quelque chose à découvrir dans ce château, des dossiers, des documents, des noms ou des numéros de téléphone, nous ne pouvons courir le risque qu'ils soient détruits. Oublions Bergeron pour l'instant ; si cet endroit est considéré comme un sanctuaire, il doit y avoir autre chose que de la bière et des saucisses. Il ne s'agit pas seulement de la France, mais de toute l'Europe et des États-Unis.

– Je comprends bien, mais nous ne pouvons prendre des dispositions unilatérales dans un pays d'accueil !

– Si Claude Moreau était en vie, la situation serait différente, glissa Witkowski. Il aurait accepté le principe d'une opération clandestine, dans l'intérêt de son pays. Le FBI pratique couramment ce genre de chose.

– Moreau n'est plus en vie, colonel !

– Je sais, monsieur l'ambassadeur, mais il y a peut-être un moyen. Ce François dont vous venez de parler, ajouta-t-il, à l'adresse de Latham, il vous est redevable, n'est-ce pas ?

– Laissez tomber, Stosh, je ne veux pas le mouiller.

– Je ne vois pas pourquoi. Vous venez de suggérer un bon exemple d'ingérence diplomatique, assez grave pour faire remplacer un ambassadeur.

– Où voulez-vous en venir ? fit Drew, les yeux rivés sur le colonel.

– La DST travaille avec les Renseignements généraux, leurs attributions se confondent fréquemment, comme pour la CIA, le FBI et la DIA chez nous. C'est compréhensible, n'est-ce pas ?

– Poursuivez, colonel.

– La confusion résultant de ces conflits de compétences fait à la fois le bonheur et le malheur des services de renseignement..

– Au fait, Stanley !

– C'est très simple, *chlopak*. Demandez à votre François d'appeler quelqu'un qu'il connaît bien aux RG et de répéter, disons, la moitié de ce qu'il vient de vous dire.

– Quelle moitié ?

– Qu'il lui est brusquement revenu à l'esprit que Bergeron, que tout le monde recherche, l'a envoyé un jour porter un vieux dossier dans ce château. C'est tout ce qu'il aura à dire.

– Pourquoi n'en informerait-il pas son propre service ?

– Parce que la DST n'a plus de patron. Moreau a été assassiné hier, Bergeron est en fuite et il ne sait à qui faire confiance.

– Et après ?

– Je m'occuperai du reste, fit doucement Witkowski.

– Je vous demande pardon ? dit Courtland.

– Il y a toujours certaines choses qu'un homme dans votre position peut démentir de bonne foi, car il en ignore tout.

– Dites-m'en un peu plus, lança le diplomate. J'ai le sentiment d'avoir passé énormément de temps à entendre parler de ces choses que je suis censé ignorer. Que pouvez-vous me révéler, en me permettant quand même d'opposer un démenti à des accusations ?

– Des détails anodins, monsieur. J'ai des amis, disons des collègues, au plus haut niveau des RG. À une certaine époque, il se peut que des criminels américains, disons des représentants du grand banditisme ou des barons de la drogue, se soient trouvés sur le territoire français et que nous ayons mieux suivi leur piste que nos homologues français... J'ai fait circuler les renseignements avec une grande générosité.

– On fait difficilement plus allusif, colonel.

– Merci, monsieur l'ambassadeur.

– Je répète, lança Latham avec impatience, où voulez-vous en venir ?

– Si la source de l'information est un service de renseignement français, je peux passer à l'action. Les Français s'empresseront de l'exploiter et je disposerai du personnel de soutien nécessaire, en cas de nécessité. Nous bénéficierons aussi d'une discrétion essentielle, dans la mesure où il nous faudra agir rapidement.

– Comment pouvez-vous être sûr de tout cela, colonel ?

– Nous aimons, dans le milieu des services secrets, propager le mythe de notre invincibilité. Par-dessus tout, nous aimons obtenir des résultats extraordinaires, quand personne ne sait que nous sommes sur une affaire. C'est une particularité de notre profession, monsieur l'ambassadeur ; dans le cas présent, elle jouera en notre faveur. Nous serons à l'origine de l'information, nous organisons tout et le mérite ira aux Français. Providentiel.

– Je ne suis pas sûr de bien vous suivre.

– Vous n'êtes pas censé le faire, répliqua le vétéran du renseignement militaire.

– Et moi ? demanda Karin. Je vous accompagne, bien entendu ?

– Oui, ma chère, répondit Witkowski avec un bon sourire et un regard en coin, en direction de Latham. Nous étudierons la carte d'état-major et nous vous trouverons un poste d'observation en hauteur. Vous aurez la responsabilité de la radio.

– C'est ridicule ! J'ai mérité d'être avec vous.

– Ne sois pas injuste, Karin, fit Drew. Tu es blessée et les analgésiques ne te permettront pas de disposer de tous tes moyens. Pour parler franchement, tu serais plus un fardeau qu'autre chose. Pour moi, en tout cas.

– Tu sais, fit posément Karin, en soutenant le regard de Drew, je suis capable de comprendre ça et je l'accepte.

– Merci. De plus, notre lieutenant ne sera pas d'une grande utilité et restera en retrait. Il est plus mal en point que toi ; il faudrait attacher un pistolet à sa main pour qu'il puisse tirer.

– Il pourra s'occuper de la radio avec Karin et servir de relais, suggéra le colonel. Des coordinateurs, qui nous éviteront d'être en communication constante ; nous aurons juste des oreillettes.

– Cela paraît affreusement condescendant, Stanley.

– Peut-être, Karin, mais on ne sait jamais.

Le directeur adjoint de la section Étranger des RG était un analyste ambitieux, âgé de quarante et un ans, qui avait la chance de connaître François. Il avait fait la cour à Yvonne avant qu'elle n'épouse François et, même s'il avait gravi plus rapidement les échelons de l'administration, les deux hommes étaient restés en très bons termes. François savait pourquoi. L'analyste était un opportuniste qui s'était toujours efforcé de tirer les vers du nez du policier discret.

– Je sais à qui m'adresser, avait-il dit, en réponse à la requête de Latham. C'est le moins que je puisse faire pour vous et, j'imagine, pour lui, après tous les déjeuners auxquels il m'a invité. Il gagne très bien sa vie, vous savez. C'est un type intelligent, qui a fait des études. Je crois qu'il sera très enthousiaste.

Tout le monde sait que les analystes ne sont pas des hommes de terrain ; ils n'ont pas cette prétention. Cependant, dans le cadre d'une opération particulière et dans des circonstances problématiques, ils sont en général en mesure de faire état de précédents et de stratégies qui peuvent être très précieux. Clément Lacloche, puisque c'était son nom – et il lui allait bien – retrouva l'unité N-2 au Plaza-Athénée.

– Stanley ! s'écria-t-il, en entrant dans la suite, un attaché-case à la main. Quel soulagement quand vous avez appelé, juste après le coup de fil quasi hystérique de François. C'est tragique, c'est une catastrophe, mais, avec votre sang-froid légendaire, je me suis vraiment senti soulagé.

– Merci, Clément ; je suis content de vous voir. Je vais vous présenter à mes amis.

Les présentations, faites, tout le monde s'installa autour de la table ronde du salon.

– Avez-vous réussi à vous procurer ce que j'ai demandé, reprit le colonel.

– Tout est là, mais je vous préviens, ce sont des fichiers confidentiels.

– Qu'est-ce qu'il dit ? demanda Drew, d'un ton frisant l'impolitesse.

– Les copies ont été faites sous le sceau du secret, expliqua Karin, en prétextant une opération en solo.

– Je les ai retirées sans donner de raison, conformément à ce que mon ami Stanley m'avait demandé. Quand je pense qu'il y a des néonazis au cœur de l'administration ! À la DST ! Cela dépasse l'entendement !... J'ai pris des risques considérables, mais, si nous mettons la main sur Bergeron, sur ce traître, mes supérieurs me féliciteront chaudement.

– Sinon ? demanda le lieutenant Anthony, son bras en écharpe posé sur la table comme une patte palmée.

– Eh bien, j'aurai agi pour le compte d'un policier affolé et de nos alliés les plus précieux, les Américains.

– Avez-vous déjà participé à des opérations clandestines ? demanda Christian Dietz.

– Non, capitaine, mon rôle est celui d'un analyste. Je supervise, je ne m'engage pas dans des activités de ce type.

– Alors, vous ne venez pas avec nous ?

– Jamais de la vie !

– Parfait.

– Suffit ! coupa Witkowski, avec un regard mauvais en direction de Dietz. Passons aux choses sérieuses. Avez-vous les cartes, Clément ?

– Pas seulement des cartes. Les courbes de niveau, envoyées par fax.

Lacloche ouvrit son attaché-case, y prit plusieurs feuilles pliées, qu'il étala sur la table.

– Voici le château connu sous le nom de la Saulaie. Il est entouré de cent cinquante hectares de terres ; si ce n'est pas la plus grande, c'est loin d'être la plus petite des propriétés de la région. Le château fut octroyé au XVIe siècle, par décret royal, à un noble dont la famille...

– Faites-nous grâce de l'Histoire, coupa Latham. Comment est-il aujourd'hui ? Ne m'en veuillez pas, nous sommes terriblement pressés.

– Très bien. Mais l'Histoire n'est pas inutile, ne fût-ce que pour les défenses, naturelles ou non.

– Quelles défenses ? demanda Karin, en se levant, les yeux fixés sur la carte.

– Là, là et là, fit Lacloche, se levant à son tour, imité par les autres, pour indiquer différentes zones sur la carte dépliée. Des canaux profonds, au lit argileux, alimentés par le fleuve et entourant soixante pour cent du château. Ils sont remplis de roseaux et de plantes aquatiques, comme si la traversée ne posait aucune difficulté, mais les nobles, qui passaient leur temps à guerroyer les uns contre les autres, s'y connaissaient en moyens de défense. Une armée d'archers et de canonniers, franchissant ces cours d'eau d'apparence anodine, s'enfonçait dans la boue et se noyait, entraînant les pièces d'artillerie avec elle.

– Voilà ce que j'appelle de la stratégie, fit Witkowski.

– Impressionnant pour une époque si lointaine, approuva le capitaine Dietz.

– Combien de fois t'ai-je répété de regarder le passé ? fit Anthony, en donnant au capitaine un petit coup de coude qui lui arracha une grimace de douleur. Ils se servaient de ce qu'ils avaient et l'Histoire se répète.

– Vous simplifiez un peu trop, Gerry, protesta Karin, sans quitter la carte des yeux. Ces canaux se seraient asséchés depuis longtemps par sédimentation, car ils n'étaient pas naturels. Ils ont été constamment dragués et curés. Mais vous avez raison de dire que le propriétaire de ce château a étudié son histoire et les a remis en service, en les draguant jusqu'à la Loire. Qu'en pensez-vous, monsieur Lacloche ?

– Je suis arrivé à la même conclusion, madame, mais on ne m'a pas donné la possibilité de m'expliquer.

– Vous l'avez, fit Latham, et je vous prie d'accepter mes excuses. Nous vous écoutons avec intérêt.

– Merci beaucoup. Il y a deux entrées principales, la grille, bien entendu, et le côté nord-est. Malheureusement, un mur de trois mètres cinquante entoure le château ; il ne comporte, outre la grille, qu'une seule autre ouverture, sur l'arrière. C'est un sentier qui conduit à un grand patio dominant une partie de la vallée. Le plus difficile sera de franchir ce mur, construit il y a un demi-siècle, juste après la Libération.

– Il est probablement couronné de fil de fer barbelé, peut-être électrifié, murmura Dietz.

– Certainement, capitaine. On peut supposer que l'ensemble de la propriété est très bien gardé.

– Même les vieux canaux ? demanda le lieutenant.

– Peut-être moins, mais, si nous avons appris leur existence, d'autres ont pu le faire.

– Et le sentier ? fit Drew. Comment peut-on l'atteindre ?

– D'après les courbes de niveau, répondit Lacloche, en indiquant une zone verte rayée de gris sur la carte, il y a un promontoire, le bord abrupt d'une éminence, pour être précis, qui surplombe le sentier d'à peu près trois cents mètres. Descendre le versant abrupt peut être une solution, mais même s'il n'y a pas de fils électrifiés, ce qui serait étonnant, il reste le mur.

– Quelle est la hauteur de ce promontoire ? demanda Drew.

– Je viens de le dire, trois cents mètres.

– Je voulais savoir s'il était possible, de ce poste d'observation, de voir par-dessus le mur.

L'homme des RG se pencha sur la carte pour étudier les courbes de niveau.

– Je dirais oui, mais cela dépend de l'exactitude de ce que j'ai devant les yeux. Si on trace une ligne du sommet de l'éminence au faîte du mur, une ligne droite, il semble que oui.

– Je lis en vous comme dans un livre, patron, fit le lieutenant Gerald Anthony. Ce sera mon perchoir.

– D'accord, fit Drew. Poste d'observation numéro un, ou appelez ça comme vous voulez dans votre jargon militaire.

– Je crois qu'il devrait me revenir, lança Karin avec véhémence. Si les choses se gâtent, je pourrai tirer, alors que Gerry ne peut même pas tenir une arme.

– Allons, madame de Vries ! Vous êtes blessée, vous aussi !

– À l'épaule droite, mais je suis gauchère.

– Nous réglerons cela plus tard, bougonna Witkowski. À moi de vous demander où vous voulez en venir, ajouta-t-il, en se tournant vers Latham.

– Je m'étonne d'avoir à expliquer cela à un vieux singe comme vous. Nous allons retrouver l'eau, mais, cette fois, au lieu d'un grand fleuve, ce sera un canal étroit, bordé de roseaux et de hautes herbes qui nous protégeront. Nous aborderons au-dessous du sentier et notre éclaireur, posté sur l'éminence, nous fera savoir quand nous pourrons escalader le mur, après le passage de la patrouille.

– L'escalader avec quoi ?

– Des grappins, répondit le capitaine Dietz. Des grappins courts, en résine acrylique, aux pointes en caoutchouc dur. Ils sont silencieux, plus solides que l'acier, et les cordes peuvent être réduites à deux ou trois mètres.

– Et s'ils se prenaient dans des barbelés ? fit Witkowski, le regard noir. Ce mur est une saloperie.

– Ce ne sont pas les falaises d'Omaha Beach, Stanley, il ne fait que trois mètres cinquante. En levant les bras au-dessus de la tête, le faîte du mur sera à un mètre vingt de nos mains. Dix ou douze secondes nous suffiront, à Dietz et à moi, pour le franchir, sauter de l'autre côté et neutraliser des barbelés.

– Dietz et vous ?...

– Nous verrons cela plus tard, colonel, fit Latham en se tournant vivement vers l'homme des RG.

– Qu'y a-t-il derrière le mur ?

– Regardez vous-même, répondit Lacloche, en se penchant sur la carte et en posant successivement l'index sur plusieurs points. Comme vous le voyez, sur le pourtour, le mur est à peu près distant de quatre-vingts mètres de la base du château, ce qui laisse de la place pour une piscine, plusieurs patios et un court de tennis, entourés de pelouses et de jardins. Très chic et très sûr, avec ce qui doit être un magnifique panorama des collines, derrière le mur.

– Et qu'y a-t-il derrière le portail du sentier ?

– D'après ces schémas, il y a la piscine, flanquée de deux rangées de cabines, derrière lesquelles se trouvent les trois entrées de la demeure.

– Une à droite, une au milieu, une à gauche, fit le lieutenant Anthony. Où mènent ces portes ?

– Celle de droite dans ce qui semble être une immense cuisine, celle de gauche dans la véranda, au nord, et celle du milieu dans une vaste salle de réception.

- Comme un grand salon ?

- Un très grand salon, lieutenant.

- Vos plans sont à jour ? demanda Drew.

– Ils ont moins de deux ans. Sous un régime socialiste, les riches sont surveillés de près par le fisc.

– Et les cabines ? suggéra Dietz.

– C'est là qu'ils chercheront d'abord, fit Anthony.

– Dès que nous aurons franchi le mur, le capitaine et moi, reprit Latham, nous renverrons les grappins avant de nous diriger vers les deux portes extérieures, en essayant de rester à couvert.

– Et moi ? lança Witkowski.

– Je viens de vous le dire, colonel, nous en reparlerons. Quel soutien aurons-nous, monsieur Lacloche ?

– Comme convenu, dix policiers, cachés sur la route, à une centaine de mètres, attendront que vous leur donniez par radio l'ordre d'attaquer le château.

– Assurez-vous qu'ils soient invisibles. Nous connaissons nos ennemis ; au moindre signe de danger, ils mettront le feu à tous les documents. Il est essentiel de récupérer tout ce qu'il y a.

– Je partage vos inquiétudes, mais une opération réalisée par deux hommes me paraît, comment dire, « légère ».

– Il a raison, agent Latham, fit Dietz.

– Qui a parlé de *deux* hommes ? demanda Witkowski, visiblement agité.

– Je vous en prie, Stanley ! s'écria Latham, avec un regard courroucé au vétéran du G-2. J'ai vérifié, vous avez plus de soixante ans et je ne tiens pas à être responsable si vous recevez une balle dans la tête pour ne pas vous être baissé assez vite.

– Je vous prends quand vous voulez, *chlopak* !

– Épargnez-moi vos démonstrations de macho. Nous vous ferons signe de nous rejoindre quand le moment sera venu.

– Permettez-moi d'insister, reprit l'homme des RG. J'ai organisé des attaques de ce genre au Moyen-Orient – à Oman, Abou Dhabī, Bahreïn et ailleurs –, où nous faisions appel à la Légion étrangère. Il vous faudrait, au minimum, être deux de plus, ne fût-ce que pour protéger vos arrières.

– À mon avis, il a raison, fit Anthony.

– Être moins nombreux serait ridicule, voire suicidaire, ajouta Karin.

Drew leva les yeux de la carte, se tourna vers Lacloche.

– Je n'avais peut-être pas les idées très claires, fit-il. D'accord, deux autres. Qui avez-vous sous la main ?

– Les dix dont j'ai parlé feraient l'affaire, mais il y a trois anciens légionnaires qui ont travaillé pour les forces de sécurité des Nations unies.

– Choisissez-en deux et envoyez-les ici dans deux heures. Maintenant, passons au matériel. Aidez-moi de vos lumières, Stosh.

– Outre les grappins et les cordes, commença Witkowski, il y a les nouveaux MAC-10 automatiques, munis d'un silencieux ; trente cartouches par chargeur, quatre chargeurs par tête de pipe. Il faudra aussi un canot en PVC, des lampes-stylos, des radios UHF de l'armée, des tenues de camouflage, des jumelles de nuit, des couteaux de chasse, des cordelettes, quatre automatiques Beretta de petit calibre et, en cas de gros pépin, trois grenades chacun.

– Pouvez-vous vous en occuper, monsieur Lacloche ?

– Si on peut me répéter lentement, considérez que c'est fait. Maintenant, quand pensez-vous...

– Ce soir, déclara Latham. Quand il fera nuit noire.

43

Le vieux château était un vestige de l'architecture gothique. Sa silhouette inquiétante se détachait sur le fond clair du ciel ; l'éclat de la lune se reflétait sur les flèches et les tourelles. C'était, au fond, l'étalage ostentatoire de l'ego d'un nobliau aspirant à un plus haut lignage. Le bâtiment, fait de pierres mal équarries et de briques, remodelé par chaque génération, portait la marque du passage des siècles.

Il était un peu moins de 2 heures du matin, la brise était légère, le silence troublé par les bruits étouffés des animaux nocturnes, quand l'unité N-2, renforcée par deux anciens légionnaires, prit position. À la clarté bleutée de la lampe-stylo dansant sur une carte d'état-major, le lieutenant Anthony guida Karin de Vries dans les broussailles du versant escarpé du promontoire.

– Arrêtez-vous, Gerry ! murmura soudain la jeune femme.

– Qu'y a-t-il ?

– Là ! Regardez !

Elle plongea le bras entre les branches d'un arbuste, saisit une vieille casquette en lambeaux. Elle la retourna, le pinceau bleuté de sa lampe dirigé sur la doublure déchirée. Elle étouffa un petit cri.

– Quoi, encore ? souffla le lieutenant.

– Regardez ! fit-elle en tendant la casquette à Anthony.

– Bon Dieu !

Un nom était tracé à l'encre, d'une écriture tremblée, en lettres épaisses, comme pour affirmer avec force la possession de ce maigre bien. *Jodelle*.

– Le vieux a dû monter ici, murmura le lieutenant.

– Voilà qui nous apporte quelques réponses, fit Karin. Passez-la-moi, je vais la mettre dans ma poche... En route.

En contrebas, dans le bas-fond marécageux, à l'abri des roseaux, les cinq hommes étaient tassés dans un canot pneumatique noir. Latham et le capitaine Dietz étaient à l'avant, avec les deux policiers, baptisés tout simplement Un et Deux, afin de préserver l'anonymat auquel ils tenaient. À l'arrière de la petite embarcation, le colonel Stanley Witkowski ne décolérait pas. Si un regard avait le pouvoir de détruire ce qui l'entoure, les quatre hommes eussent été rayés du nombre des vivants.

Drew écarta une touffe de joncs et garda les yeux fixés sur le promontoire. Il vit le signal. Deux éclats de lumière bleue.

– Allons-y ! murmura-t-il. Ils sont en position.

À l'aide des deux pagaies miniatures, les policiers propulsèrent le canot à travers les roseaux, jusqu'à ce qu'il atteigne le vieux canal. Lentement, à petits coups de pagaie, ils couvrirent la cinquantaine de mètres les séparant de la berge opposée, laissant derrière eux un tunnel circulaire en brique qui permettait aux eaux détournées de la Loire d'alimenter le marécage.

– Vous aviez raison, Latham, fit le commando à voix basse. Regardez là-bas, les deux rangs de fil de fer tendus sur les poteaux, au-dessus de l'ouverture. Je parie ce que vous voulez qu'il y a un champ magnétique. Les débris charriés par le courant peuvent passer, pas un corps humain.

– C'était inévitable, Dietz, murmura Latham. Sinon, il y aurait eu un accès totalement dégagé à cette demeure moyenâgeuse.

Comme je l'ai dit à Mme de Vries, vous êtes un malin.

– Vous plaisantez ? J'avais un frère, qui m'a appris à considérer un problème sous tous les angles et ensuite à l'étudier de nouveau, en cherchant ce que j'avais laissé de côté.

– C'est ce « Harry » dont nous avons tellement entendu parler ?

– En effet, capitaine.

– Et c'est pour lui que vous êtes là ?

– À moitié pour lui, à moitié pour ce qu'il a découvert.

Le canot accosta la berge. Les cinq hommes prirent silencieusement les cordes et les grappins au fond de l'embarcation et pataugèrent sur la rive boueuse ; le sentier courait à cinq ou six mètres audessus d'eux. Drew prit la radio UHF dans la poche latérale de sa tenue de camouflage et enfonça une touche.

– Oui, fit la voix étouffée de Karin.

– Quelle visibilité ? demanda Latham.

– Soixante-dix, soixante-quinze pour cent. Avec les jumelles, nous couvrons la piscine et le côté sud, mais la vue au nord n'est que partielle.

– Pas mal.

– Très bien, tu veux dire.

– Des mouvements ? Des lumières ?

– Affirmatif pour les deux questions, glissa la voix du lieutenant. Avec une régularité d'horloge, deux gardes patrouillent à l'arrière du château avant de se séparer pour couvrir le nord et le sud. Ils ont une arme semi-automatique, probablement un Uzi ou un équivalent allemand, et une radio fixée à la ceinture...

– Comment sont-ils habillés ? coupa Latham.

– À votre avis ? L'uniforme d'une force paramilitaire, tunique et pantalon noirs, avec ce brassard rouge portant un éclair et une croix gammée entrelacés. Des têtes de délinquants qui jouent aux soldats, crâne rasé et tout. Vous les reconnaîtrez tout de suite.

– Les lumières ?

– Quatre fenêtres, deux au rez-de-chaussée, une au premier étage, une au second.

– Signes d'activité ?

– À part les deux gardes, il n'y a que la cuisine, au rez-de-chaussée, côté sud.

– Je n'ai pas oublié le plan. Des idées pour pénétrer dans les lieux ?

– Absolument. Les deux gardes traversent une zone d'ombre et disparaissent entre treize et quinze secondes. Vous attendez au pied du mur, je vous donne le signal radio – deux coups – et vous passez par-dessus, aussi vite que possible. Il y a trois cabines ouvertes ; séparez-vous et utilisez-les comme abri. Attendez le retour des gardes, neutralisez-les comme vous pouvez et faites passer les corps par-dessus le mur ou cachez-les dans les cabines, ce qui sera le plus rapide et le plus facile. Quand ce sera fait, la voie sera plus ou moins libre et le colonel ira vous rejoindre.

– Excellent, lieutenant. Où sont les délinquants en ce moment ?

– Ils se séparent, chacun va de son côté. Avancez vers le mur !

– Sois prudent, Drew ! lança Karin.

– Nous serons tous prudents, Karin... Allons-y !

Comme des fourmis disciplinées gravissant un monticule de terre, les cinq hommes escaladèrent la berge jusqu'au pied du haut mur de brique. Latham rampa vers le portail métallique fermant le sentier pour l'examiner ; la pesante porte pleine, en fer forgé, qui dépassait le mur, n'avait aucun jour, pas même une serrure. On ne pouvait l'ouvrir que de l'intérieur. Drew rejoignit les autres, en secouant la tête à la clarté de la lune. Tout le monde accepta sans un mot la conclusion prévisible : il fallait escalader le mur.

Ils entendirent soudain un bruit de bottes sur la pierre, puis deux voix qui semblaient flotter au-dessus d'eux.

– *Zigarette ?*

– *Nein. Sehr schlecht.*

– *Unsinn.*

– Merci. Si j'ai besoin d'un médecin, je vous appellerai.

– Suffit ! Habillez-vous maintenant.

Quatre minutes plus tard, Latham et Dietz, des bosses sous l'uniforme taché de sang, présentaient une assez bonne ressemblance avec les gardes nazis. Ils ne tromperaient personne sous une lumière crue, mais dans l'ombre ou la quasi-obscurité le stratagème pouvait marcher. Ils laissèrent les armes semi-automatiques des Allemands pour les remplacer par les leurs, munies d'un silencieux, qu'ils réglèrent sur un seul coup, au lieu de tir rapide, pour le cas où la situation exigerait de se débarrasser d'un seul ennemi.

– L'un de vous va chercher Witkowski, ordonna Drew. Poussez un croassement et ouvrez l'œil, si vous ne voulez pas prendre un grappin sur la tête. Il est d'une humeur de dogue.

– J'y vais, fit Dietz en s'apprêtant à sortir.

– Non, pas vous, lança Latham. S'il voit cet uniforme, il est capable de vous faire sauter la cervelle. Allez-y, numéro Un. Vous avez beaucoup parlé avec lui cet après-midi ; il vous connaît.

– Bien, monsieur.

Quatre-vingt-seize secondes plus tard, la silhouette imposante de Witkowski s'encadra dans l'ouverture.

– Je vois que vous n'avez pas perdu de temps, fit-il en jetant un coup d'œil aux deux corps en sous-vêtements. À quoi servent ces costumes grotesques ?

– Nous partons à la chasse, Stosh, et vous allez rester avec nos amis français. Vous couvrirez nos arrières, notre vie dépendra de vous trois.

– Qu'allez-vous faire ?

– Chercher un peu partout, que voulez-vous faire d'autre ?

– Je me suis dit que vous risquiez de tourner en rond, faute d'indications précises, reprit le colonel en montrant une grande feuille de papier qu'il entreprit, d'une manière assez choquante, de déplier et d'étaler sur le dos d'un des cadavres.

Il alluma sa petite torche ; la lumière bleue éclaira un plan du château.

– J'ai demandé à notre ami Lacloche de me préparer ça, à Paris. Au moins, vous saurez où vous mettez les pieds.

– Salopard de Stanley ! lança Drew, avec un regard de reconnaissance. Vous n'avez pu vous empêcher de marquer un point ! Comment en avez-vous eu l'idée ?

– Vous êtes bon, *chlopak*, mais en retard sur votre temps. Il vous faut un petit coup de main d'un vieux mastodonte.

– Merci, Stosh. Par où allons-nous commencer ? Je veux votre avis.

– Le mieux serait de prendre quelqu'un en otage et de le cuisiner. Un bout de papier avec un plan qui remonte à deux ans ne suffira pas.

Latham passa la main sous sa chemise noire et prit sa radio.
– Karin ? murmura-t-il.
– Où êtes-vous ?
– À l'intérieur.
– Nous le savons, fit le lieutenant Anthony. Nous avons vu nos deux nouvelles recrues à l'œuvre. Êtes-vous toujours près de la piscine ?
– Oui.
– De quoi avez-vous besoin ? demanda Karin.
– Nous voulons faire un prisonnier et l'interroger. Voyez-vous quelqu'un ?
– Il n'y personne dehors, répondit Anthony, mais ils sont deux ou trois dans la cuisine. Je les vois passer devant la fenêtre. Il semble y avoir de l'animation, ce qui est curieux, à cette heure.
– Berchtesgaden, articula Witkowski d'une voix sourde.
Toutes les têtes se tournèrent vers le colonel.
– C'est une reproduction du « nid d'aigle » d'Hitler, où les étalons de l'entourage du Führer s'ébattaient jour et nuit avec leurs nombreuses maîtresses, sans se douter qu'Hitler avait fait poser des micros dans les chambres, pour surprendre les traîtres.
– Comment savez-vous ça ? demanda Drew.
– D'après les témoignages du procès de Nuremberg. La cuisine ne fermera pas ; les fêtards ont besoin de faire une pause de temps en temps et ils sont toujours affamés.
– Terminé, fit Latham.
Il coupa la communication, remit la radio dans la poche de son treillis.
– Comment allons-nous nous y prendre pour attirer quelqu'un dehors ?
– J'en fais mon affaire, répondit Dietz, en allumant son stylo-torche pour étudier le plan. Ceux qui sont là sont allemands ou français. Vous ne parlez pas allemand et votre français est à peine compréhensible. Les autres n'ont pas la tenue adéquate... Il y a une porte, là, sur le côté. Je vais passer la tête dans l'ouverture, dire que je voudrais une tasse de café et demander qu'on me l'apporte dehors. En allemand... Les deux gardes étaient allemands.
– Et si on se rend compte que vous n'êtes pas un des gardes ?
– Je dirai que l'autre est malade, que je l'ai relevé. Je ne suis pas bien réveillé et j'ai besoin d'un café.
Dietz sortit prestement et se dirigea d'un pas vif vers la porte de la cuisine. Accroupis devant l'ouverture de la cabine, Latham et Witkowski le suivirent des yeux. Le commando s'immobilisa brusquement quand deux projecteurs fixés sur le mur du château s'allumèrent. La lumière donna à plein sur le capitaine, dans sa tenue noire

d'emprunt. Un couple sortit de l'ombre profonde, une jeune femme en mini-jupe et un homme d'âge mûr et de haute taille. À la vue du capitaine, il eut d'abord une réaction d'inquiétude, puis la fureur l'emporta. Il glissa la main sous sa tunique ; le commando n'eut pas le choix. Il tira une balle dans la tête de l'homme avant de se précipiter vers la femme. D'un coup porté du tranchant de la main à la gorge, il étouffa le cri qu'elle allait pousser. Tandis qu'elle s'affaissait doucement, le commando leva son arme ; il y eut deux détonations assourdies, les projecteurs s'éteignirent. Il souleva la femme, la fit passer sur son épaule et regagna la cabine.

– Allez chercher l'autre ! souffla le colonel aux deux policiers, en écartant le pan de toile.

– J'y vais, fit Drew en s'élançant.

Il atteignit la zone d'ombre ; le corps de l'homme était vaguement éclairé par la lune, en grande partie occultée par les murs du château. Au moment où il arrivait près du corps, la porte de la cuisine s'ouvrit violemment. Latham se retourna en pivotant pour s'écarter de la ligne de mire, le doigt sur la détente, le dos au mur. Sous une toque blanche, deux yeux plissés fouillèrent l'obscurité ; le cuisinier haussa les épaules et retourna à ses fourneaux. Le visage couvert de sueur, Drew mit son arme à la bretelle et courut vers le corps sans vie ; il se pencha, le saisit par les pieds et commença de le traîner vers la cabine.

– Que faites-vous ? demanda une voix de femme, dans l'ombre.

– *Halls-vay*, répondit Latham d'un ton mal assuré, le souffle court. Trop de whisky, ajouta-t-il d'une voix rauque.

– Ah ! un Allemand ! Votre français n'est pas bon.

Une femme s'avança, en robe longue, d'un blanc diaphane à la clarté voilée de la lune. Elle gloussa, oscilla sur ses jambes.

– Trop de whisky, dites-vous ? répéta-t-elle en français. Nous en sommes tous là. Je me demande si je ne vais pas piquer une tête dans la piscine.

– *Gut*, fit Drew, qui avait compris la moitié de ce qu'elle disait.

– Voulez-vous un coup de main ?

– *Nein, danke.*

– C'est Heinemann que vous avez là... Un vrai rustre, celui-là.

La femme étouffa un petit cri quand Latham traîna le corps à la lumière ; elle vit la tête couverte de sang. Drew lâcha les pieds du mort et sortit le petit Beretta de sa poche.

– Si vous élevez la voix, je serai obligé de vous tuer, fit-il en anglais. Avez-vous compris ?

– J'ai parfaitement compris, répondit en bon anglais la femme, instantanément dégrisée.

Les deux policiers se précipitèrent vers eux. Sans un mot, numéro Deux traîna le corps jusqu'au pied du mur et vida les poches, tandis que son collègue, la main sur la nuque de la femme en robe blanche, l'entraînait vers la cabine. Latham les suivit. Il découvrit, en entrant dans l'abri de toile au plafond éclairé par la lumière bleutée des stylos-torches, que les corps des deux gardes avaient disparu.

– Que sont devenus... ?

– Nos visiteurs avaient à faire ailleurs, coupa Witkowski. Ils se sont envolés.

– Bien joué, agent Latham, fit le capitaine Dietz, assis dans un fauteuil de toile, près de sa captive. On est bien ici, non ? ajouta-t-il au moment où numéro Deux revenait.

Les deux femmes échangèrent un regard angoissé.

– Angèle ? fit la prisonnière de Latham.

– Oui, Éloïse, répondit la captive de Dietz, l'air abattu. Je crois que nous sommes fichues.

– Vous êtes les putains des nazis ! éructa numéro Un.

– Ne dites pas n'importe quoi ! protesta Éloïse. On travaille où il y a de l'argent, ça n'a rien à voir avec la politique.

– Vous savez qui ils sont ? lança numéro Deux. Des monstres sanguinaires !

– C'est le passé, répliqua posément Éloïse. Des dizaines d'années avant notre naissance.

– On ne vous a jamais rien dit ? lança numéro Un. Vous n'avez jamais étudié l'Histoire ? Ces nazis n'hésiteraient pas à exterminer des races entières. Ils nous massacreraient, moi et toute ma famille, simplement parce que nous sommes juifs !

– Mais nous ne venons que de temps en temps, une semaine tous les deux ou trois mois. Jamais nous n'abordons ces sujets. Je voyage beaucoup, dans toute l'Europe, et la plupart des Allemands que j'ai rencontrés étaient des hommes charmants et courtois.

– Je n'en doute pas, fit Witkowski, mais pas ceux qui sont ici... Nous perdons du temps. Nous étions à la recherche de quelqu'un qui habite le château et nous nous retrouvons avec deux courtisanes de passage sur les bras. Pas très encourageant.

– Je n'en suis pas si sûr, colonel, fit Drew, en prenant le bras de sa prisonnière. Éloïse vient de dire, et je présume qu'il en va de même pour son amie, qu'elle vient passer une semaine ici tous les deux ou trois mois. C'est bien cela ?

– Oui, c'est notre arrangement, répondit-elle en dégageant son bras.

– Et après ? insista Drew.

– Après un examen médical complet, nous partons ailleurs. Nous ne savons jamais où. Notre métier consiste à fournir une compagnie, sur laquelle, j'en suis sûre, vous n'aurez pas le mauvais goût de demander des détails.

– Ne soyez sûre de rien, mademoiselle. Ils ont tué mon frère et je ne reculerai devant rien.

Latham referma derechef la main sur le bras de la jeune femme, plus fortement cette fois, le serrant comme dans un étau. Le plan du château était étalé sur une table roulante, transportée du bord de la piscine. Drew fit pivoter sa prisonnière vers la table, prit un stylo-torche, dirigea le pinceau lumineux sur le plan.

– Votre amie et vous allez nous dire précisément qui occupe chaque pièce et ce qui s'y trouve ; je vais vous expliquer pourquoi vous n'avez pas intérêt à mentir nı à rester trop évasives. À quelques centaines de mètres d'ici, sur la route, un groupe d'intervention armé jusqu'aux dents attend notre signal pour faire sauter la grille d'entrée, s'emparer du château et embarquer tous ceux qu'ils trouveront. Je vous conseille donc de nous aider et vous vivrez peut-être assez longtemps pour effacer ce que vous avez fait. Entendu ?

– Votre français s'améliore, fit la courtisane en robe blanche, soutenant le regard de Latham d'un regard froid, où brillait la peur. Je vois que c'est une question de survie... Angèle, viens étudier ce plan avec moi.

La jeune femme en mini-jupe se leva pour rejoindre son amie.

– Je ne devrais pas avoir trop de difficultés, reprit Éloïse, j'ai fait des études d'architecture.

L'ancienne étudiante en architecture étudia le plan en silence, pendant quelques minutes.

– Comme vous pouvez le voir, expliqua-t-elle enfin, le rez-de-chaussée ne recèle pas de mystère : la grande véranda, au nord, l'énorme salle de réception au centre, qui sert aussi de salle à manger, et la cuisine, aussi vaste que celle d'un restaurant. Au premier et au deuxième étage se trouvent les chambres des hôtes de marque, dont nous pouvons, Angèle et moi, décrire chaque matelas.

– Qui les occupe, en ce moment ? demanda Witkowski.

– *Herr* Heinemann était avec toi, Angèle, si je ne me trompe.

– Oui, fit la jeune femme à l'air innocent. C'était vraiment un sale type.

– Deux autres chambres au premier sont occupées par Colette et Jeanne, qui accompagnent des hommes d'affaires de Munich et Baden-Baden ; je partage une chambre au deuxième avec un Français terriblement nerveux, tellement inquiet qu'il a bu à s'en rendre malade et s'est endormi sur moi. Soulagée, comme vous pouvez vous en douter, j'ai décidé de sortir faire un tour. Vous connaissez la suite... Les autres chambres ne sont pas occupées.

À quoi ressemble ce Français qui est avec vous ? demanda Drew.

Éloïse lui en fit le portrait.

– C'est notre homme, reprit doucement Latham. C'est Bergeron.

– Il est terrifié.

– Pas étonnant. Il est en sursis et il le sait... Mais il y a un autre étage dont vous n'avez pas parlé.

– L'accès en est rigoureusement réservé à une poignée d'hommes en uniforme noir et brassard rouge, portant la croix gammée. Ils sont tous costauds, comme vous, et d'allure militaire. Les domestiques et même les gardes tremblent devant eux.

– Parlez-moi de ce troisième étage.

– On dirait une sorte de tombeau, comme la sépulture d'un pharaon, mais au lieu d'être au plus profond de la pyramide, elle est tout au sommet, près du soleil et du ciel.

– Pouvez-vous préciser ?

– J'ai dit que l'accès en était interdit, j'aurais dû dire condamné. Ce tombeau très habité comprend tout le dernier étage et toutes les portes sont blindées. Personne d'autre que les hommes en noir ne peut y entrer. Quand ils veulent ouvrir une porte, ils glissent la main dans une fente du mur et posent la paume à plat.

– Lecture d'empreintes par balayage électronique, fit Witkowski. Rien à faire avec ces cellules photo-électriques.

– Si vous n'êtes jamais montée, demanda Drew, comment savez-vous tout ça ?

– Les deux escaliers menant au dernier étage et les couloirs sont étroitement surveillés. Les gardes aussi ont besoin de moments de détente et certains sont assez séduisants.

– Oh ! oui ! gloussa la jeune femme en mini-jupe. Erich m'a demandé d'aller le voir quand je suis libre, et j'y vais...

– Ce monde est injuste, marmonna Dietz.

– Qui est le pharaon du dernier étage ? reprit Latham.

– Ce n'est pas un secret, répondit Éloïse. Un vieux monsieur, un *très* vieux monsieur, qu'ils vénèrent tous. Personne n'a le droit de lui parler, à part les hommes en noir, mais, tous les matins, on le fait descendre en ascenseur, la tête encapuchonnée dans un grand voile, et on pousse son fauteuil sur ce qu'ils appellent le « chemin de la méditation », derrière la piscine. Quand le portail est ouvert, il chasse tout le monde, puis il se lève de son fauteuil et, très droit malgré son grand âge, il se dirige à pied vers un endroit qu'aucune de nous n'a jamais vu. Il l'appelle son « nid d'aigle », à ce qu'on dit. De là, il peut réfléchir et prendre de sages décisions, en buvant son café du matin.

– Monluc ! souffla Drew. Il est encore vivant !

– Je ne connais pas son nom, mais ils veillent sur lui comme sur un trésor.

– Et si ce n'était pas un trésor, glissa Witkowski. Si ce n'était qu'une marionnette manipulée pour leurs besoins ?

– Je n'aurai pas la prétention de donner une réponse, fit la call-girl cultivée, mais je doute qu'il soit manipulé. Si les domestiques tremblent devant les hommes en noir, eux-mêmes semblent terrifiés par le vieillard. Il les rudoie sans arrêt et, quand il les menace de les renvoyer, ils sont prêts à se jeter à ses genoux.

– Se pourrait-il qu'ils jouent un rôle ? demanda Latham en étudiant le visage de la courtisane dans la lumière bleutée.

– Nous le saurions, car nous jouons un rôle nous-mêmes. Il est difficile à un imposteur de donner le change à un autre imposteur.

– C'est comme cela que vous vous considérez ?

– Par bien des côtés, plus que vous ne l'imaginez.

– Il doit y avoir des ragots sur lui. Un comportement de ce genre ne peut laisser indifférent.

– Bien sûr qu'il y en a. Une rumeur persistante donne à entendre qu'il possède une fortune colossale, qu'il est le seul à pouvoir distribuer. On raconte aussi qu'il a sous ses vêtements des appareils de surveillance électroniques qui transmettent des signaux au dernier étage, d'où ils sont retransmis vers des destinations inconnues.

– Rien d'étonnant, à son âge. Il doit avoir plus de quatre-vingt-dix ans.

– Il paraît qu'il est centenaire.

– Et il jouit de toute ses facultés ?

– S'il joue aux échecs, je ne parierais pas contre lui.

– Les relais, *chlopak*, coupa le colonel. S'ils sont programmés pour retransmettre, nous pourrons découvrir ces destinations inconnues.

– Ils peuvent au moins nous permettre de trouver la provenance de l'argent, les centres de transfert. C'est pour cela qu'il est sous surveillance électronique permanente. S'il tombe raide mort, les coffres se ferment automatiquement, en attendant de nouvelles instructions.

– Et si nous découvrons ces destinations, nous saurons d'où viennent les instructions, conclut Witkowski. Il faut aller là-haut !

Drew se tourna vers Éloïse, calme mais toujours effrayée.

– Si vous avez menti, vous passerez le reste de votre vie derrière les barreaux.

– Pourquoi mentirais-je à un moment comme celui-ci ? Vous avez dit qu'il me faudrait implorer la clémence, si je veux rester libre.

– Je ne sais pas. Vous êtes intelligente, vous avez peut-être imaginé que nous nous ferons tuer dans l'action et vous pourrez toujours prétendre n'être qu'une prostituée qui n'est au courant de rien. Cela pourrait marcher.

– Non, lança numéro Deux, car elle sera morte ! Je vais l'attacher au portail, un pain de plastic entre les jambes, que je ferai exploser à distance.

– Je ne savais pas que vous aviez emporté ça.

– J'ai ajouté une ou deux bricoles, *chlopak.*

– J'ai mieux à vous proposer, fit la call-girl, en prenant son amie par l'épaule. Nous nous mettons toutes deux à votre service.

– Qu'est-ce que tu racontes ? couina Angèle.

– Calme-toi... Vous voulez pénétrer dans le château, n'est-ce pas. Je crois que ce sera plus facile avec nous que sans nous.

– Je vous écoute, fit Latham.

– Nous connaissons intimement – prenez cela comme vous voulez – un certain nombre de domestiques et la plupart des gardes. Nous pouvons vous faire traverser la cuisine et vous conduire jusqu'au grand escalier du hall. Comme vous le voyez sur le plan, on accède à l'escalier de service par de petits salons, sur la droite. Nous pouvons faire encore plus pour vous, quelque chose d'essentiel. Pour atteindre le dernier étage, si vous y arrivez, vous aurez besoin d'un des hommes en noir. Ils sont cinq, tous armés, qui logent aussi au troisième étage, mais l'un d'eux est toujours de service. Il reste dans la bibliothèque, sur le devant du château, où son maître peut le joindre à tout moment. Je vous montrerai la porte.

– Et nous ? demanda numéro Un. Comment expliquer notre présence ?

– J'y ai réfléchi. Le personnel de sécurité est nombreux et varié. Des techniciens vont et viennent, pour vérifier le matériel. Je dirai que vous êtes des gardes qu'on a envoyés patrouiller derrière le mur. Votre tenue rendra le mensonge crédible.

– *Sehr gut*, fit Dietz.

– Vous parlez allemand ?

– *Einigermassen.*

– Dans ce cas, c'est vous qui répondrez, si on nous pose des questions. Vous aurez un ton plus autoritaire.

– Je ne suis pas habillé comme eux.

– Vous devez l'être sous les vêtements pris aux gardes.

– Villiers... ! s'écria Drew, comme si un souvenir lui revenait brusquement à l'esprit. « La tenue fait le caméléon », ou quelque chose de ce genre.

– De quoi parlez-vous, *chlopak* ?

– Nous ne nous y sommes pas pris comme il faut... Déshabillez-vous, capitaine. En caleçon !

Quatre minutes plus tard, Latham et Dietz, leur treillis en moins, étaient beaucoup plus à l'aise dans l'uniforme paramilitaire des gardes néonazis. Le tissu noir cachait les taches de sang et la déchirure dans le dos du commando ; le couteau, le lacet de cuir et le petit Beretta logeaient dans le ceinturon.

– Rentrez la chemise, ordonna le colonel, surtout derrière. C'est bien mieux comme ça.

– *Heil Hitler !* fit Dietz, avec un regard approbateur à ce qu'il pouvait voir de lui-même.

– Vous voulez dire *Heil Jäger*, rectifia Drew, tout aussi satisfait de son apparence

– Tout ce que vous aurez à dire, Latham, c'est *Halsweh*.

– N'oubliez pas, messieurs les Français, ajouta Witkowski, que vous êtes sous mes ordres. Si on pose des questions, je réponds.

– Bien, mon colonel, fit numéro Deux.

– Prêts, les gars ? demanda Dietz.

Il prit les deux armes semi-automatiques, en tendit une à Drew.

– Autant que nous pouvons espérer l'être.

Drew se tourna vers les deux jeunes femmes, la jeune Angèle apeurée, Éloïse pâle et résignée.

– Je ne porte pas de jugement, poursuivit-il, je me contente d'observer. Vous avez peur, moi aussi, parce que je n'ai pas l'habitude de ce que font ces hommes plus jeunes que moi. Je suis contraint de le faire. Quelqu'un doit s'en charger, c'est tout ce que je peux dire. Et n'oubliez pas que, si nous nous en sortons, vous aurez notre soutien devant la justice. En route !

44

Les premiers à voir les deux hommes en uniforme franchir la porte furent deux cuisiniers affairés devant une longue table, l'un à hacher des légumes, l'autre à passer un liquide au tamis. Surpris, ils échangèrent un regard, puis se retournèrent vers Drew et le capitaine, qui, avec une raideur militaire, s'écartèrent l'un de l'autre pour laisser entrer Witkowski, en tenue de camouflage, qui s'arrêta entre eux. La mine revêche, le coude plié, ils esquissèrent le salut nazi, comme si le colonel était un haut dignitaire, une impression renforcée par l'attitude du vétéran du renseignement militaire.

– *Sprechen Sie Deutsch ?* aboya-t-il. Ou parlez-vous français ?

– *Deutsch, mein Herr !* répondit en allemand le premier cuisinier, son hachoir à la main. La nourriture doit être préparée par des hommes de confiance. Mais, si je puis me permettre, qui... qui êtes-vous, *mein Herr* ?

– *Oberst* Wachner, du IVe Reich ! annonça sèchement Dietz, le regard fixé droit devant lui. Les spécialistes de la sécurité qui l'accompagnent ont reçu l'ordre de Berlin d'inspecter sans préavis les abords du château. *Kommen Sie hier !*

Au commandement, les deux policiers français, tenant les call-girls par le bras, franchirent le seuil de la porte.

– Pouvez-vous identifier ces femmes ? gronda Witkowski. Nous les avons trouvées dehors, vers la piscine et le court de tennis. La surveillance est relâchée ici !

– Nous avons le droit de nous promener ! s'écria la femme en blanc. Je me fous de savoir qui vous êtes, dites à vos gorilles de nous lâcher ou passez la monnaie !

– Alors ? hurla l'« *Oberst* Wachner », les yeux rivés sur les cuisiniers.

– Oui, nous les connaissons... Ce sont des invitées.

– Et notre contrat ne prévoit pas d'offrir nos services à des inconnus, seulement à d'autres invités, à qui nous avons été présentées !

Éloïse foudroya Witkowski du regard. Le colonel inclina la tête ; le policier retira sa main, son collègue fit de même avec Angèle.

– Je pense que vous nous devez des excuses, reprit Éloïse.

– Madame !

Le colonel claqua des talons et inclina imperceptiblement la tête avant de se retourner vers les domestiques.

– Comme vous l'avez peut-être compris, notre mission consiste à analyser les mesures de sécurité, sans ingérence de ceux qui en dissimuleraient les déficiences, s'ils étaient au courant de notre venue. Si vous le souhaitez, appelez Berlin pour vérifier.

– *Nein, mein Herr !* Cela s'est déjà produit, il y a plusieurs années, et nous comprenons. Nous ne sommes que des cuisiniers, nous n'avons pas à nous mêler de ça.

– *Sehr gut !* Êtes-vous les seuls de service ?

– Pour le moment, oui. Stoltz, notre collègue, est parti il y a une heure. Il doit se lever à 6 heures, pour préparer le buffet du petit déjeuner.

– Très bien, nous allons poursuivre notre inspection. Si on pose des questions sur nous, faites comme si vous n'étiez au courant de rien. Souvenez-vous de cela, ou Berlin se souviendra de vous !

– *Wir haben verstanden*; fit craintivement le premier cuisinier, en hochant longuement la tête. Mais, si je puis me permettre, *mein Herr*, les gardes ont pour consigne de tirer sur tout visiteur qui ne s'est pas fait annoncer. Je ne voudrais pas avoir vos vies sur la conscience... ni dans mon dossier.

– N'ayez aucune inquiétude, répondit Witkowski, en sortant vivement sa carte de l'ambassade. Cela leur fera baisser les armes, ajouta-t-il avec aplomb, avant de rempocher prestement le document. Et puis nous allons emmener ces dames. La grande a la langue bien pendue. Tout ira bien !

Latham et Dietz ouvrant la marche, la petite troupe franchit la porte à deux battants qui donnait dans le grand hall du château. Un escalier circulaire, éclairé par des appliques, s'élevait au centre de la vaste salle aux murs revêtus de lambris. Droit devant, une voûte donnait accès à d'autres pièces dont on devinait la hauteur de plafond dans la pénombre ; sur la droite, à gauche de la grande porte d'entrée à deux battants, se trouvait une autre porte, plus petite, d'où filtrait un rai de lumière.

– C'est la bibliothèque, murmura Éloïse à Drew. Celui qui est de garde est à l'intérieur, mais il faudra être prudent et faire vite. Il y a des alarmes partout.

– *Halt !* lança une silhouette débouchant sur le palier du premier étage.

– Service spécial, nous sommes envoyés par Berlin ! répondit Dietz a mi-voix, en allemand, avant de s'élancer dans l'escalier.

– *Was ist los ?*

Le garde leva son arme au moment où le commando tirait deux coups rapprochés ; sans ralentir, Dietz se baissa pour saisir sa victime par les pieds, la traîna jusqu'aux marches et la fit rouler dans l'escalier.

La porte de la bibliothèque s'ouvrit sur un homme de haute taille, en uniforme noir, un fume-cigarette à la main.

– Qu'est-ce que c'est que ce boucan ?

Latham tira la cordelette de cuir de son ceinturon, la fit passer pardessus la tête de l'aide de camp de Monluc, la tordit et fit pivoter le nazi pour se placer derrière lui.

– Faites exactement ce que je vous dis, articula-t-il en desserrant la lanière de cuir, sinon je serre et vous êtes un homme mort.

– *Amerikaner !* haleta le néo, en lâchant son fume-cigarette. C'est vous qui allez mourir !

– *Oberst* Klaus Wachner, articula Witkowski, en s'approchant de l'homme dont il considéra le visage déformé. Les rumeurs sur votre pitoyable sécurité semblent fondées, poursuivit-il d'une voix âpre. Berlin, même Bonn en sont informés. Nous avons pénétré ici malgré vos mesures de sécurité ; si nous l'avons fait, nos ennemis peuvent le faire !

– Vous avez perdu la raison, vous êtes un traître ! L'homme qui m'étrangle est un Américain !

– Un soldat d'élite du IVe Reich. Un *Sonnenkind* !

– *Ach ! Nein !*

– *Doch.* Vous allez suivre ses instructions ou je le laisse faire ce que bon lui semble. Il ne supporte pas l'incompétence.

Witkowski fit signe à Latham de desserrer sa prise.

– *Danke*, souffla l'aide de camp, en portant la main à sa gorge.

– Numéro Deux, ordonna Latham. Occupez-vous de lui. Prenez l'escalier de service ; il est au fond, après ces pièces...

– Je sais où il est, coupa le policier. Mais je ne sais pas qui j'y trouverai.

– Je l'accompagne, fit Dietz. Je parle la langue et mon arme nous couvrira.

– Réglez-la sur tir rapide.

– C'est fait, agent Latham.

– D'après le plan, un corridor fait le tour du troisième étage. Quand vous serez arrivés, conduisez-le au centre.

– À moins que la situation ne se détériore, objecta le commando.

– Que voulez-vous dire, capitaine ?

– Vous ne savez pas plus que moi ce qui nous attend en haut de cet escalier. Imaginons que nous soyons pris sous leur feu, que l'un de nous soit obligé de tirer dans le tas. Je fourre la main de cette ordure dans la fente, j'ouvre et je balance des grenades à l'intérieur.

– Vous ne pouvez pas faire ça ! C'est un ordre !

– C'est ce qu'on fait dans ce cas, Latham. On ne risque pas sa vie pour revenir bredouille.

– Il faut mettre la main sur ce qui se trouve là-haut, on ne peut pas tout faire sauter ! Avant d'en arriver là, je donnerai le signal à l'unité d'assaut.

– Nous n'aurons pas le temps ! Les néos le feront eux-mêmes !

– Arrêtez ! s'écria Éloïse. Je vous ai proposé nos services à toutes deux, cette offre reste valable. Angèle précédera votre capitaine dans l'escalier de service, moi, je monterai devant vous. Les gardes hésiteront à tirer, car il y a toujours des allées et venues entre les chambres.

– Berchtesgaden, soupira Witkowski. Une maison close tenue par un Führer qui se prétendait plus pur qu'un agneau nouveau-né... Elle a raison, *chlopak*. La vue des filles nous donnera la fraction de seconde d'avance dont nous aurons besoin. Acceptez

– D'accord !... En route, et j'espère avoir pris la bonne décision.

– Vous n'avez pas le choix, jeune homme, fit doucement le colonel. Vous êtes le chef et, comme tous les chefs, vous écoutez votre entourage, vous pesez le pour et le contre, et vous prenez votre décision. Ce n'est pas facile.

– Arrêtez vos conneries de militaire, Stanley. Je préférerais jouer au hockey.

Dans sa robe d'un blanc diaphane, Éloïse commença de gravir majestueusement les marches du grand escalier ; Drew, le colonel et le policier français la suivirent en restant dans l'ombre.

– *Liebling !* murmura avec ferveur un garde posté dans le couloir partant du palier du premier étage. Tu t'es débarrassée de cet ivrogne de Parisien ?

– *Ja, Liebste*, c'est toi que je viens voir. Je m'ennuie à mourir.

– Tout est calme, viens avec moi.... *Ach*, qui sont ces hommes ? Derrière toi ?

Numéro Un tira une seule balle. Le garde s'effondra sur la balustrade, bascula dans le vide et s'écrasa sur le sol de marbre du rez-de-chaussée

L'escalier de service était plongé dans la pénombre , la seule lumière, beaucoup plus haut, faisait danser des ombres dans l'obscurité. Terrifiée, tremblant de tout son corps, des éclairs de panique dans le regard, Angèle gravit lentement les hauts degrés. Elle atteignit le premier étage.

– *Was ist das ?* lança une voix stridente, tandis que l'éclat d'une torche puissante emplissait l'escalier.

– *Liebchen ?... Nein !*

Numéro Deux tira ; le nazi s'effondra, la tête prise dans la rampe.

– Allez-y ! ordonna le capitaine Dietz. Encore deux étages !

Ils poursuivirent l'ascension ; la jeune prostituée, le visage baigné de larmes, se moucha dans son chemisier.

– Il n'y a plus beaucoup de chemin à faire, murmura numéro Deux d'une voix douce. Vous êtes très courageuse, tout le monde le saura.

– Surtout, dites-le à mon père ! gémit la jeune fille. Si vous saviez comme il me méprise !

– Je lui dirai moi-même que vous vous êtes conduite en héroïne.

– Vous croyez ?

– Continuez à monter.

Latham, numéro Un et le colonel s'immobilisèrent au milieu de la volée en voyant la main d'Éloïse s'agiter dans son dos ; un signal d'alerte. Ils redescendirent quelques marches, se fondirent dans l'ombre du mur et attendirent. Un garde aux cheveux blonds s'avança rapidement sur le palier du deuxième ; il était nerveux, irrité.

– As-tu vu Angèle ? demanda-t-il en allemand. Elle n'est pas dans la chambre de ce porc d'Heinemann. Il n'est pas là non plus et la porte est ouverte.

– Ils ont dû aller faire un tour, Erich.

– C'est vraiment un sale type, ce Heinemann.

– Tu ne serais pas jaloux, par hasard ? Tu sais ce que nous sommes, ce que nous faisons. Nous ne donnons que notre corps, cela n'a rien à voir avec les sentiments.

– Elle est trop jeune pour faire ça !

– C'est ce que je lui ai dit.

– Tu sais qu'Heinemann est un dépravé. Il exige des choses affreuses.

– N'y pense pas.

– Je déteste cet endroit !

– Pourquoi restes-tu ?

– Je n'ai pas le choix. Mon père m'a emmené avec lui, quand j'avais quatorze ans, et cela m'a marqué. L'uniforme, la camaraderie, le fait de vivre en parias, mais ensemble. On a dit que j'avais un physique intéressant, on m'a choisi pour porter les drapeaux, dans les rassemblements. On m'a photographié.

– Tu peux encore partir.

– Non, je ne peux pas. Ils ont financé mes études supérieures et j'en sais trop. Si je pars, ils me traqueront pour me supprimer.

– *Erich !* cria une voix d'homme dans un couloir. *Komm hier !*

– Ha ! celui-là ! Toujours en train de hurler ! Fais ceci, fais cela ! Il ne m'aime pas, parce que j'ai fait des études et qu'il sait à peine lire.

– Quand je verrai Angèle, je lui dirai que tu es inquiet. Et n'oublie pas, ce n'est que le corps, pas le cœur.

– Tu es gentille, Éloïse.

– J'espère que nous deviendons très amis, Erich.

Le jeune garde s'éloigna au pas de course ; Éloïse descendit quelques marches pour rejoindre les trois hommes, plaqués contre le mur.

– Ne tuez pas celui-là, murmura-t-elle. Il pourra vous être utile.

– Qu'est-ce qu'elle dit ? demanda Drew.

Le colonel traduisit pendant qu'Éloïse remontait l'escalier.

– Elle dit de ne pas le tuer et elle a raison.

– Pourquoi ?

– Il veut partir d'ici et il en sait très long. Allons-y !

Le palier du troisième étage n'avait, pour reprendre les termes de Witkowski, rien d'encourageant. Une voûte en arc de six mètres de large constituait l'ouverture au milieu du mur qui faisait le tour de l'étage. Il en allait probablement de même pour l'autre escalier. Deux gardes se tenaient sous la voûte, un troisième était visible derrière eux, assis sur un banc. Latham, le colonel et l'ex-légionnaire restèrent dans l'ombre tandis qu'Éloïse montait lentement.

– *Halt !* rugit le garde de droite, en tirant son arme de son étui pour viser la tête de la call-girl. Que faites-vous là ? Il est interdit de monter à cet étage !

– Vous n'avez qu'à appeler votre ami, dans la bibliothèque. Il m'a demandé de laisser tomber le nouveau venu, celui qui est arrivé de Paris, et m'a ordonné de monter dès que je pourrais me libérer. Que voulez-vous que je vous dise ?

– *Was ist los ?* cria le garde du banc, en se précipitant entre ses deux collègues. Qui êtes-vous ?

– Nous ne sommes que des prénoms, vous le savez bien, répondit avec vivacité la jeune femme. Je m'appelle Éloïse et je ne supporte pas l'impolitesse ! L'individu sinistre qui occupe la bibliothèque m'a donné l'ordre de monter ici ; j'obéis aux ordres, comme vous !

Éloïse s'écarta d'un bond de la ligne de tir.

– Feu ! s'écria-t-elle.

Il y eut une succession de détonations assourdies ; les trois gardes s'effondrèrent. Les membres du commando, sous la conduite de Drew, grimpèrent les dernières marches et s'assurèrent que la vie s'était retirée des trois corps. Satisfaits, ils attendirent, adossés au mur.

– Fichez le camp ! ordonna Latham à la prostituée en robe blanche qui gravissait lentement les dernières marches. Vous avez gagné votre liberté !

– Merci, monsieur. Décidément, votre français s'améliore d'heure en heure.

– Retournez dans la cuisine, fit Witkowski. Racontez-leur des histoires drôles et faites en sorte qu'ils restent calmes.

– Ce ne sera pas un problème, colonel. Je vais m'asseoir sur une table et soulever ma jupe. Ils seront calmes en surface, plus agités en profondeur. Au revoir.

– Comme l'a dit votre capitaine, le monde est injuste, soupira le policier en regardant disparaître la robe blanche.

– Où sont-ils ? demanda Drew. Ils devraient être là, maintenant !

Dans l'escalier de service aux marches étroites, numéro Deux, la lanière de cuir maintenue autour du cou de l'aide de camp, poussa l'homme en noir dans l'escalier, derrière Dietz et la jeune prostituée.

– Angèle ? fit une voix douce, sur le palier du deuxième. Que fais-tu là ?

– Je voulais te voir, Manfried, répondit la jeune femme d'une voix geignarde. Tout le monde est méchant avec moi, et je savais que tu étais là.

– Comment pouvais-tu le savoir, *Liebste* ? Notre poste est secret.

– Les aides de camp parlent quand ils ont bu trop de schnaps.

– Ils seront punis, ma toute belle. Viens me rejoindre, le tapis est moelleux, nous allons l'essayer. T'ai-je dit que tes seins sont plus beaux chaque fois que je les vois ?

– Tuez-le ! s'écria Angèle, en s'aplatissant contre le mur.

Il y eut deux détonations étouffées ; Manfried s'affaissa. Ils commencèrent à monter la dernière volée de marches. De prime abord, la tâche paraissait insurmontable. Au sommet de l'escalier s'ouvrait une voûte de six mètres, sous laquelle un garde était en faction. Derrière lui, un autre sommeillait sur un banc.

– Le connaissez-vous ? murmura Dietz à l'oreille d'Angèle.

– Non, monsieur. C'est un nouveau. Je l'ai déjà croisé, c'est tout.

– Allemand ou français ?

– Allemand, très certainement. Presque tous les gardes sont allemands, mais beaucoup parlent français.

– Je vais faire quelque chose qui risque de vous surprendre, mais je vous demande de rester calme et silencieuse. Compris ?

– Qu'allez-vous faire ?

– Il va y avoir un grand feu, éblouissant, mais qui ne durera pas longtemps. C'est une idée du colonel.

– Quel colonel ?

– Le grand type qui parle allemand.

– Qu'est-ce que c'est, votre feu ?

– On appelle ça une fusée éclairante, répondit Dietz, en prenant dans sa poche un petit tube recouvert de carton, dont il alluma la mèche avec une allumette tenue dans le creux de sa main.

Il passa la tête derrière le haut de la rampe, attendit, les yeux sur la mèche, et lança la fusée derrière le néonazi. Surpris, le garde pivota sur lui-même en entendant le bruit de la fusée quand elle toucha le sol ; avant qu'il pût accommoder, il y eut une explosion aveuglante et des myriades d'étincelles d'un blanc éclatant s'imprimèrent sur sa rétine. Il poussa un hurlement ; son collègue terrifié bondit sur ses pieds, sa silhouette se découpa sur le fond de la voûte, derrière le mur de lumière blanche. Pris de panique, il tira au jugé, les balles de son arme semi-automatique crépitèrent dans la cage d'escalier. Angèle poussa un cri de douleur ; elle était touchée à la jambe. Dietz la tira en arrière. La tête de l'aide de camp tomba sur sa poitrine ; une balle lui avait transpercé le crâne. Le commando fit passer son fusil derrière la rampe et pressa la détente, mitraillant l'ouverture en arc. Le second garde commença à tourner sur lui-même, tituba et s'abattit sur la fusée. D'épaisses volutes de fumée noire envahirent le palier. Dietz saisit la jeune femme par les jambes et la prit dans ses bras.

– Amenez-moi ce salopard ! ordonna-t-il en français à numéro Deux.

– Il est mort, mon capitaine.

– Je me fous de savoir s'il a un avenir ! Tout ce que je veux, c'est sa main, et pas trop froide !

Le groupe du capitaine s'élança dans le corridor, par la droite. Dietz jeta Angèle sur son épaule, tandis que le policier traînait le corps du nazi. Six secondes plus tard, ils atteignirent l'arche centrale. Les trois autres les attendaient. Dietz posa délicatement la jeune fille sur le sol ; par bonheur, elle avait perdu connaissance.

– Ce n'est pas beau, fit le colonel après avoir examiné la blessure, mais l'artère n'est pas touchée.

Il prit la lanière de cuir dans son ceinturon, l'enroula autour de la jambe et serra.

– Ça tiendra un moment.

Les deux Français avaient plaqué le corps sans vie de l'homme en noir contre le mur, à gauche de ce qui devait être le lecteur d'empreinte digitale, une fente faiblement éclairée, assez grande pour y glisser une main, la paume en bas. Si l'empreinte coïncidait avec une de celles qui étaient en mémoire, l'énorme porte blindée devait s'ouvrir. Dans le cas contraire, une alarme se déclencherait derrière les murs épais de cette véritable chambre forte.

– Prêts ? demanda numéro Deux, en saisissant le poignet droit inerte du nazi.

– Attendez ! fit Latham. Il est peut-être gaucher !

– Et alors ?

– La cellule photo-électrique refusera l'empreinte et l'alarme se déclenchera.

– Nous ne pouvons pas le réveiller pour lui poser la question.

– Son fume-cigarette... il le tenait de la main gauche. Regardons dans ses poches.

Ils entreprirent de fouiller le mort.

– Pièces de monnaie et porte-billets, poche gauche du pantalon, annonça Drew. Cigarettes, poche gauche de la veste ; deux stylos, poche intérieure *droite* de la veste. C'est du sur-mesure, pas du prêt-à-porter.

– Je ne comprends pas...

– Un gaucher préfère prendre son stylo dans une poche droite, alors que moi, qui suis droitier, je le prends dans une poche gauche. C'est plus facile, c'est tout.

– Que décidez-vous ?

– Je vais suivre mon intuition, fit Latham, en inspirant profondément. Déplacez-le, je vais prendre sa main gauche.

Les deux policiers firent glisser le corps le long du mur, pour le placer sur la droite de la fente. Drew leva le poignet gauche ; avec précaution, comme s'il désamorçait une bombe, il glissa la main dans la fente et, lentement, appuya la paume sur la surface éclairée. Tout le monde retint son souffle ; l'épaisse porte blindée s'ouvrit silencieusement. Le corps du nazi s'affaissa le long du mur, les quatre hommes entrèrent.

Les appartements privés du seigneur du château offraient un spectacle cauchemardesque.

La salle immense était octogonale ; au plafond, un dôme de verre laissait entrer la clarté de la lune. Éloïse avait parlé du tombeau d'un pharaon, d'une sépulture habitée ; d'une certaine manière, elle avait vu juste. Le silence était pesant, aucun bruit ne filtrait de l'extérieur. Contrairement à un pharaon, que ses possessions accompagnaient de l'autre côté du fleuve de la mort, du matériel médical, aligné le long d'un mur, était destiné à retarder cette traversée. Il y avait huit portes, une sur chaque énorme pan de l'octogone. Éloïse avait dit que les aides de camp de Monluc avaient leur chambre à l'intérieur du tombeau. Cinq portes devaient être celles des habits noirs ; la destination des trois autres était inconnue. L'une devait donner dans une salle de bains, les deux autres... mystère !

Ce qui frappait d'abord le regard de celui qui entrait pour la première fois, c'était la multitude de photographies agrandies tapissant les murs. Elles étaient baignées par une lumière rouge sang provenant des plinthes. Elles présentaient un florilège des atrocités nazies, digne de figurer dans un musée consacré à l'holocauste, montrant des corps empilés les uns sur les autres, toutes les horreurs infligées aux juifs et autres « indésirables » par les bourreaux des hordes messianiques d'Hitler. Elles voisinaient avec d'autres photos, d'hommes et de femmes blonds – des traîtres selon toute vraisemblance – morts par pendaison, le visage déformé par la souffrance, destinées à rappeler que tout dissentiment, aussi minime fût-il, était proscrit. Seul un esprit malade, se réveillant en pleine nuit, pouvait éprouver du plaisir à ce spectacle révoltant.

Mais la vue la plus fascinante était celle du corps en chemise de nuit, étendu sur le lit, baigné par une clarté laiteuse contrastant avec l'éclairage rouge des murs. C'était un vieil homme, un très vieil homme, la tête soutenue par des oreillers qui semblaient le rapetisser, le visage parcheminé noyé dans la soie, comme dans un cercueil. Ce visage n'était pas n'importe quel visage. Plus on le regardait de près, plus il devenait hypnotique.

Les joues creuses, les yeux enfoncés ! Il ne lui restait que la peau sur le squelette ! Et la petite moustache, devenue blanche avec l'âge, toujours soigneusement taillée ; la face blafarde, jadis colorée par la ferveur oratoire... Tout y était ! Jusqu'au tic nerveux de l'œil droit, apparu après la tentative d'assassinat dans son PC. Tout y était ! C'était le visage marqué par l'âge d'*Adolf Hitler* !

– Seigneur ! murmura Witkowski. Est-ce possible ?

– Ce n'est pas impossible, Stanley. Cela répondrait à un certain nombre de questions qui se sont posées depuis plus de cinquante ans. Je pense à deux, en particulier. Quels étaient les corps calcinés, retrouvés dans le bunker souterrain de la chancellerie ? Comment est née la rumeur selon laquelle le Führer serait parvenu à gagner un aérodrome, déguisé en vieille femme ? Pourquoi cette rumeur ?... Pour l'instant, Stosh, il faut nous rendre maîtres du tombeau du pharaon, avant qu'il n'en devienne un pour de bon.

– Appelez l'unité d'assaut.

– Pas avant d'être sûr que rien ne s'autodétruira. S'il y a quelque chose dans ce château, c'est ici que nous le trouverons... Commençons par neutraliser les quatre autres aides de camp.

– Que proposez-vous, *chlopak* ?

– Chacun à son tour, colonel. Les portes ont des boutons et vous pouvez parier ce que vous voulez qu'elles ne sont pas verrouillées de l'intérieur. Sous le IVe Reich, l'intimité passe au second plan, d'autant plus que les chambres entourent l'appartement de Monluc... Appelons-le Monluc.

– Bien vu, approuva Witkowski. Vous faites des progrès, mon petit gars, vous devenez astucieux.

– Je n'oublierai pas ce que vous venez de dire.

Latham fit signe à Dietz et aux deux policiers de les rejoindre. Il leur murmura ses instructions à l'oreille, les trois hommes se mirent au travail L'une après l'autre, les portes s'ouvrirent et se refermèrent, tandis que les pinceaux de lumière bleue s'entrecroisaient en voltigeant. Quand les huit pièces eurent été inspectées, le capitaine Dietz vint faire son rapport à Latham.

– Pas un de ces salauds ne remuera le petit doigt pendant au moins deux heures.

– Vous en êtes certain ? Ils sont bien attachés ? Il n'y a pas de verre, de couteau, de rasoir ?

– Ils sont bien attachés, Latham, mais ce n'était pas nécessaire.

– Que voulez-vous dire ?

Le commando sortit de sa poche une seringue hypodermique et une ampoule.

– Cinq millimètres chacun, c'était bien ça, colonel ?

– Quoi ?

– On ne peut pas penser à tout, *chlopak*. C'était une sécurité... Dans l'artère du bras gauche, n'est-ce pas, capitaine ?

– Oui, mon colonel. Numéro Deux leur comprimait le bras pour que je ne rate pas mon coup.

– Vous aimez vraiment les surprises, Stanley ! Y a-t-il autre chose dont vous ne m'avez pas parlé ?

– Il faut que je réfléchisse.

– Qu'y avait-il dans les trois autres pièces ? reprit Latham, en s'adressant au commando.

– La plus proche du lit est la plus grande salle de bains que j'aie jamais vue, avec des barres d'acier chromé pour permettre au vieux de se déplacer. Les deux autres ne forment en fait qu'une seule pièce ; le mur a été abattu. Elle est bourrée de matériel informatique.

– Hourra ! fit Drew. Il ne nous manque plus qu'un spécialiste de ce matériel.

– Je croyais que nous en avions un. Une femme du nom de Karin de Vries, pour le cas où cela vous serait sorti de l'esprit.

– C'est vrai ! Écoutez-moi, Dietz. Vous, notre cher colonel et les deux policiers, vous monterez la garde de chaque côté du lit de Monluc...

– Vous voulez l'appeler Monluc, coupa Dietz. À mon avis, ce n'est pas son nom, et je ne veux même pas y penser !

– Alors, n'y pensez pas ! Surveillez-le et, s'il se réveille, ne le laissez toucher à rien. Pas à un bouton, une commande, un fil qu'il pour-

rait tirer, à rien ! Il faut pénétrer dans ces ordinateurs et voir ce qu'ils contiennent.

– Pourquoi ne pas utiliser la seringue magique du colonel ?

– Quoi... ?

– Au lieu de cinq millimètres, peut-être deux centimètres.

– Je ne sais pas, capitaine, répondit Witkowski, je ne suis pas médecin. À son âge, ce produit risque de ne pas jouer le rôle d'un fortifiant.

– Alors, gardons cinq millimètres, qu'est-ce que ça changera ?

– Ce n'est pas une mauvaise idée, murmura Drew. Si vous trouvez ses veines.

– Numéro Deux a le tour de main. Il a dû être infirmier.

– Les légionnaires reçoivent une formation médicale, expliqua Witkowski. Qu'avez-vous l'intention de faire, Latham ?

– Ce que vous voulez que je fasse. Refermer la porte blindée et ordonner l'assaut. Puis j'appellerai Karin et le lieutenant, pour leur demander de suivre le mouvement.

Latham prit sa radio, changea de fréquence et donna l'ordre à l'unité d'assaut de faire sauter la grille du château et d'utiliser ses haut-parleurs avant de passer à l'attaque. Puis il revint sur la fréquence du promontoire.

– Écoutez-moi, vous deux. Les Français vont donner l'assaut. Quand ils seront maîtres des lieux, je vous rappellerai. Karin, dès que ce sera possible, monte au dernier étage, mais attends que tout soit terminé ! C'est bien compris ?

– Oui, répondit Anthony. Alors, vous avez réussi ?

– Nous avons réussi, Gerry, mais ce n'est pas terminé. Nous avons affaire à des fanatiques ; ils se cacheront dans les recoins du château pour faire un carton sur nous. Ne laissez pas Karin passer devant vous...

– Je suis tout à fait capable de prendre ces décisions...

– La ferme ! Terminé !

Drew s'élança vers le lit, où Dietz et numéro Deux s'apprêtaient à administrer un sédatif au vieillard.

– Maintenant ! fit le commando.

Le policier saisit le bras gauche décharné, appuya à l'intérieur du coude.

– Où est la veine ? cria Dietz.

– Il est vieux. Dès que vous verrez du bleu, piquez au milieu !

– *Mein Gott !* hurla le vieillard alité, les yeux exorbités, la bouche tordue, l'œil droit agité d'un mouvement convulsif.

Ce qui suivit fit blêmir Witkowski, qui se mit à trembler de tous ses membres. Une diatribe électrisante, lancée d'une voix stridente, au-delà de l'utilisation normale des cordes vocales.

– S'ils bombardent Berlin, nous détruirons Londres ! S'ils envoient cent avions, nous en enverront des milliers et des milliers, jusqu'à ce que la ville soit réduite à un tas de cendres fumantes ! Nous donnerons aux Anglais une leçon de mort ! Nous...

Le vieillard retomba en arrière, sur les oreillers de soie.

– Prenez son pouls ! ordonna Latham. Il ne faut pas qu'il meure.

– Il est rapide, mais je le sens, fit numéro Deux.

– Savez-vous ce que cette ordure vient de déclamer ? La réplique d'Hitler au premier bombardement de Berlin. Mot à mot... Je ne peux pas croire ça !

Dehors, devant l'entrée principale du château, les véhicules blindés de l'unité d'assaut firent sauter la grille à coups de roquettes. Une voix jaillissant d'un haut-parleur s'enfla et se répercuta dans la nuit:

– Tous ceux qui sont à l'intérieur, jetez vos armes et vous aurez la vie sauve ! Sortez et montrez-vous sans armes ! Si, dans deux minutes, vous ne vous êtes pas exécutés, nos hommes pénétreront dans le bâtiment et tireront à vue !

Lentement, des dizaines d'hommes et de femmes apeurés sortirent, les mains levées. Ils s'alignèrent dans l'allée circulaire, gardes, cuisiniers, serveurs et prostituées.

– Ceux qui sont restés à l'intérieur, reprit la grosse voix du haut-parleur, seront abattus, je le répète !

Soudain une vitre du deuxième étage vola en éclats ; un homme blond passa la tête dans l'ouverture.

– Je vais descendre, cria-t-il, mais il faut d'abord que je trouve quelqu'un ! Tuez-moi, si vous voulez ! Vous avez ma parole, voici mes armes !

Un autre bruit de verre précéda la chute d'une pistolet et d'une arme automatique, qui tombèrent sur l'allée. La tête blonde disparut.

– Allez ! lança le haut-parleur.

Huit hommes en tenue de combat s'engouffrèrent dans les différentes ouvertures, comme des araignées se jetant sur des insectes prisonniers de leur toile. Il y eut quelques coups de feu, pas beaucoup, tirés contre des fanatiques ayant choisi de mourir pour leur cause abjecte. Enfin, un officier apparut à la porte d'entrée, accompagné d'un Jacques Bergeron qui ne tenait pas sur ses jambes.

– Nous tenons le traître de la DST ! s'écria l'officier. Saoul comme un Polonais.

– Suffit ! Laissez entrer les deux autres.

Karin et le lieutenant Anthony franchirent la grille renversée et s'élancèrent vers la porte principale.

– Il a dit de monter au dernier étage ! lança Karin, en se retournant vers le lieutenant.

– Allez-vous m'attendre ! Je suis censé vous protéger !

– Si vous avancez comme une tortue, Gerry, ce n'est pas ma faute !

– Si vous vous faites descendre, Latham fera de moi un eunuque !

– Je suis armée, lieutenant, ne vous inquiétez pas !

– Merci infiniment, l'amazone ! Que ce bras me fait mal !

Ils s'arrêtèrent brusquement, étonnés par ce qu'ils découvrirent sur le palier du deuxième étage. Un garde aux cheveux blonds, les yeux embués de larmes, portait une très jeune femme dans ses bras.

– Elle est salement touchée, dit-il en allemand, mais elle est vivante.

– C'est vous qui étiez à la fenêtre ? demanda Anthony.

– Oui, c'est moi. Nous étions très liés, elle n'aurait jamais dû venir ici.

– Portez-la jusqu'en bas et demandez qu'on la conduise chez un médecin. Vite !

– *Danke.*

– De rien. Mais, si vous avez menti, je vous tue de mes propres mains.

– Je n'ai pas menti. J'ai fait des choses assez moches, mais je ne mens pas.

– Je le crois, fit Karin. Laissez-le partir.

Ils arrivèrent au troisième étage, mais pas moyen d'ouvrir la porte blindée. Pas de sonnette, pas de bouton, rien.

– Drew a insisté, il voulait que je monte. Mais comment entrer ?

– Faites-moi confiance, fit Anthony, qui avait remarqué la fente éclairée dans le mur. Nous allons déclencher une alarme... Ce système est complètement dépassé.

– Qu'est-ce que vous racontez ?

– Regardez.

Gerald Anthony glissa la main dans la fente et appuya la paume. Quelques secondes plus tard, la porte fut ouverte par Latham, assourdi par le vacarme de l'alarme.

– Qu'avez-vous fait ? s'écria-t-il.

– Fermez la porte, patron, et le silence reviendra

Latham obéit, la sonnerie se tut.

- Comment saviez-vous ça ?

– Ce n'est pas du matériel dernier cri ; il est équipé d'un simple coupe-circuit. De toute façon, nous sommes maîtres de la place, non ?

– Ne discute pas avec lui, Drew, fit Karin, en se serrant fugitivement contre lui. Je sais, je sais... Ce n'est pas le moment de céder aux émotions. Pourquoi voulais-tu que je monte si vite ?

– Il y a une pièce, deux pièces, plutôt, remplies d'ordinateurs. Il faut pénétrer les systèmes.

Une heure s'écoula avant que Karin, le front couvert de sueur, ne ressorte.

– Tu as fais ce qu'il fallait, mon chéri, dit-elle en s'avançant vers Latham. Ils sont partis du principe que ce château isolé ne serait jamais découvert et ont stocké ici tous les documents. Il y a près de deux mille listings indiquant qui fait partie du mouvement nazi. Dans le monde entier.

– Alors, nous les tenons !

– Un grand nombre, oui, mais pas tous. Nous ne les aurons jamais tous. Nous n'avons que les chefs, ceux qui hurlent en public et suscitent haine et mépris dans leur auditoire. Mais beaucoup d'autres le font de manière plus subtile, en feignant la générosité, quand il n'y a que la haine.

– C'est de la philosophie, ma petite dame. Moi, je veux des inculpations pour ces foutus nazis !

– Tu les auras, Drew, mais n'oublie pas ce que cela peut cacher.

Dans un laboratoire gouvernemental top secret, dans la vallée de Shenandoah, un spécialiste en médecine légale leva les yeux vers son confrère, beaucoup plus jeune, qui, comme lui, étudiait un écran.

– Arrives-tu à la même conclusion que moi ? demanda-t-il calmement.

– Je n'en crois pas mes yeux ! C'est un retournement historique !

– Les rapports de Berlin ne peuvent mentir et nous les avons sous les yeux. L'ADN n'était pas connu dans les années 40, mais il l'est aujourd'hui. Tout coïncide. Détruisons cela, docteur, le monde n'a pas besoin d'être mis au courant. Nous ne ferions qu'alimenter une légende et ce vieillard répugnant est mort dans la nuit.

– C'est précisément ce que je pense. En alimentant cette légende, nous ne ferions qu'en faire naître d'autres.

– Le pire serait de les glorifier, de les immortaliser.

– Tout à fait exact. Hitler s'est suicidé dans son bunker, il y a plus de cinquante ans. Nous sommes assez paumés comme ça sans croire à l'impossible, sur quoi les fanatiques se jetteraient aussitôt. La plus belle ordure que la Terre ait jamais portée a avalé une capsule de cya nure et s'est tiré une balle dans la tête, quand les Russes sont arrivés aux portes de Berlin. Tout le monde y croit, pourquoi s'inscrire en faux contre l'histoire unanimement acceptée ?

La preuve fut détruite par deux becs Bunsen, dans la vallée de Shenandoah.

Épilogue

Sur l'ordre de leur gouvernement, les directeurs des services de renseignement français, britanniques, allemands et américains agirent avec rapidité, discrétion et efficacité sur leur territoire respectif ; ils n'en étaient plus réduits aux conjectures, ils connaissaient la vérité. Ils détenaient deux mille fiches d'identification des adhérents de la Fraternité de la Veille. Les quatre gouvernements s'étaient mis d'accord pour que les communiqués de presse disent en substance la même chose, comme l'illustrait le titre de l'édition parisienne du *Herald Tribune* : DÉMANTÈLEMENT D'UN MOUVEMENT NÉONAZI.

Tous les articles mentionnaient qu'un grand nombre d'hommes et de femmes, dont certains hauts fonctionnaires, avaient été discrètement appréhendés et que leur identité ne serait divulguée qu'après leur inculpation. La frénésie médiatique atteignit rapidement son apogée, mais la détermination des autorités à ne pas révéler des noms, connus d'un tout petit nombre, finit par décourager les journalistes, qui, de guerre lasse, se tournèrent vers d'autres « révélations », plus profitables. Au bout de deux mois, l'intérêt du public décrut et l'effervescence provoquée par cette nouvelle chasse aux sorcières s'apaisa aussi vite qu'avait cessé la traque paranoïaque des communistes, après la chute de McCarthy. Les responsables des médias comprirent que l'on ne retenait pas les annonceurs en ennuyant le public. On en revint donc aux attaques politiques partisanes.

– Quand je pense que je suis millionnaire ! s'écria en souriant Drew Latham, en continuant de marcher main dans la main avec Karin, sur la route poussiéreuse, près de Granby, Colorado. Je n'en reviens pas !

– Harry t'aimait beaucoup, fit la jeune femme, en levant les yeux vers le spectacle majestueux des montagnes Rocheuses. Mais tu n'en as jamais douté.

– Je n'en ai jamais parlé non plus. À part quelques centaines de milliers de dollars pour nos parents, il m'a tout légué.

– Qu'y a-t-il de si étonnant ?

– Où a-t-il pris tout cet argent ?

– Le notaire te l'a expliqué. Harry vivait seul, il dépensait peu et suivait de près les marchés financiers, ce qui lui a permis de faire quelques beaux placements. Cela lui ressemble assez.

– Quand je pense à ce que cette ordure de Kroeger lui a implanté dans le cerveau. D'après le rapport d'autopsie, c'est une nouvelle technique qui pourrait être développée. Mais l'implant lui a fait exploser le crâne... après sa mort. Et si l'explosion n'avait pas eu lieu ?

– Les spécialistes affirment que la mise au point demandera plusieurs décennies, si elle doit aboutir.

– Ce ne serait pas la première fois qu'ils se trompent.

– C'est vrai... À propos, j'ai oublié de te dire que nous avons reçu un télégramme de Jean-Pierre Villiers. Il reprend *Coriolan* et compte sur notre présence pour la première.

– Comment pourrais-tu exprimer avec élégance que les braillements des Français ne me transportent pas de joie ?

– Je le tournerai autrement.

– Il reste tant de questions sans réponse !

– Tu n'as pas à t'en préoccuper, mon chéri. Plus jamais. Nous sommes libres. Laisse les autres remettre de l'ordre dans tout ça, tu as fait ta part du boulot.

– Je ne peux m'empêcher d'y revenir... Harry a parlé d'une infirmière qui a averti les Antineos de son évasion de la vallée de la Fraternité. Qui était-ce, qu'est-elle devenue ?

– La réponse est dans le rapport Mettmach, celui que tu n'as fait que parcourir...

– C'était trop pénible, soupira Drew. Je le lirai un jour, mais tout ce jargon médical sur le cerveau de mon frère... Je n'ai pas eu envie de lire ça.

– L'infirmière travaillait avec Greta Frisch, la femme de Kroeger. On l'a forcée à coucher avec von Schnabe, le général. Enceinte, elle s'est suicidée dans la forêt de Vaclabruck.

– Là où nous avons trouvé Mettmach, une gigantesque base d'opérations, au cœur de la forêt !

– Elle est devenue une colonie pénitentiaire de deux mille hectares, où les détenus ne peuvent porter que l'uniforme néonazi et le brassard rouge. Mais le brassard est cousu sur la poitrine, à la manière de l'étoile de David, du temps du IIIe Reich.

– C'est complètement fou, cette histoire !

– Une idée de Kreitz, l'ambassadeur d'Allemagne, pour leur rappeler qu'ils sont prisonniers et non des membres privilégiés de la société.

– Je sais, mais j'ai quand même des doutes. Et si cela allait à l'encontre du but cherché ? Si les prisonniers de guerre en uniforme se serraient les coudes et juraient une fidélité indéfectible à leur cause ?

– Pas avec les corvées, les activités et les nombreuses conférences sur le passé nazi, où sont présentés des films et des diapositives des atrocités de la guerre. Ils ont l'ordre de faire un compte rendu de ce qu'on leur a montré. Il paraît qu'ils sont nombreux, à l'issue de ces conférences, à fondre en larmes et à tomber à genoux pour prier. Tu sais que personne ne maltraite les détenus ; leurs rapports avec les surveillants sont fermes mais courtois.

– Les psychiatres vont s'en donner à cœur joie. C'est peut-être le début d'un nouveau système carcéral.

– Quelque chose de bien sortira peut-être de leur folie malsaine.

– N'y compte pas trop. Il en reste toujours, qui attendent dans les coulisses. Les noms et la culture peuvent être différents, mais il y aura toujours un dénominateur commun. « Faites-le à *notre* manière, sous *notre* autorité, aucune déviation ne sera tolérée. »

– C'est pourquoi tout le monde doit rester vigilant et espérer que nos gouvernants seront alertés et auront le courage d'agir sans perdre de temps et sans se conduire d'une manière irrationnelle.

– Tu ne te lasses jamais de ton esprit de synthèse ?

– Mon mari, à l'époque lointaine où j'avais un mari, me disait : « Tu me fatigues avec ton intellectualisme ! » Il devait avoir raison. L'exercice de l'intelligence, je n'ai jamais rien connu d'autre.

– Jamais je ne te dirai des choses comme ça... Au fait, tu as suivi de plus près que moi l'évolution des événements...

– Naturellement, lança Karin. Tu es parti voir tes parents ; ils avaient besoin de la présence de leur dernier fils.

– Oui, soupira Latham, en la regardant au fond des yeux, dans la lumière éclatante de l'après-midi. Oui... Sais-tu si Knox Talbot a réussi à découvrir qui pénétrait dans ses superordinateurs ?

– Bien sûr. Ils figuraient sur les listes découvertes dans le château. Un homme et une femme qui avaient seize ans d'ancienneté à la CIA.

– Des *Sonnenkinder*, fit Drew.

– Et le dossier sur Monluc, dérobé à Washington ?

– Un des directeurs de l'OSI, qui se faisait passer pour un historien juif. Qui aurait pu le soupçonner ?

– Un *Sonnenkind* ?

– Évidemment.

Karin leva les yeux vers Drew.

– Pourquoi me regardes-tu comme ça ? Avec cet air interrogateur ?

– Tout à l'heure, tu as parlé de mes parents et je me suis posé des questions. Tu ne m'as jamais rien dit sur les tiens, sur ce père et cette mère qui t'ont permis de faire de si brillantes études. Je ne connais même pas ton nom de jeune fille. Comment expliques-tu cela ?

– Est-ce important ?

– Pas du tout, mais je suis curieux. C'est normal, non ? Je suppose que j'ai toujours imaginé que, le jour où je demanderais la main d'une femme, j'irais voir son père pour lui dire : « Oui, monsieur, je peux subvenir à ses besoins et je l'aime. » Dans cet ordre. Crois-tu que je pourrai le faire, Karin ?

– Je crains que non... alors, autant te dire la vérité. Ma grand-mère était danoise. Enlevée par les nazis, elle a participé au programme *Lebensborn*. Quand ma mère est née, elle a pris son enfant et, avec une ténacité qui dépasse l'entendement, elle a réussi à rentrer au Danemark, où elle s'est cachée dans un petit village, près de Hanstholm, sur la mer du Nord. Elle a trouvé un homme, un antinazi, qui l'a épousée et a accepté de garder l'enfant, ma mère...

– Tu veux dire que...

– Oui, Drew, sans le courage et l'obstination de cette femme, je serais peut-être devenue un *Sonnenkind*, un peu comme Janine Clunes. Malheureusement, les nazis étaient méticuleux ; ma grand-mère et son mari, sans cesse obligés de fuir, n'ont jamais pu s'installer dans une maison à eux ni offrir à ma mère une éducation normale. Enfin, après la guerre, ils ont émigré en Belgique, où la fillette, qui savait à peine lire et écrire, a grandi, s'est mariée et m'a mise au monde, en 1962. Comme ma mère n'avait pu suivre des études normales, ma réussite scolaire fut pour elle une véritable obsession.

– Où sont tes parents maintenant ?

– Mon père nous a abandonnées quand j'avais neuf ans ; en prenant du recul, je le comprends. Ma mère avait la force de volonté de ma grand-mère. Comme sa propre mère, qui avait tout risqué, y compris sa vie, pour arracher son enfant aux griffes des nazis, elle ne pensait qu'à moi. Elle n'avait pas de temps à consacrer à son mari, son unique centre d'intérêt était sa fille. Elle m'obligeait à lire constamment, fiévreusement, à avoir les meilleures notes de ma classe, à étudier, encore et toujours, jusqu'à ce que je me pique au jeu. Je suis devenue aussi obsédée qu'elle par mes études.

– Pas étonnant que tu te sois si bien entendue avec Harry. Ta mère est encore vivante ?

– Elle est dans une maison de santé, à Anvers. C'est une femme usée, qui me reconnaît à peine.

– Et ton père ?

– Je ne sais pas, je n'ai jamais essayé de le retrouver. J'y ai souvent pensé, car j'ai compris pourquoi il était parti. À la première occasion, moi aussi, je suis partie, avant d'être totalement étouffée. Et puis Freddie est arrivé et ma vie a changé.

– Tout ça, c'est le passé, fit Drew en souriant et en étreignant sa main. Maintenant j'ai l'impression de te connaître assez bien pour vouloir perpétuer la dynastie Latham.

– Que de générosité ! Je m'efforcerai d'en être digne !

– Digne ? Pour toi, c'est un pas en arrière, mais je veux que tu saches que ma première commande pour la bibliothèque sera une encyclopédie en plusieurs volumes.

– Quelle bibliothèque ?

– Celle de la maison.

– Quelle maison ?

– *Notre* maison. À la sortie du virage, sur cette vieille route que je ferai revêtir, maintenant que j'ai les moyens.

– De quoi parles-tu ?

– C'est une sorte d'entrée, sur l'arrière de la propriété.

– Quelle propriété ?

– La nôtre. Tu as dit que tu aimais la montagne.

– C'est vrai. Regarde ce spectacle grandiose, à couper le souffle.

– Un peu de patience, nous sommes presque arrivés.

– Où ?

– Tu vois, commença Drew, en continuant de marcher, j'ai un ami à Fort Collins – je l'ai connu à l'université – qui m'a parlé de cette maison. Il m'a dit que c'était la dernière propriété à vendre et qu'il fallait y mettre le prix. Puis il a ajouté, et cela lui ressemble bien, qu'il pourrait m'aider, si j'avais des difficultés.

– Que fait-il ?

– Personne ne le sait au juste. Il a un tas d'ordinateurs, il achète et revend des actions, des titres, des matières premières, ce genre de choses. Mais le moment le plus drôle, c'est quand je lui ai répondu : « Ce n'est pas un problème. Si elle me plaît, j'achète. »

– Qu'est-ce qu'il a dit ?

– « Avec ton salaire de fonctionnaire, mon vieux ? » J'ai répondu : « Non, mon vieux, j'ai placé une grande partie de mes indemnités sur les marchés européens. » Et il m'a dit : « On déjeune ou on dîne ensemble, et tu peux rester chez moi aussi longtemps que tu veux. »

– Tu es un menteur effronté, Drew Latham !

Ils tournèrent le coude de la route et ce qui s'offrit à leurs yeux fit monter le sang au visage de Karin. C'était un grand lac, aux eaux d'un bleu-vert très pur, piquetées de voiles blanches. On distinguait au loin une rangée de maisons aux formes élégantes, avec une pelouse verdoyante et un ponton surélevé. Au fond, les montagnes scintillaient au soleil, telles des forteresses célestes protégeant un havre de beauté terrestre. Sur leur droite, en bordure du lac, s'étendait une vaste prairie couverte d'herbes hautes et de fleurs des champs.

– Voilà, c'est notre maison. Tu ne la vois pas ? À trois kilomètres se trouve l'entrée du Parc national des Rocheuses.

– Mon chéri ! Je n'arrive pas à y croire !

– Tu peux le croire, c'est à nous. Dans un an, la maison sera là, si le plan te convient, bien entendu. Mon ami m'a trouvé le meilleur architecte du Colorado.

– Mais, Drew, fit Karin en se laissant glisser sur la pente herbeuse descendant vers la rive, cela prendra longtemps. Que ferons-nous, en attendant ?

– J'avais pensé planter une grande tente pour vivre comme des squatters, répondit Drew en s'élançant derrière elle. Mais ça ne marchera pas !

– Pourquoi ? J'adorerais ça !

– Pas du tout, répliqua Drew, essoufflé, en la prenant par les épaules. Devine qui viendra surveiller le commencement des travaux, parce que le *chlopak* n'en est pas capable ?

– Le colonel ?

– Tout juste !

– Lui aussi, il t'aime beaucoup.

– Je crois que, dans ce domaine, tu as l'avantage. Il a pris sa retraite, mais il ne sait où aller. Ses enfants sont grands, ils ont leurs propres enfants et, au bout de quelque jours avec eux, il ne sait plus quoi faire. Il faut qu'il bouge, Karin. Laissons-le passer quelque temps avec nous, jusqu'à ce qu'il ait envie de repartir.

– Je n'ai jamais su dire non.

– Merci. Mon ami nous a loué une maison, à une quinzaine de kilomètres, sur la N 34. J'ai accepté d'aller passer cinq jours par mois à Washington, pas un de plus. Consultations uniquement, pas de missions sur le terrain.

– En es-tu sûr ? Pourras-tu le supporter ?

– Oui, car j'ai fait de mon mieux et je n'ai plus rien à prouver... ni à Harry ni à personne.

– Qu'allons-nous faire, Drew ? Tu es jeune, moi aussi. Qu'allons-nous faire ?

– Je ne sais pas. D'abord, construire notre maison, ce qui, en réalité, prendra deux ans. Et puis... eh bien, nous réfléchirons.

– Vas-tu quitter les Opérations consulaires ?

– Cela dépendra de Sorenson. À part ces cinq jours par mois, je suis en congé jusqu'au mois de mars de l'année prochaine.

– Alors, tu n'as pas décidé. La décision n'appartient pas à Sorenson, mais à toi.

– Wesley comprend. Il est passé par là, lui aussi, et il a démissionné.

– Par où ? demanda doucement Karin, la joue sur la poitrine de Latham.

– Je ne sais pas, répondit Drew, en refermant les bras sur elle. Grâce aux gènes de Beth, je suis costaud et capable de me débrouiller tout seul. Mais, ces trois derniers mois, j'ai appris quelque chose, qui te concerne en grande partie... Je ne tiens pas à trembler pour nous deux, jour et nuit. Pour ne rien te cacher, je n'aime vraiment pas les armes, même si nous leur devons la vie. J'en ai assez de la maxime « tuer ou être tué ». Je n'ai plus envie de jouer à ça et surtout que tu y joues.

– C'était la guerre, mon chéri, tu l'as dit toi-même et tu avais raison. Mais, pour nous, c'est terminé, nous allons vivre comme des êtres humains normaux. Et je brûle d'impatience de voir Stanley !

Comme s'il n'avait attendu que ce signal, Stanley Witkowski, couvert de sueur et hors d'haleine, apparut devant eux, sur la route.

– Bougre de salopard ! rugit-il. Ce foutu taxi a refusé de monter jusqu'ici !... Joli terrain, pas mal du tout. J'ai déjà quelques idées ; beaucoup de verre et de bois. À propos, *chlopak*, Wes Sorenson m'a téléphoné. Nous formons une bonne équipe, tous les trois, et il y a une situation qui pourrait être intéressante, compte tenu de votre arrangement avec les Opérations consulaires.

– Rien ne change, soupira Drew, en serrant Karin contre lui. Oubliez ça, colonel.

– Il pensait à vous... nous pensions à vous, jeune homme, poursuivit Witkowski en s'essuyant le front. Vous êtes trop jeune pour prendre votre retraite. Vous devez travailler, et qu'est-ce que vous savez faire d'autre ? Le hockey est hors de question, vous avez arrêté trop longtemps.

– Je vous ai dit d'oublier ça.

– Je repars avec vous la semaine prochaine ; Wesley vous expliquera tout. Ça a l'air simple comme bonjour et les indemnités sont alléchantes. Nous pourrons nous relayer pour venir suivre les travaux.

– La réponse est non, Stanley !

– Nous en reparlerons... Ma chère Karin, vous êtes superbe.

– Merci, fit-elle en embrassant le colonel. Vous avez l'air un peu fatigué.

– Ça fait une trotte, vous savez.

– Non, non et non !

– Nous en reparlerons, *chlopak*... Et maintenant, inspection du terrain.

Imprimé en France par

MAURY IMPRIMEUR
à Malesherbes (Loiret)
en février 2014

POCKET – 12, avenue d'Italie – 75627 Paris Cedex 13

N° d'impression : 187951
Dépôt légal : mars 1997
Suite du premier tirage : février 2014
S12241/06